古筆資料の発掘と研究

残簡集録　散りぬるを

池田和臣

青簡舎

巻頭口絵

一　巻頭口絵（カラー図版）は、本書でとりあげた新出の古筆切資料の中から、書道家・書道史研究者のために、平安時代書写にかかる筆跡の優れた書道芸術上価値の高いものを中心に掲げた。また、散佚作品のそれ一葉しか伝存しないもの、伝存数のきわめて稀少なもの、作者・撰者自筆のものなど、国文学の資料として貴重なものをも掲げた。さらに、料紙装飾などの優れた美術史的に有意義なものをも掲げた。

なお、如上の趣旨にのっとり、より鮮明な書影を呈示すべく、すでに印影が公表されているものも若干掲げた。

一　掲載順序はおおよそ書写年代順である。

一　炭素14による料紙の年代測定をおこなったものは、〔　〕内にその値を示した。なお、既発表の論文における数値と異なる数値が示されていることがある。既発表論文の数値は一九九八年に発表されたＩＮＴＣＡＬ98の較正曲線で較正した値であったが、それを二〇〇四年発表のＩＮＴＣＡＬ04の較正曲線で較正し直したためである。ＩＮＴＣＡＬ98の較正曲線が樹木年輪の測定値の生データであるのに対して、ＩＮＴＣＡＬ04の較正曲線は生データに統計的な処理を加えた曲線であり、較正曲線の凸凹が小さく、精度・正確度がより高いためである。

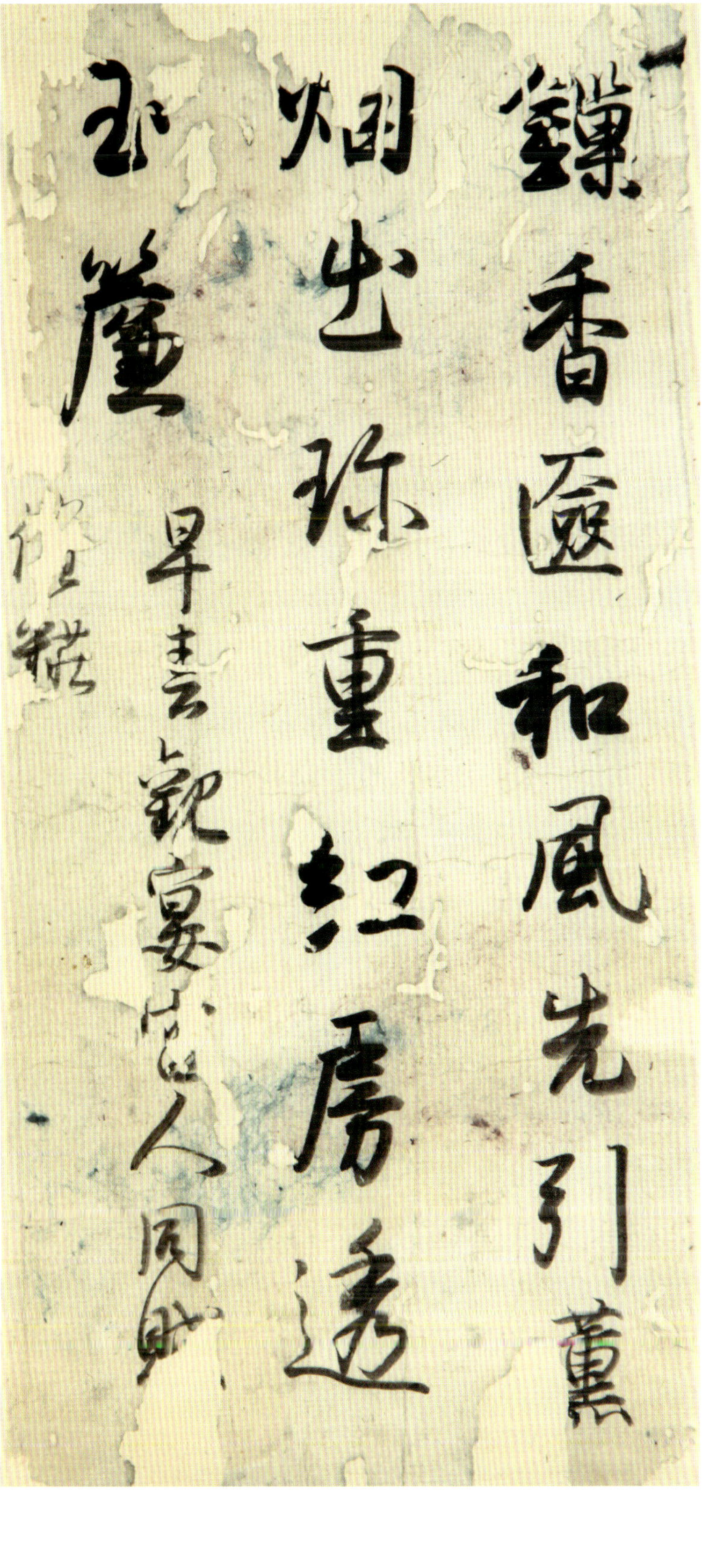

1　藤原行成筆　佚名本朝佳句切　平安時代〔九八九～九九一年〕　13頁参照

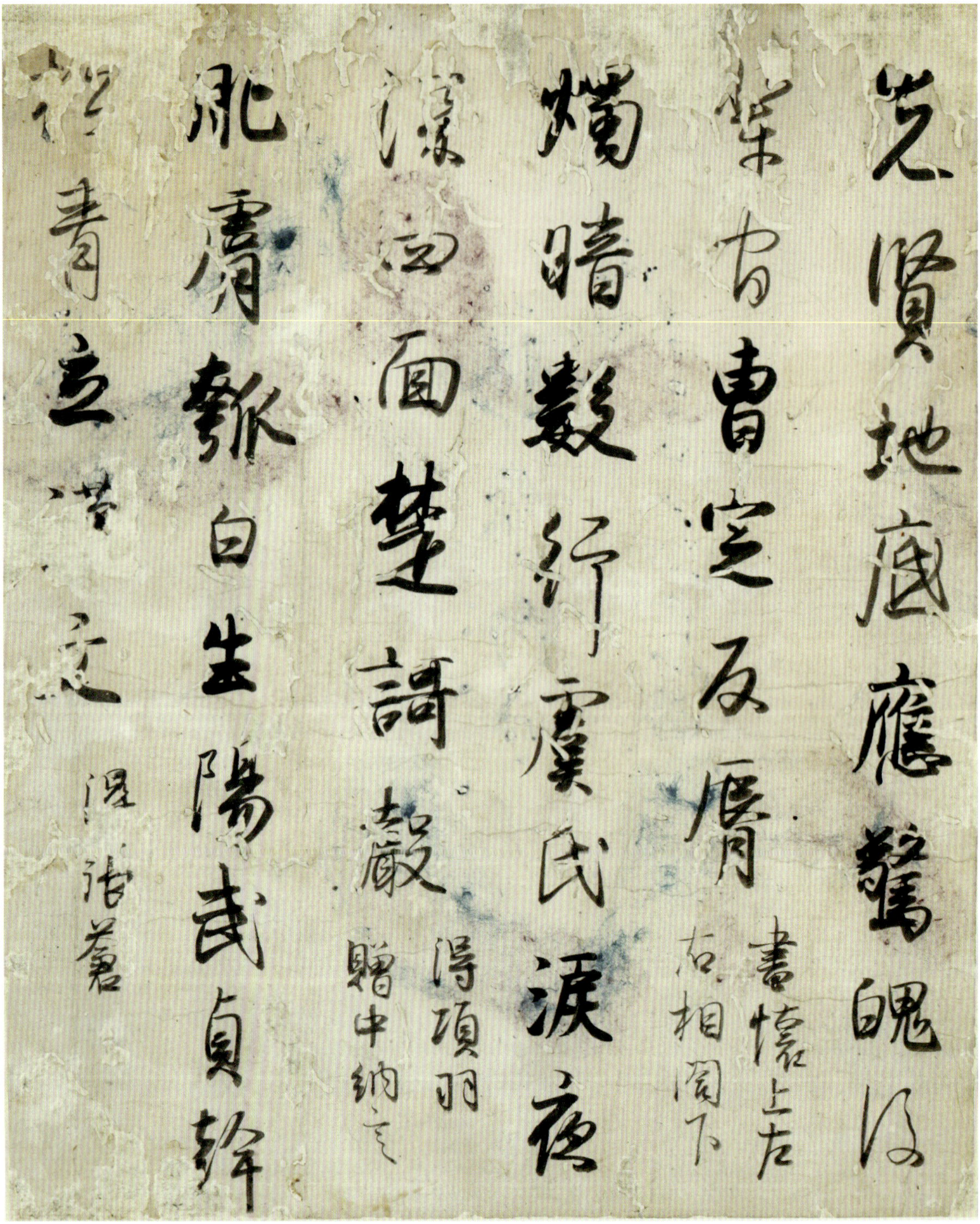

2　藤原行成筆 佚名本朝佳句切　平安時代〔889～991年〕　13頁参照

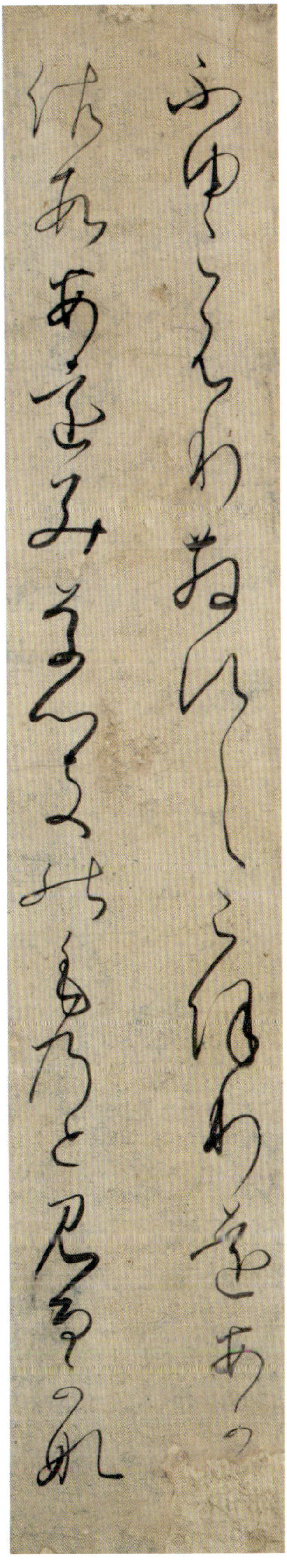

3　伝称筆者不明　草がち未詳和歌切　平安時代〈九一〇～一〇一四年〉　111頁参照

4　伝藤原行成筆　未詳ちらし歌切（いわゆる古今集切）　平安時代（一一世紀初〜末）

118頁参照

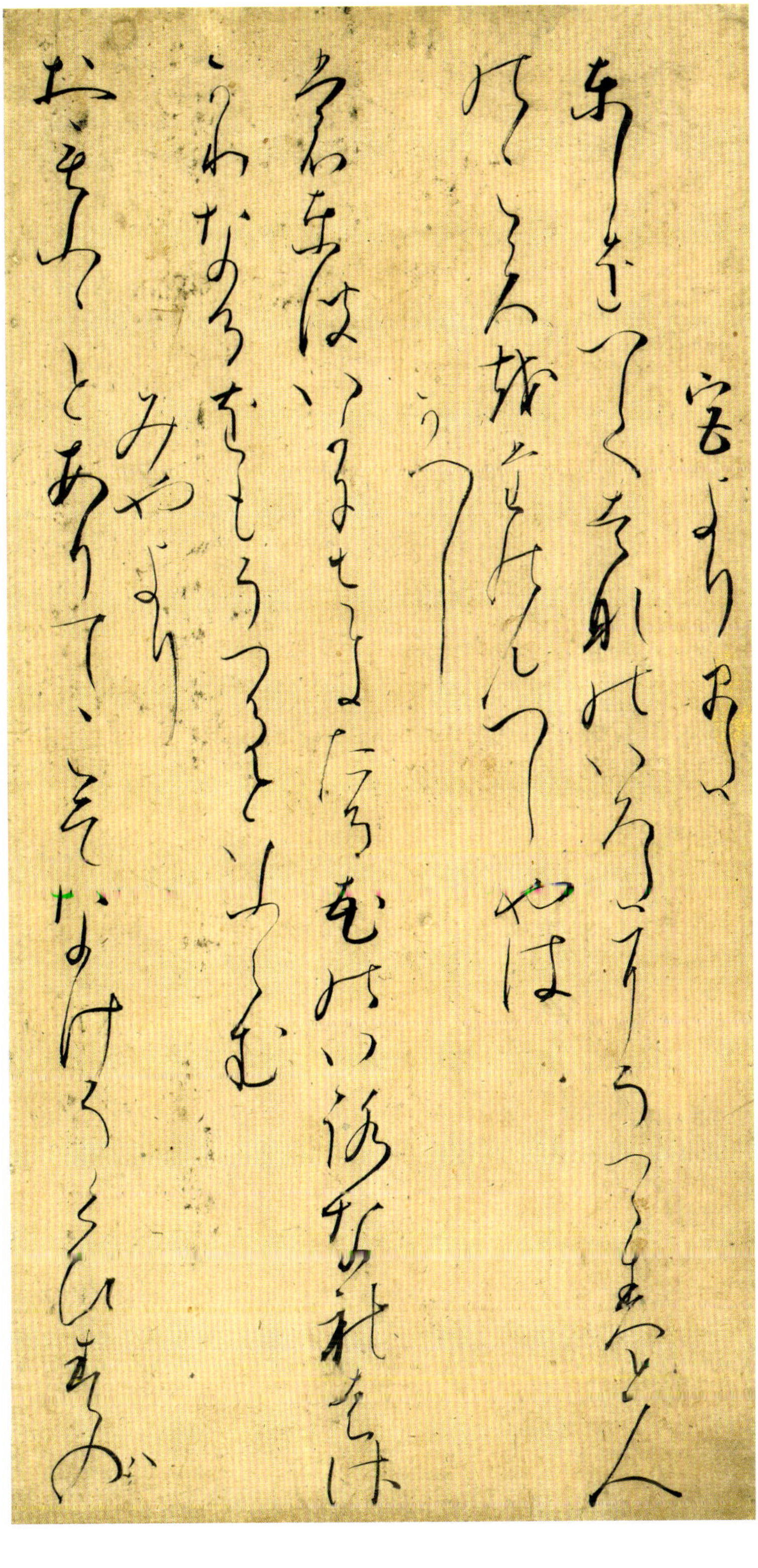

5 伝藤原佐理筆　敦忠集切　平安時代〔一〇一六～一一四七年〕

278頁参照

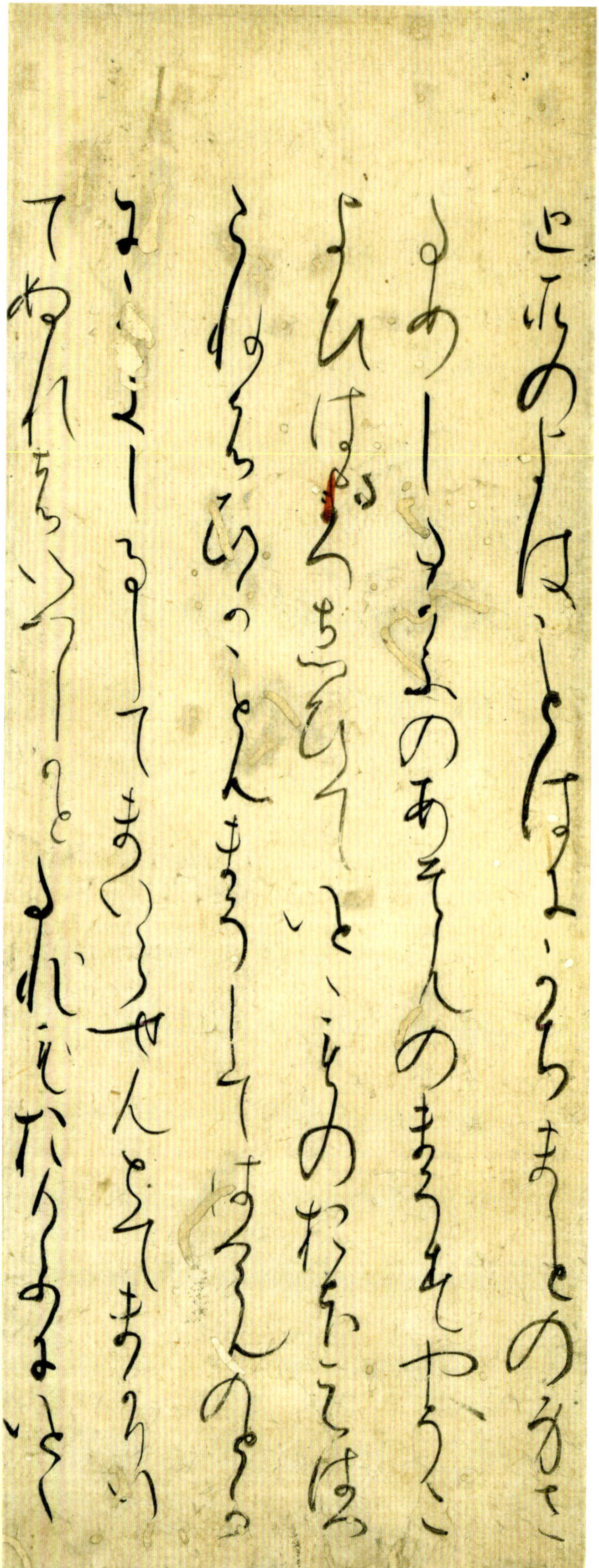

6 伝宗尊親王筆　十巻本歌合切（天禄三年八月二十八日規子内親王前栽歌合）　平安時代（一〇二四～一一六〇年）　244頁参照

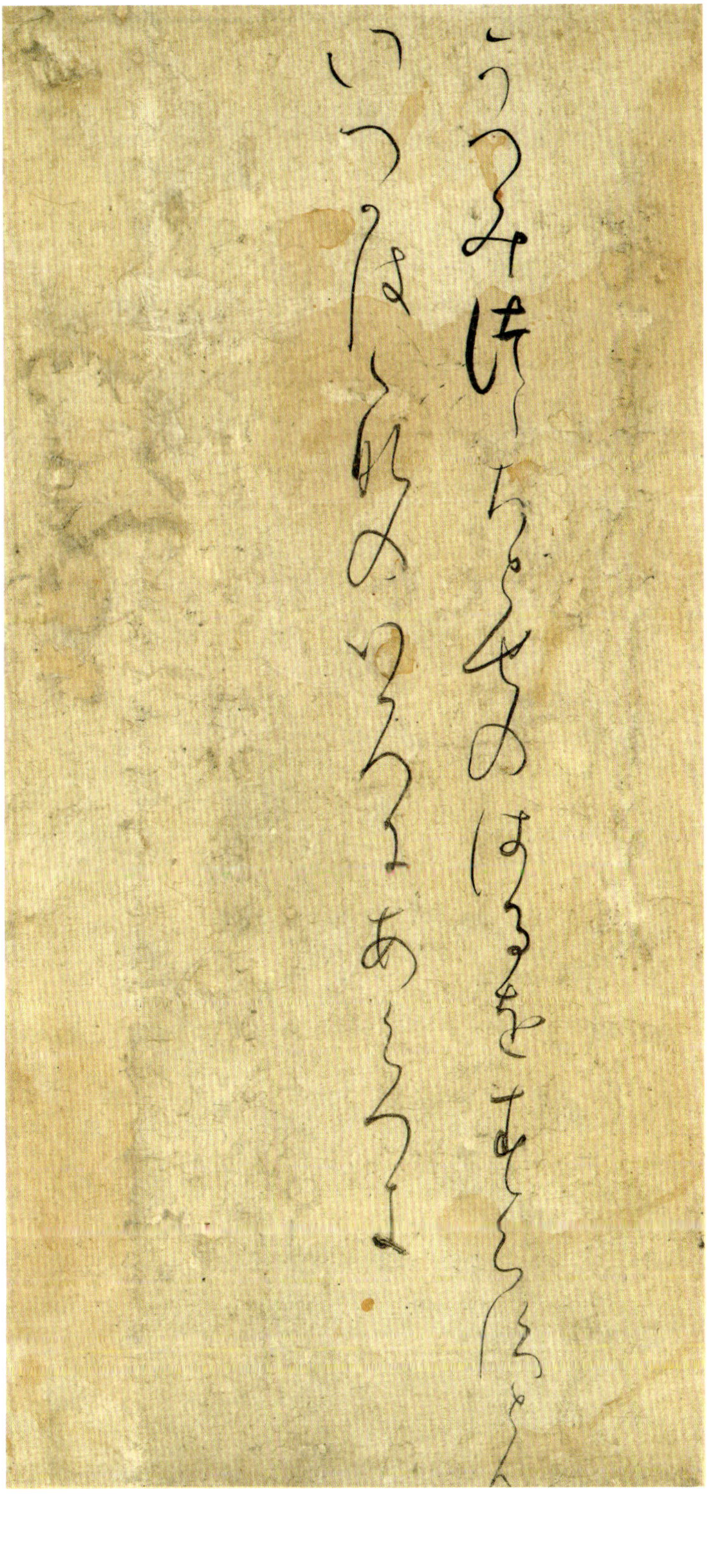

7　伝宗尊親王筆　如意宝集切

平安時代（一〇二八～一一六一年）　46頁参照

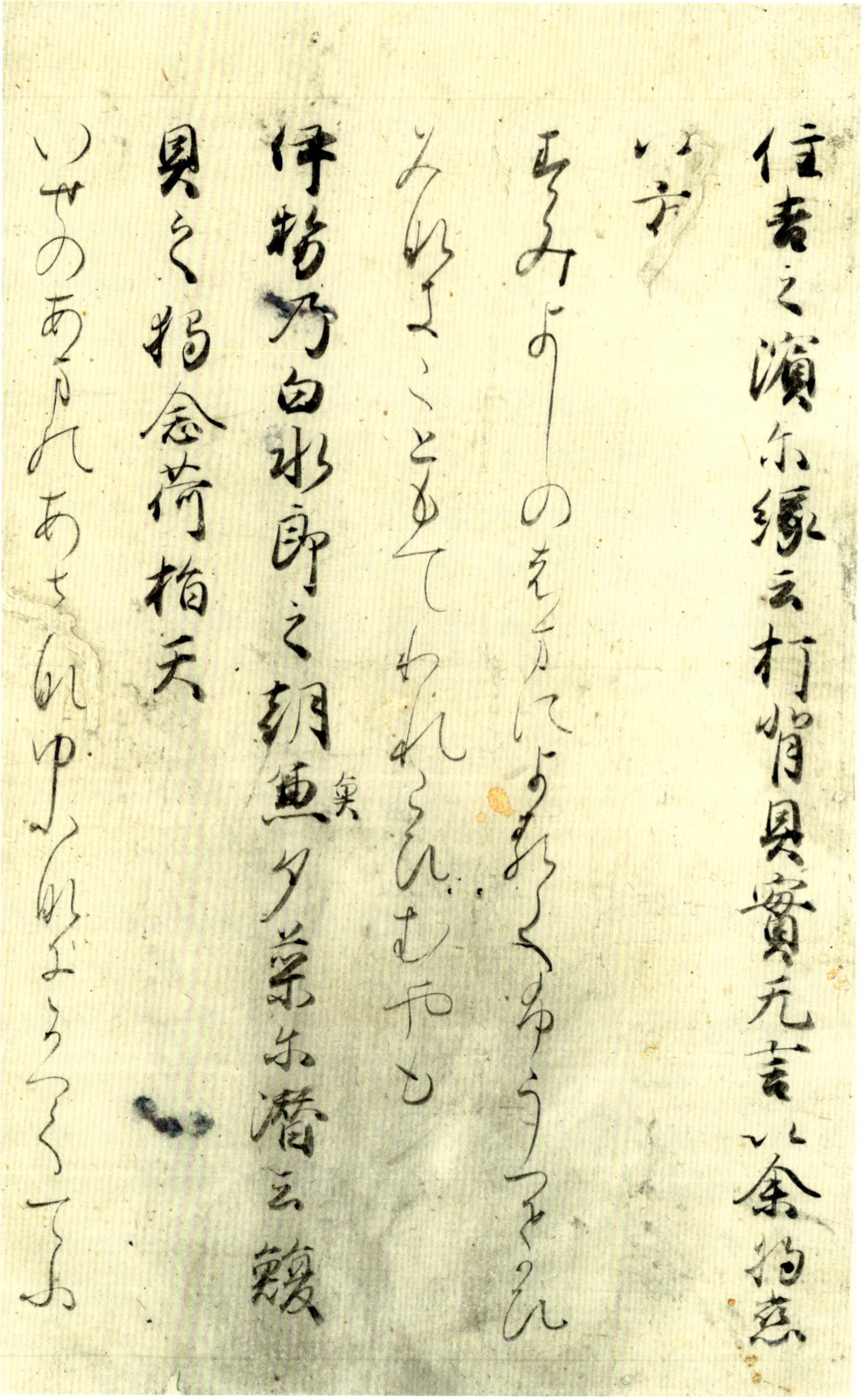

8 伝紀貫之筆 有栖川切（元暦校本万葉集 巻十一） 平安時代〔一〇三六～一一六八年〕 296頁参照

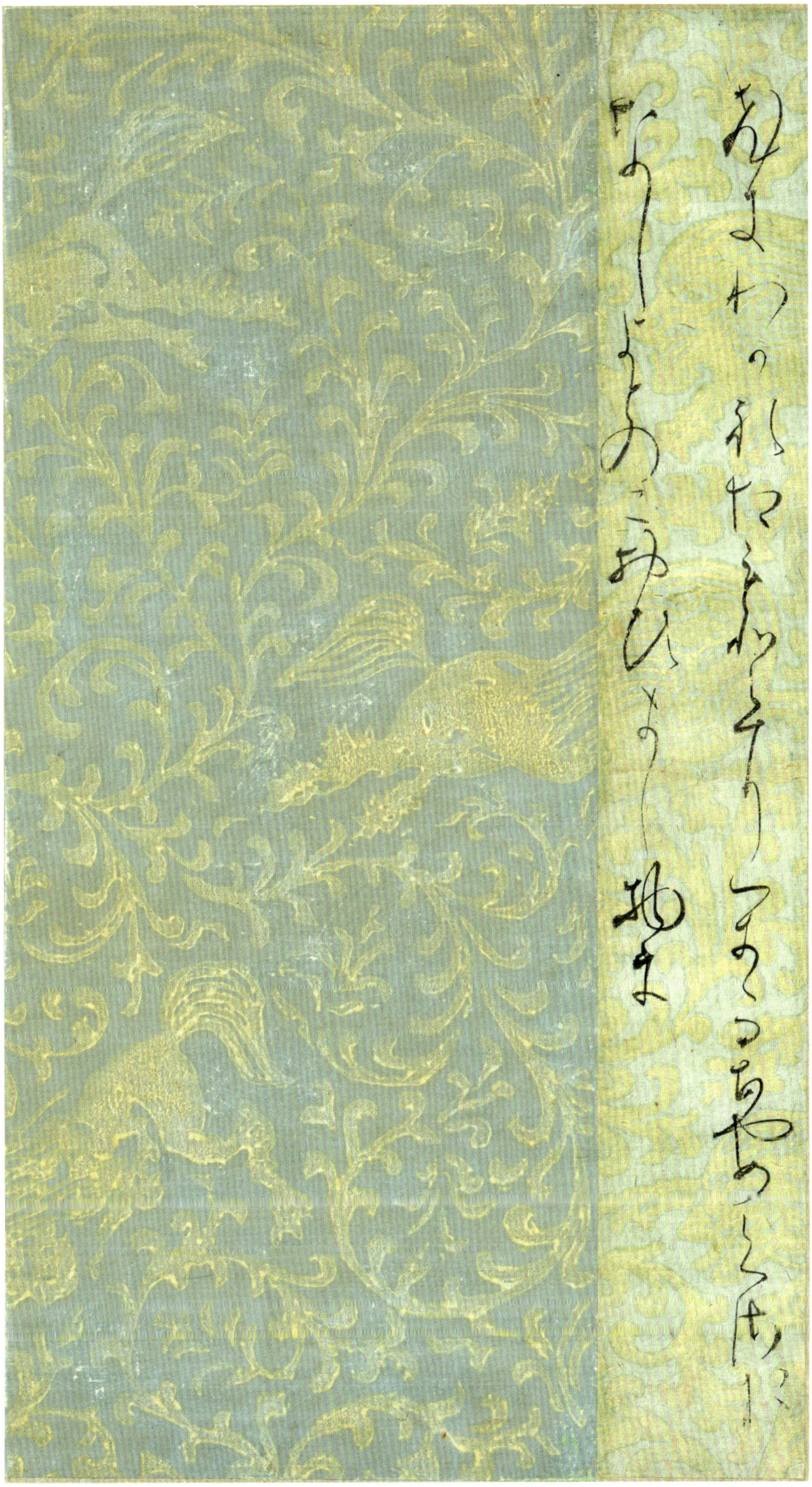

9 伝小野道風筆 八幡切（麗花集） 平安時代（一一世紀末～一二世紀初） 48頁参照

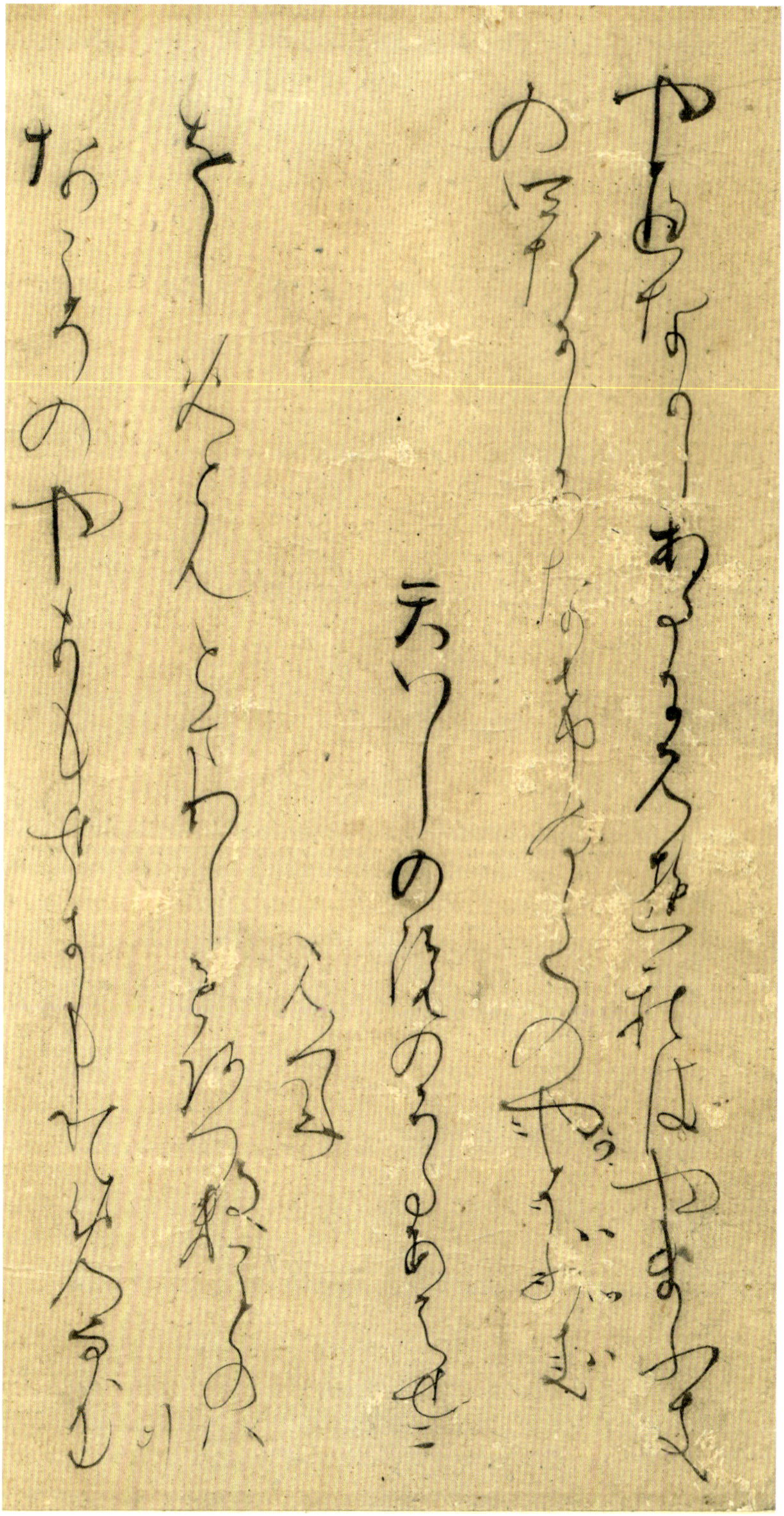

10 伝小大君筆　香紙切（麗花集）　平安時代〔一〇二九〜一一六四年〕　50頁参照

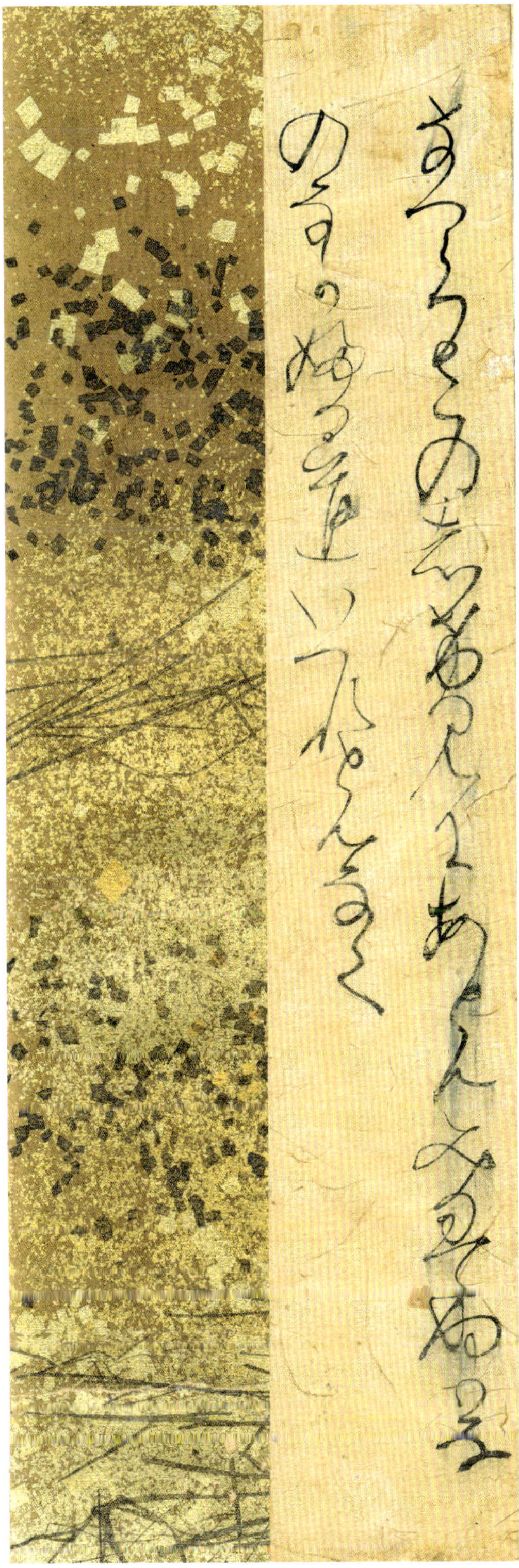

11 伝小大君筆 御蔵切（元真集） 平安時代（一一世紀末〜一二世紀初）

284頁参照

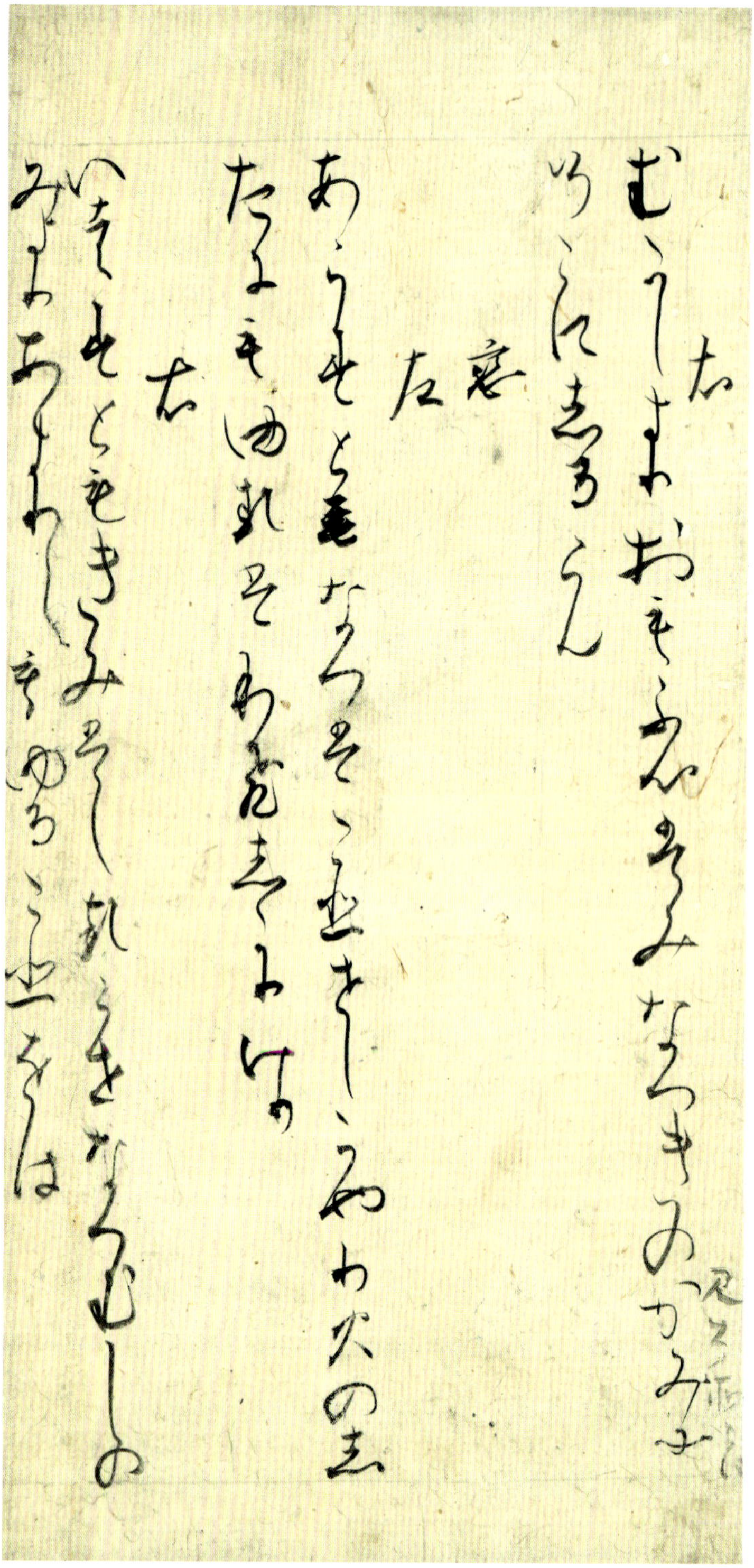

12 伝藤原俊忠筆 二条切（天慶二年貫之歌合） 平安時代（一〇九六～一一〇七年頃） 87頁参照

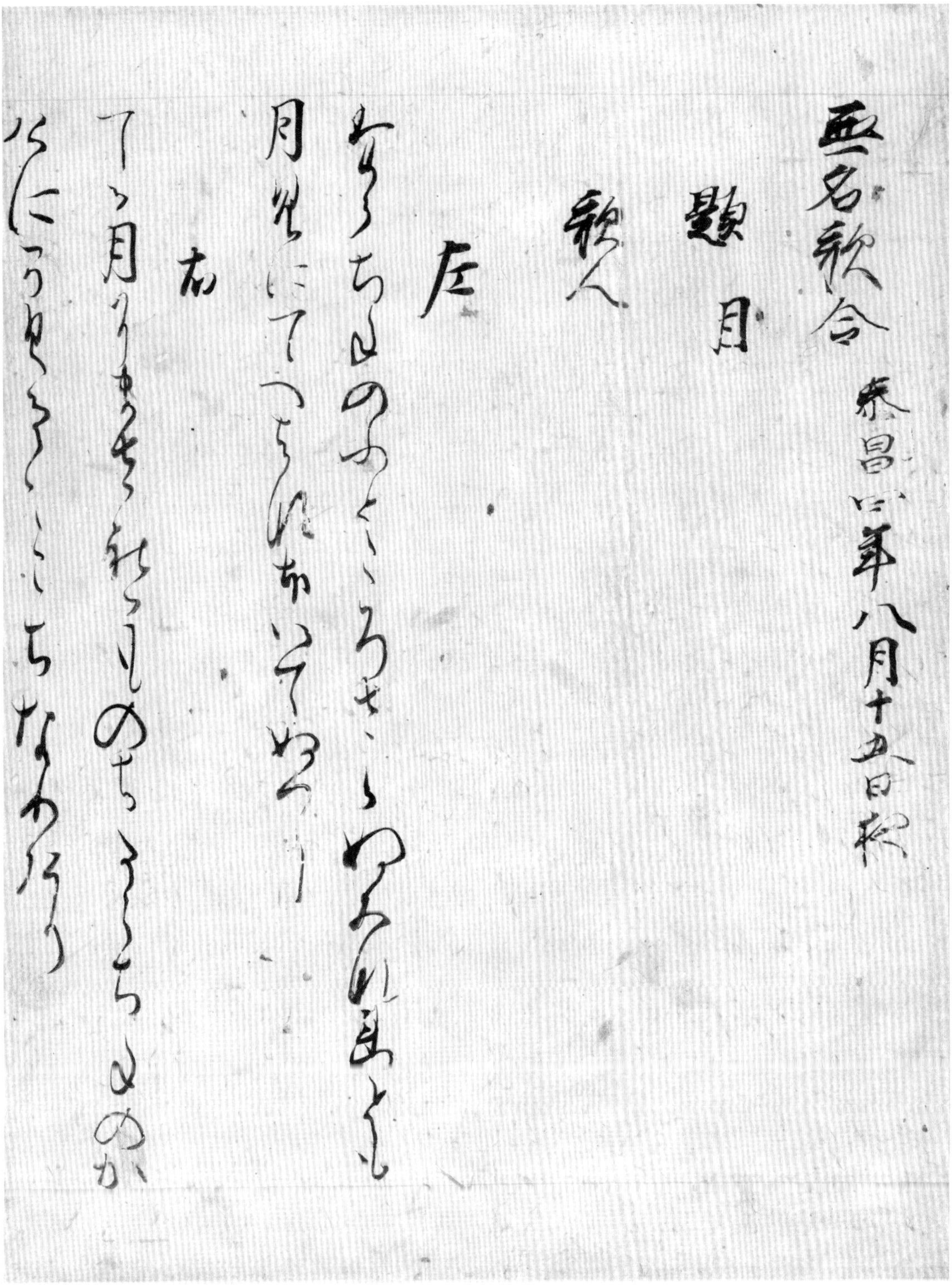

13 伝藤原俊忠筆 二条切（延喜元年八月十五夜或所歌合） 平安時代（一〇二三〜一一五八年） 74頁参照

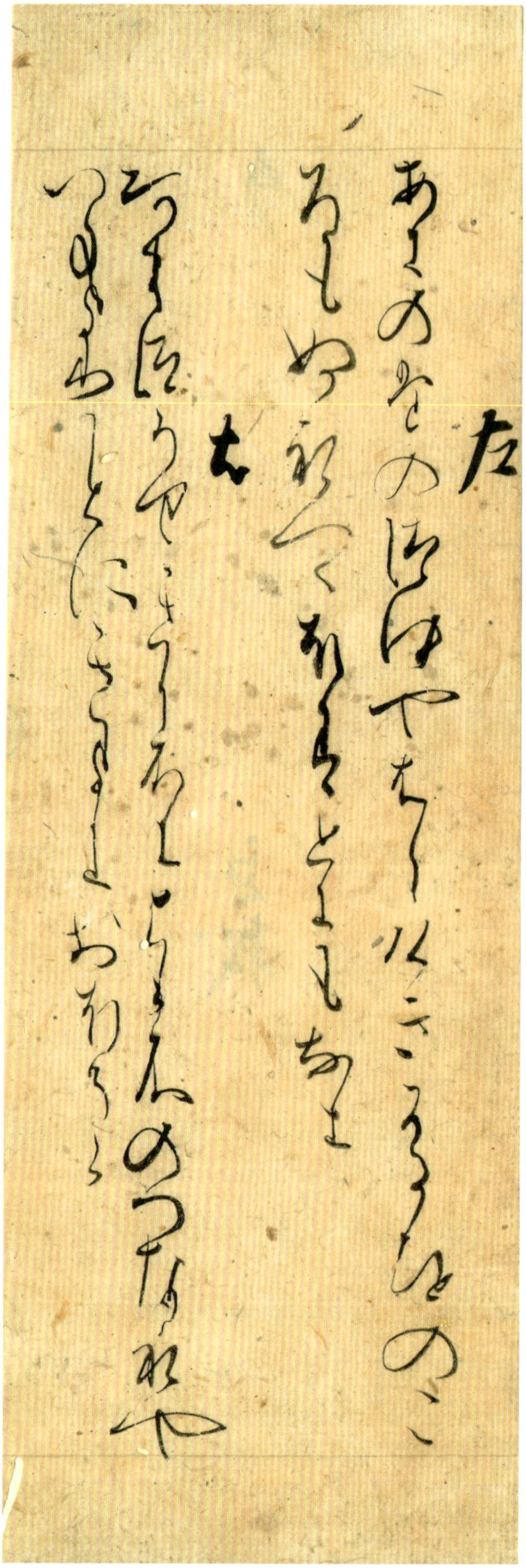

14 伝藤原俊忠筆 二条切（延喜元年八月十五夜或所歌合） 平安時代〔一〇二三〜一一五八年〕 82頁参照

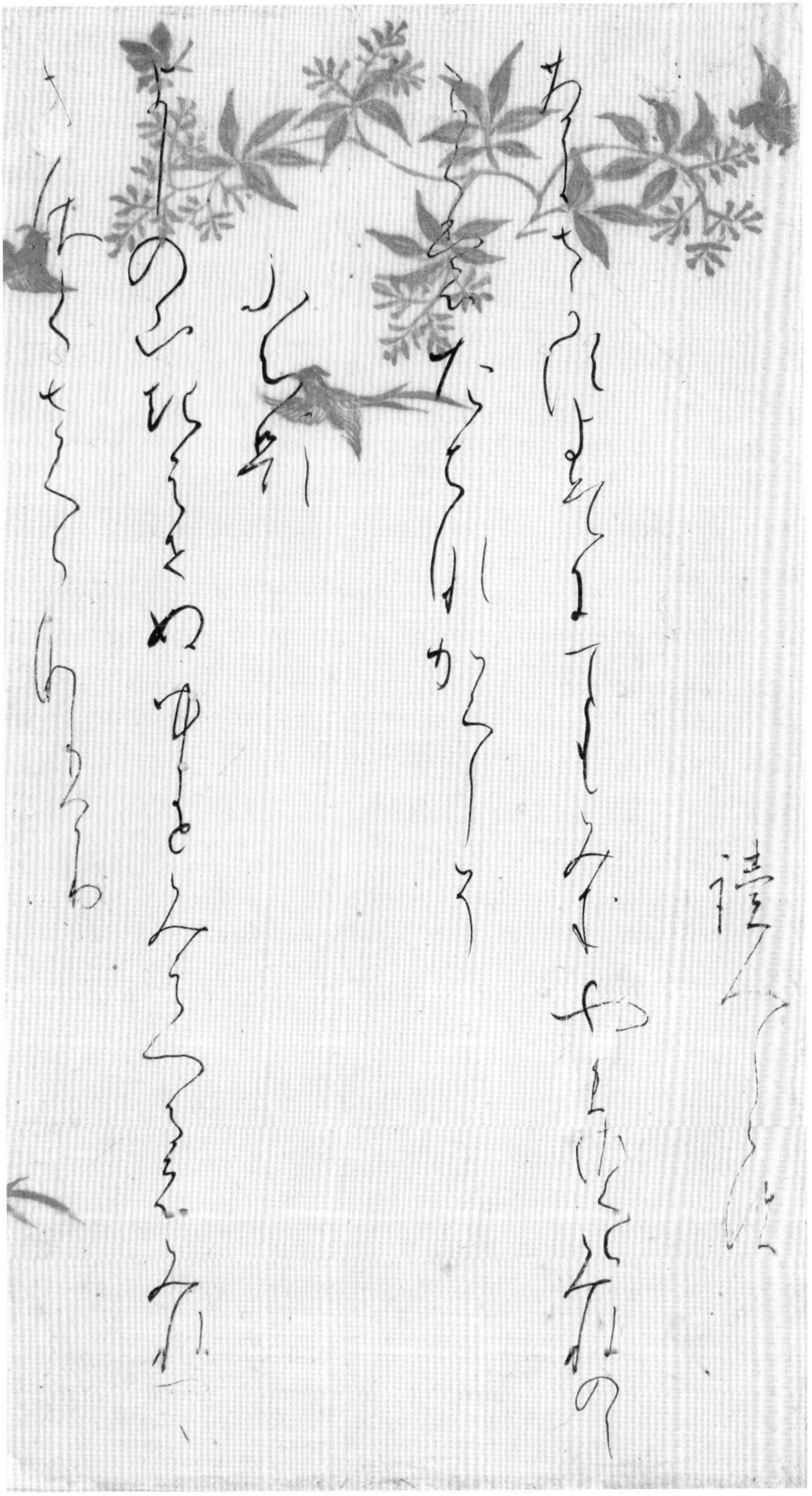

15 伝源俊頼筆（推定 藤原定実） 下絵拾遺抄切 平安時代（一二世紀初） 239頁参照

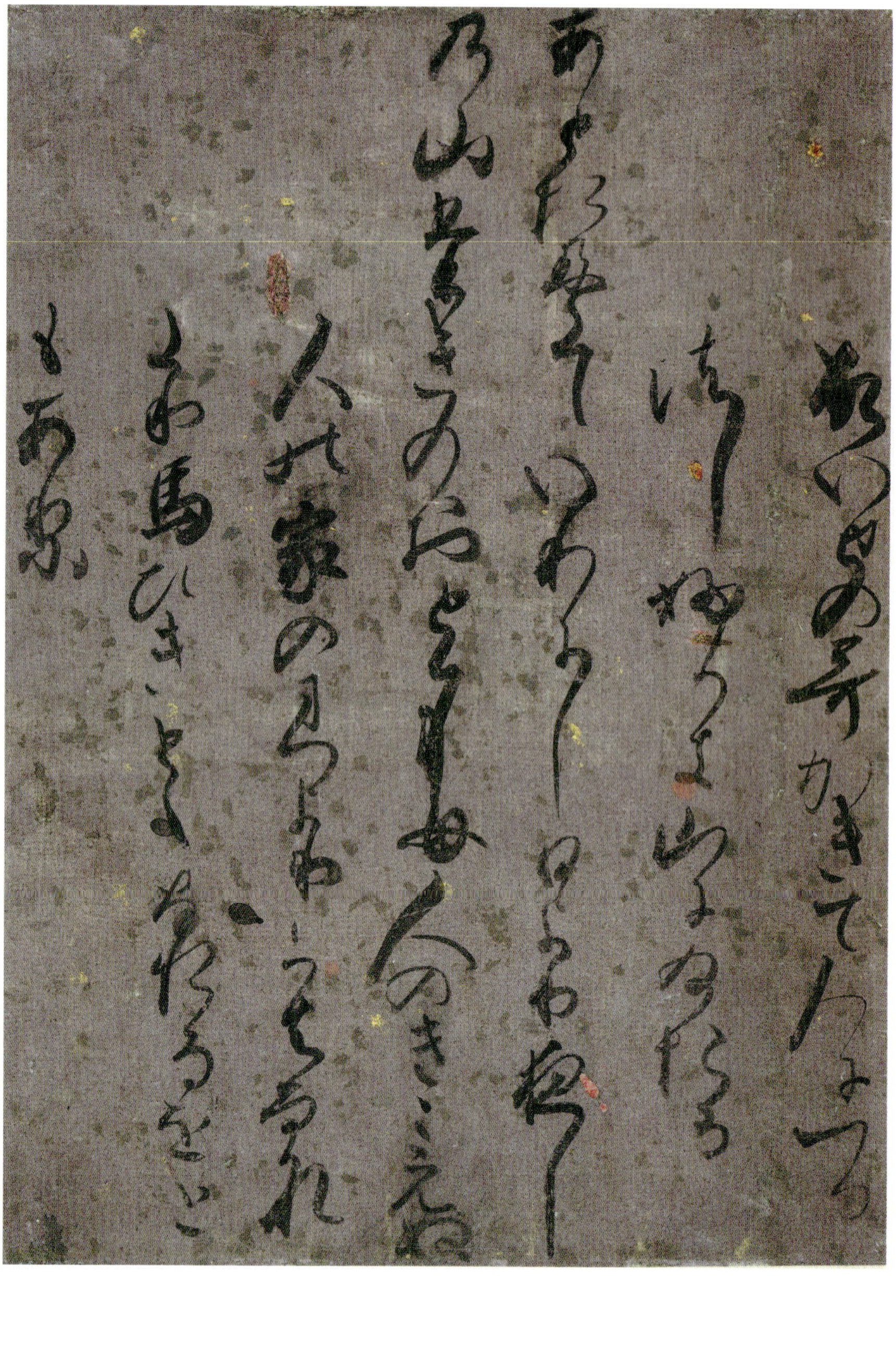

16 伝藤原公任筆　砂子切（中務集）　平安時代（一二世紀初）　287頁参照

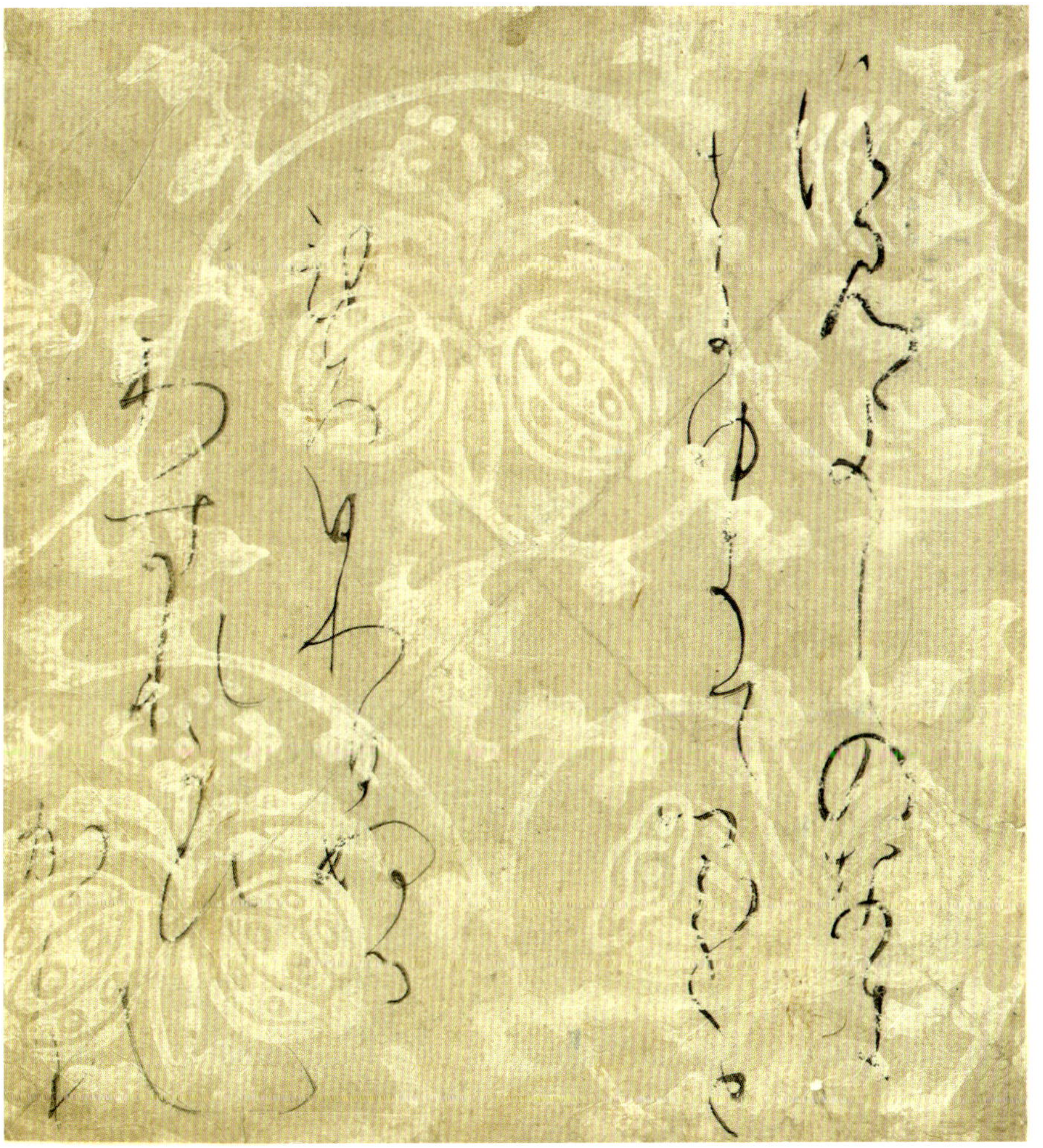

17 伝紀貫之筆 小色紙　平安時代（12世紀初）　124頁参照

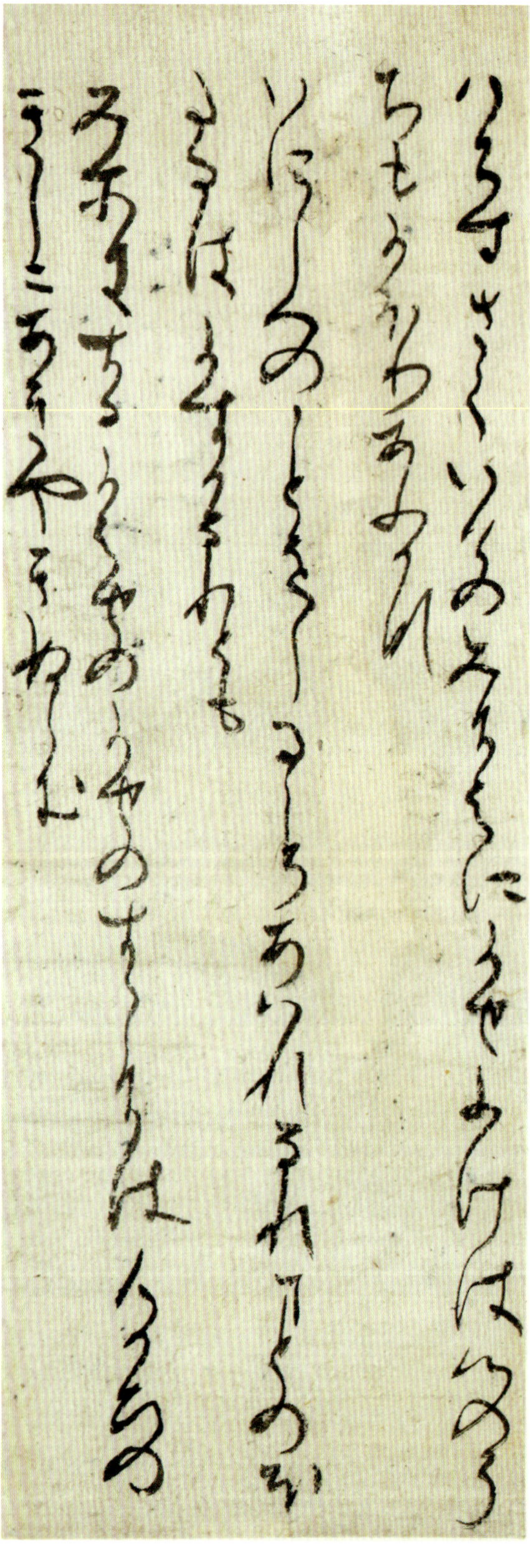

18 伝西行筆 未詳歌集切（二首切） 平安時代〔一〇二〇～一一五四年〕 128頁参照

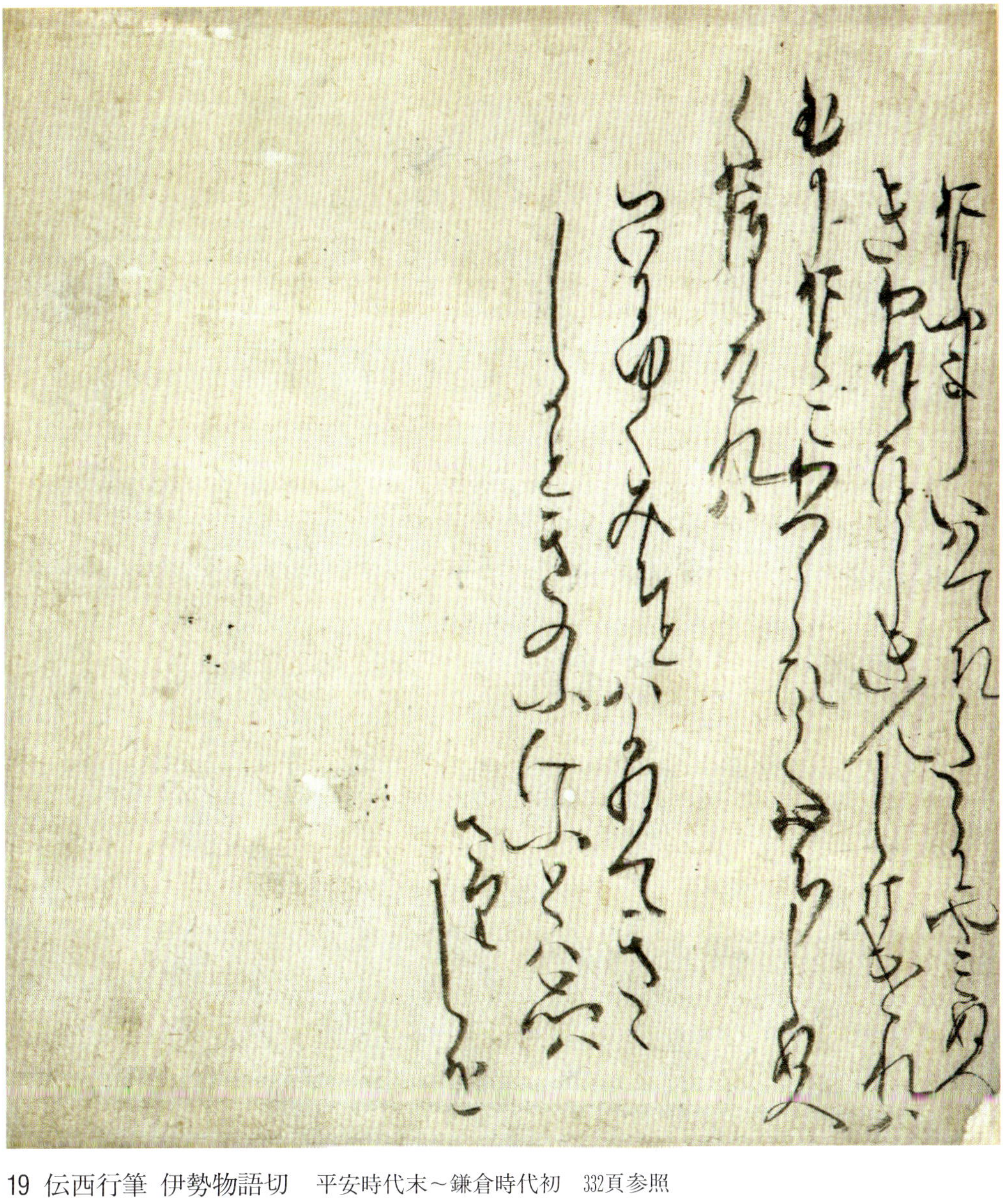

19 伝西行筆 伊勢物語切　平安時代末～鎌倉時代初　332頁参照

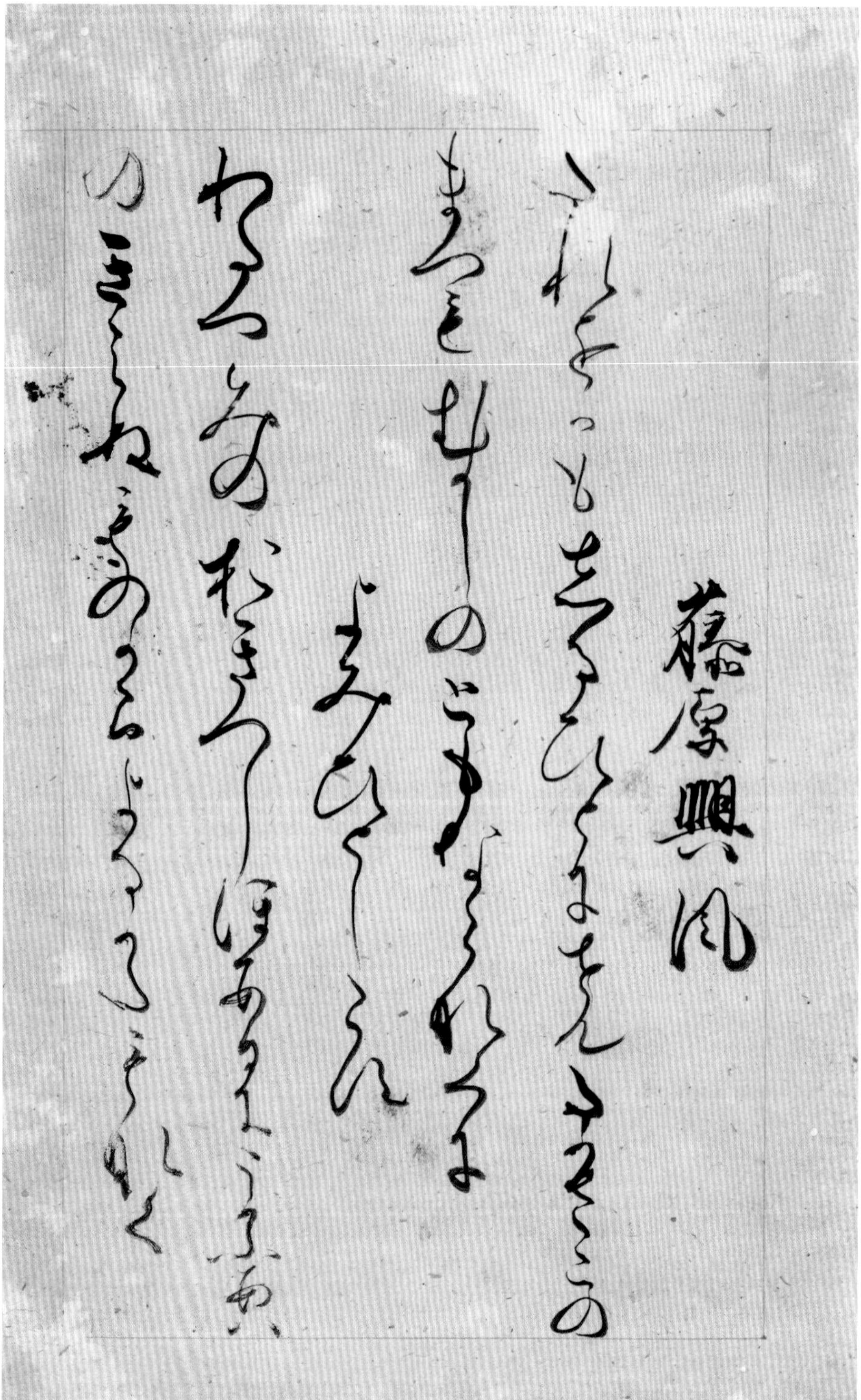

20 藤原教長筆　今城切（古今和歌集）　平安時代〔一〇二八～一一六五年〕　252頁参照

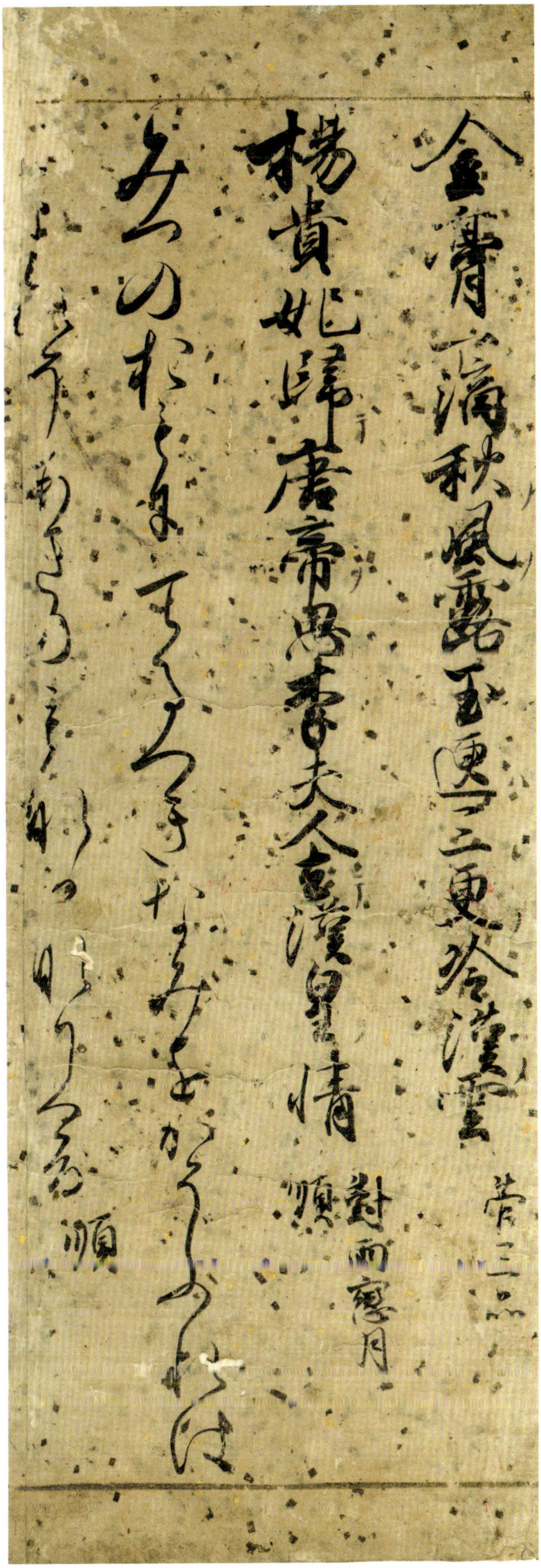

21　伝飛鳥井雅経筆（推定　藤原教長筆）　金銀切箔和漢朗詠集切　平安時代〔一〇三一～一一七七年〕　310頁参照

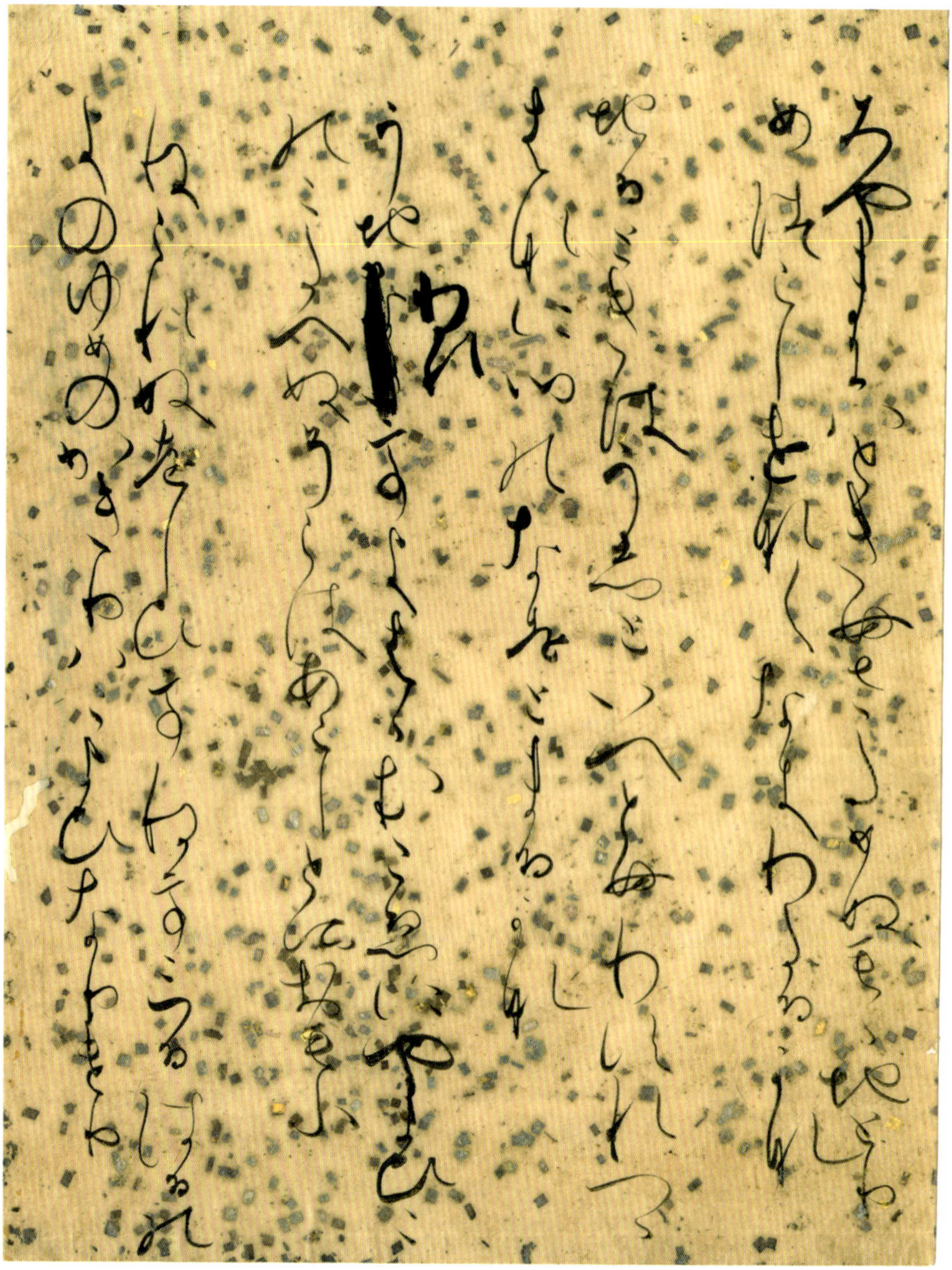

22 伝寂然筆 村雲切（貫之集） 平安時代〔1045～1214年〕 282頁参照

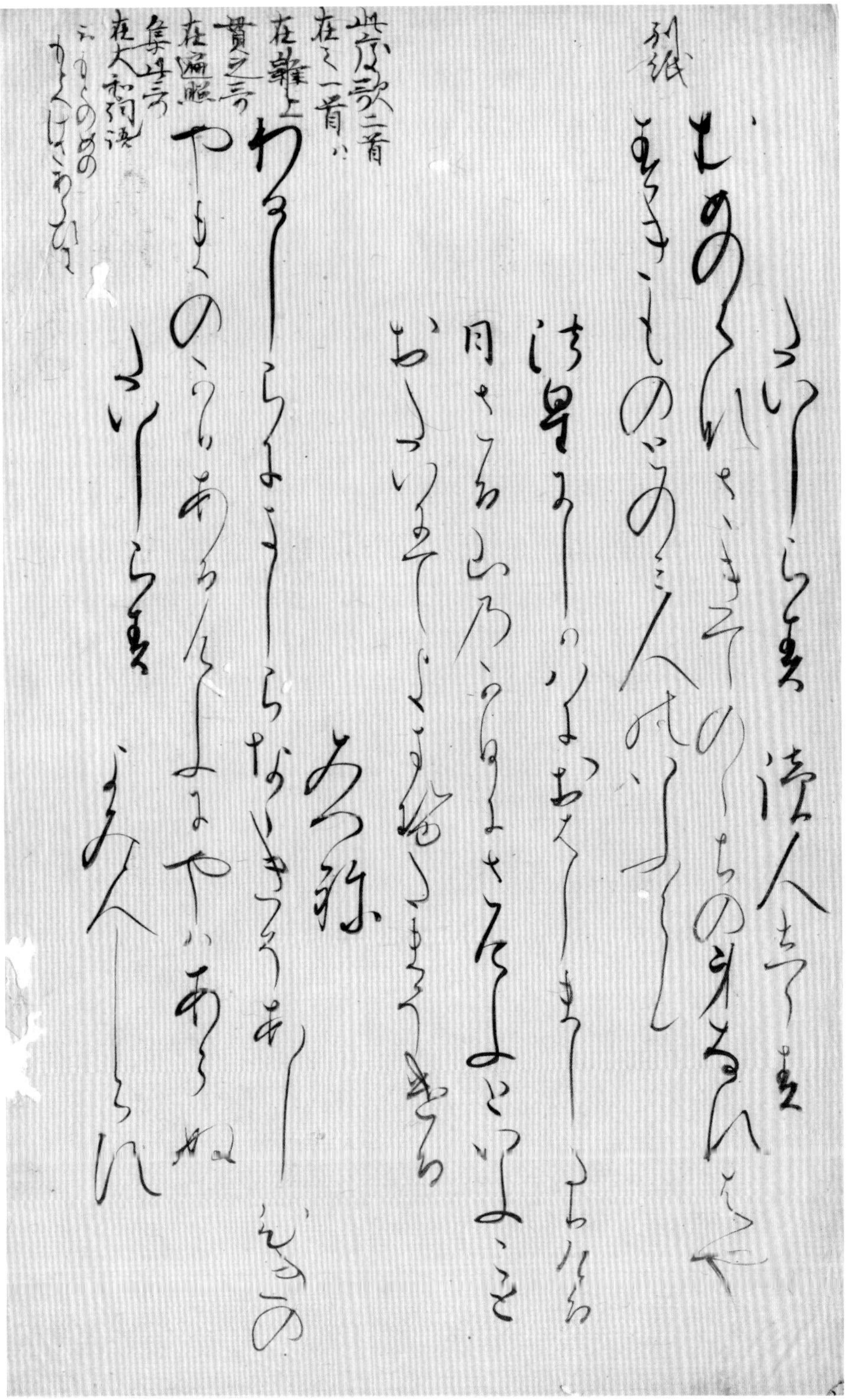

23 伝藤原俊成筆 御家切（古今和歌集） 平安時代〔一〇五一～一一二九年〕 256頁参照

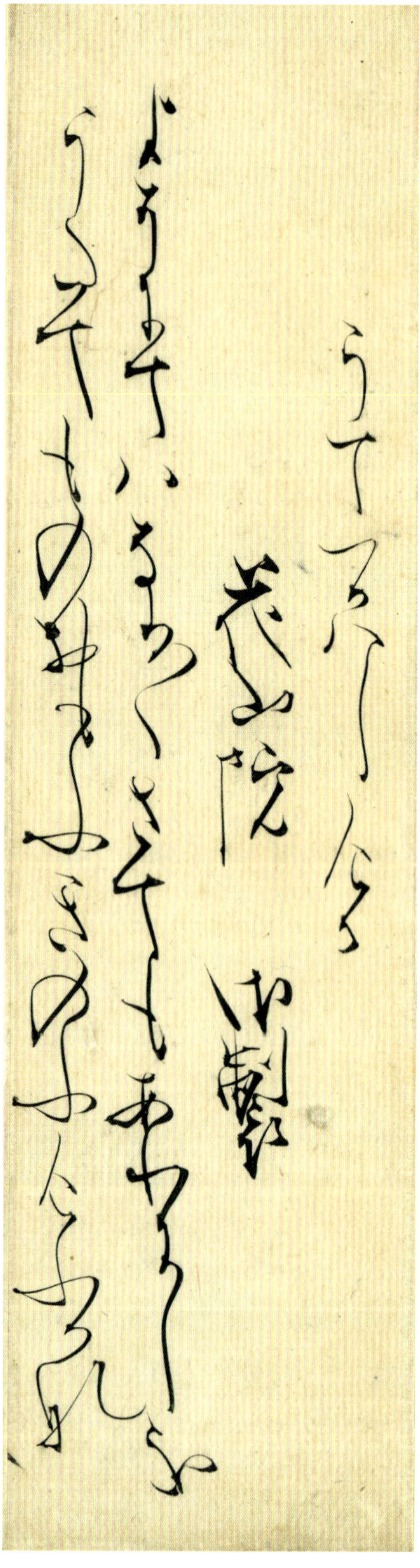

24 藤原俊成筆　日野切（千載和歌集）　平安時代（一二世紀末）　265頁参照

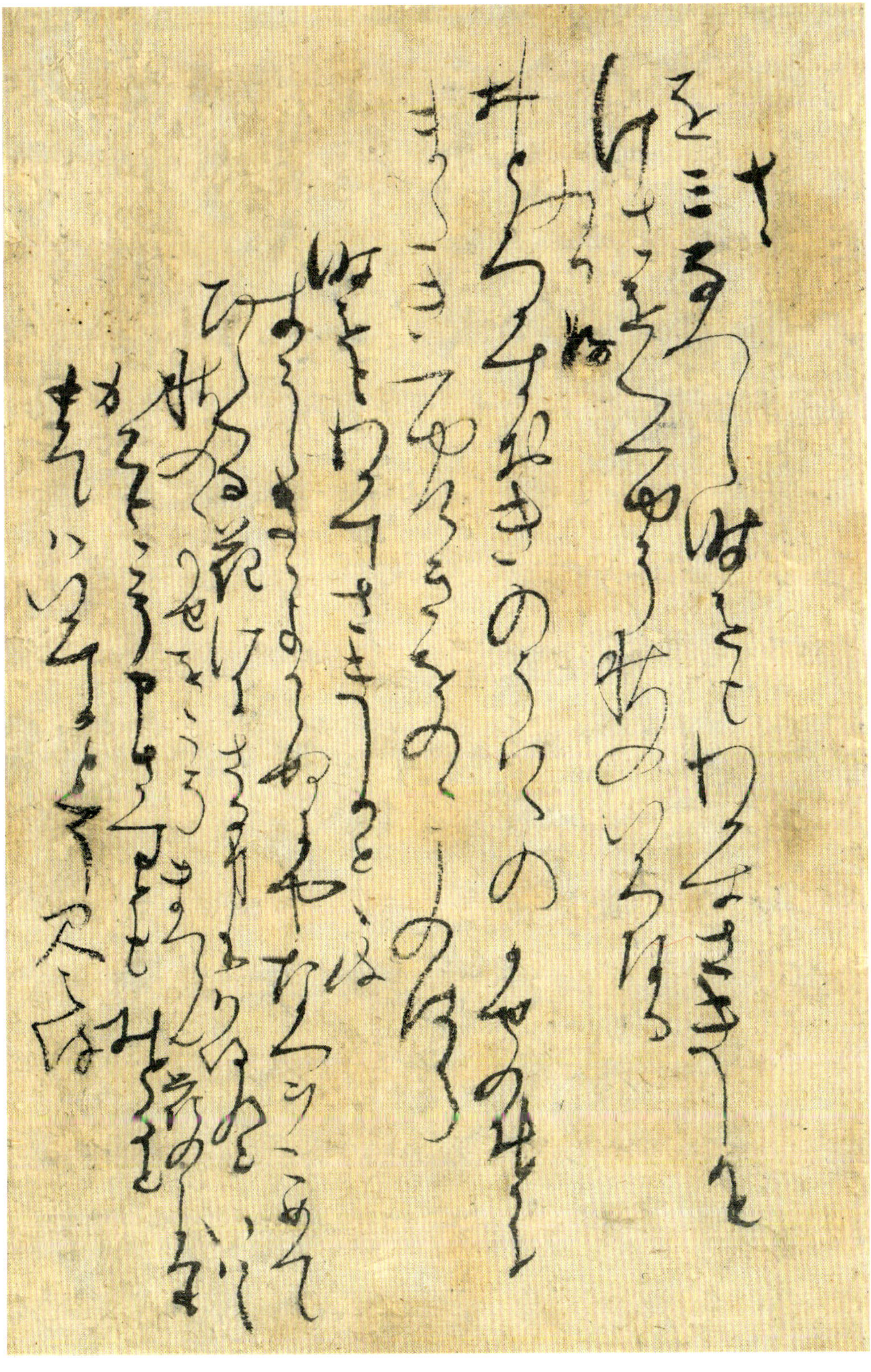

25 藤原定家筆 源通具俊成卿女五十番歌合切 鎌倉時代初 91頁参照

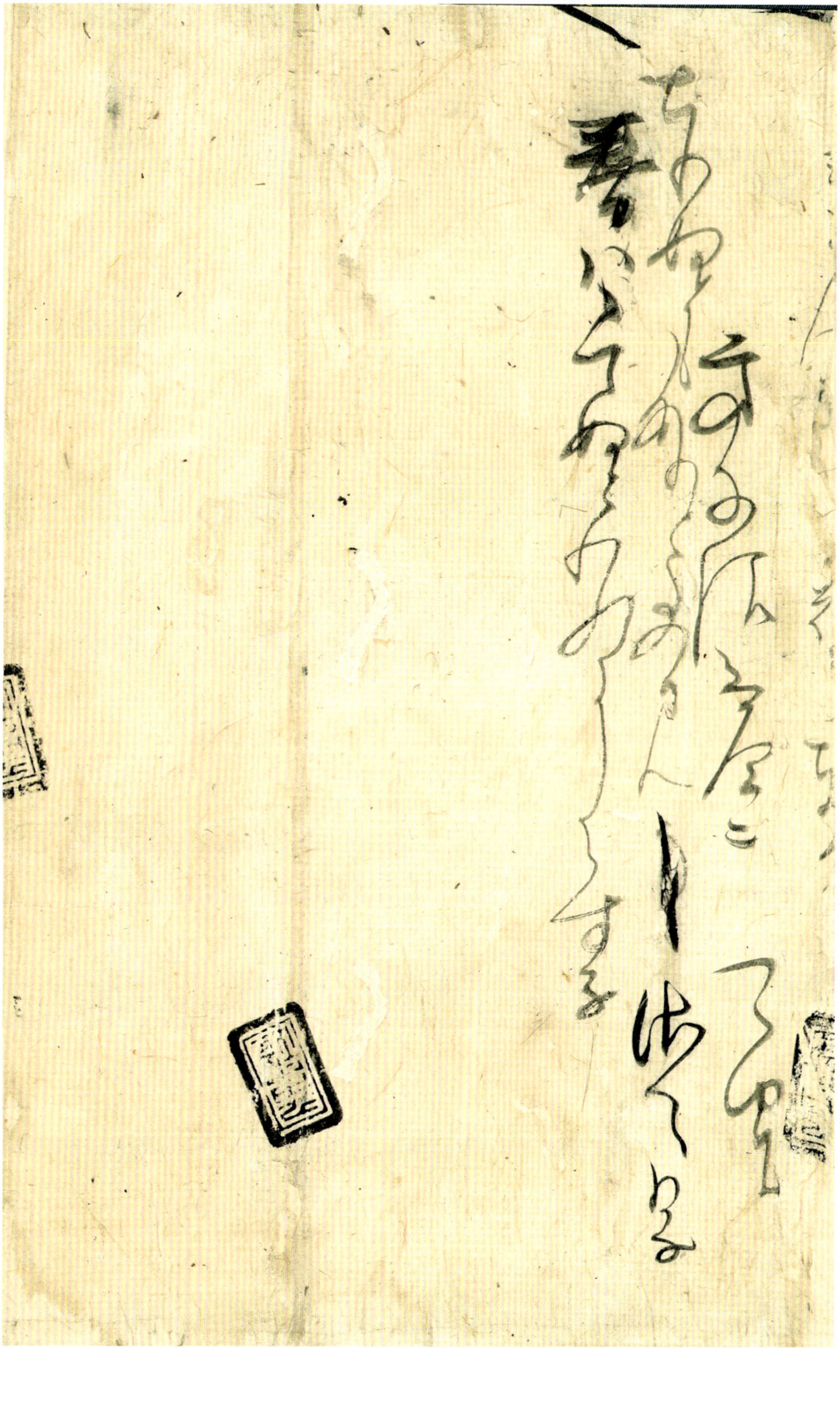

26 藤原定家筆 撰歌草稿 鎌倉時代初

198頁参照

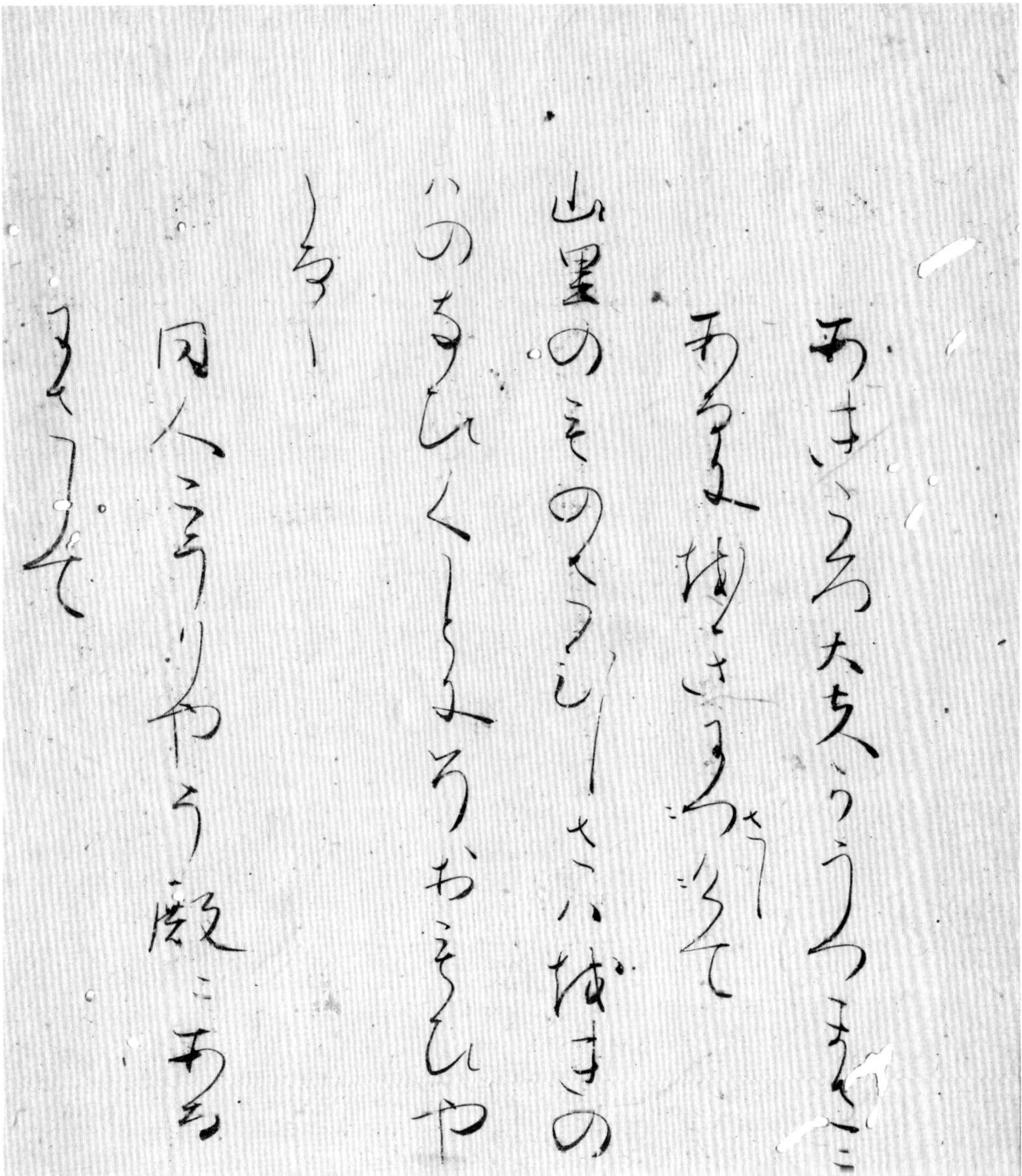

27 伝平業兼筆 春日切（清慎公実頼集） 鎌倉時代〔1209～1267年〕 32頁参照

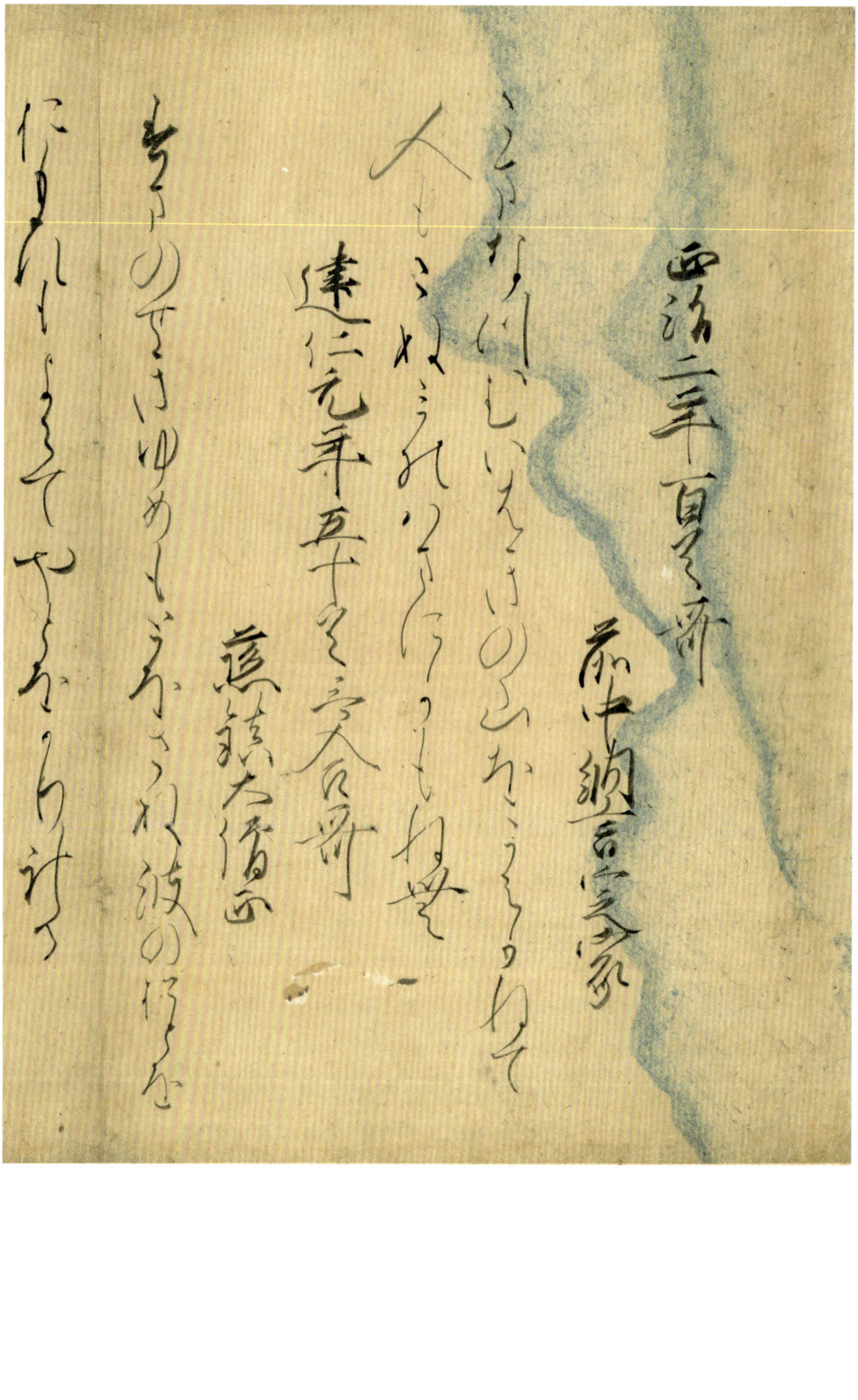

28 伝藤原為家筆 雲紙本雲葉和歌集切 鎌倉時代 61頁参照

29 伝世尊寺経朝筆　玉津切（蜻蛉日記絵巻詞書）　鎌倉時代〔一二二五〜一二八二年〕　336頁参照

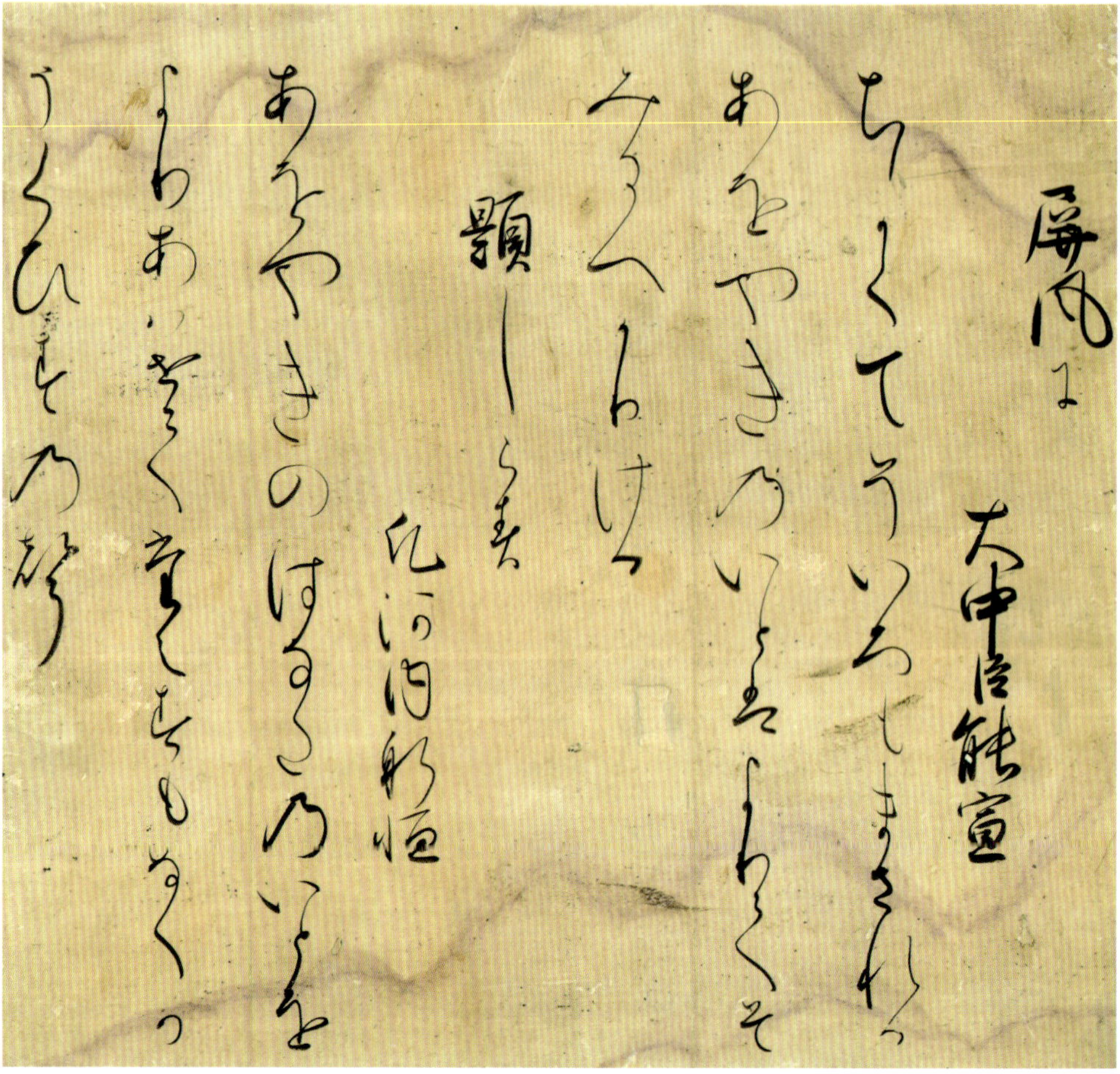

30 伏見天皇筆　筑後切（拾遺和歌集）　鎌倉時代〔1263～1293年〕 260頁参照

序

古典文学研究にとって、本文資料の収集と本文整定は、基盤的で不可欠な作業である。本文が存在しなければ、本文が定められなければ、読むことができないからである。

文学作品の本文は、近世初期には版本というかたちで大量に印刷され、均一な本文が流布するようになる。が、それより前においては、写本というかたちで書写によって書き伝えられた。ために、長い時の流れの中で転写がくり返されればくり返されるほど、あるいは不注意による誤写によって、あるいは意図的な書き改めによって、本文はもとの姿から変容し、作者の原本から遠ざかってしまう。そのような本文を作者の原本に近づける研究、あるいは本文の変容過程そのものを跡づける研究、それが本文整定である。

無論、作品成立時の原本が残されていれば、それにまさる本文はない。しかし、古い時代の作品であればあるほど、原本の伝存など夢のまた夢である。原本はとにかくとして、より古い時代に書写された、誤写や改竄の少ない写本が、本文整定のためには望まれる。しかし、転写本であっても、平安時代の書写にかかる完本となるとほとんど伝存していない。写本がもっとも多く残されている『古今和歌集』ですら、平安時代書写の完本は、国宝の『元永本』と近年出現した『伝公任筆古今和歌集』（二〇一三年七月より九月にかけての東京国立博物館「和様の書」展に、この写本の断簡が修学院切という名で展示されていた。現在は部分的に切断されてしまったらしい）のみである。物語など、散文作品の写本の伝存状況は、より劣悪である。もっとも流布しもっとも多くの写本がつくられた『源氏物語』でも、鎌倉時代書写の五四帖揃いの完本ですら吉田幸一氏蔵本くらいしかない。断簡零墨のたぐいでも、平安時代の書写にかかるものは、平安末期の「国宝源氏物語絵巻」の詞書を措いて、一葉すら確認されていない。とにもかくにも、平安時代はおろか鎌倉時代の写本ですら、稀少な存在なのである。

にもかかわらず、より古い本文をもとめる業のようなものが、断ち難く古典研究者の胸中に巣くっている。ここに、古筆切の存在が古典文学の本文資料としてかけがえのない価値をもってくるのである。

古筆とは、古人のすぐれた筆跡、和歌や物語を書写した平安・鎌倉時代の筆跡をいう。そういう古い時代の名筆は、書道の手本として、茶会の掛物として、あるいは古美術品として、需める人々が多くなる。その需めに応ずるべく、一冊の書物が一頁ずつに切られ、さらに表裏に剝がされることになる。古筆切とは、このようにして切断され剝離された古い時代の名筆の断簡をいう。古写本の完本は伝存稀であっても、この一葉一葉に切断剝離された古筆切の断簡なら、少なからぬ数が伝存している。これらを根気強く地道に拾い集めるうちに、部分的にではあるが、未知の本文を発掘したり、原本により近い本文の姿を明らかにしたりすることができるのである。たった一葉の断簡が新発見をもたらし、通説を覆す可能性があるのであり、これが古筆研究の醍醐味でもある。

とはいえ、この古筆切にあっても、作者や撰者の自筆本の断簡のたぐいは、ほとんど伝存していない。稀有な伝存例としては、藤原基俊筆山名切（『新撰朗詠集』）や藤原俊成筆日野切（『千載和歌集』）などがあるばかりである。しかし、歌書の断簡である歌切には、平安時代書写のものがかなり伝存している。歌切ほど多くはないが、物語などの散文作品の断簡にも、鎌倉時代書写のものが伝存している。それゆえ、歌書や物語の、成立時により近い本文に近づくために、古筆切は貴重な本文資料となるわけである。

本文資料として価値の高い古筆切は、第一に作者・撰者の手になる原本の断簡であるが、これはいま述べたとおりほとんど伝存していない。ついで書写年代が古く原本により近いもの。一般的にいって、書写年代がくだり原本から隔たるにしたがって、古筆切の本文的価値はさがる。ただし、書写年代のくだる古筆切であっても、散佚作品の断簡、異本本文を伝える断簡、伝存写本の少ない作品の断簡などは、本文資料としての価値が高い。中でも散佚作品の断簡は、そこに書かれている本文が唯一のもので、他には何処にも存在しないかけがえのないものである。ビーナスの失われた片腕ならぬ、失われた指先、失われた爪の先ほどにしかすぎないものが、散佚した作品の実体究明におおきな意義を持つ。本書でも、書写年代が古く原本により近いこと、散佚作品であること、異本本文を伝えていること、これらの要件をそなえた新出の古筆切を、つとめてとりあげるよう心がけた。

右のように、古典文学研究が古筆切にもとめるものは、おもに本文資料としての側面である。しかし、ひとくちに古筆切といっても、その資料的価値はひとつではない。古典文学研究においても、本文資料としてだけではなく、享受史・文学史・文化史というより広い領域に、新たな知見をもたらしてくれることもある。さらに、文字史　表記史・仮名遣いなどの、国語学の資料価値ももっている。また、特に平安時代の書写にかかる古筆切には、筆跡の優美なもの個性的なものが多く、書道芸術としても優れた価値がある。さらに、料紙に下絵をともなったもの、様々な装飾料紙に書かれているものも少なくなく、美術史的価値ももっている。古筆切は古典文学研究のみならず、国語学・書道史・美術史の資料としても価値が高いのである。

そもそも、平安時代の文学そのものが、文（歌）と書と絵の総合的な芸術として創造されていると言ってもよい。書の姿、絵のかたち、歌や物語の内容が一体となった世界が、王朝の文学、芸術なのである。古筆切は、文（歌）と書と絵を総合的なものとしてとらえる視点、文学と書道史と美術史を切り離さずに考える視点を与えてくれるものでもある。

古筆切一葉一葉の拾遺作業が、古典文学・国語学のみならず、書道史、美術史にわたるより広い文化史的研究につながっていることをつらつら惟《おもん》みながら、新出資料の紹介と分析をおこなっていく。

なお、本書の企図するところは凡例にも盛り込んである。ひととおり凡例をお目通しいただきたい。

大学院の学生の時、尾州家河内本源氏物語の調査を通して、文献資料への興味をうながしてくださった秋山虔先生の学恩に感謝申し上げる。

また、資料入手に援助を惜しまなかった妻板坂則子に感謝する。

凡例

一　第一章には、完本が伝存せず、残欠本あるいは断簡のかたちでしか伝わっていない、散佚漢詩集、散佚私家集、散佚私撰集、散佚歌合、未詳歌集（散佚私家集か散佚私撰集か判断できないもの）、他書に記載歌を見いだせない懐紙・短冊・詠草、そして撰歌草稿などの新出古筆資料をとりあげた。ただし、新出資料ではなくすでに印影が公にされているものも、内容に関してとりあげるべき点のあるものや、印影や本文を容易に目にすることのできないものについては、若干ではあるがあらためてここにとりあげた。

一　第二章には、流布本にたいする異本本文をもつ歌書、定家本にあらざる本文をもつ歌書の、新出古筆資料をとりあげた。

一　第三章には、第一章（散佚詩書・歌書）と第二章（異本歌書）以外の歌書の新出古筆資料をとりあげた。平安時代の書写にかかる名筆の類、撰者自筆の古筆切、その作品の最も古い書写に属する古筆切、さらにはいわゆる名物切といわれているものなどをとりあげた。ただしここでも、すでに印影や翻刻が報告されている資料であっても、翻刻はあるが印影の公開されていないものなどは、若干ではあるがあらためてここにとりあげた。

一　第四章には、散佚物語・不明物語の古筆切をとりあげた。

一　第五章には、『源氏物語』以外の物語・散文作品の古筆切をとりあげた。

一　各節における古筆切の掲載順序は、おおむね作品の成立年代順とした。作品の成立年代が不明の場合は、伝称筆者の年代と年代測定の値を勘案して配列した。

一　釈文において、平安時代書写の古筆切における「ん」（无）の字は、漢字音の「n」以外は、「む」もしくは「も」の変体仮名として、「む」または「も」と表記する。鎌倉時代以降書写の古筆切については、「ん」と表記する。

一　釈文において、「見」「身」の字は、「み」の変体仮名と見なし、漢字表記はしない。

一　見せけちは、左傍線または中央線によって示した。

一　炭素14による料紙の年代測定をおこなったものは、（　）内にその値を示した。なお、既発表の論文における数値と異なる数値が示されていることがある。既発表論文の数値は一九九八年に発表されたＩＮＴＣＡＬ98の較正曲線で較正した値であったが、それを二〇〇四年発表のＩＮＴＣＡＬ04の較正曲線で較正し直したためである。ＩＮＴＣＡＬ98の較正曲線が樹木年輪の測定値の生データであるのに対して、ＩＮＴＣＡＬ04の較正曲線は生データに統計的な処理を加えた曲線であり、較正曲線の凸凹が小さく、精度・正確度がより高いためである。

一　掲載の写真版資料は、断わらないものはすべて架蔵である。それ以外のものは、その都度所蔵者名を記した。

古筆資料の発掘と研究—残簡集録 散りぬるを— 目 次

口絵

序

凡例

第一章　散佚詩書・歌書の新出資料

物語にも歌書にも詩書にも、散佚してしまった作品、あるいは残欠本しか伝わらない作品が少なくないのである。しかし、古筆切のなかには、そのような散佚作品の内容を伝えている断簡、あるいは残欠本の散佚部分を伝えている断簡がある。それらは、失われた作品を部分的にではあれ復元するための、貴重な資料となること、言うまでもない。

　第一章では、散佚詩書・散佚歌書の新出資料について報告と分析をおこなう。これら断簡に記されてある詩句や和歌の多くは、その断簡のそこにしか伝存していない唯一無二の存在なのである――散佚作品の詩歌であっても他の現存作品に収載されているもの、また『麗花集』のように散佚作品であっても八幡切と香紙切の二種類が伝存するものを除いて――。

＊

『三宝絵詞』の序に「又物ノ語ト云テ女ノ御心ヲヤル物、オホアラキノモリノ草ヨリモシゲク、アリソミノハマノマサゴヨリモ多カレド、……イガヲメ、土佐ノオトヾ、イマメキノ中将、ナカ井ノ侍従ナド云ヘルハ……」（新日本古典文学大系本）とある。『三宝絵詞』の成った永観二年（九八四）頃には、物語が数えられないほど沢山あったというのだ。しかし、そこに具体的な題名をあげられた物語四作品のすべてが、いまに伝わってはいない。浜の真砂ほど存在した平安時代の物語のほとんどが、散佚してしまったのである。現存する一〇余の平安時代物語は、当時あったもののごくごく一部にすぎないのである。

　和歌の場合は、勅撰集・私撰集・私家集・歌合・物語歌など、膨大な数が『新編国歌大観』などに集められている。しかし、ことは物語と変わらず、散佚してしまった歌書がかなりある。『和歌現在書目録』『歌書類目録』などの書目、『袋草子』『奥儀抄』『和歌色葉』『八雲御抄』『代集』などの歌学書、『夫木抄』などの類題集、これらの文献に名をとどめながら散佚してしまった私撰集が、平安時代で五八、鎌倉時代で三三ほど指摘されている（有吉保編『和歌文学辞典』桜楓社、一九八二年）。冷泉家時雨亭文庫蔵『集目録』などからも、散佚私家集（『花山院御集』や『具平親王集』）の存在が知られる。

　また、『本朝書籍目録』には、『日本佳句』『本朝佳句』『本朝秀句』『続本朝秀句』などの散佚詩書の名が残されている。

第一節　散佚漢詩集

1　藤原行成筆　佚名本朝佳句切

〔年代測定　八八九〜九九一年〕

一　佚名本朝佳句切について

佚名本朝佳句切とは、いかなる内容の書物を書写した断簡なのか未詳のゆえの呼称であり、現在二葉の断簡と複写による一葉、計三葉の存在が確認されているのみである。[1]

この古筆切がはじめて紹介されたのは、『平安朝伝来の白氏文集と三蹟の研究』（小松茂美　墨水書房　一九六五年）においてであった。[2]それは縦二六・四センチ、横七・七センチの白色無地の鳥の子料紙に、

前星奪得文星耀少海
添将筆海瀾　首夏陪東宮初讀書應令

とある二行の断簡であり、紙面にはしる横皺からもとは巻子本であったと推定された。小松氏は、藤原行成の真跡として知られる東京国立博物館蔵白氏詩巻や京都本能寺蔵本能寺切との比較から、それらと同筆と判定された。「わずか二行ながら、行成の数少ない真跡の一つとして、この断簡はきわめて重要な存在である」と評価されている。[3]

そして、さらに一葉目が出現、『日本の書3　三跡』（小松茂美　中央公論社　一九八一年）に紹介された。

先賢地底應驚魄後
輩官曹定反脣　書懐上左右相閤下
燭暗数行虞氏涙夜
深四面楚謌聲　得項羽贈中納言
肥膚瓠白生陽武貞幹
松青立漢文　得張蒼

とある、縦二六・二センチ、横二一・七センチの、「茫洋として大きな広がりを示す」[4]藍と紫の飛雲料紙の、六行の断簡である。寛仁二年（一〇一八）行成四七歳の書である、東京国立博物館蔵白氏詩巻と多くの共通点があるとされ、「行成の真跡としての価値に加えて、その料紙、および本文の資料としても、まことに貴重な遺品と

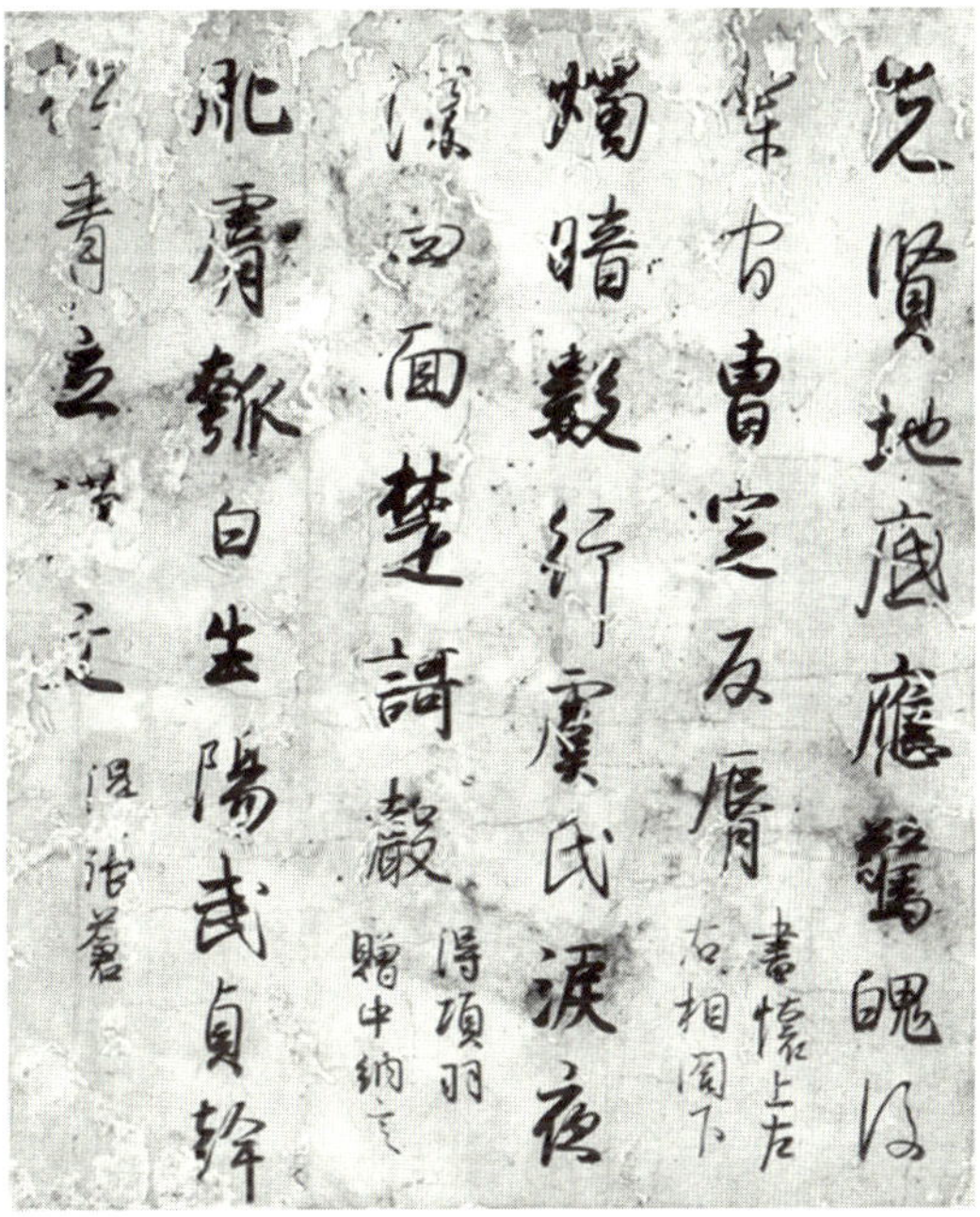

藤原行成筆 佚名本朝佳句切

いわねばなるまい(5)」と評価されている。なお、『日本の書3　三跡』のカラー図版では、地の色は薄茶色、飛雲の藍は濃く、紫は赤みが強く紅にもみえるが、実際の色は、地の色は茶というよりは黄、飛雲の紫も赤くはなく明らかに紫である。この断簡は現在架蔵に帰しているので、あらためて巻頭口絵に明瞭な印影をかかげておいた。

三葉目の断簡は、『古筆学大成25』（小松茂美　講談社　一九九三年）の「解説」に掲げられた複写の一葉で、

上河妨満月生
風破綵雲[踵]次列日除
紅粉牛揺傾 露裏見秋花

とある三行である。鮮明さを欠いたモノクロ写真ゆえ、料紙の地の色、飛雲の有無ははっきりしない。下方に薄黒くしみのように見えるのは、ひょっとすると飛雲かもしれない。寸法も記録がなく、わからない。

一　佚名本朝佳句切の新出断簡

そして、ここに新たに四葉目の断簡が現れた。

鑠香匳和風先引薫
烟出珎重紅房透
玉簾 早春観宴宮人同賦催粧

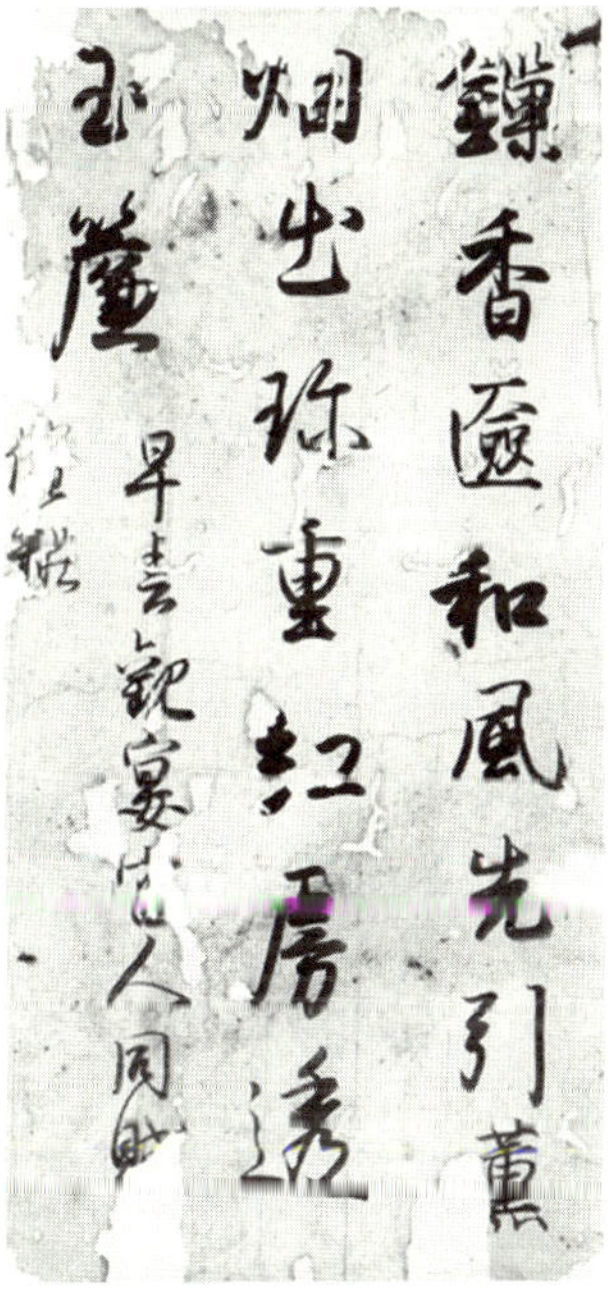

藤原行成筆
佚名本朝佳句切

の三行分である。現状は軸装仕立てであるが古い表装ではない。古筆家の印はないが、「行成卿 鑠香一〇七」と記された古札が付属する。朱で書かれた「一〇七」の番号は蔵番号かと思われる。縦二六・三センチ、横一二・五センチ。白い鳥の子紙に、明るい藍と紫の大きな淡い飛雲をおいた料紙。第一、第二の断簡同様紙面に横皺がはしり、

もと巻子本であったと思われる。書式、書風の酷似から、そしてさらに、第二の断簡の上下および紙中にみられる特徴ある虫損の跡と同様のものがみられることから、この断簡は佚名本朝佳句切のツレと認定できる。第一の断簡が白色無地の料紙であるのに対して、第二の断簡が薄茶地に飛雲をおいた料紙であるところから、「もと、色変りの料紙を継いだ、華麗な調度手本として揮毫されたもの(6)」と推定されていたが、この第四の断簡が白色地に飛雲と、先の二種の料紙と異なるところから、「色変りの料紙を継いだ」ということがより確かになった。

この断簡に書写されている詩句は、『菅家文草』巻第五にみえる「早春、観賜宴宮人、同賦催粧、應製。并序」の七言律詩の、第六句目途中より以下の部分である。

算取宮人才色兼　粧楼未下詔來添
雙鬟且理春雲軟　片黛纔成曉月纖
羅袖不遑廻火熨　鳳釵還悔鏁香匳
和風先導薫煙出　珍重紅房透玉簾

『日本紀略』、宇多天皇、寛平五年（八九三）の「正月十一日、辛亥、其日、密宴、宮人粧を催すの詩を賦す」の記事、および右の詩に付せられた序の「聖主命小臣、分類舊史之次、見有上月子日賜菜羹之宴」という記述から、類聚国史編修にたずさわる菅原道真が、宇多天皇が宮女たちに若菜の宴を賜ったのを目撃した折の詩とわかる。道真の代表作の一つで、「艶冶を極め、道真の作品におけるジンリッヒな傾向を示す一つの典型(7)」と評される詩である。

この七言律詩八句は、『和漢朗詠集』巻下「妓女」の部にもとられているが、『菅家文草』が「纔成」「玉簾」とするところを、『和漢朗詠集』では「纔生」、「翠簾」と作る。新出断簡の三行分には前者はふくまれていず、いずれの本文であったか知りえない。が、後者は「翠簾」ではなく「玉簾」であり、『菅家文草』の本文と一致している。しかしながら、『菅家文草』とも『和漢朗詠集』とも異なる、新出断簡独自の本文（『菅家文草』『和漢朗詠集』が「先引」とするところを「先導」に作る、同様に「薫烟」を「薫煙」に作る、「珎重」を「珍重」に作る――「烟」と「煙」、「珎」と「珍」は異体字にすぎないとも見なせる――）があり、単純に新出断簡が『菅家文草』の本文と同じとすることはできない。また、新出断簡の末句のあとに小字で付記されている詩題は、『菅家文草』のごとく「早春観賜宴宮人」とあるべきところ、「賜」の一字を書きおとしている。

三　佚名本朝佳句切の問題点

さて、これら佚名本朝佳句切で問題となることが二点ある。一つはその書写内容についてであり、いま一つは料紙の飛雲についてである。

まず、書写内容についてであるが、すでに説かれているところの要点をかかげ、新出断簡によって補訂しうるところを指摘したい。

(1)「これらの断簡（第一と第二の断簡をさす）には、七言二句の詩の四首が書かれている。これによって、律詩あるいは絶句のうちの佳句を抜粋したものらしい(8)」との推定がある。

〈佳句抜粋〉であることは動かないであろうが、新出の第四の断簡は〈七言二句〉の抜粋ではない。七言律詩の六句目の途中から記されており、少なくとも第五句から第八句までの四句が書かれていたことは確かである。あるいは、律詩の八句すべてが書かれていた可能性もある。とにかく、佚名本朝佳句切は〈七言二句〉の抜粋に限らないということが、新出の断簡によって確認できる。

(2) 第二の断簡にみえる七言二句三首のうちの、二首目について、「燭暗数行虞氏涙夜　深四面楚謌聲得項羽贈中納言」は、『和漢朗詠集』巻下「詠史」の部にもみえるもので、それには句の末に「橘相公」と作者名注記がある。これによって、第二の断簡の二首目の七言二句の作者は橘広相（八三七―八九〇）と判明する。[9]

(3) また、この第二の断簡の二首目の七言二句の末に小字で記された注記「得項羽贈中納言」について、『日本の書3　三跡』では、「脚注を『項羽《う》を得。贈中納言』と訓《よ》むか、『項羽を得て、中納言に贈る』ととるかが一つの問題。前者の『贈中納言』は橘広相、後者の『中納言』は彼以外の人物となる。しかしながら、第一首目が『懐《おもい》を書して、左右相閤下に上《たてまつ》る』、第三首が『張蒼を得』といずれも作者名を記さないことから考えて、後者の訓み方が適当と思われる。とすれば、三首とも橘広相の作である可能性が強いといえる」[10]とする。一方、同じく小松氏の執筆にかかる『古筆学大成25』[11]では、同様に「これら一連の詩句は同一作者の可能性が強い」としながら、「『贈中納言』とあるのは、広相が、死後に贈官位をうけたことによる」として、『日本の書3　三跡』ではとらなかった「贈中納言」を作者注記とみなす説をとっている。

(4) また、第一の断簡の句末に小字で書かれている詩題注記「首夏陪東宮初讀書應令」の「東宮初讀書」に注目し、「読書始一覧表」（尾形裕康『日本学士院紀要八―一』）によって「首夏」すなわち四月に行われた皇太子の読書初めの三例を拾いあげ、その中の貞観十七年（八七五）四月十三日の清和天皇の御子、貞明親王（のちの陽成天皇）の読書初めの侍読（書を講ずる役）が、従五位上右少弁東宮学士の橘広相であった事実をつきとめ、この第一の断簡の詩句を右の貞明親王読書初めの時の橘広相の作とみる説がある。[12]

そして、このことを傍証にして、(3)の推定、すなわち、第二の断簡の四つの七言二句の詩句すべてを広相の作とする説を補強している。

しかしながら、「この四首が、いずれも橘広相の詩の一部としても、もとのものがすべて広相の詩からの摘句であったのか、数人の詩集から抄出したもので、たまたま広相の詩の部分が伝存したのかも不明である」[13]と考えるのが妥当と思われる。

(5) 大江維時撰『千載佳句』のように中国の漢詩の秀句を抜粋したものではなく、日本の詩人の秀句をあつめたものにも、『本朝書籍目録』にみえる①『本朝秀句』五巻、②『続本朝秀句』二巻、③『日本佳句』二巻、④『本朝佳句』などがある。①は藤原明衡（九八九～一〇六六）の撰であり、また②は藤原忠通（一〇九七～一一六四）の命によって藤原敦光が撰んだものであり、ともにこの佚名本朝佳句切の書写者とみなされる藤原行成（九七二～一〇二七）以降の時代の成立。よって佚名本朝佳句切は

③④の可能性があるという。[14]

(1)については、すでに述べたとおり、新出の断簡によって、二句の抜粋に限ることはできず、四句あるいは八句の抜粋もありうると思われる。(2)については、疑う理由はなく、第二の断簡の二首目は橘広相の作と認められる。(3)について。新出断簡にも詩題の注記はあるが作者名注記はないので、「項羽を得て、中納言に贈る」と訓む可能性も残ろうか。広相は没した日に中納言を贈られたので「橘贈（中）納言」と呼ばれるが、「贈中納言」ではことば足らずである。あるいは、「橘」の一文字を書きおとしたのであろうか。(4)については、その可能性を否定できない。しかしながら、新出断簡によって、佚名本朝佳句切が橘広相の詩だけでなく、菅原道真の詩をも掲載するものであることがはっきりした。それゆえ、第一の断簡の詩を、第二の断簡の二首目が橘広相の作であることと短絡させて、それをも広相の作と断ずることはできまい。第二の断簡の一首目と三首目も、二首目が広相作だからといって、同様に広相の作と断ずることはできない。他の詩人の作である可能性も残されている。(5)については、佚名本朝佳句切の書写者が行成であるという前提で成立する推定であり、もしこれが行成より後の時代の書写ということになれば、少なくとも①本朝秀句の可能性も出てくるように思われる。このことは、料紙の問題、すなわち飛雲紙とかかわることゆえ、次の飛雲について述べる中でいま一度ふれ直すことにしたい。

佚名本朝佳句切の書写内容は、橘広相や菅原道真などの本朝の詩人の詩句を二句あるいは四句（八句の可能性も残る）を抜粋した秀句集であったとみてよかろう。橘広相（八三七～八九〇）と菅原道真（八四五―九〇三）は、ほぼ同時代を生きた文人であり、定員二名の文章博士を肩を並べてつとめたこともある。また、いわゆる阿衡の変の原因となった詔書を起草したのが広相であり、その罰刑が問題になった時、道真は藤原基経に意見書「奉昭宣公書」を提出した。広相はこのように政治的事件で打撃を受けたが、道真もまた、周知のとおり藤原時平との確執、太宰権帥左遷という政治的事件にまきこまれ、失意の中で没した人であった。政治的権力闘争にまきこまれ失意のうちに没した二人の同時代の文人の詩が、たまたま佚名本朝佳句切の断簡に残ったのであろうか。あるいは、意図的な撰択意識によっているのであろうか。もしそうであるなら、佚名本朝佳句切のもとの姿は特異な秀句集であったことになる。それはともあれ、現在名を知られる散佚秀句集のいずれかに該当するものか否か、数少ない断簡からは判断不可能である。

いまひとつ注目されるのがその料紙であり、「薄茶地に藍・紫の繊維を大きく雲形に漉き込むが、その雲は、十一世紀半ばの遺品と思われる伝藤原忠家筆『和歌躰十種』（一巻・国宝）のそれをさらに上回る大きさで、飛び雲紙の原初の形態を示すもの。料紙の対角の隅、あるいは天地に雲を配した、いわゆる雲紙を含めて考えても、この技法に関しては、現存する最古の遺品ということになる」と、説かれている。[15] あるいは、「十一世紀半ばの書写である『元暦校本万葉集』などの飛び雲文様とは趣を異にして、この文様は茫洋として大きな広がりを示す。類似のものとしては、『伝藤原行成筆法輪寺切本和漢朗詠集』がある」とも。[16]

ところで、飛雲料紙は作製にむずかしい技術を要したらしく、それが作られた時期はおよそ一一世紀中頃から一二世紀中頃までと限られる。その後は飛雲の技術は断えたらしい。むろん、この平安時代の料紙を模倣した稚拙な後代のそれは、飛雲とはみなさない。佚名本朝佳句切の他で大型飛雲を有するものに、名家家集切・『深窓秘抄』・『和歌体十種』・『歌仙歌合』・源経信筆『琵琶譜』などがあるが、これらはその書風が高野切第一種・第二種に類似するものがほとんどで、いずれも一一世紀中頃のものと推定される。松原茂氏はより詳細に、「一紙中の雲の数は、『深窓秘抄』が3～5個で各紙はまったく任意に継がれているが、『和歌体十種』は巻末の一紙と三分の一を除く第五紙まではすべて四個、ことに『歌仙歌合』は三個の紙と四個の紙を明らかに交互に継いでいる。これらの点から、雲の形に幾分統一を欠き、一紙中の個数も一定しない『深窓秘抄』に比べて、雲の形にはっきりとした定形化が見られ、その個数までを配慮した意識的な紙継ぎになる『和歌体十種』、『歌仙歌合』は、料紙の装飾技法としてはより発展した形とみなすことができ、したがって、時代もやや下るものと推定される[17]」とする。配置の定形化のないもの、一紙中の飛雲のまちまちなもの、色が淡く大きいものが、より古い飛雲であり、『深窓秘抄』を『和歌体十種』『歌仙歌合』より一段階古いとされるが、およそのところ大型飛雲は一一世紀中頃のものと見てよかろう。小型の飛雲を漉き込んだ藤原教長筆二荒山本『後撰集』あたりが下限で、一二世紀中頃である。

佚名本朝佳句切の第二の断簡の飛雲は、約横一五・〇センチ、縦七・〇センチで、飛雲遺品中最大のものである。新出断簡も、写真版ではわかりにくいが、薄黒くみえるところがかなり大きくひろがっている（図版の黒枠で囲んだ部分）。その茫洋とした感じは名家家集切のそれに最も似ている。横一二センチ以上、縦六～七センチほどである。やはり、飛雲文様の遺品の中では最大級であり、この飛雲の大きさからすれば、さきにふれた大型飛雲を有する他の古筆との関係から、佚名本朝佳句切は一一世紀中頃、もしくはさらにさかのぼるものと見るほかないようだ。

ちなみに、『枕草子』冒頭の有名な書きだし、「春はあけぼの、やうやうしろくなり行く山ぎは、すこしあかりて、むらさきだちたる雲の、ほそくたなびきたる」などにみられる王朝人の美意識、これと飛雲文様とはかかわりがあろう。そしてその背後には、阿弥陀仏が乗って来迎する極楽往生の象徴である紫雲のイメージが潜んでいよう。仏教思想を背景にした表象や美意識と、飛雲文様は精神の深みにおいてつながっていよう。さらに、長保元年（九九九）藤原彰子入内の際の調度品、四尺屏風の色紙形の和歌に、藤原公任は「紫の雲とぞ見ゆる藤の花いかなる宿のしるしなるらむ」と詠んでいる。この「紫の雲」は咲き誇る藤の花の喩えであり、かつ藤原氏、藤原道長家の瑞祥でもある。飛雲文様の発生は、藤原氏の隆盛ともかかわっているのであろうか。それはとにかくとして、平安時代の

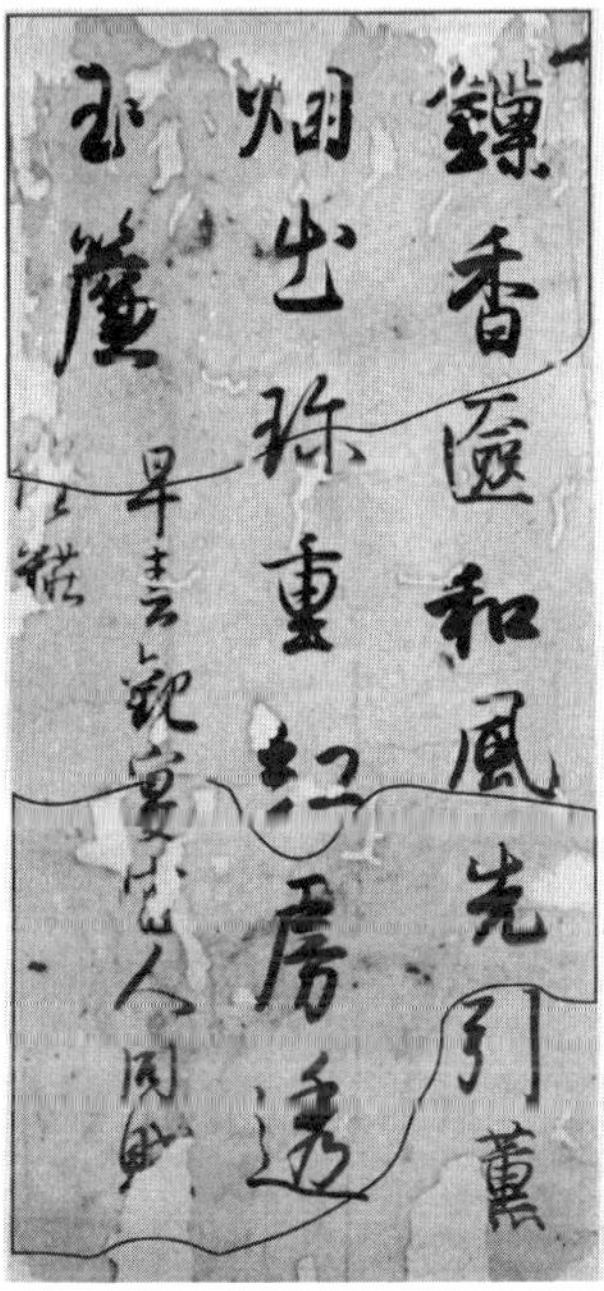

飛雲

歌や物語が絵と密接にかかわっていることは夙に注意されてきたこと[18]であり、その一環として、古筆の料紙の文様にも留意し、単なる装飾ではなく、絵画的文化的表徴としてとらえ返す必要性があろう。

注

(1) 小松茂美『古筆学大成25　漢籍・仏書・其の他』(講談社、一九九三年)。
(2) この寸法は、小松茂美『日本の書3　三跡』(中央公論社、一九八一年)によるが、注(1)の『古筆学大成25』では、縦二六・二センチ、横七・四センチになっている。
(3) 小松茂美『日本の書3　三跡』(中央公論社、一九八一年)。
(4) 注(1)に同じ。
(5) 注(3)に同じ。
(6) 注(3)に同じ。
(7) 日本古典文学大系『菅家文草　菅家後集』の補注。
(8) 注(1)に同じ。
(9) 注(1)に同じ。
(10) 注(3)に同じ。
(11) 注(1)に同じ。
(12) 注(1)ならびに注(3)に同じ。
(13) 注(3)に同じ。
(14) 注(1)に同じ。
(15) 注(3)に同じ。
(16) 注(1)に同じ。
(17) 松原茂『日本名跡叢刊81　歌仙歌合』(二玄社、一九八四年)。
(18) 玉上琢弥「屏風絵と歌と物語と―源氏物語の本性(その三)―」『源氏物語研究』角川書店、一九六六年)など。

2

付説　飛雲料紙の年代測定

――加速器質量分析法による炭素14年代測定の原理――

一　佚名本朝佳句切の飛雲料紙の推定年代

飛雲紙は、一一世紀半ばから一二世紀半ば頃に限って漉かれた、平安時代に特有な装飾料紙といわれている[1]。大空に浮かぶ茜雲を、藍と紫の二色の紙素を漉きかけて表した、漉き染めの一種である。

この飛雲文様は、清少納言『枕草子』にみえる「春はあけぼの、やうやうしろくなり行く山ぎは、すこしあかりて、むらさきだちたる雲の、ほそくたなびきたる」という王朝の美意識につながっていよう。あるいは、その美意識にしみこんでいる仏教の思想や表象、すなわち極楽往生にまつわる紫雲とも、深いところでつながっていよう。

ところで、三〇年ほど前のこと、一一世紀半ばの遺品が上限と考えられてきた飛雲紙に、注目すべき新たな断簡資料が発見紹介された。藤原行成筆佚名本朝佳句切(未詳佳句断簡)である[2]。この断簡に漉きこまれた飛雲は、現存する飛雲紙の遺品のうち最大で、飛雲紙の原初形態をしめす最古の遺品とされた[3]。また、そこに記されている詩句の書は、書風・書体・筆致などから藤原行成の真跡とされ、とりわけ寛仁二年(一〇一八)の行成四七歳の書とされる白氏詩巻[4](東京国立博物館蔵)との共通点が多く、同時期の書写と推定された。すなわち、この断簡の出現によって、それまで一一世紀半ばと考えられていた飛雲紙の上限が、寛仁二年頃に引きあげられたの

である。(5)

　どのような資料にとっても、書写年代の確定ということが切に望まれることであり、そのことによって資料の基本的価値が決せられるといってもよい。佚名本朝佳句切の場合、寛仁二年頃という書写年代の推定には、行成筆ということと、大きな飛雲の漉きこまれた料紙であるということが、相互補完的にはたらいている。

　しかし、飛雲紙という特殊な料紙が漉かれ使用されたとされる年代は、ほんとうにこれまで考えられてきた推論のとおりなのだろうか。実のところ、客観的証拠・科学的裏付けはないといってよい。また、行成筆ということの当否は、いかがであろうか。書写者や書写年代の比定における、書体・書風の比較という方法は、おのずと採りやすくかつ他に適当な方法もなく、やむをえないことではあるけれど、たぶんに限界をふくんでいることも事実である。疑えばいくらでも疑えるのである。なぜなら、同じ時代にはそっくりな書体・書風を書く人は何人もいたであろうし、後の時代にも古い時代の書体をそっくりに真似られる人はいたであろうと、容易に想像できるからである。古筆や師の書体を手本にして瓜二つに書くことに精進する、現代の書道における学書のありかたを思えば、それはすぐにわかることである。佚名本朝佳句切の主たる比較の対象とされた白氏詩巻にしても、「寛仁二年八月廿一日書之……」の本奥書はあるが、行成の署名はない。行成五世の子孫である定信がそれを行成筆と鑑定しただけで、それ以上の確たる根拠はない。それゆえ、その白氏詩巻との比較によって導かれた佚名本朝佳句切の行成筆説は、ゆるぎないものとはいい難いのである。そもそも行成筆と信じることのできる遺品は、いたって少ない。草名のある「書状」、行成のみ「朝臣」の敬称が付されていない、『権記』の断簡かとされる「敦康親王初観関係文書草案」、「行成詩稿」、「陣定定文草案」くらいではなかろうか。他の文献資料を行成筆か否か判断するための比較資料として、これらは十分な量と質を備えているとはいえない。

　せめて、佚名本朝佳句切の飛雲料紙の漉かれた年代が明らかになれば、飛雲紙一般の作製と使用の時期を特定する大きな証左となろう。そしてなによりも、佚名本朝佳句切の書写された年代そのものが判明することになり、そのことによってはじめて、書写者推定の客観的根拠が、十分とはいえぬまでも、得られることになるのであるが……。

　ところが、それが実現したのである。佚名本朝佳句切の飛雲料紙の作製された年代が、科学的に測定されたのである。名古屋大学年代測定総合研究センターの最新鋭のタンデトロン加速器質量分析計（AMS）によって、紙の原料となった植物の刈り取られた年代が測定されたのである。

二　加速器質量分析法による炭素14年代測定の原理

　炭素を含む物質の年代測定は、一九四〇年代末にアメリカ・シカゴ大学のW・F・リビーによって開発された。測定には数グラムの炭素試料が必要であり、1グラムの炭素試料を得るには17センチ×17センチの紙量が必要であった。無論のこと、これでは古典籍や古文書の測定は不可能であった。しかし、一九七〇年代後半になって加速器質量分析計（AMS）が開発され、必要な炭素試料はそれまでの1／1000、すなわち0・001グラムで済むようになった。[6]古筆切なら、1～2ミリの幅で料紙の縦または横の端を切り出せば充分測定が可能になったのである。また、測定誤差もプラスマイナス二〇年から三〇年と格段に小さくなった。[7]こうして、古典籍・古文書・古美術品など貴重な資料の、年代測定への道が拓かれたのである。[8]

炭素14年代測定の原理は、おおよそ次のとおりである。[9]宇宙空間に存在する高エネルギーの放射線（主成分は陽子）は地球大気に入射し、地球大気を構成する原子と原子核反応を起こす。その時放出される放射線のひとつが炭素14であり、炭素14は酸化され二酸化炭素のかたちで大気中に分散される。二酸化炭素は光合成に始まる食物連鎖によって、植物・動物の生命体内に取り込まれる。生命体が生命活動を行っている間は、生命体の中の炭素14の含有率は大気中のそれと同じ値をとる。しかし、生命体が死ぬと、大気中の炭素14が供給されなくなる。そして、生命体の中の炭素14は固有の半減期（5730年）にしたがって、時間の経過とともに一定の割合で減少していく。測定対象物の中の炭素14の含有率を測定することで、その生命体が死んでからの経過時間が算出される。和紙の場合は、紙の原料になっている楮や雁皮などの植物が刈り取られた時の年代が測られることになる。

それゆえ理屈の上では、実際に書写された年代は、植物が刈り取られ製紙されさらに文字が書かれるまでの時間を加えなければならないことになる。しかし、特別な場合をのぞいて、何十年も何百年も経った古紙に書写することはほとんど考えられない――たとえば、古紙を使って悪意の贋物をつくる場合が想定されよう。しかし一般人にはたやすく古紙を入手することは難しい。あり得るのは、正倉院に貴重な古代の文物が伝わっているように、王侯貴族のもとに舶来の古紙が伝存することくらいである。天皇や上流貴族のもとに伝わる珍奇な古紙を使って、書写したり臨書したりすることはあり得よう。名高い秋萩帖は、第二紙以下（和歌四六首と王羲之尺牘の臨書）の紙背には唐本とおぼしき淮南字が書写されている。唐時代書写の淮南字の古写巻の紙背に、後世（藤原行成時代から平安時代末期頃か）秋萩帖の第二紙以下が臨書されたのであろう。これなども古紙に書写した一例になるが、墨の載りがよくないようにもみえる。いずれにせよ、何十年も何百年も前の古紙を用いるのは特別な場合に限られようし、またそのような場合は墨の載りの状態などから古紙の使用が察知されるであろう――。楮紙の場合などはとくに劣化が早く、数年内に使用されるのが普通であろう。また、たとえ二、三〇年経った古紙の場合であっても、炭素14年代測定の誤差範囲（±20年から30年）のなかに織り込まれてしまうので、実際はほとんど考慮する必要はないといってよい。

名古屋大学年代測定総合研究センターでは、タンデトロン加速器質量分析計1号機（アメリカ、ジェネラル・アイオネックス社製）を一九八一年から一九八二年にかけて導入し、さらに同2号機（オランダ、ヨーロッパ・ハイボルテージ社製）を一九九六年から一九九七年にかて導入した。新型機の導入によって測定の正確度があがったことはもちろん、試料の調整法、解析法も進歩した。[10]すなわち、測定に用いる炭素試料は、不純物を含まない炭素のみを高純度で抽出し黒鉛（グラファイト）を合成するようになり、この調整法によって測定精度は高められた。この過程における化学処理の正確さが重要であり、これが適正に行われていないと大きな誤差を生じさせることになる。かつて測定機関によっては、この化学処理が不完全であったり行わないところもあったと聞く。そのような場合は、当然得られた結果は、想定をまったく裏切る当てにならないものとなる。いまもってある、炭素14年代測定にたいする無理解や不審の一端は、こういうところに由来しているものとも思われる。炭素14年代測定には正確な化学処理が不可欠であることを、あらためて明言し強調しておきたい。さらに、炭素14の計数値を解析する正確厳密な数学的処理も不可欠である。ちなみに、一標準偏差（1σ）によれば、その誤差範囲の中に真の炭素14年代が入る確率は約六八パーセント、二標準偏差（2σ）によれば、その誤差範囲の中に真の炭素14年代が入る確率は九五パーセントとされている。ともあれ、炭素14年代測定には、加速器質量分析計（AMS）を操作する物理学者、試料を合成し計数値を解析する化学者、資料の内容を考証する文学者・歴史学者が揃わなければ、正確な結果は出せないのである。

タンデトロン加速器質量分析計（AMS）で測定された炭素14年代は、較正曲線によって暦年代に換算される。暦年代の判明している樹木年輪試料を用いた炭素14年代測定の研究から、炭素14年代を暦年代に換算する較正曲線（折れ線グラフ）が作成され、測定された炭素14年代を暦年代に換算することが可能になっているのである[11]。大気中の炭素14濃度の変動が激しく、較正曲線がギザギザ状で横ばいになっているところでは、ひとつの炭素14年代が較正曲線と複数の交点をもつことになる。すなわち、ひとつの炭素14年代に対応する複数の暦年代が得られることとなり、その結果、誤差範囲が広がってしまうことになる。

このように誤差範囲がかなり大きくなる場合もあるが、それでも科学的に古典籍や古筆切の年代測定が可能になったことは歓迎されるべきことである。これまでの書道史・国文学における古典籍・古筆切の時代判定は、ごく僅かな年代の判明している資料との比較による類推であり、書風・字形・筆勢・墨色・料紙などにたいする経験と勘にたよるところが大きかった。感覚的判断というものは、その基準に狂いがあるとすべてにズレを生じさせている可能性も否めない。加速器質量分析法というまったく新しい科学的角度から、これまでの常識・通念を再考する必要があろう。

しかし、炭素14による年代測定は、かつての誤差が大きく試料も多量に必要であった悪い印象、あるいはそれに基づく偏見に、いまだに付きまとわれているように思われる。慎重さと偏見は似て非なるものである。偏見は、取り除かねばならない。加速器質量分析計による炭素14年代測定についての反響には、たとえば次のようなものがある。曰く、測定は破壊分析であり文化財保護の観点から認められない。しかし、すでに述べたように加速器質量分析計は0・01グラム（料紙の縦あるいは横の1から2ミリ幅の切り出し）の分量で測定が出来る。また曰く、測定結果の信頼性が未知数である。しかし、これまで世界的に広い分野で多くの測定が行われており、その正確度・精度は認知されている。測定結果に疑問のある場合は、試料の化学的調整法が適正におこなわれなかったためと考えられる。また曰く、測定法そのものが国文学会ではいまだ認められていない。これはたんなる感情的な反発でしかなく、ひとえにこれまでに述べたこの測定法の実体に対する無知・無理解によっていると言わざるを得ない。確かに年代によっては誤差範囲がかなり大きくなる場合があるが、それがこの測定法を排除する理由にはなるまい。二〇〇三年六月一六日朝日新聞夕刊、小林紘一氏「揺れる年代　AMSショック　上」のことばを反芻したい。「AMSは『最新の年代測定法』などではない。欧米では既に精密分析技術として認知され、貴重な資料であっても科学的に必要であれば一部を破壊してでも測定するのはごく自然なことになっている」。

三　鈴鹿本今昔物語集の紙捻りの年代測定

　ところで、名古屋大学年代測定総合研究センターでは加速器質量分析計で、古写経・古文書・古典籍・古筆切など広く和紙資料の年代測定をおこなってきた。なかでも話題を呼んだのは、京都大学付属図書館蔵国宝鈴鹿本『今昔物語集』の紙捻りの測定であった[12]。鈴鹿本九冊はそれぞれ右端の三ヶ所を紙捻りで綴じられていたが、その一部が採取され（一〇点）測定にかけられたのである。最も古い年代は一〇一八～一一五九年であった。筆跡や料紙の状態から鎌倉中期の写本とするのが通説であったが、『今昔物語集』原本が成立したとされる一一二〇年代に重なる年代が得られたのである。すわ鈴鹿本は『今昔物語集』の原本かという議論がもちあがるのも当然であった。

　酒井憲二氏は「平安時代後期、いわゆる院政期の、まさに今昔物語集の成立期と重なる年代である。紙捻りだけ前代のものを使用したとは到底考えられない。鈴鹿本は今昔物語集の原本か、もしくは限りなく原本に近い写本と断ぜざるを得ないようである[13]」とした。これに対し平林盛得氏は、炭素14年代の測定値とそれの暦年代への換算については「純粋に理化学の分野であって当方はその数値を尊重するのみである[14]」とされつつ、酒井氏の測定値の判断については疑念を表された。すなわち、「鈴鹿本が書かれて整えられる段階で用意される紙捻りは、本紙と共紙の可能性もないわけではないが、既存の古紙や反故紙である可能性はないのであろうか。むしろその可能性のほうが大きいと思われるし、そのさかのぼる年代も成立時に近いという限定はできない。紙捻りが本紙と共紙であることが確認されない限り、鈴鹿本にそれを綴じている紙捻りであっても、この紙捻りは鈴鹿本の成立とは何の関わりのないこととして検討すべきものであろう[15]」とされた。

　平林氏の発言には重要な問題が含まれている。測定結果の数値はまさに科学的分析結果として尊重しなければならないが、文献学・国文学として結果をどのように意味づけるかということはまた別の問題だということである。この鈴鹿本の年代測定の場合は、測定されたのは鈴鹿本の料紙そのものではなく紙捻りなので、平林氏の言うとおり、結果を鈴鹿本の成立に直結させることには慎重でなければならないであろう。

　さらに、平林氏は「理化学的研究導入の不安と期待」として、次の二点を挙げられている。和紙の年代測定の場合、測定されるのは料紙の原料である植物が刈り取られた年代であり、それに文字が書写されるまでのある程度の時間を勘案せねばならないこと。実年代の確定している資料の測定実績をつみ重ねて、加速器質量分析法による炭素14年代測定の精度や限界を認識すべきこと。一点目はすでに述べたように、料紙の原料である植物が刈り取られてからそれに文字が書かれるまでの時間は長くても数年程度であって、それは±

20年から30年すなわち少なくとも50年から60年が見込まれている炭素14年代測定の誤差範囲のなかに織り込まれてしまうと考えてよい。二点目についてはまさにそのとおりであり、私も名古屋大学年代測定総合研究センターとの共同研究で、加速器質量分析法による年代測定の正確度・有効性を確かめるべく、書写年代が判明しているあるいは推定される資料の測定を重ねて来ている[16]。その結果、資料の推定される実際の書写年代は、炭素14年代測定によって導き出された2σの誤差範囲内にほぼすべて含まれていた。正確度は一〇〇パーセントに近く、この方法の有効性は認知されてしかるべきである。

四　佚名本朝佳句切の飛雲料紙の炭素14年代測定

佚名本朝佳句切飛雲料紙の年代測定の結果は、つぎのとおりである[17]。

炭素14年代〔ＢＰ〕

１１０４±２０（±１σ）

　　　±４１（±２σ）

較正年代〔ｃａｌＡＤ〕

８９６（９０３、９１５）９２４、９３８（９６８）９８２（±１σ）

８８９（９０３、９１５、９６８）９９１（±２σ）

括弧内の数値は炭素14年代の中央値を較正した結果であり、括弧外の数値は炭素14年代の誤差の両限を較正した結果である。１σの誤差範囲は、１１０４±２０［ＢＰ］で、これを暦年代に較正した値が、８９６（９０３、９１５）９２４、９３８（９６８）９８２［ｃａｌＡＤ］である。２σの誤差範囲１１０４±４１［ＢＰ］を暦年代に較正した値が、８８９（９０３、９１５、９６８）９９１［ｃａｌＡＤ］である。１σの誤差範囲に真の炭素14年代が入る確率は約六八パーセント、２σの誤差範囲に真の炭素14年代が入る確率は約九五パーセントとされている。

すなわち、ＡＤ８８９年からＡＤ９９１年が、佚名本朝佳句切の飛雲料紙の原料植物が刈り取られた年代の、九五パーセントの確率の誤差範囲であり、かつ１１０４±４１［ＢＰ］の範囲でもっとも確率の高い較正暦年代は９０３、９１５、９６８年ということになる。

製紙を経て文字が書きつけられるまでの時間は、何十年もたった古紙に書くとかの特別の場合をのぞいて、長く見積もっても数年程度であろう。ということは、佚名本朝佳句切の書写年代は、およそのところ、早ければ九世紀末から一〇世紀はじめ頃、遅くとも一〇世紀末から一一世紀はじめということになる。驚くべき年代である。ただし、鎌倉時代以前の試料は実際の暦年代よりも古い炭素14年代が、また、それより後の試料は逆に実際の暦年代よりも新しい炭素14年代が与えられる傾向のあることがわかっている。佚名本朝佳句切も、その誤差範囲の後半に実際の暦年代があると考えるべきであろう。

大きな飛雲を漉き込んだ佚名本朝佳句切の料紙は、やはり飛雲紙のなかの原初的なものと見なしてよく、かつその作製年代は遅く見積もっても、一〇世紀末にまでさかのぼる可能性が高くなった。飛雲紙はまさしく平安時代の紙であった。また、最も遅い年代である九九一年頃をとれば、天禄三年（九七二）に生まれた藤原行成の二〇歳頃にあたり、行成真筆説の可能性が科学的に示されたことにもなる。

ただし、誤差範囲全体から見れば、むしろ行成よりもさらに早い可能性を否定できない。佚名本朝佳句切の書風は和様の典型というべきものであり、行成その人ではないとしても、行成以前の、行成の書風と関わりのある能書の手になった可能性もおおいに考えられるのである。行成よりも前で、行成の書風と関係をもつ能書に、兼明親王（九一四〜九八七）がいる。『権記』寛弘八年（一〇一一）一一月二〇日のくだりに、「良経来請和名類聚抄四帖、口遊一巻、自臨故兼明皇子書一巻、皆与之」（良経来る。和名類聚抄四帖、口遊一巻、自ら故兼明皇子の書を臨せる一巻を請ふ。皆これを与ふ）とあり、行成が兼明親王の書を「自ら」臨模していたことが知られる。そして、その兼明親王の書風は、「御手をえもいはず書きたまふ。道風などいひける手をこそは、世にめでたきものにいふめれど、これはいとなまめかしうをかしげに書かせたまへり」（『栄花物語』巻一　月の宴）とされており、行成がやはり仰ぎ見た道風の書よりも「いとなまめかしうをかしげ」であったという。兼明親王の手は、道風よりもいっそう和様化が進み、行成の手により近かったと思われるのである。和様の典型というべき書風である佚名本朝佳句切の年代測定の誤差範囲は、行成よりもむしろこの兼明親王の生存期に多く重なっている。

高邁な理想をいだいた政治家であったがゆえに、藤原氏に排斥されてしまった兼明親王は、文才に富むすぐれた詩人でもあった。佚名本朝佳句切には、前項「藤原行成筆　佚名本朝佳句切」で述べたようにツレが三葉あるのだが、それらに書かれた詩句の中で作者が判明しているのは、橘広相と菅原道真である。広相も道真も、兼明親王とおなじように藤原氏の策謀におとしいれられた詩人政治家であった。兼明親王が、自らの境涯につうじる詩人たちの秀句を抄出して一巻に書していたのではないか、などと想像すると興味は尽きない。

行成か、兼明親王か、あるいはその周辺の能筆の誰かか、いずれにせよ、佚名本朝佳句切の書写年代は、炭素14年代測定によって、行成生存期よりも後という可能性はなくなった。前項「藤原行成筆　佚名本朝佳句切」で、この古筆切の内容について、もしこれが行成より後の時代の書写ということになれば『本朝秀句』の可能性も出てくると述べたが、年代測定の結果によって、藤原明衡（九八九〜一〇六六）選ぶところの『本朝秀句』の可能性は考えられなくなった。

ちなみに、旧蔵者によれば、この佚名本朝佳句切の断簡は、戦後まもないころ三条西家から出た実隆・実條関係の古文書の中にあった一葉とのことである。旧蔵者自身による文章があるので、ここに掲げておく。「戦後間もないころ、ある旧公家華族のうちから、三條西実隆・同じく実條等関係の古文書がかなり多量に出たことがあった。わたしも一束ほど購入したが、その古文書の中にあった一葉である。虫食いはあったが、かなり古いものの感じであったから、古筆専門の人にみてもらうつもりであった。そのころ古筆専門の大家の田中親美翁の宅で会合があった。多分田中さんの厳島の平家納経経巻の複製が完成して、芝高輪の田中邸で、その下見の会合であった。わたしは好機とばかり、その一葉を持参して田中さんに見せたのである。田中さんは一目みるなり、『これは藤原行成です。大阪の鴻池家にある行成と同じ手です』その時伊藤平山堂主人や、その他東西の一流美術骨董商五六人が同席していて、巡ぐりに見ていたが、『結構な行成』と異口同音に言っていたのが記憶にある。最近文部省時代の同僚で、今や古筆鑑定のベテランといわれる田山方南君に、これを見せたところ、彼は筆談で、次のように紙片に書いた。田山君は近年ノドの手術をして、ほとんど話ができない。藤原行成　なる程立派なもの　初見だが素晴らしい　破損さへなければ　重文級だよ　料紙の飛雲もよろしい　これでこの一片は藤原行成の真筆であることはきまった。最後の『料紙の飛雲もよろしい』という、紫と紺色の模様は実物をみないと、そのデリケートな美しさは一寸判らない。そこを見逃さないで、指摘したのはさすが田山君である。（以下略）」[18]。

付記

なお、〈古筆切の加速器質量分析法による炭素14年代測定〉については、その原理の詳細と測定結果の網羅を企図した一書を刊行予定である。就いて見られたい。

本書でとりあげた古筆切の中で、炭素14年代測定がなされているものについては、参考に供すべく、その測定結果の数値を掲げておいた。また、炭素14年代を暦年代に較正する較正曲線は、ＩＮＴＣＡＬ０４（二〇〇四年発表）を用いた。これまでは、ＩＮＴＣＡＬ９８（一九九八年発表）という、樹木年輪の測定値の生データによる較正曲線を用いていたが、ＩＮＴＣＡＬ０４は統計的な処理をした較正曲線で、曲線の凸凹が小さく、精度・正確度が高いとされているゆえにである。以前の論文で示した数値と小異があるのは、そのためである。

注

（1）小松茂美『日本名跡叢刊16　平安―深窓秘抄』の『解説』（二玄社、一九七八年）。なお、藤原教長筆二荒山本後撰集が飛雲紙の下限とされる。

（2）小松茂美『日本の書3　三跡』（中央公論社、一九八一年）。ここでは「未詳佳句断簡」と呼ばれているが、同氏『古筆学大成25　漢籍・仏書・其の外』（講談社、一九九三年）では「佚名本朝佳句切」と呼ばれている。いまは後者にしたがう。

（3）注（2）に同じ。

（4）注（2）に同じ。

（5）松原茂『日本名跡叢刊81　平安―歌仙歌合』の「解説」（二玄社、一九八四年）。

（6）中村俊夫・中井信之「放射性炭素年代測定法の基礎―加速器質量分析法に重点をおいて―」（『地質学論集』第二九号、一九八八年）。

（7）注（6）に同じ。

（8）小田寛貴「測定の原理と古文書への適用」（『いま、歴史資料を考える　名古屋大学文学部創設50周年記念公開シンポジウム報告集』一九九九年一一月）。

（9）小田寛貴・中村俊夫・古川路明「鈴鹿本今昔物語集の年代測定」（安田章編『鈴鹿本　今昔物語集―影印と考証―』京都大学学術出版会、一九九七年）、小田寛貴「測定の原理と古文書への適用」（『いま、歴

史資料を考える　名古屋大学文学部創設50周年記念公開シンポジウム報告集』一九九九年一一月）による。

(10) 小田寛貴・中村俊夫「加速器質量分析法による和紙資料のC年代測定」（『名古屋大学加速器質量分析計業績報告書（ＸＶＩ）』名古屋大学年代測定総合研究センター、二〇〇五年三月）。

(11) 中村俊夫「加速器質量分析（ＡＭＳ）法による14Ｃ年代測定の高精度化および正確度向上の検討」（『第四紀研究34（３）』一九九五年）。

(12) 注（９）の小田寛貴・中村俊夫・古川路明「鈴鹿本今昔物語集の年代測定」（安田章編『鈴鹿本今昔物語集―影印と考証―』京都大学学術出版会、一九九七年）。

(13) 酒井憲二「国宝鈴鹿本今昔物語集の書写状況」（『国語国文』、一九九八年一月）。

(14) 平林盛得「鈴鹿本今昔物語集の紙捻りの実年代について」（『汲古』汲古書院、一九九八年六月）。

(15) 注（14）に同じ。

(16) 池田和臣・小田寛貴「加速器質量分析法による古筆切および古文書の14Ｃ年代測定」（『名古屋大学加速器質量分析計業績報告書（ＸＩＩ）』名古屋大学年代測定総合研究センター、二〇〇一年三月）、池田和臣「加速器質量分析法による古筆切および古文書の14Ｃ年代測定」（『中央大学文学部紀要』二〇〇二年二月）、小田寛貴・池田和臣・増田孝「古筆切・古文書のＡＭＳ14Ｃ年代測定―鎌倉時代の古筆切を中心に―」（『名古屋大学加速器質量分析計業績報告書（ＸＶ）』名古屋大学年代測定総合研究センター、二〇〇四年三月）、池田和臣「古筆切の年代測定について―加速器質量分析法による炭素14年代測定―」（久下裕利・久保木秀夫編『平安文学の新研究　物語絵と古筆切を考える』新典社、二〇〇六年）。池田和臣・小田寛貴「古筆切の年代測定―加速器質量分析法による炭素14年代測定―」（『中央大学文学部紀要』二〇〇九年三月）、池田和臣・小田寛貴「続古筆切の年代測定―加速器質量分析法による炭素14年代測定―」（『中央大学文学部紀要』二〇一〇年三月）、池田和臣・小田寛貴「古筆切の年代測定　Ⅲ―加速器質量分析法による炭素14年代測定―」（『中央大学文学部紀要』二〇一一年三月）。

(17) 小田寛貴・増田孝「古文書のＡＭＳ14Ｃ年代測定―年代既知の古文書五点と伝藤原行成筆古筆切の測定結果―」（『名古屋大学加速器質量分析計業績報告書（ＸⅢ）』名古屋大学年代測定総合研究センター、二〇〇二年三月）にもとづき、その平均値をＮＴＣＡＬ98の較正曲線による較正値から、より精度・正確度の高くなったＩＮＴＣＡ104の較正曲線で較正し直した値に改めた。

(18) 吉田澄夫「藤原行成の詩集切」（『古典拾葉』武蔵野書院、一九八六年）。

第二節　散佚私家集

3　伝寂然筆　大富切（具平親王集）〈透き写し〉

＊

大富切は、村上天皇第七皇子中務卿具平親王（九六四～一〇〇九）の家集、『具平親王集』（『中務親王集』とも）の断簡である。具平親王は慶滋保胤に漢学を学び、詩文・和歌・音楽・書など諸芸に長じていた。具平親王の家集『六帖（抄）』が存在したことは、順徳院編『八雲御抄』や『源平盛衰記』にみえる。大富切はこの散佚私家集『六帖（抄）』の断簡かとも考えられるが、具平親王には『古今和歌六帖』の撰者説があり、『六帖（抄）』が『古今和歌六帖』を指すとも考えられる。

この古筆切は、はじめ古筆見大倉好斎によって〈寂然の自詠〉と鑑定されていたが、[1]萩谷朴氏によって具平親王の詠であることが明らかにされた。[2]「唯心房寂然　壱岐守頼業　少年之時狂手跡也」という定家の筆跡による奥書部分の断簡が伝存しており、この家集は定家の手沢本であったと知れる。定家の母である美福門院加賀、これの前夫である藤原為経の兄が寂然である。定家と寂然は姻戚関係にある。定家の奥書の〈寂然の少年時のあばれた手跡〉という記述は信じてよいだろう。現在、二四葉の伝存が確認されている。[4]

＊

原本ではなく江戸期の写しではあるが、大富切の未知の部分が出現したので、本文資料としてとりあげておく。料紙は楮紙、縦二八・三センチ、横一二・一センチ。上下にはかなりの余白があり、原本の寸法を示すしるしもないので、原本の寸法は不明。ただし、大富切の一紙分の寸法は縦一五・八センチ、横一三・五センチ前後である。[3]左上に「寂然法師」と記す。八行の散らし書き。

また　おほあま
きみ
なき人をほしあひの
影にみましかは
ねてのみすくす
しるし
あらまし

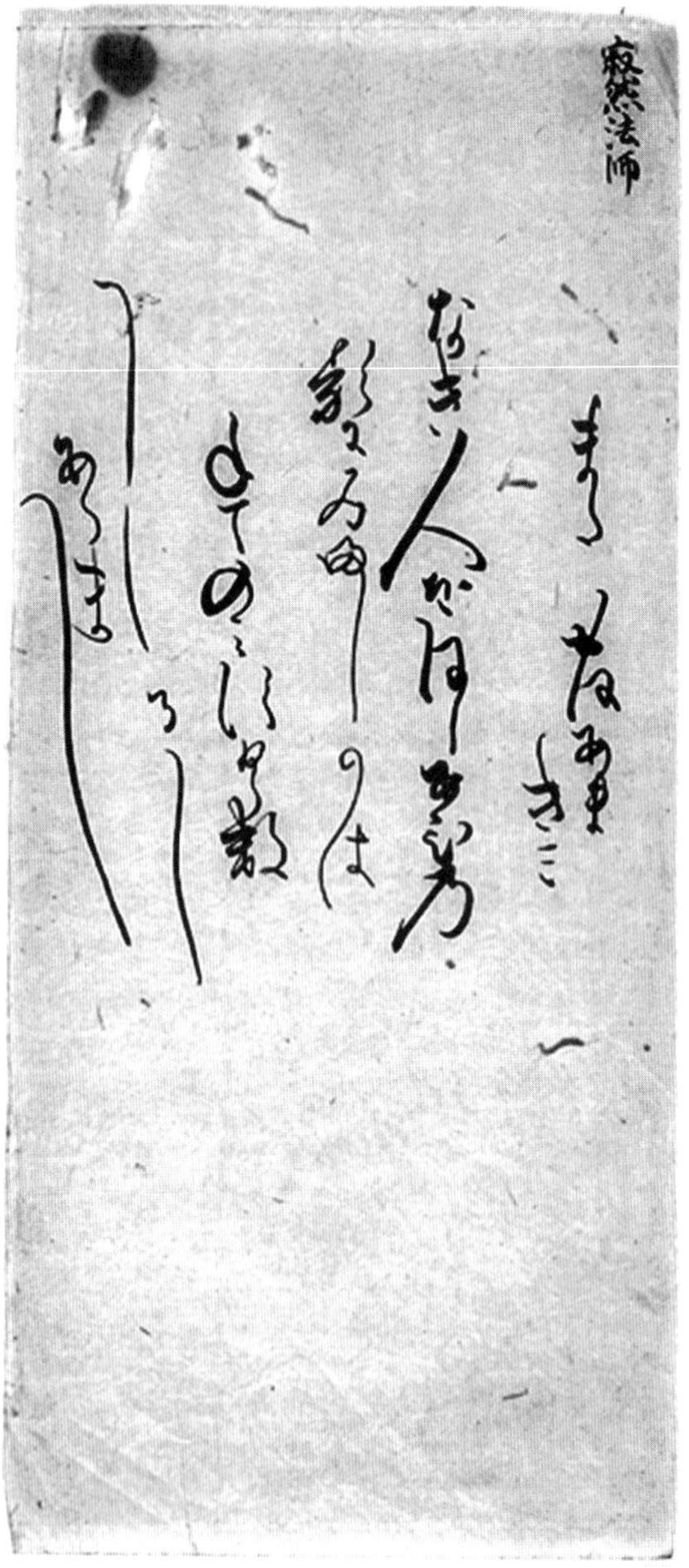

伝寂然筆 大富切〈透き写し〉

また　大尼君

亡き人を星合ひの影に見ましかば寝でのみ過ぐすしるしあらまし

七夕の夜、星の光に亡くなったあの人の姿をもし見ることができたなら、一晩中寝ないで過ごした甲斐があったろうに、という歌。「大尼君」とは誰であろうか。『新古今集』（巻八　哀傷）に関連のありそうな歌がある。

母の女御かくれ侍りて、七月七日よみ侍りける

中務卿具平親王

すみぞめの袖は空にもかさなくにしぼりもあへず露ぞこぼるる

母、荘子女王（康保四年―九六七―出家、寛弘五年―一〇〇八―七月一六日卒、七九歳）が亡くなり、具平が七夕に詠んだ哀悼歌である。しかし、荘子女王が亡くなったのは七月一六日であり七夕を過ぎているから、この『新古今集』の歌はその翌年、寛弘六年以降の七夕の日の歌ということになる、また、具平親王は寛弘六年七月二八日に亡くなっているので、この『新古今集』の歌が詠まれたのは、寛弘六年七月七日以外には考えられない。すなわち、荘子女王の一周忌の頃の歌ということになる。

新出断簡の歌にも「ほしあひ」という詞があるので、『新古今集』の歌と同じく七夕に「大尼君」が死んだ誰かを偲んで詠じた歌とわかる。『新古今集』の歌の「空にもかさなくにしぼりもあへず」に

よると、この日は雨であったらしい。そして新出断簡の歌の「星の光に亡き人の姿を見ることができなかった」という内容から、この歌も雨の七夕の日の歌と考えられる。やはり新出の歌は『新古今集』の歌と同じ時の詠歌の可能性が高い。偲ばれている誰かは具平親王の母荘子女王だということになる。そして、具平親王の母荘子女王の一周忌を偲んでいる「大尼君」は、荘子女王か具平親王ゆかりの人物ということになる。

矢澤由紀氏は、詳細な考証から、「大尼君」を具平親王の妻（為平親王の女《むすめ》）の母親（為平親王の妻・源高明の女）と推定し、大富切本『具平親王集』の成立に言及している。[5] すなわち、この具平親王の義母が出家したのは長和四年（一〇一五）九月二三日であり、断簡の歌が詠まれたと考えられる寛弘六年（一〇〇九）七月七日にはまだ出家していない。この時点ではまだ「大尼君」とは呼ばれていないはずなのである。が、大富切本『具平親王集』は具平親王に敬語表現を用い、後人による他撰本と考えられる。[6] それゆえ、具平親王の義母が出家した後に大富切本『具平親王集』が編まれたのであれば、大富切が具平親王の義母を「大尼君」と呼ぶことは不自然ではない。裏返せば、大富切本『具平親王集』の成立は、具平親王の義母が出家した長和四年（一〇一五）九月二三日以降ということになる。

注

（1）田中親美旧蔵残巻の箱書に、好斎が「寂然の自詠なるべし」と書き付けている。

（2）萩谷朴「所謂〝伝寂然筆自家集切〟は具平親王集の断簡か」（『和歌文学研究』第二十二号、一九六七年）。

（3）小松茂美『古筆学大成19　私家集三』（講談社、一九九二年）。

（4）久保木秀夫「散佚歌集切集成　増訂第一版」（『研究成果報告書』二〇〇八年三月）。

（5）矢澤由紀「伝寂然筆「具平親王集（中務親王集）」の新出資料」（『中央大学国文』第五十七号、二〇一四年三月）。

（6）久保木秀夫「具平親王集」（『中古中世散佚歌集研究』青簡舎、二〇〇九年）。

4 伝平業兼筆 春日切（清慎公実頼集）

（年代測定　一二〇九～一二六七年）

一　春日切について

春日切は、『増補新撰古筆名葉集』の平業兼の項の筆頭に、「春日切　六半花山院御集カ未詳哥三行書白卦アリ」とある、古くから名高い名物切である。

伝称筆者である平業兼は、公卿補任等によれば、後白河法王の近臣相模守平業房の子、母は従二位高階栄子。生没年未詳。建仁二年（一二〇二）一〇月二四日治部卿、元久二年（一二〇五）一月二五日従三位、承元三年（一二〇九）一月一三日治部卿侍従を辞し、同年五月一三日出家。平安末期から鎌倉初期にかけての官人である。

春日切は、六半升形本の断簡、もと粘葉装、一面七行書き歌一首三行書きが原則、雲母引き料紙に白い罫線（空罫）がひかれている。その筆跡は、業兼本歌仙（絵は藤原信実と伝える）のそれに似た、癖のある特徴的なものである。『増補新撰古筆名葉集』の言うように、真に『花山院御集』の断簡であるならば、『花山院御集』は散佚歌集なので、断簡とは言え、その資料的価値はすこぶる高い。

ところで、近年の春日切の博捜と研究によって[1]、いくつかの新たな事実が明らかにされている。要点をまとめれば、次のごとくである。

①春日切は平業兼筆ではなく、業兼校合本の断簡であるらしいこと。久保木哲夫氏は、春日切本『公忠集』の臨模本（田中親美氏作成）から、「題および本文の部分はまぎれもなく春日切と同筆だが、奥書の筆跡は肉太で、どう見ても別筆と思われる。これは何を意味するのか。春日切のところどころに校合の書き入れがあるが、それらも本文とは別筆のようであり、奥書の「校合畢」から考えて、実はその書き入れや奥書の筆跡こそが、業兼の真筆ではなかったのか、と判断される。春日切は文字どおり校合本だったのではないか。本文は身辺の者に書かせて、校合のみを業兼がしたと考えれば、業兼の奥書のあるものが、常に同筆同形態というのも納得がいこう[2]」とした。なお、春日切本『公忠集』の原本は現存しており、大和文華館「特別展国宝　寝覚物語絵巻―文芸と仏教信仰が織りなす美―」（二〇〇一年一〇月一三日～一一月一一日）に出陳された。

②春日切の書写年代は元久二年（一二〇五）から承元三年（一二〇九）の間であること。久保木哲夫氏は、宮内庁書陵部蔵『惟成弁集』が、本の形態（六半升形）・書写形式（一面七行、歌三行書）・奥書（「校合了／従三位行治部卿平朝臣業兼」）から見て、かつて存在した春日切本『惟成弁集』を親本とするらしいこと、そして、この奥書はさきにふれた春日切本『公忠集』の奥書「校合畢／従三位行治部卿平朝臣業兼」と同じであること、これらのことから、業兼は「従三位治部卿」の頃、すなわちその官位にあった元久二年から承元三年の頃に、私家集の校合作業を集中的におこなったとした[3]。

③春日切と同じ形態をもち、業兼の校合をくわえられた私家集が、相当数あったこと。春日切本あるいは春日切断簡として現存している『公忠集』『九条右大臣（師輔）集』『花山院御集』『清

慎公（実頼）集』、これらの他にも転写本ではあるが、春日切本『公忠集』に見える業兼の校合奥書とまったく同様な奥書を有する私家集として、『惟成弁集』（宮内庁書陵部蔵）『伊勢大輔集』（彰考館文庫蔵）『檜垣嫗集』（類従本）『義孝集』（宮内庁書陵部蔵『清慎公集』などの後半に混入している部分）などがあるという[4]。

④春日切には、完本として伝存するものに『公忠集』、断簡として確認されているものに『九条右大臣（師輔）集』『花山院御集』『清慎公（実頼）集』、そして現存のいずれの家集とも一致しない未詳私家集（『花山院御集』の可能性が高いともいわれている）が、ふくまれていること[5]。

なお、いく葉かの断簡については、それがいずれの私家集のものなのか、異見のあるものがある。まず、醍醐寺蔵手鑑所収「かへし／いまよりはてふをそたのふと／しふりてむかしの花はちりに／しかとん／郭公／ふたこゑときくとはもしに時鳥／よふかくめをもさましつる哉」の断簡。久保木哲夫氏は、二首目「ふたこゑと」が『後撰集』『拾遺集』『伊勢集（西本願寺本）』にみえる伊勢の歌であることを指摘し（もう一首の方は現存するいずれの歌集にも見えない）、「伊勢集に他人歌が混入したか、あるいは未詳家集に伊勢の歌が混入したかである。一般的な可能性としては五分五分であることはもちろんだが、この断簡に限って言えば、現在のところ、伊勢集切と認められるものはないのだから、はるかに後者の方が有力であることは論を俟たないであろう[6]」と、慎重な判断から当該断簡を未詳家集とした。それにたいして、小松茂美氏は一首が伊勢の歌であることを以て、この断簡を伊勢集切と見なしている[7]。久保木秀夫氏「散佚歌集切集成　本文篇」は、未詳私家集にいれている[8]。春日切に伊勢集切と認められるものがない現状では、やはり未詳家集としておきたい。

さらに、『古筆学大成18　私家集二』所収の図版175「左大臣の花みにありかせし／にのこりの花をたつぬ／さくら花まさるやあるとおもふ／まに一枝をたにおらすなりぬる／暮春心をのふ／まきもくのひはらのかすみはれ／すともけふはなけかし花もあらしを」と、図版178（徳川美術館蔵手鑑『玉海』所収）「いつれまされりしけき心は／又人のもとに／ひにちたひ心のうちはもゆれと／もつれなしつくる我にやはあら／ぬ／きり／からにしきうすものこしにみえ」について、小松氏はともに『清慎公（実頼）集』と見ている[9]。図版175については、詞書の「左大臣」を実頼と見なし、実頼の扈従の一人が実頼に「さくら花」の歌を贈り、実頼が「暮春心」を返したとする。しかし、実頼を作品の主体とする実頼集が、実頼自身を「左大臣」と表現するであろうか、不審である。図版178については、その詞書「又人のもとに」という表現が現存清慎公（実頼）の詞書と共通するとしているが、根拠としては不十分と思われる。よって、この二葉は、現状ではやはり未詳家集としておくのが妥当と思われる。「散佚歌集切集成　本文篇」も未詳私家集としている[10]。

⑤現在までに報告されている春日切は、管見のおよぶところ三六葉にのぼる[11]。久保木秀夫氏「散佚歌集切集成　本文篇」によれば、『清慎公（実頼）集』が五葉、『花山院御集』が三葉、未詳私家集切が一一葉（この中には、小松氏が伊勢集切と見るもの一葉、

清慎公（実頼）集切と見るもの二葉がふくまれている）である。残る一七葉は、『九条右大臣（師輔）集』であり、この中には尊経閣文庫蔵『平業兼集』残欠本、実のところは平業兼筆春日切本『九条右大臣集』残欠本である、五丁一〇葉分がふくまれている。なお、言い添えれば、春日切本『師輔集』は、歌の配列からして、尊経閣文庫蔵『九条殿御集』、およびそれとほぼ同じ本文をもつ出光美術館蔵烏丸光広筆『九条殿御集』と、同じ系統とされている。

以上を要するに、春日切は、平業兼が元久二年（一二〇五）から承元三年（一二〇九）の頃に校合をおこなった、複数の私家集の断簡であり、『実頼集』の散佚部分・『師輔集』・散佚書である『花山院御集』・未詳私家集などが混在しているのである。鎌倉時代極初期にさかのぼる、散佚私家集の本文資料として、すこぶる貴重な古筆切なのである。

二　春日切実頼集の新出断簡

新たに春日切の断簡が出現した。いわゆる古筆家の極札は付属していないが、「なりかぬ《あきころ》」「たいらのなりかぬ」と書かれた小紙片が付属している。縦一七・二センチ、横一三・五センチ。左端の、粘葉装の糊代にあたる部分が、およそ一・五センチほど断ち落とされていると思われる。雲母を引き空卦を押した料紙に、次のようにある。

あきころ大夫かうつまさに
あるにをきにつけ《さし》て
山里のものさひしさはをきの
はのなひくことにそおもひや
らるゝ
同人こうりやう殿にある
にさして

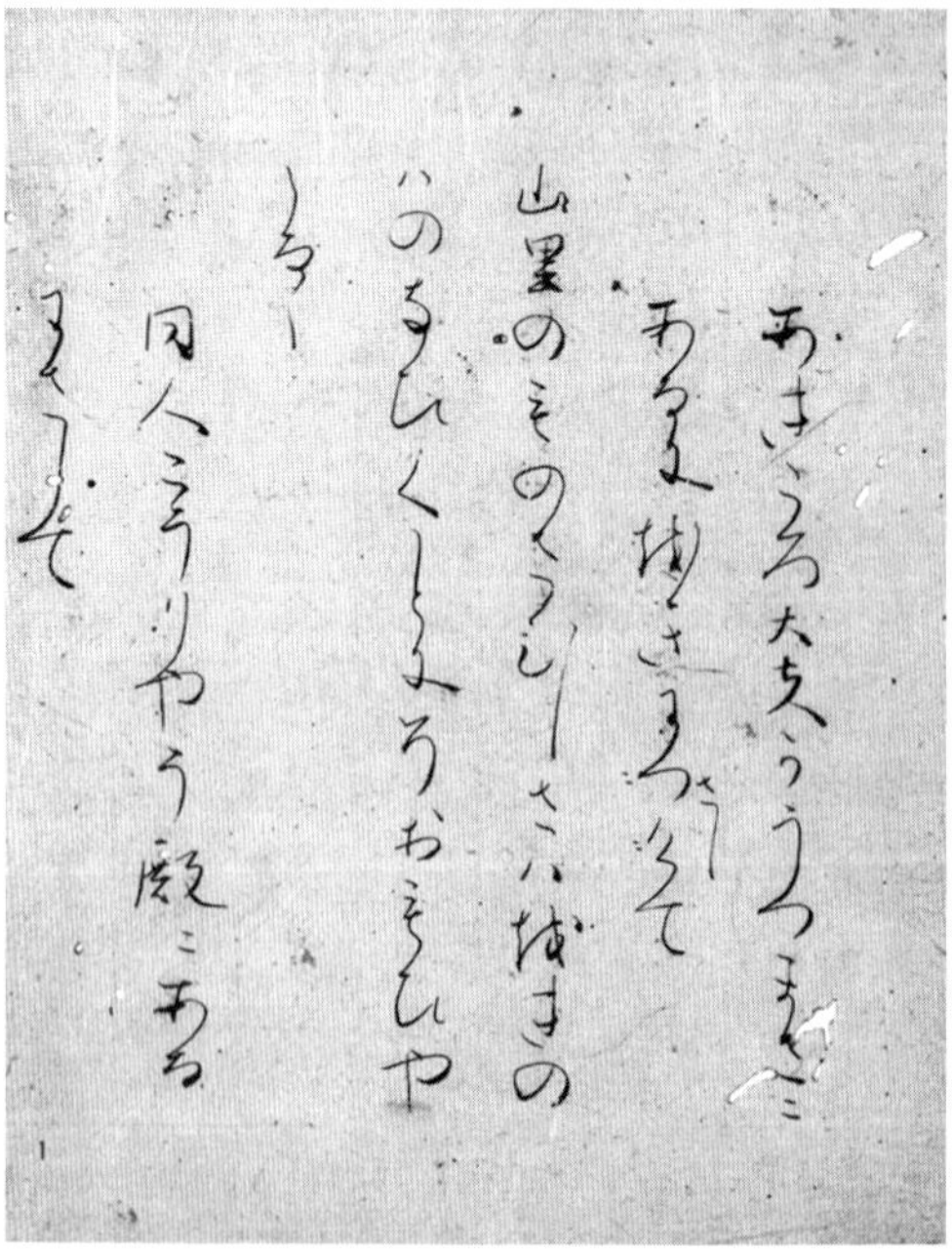

伝平業兼筆 春日切

「山里の」の歌は、『後撰和歌集』巻第五秋上（天福本）に、次のように見えている。

秋大輔かうつまさのかたはらなる家に侍けるにおきの葉にふみをさしてつかはしける
左大臣

山里の物さひしさは荻のはのなひくことにそ思やらる、

『後撰集』における「左大臣」は藤原実頼であるから、この実頼歌をもつ新出断簡は、『清慎公（実頼）集』の六葉目の断簡であると考えられる。ただし、この断簡にはいささかこまった問題があるのだが、それについては後に触れることにして、ともかく新出断簡は実頼の歌をふくんでおり、『清慎公（実頼）集』の可能性が高いので、春日切『清慎公（実頼）集』およびそれに関連する事柄で、これまでに判明していることを簡略にまとめておきたい。

①現存する『清慎公集』の伝本は、歌の配列や詞書の表現が異なる冷泉家本『小野宮殿集』[12]を除いて、すべて同一系統に属していること。そして、それらは後半部に『伊勢大輔集』から四首、『義孝集』から六一首の混入があること。

②その混入の原因は、「清慎公集の場合は、どういう事情からか、後半部分が失われて、そこに伊勢大輔集の一部と、冒頭を失った義孝集の大部分とが、あたかもひとつの家集であるかのごとく、接続した。三者が、同一料紙、同一筆跡、同一形態の写本であったがための、それは混乱であった」[13]ということ。すなわち、三集ともに、業兼校合の春日切本であったのである。

③この混態現象は、当然、業兼本の伝来過程で起こったということになる。

④現存『清慎公集』は相当量を失っているのであり、「そう考えることによって、はじめて、勅撰入集歌で、現存家集には見えない多くの実頼詠があることも、説明がつく」[14]こと。春日切本『清慎公集』の失われた部分は、『伊勢大輔集』『義孝集』から混入した分量くらいはあった可能性があろう。

⑤春日切『清慎公集』断簡は、その失われた後半部分のものであること。

⑥その当然の結果として、春日切『清慎公集』の断簡は、現存『清慎公集』と重なりあうことはない。

⑦現在までに確認されている、春日切『清慎公集』五葉（詞書しか残っていないが、その詞書によって想定される歌をふくめて、九首分が残存）には、いずれの歌集にも見えぬ歌（三首）、『後撰集』『拾遺集』に見えるが誰の歌とも知れぬ歌（二首）が、少なくないこと。

以上のことを確認したうえで、あらためて新出断簡をながめてみるとどうなるか。勅撰入集歌でありながら現存『実頼集』に見えない実頼の歌があること、現存『実頼集』と重なりあいがないこと、これらの要素は右に見た春日切『清慎公集』の属性に一致している。新出断簡が『実頼集』の断簡である可能性は、高いのである。

二　新出断簡は実頼集散佚部分である

しかし、すでに触れておいたように、この新出断簡には、いささかこまった問題がふくまれている。それはつまり、こういうことである。

断簡の末尾二行の詞書「同人こうりやう殿にあるにさして」、これによく似た詞書をもつ歌が、やはり『後撰集』に見えるのである。巻第六秋中（天福本）に次のようにある。

大輔か後涼殿に侍けるにふちつほよりをみなへしを、りてつかはしける　　右大臣九条

折て見る袖さへぬる、をみなへしつゆけき物と今やしるらん

断簡の「同人」は、直前の歌の詞書にある「大夫」を受けているから、断簡末尾二行の詞書は「大夫か後涼殿にあるにさして」ということになる。これは、『後撰集』の詞書「大輔か後涼殿に侍けるにふちつほよりをみなへしを、りてつかはしける」に、よく似た詞書というべきである。断簡の冒頭の詞書「あきころ大夫かうつまさにあるにをきにさして」と、これに対応する『後撰集』巻第五秋上の歌の詞書「秋大輔かうつまさのかたはらなる家に侍けるにおきの葉にふみをさしてつかはしける」との間の表現の関係（粗密の具合）、それとまったく同様なものを看取できるのである。もしも、断簡末尾の詞書が『後撰集』巻第六秋中の詞書と同じものであるのなら、この後に続いていたはずの歌は、『後撰集』の「折りて見る袖さへぬる、……」という歌であったことになる。

しかし、こまったことに、この歌の作者は後撰集では「右大臣」、すなわち師輔になっているのである。また、新出断簡のふたつの詞書の間には、詠者が替わったことを感じさせるものがまったくない。ということは、この断簡には、兄左大臣実頼と弟右大臣師輔の歌が、それも同一人の歌として、連続して記されているということになってしまう。はたして、この断簡は実頼の家集とすべきなのか、それとも師輔の家集とすべきなのか、どう考えたらよいのであろうか。

もっとも単純な可能性は、似てはいるが、断簡末尾の詞書と『後撰集』の詞書とは無関係で、それぞれ別の歌につけられたものということであろう。そうであるならば、この断簡に続いていたはずの幻の歌は、『後撰集』の師輔の歌ではなく、まったく別の実頼の歌であったことになる。『後撰集』の詞書のように、詠者が「ふちつほより」歌を詠み送ったというのであれば、女《むすめ》である村上天皇中宮安子が藤壺に住んでいた、師輔こそが詠者にふさわしいのであるが、断簡の詞書にはその「ふちつほより」という言葉がないのであるから。後涼殿にいた大夫に、いずこからか実頼が詠み送った歌という可能性も、可能性としては残ろう。

視点を変えて、『師輔集』の側からも考えておこう。『師輔集』の伝本は三類に分けられるという。[15]その一類本の唯一の完本といわれていたのが、尊経閣文庫本『九条殿集』であるが、近年それとほぼ同じ本文をもつ、出光美術館本烏丸光広筆『九条殿集』が紹介された。[16]この二本は、ともに藤原定家筆本を親本にしているらしいという。そして、この二本の歌の配列と、春日切『師輔集』断簡（尊経閣文庫蔵の春日切本『師輔集』残欠本の五丁一〇葉、およびその他七葉の春日切『師輔集』断簡、あわせて一七葉分）の歌の配列が、ほぼ一致しており、同系統と判断されるという。[17]春日切『師輔集』断簡は、第一類本なのである。ということは、もし新出断簡が『師輔集』であるならば、第一類の完本である尊経閣本および出光美術館本『九条殿集』のどこかの部分に、重なり合うはずである。しかし、重なり合いはまったく見られない。つまり、新出断簡は、『師輔集』ではありえないのである。

念のため、第二類・第三類の本文と比較しても、重なり合いは認められない。ちなみに、第三類（流布本系）の末尾には、「乍入撰集漏此集うた」（島原松平文庫本によって示す）が補われており、その始

めに、いま問題にしている『後撰集』巻第六秋中の師輔歌が、「おほすけか後涼殿に侍けるにふちつほよりを／みなへしをおりてつかはしける／後撰 折てみる袖さへぬる、女郎花露けきものと今や／しるらむ」とある。つまり、この歌は、この第三類の系統の『師輔集』の本体部分には、本来存在していなかったということがわかるのである。

以上のように、これまで知られている『師輔集』とはまったく異なる新しい系統の『師輔集』を想定しないかぎり、新出断簡が『師輔集』である可能性はない、と言ってよい。

新出断簡の幻の二首目の歌が、推測どおり『後撰集』巻第六秋中の師輔の歌であるならば、それは師輔歌が『実頼集』に誤って入れられた、ということになる。実頼歌が『師輔集』に誤って入れられたのではない。おそらくは、「右大臣」を「左大臣」と誤写した『後撰集』があり、そこから左大臣実頼の歌として補充した『清慎公（実頼）集』があり、その系統の写本が春日本『清慎公（実頼）集』であったのだろう。写本における「右」と「左」の書き誤りは随所に見いだせるものである。

ともあれ、新出断簡は、『清慎公（実頼）集』の後半散佚部分の新たな一葉と、判断される。

四　炭素14年代測定

すでに触れたように、春日切の書写年代は、内部徴証からかなり狭い範囲に絞りこまれている。すなわち、春日切本『公忠集』の奥書に「校合畢／従三位行治部卿平朝臣業兼」とあり、業兼が校合をおこなったのは、業兼が従三位治部卿であった元久二年（一二〇五）から承元三年（一二〇九）の間と考えられ、春日切の書写年代もそれと同じ頃と見られているのである。

新出春日切は表具の掛けられていない、いわゆるマクリの状態であったので、料紙を簡単に切断し年代測定にかけることができた。三回の測定結果の平均値は、８０８〔ＢＰ〕で、この１σの誤差範囲８０８±２０〔ＢＰ〕を暦年代に較正した値が、１２１７（１２２３）１２５９である。２σの誤差範囲８０８±４１〔ＢＰ〕を暦年代に較正した値が１２０９（１２２３）１２６７である。一三世紀初期から半ばという測定結果である。元久二年（一二〇五）から承元三年（一二〇九）と重なる値であり、春日切の書写年代は『公忠集』の校合奥書にある年代と認められる。春日切は鎌倉時代極初期の書写本の断簡である。

注

（１）久保木哲夫『平安時代私家集の研究』「Ⅰ　古筆資料と家集　第二章　春日切」（笠間書院、一九八五年）、小松茂美『古筆学大成18　私家集二』（講談社、一九九一年）、杉谷寿郎『平安私家集研究』（新典社、一九九八年）、能登好美「『清慎公集』研究―その原形をめぐって―」（『東洋大学大学院紀要　第37集』）、久保木秀夫「散佚歌集切集成本文篇」（国文学研究資料館文献資料部『調査研究報告』第二十三号）。

（２）注（１）の久保木哲夫論文。

（３）注（１）の久保木哲夫論文。

（４）注（１）の久保木哲夫論文。

（５）注（１）の久保木哲夫論文、杉谷寿郎論文。

（6）注（1）の久保木哲夫論文。
（7）注（1）の小松著書。
（8）注（1）の久保木秀夫論文。
（9）注（1）の小松著書。
（10）注（1）の久保木秀夫論文。
（11）本稿初出の二〇〇二年六月の段階における葉数であり、注（1）の諸論著、および『高粱帖』（貴重本刊行会、一九九〇年）による。なお、久保木秀夫「散佚歌集切集成　増訂第一版」（『研究成果報告書』国文学研究資料館、二〇〇八年）では、清慎公集が本稿紹介の断簡を含め七葉に増えている。
（12）冷泉家時雨亭叢書第十九巻『平安私家集　六』（朝日新聞社、一九九九年）。
（13）注（1）の久保木哲夫論文。
（14）注（1）の久保木哲夫論文。
（15）注（1）の杉谷寿郎論文。
（16）片桐洋一『小野宮殿実頼集九条殿師輔集全釈』の「解説」（風間書房、二〇〇二年）。
（17）注（16）に同じ。

5　伝藤原定家筆　五首切（衣笠内大臣藤原家良集）

歌の家としての御子左家は俊成・定家父子によって確立され、為家に引き継がれる。が、定家の没後、六条家一門の蓮性（知家）は真観（葉室光俊）らと連携し、為家の保守性に抗して反御子左派の活動を展開する。

衣笠内大臣家良（建久三年〈一一九二〉～文永元年〈一二六四〉）の晴れの歌会への出詠は、順徳院歌壇の『月卿雲客妬歌合』（建保二年〈一二一四〉九月三十日）にはじまる。順徳院の歌の師は藤原定家であり、この定家に家良は家集を送り選歌と批評を依頼してもいる（『衣笠内府詠』および『衣笠内府歌難詞』、延応元年〈一二三九〉頃）[1]。すなわち、家良の歌作も当時の多くの歌人たちの例に漏れず、御子左派に親近してはじまり展開していったのである。が、『新撰六帖題和歌』主催以降、反御子左派の真観と親交をむすび、反御子左派の歌人として活動する。勅撰集未収の歌三八二四首を収載する中古中世散佚歌の一大資料である『万代和歌集』を真観とともに選んだ功績は大きい。

この家良の家集には、『後鳥羽院・定家・知家入道撰歌』と『衣笠前内大臣家良公集』の二種類がある。後者は春・夏・秋・冬・恋・雑に部類した四〇四首と、『新撰六帖題和歌』の家良詠五一九首、あわせて九二三首を収める。弘長百首の歌が含まれているので、弘長元年（一二六一）以降の成立と考えられる。前者は、後鳥羽院・定家・知家の三者が家良の自讃歌や自撰家集（散佚）からそれぞれ二五首・六〇首・一二五首を撰歌したもので、家良自身の編とみなされている。定家撰の部分のみの零本である書陵部蔵『衣笠内府詠』の奥書によれば、まず隠岐の後鳥羽院が家良の「愚撰」を召し（家良はさらに六〇首を追送）、それらから撰歌。続いて定家が延応元年（一二三九）一二月に家良の家集（散佚）から撰歌。そののち後鳥羽院・定家の撰と重複を避けて知家が仁治二年（一二四一）から寛元二年（一二四四）頃に撰歌したという。(2) かくして、『後鳥羽院・定家・知家入道撰歌』の最終的な成立は仁治から寛元の頃ということになるが、定家の撰歌がなされた延応元年以前にその撰歌の母胎となった『家良集』が存在したことも明らかになった。

しかし、この『家良集』は散佚してしまっていて、その全容を知ることができない。が、古筆切の中には、『後鳥羽院・定家・知家入道撰歌』の所収歌と同じ歌を含む、散佚した『家良集』の断簡と考えられる伝定家筆五首切が伝存する。(3) 現在一九葉、八七首が確認されている。(4) 春・夏・秋・冬・恋・雑などに部類された定数歌を一二種ほど収載していたと考えらている。(5)

また、伝定家筆五首切の書写者についてけ、「もとより定家の真筆ではなく、その側近の手になるもの」(6) とされている。定家が散佚した『家良集』から撰歌したのは延応元年（一二三九）であり、その時『家良集』の写本を作ったとすれば、定家は七八歳である。その筆跡はかなりの老筆でなければならない。伝定家筆五首切の筆跡は七八歳の老筆とは程遠い。それゆえ、定家指揮下の写本によく見られる形態、すなわち定家が始めの数葉を書き、後を定家様を書く側近の者が書き継ぐという形態が、散佚した『家良集』の写本の姿であったと推測されるのである。ということは、伝定家筆五首切が定家真筆ではなくとも、その資料価値は定家真筆と同等と考えてよい。

さて、あらたに伝定家筆五首切のツレが現れた。縦一六・四センチ、横一三・五センチ。料紙は斐紙。

時わかぬふしのねにのみゝしゆきの
みやこもふかくふりにけるかな
ねやのうちにかたしきころもさゆるよは
とをきやまへにゆきそふるらし
ふかくさやすみこしさとをきてみれは
ゆきもあとなくふりにけるかな
つもるらむふかさあさゝはしらねとも
さとこそわかねけさのしらゆき
そことたにしる人もなしいなひのゝ
の中のしみつゆきのふれゝは

とある。これら五首の歌は『新編国歌大観』を検索するも、一首も見いだせない。しかし、一首二行書き、一面五首一〇行書きという体裁の一致、料紙の大きさの合致、また定数歌の一部と思しく冬の歌ばかりが連続していること、これらのことからこの断簡も散佚した家良集の一葉と考えられる。あらたに家良の歌五首が明らかになったのである。

*

ところで、歌の内容についていささか述べておきたい。一首目

「時わかぬ」の歌と共通する表現をもつものに、藤原定家の

春の空入江の浪にうつる色みやこもふかく花やちるらん
(『拾遺愚草員外』)

がある。詞書きに

或上人文集の詩を題にてよまむと思ひたつ事ある、けちえむすべきよしすすめ申されしかば、老ののちのいたづらごとかきつけてつかはしし

とある。「老ののち」とあるように、定家晩年の歌とおぼしい。「みやこもふかく」の句をもつ歌は、『新編国歌大観』にはこの定家の一首のみである。家良の歌の「みやこもふかく」の表現は、定家からの影響と考えられよう。また、家良の歌に

しがらきの外山ばかりに見しゆきのさとまでつもる時はきにけり　(『弘長百首』)

があり、〈ある所にしか見られなかった雪が別の所にも降り積もった〉という発想が共通している。「時わかぬ」の歌が家良の歌であることを推測させる。

二首目「ねやのうちに」の歌について。『源氏物語』浮舟巻に、

雪にはかに降り乱れ、風などはげしければ、御遊びとくやみぬ。……大将、人にもののたまはむとて、すこし端近く出でたまへるに、雪のやうやう積もるが星の光におぼおぼしきを、「闇はあやなし」とおぼゆる匂ひありさまにて、「衣かたしき今宵もや」とうち誦じたまへるも、はかなきことを口ずさびにのたまへるもあやしくあはれなる気色そへる人ざまにて、いとも深げなり。[7]

とある。言うまでもなく、「衣かたしき今宵もや」には

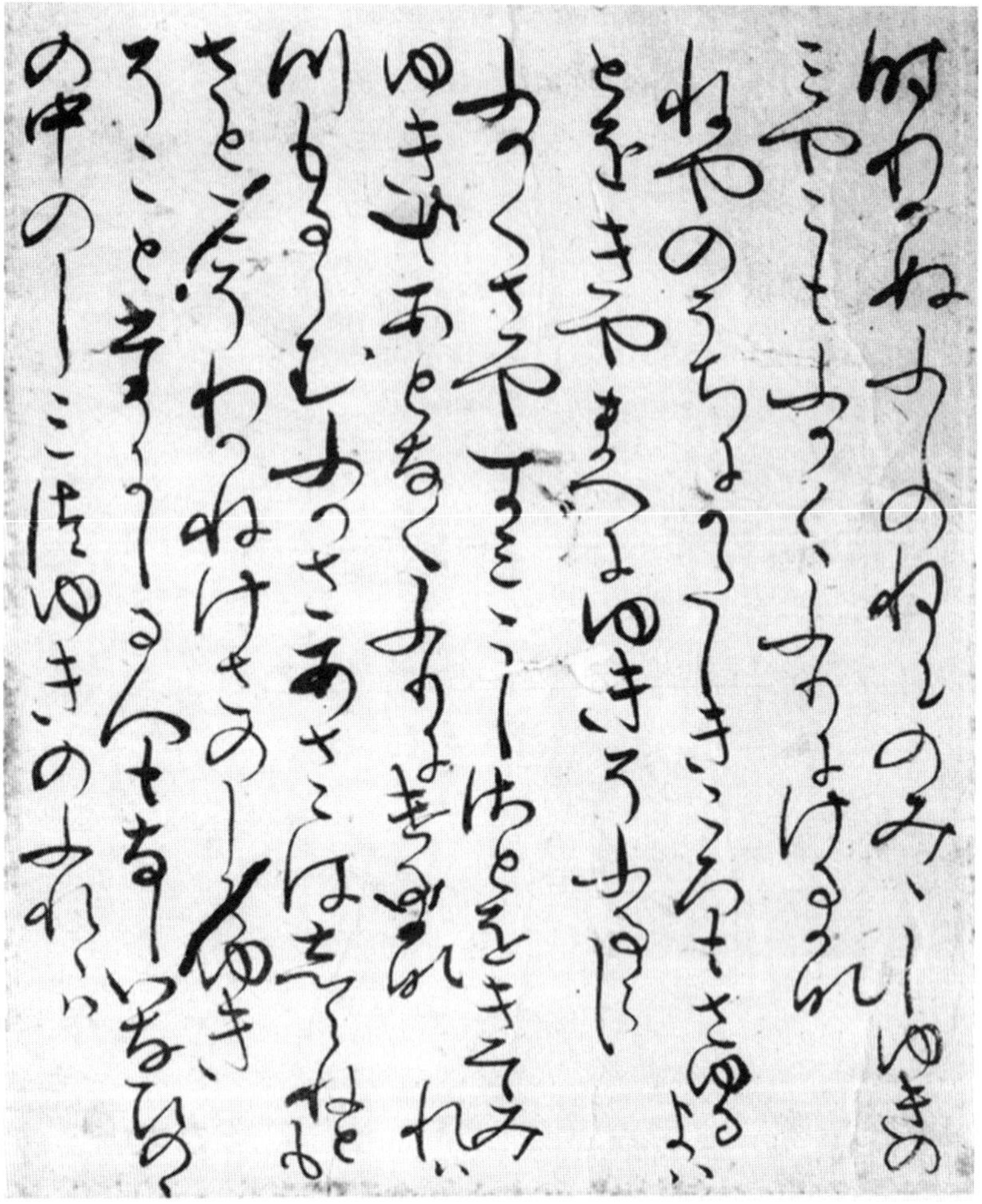

伝藤原定家筆　五首切

さむしろに衣かたしき今宵もや我をまつらむ宇治の橋姫
（『古今集』恋四　読人しらず）

が重ねられており、宇治に寂しく独り寝をする浮舟を思いやる薫君の心情がかたどられている。本断簡「ねやのうちに」は、『古今集』歌のみならず『源氏物語』の場面の情緒をも取り込んだ本歌取り・源氏取りの歌になっている。源氏取りの詠法は『新古今集』の時代に盛んにおこなわれたゆえ、この断簡の歌は新古今時代もしくはそれを通り抜けた時代の歌と考えられる。家良の時代にまさに適っている。

三首目「ふかくさや」の歌も物語取りの歌になっている。『伊勢物語』一二三段に、

むかし男ありけり。深草に住みける女を、やうやう飽き方にや思ひけむ、かかる歌をよみけり。
年を経て住み来し里をいでていなばいとど深草のとやなりなむ
女、返し、
野とならば鶉となりて鳴きをらむ狩りにだにやは君は来ざらむ
とよめりけるにめでて、行かむと思ふ心なくなりにけり。(8)

とある。状況がぴたりと重なっているわけではないが、鍵語の共有によって『伊勢物語』の情緒を漂わせながら、その変奏をかなでている。『伊勢物語』とは逆に、女を見捨てた男が雪の深草の里を再訪する趣である。『無名抄』の「俊成自讃歌事」で名高い

夕されば野辺の秋風身にしみて鶉鳴くなり深草の里

も、『伊勢物語』の同じ章段を物語取りした歌である。家良は俊成の向こうを張って、新しい趣向に挑戦したのかも知れぬ。

五首目の「そことだに」と「の中のしみづ」の表現をもつ歌に、藤原範宗の

たまばこののなかのしみづそことだにしられぬほどにしげる夏草
『範宗集』

がある。「野中の清水」を隠すものが「夏草」と「雪」と、正反対の季節の景物になっているが、意図的な変奏の可能性もある。範宗（承安元年〈一一七一〉～天福元年〈一二三三〉）は順徳院歌壇を中心に活躍した人物で、家良との接点も考えられるのである。

このように歌の内容からみても、この断簡の歌は家良の時代を指し示していよう。

注

（1）樋口芳麻呂「『衣笠内府歌難詞』と『後鳥羽院・定家・知家入道撰歌』」（『国語国文学報』第33集、一九八〇年三月）。
（2）注（1）に同じ。
（3）野口元大「伝定家筆五首切の一葉」（『和歌史研究会会報』第62・63・64合併号、一九七七年五月）、樋口芳麻呂の注（1）の論文、小松茂美『古筆学大成 20　私家集四』（講談社、一九九二年）、久保木哲夫「『家良集』考―伝定家筆五首切を中心に―」（『古筆学叢林　第五巻　古筆学のあゆみ』八木書店、一九九五年）、田中登「散佚『衣笠家良集』考」（『古筆切の国文学的研究』風間書房、など。
（4）久保木秀夫「散佚歌集切集成　本文篇」（『調査研究報告』第二三号、国文学研究資料館文献資料部、二〇〇二年）。なお、同「増訂第一版」（国文学研究資料館、二〇〇八年三月）では、本稿紹介の断簡を含め、

二二葉九九首が集成されている。

（5） 注（3）の樋口芳麻呂論文。

（6） 注（3）の田中登論文。

（7） 引用本文は小学館日本古典文学全集本による。

（8） 引用本文は角川文庫本による。

6 西園寺実兼筆 自筆家集切

〔年代測定 一二七九〜一三八六年〕

一 西園寺実兼自筆詠草切

広沢切は、鎌倉期最高の能書とされる伏見天皇（一二六五〜一三一七）の自筆詠草の草稿断簡として名高い。この広沢切とされてきたものの中に、太政大臣にまで昇った鎌倉後期政界の重鎮にして京極派の主要歌人である、西園寺実兼（一二四九〜一三二二）の自筆詠草の断簡が紛れていることが明らかになった。[1] そして、それらの歌群は、そこに記されている歌題からほぼ『弘長百首』の題に依拠した百首歌であること、さらに、実兼四〇歳の正応元年（一二八八）一二月の詠作であることが説かれている。[2]

ここに掲げる断簡も、その西園寺実兼自筆詠草の一葉である。料紙は楮紙、縦三一・三センチ、横一八・九センチ。

郭公

のきちかくなのりてすくる郭公

いまひとこゑそとをさかりぬる

月のこるありあけのそらの郭公

われにはなとかつれなかるらん

ほとゝきすこゑのはかなるなこり

かな

月によこきるむらさめのくも

6　西園寺実兼筆　自筆家集切

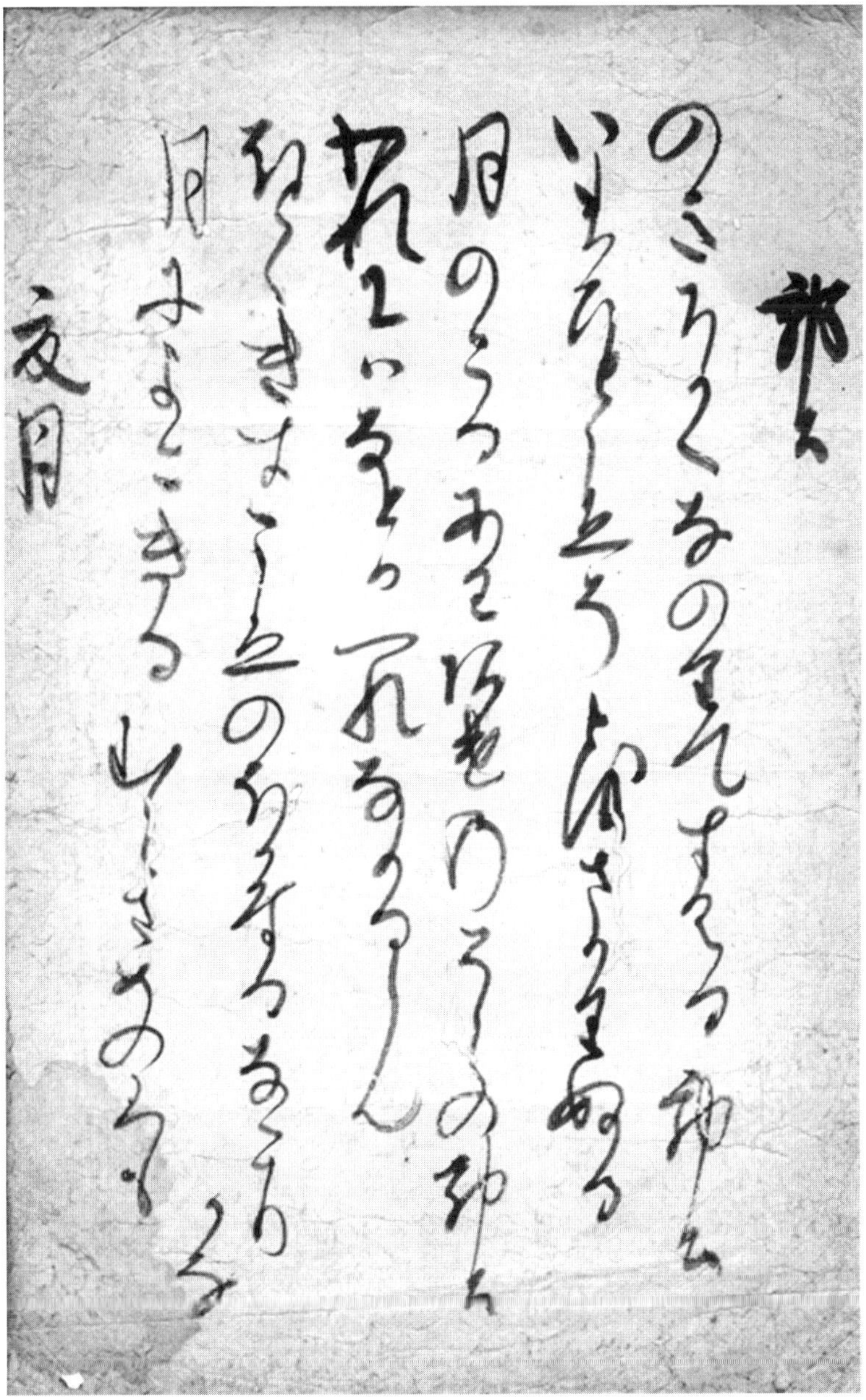

西園寺実兼筆　自筆家集切

夏月

二　西園寺実兼ととはずがたり

西園寺実兼は政治家・歌人の他に、もう一つの顔をもっている。『とはずがたり』の作者後深草院二条の初恋の人としての、愛人としての顔である。『とはずがたり』は、大納言久我雅忠の女《むすめ》、後深草院二条の自伝的回想、日記。昭和一五年に宮内庁図書寮で写本（天下の孤本、江戸初期写）が発見された。戦時中は皇室への不敬に当たるということで研究出来ず、昭和二五年に至りはじめて出版された。「本云、こゝより又かたなしてきられて候。おぼつかなういかなることにかとおぼえて候」（巻末注記）というような、刀で切り取られたという注記が数カ所あり、読むに耐えない性愛表現があったものと思われる。二条は後深草院の寵愛を受けつつ、同時に他に複数の男性とも関係をもち、後深草院を含め三人の男性の子を生んでいる。愛欲地獄を生かされ、波瀾万丈の人生を送った女性なのである。『とはずがたり』は、生身の女の情念と苦悩を赤裸々かつリアルに描き出した作品なのである。

二条は正嘉二年（一二五八）生まれ。四歳から後深草院の御所に仕える。一四歳の時、院（二九歳）に初めてしかも強引に関係を結ばされ愛人に。二条も院の目を盗んで愛人をつくり、道ならぬ恋に溺れ懼れる。一方で、院への思慕も強く、院が寵愛する他の女性たちへの嫉妬に苦しむ。院との愛憎の果て、出家（三一歳）。幼い頃に「西行の修行の記」という絵巻に感銘を受けていた二条は、「女西行」として諸国を遍歴した。

二条の母は四条隆親の女《むすめ》。四歳から一七歳頃の後深草院に仕え、「大納言の典侍《すけ》」とよばれた。この女性は、やがて権大納言冬忠の愛人となり、さらに雅忠の妻となり二条を生んだ。ところで、二条の母と後深草院の関係は特殊なものであった。「わが新枕は故典侍《すけ》大《だい》にしも習ひたりしかば」（巻三）とあるように、おそらく院が元服の折り「添い伏し」の役を果たしたのであり、二条の母は院にとって初めての女性、男女の関係を教えた忘れ得ぬ人なのであった。この大納言の典侍が久我雅忠の妻となり二条を生んだのだが、その翌年急逝してしまう。その時、院は一七歳、はじめての女性大納言の典侍に思慕の情を持ち続けていた。それがゆえに、やがて院は長じた（一四歳の）二条のなかに二条の母の面影を見出し、情をかけるようになる。院は、自分にとってのはじめの女性の、そのむすめのはじめての男性になることで、はじめての女性をもう一度とりもどそうとしたのであろう。このありかたは、『源氏物語』の光源氏・藤壺・若紫の関係に似ている。

二条が関係をもった――ほとんどの場合は、関係をもたされたというべきであるが――他の男たちは、「雪の曙」、「有明の月」（後深草院の異母弟）、近衛大殿（二条より三〇歳上の摂政太政大臣鷹司兼平）、亀山院（後深草院の同母弟）であるが、「雪の曙」と呼ばれる人物が西園寺実兼その人である。二条より九歳上で、二条の父雅忠が女の将来を託した許嫁《いいなずけ》であり、二条の初恋の人。『とはずがたり』の中で一番はじめに登場する男君であり、「さしも新枕とも言ひぬべく、かたみに浅からざりし心ざしの人」（新枕を交わした人と言ってもいいくらいの人）といわれている。院に内緒で、二条と実兼は密会を重ねるが、やがて、二条と「有明の月」（院公認の関係）や近衛大殿

（酒宴の後で、院公認のもと、しかも院のいる障子のすぐ向こうで契らされる）との関係を知って疎遠になる。しかし、後々まで二条を暖かく見守った。

筆跡を「手」という。手で書かれるゆえにである。そして、手はまた愛撫する手でもある。愛撫する手によって恋文は書かれる。恋文は和歌のかたちで綴られる。それゆえ和歌の水茎の跡には官能性が秘められる。『源氏物語』に記されているように、姿を容易に男に見せない平安時代の女性の筆跡は、女性の存在そのものを、有り体にいえば女性の肉体そのものをも象徴するものであった。筆跡の奥深くには、和歌の水茎の裏には、エロスが潜んでいる。

西園寺実兼の手、それは『とはずがたり』の作者二条を愛した手でもあるのだが、その手によって書かれた実兼自筆詠草切の肉筆の生々しさは、遠い『とはずがたり』の世界と二条の存在を身近に引き寄せ、生々しくよみがえらせてくれる。

三　炭素14による年代測定

すでに述べたように、西園寺実兼自筆詠草切の書写年代は正応元年（一二八八）一二月と推定されている。炭素14による年代測定の結果を示しておく。測定の平均値は671［BP］。この1σの誤差範囲671±21［BP］を暦年代に較正した値が、1284（1291）1299、1370（）1380［ca1AD］。2σの誤差範囲671±42［BP］を暦年代に較正した値が、1279（1291）1309、1361（）1386［ca1AD］。すなわち、一二七九年から一三八六年が誤差範囲となる。推定されている書写年代正応元年（一二八八）を含みこむ結果である。この試料のもっとも確率の高い671［BP］の較正暦年代は1291［ca1AD］であるが、推定される書写年代正応元年（一二八八）に極めて近い。炭素14年代測定の正確度の高さが裏付けられたことになる。

注

（1）久保木哲夫、二〇〇二年六月和歌文学会例会における口頭発表。
（2）別府節子「鎌倉時代後期の古筆切資料―初期京極派を中心に」（『出光美術館研究紀要九号』二〇〇三年一一月）、同「國學院大學図書館蔵『伏見天皇宸筆御和歌集断簡』について」（『出光美術館　館報第130号』二〇〇五年二月、『和歌と仮名のかたち』笠間書院、二〇一四年所収）。

第三節　散佚私撰集

7　伝宗尊親王筆　如意宝集切〈透き写し〉

〈年代測定　一〇二八～一一六二年〉

『如意宝集』は、藤原公任撰と推定される平安時代の散佚私撰集である。『後拾遺和歌集』の序に、藤原公任撰の「むくさのしふ」（六種の集）として、『三十六人撰』（「みそぢあまりむつのうた人をぬきいでて」）、『十五番歌合』（「とをあまりいつつがひのうたをあはせて」）、『和漢朗詠集』（「やまともろこしのをかしきことふたまきをえらびて」）、『和歌九品』（「ここのしなのやまとうたをえらびて」）、『金玉集』（「こがねのたまのしふ」）、『深窓秘抄』（「ふかきまどにかくすしふ」）、があげられているが、『和歌九品』の名が観無量寿経の九品往生に由来することとあわせ考えると、やはり経典に由来する「如意宝」の名をもつ『如意宝集』も、同じく公任の撰にかかると推定されるのである。(1)

完本は伝存しないが、「如意宝集目録」が近衛家に残されていて（平安時代書写の原本はすでに焼失、転写本が東大国語研究室に現存）、全八巻七七五首の構成――第一春七二首、第二夏四〇首、第三秋七七首、第四冬四一首、第五賀二六首、第六別四七首、第七恋二〇五首（上一〇三首、下一〇二首）、第八雑二五七首（上八六首、中八六首、下八五首）――が判明している。

この『如意宝集』の古筆切――残された断簡のうちに、「如意宝集巻第□　夏」「□意宝集巻第四　□」（□は判読不能箇所）と記されたものがあり、『如意宝集』の断簡であると知られる――として、伝宗尊親王筆如意宝集切があり、散佚書の復元のための貴重な資料となっている。伝称筆者は鎌倉将軍宗尊親王であるが、その書風が高野切二種に近似するところから、高野切と同じ頃かもしくはやや遅れる頃、すなわち一二世紀中頃より後半にかけての、平安時代の書写とみなされている。現存断簡の中の作者名表記の、「中宮内侍むま」「中納言道綱母」から、『如意宝集』は長徳二年（九九六）四月から同三年七月の間、とりわけ道綱の右大将兼任以前である、長徳二年一二月以前の成立(2)と推定されているので、現存如意宝集切は原典成立より、五、六〇年程度後の書写本ということになる。

如意宝集切は、現在のところ、小松茂美氏の集成による四三葉七六首(3)と『続々国文学古筆切入門』の一葉三首(4)、さらにそれ以降のいくばくかの新出断簡(5)がわかっている。それらの歌は、小松茂美「『如意宝集』と他歌集入集歌一覧(6)」と『続々国文学古筆切入門』の一葉によって見るに、『古今集』入集歌が二三首、『後撰集』入集歌が一首、『拾遺抄』入集歌が五五首となる。いわれているように、『如意宝集』がその所収歌の中からすでに『古今集』に入集している歌を除き、他を増補することによって、『拾遺抄』へ、さらには『拾遺集』に成長していったことが認められる。

　さて、新たに次の如き断簡が見出だされた。縦二七・七センチ、横一七・五センチの楮紙に、一面九行、歌一首二行書きで、

えそしらぬいまこゝろみむいのちあらは
われやわするゝ人やとはぬと
　みちのくにのかみこれのふかめのく
たりはへりけるに弾正親王のきた
のかたのかうやくつかはしける
　　　　番頭戒壽法師
かめやまにいくゝすりのみありけれは
とゝ《め》むかたもなきくすり《わかれ》かな
源ひろかすかとほきところにまかり

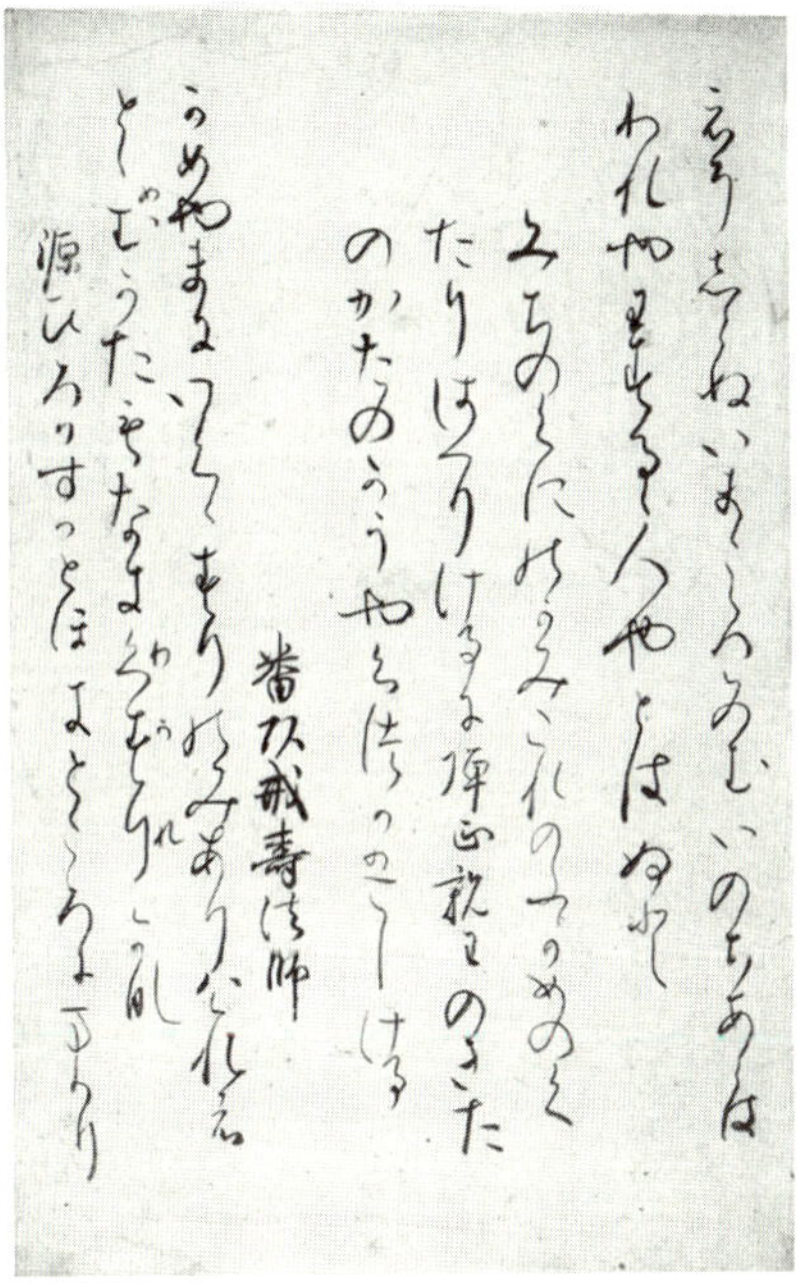

伝宗尊親王筆 如意宝集切
〈透き写し〉

とある断簡である。

　「宗尊親王（琴山）」の極札が付いている。宗尊筆とされていること、およびその書風からみて如意宝集切と思われるが、子細にみると、料紙の表面に細かな皺が縦にも横にも走っている。かかる現象がみられるのは、薄く透きとおった料紙に透き写しをして、それに別の紙を裏打ちした場合である。また、縦二七・七センチという寸法は、一般の如意宝集切が縦二五・〇センチ程であるのに比して、二センチ以上大きい。さらに線質にふるえがみえる。これらのことから、この断簡は如意宝集切の原本ではなく、それの忠実な透き写しと思われる。しかしながら、ここに記された歌は、これまでに知られている如意宝集切の中にはなく、透き写しとはいえ資料的価値を有するものである。

　本断簡一首目「えそしらぬ」の歌は、『古今集』巻八離別歌（新編国歌大観番号三七七番）であり、二首目と三首目（歌はなく詞書のみであるが、次の丁に歌が存在したことは確実である）は、『拾遺抄』巻六別三四首のうちの、一一五番と二一七番歌である。それぞれ、

　　　きのむねさだがあづまへまかりける時に、人の家にやどりて
　　　暁いでたつとてまかり申ししければ、女のよみていだせける
　　　　　　　　　　　　　　よみ人しらず
えぞしらぬ今心みよいのちあらば我やわするる人やとはぬと
　みちの国のかみこれのぶがめのくだり侍りけるに弾正のみこ
の内方の香薬つかはし侍りけるに
　　　　　　　　　　　　　　戒秀法師
かめ山にいくくすりのみありければとどめんかたもなきわかれか

な

源のひろかずがものへまかりけるに装束調じて給ふとて
太皇大后御歌
たび人の露はらふべきからころもまだきも袖のぬれにけるかな

とある部分である。(7)『拾遺抄』では「かめ山に」（二一五番）の歌の次に、二一六番の詞書と歌「帥にて橘の公頼がくだり侍りけるに、馬のはなむけ装束調じてつかはしける　あまたにはぬひかさねどから衣おもふこことはちへにざりける」がはいっているが、『如意宝集』の段階では、それは入集していなかったことになる。

また、本文上の異同も少なくない。断簡一番目の歌「いまこゝろみむ」は、『古今集』では「いまこころみよ」となっている古写本が圧倒的に多く——元永本、筋切、清輔本、今城切、昭和切、流布本(8)——、「こころみむ」となっているのは高野切のみである。断簡二番の詞書と歌においても、「つかはしける」と「つかはし侍りけるに」、作者名表記「番頭戒壽法師」と「戒秀法師」、「なきくすりかな」と「なきわかれかな」の異同がみられる。

ともあれ、散佚私撰集『如意宝集』所収の歌が、新たに三首判明したことになる。

*

なお、すでに図版が公表されているものであるが、おもに書家・書跡研究者の便宜に供するべく、架蔵断簡（料紙斐楮交漉紙、縦二三・六センチ、横一一・五センチ）の明瞭な図版を、巻頭口絵にも掲げておいた。

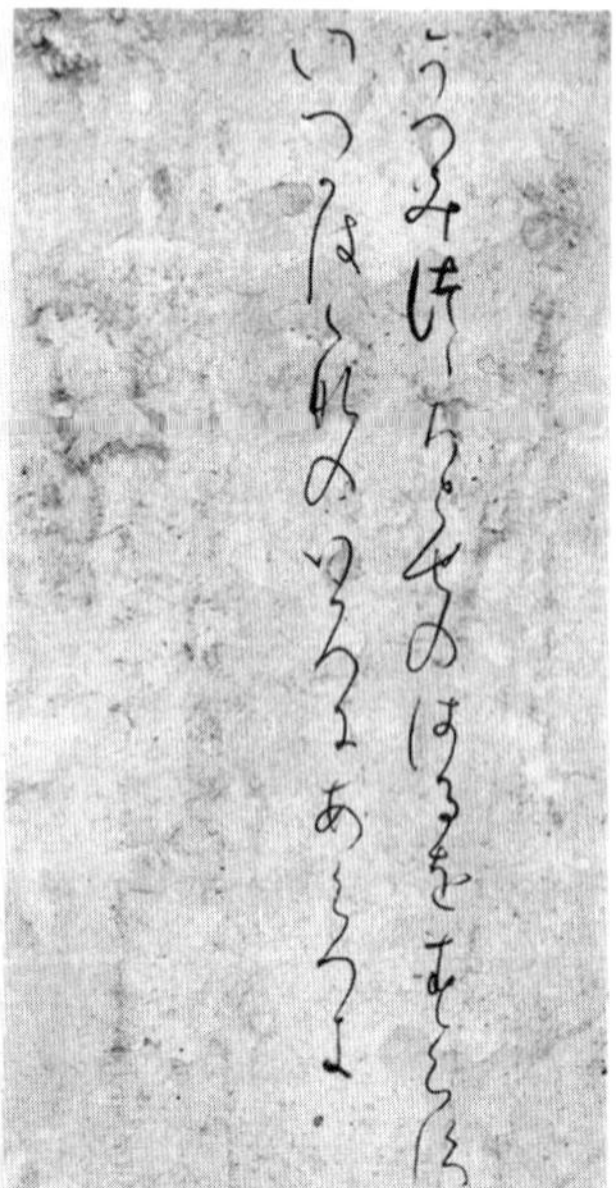

伝宗尊親王筆
如意宝集切

さらに、炭素14年代測定にかけてあるので、結果を示しておく。炭素14年代は932［BP］。1σ（＝標準偏差）の誤差範囲である932±20［BP］を暦年代に較正した値が、1037（1048、1087、1122、1138、1150）1155。2σ（＝標準偏差）の誤差範囲である932±35［BP］を暦年代に較正した値が、1028（1048、1087、1122、1138、1150）1162である。一〇二八年から一一六二年までの誤差範囲に、九五パーセントの確率で実年代がはいっていることになるが、なかでも（　）内の数値、一〇四八年、一〇八七年、一一二二年、一一三八年、一一五〇年がもっとも確率の高い値である。書道史の通説である一一世紀後半をふくんだ値になっている。

注

（1）小松茂美『古筆学大成　16』（一九九〇年、講談社）。

（2）久曽神昇「如意宝集研究」（『久曽神博士還暦記念研究資料集』一九七三年、風間書房）。
（3）注（1）に同じ。
（4）藤井隆・田中登（一九九二年、和泉書院）。
（5）久保木秀夫「散佚歌集切集成　増訂第一版」（『研究成果報告書』国文学研究資料館、二〇〇八年三月）。これには、本稿で紹介した透き写し断簡を含め、最新の新出断簡が集成されている。
（6）注（1）に同じ。
（7）引用本文は『新編国歌大観』（一九八三年、角川書店）。
（8）久曽神昇『古今和歌集綜覧』（一九三七年、七條書房）による。

8　伝小野道風筆　八幡切（麗花集）

一　麗花集

『後拾遺和歌集』の序に、「また、うるはしき花の集といひ、あしひきの山伏がしわざと名づけ、うゑ樹《き》の下《もと》の集と言ひ集めて、言の葉いやしく、姿だびたるものあり。これらのたぐひは誰がしわざとも知らず。また、歌の出《い》でどころつばひらかならず」とあり、『麗花集』・『山伏集』・『樹下集』という、表現が卑俗で風体がゆがんだ、選者も歌の出典も不明な私撰集の存在が知られる。しかし、これらは写本の伝存しない散佚私撰集である。

ところが、平安仮名古筆の中に、「麗花集」と書名を記したものが伝存する。伝小野道風筆八幡切と伝小大君（あるいは藤原公任）筆香紙切であり、平安時代散佚私撰集の本文資料として極めて貴重である。この二種の古筆切によって、その面影を偲ぶことができる。ちなみに、『南紀竹垣城書籍目録』に「麗花集四冊」とあり、江戸時代末まで写本が伝存していたらしいが、近代以降所在不明である。

八幡切・香紙切から推定すると、全一〇巻。構成は、巻一春上、巻二春下、巻三夏、巻四秋上、巻五秋下、巻六冬、巻七思、巻八恋、巻九賀・別、巻十雑。(1) 香紙切では、巻七恋上、巻八恋下となっていたらしい。成立は、一条天皇を「たうたい」（当帝）、三条天皇を「春宮」、藤原公任を「左衛門督公任」としていることから、寛弘二年（一〇〇五）六月から寛弘六年（一〇〇九）三月の間と考えられている。(2) 一条天皇の在位期間が寛和二年（九八六）六月二三日から寛弘八年（一〇一一）六月一三日まで、三条天皇の春宮にあった期間が寛弘二年（一〇〇五）六月二六日から寛弘八年（一〇一一）六月二三日まで、公任の左衛門督在任期間が長保三年（一〇〇一）十月三日から寛弘六年（一〇〇九）三月四日までであり、三者の重なる時期が寛弘二年（一〇〇五）六月から寛弘六年（一〇〇九）三月なのである。平兼盛の歌が多く入集しているので、その女《むすめ》赤染衛門の編かとする説(3)があるが、憶測の域を出ない。

二　八幡切

料紙・書風などについては、次のように言われている。「料紙はカラ紙で（和製ではない）ある。中国製の具引雲母文様は、表面にのみあって裏面にない。装潢は粘葉であるが、横一二・七センチ、タテ二五・七センチという細長い形なのが珍しい。書は、ときに紙撚切（伝佐理筆）のような鋭さを示すが、概してなだらかで、筆は曲線を大きく廻わし、派手にはたらかせている。関戸本古今集を、さらに応揚にしたような書風の感じで、墨継ぎも「そでしきて」のように平板なところもあるが、総体的にいえば明暗をはっきり打出している。筆は長鋒に近いものであったろう。書写年代は、白河天皇の御世（一〇七三〜一〇八六）を中心とした頃のもののようである。八幡切という名は、もと男山八幡にあったからといわれているがさだかではない」(4)と。

架蔵断簡（縦二五・一センチ、横三・八センチ）はすでに諸書に掲載されているが、雲母文様が比較的よく残っているので、口絵にあらためて明瞭な図版を掲げておいたが、かつ、その文様について一言しておきたい。この断簡の文様は「飛獅子唐草文」といわれるものだが、同版とされるものに、①巻子本古今集（藤原定実筆）・②唐紙本素性集・③入道右大臣集・④法華経冊子・⑤観普賢経冊子・⑥荒木切古今集・⑦伝俊頼筆和歌色紙（推定藤原定実筆）・⑧伝俊頼筆和漢朗詠集切・⑨八幡切麗花集切・⑩寸松庵色紙の十点が指摘されている(5)。ただし、伝藤原伊経筆色紙といわれる古筆切にも飛獅子唐草文がある（たとえば『古筆学大成22』の図版252など参照）(6)。これは藍紙本万葉集切などと同筆で、推定筆者は藤原伊房である。⑪として、伝藤原伊経筆（推定藤原伊房筆）大色紙を追補しなければならない。

伊房は一〇三〇年から一〇九六年の生存で、伝藤原伊経筆（推定藤原伊房筆）色紙は一一世紀後半のものと考えられる。また、①巻子本古今集は伊房の子定実（〜一〇七七〜一一二〇〜）であるから、こちらは一一世紀末から一二世紀初めのもの。すなわち、飛獅子唐草文の料紙は一一世紀後半から一二世紀初めに渉って使用されているわけで、八幡切もその間の書写と考えられる。

伝小野道風筆　八幡切

なお、本断簡は「ひきわかれたもとにかゝるあやめくさお／なしよとのにおひまし物を」とあるが、「おひにし」（生ひにし）でないと意味をなさない。しかし、八幡切の筆癖から「ま」（末）としか読めない。おそらく、「に」（尓）を字形の近似から「ま」（末）に誤写したのであろう。筆跡はきわめて優秀であるが、歌の意味をよく考えながら書写してはいないようだ。美麗な料紙に書かれた調度手本の場合、こういう例が少なくない。

注

（1）久曽神昇『仮名古筆の内容的研究』（ひたく書房、一九八〇年）。

（2）注（1）に同じ。

（3）注（1）に同じ。

（4）飯島春敬『名宝古筆大手鑑』（東京堂、一九八〇年）。

（5）四辻秀紀「平安時代の調度手本にみられる唐紙・蠟牋についての一考察」（『金鯱叢書　第二十四輯』思文閣出版、一九九八年一月）。

（6）小松茂美『古筆学大成22　歌合二・定数歌・色紙』（講談社、一九九二年）。

9　伝小大君筆　香紙切（麗花集）

〔年代測定　一〇二九～一一六四年〕

『麗花集』については、前項「8　伝小野道風筆　八幡切」で述べたとおりである。

伝小大君（九四〇年頃～一〇〇五年頃）筆香紙切は、その料紙が丁子による染紙であることによる命名。しかし、濃淡ひとおりではなく、素紙もあるとされる。元の装丁は粘葉《でっちょう》装だが、綴じ穴が存在し、後世大和綴じに改装されていたらしい。約九〇葉余り[1]が伝存している。

一一世紀末から一二世紀初めの筆跡とされている。近年五手に分ける説が出された。[2]もともと二手あると考えられていた（伝小大君筆と伝公任筆）が、さらに、三手を分けるべきか異論もある。書風、書写形態（詞書を高く書き出すか、低く書き出すか）の相違が、すなわち書き手の違いと言えるかどうか難しい。同一人でもまったく別人のように書き分ける例は、「整斉と奔放と　同人同時の書写でも、気分の変化によって甚だしい相違の生じて来ることが判る」[3]とされる、一十巻本歌合の元永二年七月十三日内大臣忠通家歌合断簡などに確認できる。

小島切、御蔵切などとの近縁性がいわれる。特に第一種（伝小大君筆）は、鋭く切れがあり、しなやかで繊細、流麗にして奔放、円転自在、しかし線質は強い。ややもすると走りすぎて、字形が崩れかけているところもある。伝公任とされる方は連綿が短く字形が比較的崩れていない。似ているとされる小島切や御蔵切も流麗にして繊細でかつ強い線質であるが、文字の形は整っている。香紙切の魅力はスピード感と切れの良さ、そして走りすぎて形が崩れかけながら危うい均衡を保っている、そういうところにあるように思われる。あたかも藤原佐理の消息の運筆のスピード感と、崩れそうで崩れない危うい字形の均衡に似ている。つまり、そういう要素は、現代という時代の感覚に通じているのである。

香紙切は詞書を低く書き出すが、この書写形式は同じく麗花集の断簡である八幡切、さらに小島切も同様である。時代を反映しているのだろうか。

架蔵断簡はすでに紹介されているものであるが、(4)特に書家・書道史研究者向けに、あらためて大きく明瞭な図版を巻頭口絵にも掲げておいた。料紙は淡色の香染めが経年により退色した薄香色、縦二〇・〇センチ、横一一・五センチ。

　　　ていしの院のうたあはせに
　　　　　みつね
やへなからあたにみゆれはやまふき
のしたにこそなけゐてのやまふき《かはつは》
をしめともとまりしもあへすことのはヲ
なこそのやまもせきもとめなむ

春下の部分であるが、誤写が少なくない（香紙切全般の傾向でもあろうか）。一首目は、小異はあるが、斎宮女御集に見える「むまの内侍やまぶきにさして／やへながらあだにみゆればやまぶきのしたにぞなげくゐでのかはづは」（西本願寺本三十六人集本による）の歌である。結びを「かはつは」とすべきところ、「やまふき」に誤ったのは、書写者の書写態度にかかわろう。おそらくは、書写しながら『古今集』（巻二　春歌下　読人知らず）の「かはづなく井手の山吹散りにけり花のさかりにあはましものを」を連想したゆえの誤写であろう。歌意を考えながら書写するのではなく、筆の勢いにまかせ、記憶にある有名なフレーズを思い浮かべながら書く、そのような書写態度が彷彿とされる。やはり歌人の書写態度ではなく、能書のそれであろう。

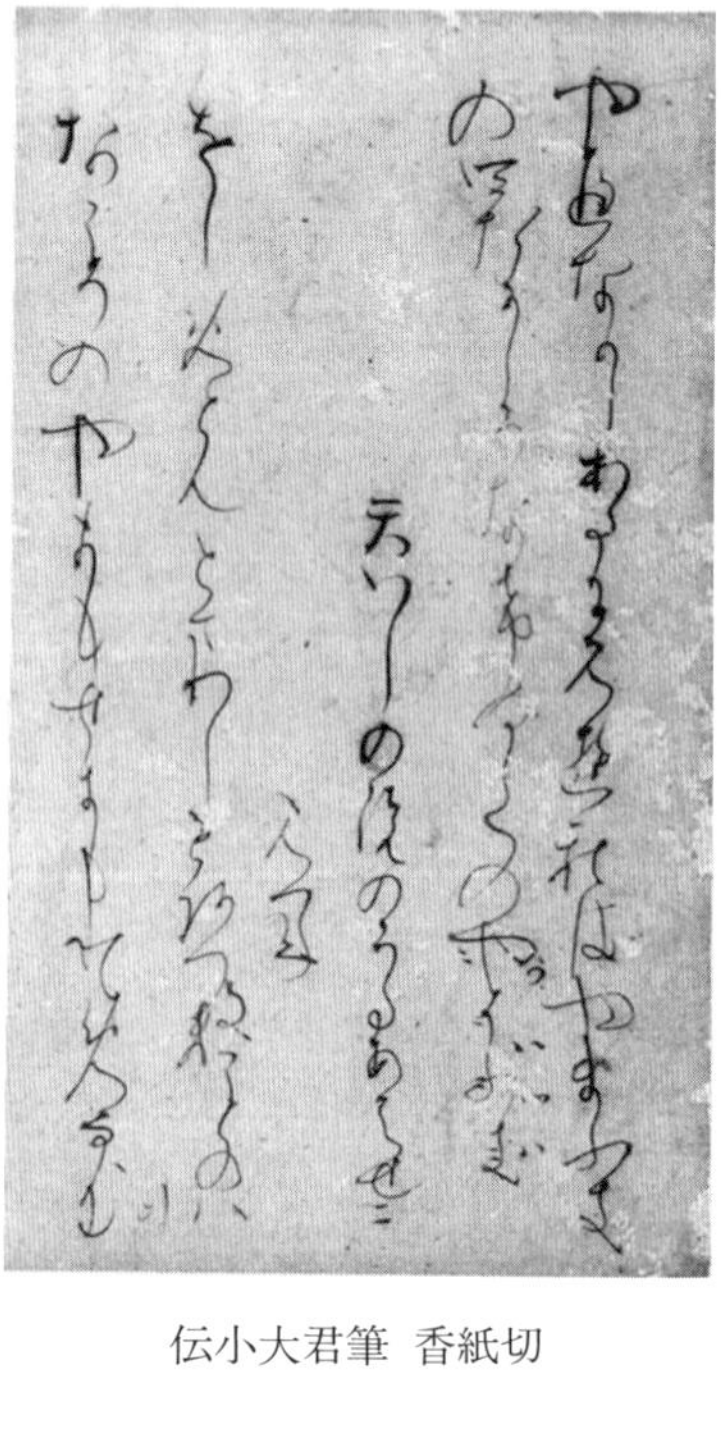

伝小大君筆　香紙切

二首目には誤写だけでなく、詠作者の問題もある。十巻本歌合の『亭子院歌合』では、作者を「貫之」とし、「をしめともたちもとまらすゆくはるををなこ《そ》しのやま《せき》のせきもとめなむ」につくり、二十巻本歌合では、作者を「元方貫之ともト」とし、「をしめともたちもとまらでゆく春をなこ《そ》しのやまのせきもむめなむ《せきもとめなむ》」とする。作者はまちまちで、いずれが真か判らない。しかし当該断簡の歌の「ことのはヲ」は「ゆくはるを」とあるべきとされる。(5)確かに、「ことのはヲ」では意味をなさない。しかし、この「ことのはヲ」を措いた他の本文異同については、注意されるべき点がある。十巻本ではミセケチの付される前の本文は「なこしのやまのせきもとめなむ」で、香紙切の「なこそのやまもせきもとめなむ」に近い。また、『雲葉和歌集』には「亭子院歌合に／紀貫之／をしめどもとまりもあへずゆくはるをなこそのやまのせきもとめなむ」（内閣文庫A本による）とある。香紙切の「とまりしもあへす」「なこそのやまもせきもとめなむ」に近い。香紙切のような句形も存在していたのであろう。

ちなみに、香紙切の「とまりしもあへす」であるが、『亭子院歌合』ではこの歌に番わされた左の歌が「ふくかせにとまりもあへすちるときはやへやまふきのはなもかひなし」（十巻本による。二十巻本は「とまり」に「をしみ」の傍書、「はな」に「いろ」の傍書あり）であり、この第二句「とまりもあへす」に惹かれた誤写に由来するのかも知れない。

ところで、字母「乎」「二」「八」は、仮名「を」「に」「は」としても、片仮名「ヲ」「ニ」「ハ」としても用いられるが、伝西行筆『山家心中集』などではカタカナの字形に近い「ヲ」「ニ」「ハ」が、「行末の狭い空間に置かれやすい傾向が看取され」るという。(6) 本香紙切断簡でも、第三行末に「ニ」、第五行末に「ハ」と「ヲ」が使用されている。こういう文字遣いは、すでに院政期の古筆切から定着しつつあったと言えよう。

なお、炭素14による年代測定の結果は次のとおりである。１σの誤差範囲９２７±２１［ＢＰ］を暦年代に較正した値が、１０３９（１０４９、１０８４、１１２４、１１３７、１１５１）１１５７［ｃａｌＡＤ］。２σの誤差範囲９２７±４１［ＢＰ］を暦年代に較正した値が、１０２９（１０４９、１０８４、１１２４、１１３７、１１５１）１１６４［ｃａｌＡＤ］。１０２９年から１１６４年が九五パーセントの誤差範囲である。が、この試料のもっとも確率の高い９２７［ＢＰ］の較正暦年代は、１０４９、１０８４、１１２４、１１３７、１１５１年である。書道史の通説である一一世紀末から一二世紀初めという推定を含んだ年代である。

注

(1) 高城弘一「「香紙切」の古筆学的研究―新出「香紙切」二種二葉の紹介もかねて―」（『平安文学の新研究　物語絵と古筆切を考える』新典社、二〇〇六年）。
(2) 高城弘一「「香紙切」寄合書論」（『青山杉雨記念賞　第二回　学術奨励論文選』青山杉雨記念賞実行委員会、一九九九年六月）。
(3) 萩谷朴『平安朝歌合大成　増補新訂　五』「附録　平安朝歌合古筆集鑒」（同朋舎出版、一九九六年）の図版75・76。
(4) 田中登『古筆切の国文学的研究』（風間書房、一九九七年）。
(5) 注（4）に同じ。
(6) 今野真二『仮名表記論攷』「第一章第二節　八　宮本長則氏蔵伝西行筆『山家心中集』」（清文堂、二〇〇一年）。

10 伝称筆者不明　未詳歌集切（麗花集か）

一　未詳歌集の断簡

ここにとりあげるのは、『新編国歌大観』に見いだすことのできない歌を記した未詳歌集の断簡である。極札なども附属せず、伝称筆者も不明。料紙は斐楮交ぜ漉き。縦二三・九センチ、横一五・八センチ。一面一〇行書き。和歌二行書き。和歌は詞書より一字ほど高く書かれており、歌物語などの散文作品ではなく、歌書であることは明らかである。

かならて《本二本》はさてはすきしを《に》はなさかり
あたりにちかくにほひしやたれ
　一品宮すみらう《本二本》のいとちいさきにとりの
すのありけるを宮よしときをめして
　これかこゝろはへよめとおほせられけれはよし
とき
すみよしとおもひやしけんこの《本》ゆに
あとはかもなくとりのいしかは
　これかくなんと宮よりきこえさせ給けれは
うこきなき君かあたりにはねなれて

漢字仮名交じり文にすると次のようになろう。

かならではさては過ぎしを花盛り
辺りに近く匂ひしや誰
　一品宮、すみらうのいと小さきに鳥の
巣のありけるを、宮、嘉言を召して
「これが心ばへ詠め」と仰せられければ、嘉
言
住み良しと思ひやしけんこのゆに
あとはかもなく鳥の居しかは
　これかくなんと、宮、聞こえさせ給ければ、
動きなき君があたりに羽馴れて

一行目「ならて」の右傍に「本ニ本」とある。すなわち、書写に際し意味不明と判断されたが、書写の元にした親「本」のとおりに写したという意味である。三行目「すみらう」も同様に「本ニ本」とあり、同じ意味である。七行目「このゆに」の「の」と「ゆ」の右傍に「本」とある。これは、一文字字足らずになっていて意味不明なのを、元の本のままに写したという意味である。

このように親本の段階ですでに誤写があったらしく、解釈し難いところがある。一首目は、「かならては」（あるいは「かならくは」とも読めるか）が意味不明、だが、大意は〈一面の花盛りでそのまま通り過ぎてしまったが、その近くで花のように艶やかに匂い立っていたのは誰ですか〉。一首目の詞書は「すみろう」が意味不明だが、大意は〈小さな「すみろう」に鳥の巣があったので、一品宮は嘉言をお呼びになって「この趣を詠め」とおっしゃったので、嘉言〉。二首目は「このゆ」が分からない。あるいは「柚《ゆず》」と関係があるか。

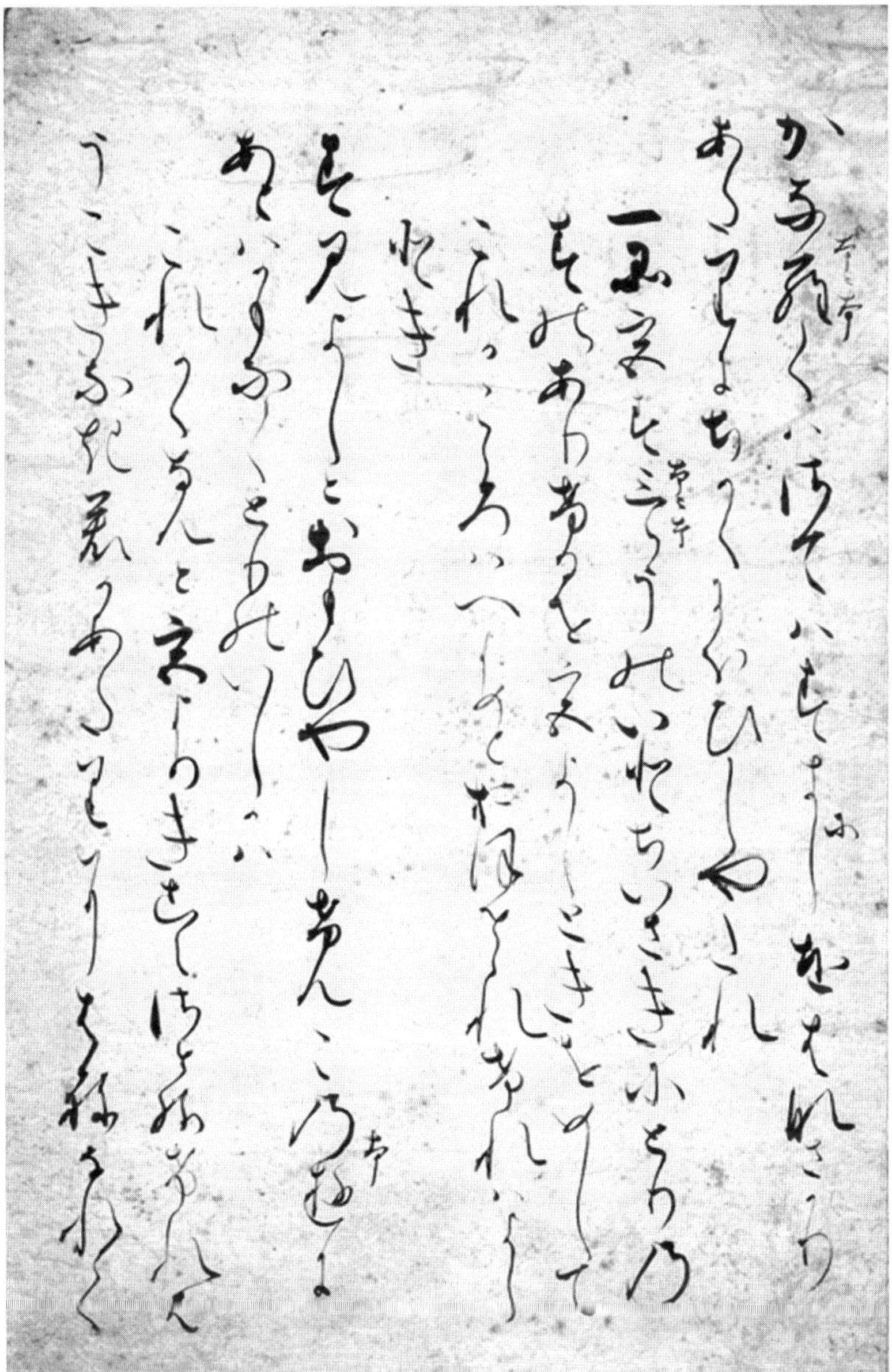

未詳歌集切

大意は〈鳥はそこが住みよいと思ったのでしょうか、この「ゆ」に頼りなく鳥が居たことはあったでしょうか、いやありません、あなたのそばに居ると頼り甲斐があるのでしょう〉。三首目の詞書と歌の大意は、〈このようなことがありましたと、宮がもうしあげなさったので、泰然自若としたあなたのそばに羽を休めて居ることに鳥は慣れて……〉。

二　麗花集か

この断簡の正体はなんであろう。「よしとき」（嘉言）が示唆を与えてくれる。大江嘉言（生年未詳～一〇一〇）は三十六歌仙の一人、藤原長能・能因法師・源道済などと親交があった。正暦五年（九九三）『帯刀陣歌合』や長保五年（一〇〇三）『左大臣家歌合』などに出詠。『嘉言集』以外では、『拾遺集』に三首、『後拾遺集』に一〇首、『麗花集』に二首などが入集している。『麗花集』は平安時代散佚私撰集で、わずかに伝小野道風筆八幡切と伝小大君筆香紙切がその残欠本文を伝えている。その中に嘉言の歌が二首ふくまれている。

右大臣の御うたあはせに　　ゆげのよしとき
34むつぎともききだにわかずほととぎすただひとこゑのこころまどひに　（第一春上）

あきのよをぎふくかぜをききて　　よしとき
57をぎのはをそそやあきかぜふきぬなりこぼれやしぬるしらつゆのたま　（第四秋上）

散佚歌集で嘉言の歌を入集している可能性があるのは、『麗花集』なのである。この未詳歌集切は『麗花集』の可能性があろう。もしこの想定が当たっているなら、伝小野道風筆八幡切と伝小大君筆香紙切の他に、あらたに鎌倉時代書写の『麗花集』切の出現ということになるのだが、たった一葉の断簡では断言することは無論できない。

ちなみに、『麗花集』では「たうだい（当帝）」は一条天皇で、この時の「一品宮」は定子腹の第一皇子敦康親王、あるいは同じく第一皇女脩子内親王である。嘉言とのやりとりからすれば敦康親王ということになろう。

11　伝西行筆　歌苑抄切

――源経信の散佚歌――

〔年代測定　一〇二九〜一一六三年〕

散佚私撰集と思われる断簡がある（坂田稔好氏蔵）。伝西行筆（猪熊信男の箱書きによる）。料紙は楮紙。縦二一・一センチ、横一五・一センチ。一面一一行、一首二行書き。左端に綴穴の跡らしいものが残る。列帖装冊子本の丁のウラ面に当たる。祐子内親王家一宮紀伊（〜一〇九四〜一一一三年）、花園左大臣源有仁（一一〇三〜一一四七年）、大納言源経信（一〇一六〜一〇九七年）という、平安時代の歌人の歌が並んでいる。そして、伝西行筆とされているように、書風は鋭く冴えた筆線で、鎌倉初期の筆跡と考えられる伝西行筆とされる古筆切の一類に、筆線の質の通うところがある。しかし、西行真跡の可能性の高い小色紙、未詳歌集切（二首切）などの歯切れのよさ雄勁さ自在さとは径庭がある。これらのことから見て、この断簡は平安時代の末期から鎌倉初期に成立した今に伝わらない散佚私撰集の、鎌倉初期頃書写の写本の断簡と推察される。

　　　　一宮紀伊
ほとゝきすゆくゑ《も》しらぬひとこゑに
こころそらなるさつきやみかな
　　　　花苑左大臣
きゝてしもなをそねられぬほとゝきす
まちしよころのこゝろならひに
兼房朝臣ひさしくをとしはへらさ
りけれは五月五日にいひつかはしける
　　　　大納言経信
ねをたえてはるよりのちのとはぬには
けふにそいとゝあやめられける

一首目の歌は祐子内親王家『一宮紀伊集』[1]に、「右大とののだいどもたまはせたりしなかに、ほととぎす」の詞書のもとに収められている。また、『続後拾遺集』に「題しらず」として採られてもいる。「右大との」は、永承四年一一月内裏歌合の判者、祐子内親王家の一連の歌合の後見人、自らも数度の歌合を催行した、土御門右大臣源師房が相応しい。師房の右大臣在任は延久元年（一〇六九）八月から承暦四年（一〇八〇）八月までであり、この一宮紀伊の歌はその間に詠まれたことになる。

二首目の歌は『新古今集』に「題しらず　花園左大臣」として入集し、『和漢兼作集』・『題林愚抄』にも採られている。本断簡の有仁の官職は、「花苑左大臣」と極官で記されている。有仁が左大臣に昇ったのは保延二年（一一三六）であるので、この散佚私撰集が成立したのは保延二年以降ということになる。この断簡の三首のみからいえることに過ぎないが、この散佚私撰集の成立の上限は保延二年である。ちなみに、一宮紀伊集に類歌がある。「かやゐどのの七番の歌合に」「ほととぎす」として、「きさてしもなほぞまたるるほととぎすなくひとこゑにあかぬこころは」があり、上句はほぼ同じ。

これまでの二首は現存する歌集に見いだせるものであったが、三首目は『経信集（Ⅰ・Ⅱ・Ⅲ）』などに見いだせない、これまで知られていない散佚歌である。料紙の傷みで始めの文字が欠けているが、「あやめ」との縁で「ねをたえて」であろうと思われる。

作者源経信は詩歌管弦有職故実に長じ、藤原公任と並んで三船の才を謳われた。後冷泉朝歌壇、摂関家藤原頼通家主催歌合における第一人者で、長久二年（一〇四一）『祐子内親王家名所歌合』をはじめとして、永承四年（一〇四九）『内裏歌合』、永承六年（一〇五一）『内裏根合』などに参加。晩年の堀河朝においては歌壇の総師として重きをなし、寛治三年（一〇八九）『四条宮寛子扇歌合』、寛治八年（一〇九四）『高陽院七番和歌合』などでは判者をつとめた。

ところで、平安中期の書写にかかる歌合の集成十巻本歌合は、収載されている最後の歌合天喜四年（一〇五六）『皇后寛子春秋歌合』から後冷泉天皇崩御の治暦四年（一〇六八）四月の間に成立したと考えられている。そして、この十巻本歌合の各巻表紙見返しに記されている目録の筆跡は、伏見宮本源経信筆『琵琶譜』と同筆で、経信筆と認められている。摂関家藤原頼通家において行われた十巻本歌合の編纂事業でも、経信が指導的立場にあったことがうかがえる。

詞書に藤原兼房（一〇〇一～一〇六九年）との交友が記されていて、興味深い。兼房は夢に柿本人麻呂を見るほど歌道に執心し、その姿を絵師に描かせ日夜礼拝したという。兼房も経信も多くの歌合に参加しているが、永承四年（一〇四九）『内裏歌合』には両者が揃って左方で出詠している。この折に交友を結んだのかも知れない。時に兼房四八歳、経信三三歳。兼房は播磨守・讃岐守などを歴任しており、『経信集』の詞書にもそれらの官名が登場するが、『経信集』の播磨や讃岐守は橘俊綱である。両者ともに能因・出羽弁など共通した交友圏をもっていたが、特に能因・兼房・経信と並ぶと、そこには和歌に執心した数寄者たちの群像が立ち現れ、興味深い。

ともあれ、経信と兼房の交友を示す、兼房が没する延久元年（一〇六九）以前の経信の散佚歌が見いだされたわけである。

*

この断簡は久保木秀夫氏によって、平安時代末期の歌僧俊恵法師の編纂した散佚私撰集『歌苑抄』の古筆切のツレと判定された[2]。本断簡を含めた集成がなされ、『歌苑抄』についての全体的検討がなされているが、成立は承安四年（一一七四）以前、従来説のように歌林苑の事業として編纂されたものでもなく、歌林苑と関係の深い歌人を主としているとも言えないとの新見解が示された。さらに、「真名序」や伝西行筆と寄合書きのツレと認めらる伝寂蓮筆断簡などの新出資料によって補訂がなされ、撰集に際しては俊恵以外の歌林苑の歌人達も関与していること、成立時期は仁安四年（一一六九）から承安四年（一一七四）であることなどが説かれている[3]。

*

なお、炭素14による年代測定の結果は次のとおりである。炭素14年代は９２８［ＢＰ］で、この１σの誤差範囲９２８±２０［ＢＰ］を暦年代に較正した値が、１０３９（１０４９、１０８４、１１２４、１１３７、１１５１）１１５６［ｃａｌＡＤ］。２σの誤

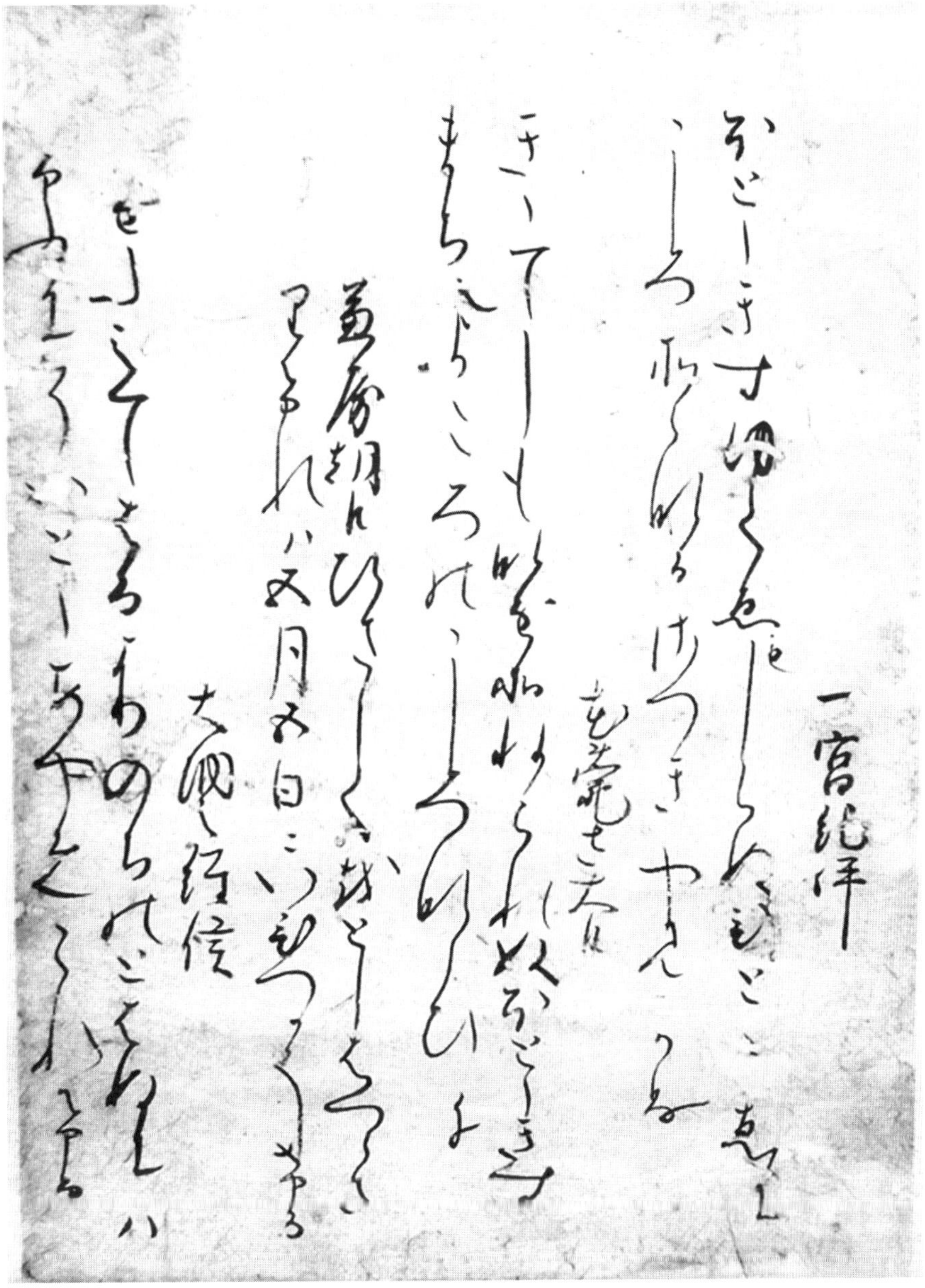

伝西行筆 歌苑抄切①

差範囲928±40［BP］を暦年代に較正した値が、1029（1049、1084、1124、1137、1151）1163［ca1AD］。一〇二九年から一一六三年という誤差範囲である。一〇五〇年頃から一一八〇年頃の間に書写された古筆切はほぼ同じ誤差範囲になり、誤差範囲のどこに実年代があるかは資料によって区々である。伝西行筆歌苑抄切の場合は、歌苑抄切の成立が承安四年（一一七四）以前なので、誤差範囲の最後のあたりに実年代があると思われる。驚くべき測定結果である。それにしても、原典成立よりもいささか早い年代が出ているので、一〇年くらい前の古紙が使用されているとおぼしい。伝西行筆歌苑抄切は、原典成立時にきわめて近い、注目すべき古筆切である。

ちなみに、西行真跡、西行真跡の可能性の高い小色紙・未詳歌集切（二首切）などと比較して、歌苑抄切は西行筆とはいえないが、いわゆる西行風の筆跡が西行生存中に書かれていた証左にはなろう。

*

ちなみに、すでに集成されて存在が知られている断簡(4)であるが、架蔵するものなので、一言触れておく。料紙寸法は縦二〇・四センチ、横八・三センチ。白茶地金襴の絹で呼び継ぎがなされている。了仲の極札、藍の雲紙に銀の揉み箔散らし、「西行法師すみれつむ（守村）」が附属する。

上西門院兵衛
すみれつむたよりにのみそふるさとの
あさちかはらはひとめみえける
すみれをよめる
源仲正
つまこひのはるのき、すに□
あたにすみれのはなちりにけり

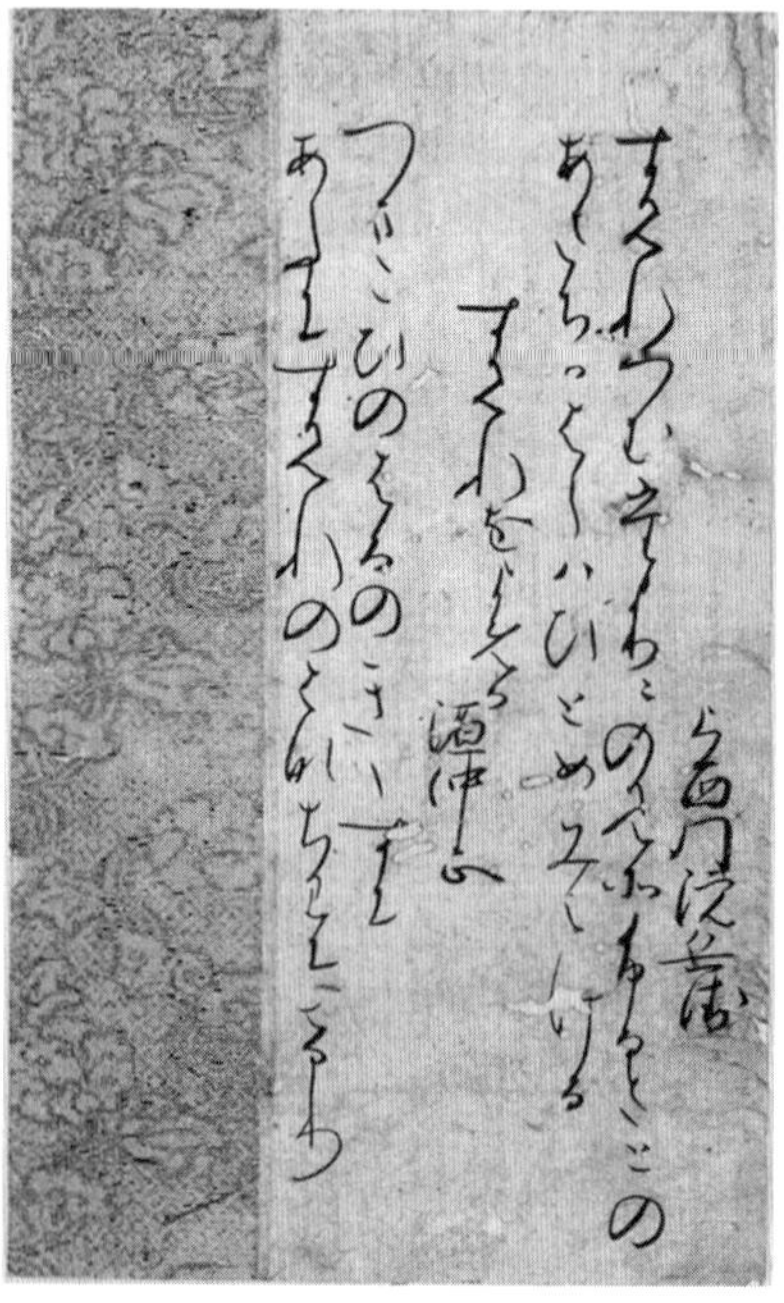

伝西行筆 歌苑抄切②

二首目の第三句五文字が無い。もともと書かれていなかったのなら、この伝西行筆歌苑抄切は親本の本文を何らかの理由で誤脱した（すでに親本に欠損があった可能性もある）転写本である証しになる。あるいは、この断簡の当該箇所に欠損があり、文字を佚していることも考えられる。この場合、原物を見れば簡単に判断できそうだが、なかなか判定するのは難しい。本紙の痛みに巧妙な補修がなされていると肉眼では判断できないのである。当該箇所も少し紙色がまわりの部分と異なるようにも感じられるが、断定できない。表具師によれば、一晩水につけておけば補修部分は剝がれるらしいが。

注

（1）引用本文は『新編国歌大観』による。

（2）久保木秀夫『中古中世散佚歌集研究』（青簡舎、二〇〇九年）。

（3）久保木秀夫「『歌苑抄』続考―四天王寺大学図書館恩頼堂文庫蔵断簡類の検討―」（『中世詩歌の本質と連関』竹林舎、二〇一二年）。

（4）注（2）に同じ。

12　伝藤原為家筆（伝冷泉為相筆）雲紙本雲葉和歌集切（散佚部分）

『雲葉和歌集』は、後京極摂政太政大臣藤原良経の三男、月輪内大臣基家（一二〇三～一二八〇）の撰にかかる私撰集。建長五年（一二五三）三月以降、同六年三月以前の成立。もとは二〇巻であったが、現存伝本はあわせて一一巻（巻一から巻十、巻十五）一〇三二首分を伝えるのみという(1)。一一本の伝本のうち、加藤正治氏旧蔵・大阪青山短期大学現蔵本（巻七秋歌下巻末より巻一〇羇旅歌巻頭あたりまでの一括と断簡六葉の残欠本）と冷泉家時雨亭文庫蔵本（巻四夏残欠）のみが鎌倉期の書写で、あとはすべて近世以降の書写本である。

かかる伝本状況にあって、鎌倉期にさかのぼる古筆切の存在は、原典成立に近い本文資料として、また『雲葉和歌集』の本来の姿を復元する資料として、すこぶる貴重である。これまでに、都合四種類の古筆切が知られるようになった。

国宝手鑑『翰墨城』に押されている伝覚源（藤原定家の子）筆四半切――『新撰古筆名葉集』の「四半　続古今異本歌二行書」とあるものに該当する――、これが実は『雲葉和歌集』の鎌倉期写本の断簡であることは、近年になってわかったことである(2)。これのツレには、『古筆学大成　16』の六葉(3)（国宝手鑑『翰墨城』のものを含む）、尾張徳川家古筆手鑑『霜のふり葉』(4)の一葉、加藤正治氏旧蔵・大阪青山短期大学現蔵重要美術品「紙本墨書雲葉和歌集巻第四残巻一巻」(5)の八葉が知られ、さらには架蔵の　葉(6)、『私撰集残簡集成』の四葉(7)などが出現している。これらは、巻一春歌上、巻四夏歌、巻五秋歌上、巻八冬歌、巻九賀歌にわたっているが、すべて現存する写本に含まれている歌ばかりである。

この伝覚源筆の他に、伝後京極良経筆のものがあるが、『古筆学大成(8)16』所収の一葉、『続国文学古筆切入門(9)』の一葉、『古筆への誘い(10)』の一葉など、伝存するものは少ない。これらも現存写本に含まれている部分ばかりである。

また、前述の冷泉家時雨亭文庫蔵残欠本のうちの断簡4は、巻第十羇旅の新出の一葉であり、これによってこれまで知られていた『雲葉和歌集』巻第一〇羇旅歌には脱落のあることが判明した(11)。

さらに、『翰墨城』に押されている伝藤原為家筆歌切「前内大臣家三十首に旅宿／従二位家隆／かへすともくものころもはうらもあらし／ひとよゆめかせみねのこからし」、これが『雲葉和歌集』の断簡であることも最近わかったことである。これはツレの知られぬ孤葉であり、出典も「夫木抄切(12)」とか「玉吟集（壬二集）切(13)」とかいわれていた。しかし、田中登氏によって、『雲葉和歌集』巻十羇旅歌（九六三番歌）であることが明らかにされたのである。同時に、筆跡などからみてこれのツレと判断される田中氏蔵の一葉（伝為氏筆になっているという）、「題しらす／土御門院御製／すまのうらいはうつなみのおとはして／人をと、むるせきはなかりき／あかしかたやまとしまねもみえさりき／かきくもりにしそてのまよひに」も、『雲葉和歌集』の断簡と判明した(14)。この二首は、これまで『雲葉和歌集』の収載歌とは知られていなかったものであり、散佚した雑歌の一部か、現存本に脱落のあることがわかった巻十羇旅歌の一部かの可能性が考えられている(15)。ちなみに、『翰墨城』のものは雲紙であるが田中氏蔵は素紙で、この写本は雲紙と素紙の交用であったらしい。また、ともに右端もしくは左端の数行が、見映えを良くするために擦り消されている。

さて、この『翰墨城』に押されている伝為家筆切のツレが、新たに一葉見出された。縦二二・四センチ、横一六・九センチ。料紙は斐楮交ぜ漉き紙。藍の雲紙で、『翰墨城』のものと同一。川勝宗久の「冷泉元祖為相卿正治二年こまなつむ（川勝宗久印）」の極札が付属している。『翰墨城』のが伝為家、田中氏蔵のが伝為氏、当該断簡のが為相と、伝称筆者は区々である。

興味深いのは、最後の行と終わりから二行目の間に折れ目があり、その折れ目の上に糸綴じの穴痕が残っていることである。このことから、この写本は列帖装であったと知れる。また、折れ目を跨いでいる二行がきちんと承応して、まとまった一首を成しているので、この一紙が一括りの一番上に位置していたとわかる。列帖装の写本は、一紙を縦に二つ折りにし、それを数枚重ねて一括りにし、数括りを重ねて綴じるわけであるから、折れ目を跨いだ二行が意味的につながっているのは、この一紙が一括りの一番上に位置していたことになるのである。一括りの一番上に位置する一紙以外は、折れ目をはさんだ右頁と左頁の本文はつながらないはずなのである。だから、普通、写本を古筆切にするときには、惜しげもなく一紙を折れ目で一頁ごとに切断してしまうのだが、一括りの一番上に位置する一紙は右頁から左頁へつながっているため、見開きのまま残される場合もある。本断簡の場合は、まとまった一首を途中で切断することを避けて、一首の終わりで切断したのであろう。ちなみに、この断簡も既述の二葉と同じように、右端の一行が擦り消されている。頁の始めにきた下句一行を、見映えのために削り落としたのであろう。以上のことから推して、本来の一面の体裁は八行書き、縦二二・四センチ、横一四・八センチほどであったと思われる。

正治二年百首哥
前中納言定家
こまなつむいはきの山をこえかねて
人もこぬみのはまにかもねむ
建仁元年五十首哥合哥
慈鎮大僧正
すまのせきゆめもとをさぬ波のおとを
（折れ目）
おもひもよらてやとをかりける

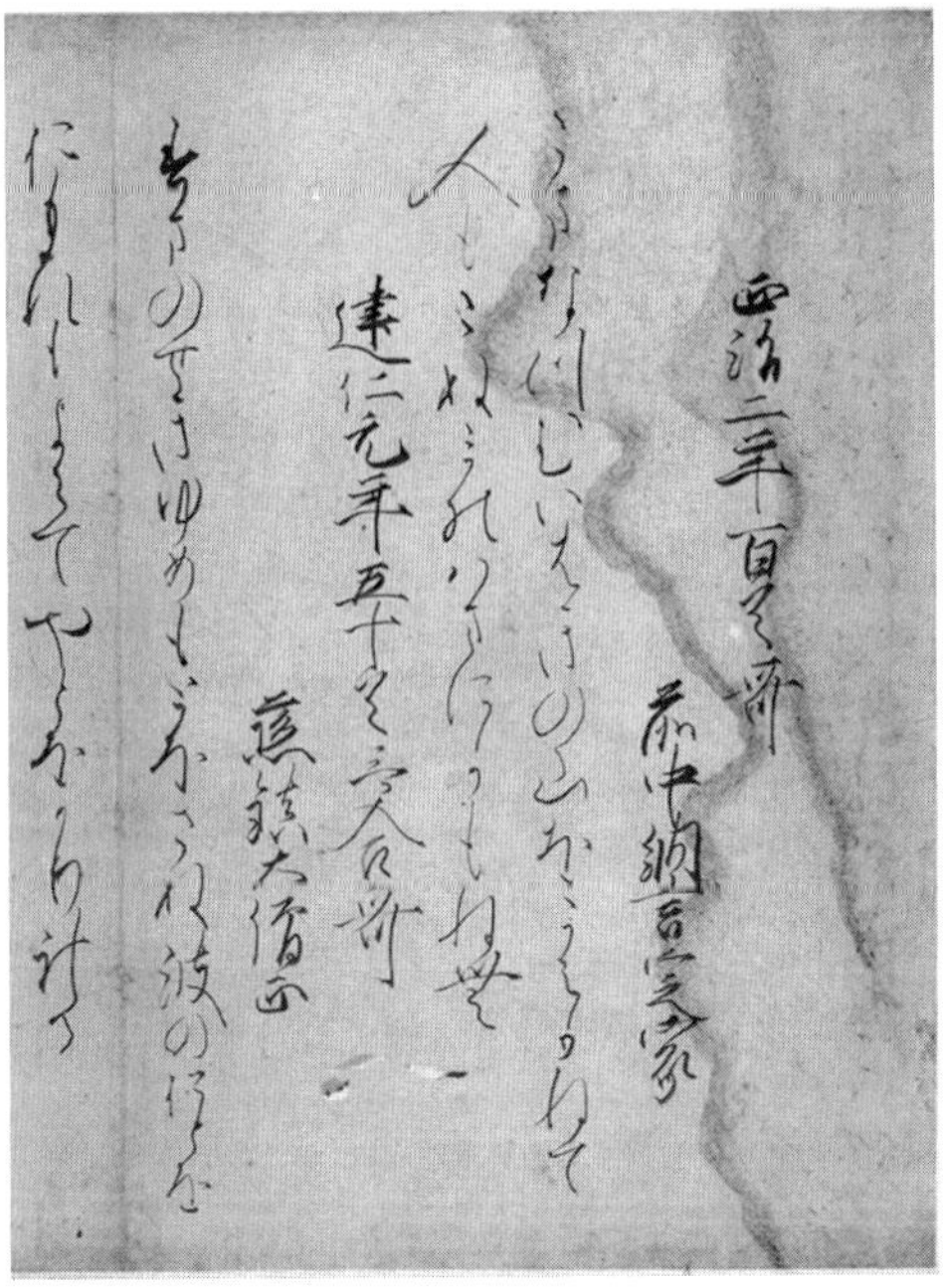
雲紙本雲葉和歌集切

一首目の定家の歌は、『拾遺愚草』に「旅五首」として、『正治二年院初度百首』に羇旅歌として、『新続古今』にも羇旅歌として、また、『万代和歌集』では「雑歌四」に、『夫木和歌抄』でも「雑部七」に収められている。二首目の慈円の歌は、『新古今和歌集』巻第一七雑歌中に、また、『拾玉集』では「雑十首」として収められている。しかし、この二首がこのように連なって収められている歌集は存在しない。やはり、これは『雲葉和歌集』の散佚した部分の断簡と思われる。

ただし、田中氏蔵断簡が散佚した雑歌のものか、現存本に脱落のある巻十羇旅歌のものなのか判然としなかったように、新出断簡もそのいずれの部分のものなのか判断できない。しかし、田中氏蔵断簡の二首が「すまのうら」「あかしかた」を詠み込んでいたように、新出断簡の二首も「いはきの山」「すまのせき」を詠み込んでいて、近接した部分のように思われる。ともあれ、『雲葉和歌集』の失われた二首をここに確認しておく。

なお、『雲葉和歌集』は「続後撰集までの勅撰集の入集歌を除く」[16]といわれているが、慈円の歌は『新古今和歌集』に入集していることを言い添えておく。

＊

最近、さらに一葉、ツレが管見に入ったので、追記しておく。工藤吉郎氏『日本の書―サラリーマンのコレクション』（岩田屋、二〇〇九年一〇月）所載の「53雲紙和歌集切」で、伝後京極良経筆（縦二二・五センチ、横一四・七センチ）とされている。藍の雲紙（縦方向）に七行書き（最後の一行が擦り消されているようにも見える）で、次のようにある。

後鳥羽院御製
みるま丶にやま風あらくしくるめり
みやこもいまは夜さむなるらむ
住吉社歌合に旅宿時雨を
後徳大寺左大臣
うちしくれものさひしかるあしのやの
こやのねさめにみやこ恋しも

一首目の後鳥羽院の歌は、『新古今集巻』第十羇旅歌に、『定家八代抄』巻第十羇旅歌に、その他『自讃歌』『心敬私語』にも収められている。二首目の後徳大寺左大臣実定の歌は、『住吉社歌合嘉応二年』の二五番左の歌として、また『玉葉和歌集』巻第八旅歌に、さらに実定の家集『林下集』の冬部、『秋風和歌集』巻第十六羇旅歌に収められている。しかし、この二首がこのように連なって収められている歌集は存在しない。やはり、これは『雲葉和歌集』の散佚した部分の断簡と思われる。

ただし、田中氏蔵断簡および先の新出断簡が　散佚した雑歌のものか、現存本に脱落のある巻十羇旅歌のものなのか判然としなかったように、この断簡もそのいずれの部分のものなのか判断できない。

なお、『雲葉和歌集』は「続後撰集までの勅撰集の入集歌を除く」(17)といわれているが、先の新出断簡の慈円の歌が『新古今和歌集』に入集していたように、この断簡の後鳥羽院の歌も『新古今和歌集』に入集している。

注

（1）『新編国歌大観 第六巻 私撰集編Ⅱ』（角川書店、一九八八年）の後藤重郎・安田徳子解題。
（2）高田信敬『日本古典文学会々報』第一〇二号、一九八四年。
（3）小松茂美（講談社、一九九〇年）。
（4）徳川黎明会叢書 古筆手鑑篇二（思文閣出版、一九八六年）。
（5）『大阪青山短期大学所蔵品図録』（思文閣出版、一九九二年）。
（6）本書の次項「伝二条為定筆（伝覚源筆）雲葉和歌集切」。
（7）久曽神昇『私撰集残簡集成』（汲古書院、一九九九年）。
（8）注（3）に同じ。
（9）藤井隆・田中登（和泉書院、一九八九年）。
（10）国文学研究資料館編（三弥井書店」、二〇〇五年）。
（11）冷泉家時雨亭叢書 第三四巻『中世百首歌 七夕御会和歌懐紙 中世私撰集』（朝日新聞社、一九九六年）の赤瀬信吾解題。
（12）注（3）に同じ。
（13）伊井春樹『古筆切資料集成 巻三』（思文閣出版、一九八九年）。
（14）『古筆切の国文学的研究』（風間書房、一九九七年）。
（15）注（14）に同じ。
（16）注（1）に同じ。
（17）注（1）に同じ。

13　伝覚源筆（伝二条為定筆）雲葉集切

『雲葉和歌集』は、前項「12　伝冷泉為相筆（伝藤原為家筆）雲紙本雲葉和歌集切（散佚部分）」に述べたように、後京極摂政太政大臣良経の三男、月輪内大臣藤原基家（一二〇三～一二八〇）の撰にかかる私撰集で、建長五年（一二五三）三月以降、同六年三月以前の成立。もとは二〇巻であったが、現存伝本はあわせて一一巻一〇三二首分を伝えるのみで、数本の近世写本ばかりである。

かかる『雲葉和歌集』にあって、鎌倉期にさかのぼる古筆切の存在は、その資料的価値大である。『雲葉集』の古筆切は、伝藤原良経筆、伝藤原為家筆（為氏筆、為相筆とも）、伝覚源筆、冷泉家時雨亭文庫蔵（巻七秋歌下巻末より巻十羇旅歌あたりまでの二括と断簡六葉）の、都合四種類が知られている。国宝手鑑『翰墨城』所収の断簡で、『新撰古筆名葉集』の「四半　続古今異本歌二行書」とあるものに該当する伝覚源（藤原定家の子）筆四半切が、実は「雲葉和歌集」鎌倉期書写本の断簡であることは、近年になってわかったことである。(1)

この覚源筆と伝える『雲葉集切』は、『古筆学大成　16』(2)の六葉、尾張徳川家古筆手鑑『霜のふり葉』(3)の一葉、および元加藤正治名義重要美術品「紙本墨書雲葉和歌集巻第四残巻一巻」、現大阪青山短期大学所蔵の八葉分、(4)あわせて一五葉分が確認されていたが、ここで紹介する架蔵断簡、さらには『私撰集残簡集成』(5)の四葉などが出現している。これらは、巻一春歌上、巻四夏歌、巻五秋歌上、巻八冬歌、巻九賀歌にわたっているが、すべて現存写本によって伝存する巻十までと巻十五恋歌の一部にふくまれているものである。

ここに紹介する断簡は、「二條家為定卿むらくもに（浅井不旧印）」の極札が付属し、縦二一・三センチ、横一四・五センチの斐紙に、一面一〇行、和歌一首二行書きで、

むらくもにをくれさきたつよはの月
しらすしくれのいくめくりとも
題不知　　俊恵法師
月をこそあはれとよひになかめつれ
くもるしくれも心すみけり
百首御哥の中に
土御門院御製
たつた山もみちやまれになりぬらん
かはおとしろきふゆのよの月
建保四年内裏十首哥合侍しに

とある。『雲葉和歌集』巻八冬歌である。筆者を二條為定とするが、その筆跡は伝覚源筆の断簡と同筆である。伝覚源筆雲葉集切の新出断簡として、ここにあげておく。

注

（1）高田信敬『日本古典文学会々報』第一〇二号、一九八四年。
（2）小松茂美『古筆学大成　16』（講談社、一九九〇年）。
（3）徳川黎明会叢書　古筆手鑑篇二（思文閣出版、一九八六年）。
（4）『大阪青山短期大学所蔵品図録』（思文閣出版、一九九二年）。
（5）久曽神昇『私撰集残簡集成』（汲古書院、一九九九年）。

もろともにかたぶきはてぬ月
しるやくものうへまてとも

題不知
後恵法師
月やこよひすたまさかにかうかくれ
ひさしくみれはことにけうさ

百そしけうの中に
左京大夫顕
そ川そふもとやもすそ山かけよりうつる月

遠保二年内裏十二人合傷小

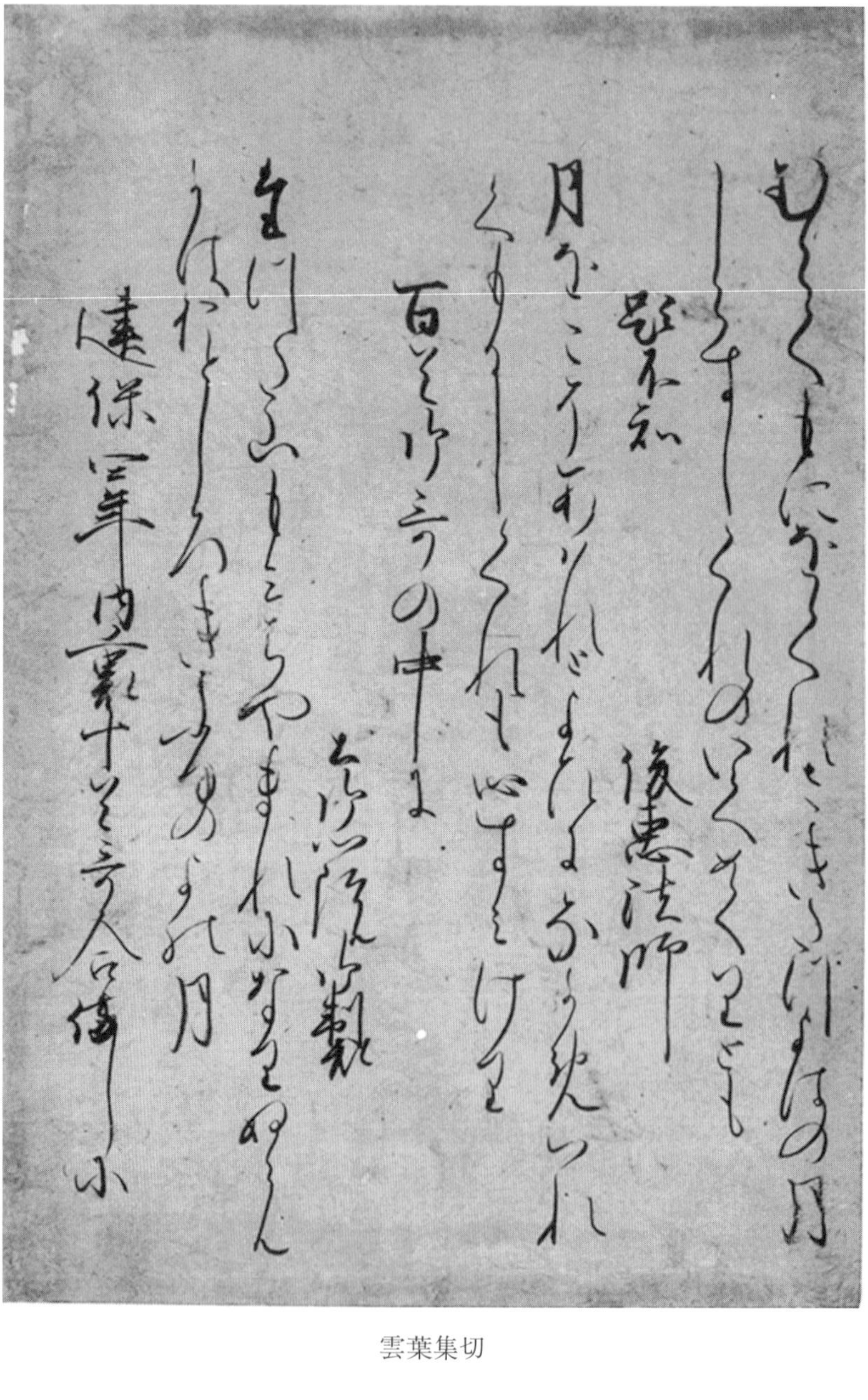

雲葉集切

14　伝源承筆　笠間切（浜木綿和歌集）

『増補新撰古筆名葉集』に、「源承法印為家卿息　笠間切　集未詳四半哥二行書後撰ノ異本カ」とある。「集未詳」「後撰ノ異本」とされていたが、同筆断簡のなかに「浜木綿集和哥集巻第九／釈教哥」と、巻頭の歌集名と部類名を有するものがあり、散佚私撰集『浜木綿集』の断簡と判明した。[1]

『浜木綿集』とは、『八洲文藻』ならびに異本『扶桑拾葉』集所載の『新浜木綿集』の序に、「当山にうちぎきをたてまつること、承保のころ、あしびきの山ぶしが集といふものいできにけるより、寂恵法師が滝山集、法眼源承が浜木綿集にをよべり」、また「正応のふるき名をあらためず、かさねて新浜木綿和歌集といふこと……」とあることから、為家の息子源承（一二二四～一三〇三）によって正応年間（一二八八～一二九三）に編まれた、今は伝わらぬ散佚私撰集であると知られる。

久保木秀夫氏「散佚歌集切集成　本文篇」[2]には、一四葉が集成されている。一面行数は断簡によって九行から一一行と区々である。書写年代は鎌倉時代末期で、撰者源承の自筆の可能性も指摘されている。[3]

新出の一葉は、縦二二・八センチ、横一五・五センチ。料紙は斐楮交ぜ漉き紙。一面一〇行、巻十神祇の巻頭である。

濱木綿和歌集巻第十
神祇哥
熊野のみちにて鶯をきゝて
常磐井入道太政大臣
ちきりあれや鳥のねもせぬおく山の
花にことゝふ谷のうくひす
御幸の時哥めされける次きに
後鳥羽院御製
ちりにけり神の御しめの山さくら
さそふを風のたむけとやおもふ

この二首は、『閑月和歌集』巻第九神祇にも

建保四年熊野御幸のとき　後鳥羽院御製
ちりにけり神のみしめのやまざくらさそふをかぜのたむけとやおもふ
おなじみちにて　常磐井入道太政大臣
ちぎりあれやとりのねもせぬおくやまのはなにことゝふたにのうぐひす

とある（新編国歌大観番号四七九・四八〇）。また、後鳥羽院の歌は、初句に異同があるが『後鳥羽院御集』にも、

同四年八月廿日五首、御熊野詣路次当座和歌、湯浅宿
春山花
ちぎりけり神のみしめの山桜さそふをかぜの手向とやおもふ

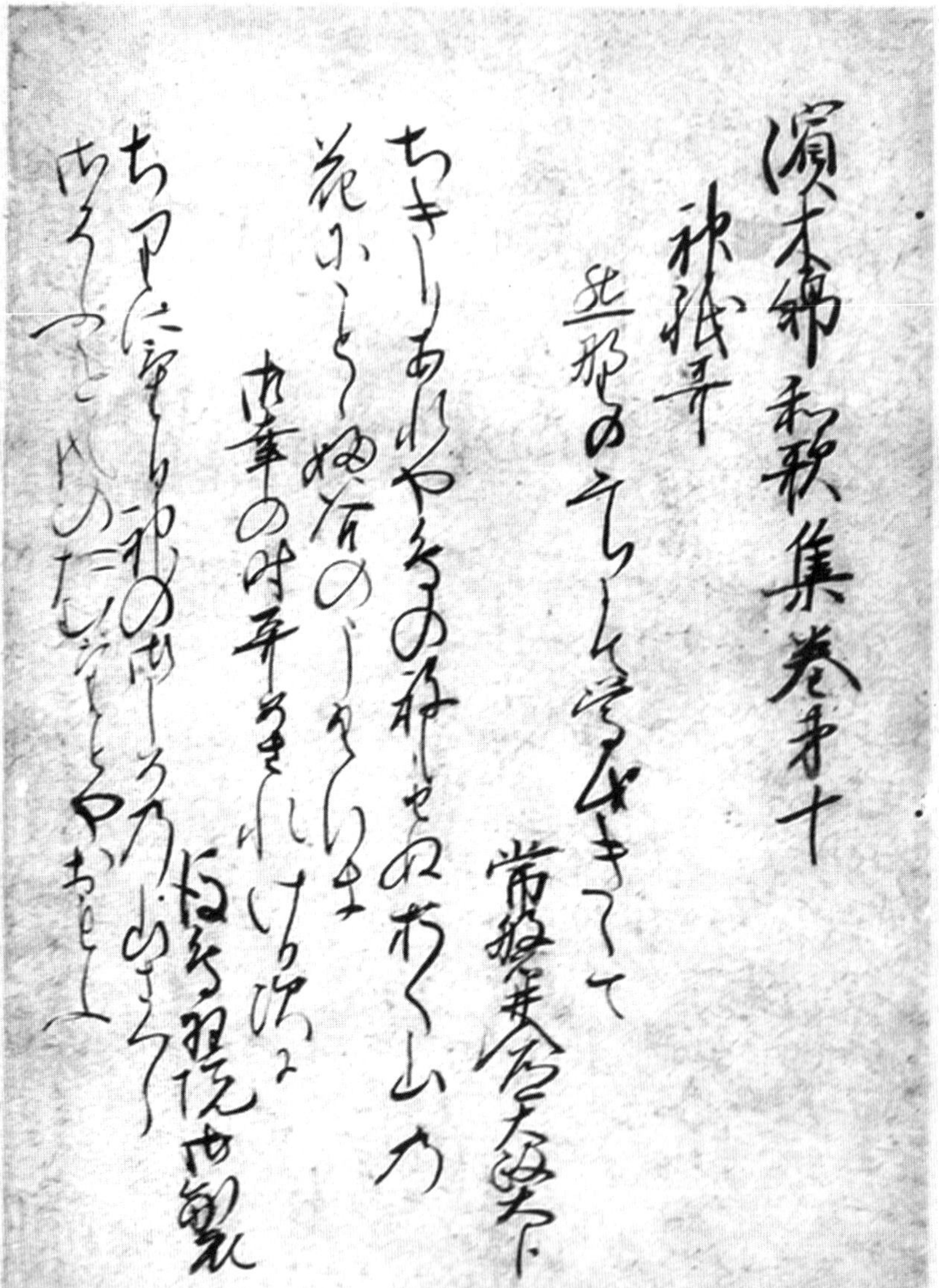

伝源承筆　笠間切

とある（新編国歌大観番号一七三七）。これらから新出断簡の二首は、建保四年（一二一六）八月の熊野御幸の折の後鳥羽院と西園寺実氏の詠歌とわかる。ちなみに、『閑月和歌集』も鎌倉期散佚私撰集で、撰者は未詳であるが、仁和寺関係の僧侶歌人、あるいは源承かとされている。(4) 源承撰の『浜木綿集』に、順序は逆だが同じ二首が並んで入集していることが明らかになったことで、『閑月和歌集』の撰者も源承である可能性がより高くなったといえよう。

注

（1）久曽神昇「私撰集と古写断簡の意義」（『国語と国文学』一九七一年四月）。

（2）国文学研究資料館文献資料部『調査研究報告』第二三号（二〇〇二年一一月）。なお、同氏「散佚歌集切集成　増訂第一版」（『研究成果報告書』国文学研究資料館、二〇〇八年三月）には、本新出断簡を含め一五葉があげられている。

（3）田中登『古筆切の国文学的研究』（風間書房、一九九七年）。

（4）久保田淳「閑月和歌集について」（『仏教文学研究』一九七一年七月）。

15　伝後醍醐天皇筆　新浜木綿集切

『新浜木綿和歌集』は、仮名序のみが『扶桑拾葉集』『八洲文藻』に伝存。それによれば、撰者は良宋、(1) 熊野三山に奉納すべく嘉禄二年（一二二七）九月に成立、全一〇巻。写本は散佚して伝わらないが、「新浜木綿和歌集巻第五／恋上」とある巻五巻頭の古筆切の発見によって、それと同筆同形態の伝後醍醐天皇筆未詳歌集切が『新浜木綿集』の断簡であると判明した。(2) 久保木秀夫氏「散佚歌集切集成　増訂第一版」(3) には、二〇葉が集成されている。

新出の断簡一葉を報告する。料紙は斐楮交漉紙、縦二三・七センチ、横一四・五センチ。畠山牛庵の極札「後醍醐天皇この世に（牛庵印）」が付属する。一面八行であるが、他断簡は一面九行書きなので、一行擦り消されているようである。左端の余白のところに文字の痕跡があり、次の歌の詞書が続いていたと思われる。

この世にかきるうらみならねは
　題しらす　　隆世法師
なからへてそをたにみはやうき人の
この世なからもむくひありやと
　二品法親王覚家五十首哥に
　不逢恋　　惟宗光吉
うき中はのちの世とてもたのまぬを
こひしぬはかりなになけくらむ

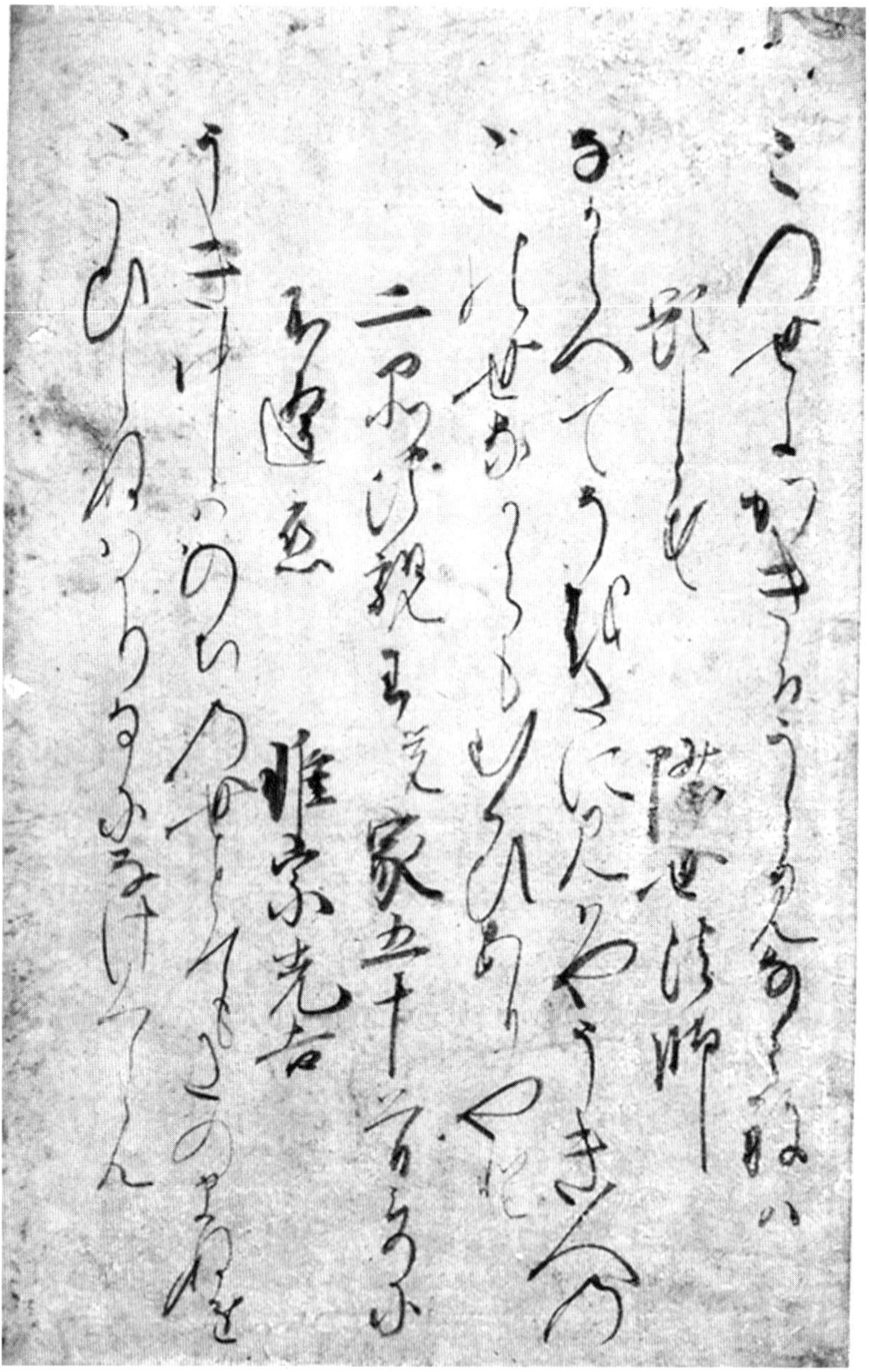

伝後醍醐天皇筆 新浜木綿集切

「なからへて」の歌は、『新編国歌大観』に見出すことができない。「うき中は」の歌は、光吉集の一八三番歌に「弾正尹親王家五十首に、不逢恋」として見える。「弾正尹親王」とは、『光吉集』に「弾正尹邦省親王家五十首」という詞書があるので、邦省親王を指すと思われる。しかし、新出『新浜木綿集』断簡では「二品法親王覚家」であり、二品法親王覚助法親王を指すか。食い違いがある。

　惟宗光吉は文永一一年（一二七四）から文和元年（一三五二）の生存、兼好法師と交流のあった二条派の歌人。

注

（1）井上宗雄『中世歌壇史の研究　南北朝期』（明治書院、一九六五年）により、「序」の「良栄」は「良宋」の誤写と判明。

（2）小松茂美『古筆学大成16』（講談社、一九九〇年）。

（3）『研究成果報告書』（国文学研究資料館、二〇〇八年三月）。

16　伝花山院師賢筆　佐々木切（二八要抄）

佐々木切は、『増補新撰古筆名葉集』「尹大納言師賢卿」の項の、「巻物切　大四半形杉原帋哥一行書集未詳」というものに該当すると思われる。集未詳とされてきたが、鎌倉末期の私撰集『二八要抄』の断簡であると知られるようになった。

　『二八要抄』は、『古今集』から『続後拾遺集』までの一六代集の秀歌を抜粋したもの。『続群書類従』には、「右件之本者尹大納言師賢真筆以令書写畢」という奥書をもつ、恋一から恋八までの残欠本が収められている。この親本であったと目される、伝花山院師賢筆の恋一から恋三までの残欠本が、前田育徳会尊経閣文庫に伝わっている。そして、その尊経閣文庫本と同筆の古筆切が、佐々木切（この切名は古筆手鑑『見ぬ世の友』の呼称による）なのである。『古筆学大成16　新撰朗詠集・私撰集』[1]に八葉、『私撰集残簡集成』[2]に二葉、その他『古筆切の国文学的研究』[3]、『平成新修古筆資料集　第二集』[4]、『平成新修古筆資料集　第五集』[5]、などにも紹介されている。それらの中には、神祇部・釈教部などの散佚部分の断簡が含まれていて、資料として貴重である。また、師賢の署名入り短冊の筆跡との比較から佐々木切は師賢の真筆であること、『二八要抄』の成立は『続後拾遺集』成立の嘉暦元年（一三二六）六月から師賢没年の元弘二年（一三三二）一〇月のあいだに限定されること、その成立年代などから『二八要抄』の編者は師賢本人の可能性があること、などが説かれている。[6]

　新出断簡は、縦二八・一センチ、横一九・六センチ、料紙は斐楮交ぜ漉き紙。一一行書きで裏写りの文字がかすかに認められる。巻物切とされているが、不審である。

建長五年住江に遊覧の心を
前太政大臣
続古 けふや又さらに千とせを契らんむかしにかへるすみよしの松
大納言辞申ていてつかへす侍ける時住吉社の哥合とて
人〳〵よみ侍けるに述懐哥とてよみ侍ける
右大臣
かそふれは八年へにけりあはれわかしつみしことは昨日とおもふに
其後神感あるやうに夢想ありて大納言に還任して侍けるとなむ
住吉社哥合に社頭月といへる心をよみ侍ける
ふけにける松ものいはゝ問てましむかしもかくやすみのえの月

一首目は『続古今集』巻第七神祇歌（新編国歌大観番号733）で、詞書きもほぼ同文（「遊覧の心を」が「遊覧の日を」になっている）である。二首目は『千載集』巻第二十神祇歌（国歌大観番号1262）で、詞書きも左注も同文。三首目はやはり『千載集』巻第二十神祇歌（国歌大観番号1264）で、初句「ふりにける」に作る。以上のことから、新出断簡は散佚部分の神祇部の一部と認定される。

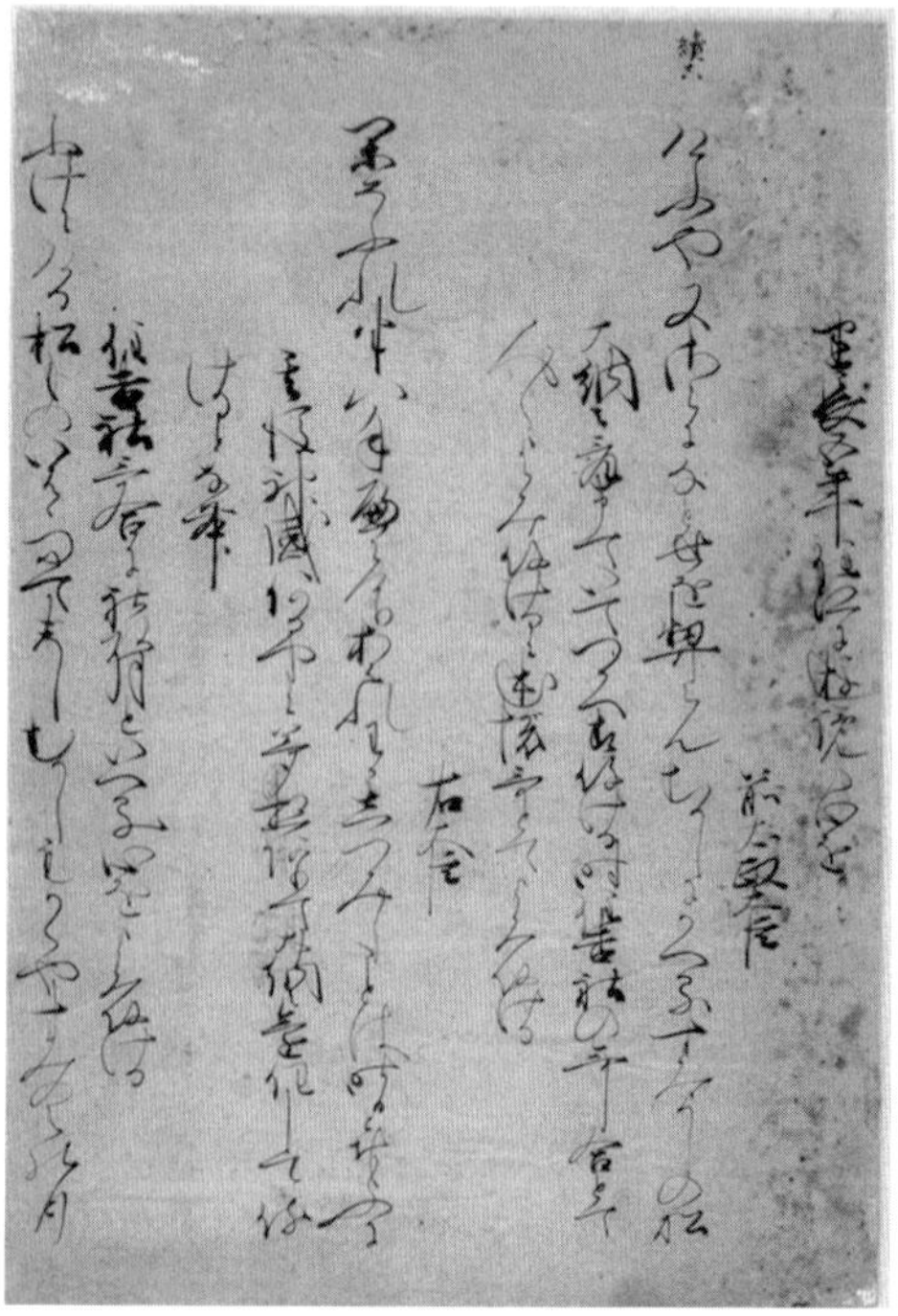
伝花山院師賢筆 佐々木切

注
（1）小松茂美（講談社、一九九〇年）。
（2）久曽神昇（汲古書院、一九九九年）。
（3）田中登（風間書房、一九九七年）。
（4）田中登（思文閣出版、二〇〇三年）。
（5）田中登（思文閣出版、二〇一〇年）。
（6）注（3）に同じ。

17　伝二条為遠筆　松吟和歌集切

松吟和歌集切については、『古筆大辞典』(1)が、「『松吟和歌集』の断簡、『松吟和歌集』は暦応二年（一三三九）以後、康永二年（一三四三）以前に成立したといわれる。「松吟和歌集巻第六　冬歌」と書いた断簡がある。もと冊子本、料紙は縦二二・五センチ、横一五・五センチ、一面九行書きまたは十行書き、歌一首二行書き、筆者は二条為遠（一三四一〜一三八一）といわれている」とし、また、『和歌文学辞典』(2)は「中世散佚撰集」の項に、「⑿松吟和歌集―断簡二葉が知られ、五首が集成されている。中臣祐堪・法印宗円らの作を含み、成立は暦応二年（一九三九年）以降康永二年（一三四三）以前かという」とする。

この松吟和歌集切のツレと思われる新出断簡を見出した。「二條家為遠卿うきにたに（印）」の極札があり、縦二一・七センチ、横一四・八センチの斐紙に、一面九行、歌一首二行書きで、

　　歳暮をよめる　女蔵人万代
うきにたになれつるとしはしたはれて
わか身にしらぬ春はまたれす
　　　　後宇多院新兵衛督
いくたひかおくりむかへむ行としの
つもるはかりをおもひてにして
　　　　二品法親王
百とせのなかはにおほくこよろきの
いそかぬ老のとしのくれかな

とある。料紙の大きさは、先に引いた『古筆大辞典』の「縦二二・五センチ、横一五・五センチ」に比して、縦・横ともに少し小さいが、これは本断簡に上下左右の化粧断ちがあるのであろう。

この断簡の一首目と二首目は、『新編国歌大観』に見出すことのできない、出典未詳歌である。第三首目は『慈道親王集』(3)に、「歳暮／ももとせのなかばにおほくこゆるぎのいそがですぐす年のくれかな」とみえる。「こよろきの」（新出断簡）⟷「こゆるぎの」（『慈道親王集』）、「いそかぬ老の」（新出断簡）⟷「いそがですぐす」（『慈道親王集』）という本文異同が存する。

なお、久保木秀夫氏「散佚歌集切集成」（『研究成果報告書』国文学研究資料館、二〇〇八年三月）には、本断簡を含め、さらにこれ以降に報告されたものをあわせ、一〇葉が集成されている。

注

（1）春名好重（一九七九年、淡交社）。
（2）有吉保編（一九八二年、桜楓社）。
（3）引用本文は『新編国歌大観』（一九八三年、角川書店）。

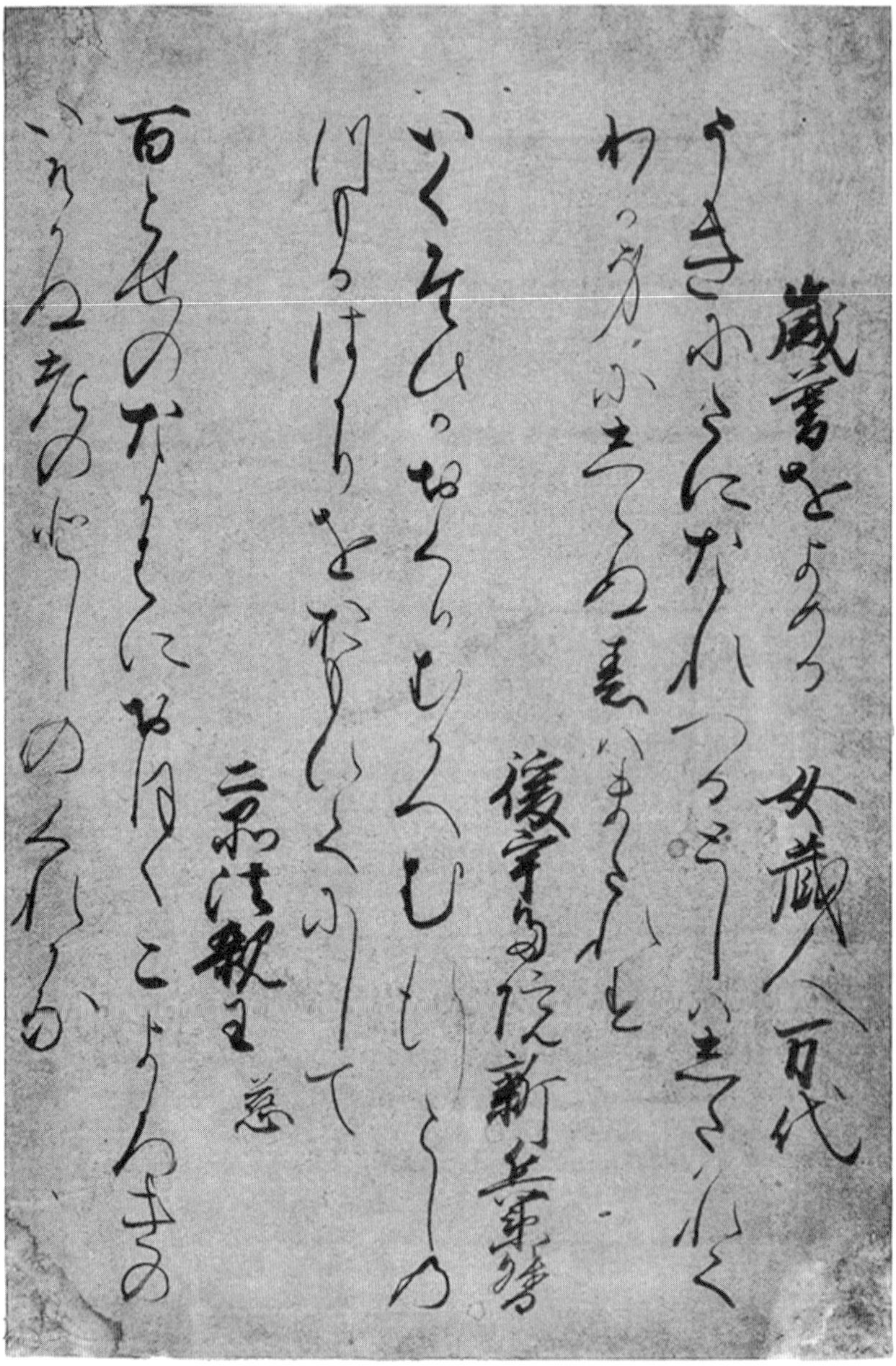

伝二条為遠筆　松吟和歌集切

第四節　散佚歌合

18
伝藤原俊忠筆 二条切
（二十巻本類聚歌合　延喜元年八月十五夜或所歌合）
〔年代測定　一〇二三〜一一五八年〕

失われた月の喩と竹取物語
——延喜元年八月十五夜或所歌合をめぐって——

一　延喜元年八月十五夜或所歌合について

二十巻本類聚歌合は、周知のとおり嘉保三年（一〇九六）頃から大治二年（一一二七）頃にかけて集成された歌合証本の草稿本であり、後冷泉朝期に藤原頼通家において編纂された十巻本（宇治殿本）歌合を上まわる規模をもっている。この類聚歌合の国文学における価値は、たんに平安時代の書写にかかる古い本文を伝えているということにとどまるものではない。二十巻本類聚歌合には、それよりほかには伝存していない歌合、しかも断簡数葉しか残っていない歌合が含まれている。いわゆる孤本にして散佚歌合でもあるものが含まれているのである。この孤本にして散佚歌合の本文価値は絶大である。その断簡以外にはどこにも見ることのできない、散佚歌の存在をわれわれに示してくれるからである。

『延喜元年八月十五夜或所歌合』はそのひとつで、唯一類聚歌合巻二十に収載されているだけの孤本であり　かつ切断された断簡の形でしか残されていない。『平安朝歌合大成（増補新訂）一』には、七葉の断簡と二葉の模写断簡が集成されてい、さらにそれら断簡の一五首に加えて、『続後撰集』『万代集』による二首が補遺されている。[1]これまでに知られている『延喜元年八月十五夜或所歌合』の歌は、都合一七首ということになる。ちなみに、『古筆学大成21　歌合　』には、『延喜元年八月十五夜或所歌合』としては五葉（図版七四・七五・二〇五・二〇六・二〇七）、開催未詳歌合として三葉（図版一九四・二五四・二五五〈模〉）が掲げられているが、[2]すべて『平安朝歌合大成』に集成されているものに含まれている。ただし、『平安朝歌合大成』では「C」の断簡を模写としているが、これに相当する『古筆学大成』の「図版七四」は、模写ではなく原本のように見える。

当該歌合は、類聚歌合巻二〇の目録に「無名十度／一度　昌泰四年八月十五夜／題 月」とあり、無名の歌合とされている。披講年時が昌泰四年八月一五日になっているが、昌泰四年七月一五日に改元され延喜になっているので、『延喜元年八月十五夜或所歌合』と呼称されている。(3) また、この歌合の一〇日後の八月二五日に内裏か宇多院で前栽合が催されているので、この歌合とその前栽合は同じ折のものかとも考えられている。(4) なお、巻二十の目録は大治元年以後の類聚歌合増輯の最終段階に作成されたものであり、当該歌合断簡の書写年次は、おのずと大治元年（一一二六）か二年（一一二七）頃ということになる。

主催者・方人・歌人・規模などの詳しいことは一切不明な歌合であるが、『古今集』成立以前の初期の歌合資料として、また、『古今集』成立前夜の和歌の時好や歌ことばのありようを知る資料として、きわめて貴重である。

この歌合の巻頭部分と巻末部分かと思われる二葉が出現した。(5) 資料紹介と同時に、新出歌の表現の特徴――特異な比喩表現と古今集成立前夜の言語遊戯の時好――について考察をくわえたい。

二　延喜元年八月十五夜或所歌合の新出巻頭

新出巻頭部分は、縦二六・三センチ、横二〇・二センチ。料紙は楮紙、薄く雲母が引かれているが、無論後世の所為。天地にそれぞれ一条の淡墨の罫界を引く。罫界の高さは二二・四センチ。次の如く九行が記されている。

無名歌合 泰昌四年八月十五日夜

題 月

歌人

左

たらちねのふところさらぬみなれとも

月見にてへはなほいてぬへし

右

てる月にまされるものはたらちねのか

けにかくるゝこゝちなりけり

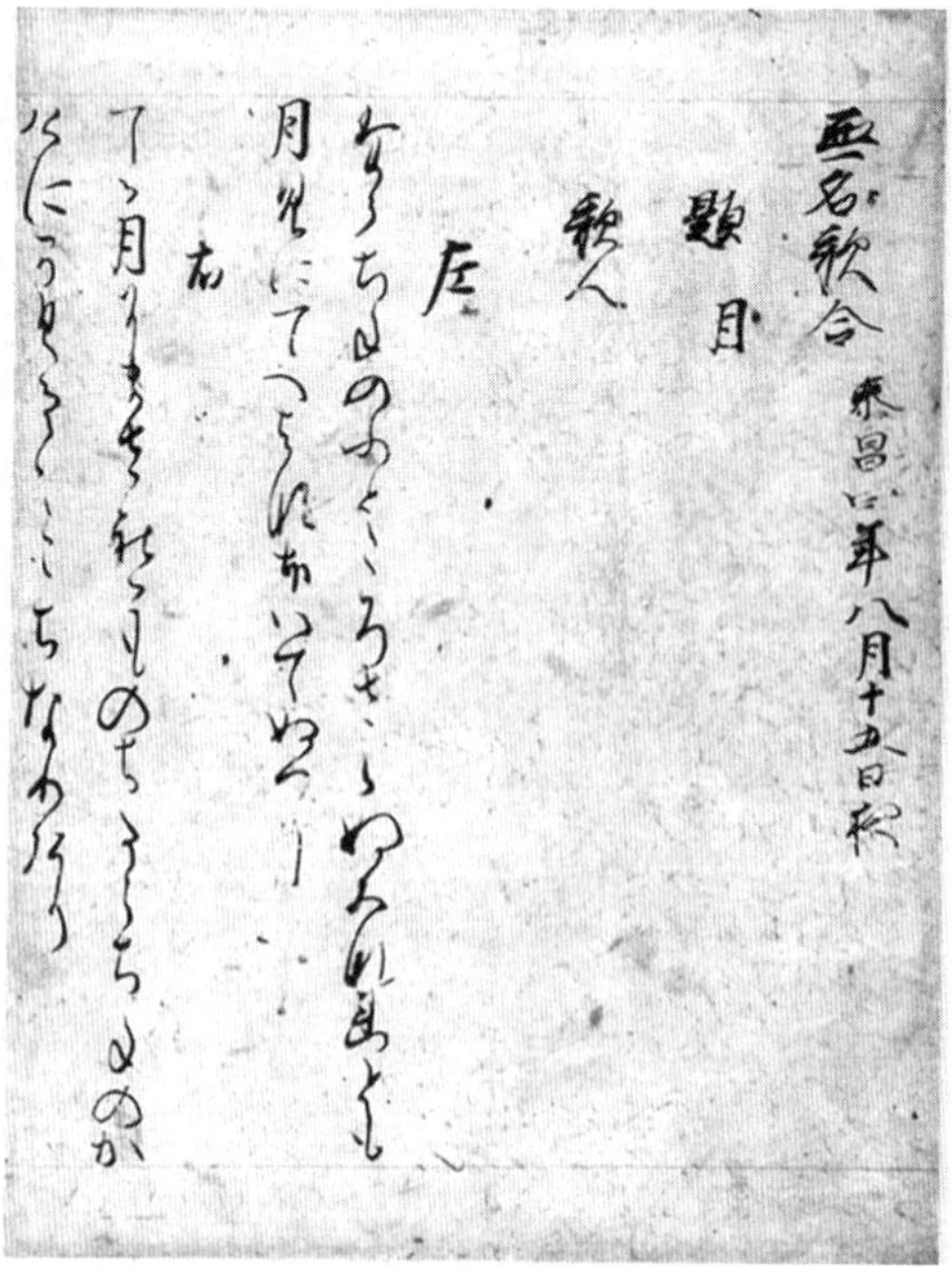

伝藤原俊忠筆　二条切①

「昌泰」とあるべきところを「泰昌」と書き誤り、「昌」を「泰」の上に移す記号（鉤点）が付されている。が、その上部は擦り消されている。「八月十五日夜」の開催であり、「題」は「月」なので、この歌合は八月十五夜の観月の宴と関係しているらしい。仲秋の明月を賞美する風習は中唐の頃の詩人たちにはじまった。本朝における観月の宴は、島田忠臣の漢詩集『田氏家集』にみえるものが古く、嘉祥三年（八五〇）から天安元年（八五七）の頃という。それに次ぐのは、菅原道真『菅家文草』の「八月十五夜同賦秋月如珪応製」、寛平九年（八七九）である。和歌においては、八月十五夜か否か断定できないが、『万葉集』（巻十二・寄物陳思）に「望の日に出でにし月の高々に君をいませて何をか思はむ」がある。これを措けば、八月十五夜の観月の宴と断定できるのは、この『延喜元年八月十五夜或所歌合』が古例となる。この意味でも本歌合の歌は注意されてよい。

歌人は記されていない。左右の二首は無論これまで知られていない、これ以外にはどこにも存在しない散佚歌である。

三　失われた月の喩

さて、これら新出歌における「月」は、『古今集』成立以前の歌ことばとして特異な比喩性をもっているように思われる。歌ことばとしての「月」の喩をめぐって、いささか考えてみよう。

左右の歌ともに、枕詞「たらちねの」が詠み込まれている。周知のように、『万葉集』では「母」にかかる枕詞、あるいは「母」の意を表す名詞として用いられているが、平安時代になると「母」ではなく「親」にかかるようになり、「親」を意味するようにもなる。新出歌ではどうか。「たらちねのふところ」「たらちねのかけ」は、「母」と限るよりも「親」とみるべきであろう。「親」の意味で用いられており、その用例として極めて初期のものとなろう。

また、右の歌は「八月十五夜のまどかな月光に照らされると、穏やかで満ちたりた気持ちになるが、その月の光よりもまさっているのは、親の愛護の光の陰に守られている安らかな気持ちなのでした」という意である。「たらちねのかげ」の「かげ」には、「てる月」との関連による「光」すなわち「おやの威光」の意と、「親の御陰」の「陰」の意が掛けられている。そして、注意すべきは「てる月」と「たらちねのかげにかくるゝ」こと、すなわち「八月十五夜のまどかな月」と「親の庇護」が同等なもの、拮抗するものとしてひき比べられていることである。ひき比べられることによって、「月」に「親の愛護」に相当する象徴的イメージが付与されていることである。

この右の歌と対照すると、左の歌は次のように解釈される。「たらちねのふところさらぬみ」は「親の庇護下に養われている身」の意。「てへば」は「てふ」の已然形＋「ば」で、「というので」の意。「親の庇護のもとに養われている身ではあるが、八月十五夜の月見に行こうというので、やはり親の懐から出て月見に行ってしまうであろう」となる。ちなみに「いでぬべし」は「親の懐から出ると「月が出る」ことが掛けられていよう。また、「親の懐から出る」ことには、「親元を離れ独り立ちする」ことも含意されていよう。それはとにかくとして、留意されるべきは、右の歌と同様、八月十五夜のまろやかに満ち足りた「月（見）」が「たらちねのふところ」（親の庇護のもとの安らぎ）と同等なもの、拮抗するものとして、詠まれていることである。やはり、左の歌の「月」にも「親の愛護」に相当する象徴的イメージが付与されているのである。

このように、『延喜元年八月十五夜或所歌合』の巻頭歌の「月」には、「親の庇護・愛護」という比喩性が与えられていると思われる。「月」にこのような象徴性をこめた用法は、希有なのではないか。表現史の中にどう位置づけられるのだろうか。

月は古来、洋の東西を問わず、人類文化に深く関わってきた。日本古典文学においても、月はさまざまな象徴性、比喩性を担わされてきている。叙景表現を除き、「月」の象徴性・比喩性を粗々とたどってみよう。

*

まずは、中国文学の言語表現を受け継ぐ本朝漢詩。無論、叙景においては、「皎々」「皎潔」「清澄」「玲瓏」たる月光の美しさが表現されている。叙景以外での月の言語的映像には、孤閨の寂しさ・寵愛を失った悲しさ・悲痛な望郷の念・秋の悲愁・孤独の寂寥などがある。

「客子眠ることなく五夜に投《いた》り、正に逢ひぬ山頂の孤りなる明月に。ひとたび円鏡を看ては羈情断つ、定めて識る閨中憶《おも》ひやまぬことを」（『文華秀麗集』良岑安世「五夜の月」）。自分の旅愁は明月によって癒されたが、妻の孤閨の寂しさが思いやられる。男の旅愁を癒した「孤りなる明月」は、妻の面影を象徴していよう。月によって思い起こされた妻の面影から、男は妻の孤閨の悲哀を思う。月は妻の顔であり、同時に妻の孤閨の悲しさを象徴している。

「関城秋浄《きよ》く、孤月隴頭に円《まど》かなり。水は咽《むせ》びて人の腸を絶ち、……征戍郷思切にして、……」（『文華秀麗集』嵯峨天皇「賦して『隴頭秋月明らかなり』を得たり」）。この月は辺境に従軍する兵士の望郷の思いを照らしている。

「……(a)四海同《とも》に朋なり一月の輝《ひか》り。(b)皎潔なり秋を悲しぶ斑女が扇、……賤妾此の時高楼の上、情《こころ》を含みて一たび対《む》かへば悲しびにたへず。……(c)空閨月に対かひて離居を恨む。」（『文華秀麗集』嵯峨天皇「内史貞主の『秋月歌』に和す」）。ここには、まず「月はすべてを平等に照らし、一つの月のもと皆友である」（a）という発想がみえる。「白い月は寵愛を喪って悲しむ斑女の白い扇のようだ」（b）には、寵を喪った女の悲しみを照らし象徴する月がある。また、「夫を防人に取られた妻の空閨の寂しさと恨み」（c）をも、月は照らし出し象徴している。

「……躊躇す明月の下、明月独り余を照らす。……月に対かひて仰ぎて惆悵《ちゅうちょう》す、……」（『本朝文粋』橘在列「秋夜の感懐　敬《つつし》みて左親衛藤員外将軍に献ず」）の月は、孤独感・寂寥感を照らし象徴している。

これらが延喜以前の日本漢詩における、「月」のもつ代表的な象徴性・言語映像である。漢詩の「月」には、「親の愛護・庇護」を喩えるものは見あたらない。

ちなみに、平安時代以降、日本人にあまねく知られ親しまれた白楽天の詩に触れておきたい。『源氏物語』須磨巻に引用されていることでも名高い、「八月十五日夜、禁中に独り直し、月に対して元九を憶ふ」の一節、「三五夜中新月の色　二千里外故人の心」である。白居易は八月十五夜の月を見ながら、かなたの遠地にいる親友元稹の心を思いやる。ここでの月は遠く離れた所にいる親友の喩となっている。友に限らず、遠く離れた思い人を広く比喩するのが、月の喩の核心のひとつといえそうだ。

和歌における「月」は如何であろう。『万葉集』の「月」は、死・無常・恋人・主君・国栄えることなどの喩として用いられている。「ぬばたまの夜渡る月の隠らく惜しも」（巻二、一六九、柿本人麻呂）は草壁皇子の死を喩え、「この照る月は満ち闕けしける」（巻三、四四二、作者不詳）は膳部王の死を喩えている。「照る月は満ち闕けしけり人の常なき」（巻七、一二七〇、作者不詳）は、無常の象徴。「照る月の飽かざる君を」（巻四、四九五、田部忌寸櫟子）は、月のように美しい見飽きることのない恋人の喩。「天なるや月日の如くわが思へる君が」（巻十三、三二四六、作者不詳）は、天にある月や太陽のように思っているわが主君という喩え。「国栄えむと月は照るらし」（巻七、一〇八六、作者不詳）は、国栄える喩。しかし、やはり「親の庇護・慈愛」の喩はみられない。

『古今集』の近辺とそれ以降では、秋の悲愁・孤独・寂寥の象徴、恋人・老い・清澄な美・王あるいは王の聖代の喩などとして用いられている。「木の間よりもりくる月の影みれば心づくしの秋はきにける」（『古今集』巻四、読人しらず）、「月みればちぢに物こそ悲しけれ我が身ひとつの秋にはあらねど」（『古今集』巻四、大江千里）、「我が心慰めかねつ更級やをばすて山に照る月を見て」（『古今集』巻十七、読人しらず）などの「月」は、秋の悲愁・孤独・寂寥の象徴である。「ひさかたの天照る月を鏡にて恋しき人の影をだに見ん」（『古今六帖』、三三八、作者不詳）は、「月」を「鏡」に見立てているのだが、「天照る月」はすなわち恋人の面影ということで、月は恋人の喩とも見なせる。「我が宿を照りみつ秋の月影はながきよ見れどあかずぞありける」（『古今六帖』、三〇二、伊勢）の月は、秋の清澄美の象徴。「ひさかたの天照る月の濁りなく君が御代をばともにとぞ思ふ」（『是貞親王家歌合』、作者不詳）の月は、王あるいは王の聖代を象徴している。

延喜よりよほど時代は下るが、君王の喩としていささか注意される例がある。「久方の天照る月日のどかなる君のみかげをたのむばかりぞ」（『拾遺愚草』「院五十首　建仁元年春」）。この歌の「天照る月」は、先に触れた『万葉集』「天なるや月日の如くわが思へる君……」や、『是貞親王家歌合』「ひさかたの天照る月の濁りなく君がみよをば……」の系譜上にあり、君王の光り輝く姿の喩となっている。そして、頼みにすべき「君の御蔭」（恩寵）が詠われている。「親の恩寵」ではないが、「君の恩寵」を「月」は象徴しているといってよい。「月」を「親の愛護・恩寵」の喩とする発想に近い。

仏教的喩を孕むものもある。「暗きより暗き道にぞ入りぬべきはるかに照らせ山の端の月」（『拾遺集』巻二十、和泉式部）。言わずと知れた和泉式部の絶唱。この「月」は、仏法の真理を象徴する真如の月である。「照る月の心の水にすみぬれはやがてこの身に光をぞさす」（『千載集』巻十九、藤原教長）、「月影の常にすむなる山の端をへだつる雲のなからましかば」（『千載集』巻十九、藤原国房）の「月」は、仏そのものの喩となっている。

「おほかたは月をもめでじこれぞこの積もれば人の老いとなるもの」（『古今集』巻十七、在原業平）は、月を時の経過を示すものととらえ、忌むべき老いの象徴としている。これは漢詩の発想に由来するもので、『白氏長慶集』「内に贈る」の「月の明るさに対かひて往にし事を思ふこと莫れ、君が顔色を損なひ君が年を減ぜん」などの影響が考えられている。ちなみに、月見ることを忌むという考え方は、和歌や物語に散見されるが、忌むことの理由をすべて月を老いの象徴と見なしているゆえなのか、そうではないのか、判然としない。「独り寝の侘びしきままに起きゐつつ月をあはれと忌みぞかねつる」(『小町集』)は、月見るを忌むという観念を前提にして、それでも月をあはれと思うと詠ったもの。

　ちなみに、散文文学の月見ることを忌むことの例は、『竹取物語』の「月の顔見るは忌むことと制しけれども」、「月な見たまひそ。これを見たまへば、もの思す気色はあるぞ」、『源氏物語』の「月見るは忌みはべるものを」(宿木巻)、『紫式部日記』の「月やいにしへほめてけむと、見えたるありさもを、もよほすやうにはべるべし。世の人の忌むといひはべる咎をも(黒川本は「忌むといひはべる鳥をも」で忌む対象が異なってくる)」などがある。

　和歌ではないが、右の『紫式部日記』の引用部分に、珍しい月の喩がある。和泉式部・赤染衛門・清少納言などへの批評を書きつらねた後、我が身をかえりみるくだりであるが、黒川本で前後をもう少し長く引いてみる。「かく、かたがたにつけて、一ふしの、思ひいでらるべきことなくて、過ぐしはべりぬる人の、ことに行くすゑのたのみもなきこそ、なぐさめ思ふかただにはべらねど、心すごうもてなす身ぞとだに思ひはべらじ。その心なほ失せぬにや、もの思ひまさる秋の夜も、はしに出でゐてながめば、いとど、月やいにしへほめてけむと、見えたる有様をもよほすやうにはべるべし。世の人の忌むといひはべる鳥をも、かならずわたりはべりなむと、はばかられて、すこし奥にひき入りてぞ、さすがに心のうちにはつきせず思ひつづけられはべる」。何ひとつ良い思い出もなく、夫を亡くして将来の頼みもなく、心を慰めることもできない。すさんだ気持でやけを起こすまいと思うが、荒涼とした心のせいか、物思いがまさる秋の夜、ぼんやり月を見るともなく見ていると、この月が昔若く美しかった盛りの私を褒めてくれた月だったのだろうかと思われ、昔人に美しいと見えた姿がいつもよりも目の前に思い出されてくるようだ、というのである。この、昔の美しい盛りの式部を褒めてくれた「月」とは、何を指しているのであろうか。それは、文脈からして、式部の「行くすゑのたのみ」を失わせた人、つまり亡くなった夫宣孝であろう。この月は親という庇護者ではなく、夫という庇護者の喩と考えられる。「親の庇護」ではないが、それに近い喩ではある。

　また、『更級日記』の祐子内親王家に初めて出仕するときの叙述、「古代の親どものかげばかりにて、月をも花をも見るよりほかのことはなきならひに、立ち出づるほどのここち、あれかにもあらず、うつつともおぼえで、暁にはまかでぬ」も、注意される。「古代の親どものかげ」に隠れていることと、「月」をみることと、そこから「出ていく」ことの不安とが、一連の表現として叙されているので、「月」に「親の庇護」という象徴性が潜んでいる可能性が考えられるのである。しかし、この文脈は「古くさい親たちの膝下、ただうつろいゆく季節の美しさの中に埋没して、無為に暮らしてきた」というものなので、ここでの「月」は〈親元の無為な日常の、つれづれを慰める美しい自然の景物〉であろう。他にも、「浮舟の女君のやうに山里に隠し据ゑられて、花紅葉月雪をながめて」などとあり、やはり「月」は〈高貴な男君に隠し据えられた、ひたや籠もりのつれづれを慰める美しい景物〉として、浪漫的な夢想を彩る風雅な景物として表現されている。「親の庇護」という象徴性の潜んでいる可能性は考えられるが、そうと断定できる例証にはなりえないのである。

和歌とその周辺を粗々とたどってみたが、明確に「月（の光）」を「親の愛護・庇護」の喩とするものは、やはり見あたらない。

＊

延喜よりはずっと下るが、「たらちね」と「月」が詠み込まれている歌で、注意されるものがある。

かぞふればやそぢさかゆくたらちねのかげに隠れて身こそ老いぬれ　（『広田社歌合』、十五番右、憲盛）

これには「月」の語はないが、「たらちねのかげに隠れて」老年にまで至ったと詠まれている。「たらちねのかげ」の「かげ」には、「月影」が掛けられている可能性がある。もしそうであるならば、「つきかげ」が「親の庇護」の喩として掛けられている例になる。「月」が「親の庇護」の喩である明確な例証とは言えないが、このような例のあること自体が、かつて「月」が「親の庇護」の喩として表現されていた名残のようにも思われる。それにしても、親の庇護下で八〇歳まで老い栄えたというのは、面白い趣向の歌である。

たらちねのとほきかたみとながめけむそなたやつらきいりがたの月　（『光経集』）

詞書きによれば、父を亡くした久継のもとに光経が送った歌。「月」が亡くなった「親の形見」とされている。「月」が「親」の喩として表現されているといえよう。しかし、「親の庇護」の喩であるとまでは言い難い。

ちなみに、和歌ではないが、この例のように「月」を今は亡き親の面影に喩えるものが、他にもある。『源氏物語』明石巻、光源氏が亡くなった父桐壺院を夢に見るくだり。「……見上げたまへれば、人もなく、月の顔のみきらきらとして、夢の心地もせず、御けはひとまれる心地して、空の雲あはれにたなびけり」と、「月の顔」が父故桐壺院の面影として表現されている。「月」が亡くなった親の喩となっているのである。光経集の淵源とも考えられる。

たらちねの教ふる道よ行く末も我まどはすな庭の月影
（『公賢集』）

「たらちねの教ふる道よ」と呼びかけ、また「庭の月影」と呼びかけ直している。つまり、「月影」はわが将来を導く「たらちねの教え」であり、「月」が「親」あるいは「親の導き」の喩となっている。「親の庇護」の喩に近いと言えよう。しかし、「親の庇護」そのものではない。

新出の『延喜元年八月十五夜或所歌合』の巻頭二首にみられるように、「月」を「親の庇護」の喩とする表現は、『古今集』成立前夜に確かに存在した。しかし、和歌表現史の変転の中に、その比喩表現は消滅してしまった。わずかに平安末期の『広田社歌合』、鎌倉期の『光経集』『公賢集』などの歌に、「月」が「親の庇護」の喩として機能した面影をうかがうのみである。『延喜元年八月十五夜或所歌合』の巻頭二首が現れなかったら、「親の庇護」を象徴する「月」の比喩表現が、かつて存在したことすら知り得なかったであろう。散佚歌の出現によって、「月」の語誌に失われた一頁を復元することができたのである。

四　月の喩と竹取物語

失われた月の喩、親の庇護・慈愛の喩は、どこから生まれて来たのであろうか。あらためて『竹取物語』に注目したい。

御門の求愛があって三とせのち、春の頃よりかぐや姫は月を見上げては物思いにふける。人々は「月の顔見るは、忌むこと」、「月な見たまひそ」と制止するが、姫は従わない。八月十五夜が近づいたある日、かぐや姫は「さきざきも申さむと思ひしかども、かならず心惑はしたまはむものぞと思ひて、今まで過ごしはべりつるなり。さのみやはとて、うちいではべりぬるぞ」と切り出し、おのが身が月の都の人であること、八月十五夜に月より迎えが来ることを、この世の親たちに打ち明ける。そしてまた言うことには、「月の都の人にて父母《ちちはは》あり。かた時の間とて、かの国よりまうで来《こ》しかども、かくこの国にはあまたの年を経《へ》ぬるになむありける。かの国の父母のこともおぼえず。ここには、かく久しく遊びきこえて、慣らひたてまつれり。いみじからむ心地もせず。悲しくのみある。されど、おのが心ならずまかりなむとする」と。月の都にも父母がいるが、地上で長い年月を過ごして、この世の親たちに慣れ親しんでしまったので、月の世界の父母のことは思い出しもしない。それゆえ、月に帰るといっても、嬉しい気持ちもしない。地上の親と別れるのが、悲しいばかり。しかし、自分の意志ではどうにもならず、帰らなければならない、というのである。

かぐや姫のかかる心情は、新出『延喜元年八月十五夜或所歌合』の巻頭二首にかさなっているように思われる。「たらちねのふところさらぬみなれとも月見にてへはなほいてぬへし」は、『竹取物語』の世界とかさねてみるなら、「竹取の翁嫗の慈愛の懐にはぐくまれ養われている我が身であるが、月見だというので、月に帰ることになる月を見ていると、やはり育ての親の懐を出て、生みの親のいるにちがいない、自分の意志ではないのだが」と解釈できる。『竹取物語』を踏まえた解釈が、ぴたりと当てはまる歌なのである。また、「てる月にまされるものはたらちねのかけにかくるゝこゝちなりけり」も、『竹取物語』の世界にかさねてみると、「生みの親の住む月の慈愛に満ちた光、それよりもなおまさるものは、地上の育ての親の庇護の陰に守られている、満ち足りた安らかな心地なのであったことよ」、という解釈が成り立つ。新出二首は、『竹取物語』の世界を背景にしてみると、より具体的で明瞭な意味を形成する。「月」は、単に「親の庇護」を比喩するだけでなく、月世界の親と地上の親の、それぞれの恩愛のはざまで苦悩するかぐや姫の心情をも、みごとに表現することになる。

新出『延喜元年八月十五夜或所歌合』の巻頭二首は、『竹取物語』の世界を踏まえて詠まれた可能性が高い。そして、「親の庇護・慈愛」を比喩する「月」の表現性は、『竹取物語』によって開拓されたと推察されるのである。

『竹取物語』の成立については古来諸説があるが、肝腎なことは平仮名によってある程度の長さをもった文章が綴れる時代にならなければ、仮名散文としての『竹取物語』は書けないということである。平仮名で言葉を綴ることが一般化するのは、やはり『古今集』の仮名序の成立の頃を目安にせざるをえない。万葉仮名（真仮名）

から平仮名に変化する過程の草仮名によって書かれたと仮定して、『竹取物語』の成立を上げようとする考えもある。が、草仮名は単に真仮名から平仮名へ移行する初期段階の書体ということではなく、文字としては一過性の書体に過ぎず、ただ和歌を記す書体として生き残ったもので、連綿による分かち書きのできない草仮名で、長文が書けたとは考えられない(6)。そのことを大前提とした上で、他の成立に関する資料を見わたすと、『大和物語』七七段が興味深い。

八月十五夜、源嘉種は宇多上皇の皇女桂のみこと忍んで逢っていた。十五夜の月の宴を催された宇多法皇は桂のみこを招いた。嘉種はとどめたが、桂のみこは亭子院に参内した。怨んだ嘉種は、「竹取がよよに泣きつつとどめけむ君は君にと今宵しも行く」と詠んだ。竹取の翁が毎夜よよと泣きながらかぐや姫をとどめたということですが、私がこんなにとどめても、あなたはかぐや姫のように、ちょうど十五夜の宵、父君のところへ行ってしまうのですね、という歌である。この歌の背後には、明らかに『竹取物語』の世界がある。翁の歌、「呉竹のよよの竹取り野山にもさやはわびしき節をのみ見し」との、表現上の類似もある。

この源嘉種と桂のみこの話は、『日本紀略』延喜九年（九〇九）の閏八月一五日のくだりの、「夜太上法皇文人を亭子院に召して、『月影秋池に浮かぶ』の詩を賦せしむ」とある時のことと考えられる。とすれば、延喜九年の頃に貴族社会の共通認識になるほど、『竹取物語』は流布していたことになる。

延喜五年（九〇五）の『古今集』仮名序、これを生みだす基盤となった、それより少し前の平仮名の普及してくる時代、そして『竹取物語』が流布していたと考えられる延喜九年という年代、このふたつの事柄を考え合わせると、『竹取物語』の成立は早くて宇多天皇の時代（八八七〜八九七年在位）と推定するのが妥当であろう。

こうしてみると、『延喜元年八月十五夜或所歌合』の巻頭二首が『竹取物語』を踏まえていると考えても、不都合はない。新出巻頭二首の「親の庇護」を象徴する「月」の喩は、『竹取物語』の世界を基にして創出されたと想定される。しかし、この「月」の喩は広まることなく、表現史の中から失われてしまった。あたかも『竹取物語』の古写本がほとんど残っていないように。『竹取物語』の享受の衰退とともに、この比喩表現も忘れられていったのかも知れぬ。

五　延喜元年八月十五夜或所歌合の巻末断簡

もう一葉の断簡は、縦二六・九センチ、横九・二センチ。料紙は楮紙。天地にそれぞれ一条の淡墨の罫界を引く。罫界の高さは二二・五センチ。

『古筆学大成』所収の他の『延喜元年八月十五夜或所歌合』の断簡八葉と比較するに、それらの行間の広さに比べ、この断簡左端の余白は若干広く、歌合の末尾の可能性がある。

次の六行が記されている。

左
あきのたのつゆやはしけきかるひとのこ
ろもぬれつゝほすときもなき
右

あまつかせきりふきちらふのへなれや
つねよりことにきよきおほそら

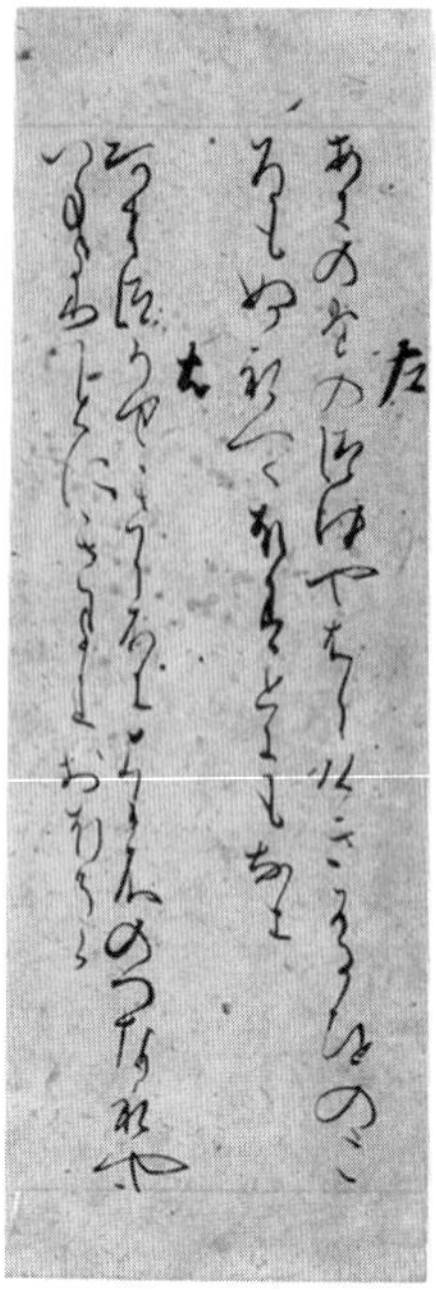

伝藤原俊忠筆
二条切②

古筆家の極札は付されていないが、筆跡の一致によって『延喜元年八月十五夜或所歌合』の一部と認められる。とくに二首目は、「あまつかせきりふきちらふのへなれやつねよりことにきよきおほそら」と、「あきのつき」を折句に詠み込んだ物名歌になっており、当該歌合のツレであること確実といえる。

なぜならば、以下の事実があるゆえにである。類聚歌合巻二〇の目録では、この歌合は「題月」となっているが、表だって「月」を詠んでいるのは、二番歌（『平安朝歌合大成』の歌番号）の「月影」、四番歌の「秋の月」、一〇番歌の「月」、補一の歌（『続後撰集』巻六）の「月影」くらいである。しかし、「あきのつき」を折句にした物名歌が三首含まれている（三番歌・五番歌・一五番歌、なお七番歌は「あきのちき」でこれも含められるか）。こうしてみると、「あきのつき」を折句に詠み込んだ歌をもつ本断簡は、『延喜元年八月十五夜或所歌合』の一部と見なすことができるのである。

ところで、『昌泰元年秋 亭子院女郎花合』にも、「あはせぬ歌ども」として、「をみなへしといふ言を句の上下にてよめる」歌や、「上のかぎりに据ゑたる」歌がみられる。歌合本文には、折句物名歌の作者名はしるされていないが、『古今和歌集』・西本願寺本『躬恒集』から貫之・躬恒もこの折に折句を詠んでいることがわかる。これと同じ頃の成立と考えられる『某年秋宇多院女郎花合』にも、「をみなへし」の折句が三首ある。『古今和歌集』成立前後頃の『宇多院物名歌合』は、折句ではないが技巧を凝らした物名歌ばかりで成り立っている。しかもその歌人たちは、忠岑・貫之・友則・貞文・興風・深養父・伊勢などの大歌人ばかりである。こうしてみると、『古今和歌集』成立の前後、宇多院の周辺に、言語遊戯的な詠歌の好尚が強くあったこと、明白である。ちなみに、為兼卿和歌抄にも「……寛平の御時、孫姫・喜撰かさねて式をつくり、歌の病をさだめ、同時ふた、びはよむまじき事になり、心もおこらぬ輩も、題といふ事さかりになりて、折句・沓冠などまでも、人の能にしてよむ姿の、寛平よりさかりになれり」と、宇多朝の言語遊戯的好尚が指摘されている。

＊

かくして、宇多院周辺の作歌傾向——特異な比喩表現や言語遊戯の時好——を示してくれる、『古今和歌集』以前の初期歌合の左右二番四首の散佚歌を、あらたに加えることができたのである。

本文集成（『平安朝歌合大成』に依拠し、新出二葉を加えた。断簡の切れ目は 」 で示した。）

無名歌合　泰昌四年八月十五日夜

題　月

歌人

左

1　たらちねのふところさらぬみなれども月見にてへばなほいでぬべし

右

2　てる月にまされるものはたらちねのかげにかくる、こ、ちなりけり」

左

3　いそのかみ布留の社に這ふ葛も秋にしあへばいろかはりけり

右

4　山のはももみぢて散りぬ月影のかくるるところなくなりぬべし」

左

5　朝ぼらけきみを別れしのちよりぞつゆならぬ身もきえぬべらなる

右

6　秋の月みるよ久しくつきければ昔の人もあかずやありけむ」

右

7　あさぼらけきりたち渡る野をわけて筑波の山に来こそしにけれ」

右

8　もみぢ葉のおちてつもれる山の井は浅き影にもみえずぞありける

左

9　嵐吹く岸にたてれば残りなく散りあはでぬる木木のもみぢ葉」

右

10　秋風の木の葉吹き入るる竜田川水ともみえずいろがはりして」

右

11　露寒みさよふけてなく葦田鶴の千歳の秋をむぐりつつみむ」

左

12　あまのかは秋ふく風しさむからば瀬瀬のしらなみ月うちかへせ

右

13　つくばねの山のふもとにすむ人はこのもかのもにあきをみるらむ」

左

14　秋霧は立たぬかたなく立ちけれど紅葉まどはす秋け過ぎゆく

右

15　松がうへに秋をつれなくすぐす蝉風ふく毎に声のかなしき」

左

16　波こさぬ末の松山秋なれどもみぢをよその名とや聞くらむ

右

17　飛鳥川昨日の淵ぞのどけなくつひには今日の清さ瀬となる」

左

18　あきのたのつゆやはしげきかるひとのころもぬれつ、ほすときもなき

右

19　あまつかせきりふきちらふのへなれやつねよりことにきよきおほそら」

補1　昌泰四年八月十五夜の歌合の歌　　読人しらず
月影の初霜とのみ見ゆればやいとど夜寒になりまさるらむ
（『続後撰和歌集』巻六）

補2　昌泰四年八月十五夜の歌合に恋　　読人しらず
おしなべて移ろふ秋も哀てふ言の葉のみぞかはらざりける
（『続後撰和歌集』巻一四、『万代集』巻一四）

＊

炭素14年代測定の結果を示しておく。測定値は946［BP］で、その1σの誤差範囲946±22［BP］を暦年代に較正した値が、1030（1042）1052、1081（1107、1117）1128、1134（）1152。その2σの誤差範囲946±43［BP］を暦年代に較正した値が、1023（1042、1107、1117）1158。当該歌合断簡の推測される書写年次、大治元年（一一二六）か二年（一一二七）を含んでいる。

注

（1）萩谷朴『平安朝歌合大成（増補新訂）一』（同朋舎出版、一九九五年）。
（2）小松茂美『古筆学大成21　歌合一』（講談社、一九九二年）。
（3）注（1）に同じ。
（4）注（1）に同じ。
（5）この断簡はその奥（左端）の余白の幅から見て、歌合の末尾の可能性が高い。
（6）小松英雄『日本語書記史原論』、特に「第七章　書記テクストの包括的解析」（笠間書院、一九九八年）。拙稿「古筆の鑑賞と基礎知識」『研究集録25』財団法人独立書人団、二〇〇五年三月）。

19　伝藤原俊忠筆 二条切

（二十巻本類聚歌合　天慶二年二月廿八日貫之歌合）

一　類聚歌合について

二十巻本類聚歌合は、後冷泉朝期に藤原頼通家において編纂された十巻本（宇治殿本）にならって、かつそれを上まわる規模の歌合証本の集成を企てたものである。

これは三段階の編集過程を経ているが、はじめは「和歌合抄」として編集が開始された。「和歌合抄」の目録が、類聚歌合巻一七の「保安二年閏五月廿六日内蔵頭長実朝臣家歌合」の紙背にあり、当初は一〇巻の予定であったらしい。「和歌合抄」のなかで最も新しい歌合は「嘉保二年八月廿八日鳥羽院歌合」なので、この歌合の翌年の嘉保三年（一〇九六）頃に、「和歌合抄」の編集は始まったと考えられる。藤原宗忠の日記化『中右記』の嘉承二年（一一〇七）六月二日のくだりに、「早旦参内、於北御所方被切続古歌合、終日候、入夜退出」とあるのは、「和歌合抄」の編集作業のことと思われるが、同年七月一九日の堀河天皇の崩御によって、その編集は一時中断された。

天永（一一一〇〜一一一二）の頃、「和歌合抄」を修正増補した「古今歌合」の編集が始まり、さらに保安元年（一一二〇）頃、「古今歌合」を増補した「類聚歌合」の編集が始められた。「和歌合抄」「古今歌合」「類聚歌合」の企画編集は源雅実（一〇五九〜一一二七）を中心になされ、最終段階では雅実の妹師子の子である藤原忠通も加わったが、大治二年（一一二七）二月一五日の雅実の死によって、その編集作業は中絶したらしい。二〇〇以上の歌合を二〇巻に類別集成したものになったが、浄書されずに草稿本のまま伝存した。そのなかで最も新しい歌合は『大治元年八月左大臣（忠通）家歌合』である。

この類従歌合の断簡は、字形の比較的整ったものが伝忠家筆柏木切、変化の多い書風のものが二条切と呼ばれている。しかし、二〇年以上に渉る編纂作業のなかで、実際に書写にたずさわった者は多く、二〇種近くの筆跡に分別されている。(1)

国文学の本文資料として類聚歌合が貴重なのは、たんに平安時代書写にかかる歌合証本の草稿ということにとどまらない。類聚歌合よりほかには伝存していない歌合、いわゆる孤本の断簡が含まれており、この孤本の断簡の本文価値は絶大である。その断簡以外にはどこにも見ることのできない、散佚歌の存在をわれわれに示してくれるからである。また、十巻本歌合に採られている歌合の場合でも、十巻本と同じ本文を採っているとは限らず、平安時代の歌合の異本本文を伝えて、これまた貴重なのである。

二　伝藤原俊忠筆　天慶二年二月廿八日貫之歌合の新出断簡

『天慶二年二月廿八日貫之歌合』も、二十巻本にしか残っていない孤本であり、かつ切断された断簡の形で伝存するのみである。類聚歌合巻十七の『内蔵頭家歌合』の紙背に残る「和歌合抄目録」によれば、「巻第九　十大夫家付女宅」に「紀貫之宅歌合　廿七番　天

慶二年二月廿八日　於周防国合之」とある。また、巻一四の『右兵衛督実行家歌合』の紙背に残る「類聚歌合巻第十四　士大夫家」目録には、「紀貫之家歌合天暦九年二月廿九日　或本天暦二年」とある。後者の天暦九年（九五五）あるいは天暦二年（九四八）は貫之の没年（九四五）より後であり、前者の天慶二年（九三九）が正しいと考えられる。周防国での開催ということについては、貫之は承平五年（九三五）二月の土佐守解任のあと、天慶三年（九四〇）三月に玄蕃頭となるまで無官であったので、公用ではなく私事での周防下向であったと推測されている。(2)

主催は貫之であるが、方人・歌の作者はまったく不明である。辺鄙な土地での披講なので一流歌人は加わっていなかったのだろうが、『古今和歌集』『古今和歌六帖』『後撰和歌集』などの貫之・伊勢・忠岑らの歌に、この歌合の歌に類似した修辞用語が多くみられ、当代の作歌傾向を示す価値ある和歌資料とされている。(3)

『平安歌合大成（増補新訂）一』には、AからLまでの一二葉四五首、および夫木抄からの補遺三首、あわせて四八首が集成されている。(4)『古筆学大成21　歌合一』には八葉（図版89～93・211・212〈模〉・213）が掲載されているが、(5)すべて『平安朝歌合大成』に集成されているものに重なっている。

ちなみに、『古筆学大成』の図版212は「模」とあるように模写本であるが、この部分に相当する原本が近年紹介された。(6)その解説には「『平安朝歌合大成』に未収の新資料の断簡である」と書かれているが、これは『平安朝歌合大成』のB（13番歌から20番歌）に当たるものであり、誤認である。

ここに紹介する断簡（某氏蔵）は、『古筆学大成』には漏れているが、『平安朝歌合大成』にはC（21番歌・22番歌）として翻刻されているものの原本である。『平安朝歌合大成』に集成されているのにここにあらためて紹介するのは、『平安朝歌合大成』が模写本に拠ったらしく、その本文に原本と少異があるからである。また、『古筆学大成』に漏れ、写真図版が公開されていないということもある。

新出原本は、縦二六・〇、横一二・八糎、高さ二二・四、幅二・六糎の淡墨の罫界を引いている。料紙は楮紙。了延の極札「俊忠卿　むかしより（琴山）」が付属する。次の一〇行が記されている。

右
むかしよりおもふ心はみなつきのかみそ《みそらに》
そらにしるらむ
恋
左
あらすともなつはこひせしかやり火のし
たにもゆるはわひしかりけり
右
いはすともきみはしるらせ（むノ誤写カ）なつむしの
みよりあまりてもゆるこひをは

一首目、『平安朝歌合大成』は「むかしよりおもふ心はみなづきのみそぎの神（かみ）ぞ空（そら）にしるらむ」に作る。しかし、原本は「みなつきの」のあとの「みそきの」を書き落とし、右傍にそれを補おうとしたが、「みそきの」の「みそ」まで書いて、また次の「きの」を飛ばしてしまい「そらに」に続けてしまっている。原本は補入本文ま

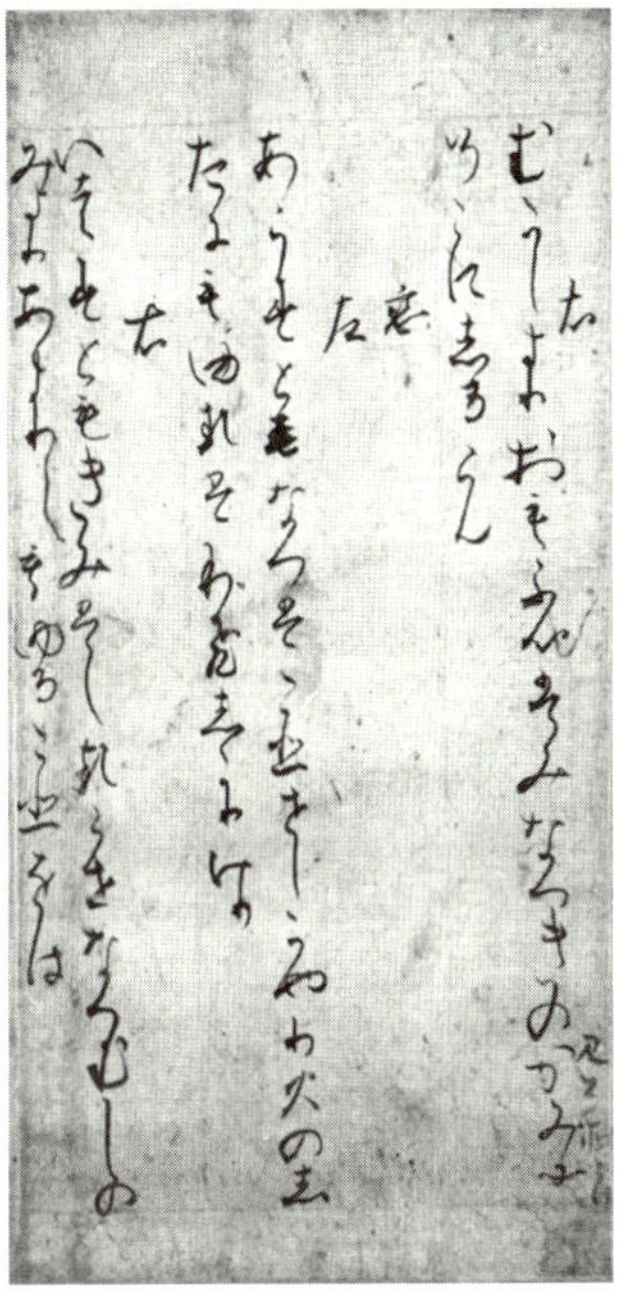
貫之歌合

で誤ってしまっているのであり、二重にミスを犯している。『平安朝歌合大成』が正しい本文になっているのは、それが基にしたものが模写本であり、かつその模写本は本文の乱れに気付いてそれを正してあったからではないかと推測される(7)。この歌は『夫木抄』に「天慶二年二月貫之家歌合　晩夏　よみ人しらず　むかしよりおもふ心はみな月のみそぎの神ぞ空に知るらむ」と出ている。これによって本文を正した模写本に、『平安朝歌合大成』は拠ったのではあるまいか。『古筆学大成』の図版212から確かなように、この歌合には模写本が存在しているのであるから、その可能性が高い。

三首目も、原本には草卒ゆえの字形の乱れ（四句目「みよりあまりて」と思われるが、字形に忠実に読もうとすれば「みよりあよりし」にも見える）がある。書写年代の古い根幹本文であっても、草卒に書かれた草稿本の場合は書き誤りが少なくないということを、皮肉にもこの類聚歌合の原本が教えてくれている。

それはとにかくとして、些細な問題ではあるが、原本の再現・提示という面から、原本の現状をここに示してみたわけである。

なお、「天慶二年二月廿八日貫之歌合」は「和歌合抄」の編集段階のものなので、おのずとその書写年代は、「和歌合抄」の編集期間である嘉保三年（一〇九六）頃から嘉承二年（一一〇七）七月の間ということになる。

注

（1）萩谷朴『平安朝歌合大成（増補新訂）一』（同朋舎出版、一九九五年）。
（2）注（1）に同じ。
（3）注（1）に同じ。
（4）注（1）に同じ。
（5）小松茂美『古筆学大成21　歌合一』（講談社、一九九二年）。
（6）古谷稔監修『古筆手鑑　披香殿』（淡交社、一九九九年）。
（7）萩谷朴氏に当該断簡のコピーをお送りしたところ、本文が整っているほうがかえって模本であったことを窺わせ、新出断簡が原本であるとの御返書をいただいた。

20

藤原定家筆　源通具俊成卿女五十番歌合切

――東京国立博物館蔵断簡との関係におよぶ――

一　定家筆歌合切

藤原定家筆歌合切がはじめて世に現れたのは、近代になってから、大正一一年刊行の『日暮帖』（吉田知光編）によってであった。奇癖のある渋滞した老年の筆跡とは異なり、平安末期の能筆藤原定信を思わせる流麗にして切れのある書風は、王朝風の名跡として一躍江湖の耳目を引いた。

その書風は、たしかに定信の風があり、砂子切などに似る。また、息の長い連綿の有り様は、伝西行筆とされるもののなかの長い連綿を形成する一群の書、たとえば『中務集』などによく似ている。俊成が指揮した写本工房において、若き日の定家は伝西行風の書風の影響をも受けたようである。

が、それはともかくとして、この歌合切に書かれている内容については、判然としなかった。やがて、森本元子氏は断簡七葉を発掘し、「四季題による五十番百首の歌合」で、「そのうち十一番と五十番の右方の歌が俊成女の作で、新古今集に見えるほかは、今のところ各首の作者を明らかにすることができない。判詞の書きかたから察すると、判者自身の草稿であるらしい」こと、「一往俊成女の自歌合と仮定」し、「成立は新古今集撰進に先立つ時期、建仁のころ」、「もとは巻子本であったらしいが、冊子かと疑われるふしもないではない」という見解を示した。(1)

さらに、久曽神昇氏は断簡一二葉を集成し、森本氏の指摘した『新古今集』に入集している俊成卿女の二首のほかに、源通具の『新古今集』入集歌一首を見いだした。その結果、以下のことが明らかにされた。この歌合は通具と俊成女の「二人だけの私的の歌合」であること。「歳暮に行われた歌合で、しかも五〇番が最後」で、「春夏二五番、秋冬二五番」の組織であること。「祖本を転写したものではなく、草稿本」であり、したがって「本書の筆者（藤原定家）がすなわち判者」であること。「新古今集は元久二年三月に成立したのであるが、各撰者が歌稿を整えて奉ったのは建仁三年四月二〇日頃であるので、この歌合は建仁二年（一二〇二）以前であったはずである」こと。「通具と俊成女と結婚していた頃のことであろう」こと。「撰歌資料として、五人の撰者（通具・有家・定家・家隆・雅経）の手に渡った」だろうこと。原装は、「綴目も明白に現存するものがあり、冊子本であったと知られる。しかして一八番、五〇番の料紙などの如く、余白を著しく広く残しているものもあり、綴葉装本ではなく、袋綴の仮装にすぎなかったようである」こと。(2)

すなわち、藤原定家筆歌合切は、建仁二年（一二〇二）以前の年末に、源通具と俊成女が行った五十番歌合で、それに定家が判詞を加えた草稿本、と判明したのである。

しかし、原装を袋綴の仮装とすることは誤りで、これについては後述する。

二　俊成卿女と通具と定家の書

源通具は『新古今集』撰者の一人、後鳥羽院歌壇の主要歌人。建久年間の初めに俊成女と結婚したが、父通親の指示で正治元年（一一九九）頃、承明門院妹按察局信子を嫡妻とした。俊成卿女との私的な歌合は、まだ二人が蜜月期にあった頃に行われたに違いない。

仮にそれを正治元年より前とするなら、定家は時に数え三八歳より前である。あるいは、二人の歌合の成立の下限を『新古今集』の撰歌作業の終わった建仁三年（一二〇三）とするなら、定家は時に四二歳である。要するに、定家が二人の歌合に判詞を書いたのは、つまり、定家筆通具俊成卿女歌合切の書写年代は、定家が三八歳以前の頃から四二歳の間ということになるのである。通具と按察局信子の婚姻ということを重視するなら、定家三八歳以前の筆ということになろう。ちなみに、従来の建仁二年（一二〇二）以前の年末成立説(3)に対して、近年、正治二年（一二〇〇）九月二八日ころ成立説(4)が唱えられた。いずれにせよ、年代が特定できる定家の筆跡としては、かなりの若書きになる。

現存する定家の筆跡で通具俊成卿女歌合切によく似たものに、次の資料がある。定家二九歳から三九歳に当たる、「左近衛権少将藤原定家」の位署をもつ「反古懐紙」。定家三九歳に当たる正治二年（一二〇〇）詠進の、『太上皇仙洞同詠百首応製和歌』に見える歌を書いた「三首詠草」。定家三八歳の建久一〇年（一一九九）一月の「書状」。定家三九歳の正治二年（一二〇〇）に詠進した、『正治二年院初度百首』に見える歌を書いた歌稿「一紙両筆懐紙」。定家四〇歳の建仁元年（一二〇一）に書かれた『熊野御幸記』。これらの仮名の筆跡に似通う点が多い。特に、「反古懐紙」、「三首詠草」には本歌合切と酷似する部分がある。通具俊成卿女歌合切は定家三十代終わり頃の筆跡と推定して大過なく、定家の若書きの筆跡としてもは

藤原定家筆 反古懐紙（五島美術館蔵）

なはだ貴重である。

ちなみに、定家の筆跡というと、これまでは、治承四年（一一八〇）から仁治元年か二年（一二四〇、一二四一）までの六〇余年にわたる日記、『明月記』が基準になるとされてきた。しかし、かの有名な定家一九歳の記事「世上乱逆追討雖満耳不注之 紅旗征戎非吾事」も、後年の中書書《ちゅうじょがき》（初期清書段階）であるという。『明月記』でさえ「出家後の定家監督下の中書書によるもの」で「定家の書風の基準にならない」という。『明月記』建暦二年（一二一二）九月二八日の記事から、定家と同じ筆跡で数百巻の文書を書写した右筆、「前遠江介家令能直」という人物の存在が明らかにされている(5)。定家の周辺には、定家の筆跡に似せて書く複数の人々、右筆や子女たちがいたのである。それゆえ、定家の筆跡とされているものでも、注意深く吟味しなければならないのであり、真の定家筆は意外に少ないのかも知れない。そういう中にあって、定家三〇代後半の確実な書と認められる通具俊成卿女五十番歌合の断簡は、書道史においても極めて貴重である。

通具の歌風は、「風体しなやかに優なるさま」（『続歌仙落書』）、「幽玄の姿」「楽天の詩を見る心ちする歌」（『愚秘抄』）、などと評されている。しかし、後鳥羽院や定家にはさほど評価されていない。定家は『明月記』の中で「於公事者、不足言人也」と、『新古今集』撰歌における通具の杜撰さを非難してもいる(6)。通具が嫡妻をむかえて後、定家の感情は悪化したのであろうか。

俊成卿女も後鳥羽院歌壇の女流の中心的歌人。父は尾張守左少将藤原盛頼、母は藤原俊成の娘の八条院三条。父盛頼が鹿ケ谷の変に連座したためか、幼少より祖父俊成に養育され、俊成卿女と呼ばれる。『無名草子』の作者にも擬せられている。

『無名抄』の「俊成卿女宮内卿両人歌読替事」の逸話は名高い。俊成卿女と宮内卿は今の世の女歌詠みの上手として認められていたが、歌の詠み様は正反対であった。宮内卿は、歌を詠む始めから終わりまで、歌集の冊子本や巻物をとりひろげて、燭台の火を近々と灯し、やっとのことで歌句を書き付け書き付け、夜も昼も怠ることなく苦吟し、そのあげくに夭折してしまったという。対して俊成卿女は、まず何日も前から多くの歌集を繰り返し繰り返し熟読し、思う存分読み終わるとそれらを置き、人から遠ざかって明かりをかすかに灯して歌作したという。本歌取りや物語取りによる幻想的で優艶哀切な歌風が特徴とされるが、定家筆通具俊成卿女歌合切の新出歌は、俊成卿女若き日の歌風を知る上で貴重な資料である。

三　新出断簡その一

和歌史においてかかる意味をもつ、定家筆通具俊成卿女歌合切は、『古筆学大成22歌合二・定数歌・色紙』(7)に図版八枚が掲載されている。すでに久曽神氏前掲論文に集録されている一二葉を合わせ、歌合の番数ごとに分かった「本文集成」表では、跋文部分を含め一五に分けられている。しかし、図版56の一葉の前半（二番）と後半（廿番）が、ふたつに分けて記載されているので、それを差し引くと、全一四葉が現存する枚数ということになる。

さて、新たに二葉の断簡が現れた。左の二首が通具の新出歌、右の二首が俊成卿女の歌であるが、内一首は『新古今集』に見えるので、一首が新出歌ということになる。奇しくも二葉とも秋の歌であるが、古筆鑑賞の美的要請からか、ともども番数が擦り消ちにされている。一葉の左の歌には「をみなへし（女郎花）」「つゆ（露）」が、右の歌には「おきのうは丶（荻の上葉）」「つゆけし（露けし）」が詠み込まれている。もう一葉の左の歌には「月」「ゆふくれのそら（夕暮れの空）」が、右の歌には「月のかつら（月の桂）」が、詠み込まれている。

『新古今集』の秋歌上巻を順に追ってゆくと、およそのところ、「くずかづら」、「風」、「露」（新編国歌大観番号一九三から三〇二を先駆けに点在する）、「荻」、「秋風」、「星合ひ」、「七夕」、「萩」、「をみなへし」（新編国歌大観番号三三六から三三八）、「ふぢばかま」、「あさがほ」、「初尾花」、「花すすき」、「荻の上葉」（新編国歌大観番号三五二から三五五）、「秋の夕暮れ」（新編国歌大観番号三五九から三六五、特に三六〇は「夕暮れの空」）、「ひぐらし」、「月」（新編国歌大観番号三七四から四三六）、というように景物が展開している。また、新出断簡の「月のかつら」を詠み込んだ歌は、『新古今集』の三九一の歌と同じである。つまり、二葉の新出断簡の先後の順は、『新古今集』の秋の景物の展開からみて、「をみなへし」「おきのうは丶」を詠んだ方が先、「月」「ゆふくれのそら」「月のかつら」を詠み込んだ方が後ということになる。そこで、「をみなへし」「おきのうは丶」の断簡の方から、検討してゆくことにする。

一葉目は、縦二二・八センチ、横一五・三センチ。料紙は楮紙。番数は擦り消ちされているが、一二行に渉り次のように記されている。

左
をみなへし時をもわかすさきしかと
けさをくつゆそ秋のいろなる
右 勝
おとろかすおきのうは丶のかせのおとに
またきつゆけきをの丶しのはら
　時をもわかてさきしかと丶侍
　すこしき丶よからぬにやなつをこめて
　ひらくる花けにさる事には侍れといは丶
　秋の丶かせをこそまつらん花のこ丶ろも
　かくとこそ申さすともおとると
　まてはいかてかとそ見え侍

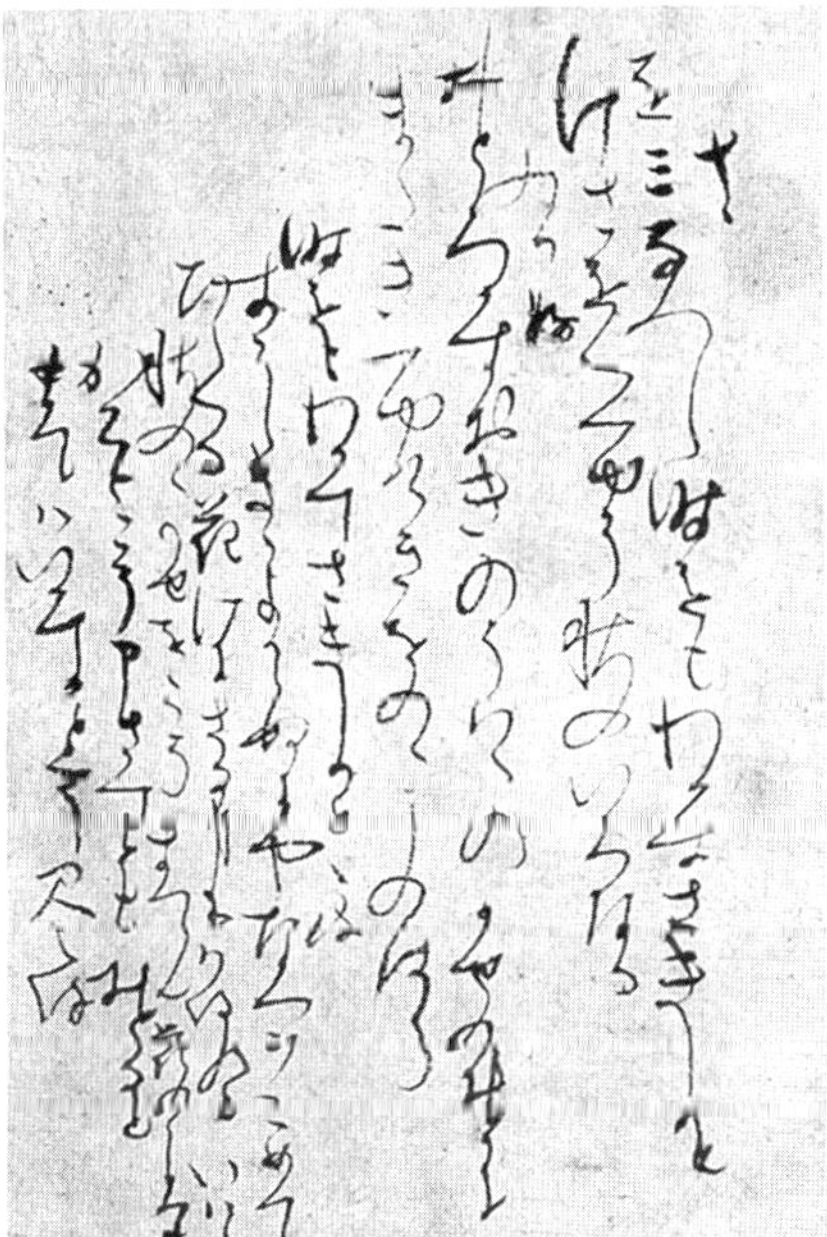
藤原定家筆 源通具俊成卿女五十番歌合切①

左右の歌とも、『新編国歌大観』等を検索するも、見いだすことができない。が、これまでに明らかにされた結果からして、左が源通具の歌、右が俊成卿女の歌ということになる。

この断簡で特記すべきは、東京国立博物館蔵の断簡との関連についてである。本断簡の判詞の末部は文が終止しており、一見完結しているように見える。が、左の歌についてのみの批評で終わっており、いずれが勝か、あるいは持か、判定が書かれていない。ところが、東博蔵の断簡を並べて読んでみると、意外なことに気付かされる。東博蔵の断簡には、以下のように記されている。

左
はれくもるそらをはしらすこのはちる
おとにたもとはうちしくれつゝ
右
こからしにこのはふりしくやとなれは
つゆもとまらぬそてのうへかな
そらをはしらすこのはちるかゝらんおり
たに左のかちと申さまほしく侍を
このつゆのたまらぬそてのうへ猶
とこなつ香春花なとをよめんやうにや
きこえ侍へき
おきのうはゝのかせのおとそこそときゝわかれ
ねとそのふしとも侍らぬをのゝしのはらも
すゝろにいうにいひつゝけられてよその
そてもつゆけき心ちし侍れはまさると
申へし

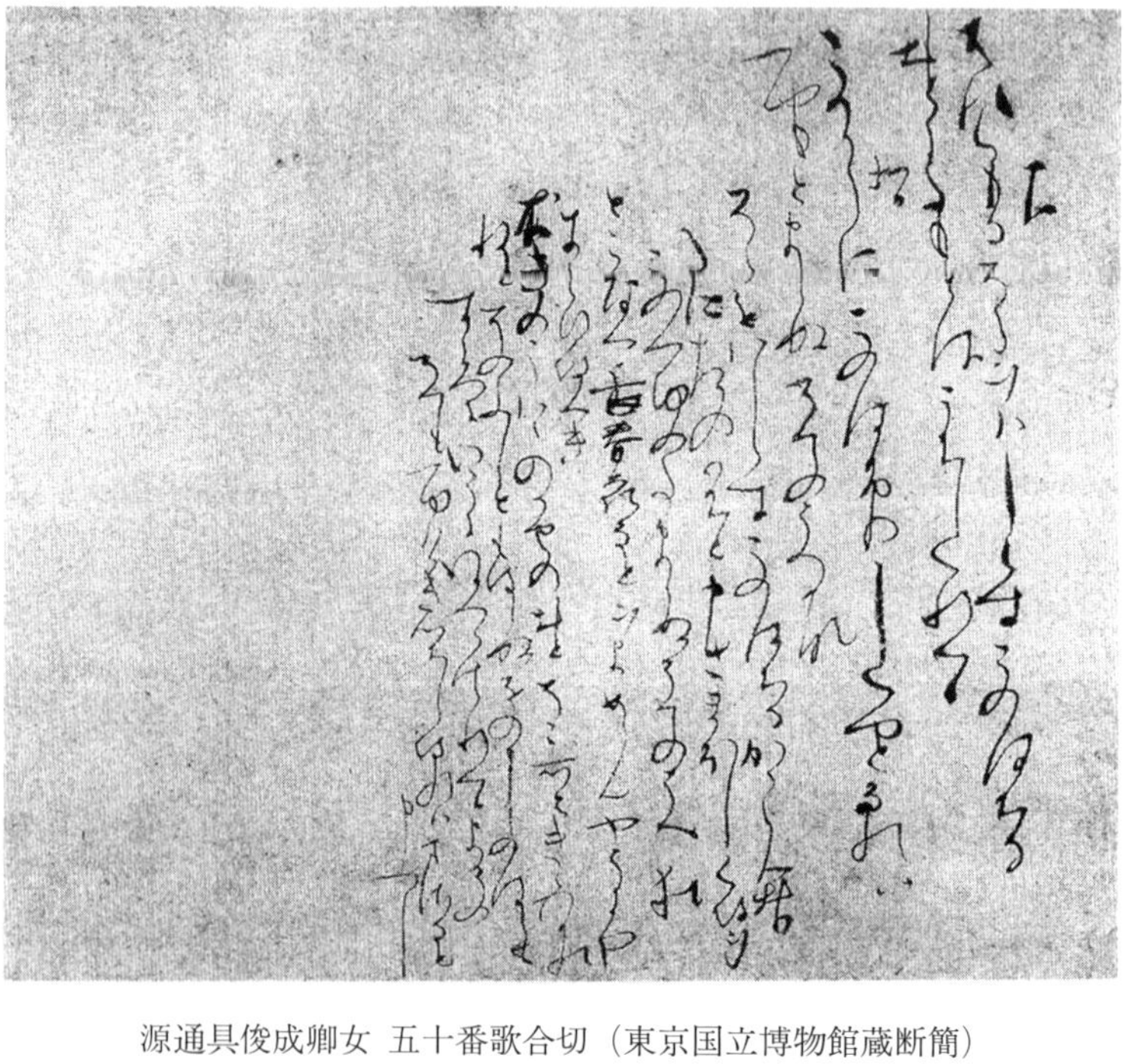

源通具俊成卿女　五十番歌合切（東京国立博物館蔵断簡）

傍線を付した部分、一二行目の「おきのうはゝのかせのおと」、一三行目の「をのゝしのはら」、一五行目の「つゆけき」は、新出断簡の左の歌「おとろかすおきのうはゝのかせのおとにまたきつゆけきをの、しのはら」のなかに詠み込まれている表現なのである。つまり、東京国立博物館蔵の断簡の一二行目以降の部分は、新出断簡の後に続くべき一連の部分なのである。なお、本稿の初出稿を受けて東京国立博物館蔵の断簡を調査された渡邉裕美子氏によれば(8)、東博断簡は九行目「このつゆのたまらぬそてのうへ猶」と一〇行目「とこなつ香春花なとをよめんやうにや」の間で紙継ぎがあるとのことで、新出断簡は東博蔵の断簡一〇行目に続き、それ以降の部分を合わせて完結する。

＊

これはどういうことを意味するのだろうか。ことは、定家筆『源通具俊成卿女五十番歌合』の原装形態にかかわることなのである。『古筆学大成22歌合二・定数歌・色紙』（小松茂美、講談社、一九九二年）に掲げられた図版56は、原装をうかがうにもっとも適した資料ゆえ、まずこの例を検討してみる。全文は以下のとおりである。

　　ことはのしなありてうたのたけ
　　もたちまさりてや侍らん
二番
　左
うくひすのまつきてなれしひとえたを
　なかめにしをるまとのくれたけ
　右勝
きえもあえすのこれるゆきのふるすいて、
　またはるあさきうくひすのこゑ
廿、
　左
いろかへぬやとのふるきになきなれて
　よ、のうつせみなつはわすれす
　右勝
なくさめてしはしかたらへほと、きす
　あかてねぬよのつもるなかれを
　　やとのふるさになつはわすれすなとは今年
　　声似去年声□といふ事もおほえてをかし
　　く侍をなきなれてといへるすこしみ、に
　　たち侍によ、のうつせみもあまりさる事のあらん
　　やうにそ見え侍
　　なくさめてしはしかたらへなと心はことに
　　めつらしからねとれいのことはのつ、きいと
　　よろしく見え侍れは

この一紙はちょうど中間に一行分程の空白があり、前半部分に一番歌の判詞の末部二行と二番の左右の歌が記され、後半部分には廿番の左右の歌と判詞が記されている。中間の空白のところで左右二つに折ると、右側の頁（前半部分）と左側の頁（後半部分）が一続きになっていない。これは、この一紙が列帖装の一部を成していたからだと思われる。

列帖装は左右二つ折りにした料紙（図1）を数葉重ね、折り目の上を糸でかがり、一括り（図2）を作る。数括りを糸で束ね、一帖

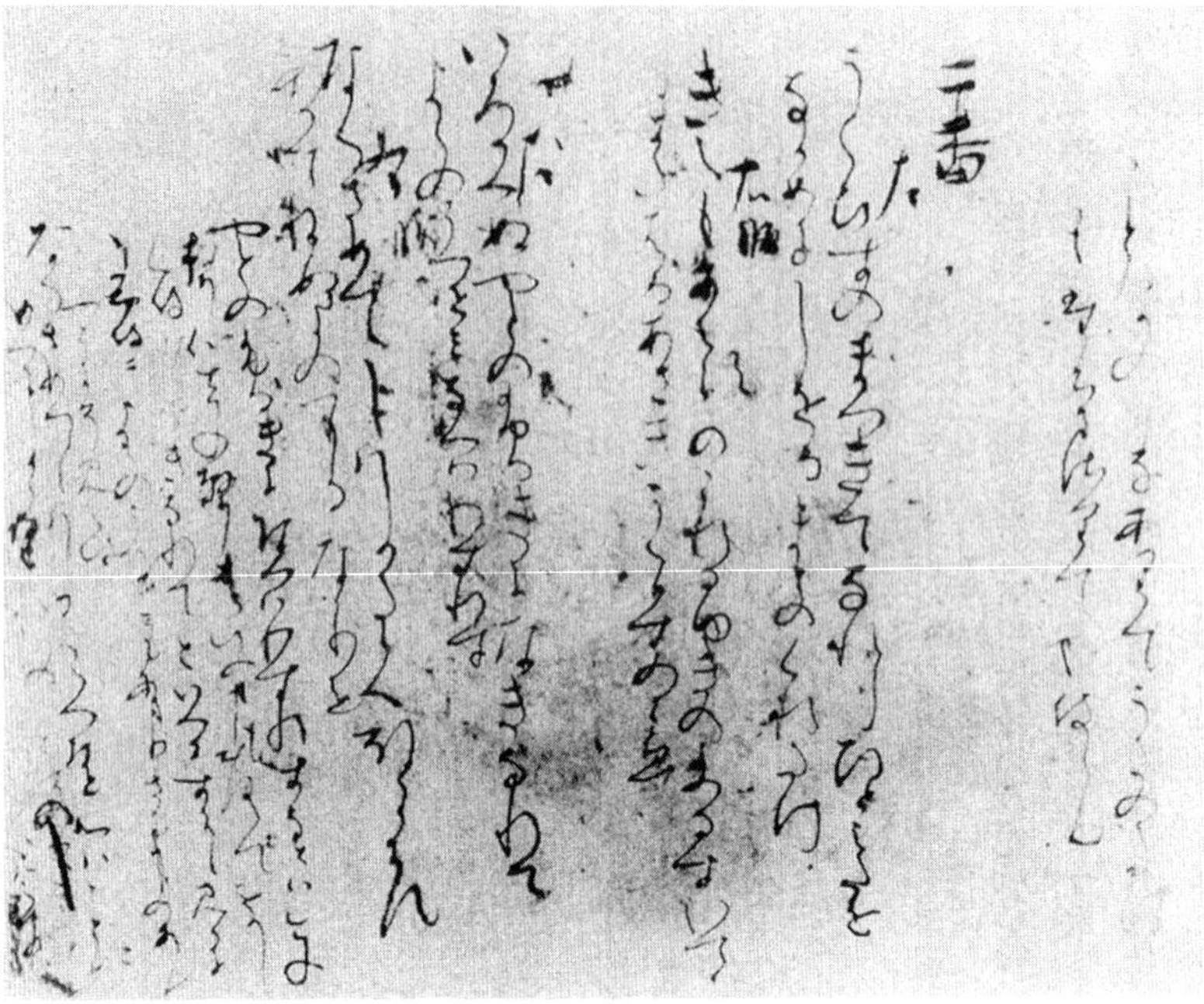

源通具俊成卿女　五十番歌合切（『大成』図版56）

の冊子本と成る。それゆえ、一括りの一番上に位置する料紙の表の面のみは、二つに折られた右側の頁から左側の頁に、本文が連続した形態になる（図2の、一番上の一紙の表の面の、8頁と9頁のみが連続する）。しかし、それより下に重ねられた料紙は、二つ折りにされ

（図1）左右二つ折りにした料紙

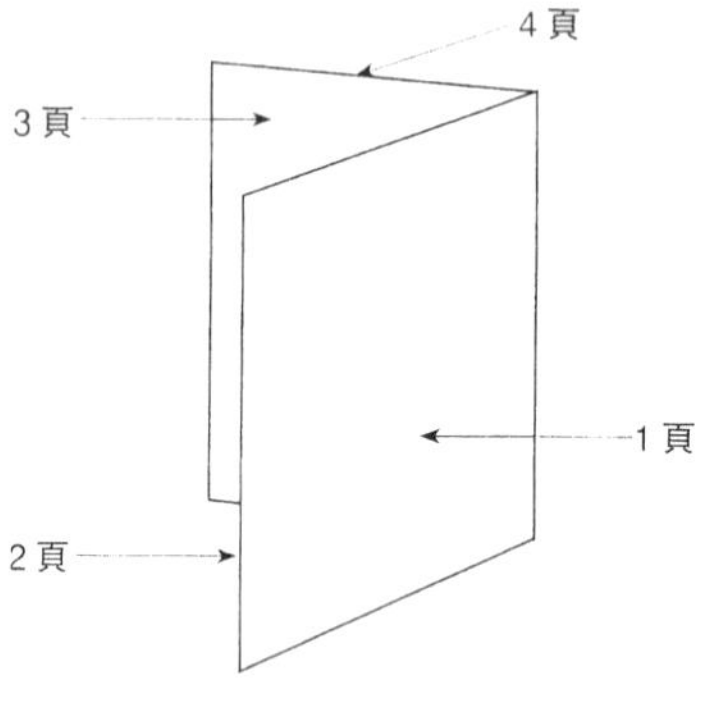

（図2）列帖装の構成

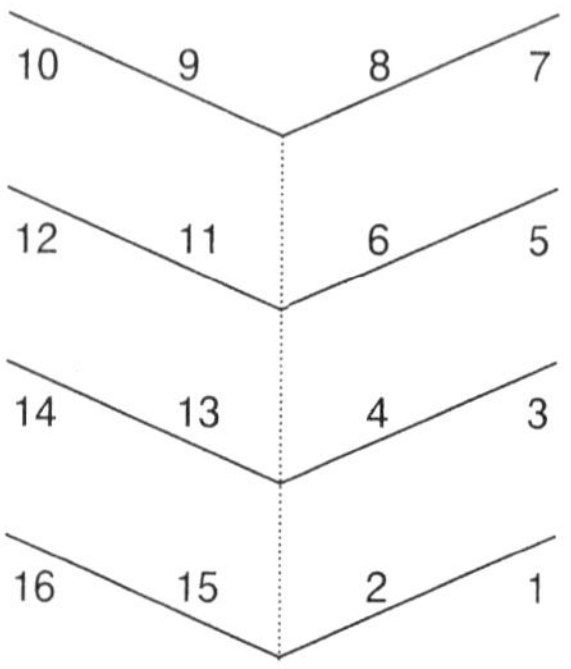

た右側の頁と左側の頁の本文が連続しないことになる（図2の、6頁と11頁、4頁と13頁、2頁と15頁、1頁と16頁、3頁と14頁、5頁と12頁、7頁と10頁）。いま見た断簡は、この右側の頁と左側の頁が連続していない料紙であったのである。ということは、定家筆『通具俊成卿女五十番歌合』の原装は、列帖装であったということになる。

　もしも、袋綴じの場合であったなら、どの料紙も一面のみに書写し、その面を表の面にして左右二つに折るので（裏の面は白紙になる）、どの料紙も右側の頁から左側の頁に本文が連なる形態になるはずである。巻子本でも隣合う部分はつねに連続しているはずである。定家筆歌合切の原装は、巻子本でも袋綴じ装でもなかったのである。

＊

さて、定家筆『通具俊成卿女五十番歌合』の原装が列帖装であると判明した。このことを前提に、先の東京国立博物館蔵の断簡を考えるとどうなるか。この断簡の九行目と一〇行目の間には本来いささかの空白があり、そこで一紙が折られ、列帖装の一部を成していたと想定できる。先に述べたように、列帖装では一括りの一番上に位置する料紙の表の面のみが、二つに折られた右側の頁から左側の頁に本文が連続した形態になるが、それより下に重ねられた料紙は、二つ折りにされた右側の頁と左側の頁の本文が連続しないからである。東博蔵の断簡は、右側の頁と左側の頁が連続していない料紙であるから、列帖装の一括りの一番上ではなかった一紙と想定されるのである。もしそうであるなら、不連続の右側頁と左側頁を、あたかも連続したひとつらなりの本文であるかのように見せかけるため、右側の頁と左側の頁を一度切り離し、行間を詰める細工を施したのであろう。いわゆる喰い裂きと呼ばれる表具技法である。

そして、新出の断簡は、東博蔵の断簡の一枚上に位置していた一紙の、二つ折りにした左側の裏頁であったと想定される。新出断簡から、東博蔵の断簡の左側頁に本文がつながっているからである。

これで疑問は解けたかに思われるが、しかし、話はこれで終わらない。もうひとつ不可解なことが、東博蔵の断簡にはある。その前半部分（右側頁）に記されている歌は、その後半部分（左側頁）の判詞と新出断簡の判詞とがひとつらなりであることからして、当然新出断簡よりも前に位置する頁でなければならない。ところがである、東博蔵の断簡の前半部分（右側頁）に記されている歌には、「このはちる」「しくれ」「こからし」「このはふりしく」という語句が含まれている。これらの語句を含む歌は、秋の歌の終わりに位置するはずのもので、現に『新古今集』では秋歌下巻の終わりの方に、これらの語句をもつ歌が配列されている。ということは、東博蔵の断簡の前半部分（右側頁）は、本来は後半部分（左側頁）および新出断簡よりも後方に位置しなければならないのであり、後半部分（左側頁）との位置関係が逆になっていると考えられるのである。

これはどういうことであろうか。もうひとつの場合が想定でき、それが真実と思われる。図3のように重ねられた二紙のうち、下側の一紙の表《おもて》面の右側頁（図3の①部分）が、新出断簡の位置していた場所である。そして、上側の一紙の裏面の左側頁（図3の②部分）が、新出断簡から続いてゆく、東博蔵断簡の後半部分であり、上側

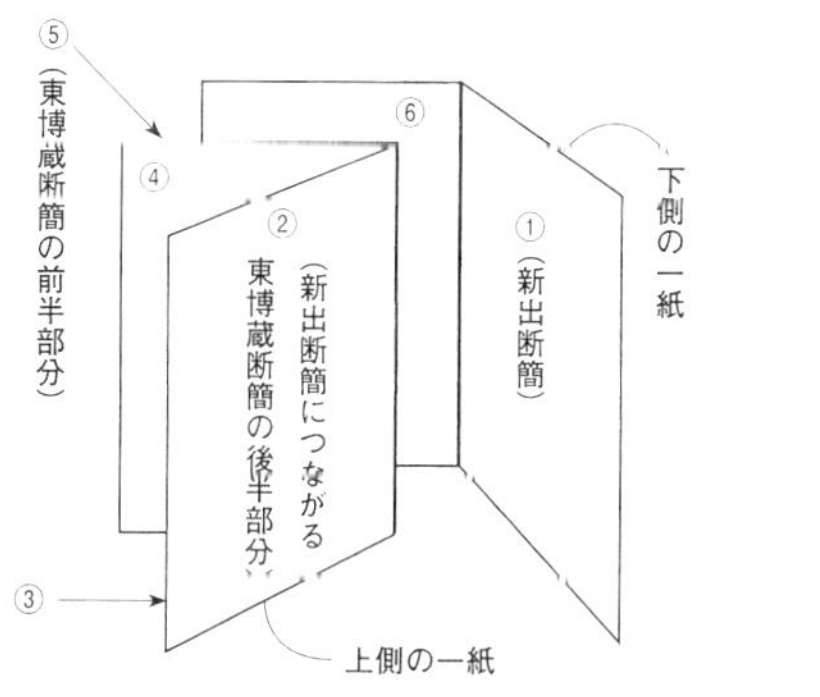

（図3）新出断簡の位置

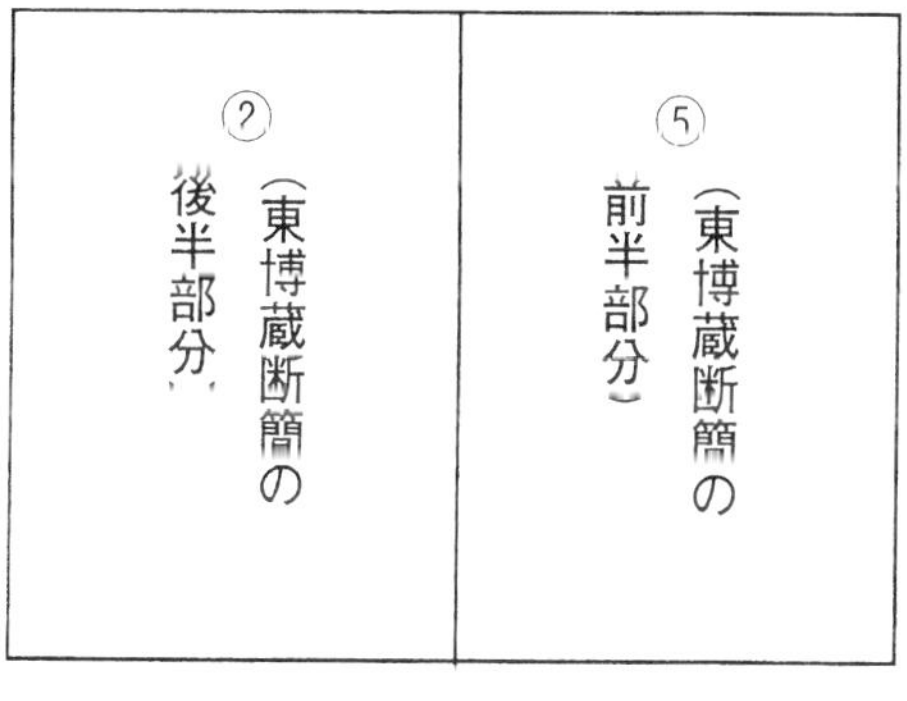

（図4）東京国立博物館蔵断簡の構成

の一紙の裏面の右側頁（図3の⑤部分）が、東博蔵断簡の前半部分になる。この一紙を②と⑤の面が表面になるように開くと、図4のように⑤が前半に位置し、②が後半に位置することになる。⑤から②へとはつながっていないこの一紙を、喰い裂きによって、あたかもひとつらなりの一紙のように仕立てたのが、東博蔵断簡ということになるのである。

ともあれ、新出断簡の末尾の判詞は、東京国立博物館蔵の断簡の後半部分につながり、それで一番が完結するのであった。

四　新出断簡その二

二葉目（某氏蔵）は、縦二三・六センチ、横二八・一センチ。料紙、楮紙。右端と後半部分が余白になっているが、子細に観察すると、右端も後半部分も本紙が欠落しているようである。料紙を表裏に相剝ぎする時に欠損したか、あるいは元々料紙に痛みがあったか、はたまたあえて番数を記した部分を切り捨てたか、そのような事情があったのであろう。

また、判詞からみて右の歌が勝であるが、「勝」の文字が見えない。よく見ると「右」の文字の右下に一字擦り消ちした跡がある。古筆鑑賞の美的要請から削り落とされたのである。さて、九行に渉り次のように記されている。

左
いつのまにあきのあはれをのこすらん
月いりかたのゆふくれのそら

右
ことわりの秋にはあへぬなこりかな
月のかつらもかはるひかりに
いる月よのつねにはあか月にこそよみ
ならしたるをいつのまに秋のあはれと
さまにのみすれは又以右為勝

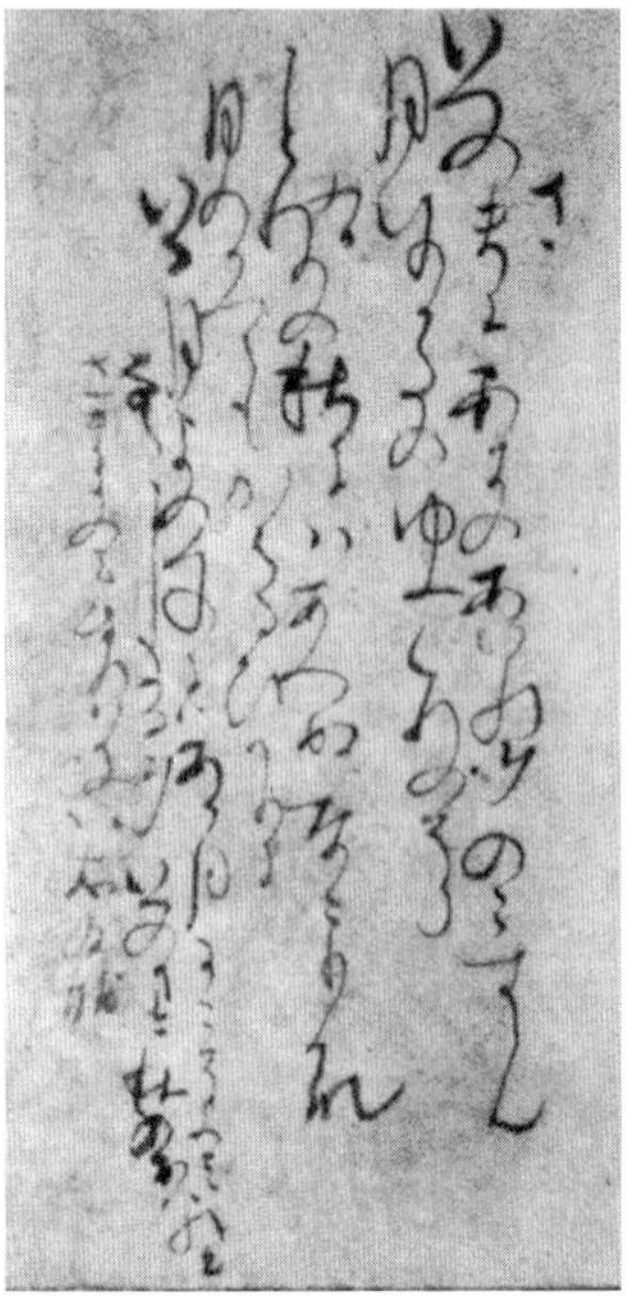

藤原定家筆　源通具俊成卿女
五十番歌合切②

右の歌は、『新古今集』の秋歌上に、「題しらず／皇太后宮大夫俊成女／ことわりの秋にはあへぬ涙かな月の桂もかはるひかりに」と、入集している。三句目が断簡の「なこりかな」とは異なるが、同一歌と見てよい。

＊

以上のように、藤原定家筆『源通具俊成卿女五十番歌合』の新出断簡二葉によって、これまで知られていなかった通具の歌二首、俊成女の歌一首が明らかになり、また、東京国立博物館蔵断簡との関係についての新知見を得る事ができた。

五　本文集成

新出断簡二葉を含めて、現時点での『源通具俊成卿女五十番歌合』の本文を集成しておく。各断簡の歌をひと番いごとに分け、想定される順番に配列しなおした。断簡の別は＊で区切って示した。和歌・判詞の行替わりは／で示した。判詞は一律に歌より二字下げとした。久曽神昇氏『仮名古筆の内容的研究』に収載されている写真判のないものは、原本の行替えが不明のため、該書の翻刻本文に依ったが、濁点・句読点などは省いた。見せ消ちは左傍線で、塗りつぶしは■で示した。

（春）
（一番）
ことはのしなありてうたのたけ／もたちまさりてや侍らむ
二番
左
1 うくひすのまつきてなれしひとえたを／なかめにしをるまとのくれたけ
右 勝
2 きえもあへすのこれるゆきのふるすいてゝ／またはるあさきうくひすのこゑ
＊
3 なかむれはよものやまへにゆきつきてはるのいろをもつらねたるかな
左こゝろはをかしきさまに侍をみらにけりやすこしいうにしもきこえさらん
右もことはつゝき又なたらかに侍をすゑに上(かな)といひはてたるそいさゝかたらぬ心ちし侍し□□や
＊
（八番）
柳のめにそ玉はぬくなといふ事も思いてられてかた〳〵こゝろなきにあらぬは持なとや申へからん
九番
左
4 わかこゝろしらぬやまちのしらくもを／いくへかさねつはなのおもかけ
右
5 はなさそふはるの山風思やる／こゝろもそらにちりやしぬらん
白雲をかさね春風にちらせる／ことは、かはれるにゝて心はおなし／う侍れは両方の山花のいろ又わき／かたくや□へていろもいとよろしく侍けれ
＊
十番
左 勝
6 ふりにけりいさことゝはんいはねまてはるやむかしのみよしのゝはな
右
7 うきよにはあらぬ山ちとなりにけりはなさくころのみよしのゝ

おく
両首のみよしの、ふかさわきかたくは侍れとおくといひは
てたるほとすこしいかにそきこゆるうへにはるやむかしの
といへるわたり猶をかしくきこゆれはまさり侍らん

＊

十一番
左持
8 さよふかきよしの、おくのかねのおともはなの中にそなをつき
にける
右
9 うちみすやうきよをはなのいとひつ、さそふかせあらはとおも
ひけるをは
長楽鐘声を思ていへるはなのうちにそはなのいろはるの
かけもはるかにきえてこ、ろいとをかしくは侍りよしの、
おくのかねのおとはふるきうたなとによみならへるにや侍
らんかやのことといまたはか〳〵しくわきまへしらぬ事にそ
侍身をうきくさの□□といへる心もをはといひはてた
るそ又いとをかしくは侍
又これはあまり事に侍れとかやの見所あらんよしの、おく
にとりてゆふくれあけほのなとはいますこしおもかけをか
しういはまほしくや侍へき月なとをかしからすはさよふか
きそさしもあらても侍りぬへき

＊

心にまかせていか□す時はそれにつけてをかしうこそ／
きこえ侍を□つてこの道の心かえぬ人はまことにをかし
き／事をもいふはかなきうゐ事をも見わかぬま、に／をし
こめて／をゐかひま〳〵／にのみ申／なるへし／このつか
ひ侍なとにや

十二
左
10 たつねゆく花やらるらんよしの山／いろなるみ《かせソ》ねわたりける
右勝
11 ちりちらすわかはそわかんよしの山／はなよりほかの風もふか
ねは
いろなるかせそみねわたりけるは○いとよろ／しく侍をか
みのくやつねにき、ならへる心ち／すらんちりちらすわか
はそわかんとおき／はなよりほかの風もふかねはといへる
はかみ／しもまことにをかしく見え侍れは以右／為勝

＊　たちて

（夏）
左勝
12 あやめふくのきはのかせのうちかほり／す、しきよはのとりの
こゑかな
右
13 さ月やみ名にこそたてれほと、きす／こゑもさやかにすめるよ
のそら
左よせたる所ことなるふしはなけれと／す、ろにをかしく
きこえて／このましきさまに侍れはいかさもにも／かつへ
く候や

＊

十八番

左 持

14 そてのかを人やとかめんたちはなのかけふむみちのむらさめのそら

右

15 たちはなのにほふあたりのうたゝねはゆめもむかしのそてのかそする

左右ことなるとかなく又おなしほとの事に侍へし

＊

廿ヽ

左

16 いろかへぬやとのふるきになきなれてよゝのうつせみなつはわすれす

右 勝

17 なくさめてしはしかたらへほとゝきすあかてねぬよのつもるなかれを

やとのふるきになつはわすれすなとは今年／声以去年声□といふ事もおほえてをかし／く侍をなきなれてといへるすこしみゝに／たち侍によゝのうつせみもあまりさる事のあらん／やうにそ見え侍／なくさめてしはしかたらへなと心はことに／めつらしからねとれいのことはのつゝきいと／よろしく見え侍れは

＊

（秋）

左

18 をみなへし時をもわかすさきしかと／りさをくつゆそ秋いろなる

右 勝

19 おとろかすおきのうはゝのかせのおとに／またきつゆけきをのゝしのはら

時をもわかてさきしかとゝ侍／すこしきゝよからぬにやなつをこめて／ひらくる花けにさる事には侍れといはゝ／秋のゝかせをこそまつらん花のこゝろも／かくとこそ申さすともおとると／まてはいかてかとそ見え侍

＊

おきのうはゝのかせのおとそこそときゝわかれ／ねとそのふしとも侍らぬをのゝしのはらも／すゝろにいうにいひつゝけられてよその／そてもつゆけき心ちし侍れはまさると／申へし

＊

左

20 いつのまにあきのあけれをのこすらん／月いりかたのゆふくれのそら

右

21 ことわりの秋にはあへぬなこりかな／月のかつらもかはるひかりに

いる月よのつねにはあか月にこそよみ／ならしたるをいつのまに秋のあはれと／さまにのみすれは又以右為勝

＊

卌四丶
左 持

22 秋のよはやとかる月もつゆなから／そてにふきこすおきのうはかせ

右

23 秋のそらさてもなくさむひかりかは／月にむかしのかけはみゆとも

やとかる月もつゆなからふきこすらんおきのうは／かせ又おもかけもうかひてえんにをかしう／は侍を月にむかしのかけはみゆともおとると／申へきうたにも侍らねは左右に思みたれて／いつれともさためかね侍ぬ

＊

24 ゆふされはのはらにむしのこゑたて丶／はなのえことにつゆこほれけり

右

25 思しるこ丶ろふりゆく秋ことに／あはれをならす丶むしのこゑす丶むしす丶か山のこ丶ろむかしいまふりゆく／ならすなとなくてはより所なくくちをしう／きこえ侍れと又かくをかれたるもさすかに／つねの事にてよきうたの中にてはそのわさをか／しなと申へくもなくなりにて侍へし／左■《は》ことは■■《めつらしき心にしも侍らねとれいの》のつゆにかさはれて／まことにたまのこゑにやときこえ侍れは／かつと申へし

＊

（冬）

左

26 はれくもるそらをはしらすこのはちる／おとにたもとはうちしくれつ丶

右

27 こからしにこのはふりしくやとなれは／つゆもとまらぬそてのうへかな

そらをはしらすこのはちるか丶らんおり／たに左のかちと申さまほしく侍を／このつゆのたまらぬそてのうへ猶／となつ香春花なとをよめんやうにや／きこえ侍へき

＊

28 かけやとすたもとのやかてこほるよは月にかたしくとこのさむしろ

五十番
左 持

29 かすみたち秋風ふきしゆめのうちに／こそのこよひになりにけるかな

右

30 へたてゆくよ丶のおもかけかきくらし／ゆきとふりぬるとしのくれかな

春霞秋風ゆめのうちにすきてこそのこよひほとなくめくりきに／ける

＊

（跋文）

やまとうたのかちまけをさためかぬることは／つりするあまのうけひく人のかたきのみに／あらすあさきやまのゐのみつからにもたとられ侍を／ましてやそうちじんのこゝろ〳〵ぬまのあやめのひき／〳〵にのみところにつけしたかひてかはり侍めれはいつれをまことたれをことわりともとふにかひなき／みとりのそらのこたふることも侍らさりしをろかなるこゝろいるへき道とても月まち／はてゝはれぬ心そ

人よりさきにくものうへたちかへり侍にしよりなくしかのおきふしこのよにむまれあへるよろこひの身にあまりぬるとは／心しらぬやまかつのいやしきことはたにすてかたく思な／られ侍をこれはそのゆめとわきまへしるかたも侍ら／ねとのへにおふるかつらはやしにしけきこのはのさま〳〵／見えきこゆる中にいかなる方にか侍らん

注

（1）森本元子『俊成卿女全歌集』（武蔵野書院、一九六六年）。

（2）久曽神昇『仮名古筆の内容的研究』（ひたく書房、一九八〇年）の第四章「歌合」第四節「藤原定家歌合切」。

（3）注（2）に同じ。

（4）佐藤恒雄「通具俊成卿女五十番歌合の成立について」（『中世文学研究』第十四号、一九八八年）。

（5）藤本孝一『日本の美術454『明月記』巻子本の姿』（至文堂、二〇〇四年）。

（6）有吉保『和歌文学辞典』（桜楓社、一九八二年）。

（7）小松茂美（講談社、一九九二年）。

（8）『文芸と批評』（二〇〇八年一一月）。

21　伝藤原家隆筆　不明歌合切

巻止めに「家隆筆」とある不明の断簡がある。「左」とあるので歌合の断簡とおぼしい。詠み人は「大江長村」とあるが、何人かを知らず。書風から鎌倉末期はあろうと推される。料紙は白斐紙、縦二七・九センチ、横六・五センチ。

左　　大江長村
難波江やゆふなみたかくかけこして
あしのはなひきしほ風そふく

と三行を記す。類似表現をもつ歌に、『続千載和歌集』巻第六冬歌の一首がある。

題しらず　　権大納言実衡
難波方夕なみたかく風たちて
うらわの千どり跡もさだめず

西園寺実衡は正応四年（一二九一）から嘉暦元年（一三二六）の生存、鎌倉末期の歌人。当該断簡の歌の時代性を示すか。

ちなみに、鎌倉末期の大江氏の歌人には、家集『茂重集』を遺す勅撰歌人大江茂重がいる。茂重同様、大江広元の流れをくむ関東評定衆長井（大江）氏にも、京極派の武家歌人とみなされる、大江（長井）宗秀、貞広、貞重などがいる。他にも、茂重の兄頼重、高広、貞懐、広秀など、『玉葉集』『風雅集』の歌人が少なからずいる。大江長村もこれら周辺の歌人なのであろうか。詳らかにすることができない。

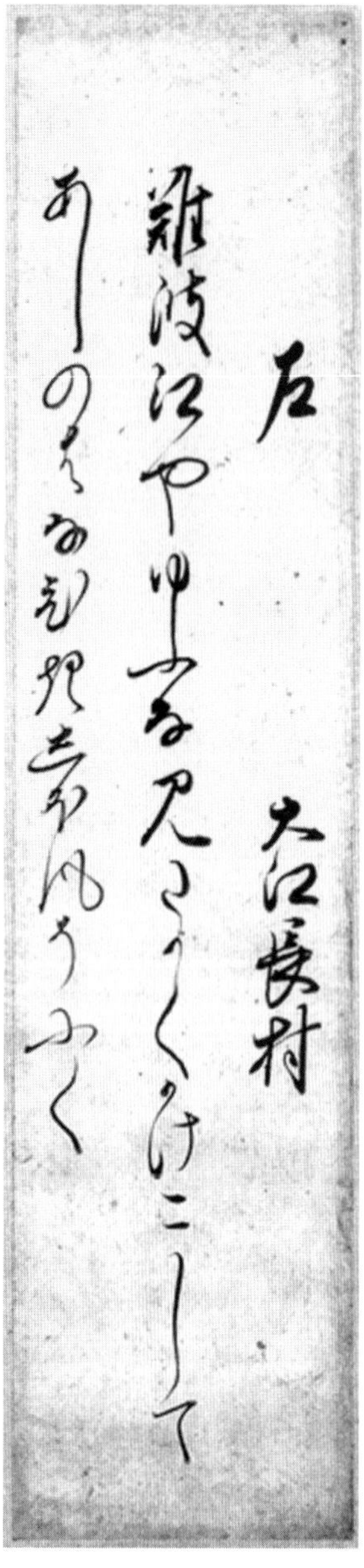

伝藤原家隆筆　不明歌合切

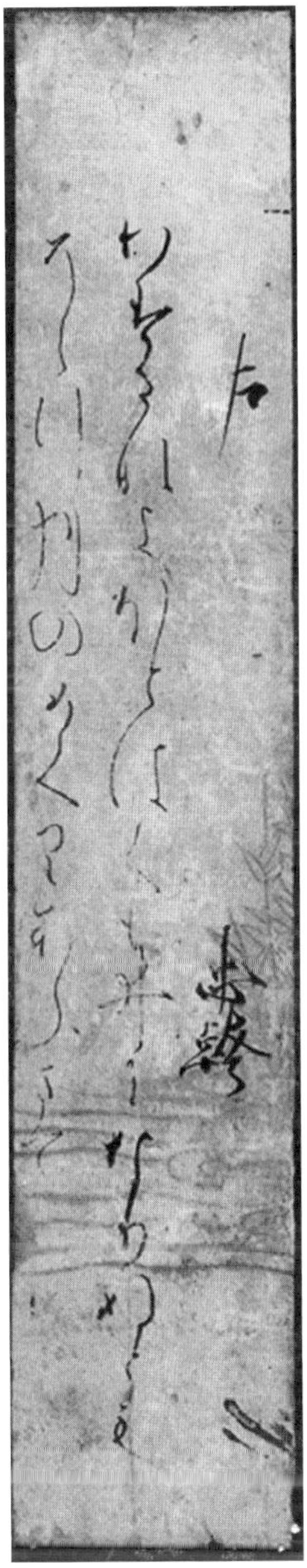

伝二条為氏筆 因幡類切

22 伝二条為氏筆 因幡類切（古今源氏歌合）

普通、因幡切といえば、やはり為氏（一二二二～一二八六）筆と伝える鑞箋料紙の『古今集』の断簡をさす。しかし、『古筆大辞典』[1]には、もうひとつの因幡切があげられていて、

『古今源氏歌合』の断簡、『古今集』の歌を左とし、『源氏物語』の歌を右として合せている。もとは巻子本、料紙は鑞箋、藤原時代の鑞箋とは文様が違う。また藤原時代の鑞箋のように華麗でない。縦二五センチ、歌一首二行書き、行間は狭い。天地には広い余白がある。字形はよく整っている。縦長の文字が多い。「左」の第二画、「五」の第五画、「尼」の第三画、「人」の第二画、「文」の第四画、「舟」の第六画、「事」の第八画は特別長く書いている。「ま」「き」は縦長に書いている。垂直線の多いのが目立つ。筆者は藤原為氏（一二二二～一二八六）といわれている。料紙・字形・線などが伝藤原為氏筆『古今集』の『因幡切』の断簡に似ているから、為氏の書跡といわれるようになったらしい。書写年代は鎌倉時代の中ごろである。

とある。安政五年版『新撰古筆名葉集』の「為氏」の項の第三番目に、「小四半　哥合哥二行書キラ、カラ帋地為家ニ似タリ」とあり、これが右の因幡切に該当するかと思われる。この因幡切は『古筆学大成』（小松茂美　講談社）、『古筆切資料集成』（伊井春樹　思文閣出版）、『古筆切提要』（伊井春樹　高田信敬　淡交社）等を検索するもみえず、写真版でその姿を確かめることはできない。それはとにかく、同じ伝為氏筆の因幡切が二種あったのでは混乱するため、こちらを因幡類切とする。

おそらくこの因幡類切のツレであろうと思われる断簡が見いだされた。縦二五・六センチ、横四・八センチ、横皺がみられ、もとは巻子本か。版木の上に料紙をおき上から紙面を強く摩擦して文様をすり出す、いわゆる焼唐紙（鑞箋の一種）の料紙であろう。水流と水辺の草が摺り出されている。さきにあげた『新撰古筆名葉集』の記述の、「小四半」と「キラ、カラ帋」にはたして当てはまるかどうか、疑問がなくはない。ただ、新出断簡の裏書に、筆者を「為氏」と書きそれを上から墨滅《すみけち》し「為家」と書き直しているように、『新撰古筆名葉集』が「為家ニ似タリ」とするのに合致する。

左　　忠幹

わするなよほとはくもゐになりぬとも
そら行月のめくりあふまて

と歌一首を二行に書いている。この歌は『拾遺抄』『拾遺集』『伊勢物語』などにみえる歌である。さきにあげた『古筆大辞典』が『古今源氏歌合』の断簡、『古今集』の歌を左とし」としていたが、新出断簡は『拾遺集』の歌であるから、『源氏物語』の歌につがえられていたのは、『古今』『後撰』『拾遺』の三代集の歌であったと推察される。『後撰』の歌をしるした断簡が見出されることを期待したい。

ともあれ、机上歌合のひとつとして、三代集と『源氏物語』をつがえたものが存したことを、この断簡は示している。

注

（1）　春名好重『古筆大辞典』（一九七九年、淡交社）。

23　伝二条為氏筆　月卿雲客歌合切

順徳天皇の内裏において催された歌合に『月卿雲客妬歌合』が伝存している。「妬歌合」とは報復戦としての歌合ということであるから、「妬歌合」の起因となったもう一つの歌合が存在するはずである。『順徳院御集』や『明日香井集』に見える建保二年（一二一四）九月二五日（あるいは二九日とも）に行われた『月卿雲客歌合』がそれである。しかし、この歌合は散佚して今に伝わらない。『月卿雲客妬歌合』と同じく、判者は藤原家隆かと推測されている。

この散佚歌合の断簡と思われる古筆切が現れた。縦二〇・九センチ、横一二・九センチ、料紙は楮紙。巻止めに「二条為氏筆」とある。筆跡から見て鎌倉末期ころの書写と思われる。一面九行書きで、次のように記されている。

たかためのにしきもみえぬきりのまに
たつやたのものはつかりのこゑ
さをやまのにしきもみえぬゆふきりに
ともよふかりのこゑうらむなり

廿一番　寄雲恋

左　持　　雅経朝臣

みにあきもすくる月ひのはてもなし
あふをかきりのうらのうきくも

右　　女房

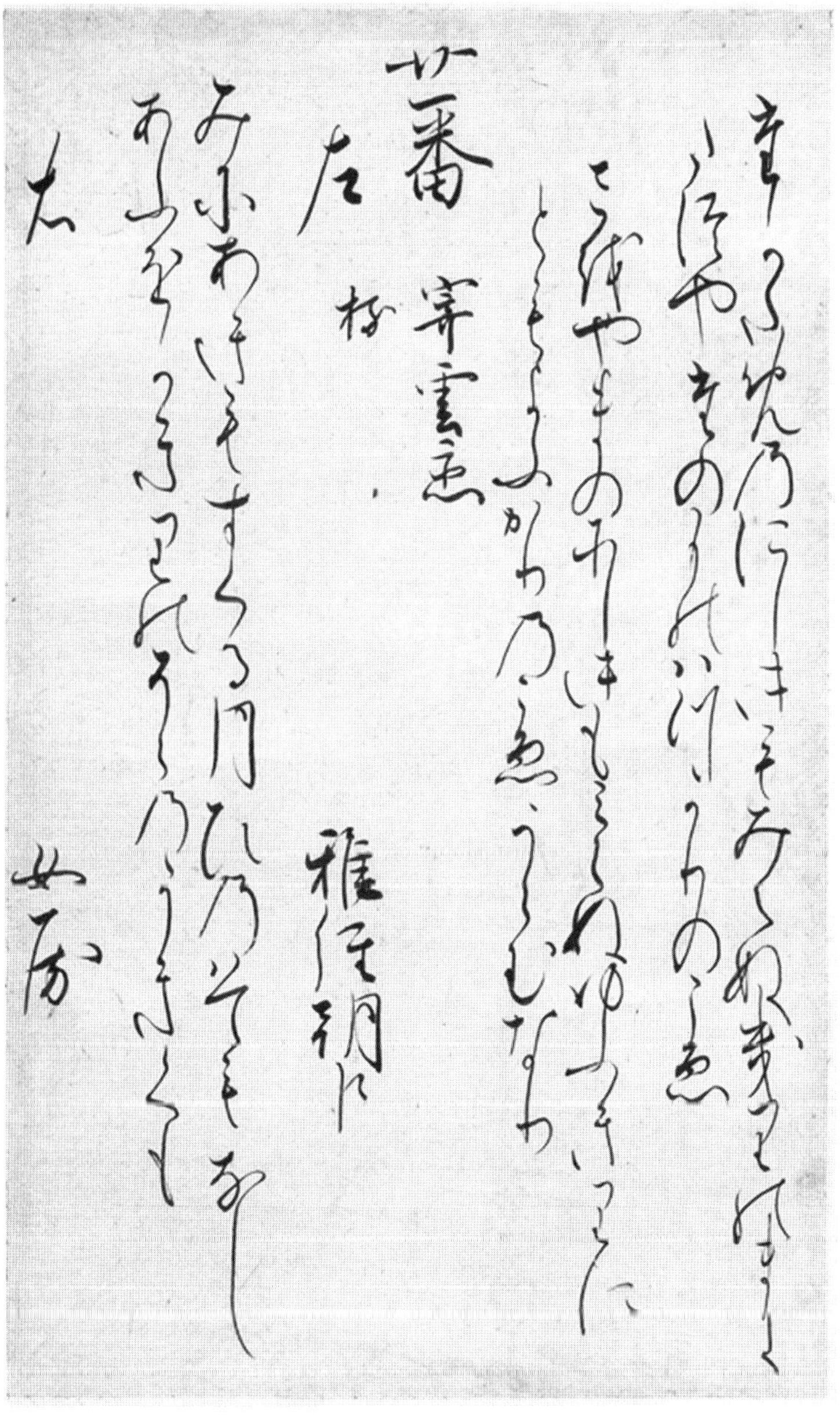

伝二条為氏筆 月卿雲客歌合切

「みにあきも」の歌は、『紫禁和歌集（順徳院御集）』に見える歌で、

同廿五日、月卿雲客歌合、寄雲恋

身を秋の過ぐる月日のはてもなし逢ふを限の空の浮雲

という歌。[1] 傍点のごとき小異はあるが、この歌と同じ歌と思われる。また、「さをやまの」の歌は判歌であり、『月卿雲客妬歌合』の判が家隆の判歌によっていることと同じである。よって、この断簡は散佚した『月卿雲客歌合』の断簡と考えられるのである。

　しかし、疑問の点もある。「みにあきも」の歌は『順徳院御集』にあるのだから、断簡のように詠者を「雅経」とするのはおかしい。「女房」とあるべきである。[2] ちなみに、雅経の家集『明日香井集』に、

月卿雲客歌合同九月廿九日　寄雲恋

おもふよりわがなやまだきたつくものうはのそらなるながめばかりに

とある。[3] 雅経は『月卿雲客歌合』の「寄雲恋」の題で、この「おもふより」の歌を詠んでいるのだから、やはり断簡の「雅経」は誤りであり、順徳院を指す「女房」とあるべきであろう。雅経の「おもふより」の歌は、断簡の「右」の歌として書かれていたと思われる。

　たとえば『建保二年八月内裏歌合』などは、いわゆる「乱歌合」（同一作者が左方になったり右方になったりする）で、一首のみ順徳院が右で雅経が左という組み合わせがある。こういう例はあるものの、『月卿雲客歌合』の場合は、その報復戦である「妬歌合」と同様に、「女房」が左、「雅経」が右であった可能性が高い。であるから、この断簡は廿一番の左と右の詠者を取り違えているのである。

　そうではあるが、この断簡によって散佚した『月卿雲客歌合』の未詳歌一首（『紫禁和歌集』および『明日香井集』からこの歌合の題は「野径月」「霧中雁」「寄雲恋」と知られ、このことから断簡一首目の歌は「霧中雁」の歌ということになる。また、「妬歌合」と同じ作者・組み合わせ・順番であったとすれば、この歌は藤原光家の歌ということになる）と家隆の判歌一首が、あらたに判明したことになる。いまのところツレの存在を知らない孤葉である。一葉でも多くのツレの出現を期待したい。

注

（1）引用本文は『新編国歌大観』による。

（2）田淵句美子「御製と〈女房〉―歌合で貴人が「女房」と称すること―」（『日本文学』、二〇〇二年六月）。

（3）注（1）に同じ。

第五節　未詳歌集

24

伝称筆者不明　草がち未詳歌切（年代測定　九一〇〜一〇二四年）

源氏物語の時代のかな
――新発見の「草がち未詳歌切」――

一　平安かな古筆の不思議な残存状況

平安時代に書写されたかな古筆は、その優美流麗な姿から、王朝のみやびを一身に体現するもの、王朝文化の粋と謳われる。

にもかかわらず、王朝文化の最盛期――とりもなおさず『源氏物語』の書かれた頃――に、あるいはそれをさかのぼる時代に書写されたとされているものは、きわめて少ない。現存する平安かな古筆の実際の書写年代は、そのほとんどが、院政期とその前後と推定されている[1]。すなわち、天喜元年（一〇五三）前後の書写とされる高野切古今集から、堀河朝（応徳三年〈一〇八七〉より大治元年〈一一二六〉）頃までに編纂された二十巻本類聚歌合《るいじゅうたあわせ》（柏木切・二条切）までの間に、ほとんどが集中しているのである。華麗なる装飾料紙で名高い、かの西本願寺本三十六人集（石山切）も、天永三年（一一一二）頃の書写であり、やはりこの期間の末頃にあたっている。

しかし、『源氏物語』（一〇〇八年頃成立）やそれよりも早い『宇津保物語』（九七〇〜九九〇年頃成立）には、すでに和歌がさまざまな書体や書式で美しく書かれていたことが記されている。たとえば『源氏物語』の梅枝の巻には、「草」（草がな）、「乱れたる草」（綾地賀歌切のような狂草体の草仮名）、「ただの」（常用体の平がな）、「女手」（美的芸術的な平がな）、「葦手」（水流・葦・水鳥・石など水辺の絵のなかに文字を隠し書いたもの）、「歌絵」（絵の画題を歌に詠んだもの）などがみえる。それゆえ、『源氏物語』や『宇津保物語』の頃のかなは、かなの爛熟期とされる院政期のかなと、さほど大きな違いはなかったようにも思われる。残るべきかなの名筆がなかったとは到底考えられない。その頃の歌切が伝存していても、まったく不思議ではないのである。

それなのに、現存するかな古筆はそれより後の、院政期とその前後のものばかり。これはたんなる偶然にすぎないのか。あるいは、高野切以降の書写といわれているもののなかに、もっと古い時代のものが紛れこんでいるのだろうか。平安かな古筆の伝存状況の不思議な謎である。

二　高野切より古いかな

さて、高野切より古いとされているかな古筆、すなわち王朝盛期以前、『源氏物語』以前の書写と推定されているかな古筆は、きわめて少ない。自家集切《じかしゅうぎれ》・秋萩帖《あきはぎじょう》・綾地歌切《あやじうたぎれ》・神歌抄《じんかしょう》・神楽和琴秘《かぐらわごんひ》譜《ふ》・継色紙《つぎしきし》・綾地賀歌切《あやじがのうたぎれ》・催馬楽切《さいばらぎれ》・屏風詩歌切《びょうぶしいかぎれ》など、数えるほどである。そして、これらはいかにも古そうな相貌をしているが、実は書写年代を確定する客観的根拠のないものが多い。

書写年代推定の根拠とされてきたものは、書風・字形・筆勢・墨色・料紙などであるが、一般的には書風や字形を中心におこなわれてきた。書風や字形を根拠にする方法は、いわば様式変化による推定であるが、実はこの書風や字形の様式変化が客観的に実証されているわけではない。縄文土器や弥生土器の型式編年や様式変化による考古年代の推定に似ている。型式編年にズレがあれば、時代判定がすべてズレてしまうことになる。古筆学や書道史における書写年代の推定も、実は客観的根拠はあまりない。奥書などの客観的証拠によって書写年代や書写者の判明しているものは、ごくわずかにすぎないのである。

右にあげた高野切より古いとされているかな古筆の概略を記しておく。

・自家集切……『紀貫之集』の断簡。女手に草のかなを交ぜている。ア行の「衣」（e）とヤ行の「江」（ye）を書き分けていて、天暦年間（九四七〜九五七）以前のかな遣いになっている。しかし、これは書写の元にした親本のかな遣いをそのまま写した可能性もあり、ただちに自家集切の古さを証する根拠にはならない。貫之自筆『土佐日記』の楮の不打ちの料紙（貫之筆原本を臨書した定家の奥書による）と自家集切の料紙が同様であるゆえ、あるいは、かなの形姿がすこぶる古体ゆえ、貫之自筆とする説もある。一方、漢字のそれは高野切以後と見る説もあり、書写年代の確証はない。

・秋萩帖……万葉仮名の草体で書かれた、草のかなの代表作。ア行の「衣」（e）とヤ行の「江」「要」（ye）を書き分けていて、天暦年間（九四七〜九五七）以前のかな遣いになっている。しかし、親本のかな遣いをそのまま写した可能性もある。一紙目は伝えどおり道風の筆跡で原本の断簡、二紙目以降は原本の臨書で行成筆とする説がある。しかし、二紙目以降は所持者であった伏見天皇の臨書という可能性も残る。やはり、書写年代の確証はない。歌一首四行書き。一紙目は薄藍の麻紙。

・綾地歌切……伝藤原佐理筆。秋萩帖の原本と見なし、道風筆とする説がある。しからば九百年代半ばの筆跡ということになる。歌一首四行書き。しかし、古体の草のかなをふくんでいるということ以外に、書写年代の客観的根拠はない。

・神歌抄……七曲は万葉がな、一五曲は女手に草のかなを交えている。女手は字形が簡略である。伝藤原信義筆であり、それにふさわしい九〇〇年代後半とする説がある。しかし、古体の字形のほか、客観的根拠はない。

・神楽和琴秘譜……伝藤原道長筆であり、その頃の、すなわち『源氏物語』が書かれた頃の筆跡とする説がある。が、やはり書写年代を特定する客観的根拠はない。

・継色紙……女手に草のかなを交ぜている。伝えどおり小野道風筆であり、それにふさわしい九百年代半ばとする説がある。ア行の「衣」(e)とヤ行の「盈」(ye)を書き分けていて、天暦年間(九四七~九五七)以前のかな遣いになっている。しかし、これは書写の元にした親本のかな遣いをそのまま写した可能性もある。これに対して、字母の特異さ(新しさ)や散らし書きの有り様から、院政期までさげる説もある。

・綾地賀歌切……草のかな、というより漢字の草書体のように見える字形で書かれている。伝えのとおり藤原佐理筆、すなわち九百年代末とする説がある。しかし、書かれている歌が『拾遺集』に入っている歌ばかりなので、『拾遺和歌集』(一〇〇六年前後)以降とも考えられる。歌一首四行書き。

・催馬楽切……伝藤原道長筆であり、道長の頃とする説がある。しかし、なんら確たる証拠はない。

・屏風詩歌切……寛仁二年(一〇一八)一月二三日の摂政藤原頼通の大饗ために、新作の詩歌を書いた屏風の色紙形が作られた。その折りの詩歌が書かれた手控え(自分用のメモ)の断簡とされる。藤原実資の日記『小右記』や源経頼の日記『左経記』によれば、藤原行成が清書したと知れる。それゆえ、その手控えとおぼしき屏風詩歌切を、行成筆とするが説ある。しかし、手控えの原本と断定する根拠はない。写しの可能性も残る。薄藍の料紙。他人の目を意識して書かれたもの、美的洗練をめざして書かれたものではないため、たくまぬ筆致に、かえって犯しがたい気品と勁《つよ》さと雅趣を宿している。当時の常用体のかなの姿である。

このように、高野切より古いとされるかな古筆の多くに、書写年代の確たる証拠がない。それゆえ、これらを資料として、王朝盛期、『源氏物語』の時代とそれ以前のかなの実態を云々することはできない。このころの実際の字姿、書き様は、本当はよく分っていないのだ。

高野切より古いとされているもので、書写年代の明白なものは、古文書・消息のなかにある。藤原道長自筆『御堂関白記』の和歌を書いた部分が、長保六年(一〇〇四)と寛弘八年(一〇一一)の書写。書写年代の明確なかな筆跡としては最古級である。因明義断略記《いんみょうぎだんりゃくき》紙背和歌は、寛弘七年(一〇一〇)の奥書のある因明義断略記の巻末に書かれている和歌。「なつにこそさきかゝりけれふちのはなまつにとのみもおもひけるかな」という『拾遺和歌集』(一〇〇六年前後成立)に載っている和歌が、あたかも継色紙のような散らし書きにされている。因明義断略記は仏書であるし、「伝領東大寺蓮乗院経庫蔵」とも記されているので、僧侶の筆跡かと推察されるが、筆線は繊細にして鋭く優美である。『御堂関白記』の和歌は日常体のかな、因明義断略記紙背和歌は美的に書かれたかなである。

仮名消息の遺品では、一〇世紀初めの因幡国司解案紙背仮名消《いなばのこくしげあんしはいかなしょう》息《そく》、一〇世紀半ばの虚空蔵菩薩念誦次第《こくうぞうぼさつねんじゅしだい》紙背仮名消息、一〇世紀末の北山抄紙背仮名消息などがある。

紙に書かれたもの以外では、二〇一二年新発見の九世紀半ばから後半にかけての墨書土器《すみがきどき》、一〇世紀前半の墨書土器、一〇世紀半ばの醍醐寺五重塔初層天井板落書《だいごじごじゅうのとうしょそうてんじょういたらくしょ》などがある。

結局、書写年代が明らかで和歌を書いた文学的かな遺品ということになると、『御堂関白記』の和歌、因明義断略記紙背和歌あたりがもっとも古い部類になるのである。

　ちなみに、鎌倉初期の書写ではあるが、藤原定家による紀貫之自筆『土佐日記』の末尾二面の臨写も、紀貫之の筆跡をうかがう上で、九三五年頃の古体のかなの姿をうかがう上で、貴重な資料である。

三　新発見の「草がち歌切」

　こういう状況のなか、年代測定という科学的根拠によって、王朝盛期、『源氏物語』の書かれた頃の書写と確認された新出資料がある。これはツレの存在の知られぬ珍しい断簡で、縦は右辺が二七・七センチ、左辺が二七・六センチ、横は上辺が五・〇センチ、下辺が五・一センチ、料紙は斐紙。秋萩帖第一紙などと同類の薄藍の漉き染め料紙である。「ふゆこもりさえしこほりをあかね／さすあをみなつきのものとみるかな」という古めかしい詠風の未詳歌が書かれている。

　さて、本断簡はいつ頃の書写にかかるものなのか。年代測定の結果は、1043〔BP〕で、この1σの誤差範囲1043±24〔BP〕を歴年代に較正した値が、986（996、1005、1012）1019である。2σの誤差範囲1043±47〔BP〕を歴年代に較正した値が、910（）910、972（996、1005、1012）1024である（2σの「910（）910」と同じ数字が並んでいるのは、小数点以下を省略したためであり、誤りではない）。誤差範囲は910から1024年であるが、もっとも確率の高いのが996、1005、1012年の頃。高野切より五〇年ほどさかのぼる、ちょうど『枕草子』や『源氏物語』が書かれた時代のもので、当時のかなの書きざまのひとつの具体的な姿を教えてくれる。『御堂関白記』の中の和歌や因明義断略記紙背和歌と同じ頃の、稀少なかな古筆である。

　ちなみに、測定の前処理のはじめに、水に浸し本紙と裏打ち紙とを分離させるのだが、本断簡の裏打ち紙は九枚もあった。これほど裏打ち紙が多かったことは他になく、このことも本断簡の古さを物語る証なのかも知れない。

　この断簡は、歌の詠風・かな遣い・かなの書体などの点で、すこぶる注目される。ここに書かれている歌は、今に伝存する膨大な和歌資料の中に見いだせない歌であり、しかも詠風が古めかしい。「ふゆこもり」とか「あかねさすあをみなつき」という古めかしい枕詞の修辞が使われているし、また、〈冬になって冷え冷えと凍てついていたあの氷を、六月の今は真夏に涼をもたらす好ましいものとして見ていることだ〉と、夏の氷を冬の氷と引き比べて、同じ氷が季節によってその相貌を一変させてしまう面白さに気づいた素朴な感興が詠まれている。いたって古めかしいのである。ちなみに、「あかねさすあをみなつき」という表現を用いた歌は、『新編国歌大観』に恵慶の一首「あかねさすあをみな月の日をいたみあふきの手風ぬるくもあるかな」があるだけである。恵慶は中古三十六歌仙の一人で、天暦三年[2]（九四九）以前の出生、正暦三年（九九二）頃までの活躍がたどれる。時文・能宣・元輔・兼盛・重之・公任・中務ら多くの歌人たち、また、源高明・花山院ら権力者とも交流があった。かりにこの恵慶と同時代の歌とするなら、九〇〇年代後半の歌の可能性がある。

　さらに、「さえし」の「え」にヤ行の「江」が使われていて、正

24　伝称筆者不明　草がち未詳歌切

しいかな遣いになっていることも注意される。「いろは歌」ではすでに、ヤ行の「江」が失われ四七文字になっている。この歌切は、「いろは歌」より前の、ヤ行の「江」(ye)とア行の「衣」(e)が区別されていた天暦年間(九四七〜九五七)以前のかな遣いを残している。歌の成立の古さ、書写年代の古さをうかがわせるものである。

そして、もっとも注目されるのは、その字体・書体の古風さである。「由」(ゆ)・「无」(も)・「散」(さ)・「之」(し)・「保」(ほ)・「遠」(を)・「佐」(さ)・「数」(す)・「美」(み)・「奈」(な)・「川」(つ)・「支」(き)・「那」(な)などが、字母である漢字の面影を残した、いわゆる草がなふうの字体で書かれているのである。それも、元永本古今集巻二十の草がなばかりで書かれた部分などと比較してみると、草がなの字体に通じるところはあるが、新出断簡の方が線質が素直で勁く、より古体の風趣を漂わせている。

ふゆこもりさえしこほりをあか[ね]
さすあをみなつきのものとみるかな

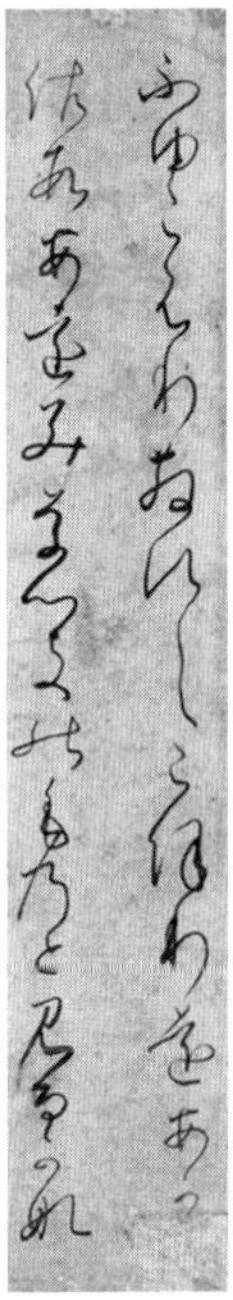

草がち
未詳歌切

四　草がなの謎

そもそも草がなとは何なのか。草がなとは万葉がな(漢字の楷行書体)を草書体に書きくずした書体をいう。そして、書道史の通説では、〈万葉がな(男手・真がな)から平がな(女手)へ移行してゆく過渡期の書体〉といわれている。しかし、この説明は古足らずで、誤解を招く。はっきりいえば誤りであり、正されねばならない。

草がなが〈万葉がなから平がなへの移行してゆく過渡期の段階を示す書体〉という説明は、平がな(女手)成立の過程に、草がな遺品の代表とされる秋萩帖のように、草がなばかりで書かれた時代があったかのような誤解を生む。しかし、かな変遷史の過程において、そのような段階は存在しなかった、と私は思う。現存する草がなばかりで書かれている資料は、かなの変遷過程のある段階を示すものではなく、和歌を美的に書くひとつのできあがった書体・書き方の様式を示すものにすぎないのだ。

かなの変遷史の実態は、すべて万葉がな書き→すべて草がな書き→すべて平がな書きというように変化したわけではないのである。このことは草がなの最も古い資料とされる有年申文《ありとしもうしぶみ》を見ればすぐに分ることである。有年申文には、万葉がなの書体の文字、万葉がなを草体化した草がな書体の文字、万葉がなの漢字字母が分らないくらいに極草化された平がな書体の文字、これらがまぜこぜに書かれている。最も古い草がな資料の段階からすでに、二つの書体が混用されているのである。つまり、画数が少なく簡略化しやすい文字はすぐに平がな化し、画数が多く一気に極草化できない文字は草がな体で書かれ、これらが入り交ざって用いられていたのが、草がなが用いられるようになった段階のかなの運用の実態、かなの字姿の実態なのである。草がなばかりで書かれた常用体の資料など、もともと存在しなかったのである。

草がな資料の代表、草がなばかりで書かれた秋萩帖や綾地賀歌切などは、和歌を美的に書くために意識的に選ばれた書き方、ひとつのできあがった様式、非日常的書体なのである。すなわち、有年申文のような草がなと平がなを交え用いる初期のかな書きの様態は、日常的に常用される字体としては、さらなる簡便さ分りやすさを求めて、より簡略なかな字体ばかりで書かれるようになる。たとえば、時代は下るが、藤原道長自筆『御堂関白記』のなかの日常体で書かれた和歌、手控えとおぼしい屏風詩歌切、草稿本である十巻本歌合などの字姿がこのたぐいであり、現存する遺品はむしろ少ない。これらは他人の目を意識して、美的洗練をめざして書かれたものではなく、常用体のかなの姿なのである。

この日常的な常用体の平がなは、読み手を意識したり美的芸術性を求められたりする場合、たとえば恋文や書の手本を書く場合であるが、ひと文字ひと文字の字形、文字の連ね方、行の構成など、さまざまな工夫が凝らされ洗練されていった。美を求め、視覚的に非日常的感覚を与えようとして、平がなのなかに草がなを交えて書く書き方を意識的に選ぶようになるのである。今日に伝存する平安かな古筆の多くは調度本や手本の断簡であるため、ほとんどがこのような文字遣いになっている。

そしてさらに、交えられた草がなの書体をより草がならしく強調して書いたり、草がなの比率を多くしたりすることもあった。『源氏物語』が「草がち」と呼んでいるのは、このような書き方を指しているいると思われる。継色紙などはこのような書き方の一例とすべきである。高野切の第一種のなかにも、このような書きぶりを彷彿とさせる部分があるが、伝存例は少ない。

またさらに、視覚的に極端な変化をねらったり、おごそかさや古めかしさをねらったりして、あえて草がなばかりを用いる書き方も生まれた。これは、秋萩帖・綾地賀歌切・十五番歌合、そして一一世紀半ばから一二世紀初め頃の、高野切・蓬萊切・関戸本古今集切・西本願寺本三十六人集貫之集・元永本古今集の一部などに見られる。しかし、これらは万葉がなから平がなへ移行するかなの変遷史の過渡的段階を示す資料なのでは決してない。女手（平がな）が成立した後に、あえて選びとられた意図的な和歌の書き方、和歌を書くひとつの様式なのである。[3] 今もって書道史の記述のあちこちで、草がなばかりで書かれた遺品を〈男手から女手へ移行する過渡期のかな書体〉とか〈かな発達史上平がなに移行する直前の形を示すもの〉などとする説明がくり返されている。補訂されるべきである。

ことのついでに、草がなに関してつねづね考えていることを列挙しておきたい。

・藤原定家臨写紀貫之自筆『土佐日記』も草がな遺品とされることがあるが、古体で素朴な平がなとすべきである。「久（く）」「散（さ）」「数（す）」「乎（を）」などいくつかの字体は草がなふうであるが、ほとんどの文字は略体化が進み平がなに成りきっている。連綿も見られる。草がなというよりは古朴なかなという方が相応しい。「散」「数」などは画数が多くて極草化できなかっただけであろう。かなへの発達過程を示す草がな資料と見なすことは誤りである。

・伝紀貫之筆自家集切は、藤原定家臨写紀貫之自筆『土佐日記』の

字姿と比較して、字形がことさら草がなふうに書かれている。それゆえ、手控え（自分用のメモ）や草稿のたぐい、すなわち日常体の草がな字体なのではなく、意識して古めかしく重々しく書かれたものである可能性が高い。

・材木注文書は寝殿造営の材木注文に関わる文書である。一紙に長元二年（一〇二九）の記載がある。文書の行間に、文書と同時期の、かな・草がなによる和歌の手習い書きがある。この草がなは秋萩帖（第二紙以降）・高野切第三種・蓬莱切の草がなによく似ている。長元二年（一〇二九）頃、草ながな和歌を書く一様式であったことの証拠である。

・九百年代の書写説もある伝紀貫之筆自家集切・秋萩帖・綾地歌切・継色紙などは、万葉がなから女手（平がな）へ移行する過渡期のかな遺品なのではなく、和歌を書くために意識的に選ばれた書体であり、書写年代はそれほどは上らない可能性がある。また、神歌抄・神楽和琴秘譜は書かれているのが神楽歌という特殊なものなので、原本成立当時の古い書体が踏襲されている可能性が高く、書写された時代（一〇世紀後半・一一世紀初）のかなの姿を知る材料にはしない方が良い。

・草がな遺品とされている伝紀貫之筆自家集切・綾地歌切などには、平がな字体も交え用いられている。すべてが草がなで書かれていなくとも、草がなの比率の高いものも、書道史の通例では草がな遺品とされているのである。『源氏物語』のいう「草」と「草がち」を併せて「草がな」といっているのである。伝紀貫之筆自家集切・綾地歌切などは、厳密には「草がち」といった方がその実体に適っている。

むすび

さてかくして、新発見の断簡の書体・書風は、次のように位置づけられよう。

この断簡は、道長自筆『御堂関白記』の和歌や屏風詩歌切などの、西暦一〇〇〇年前後の日常体の字姿とは違う。

また、秋萩帖・綾地賀歌切・十五番歌合、あるいは高野切・蓬莱切・関戸本古今集切・西本願寺本三十六人集貫之集・元永本古今集の一部などに見られるような、極端な視覚的変化やおごそかさや古めかしさをねらった、あえて草がなばかりを用いた書き方、すなわち、和歌を書く一様式と化した草がなでもない。

読み手を意識し美的芸術性を求め、平がなのなかにいささかの草がなをあえて交えて書く書き方、これがいわゆる女手であり、伝存するほとんどのかな古筆がこれである。本断簡も「女手のなかに草がなふうの書体が交ざっている」とみることもできそうだが、書体は草がな的特徴が強く、女手より草がなふうの文字の割合が多いので、これとはやはり趣が異なる。

女手のなかに交えられた草がなをより草がならしい書体で強調したり、草がなの割合を多くして書く書風が、『源氏物語』のいう「草がち」である。本断簡はこの書体・書風とすべきであろう。「草がち歌切」と呼んだ所以である。

ちなみに、「草がち」に書かれていることと歌体の古めかしさを併せ考えると、西暦一〇〇〇年前後に、それより少し前の時代の、おそらくは九〇〇年代半ば頃の、古い原本の字体・書風をそのまま書き写したものという可能性も考えられる。もしそうであれば、書写されたのは千年前後でも、その字姿は九〇〇年代半ば頃の古体のかなを彷彿とさせるものになる。

とにもかくにも、本断簡は、九〇〇年代後半から一〇〇〇年前後の、『蜻蛉日記』や『枕草子』や『源氏物語』が書かれたころの、かなの書きざまのひとつの姿を教えてくれる、稀有な資料であることに違いはない。

新しい資料が発見されると、これまでの通念によって疑義や批判が出されることが少なくない。これまでに知られている資料によって新しい資料を云々することが少なくない。『源氏物語』の頃のかなにはこういうたぐいのものはないと。しかし、我々は確証のある『源氏物語』の頃のかなをほんのわずかしか知らない。わずかな既知資料で新しい資料を葬り去ろうとするのは不条理である。この新しい資料は、むしろ通念そのものに変更を迫る存在なのである。新しい資料によって、通念の方を見直すことの方が必要であろう。

また、炭素14年代測定によって古い年代が出ると、古紙に書かれたものではないかという疑問がよく出される。年代測定の原理にたいする理解、古代中世における紙の実態にたいする理解を深めることで、そういう初歩的な疑問は解決されるのであり、極めて特殊な例外をのぞいて何百年も前の古紙に書くということはあり得ない。そうではあるが、仮にこの「草がち歌切」が何百年も前の古紙に書かれたと仮定したとしても、なぜ他に伝わっていない未詳歌を書くことが出来たのであろう。もし古めかしく見せるために古紙に書くのであったら、誰もが知っているような有名な古歌を書くのが道理であろう。やはり、「草がち歌切」は九〇〇年代後半から一〇〇〇年前後のかなの書きざまの、ひとつの具体的な姿を教えてくれる資料なのである。

付けたりに、美術品の鑑定と科学技術についてのよく知られた話を記しておく。フエルメールの「ヴァージナルの前に座る若い女」は、すべての美術研究者・鑑定家に否定された新出作品であった。が、ザザビーズとロンドン大学による科学的分析の結果、ラピスラズリーの青い絵の具の使用、キャンバスの布の織目が他の真作のそれと一致することが明らかになり、真作と認められた。とかく新出資料というものは、研究者・鑑定家の慎重な、言い換えれば不当に冷たい扱いを受けるものであり、それに明証をもって答えるには、科学的検証という方法しかないのである。

注

（1）小松茂美「平等院鳳凰堂色紙形ほか一群と源兼行」（『古筆学大成30 論文二』講談社、一九九三年）。
（2）熊本守雄『新編国歌大観』「恵慶法師集」解題による。
（3）小松英雄『日本語書記史原論』（笠間書院、一九九八年）。

25　伝藤原行成筆　未詳散らし歌切（いわゆる古今集切）

一　藤原行成の書

藤原行成は言わずと知れた三蹟の一人。和様の完成者にして、温厚・典雅・端正な書をものする。平安時代の古筆切には、行成筆とするものが数多くあるが、根拠のある真跡は少ない。①太政官牒（正倉院東南院文書）、②敦康親王初観関係文書（宮内庁）、③草名のある書状、④行成詩稿、⑤拾遺納言定文草案、⑥拾遺納言定文草案の紙背仮名くらいである。古筆切で真跡と認められているもの（①～⑥との筆跡の同一によって）も、⑦国宝白楽天詩巻、⑧本能寺切（小野篁・菅原道真・紀長谷雄の秀句を書いた手本。現存する最古の唐紙）、⑨後嵯峨院本白氏文集、⑩佚名本朝佳句切、⑪伝藤原行経筆屏風詩歌切（藤原頼通の大饗の屏風色紙形の手控えであり、『権記』『御堂関白記』によるとこの色紙形は行成が清書したと知れる。よってその手控えも行成の筆と考えられる）くらいに過ぎない。

未詳散らし歌切も行成真筆とは考えられないが、行成の時代の書とみる説もあり、また一方、院政期の書とみる説もある。新出断簡の考察をくわえて、その書写の時期などについて考えてみる。

二　未詳散らし歌切のツレ

これまでに知られているツレは五葉。当初知られていた断簡に書かれている歌が『古今集』の歌ばかりであったところから、かつては「伝行成筆古今集切」と呼ばれていた。しかし、『古今集』以外の歌を書いた断簡が知られるようになったため、名称は「伝行成筆未詳散らし歌切」などとすべきであろう。今は仮に、未詳散らし歌切と呼んでおく。

これまでに知られているツレ五葉は、次のとおり。

①書芸文化院蔵

藍と淡藍の斐紙の染め紙を継ぐ。縦二二・八センチ　横一七・二センチ。九行の散らし書き。

こひすれは／わかみそ／影と／なりに／ける／さりとて人に／そはぬ／ものゆ／ゑ

（／は改行を示す、以下同じ。
古今集・巻十一　恋歌一・よみ人知らず）

②白鶴美術館蔵『無名手鑑』

藍と浅黄色の斐紙の染め紙を継ぐ。縦二三・九センチ　横二一・九センチ。六行の散らし書き。

わくらはにとふひと／あらは／すまのうらに／もし／ほたれつゝ／わふとこたへよ

（古今集・巻十八・雑歌下・在原行平）

③個人蔵

白紙（わずかに藍の漉き紙の繊維がまじっている）。縦二三・六センチ　横二二・八センチ。七行の散らし書き。

いさこゝにわかよはへ／なむすかはらや／ふし／みのさとの／あれまく／も／をし

（古今集・巻十八・雑歌下・よみ人知らず）

④植村和堂氏旧蔵　根津美術館蔵

白斐紙　縦一八・〇センチ　横　四・二センチ。十行の散らし書き。

いなせともいひはな／たれすう／きものは／みをこゝろとも／せぬよ／なり／けり　（後撰集・巻十三・恋歌五・伊勢）

⑤サンリツ服部美術館蔵『手鑑草根集』

薄赤色の染め紙。縦一九・二センチ　横一三・五センチ。八行の散らし書き。

たにの／けふりと／わすれてそわかみ／ありとは／おもひける／なりにし／もの／を　（不明歌）

これらがツレであることは、以下の論考に説かれている。①②③がツレ（小松茂美『古筆学大成　第1巻』「伝藤原行成筆　古今和歌集切（一）」、講談社、一九八九年一月）。①②③④⑤がすべてツレ（小松茂美『古筆学大成22』「伝藤原行成筆　色紙」講談社、一九九二年六月）。②と④がツレ（植村和堂『古筆名葉展』根津美術館編集、一九九二年六月）。『古筆学大成22』の小松説をふまえ、①②③④⑤すべてをツレとする（名児耶明「伝藤原行成筆「古今集切」と「不明歌集断簡」について」（『國學院雑誌』二〇〇〇年一一月）。客観的論拠として、㋐散らし方に法則性がないこと、㋑文字の類同性（「の（乃）」「わ（和）」「も（毛）」「ひ（比）」「は（盤）」「れ（礼）」「は（波）」「と（止）」「す（春）」「ま（万）」「そ（曽）」「み（美）」「る（類）」「に（二）」の字形を比較）、㋒紙質の一致、㋓虫食いの跡の形や位置の一致、などを挙げている。

三　書の評価

①の断簡については、「書風は極めて女性美に富んでいる」（飯島春敬『名宝古筆大手鑑』東京堂出版、一九八〇年七月）、「類似する書風は特にないが、一字一字の造形、細く豊かな線質は、「高野切」の格調に近い」（名児耶明『平安の書の美』書芸文化院、二〇〇〇年二月）、「…十世紀末から十一世紀初期の「仮名消息」に近似する造形感覚が一部に認められる」（笠嶋忠幸『書の名筆〈三色紙とちらし書き〉』出光美術館、二〇〇四年一一月）などと評されている。

②の断簡については、「字形は端正にして豊円であり、線は繊細流麗にして緩急抑揚の変化がある。おちついて入念に書いたようであり、温雅な趣がある。…書風は伝藤原行成筆『関戸本古今集』の書風に似ていて、それよりも穏やかな書きぶりである」（春名好重『古筆大辞典』淡交社、一九七九年一一月）、「…十世紀末から十一世紀初期の「仮名消息」に近似する造形感覚が一部に認められる」（笠嶋忠幸『書の名筆〈三色紙とちらし書き〉』前掲）、「（②と④が）書風も散らし方もいかにも似通っている」（植村和堂『古筆名葉展』前掲）などと評されている。

③の断簡については、「字形は豊円にして寛弘であり、線は繊細にしてよく暢達している」（春名好重『古筆大辞典』前掲）、「…美しい散らし書きである。しかも、か細い筆を巧みに駆って、息もたえだえともみえる。美しい筆線が、のびやかな連綿美を作っている。現存する古筆の中にあって、王朝貴族の美意識をまざまざとうかがわせるほどの、優美な情趣をかもし出している」（小松茂美『古筆学大成　第1巻』「伝藤原行成筆　古今和歌集切（一）」前掲）などと評されている。

④の断簡については、「（②と④が）書風も散らし方もいかにも似通っている」（植村和堂『古筆名葉展』前掲）と評されている。

⑤の断簡については、「字形は整斉にして寛弘であり、線は流麗

にして筆力がある」（春名好重『古筆大辞典』前掲）と評されている。散らし書きの優秀さ、連綿の流麗さ、字形の優雅さ、線質の格調の高さなど、高く評価されており、平安かな古筆の王様・横綱など称される高野切や関戸本古今集切に匹敵する名筆とみなされている。

四　書写年代

書写年代についての説は、次のとおりである。

春名好重『古筆大辞典』（前掲）は、②の「書写年代は『関戸本古今集』が書写せられたころである」、③は「行成の時代よりはかなり後である」とする。春名氏は関戸本古今集を院政期としているので、おのずから未詳散らし歌切の書写年代は院政期ということになる。

小松茂美『古筆学大成１』「伝藤原行成筆　古今和歌集切（一）」（前掲）は、①②③は一一世紀の初め行成の時代の書写とする。

植村和堂『古筆名葉展』（前掲）は、②と④を「書風も散らし方もいかにも似通っている。共に院政時代のものであろう」とする。

小松茂美『古筆学大成22』「伝藤原行成筆　色紙」（前掲）は、①②③④⑤を一一世紀初め頃の書写と推定する。

名児耶明「伝藤原行成筆「古今集切」と「不明歌集断簡」について」（『國學院雑誌』前掲）は、色変り料紙を継いだ断簡の存在、および散らし書きであることから、「継色紙」と書写が近い可能性に言及。書風（散らし書き）や料紙（染め紙）などから総合して、高野切より前の一一世紀前後の可能性を説く。ちなみに、サンリツ服部美術館蔵の不明歌の存在、および散佚私撰集の古筆切「継色紙」や「如意宝集」の例から、この原本は〈『古今集』や『後撰集』等と近い時期の散佚私撰集〉で、また贅沢な散らし書きであることから〈抄出本〉であったことを想定する。

一一世紀初めか、院政期か、書写年代を絞り込むことができるであろうか。

五　新出断簡による補説

六葉目の新出断簡が現われた（昭和八年一一月　八日、大阪美術倶楽部『某家所蔵品入札目録』所載の「手鑑藻鏡」に押されていたもの）。薄萌黄と紫の斐紙の染め紙を継いでいる。縦二二・九センチ　横一六・二センチ。

色変わりの料紙を継いでいること、散らし書きの様態、文字の類同、字母、縦寸、虫喰い穴などから前記五葉の　ツレと認められる。

ここに記された和歌の出典および新出断簡の独自異文について、片桐洋一『拾遺和歌集の研究（伝本・校本篇）』（大学堂書店　一九七〇年一二月）を参考に考えてみる。

新出断簡　いさやまたこひてふこともしらぬみは　こやそなるらむいこそねられね

拾遺集（定家本・八九六番）　いさやまたこひてふ事もしらなくにこやそなるらむいこそねられね

拾遺集（異本第一系統・八〇六番）　いさやまたこひてふことも知らさりつ　こやそなるらむいこそねられね

拾遺集（異本第二系統・八〇六番）　いさやまた恋てふ事もしらなくに　こやそなるらんいこそねられね

いさやまたこひてふこと
もし
らぬみは
こやそなる
らむいこそね
られね
（拾遺集・巻十四・恋四・よみ人知らず）

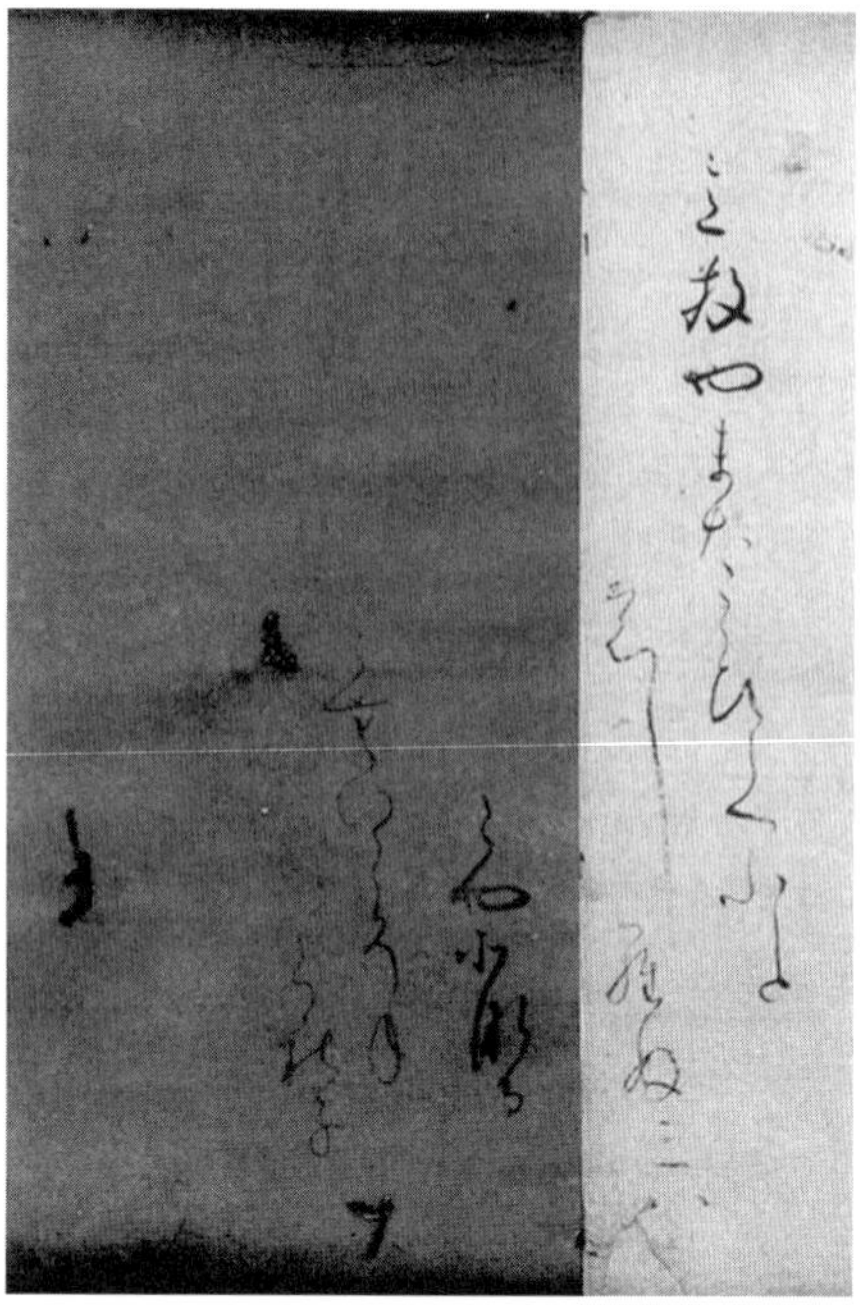

伝藤原行成筆　未詳散らし歌切

古今和歌六帖（一九七四番）第三句「しらなくに」で、拾遺集（定家本・異本第二系統）に同じ。

未詳散らし歌切の新出断簡と同じ本文は、現存資料の中には見いだせない。ということは、現存伝本の本文とは異なる『拾遺集』『古今和歌六帖』の未知の異本から抜き出した可能性が考えられる。もしそうであるなら、未詳散らし歌切は『古今集』『後撰集』の後の成立ではなく、さらに『拾遺集』よりも後の成立ということになる。

また一方、未詳散らし歌切の新出断簡の本文が現存伝本の『拾遺集』『古今和歌六帖』の本文と異なることを重視するなら、もうひとつの可能性も残る。すなわち、『拾遺集』『古今和歌六帖』から抜き出したのではなく、別の散佚した歌集（私撰集）から抜き出した可能性である。

ところで、類同表現をもつ歌（『拾遺集』以前にかぎって考察する）から、この歌の成立時期を探っておこう。「しらぬみは」の表現をもつ歌は、『拾遺集』七五七番歌源順（＝『拾遺抄』二八八番歌）、『拾遺集』一二三一番歌よみ人知らず、『忠見集』一二一番歌、『実方集』一八一番歌（＝『続詞花集』七七二番歌）、『馬内侍集』四三番歌、『和泉式部集』四八四番歌がある。中でも『実方集』一八一番歌（＝『続詞花集』七七二番歌）は、「しらぬみは」だけでなく、「いさやまだ」「こやそなるらん」をもふくんでいて、注目される。

いさやまだちぢのやしろもしらぬ身は　こやそなるらんすくなみのかみ

ある人が紙をくださいと言ってきたので、少し送ってやる時に詠んだ歌である。「少波（少名御）神」と「少ない紙」が掛けられている。

また、「こひてふこともしらぬみは」とほぼ同じ表現をもつ歌に、『多武峰少将物語』四七番歌があり、注意される。

……あまたのことをおもひいでて　きみをのみよにしのぶぐさ
やどにしげくぞおいのよに　こひてふこともしらぬみも　しのぶ

ることのうちはへて　きてねし人もなきとこの……

源順は九一一年から九八三年の生存。忠見は九五〇～九六〇年頃に活躍した。実方は生年不詳、九九八年没。馬内侍は九五〇年頃の生まれ、和泉式部は九七六年から九七九頃の生まれで一〇二七年の生存が確認できる。『多武峰少将物語』は藤原高光出家の翌年（九六二年）以降の成立である。「しらぬみは」の表現が詠まれた時期の可能性は、九〇〇年代から一〇〇〇年代初めの範囲に広がってしまうが、やはりより多くの表現の重なりをもつ実方の歌と『多武峰少将物語』の歌が注意されよう。すなわち、新出断簡の歌の成立時期は、九〇〇年代後半である可能性が考えられる。

六　ツレの和歌再考

ツレの断簡の和歌の出典を再考し（ただし、未詳散らし歌切は平安時代の書写にかかると認められるので、歌の出典は平安時代までに成立した歌書にかぎって考察の対象とした）、あらためて未詳散らし歌切の正体を考えてみよう。

①の書芸文化院蔵断簡の歌、「こひすれはわかみそ影となりにけるさりとて人にそはぬものゆゑ」、これと同じ本文であるものは、『新撰万葉集』（恋歌三十一首・四九六）「恋為礼者《こひすれば》　吾身曾影砥《わがみぞかげと》　成丹介留《なりにける》　佐利砥手人丹《さりとてひとに》　不添物故《そはぬものゆゑ》」と本阿弥切古今集のみである。他の『古今集』（巻十一・恋歌一・五二八・よみ人知らず）諸本、および『古今和歌六帖』（二九九五）は「恋すればわが身は影となりにけりさりとて人にそはぬものゆゑ」である。未詳散らし歌切①の歌は、『新撰万葉』か本阿弥切古今集のような『古今集』の異本から抜き出されたと考えられる。しかし、『新撰万葉集』と『古今集』の流布のありようを考えれば、『古今集』異本からの抜き出しの可能性が高い。

②の白鶴美術館蔵断簡の歌「わくらはにとふひとあらはすまのうらにもしほたれつゝわふとこたへよ」、これと同じ本文をもつものは、『古今集』（巻十八・雑歌下・九六二・在原行平）をはじめ、『新撰和歌』（三一五）、『古今和歌六帖』（一七九二）、『麗花集』（一一六）、『業平集』（七九）である。これらすべての歌集からの抜き出しの可能性があるが、もっとも可能性が高いのはやはり『古今集』であろう。

③の個人蔵断簡の歌「いさこゝにわかよはへなむすかはらやふしみのさとのあれまくもをし」、これと同じ本文をもつものは、『古今集』（巻十八・雑歌下・九八一・よみ人知らず）、『古今和歌六帖』（一二八八）である。『古今集』か『古今和歌六帖』からの抜き出しの可能性があるが、やはり可能性がより高いのは『古今集』であろう。

④の植村和堂旧蔵断簡の歌「いなせともいひはなたれすうきものはみをこゝろともせぬよなりけり」、これと同じ本文をもつものは、『後撰集』（巻十三・恋歌五・九三七・伊勢）以外になく、『後撰集』からの抜き出しと考えるのが穏当である。

⑤のサンリツ服部美術館蔵断簡の歌「わすれてそわかみありとはおもひけるたにのけふりとなりにしものを」は、現存歌書の中に見出すことができない散佚歌、不明歌である。

これが不明歌であることはきわめて意味深い。これまで様々な歌集からの抜き出しの可能性を述べてきたが、六葉の歌すべてを収載する歌集はない。そしてこの歌が不明歌であるということは、ふたつの可能性を示唆する。ひとつは、〈あるひとつの歌集〉からこれらの歌が抜き出された場合で、この場合は〈あるひとつの散佚歌集〉から抜き出されたと考えなければならない。いまひとつは、〈複数の歌集〉から抜き出された場合で、この場合は『古今集』『後撰集』『拾遺集』、そしてある散佚歌集から抜き出されたことになる。このふたつの可能性のいずれかしか考えられない。

いずれにせよ、未詳散らし歌切の元の姿を想定するには、散佚歌集の存在を想定せざるを得ないわけである。そして、その散佚歌集の成立時期は、新出断簡が拾遺集歌の可能性が高いので、『拾遺集』以後まで視野に入れなければならない。

＊

ところで、『拾遺集』頃の散佚私撰集として有名なものに『如意宝集』がある。未詳散らし歌切の正体が『如意宝集』である可能性はあるだろうか。

通説では、『如意宝集』（散佚）→『拾遺抄』→『拾遺集』と増補されていったと考えられている。「如意宝集目録」によれば、『如意宝集』は八巻七七五首であった。そこから『古今集』と『後撰集』に入っている歌を除き、秀歌を増補したものが、十巻五七九首（異本歌を含めると六〇五首）の『拾遺抄』である。さらに大幅に増補したものが、二十巻一三五一首の『拾遺集』である。すなわち、〈『如意宝集』―《マイナス》古今集歌と後撰集歌＋《プラス》増補の歌＝《イコール》『拾遺抄』〉であり、〈『拾遺抄』＋増補の歌＝『拾遺集』〉である。新出断簡の歌が『拾遺集』にあり『拾遺抄』にないということは、この歌が『拾遺集』の段階で増補されたものと考えられる。ということはつまり、この歌は『如意宝集』にも入っていなかった可能性が高い。ということは、未詳散らし歌切は『如意宝集』ではないということになる。また、未詳散らし歌切の他の五葉の歌が、現存する『如意宝集』の古筆切のなかに一首も見いだせないという事実も、この想定を支持しよう。未詳散らし歌切が散佚私撰集『如意宝集』である可能性は低いであろう。未詳散らし歌切が散佚歌集からの抜き出しであるとしても、それは『如意宝集』ではなく未知の散佚歌集からの抜き出しと考えたるのが合理的である。

＊

ちなみに、⑤のサンリツ服部美術館蔵断簡の歌の内容も、興味深い問題をふくんでいる。「たにのけふり（谷の煙）」は火葬の煙のことであり、歌意は「火葬されて谷から煙となった自分であること、つまり自分が死んだ身であることを忘れて、わが身がまだこの世に存在すると思ってしまった」というものになる。死んだ人間の歌なのである。しかし、普通は死んだ人間には歌は詠めない。では、死んだ人間が生きている人の夢の中にでも出てきて詠んだ、フィクショナルな歌、虚構の物語の歌なのだろうか。否、そうとはかぎらない。藤原義孝の例がある。

かの後少将は義孝とぞ聞こえし。御かたちいとめでたくおはしまし、年頃きはめたる道心者にぞおはしましける。病重くなるままに、生くべくもおぼえたまはざりければ、母上に申したまひけるやう、「おのれ死にはべりぬとも、とかく例のやうにせさせたまふな。しばし法華経誦じたてまつらむの本意侍れば、かならず帰りまうで来べし」とのたまひて、方便品を読みたてまつりたまひてぞ、うせたまひける。その遺言を、母北の方忘れたまふべきにはあらねども、ものも覚えでおはしければ、思ふに人のしたてまつりてけるにや、枕がへしなにやと、例のやうなる有様どもにしてければ、え帰りたまはずなりにけり。後に、母北の方の御夢に見えたまへる、

しかばかり契りしものを渡り川かへるほどには忘るべしやは

とぞよみたまひける、いかにくやしく思しけむな。（『大鏡』）

生き返ってくるつもりが、枕返しをされて生き返れなくなった義孝、この義孝が母の夢枕に立ち恨みの歌を詠んだのである。この義孝の歌は、『後拾遺集』（五三八）・『義孝集』（七七）などにも見えるので、現実にはあり得ないフイクショナルな歌でも、勅撰集・私撰集に入集されるということが分かる。

こうしてみると、⑤のサンリツ服部美術館蔵の断簡の不明歌も、義孝と同様の〈死者にまつわる歌語りの伝説〉をともなった歌であったと推察される。死者が詠んだあり得ない歌だからといって、勅撰集・私撰集・私家集に載せられていないというわけではないのである。この不明歌も散佚した私撰集か私家集に記されていたのであろう。

＊

ところで、「たにのけぶり」の表現から、この歌の詠作時期について言及しておきたい。「たにのけぶり」の表現を使用した歌は、『新編国歌大観』によれば次の歌しか存在しない。

人こふるおもひにたえずかくれなば　たにのけぶりとなりこそはせめ　江帥集（四七〇）

いづかたのたにのけぶりとなりにけん　あはれゆくへもなくぞかなしき　江帥集（四九二）

きみがためふかき心をいひおきし　たにのけぶりとなくなくぞみし　江帥集（四九三）

類同表現「おほたにの　けぶり」をもつ歌に、次の一首がある。

あはれきみくものよそにもおほたにの　けぶりとならむかげとやはみし　相模集（九二）

江帥とは大江匡房であり、大江匡房は一〇四一～一一一一年の生存。相模は寛仁二、三年（一〇一八、一〇一九）頃、大江公資と結婚。頼通歌壇の女流歌人である。「たにのけふり」の表現は、早ければ相模の頃、すなわち　〇二〇年前後に成立した可能性がある。ただし、「たにのけふり」と熟した形で集中的に現われるのは大江匡房の時代であり、一〇〇〇年代の後半から一一〇〇年代のはじめまで

の可能性を考えておかねばならない。いずれにせよ、「たにのけふり」の表現からみるなら、この歌の詠作時期は『拾遺集』より後の歌である可能性が高い。

七　結語

先に、⑥の新出断簡の歌が『拾遺集』（一〇〇六年前後の成立）からの抜き出しの可能性が高く、未詳散らし歌切の成立時期の可能性を『拾遺集』以降と想定する必要をいった。そして、『拾遺集』のすぐ後であるなら、高野切（一〇五〇年頃の書写）よりも前の書写年代の可能性が残る。

しかし、さらに、⑤のサンリツ服部美術館蔵断簡の歌の表現を検討してみると、その歌の詠作時期、すなわち未詳散らし歌切の成立時期は、さらに遅くなる可能性が出て来た。『拾遺集』（一〇〇六年前後）以降から大江匡房（一〇四一～一一一一）の生存期である一一〇〇年代のはじめまでを想定しておく必要があるのである。

となると、未詳散らし歌切の書写年代も、同様に『拾遺集』（一〇〇六年前後）以降から一一〇〇年代のはじめまでを想定しなければならなくなる。先に、これまでの未詳散らし歌切の書写年代の説として、一一世紀初めと院政期の二説のあることを示しておいた。しかし、新出断簡の歌および他のツレに記載されている歌の表現に考察をくわえた結果、院政期とみる説が穏当である成り行きとなったのである。

ともあれ、未詳散らし歌切は、『古今集』『後撰集』『拾遺集』の三代集とある未知の散佚歌集から歌を抜き出した、『拾遺集』よりも後、院政期にかけて書写された豪華な調度手本であったと考えられる。

付けたり

新出断簡およびツレの和歌から考察した、未詳散らし歌切の性質・成立・書写年代の結果は、以上のとおりである。しかし、他の要素からみると、一一世紀初めころの成立書写をうかがわせる点もあるので、それについて付記しておく。

・料紙装飾――さまざまな色の染め紙を交用すること――について

未詳散らし歌切の料紙は、六葉のうち三葉が色紙（染め紙）を継いだものである。おそらく様々な色紙と素紙を継いだ巻子本であったと思われる。同じように色紙を交用した料紙をもちいた古筆遺品には、国宝藤原行成筆白氏詩巻（巻子本）、継色紙（冊子本）、関戸本古今集切（冊子本）、大字和漢朗詠集切（高野切一種と同筆・金銀砂子も撒かれている・巻子本）、関戸本和漢朗詠集（高野切二種と同筆・巻子本）、桂本万葉集・栂尾切（高野切二種と同筆・下絵もある・巻子本）、曼殊院本古今集（巻子本）、猿丸集切（金砂子も撒かれている・冊子本）などがある。藤原行成筆白氏詩巻は、淡茶・淡紫の染紙と素紙を継いでいる。奥書に「寛仁二年（一〇一八）八月二十一日」の年月日があり、行成四八歳の筆跡とされている。これによって、未詳ちらし歌切は高野切より早い可能性を残す。しかし、残念ながら継色紙、関戸本古今集切、曼殊院古今集、猿丸集切の書写年代は、客観的根拠がなくはっきりわからない。ただ、大字和漢朗詠集切、関戸本和漢朗詠集、桂本万葉集・栂尾切など、高野切一種、高野切二種と同じ筆跡の遺品があり、高野切に近い時期（一〇五〇年頃）の料紙装飾である可能性も考えられる。また、大字和漢朗詠集切には金銀砂子が撒かれているし、桂本万葉集・栂尾切には下絵がほどこされているので、未詳散らし歌切のような単純に色紙を継いだ装飾料紙は高野切よりもさらに早い可能性も秘めている。

ちなみに、『源氏物語』少女巻に色紙にかかわる叙述がある。「五節の君から光源氏に送られた返信である。「青摺のよく取りあへて、まぎらはし書いたる濃き墨薄墨、草がちにうちまぜ乱れたるも、人の程につけてはをかしと御覧ず」。「青地に文様を摺りだした料紙をうまく取り合わせて」という意味であるが、消息は本紙と礼紙の二枚重ねであるから、青色の紙ともう一枚の色紙を取り合わせたのである。特に男女間の恋文のやりとりには、美しい色紙が取り合わされたことであろう。未詳散らし歌切のように二色の色紙を継ぐ料紙の様式は、このような二枚重ねに取り合わされた消息の本紙と礼紙から考えつかれたのではあるまいか。ついでに云えば、「草がちにうちまぜ乱れたる」は、草仮名を女手におおく交ぜて散らし書きに書いたということで、色紙を継いだ料紙に草仮名を交えて散らし書きにする未詳散らし歌切の趣によく似ている。未詳散らし歌切の料紙装飾のありようだけでなく、散らし書きのありようも、消息（恋文）に由来する書き方なのではないか。もっと云えば、未詳散らし歌切の正体は文学テキストなのではなく、高貴な姫君に消息（恋文）の書き方を習わせるための手本だったのではないか。

それはともあれ、未詳散らし歌切のような二色の色紙を継ぐ料紙の様式は、高野切より早い可能性がある。

・散らし書きについて

さらに、散らし書きについて続ける。散らし書きで名高い平安かな古筆には、寸松庵色紙（古今集からの抄出）、堺色紙（古今集からの抄出）、大色紙・中色紙・小色紙（それぞれ万葉集・古今集・拾遺集・古今六帖からの抄出）などがある。これらは文学テキストというより、歌を散らし書きで美しく書くための手本であり調度本であったと推察される。同様に、未詳散らし歌切も散らし書きを習うための手本であり、おもに三代集（『古今集』『後撰集』『拾遺集』）から抄写した調度本であったと推察される。

ちなみに、未詳散らし歌切の散らし書きのありようは、継色紙や重之集などと同様に、定形化・形式化していない散らし書きであり、書写の古さを示唆するという説がある（名児耶明「伝藤原行成筆「古今集切」と「不明歌集断簡」について」『國學院雑誌』前掲）。留意すべき指摘である。

・筆跡書風について

同筆の古筆遺品はないとされているが、関戸本古今集切にきわめて近いと思う。関戸本古今集切の書風に似ていることは、夙に春名好重『古筆大辞典』（前掲）が指摘するところである。私見でも、たとえば、①書芸文化院蔵断簡の「二」「類」「由」「衛」、②白鶴美術館蔵断簡の「万」「婦」「堂」「遍」「夜」、④植村和堂氏旧蔵断簡の「奈」「婦」「那」「有」「盤」「乎」、⑤サンリツ服部美術館蔵断簡の「類」などは、関戸本古今集切のそれらの字形に酷似している。書写年代の近さがうかがわれるのだが、残念ながら関戸本古今集切の書写年代には諸説あり、判断基準になりえない。もしも、未詳散らし歌切の書写年代が高野切より早ければ、関戸本古今集切の書写年代も高野切より早い可能性が生ずることになる。

26 伝紀貫之筆　小色紙

＊

伝紀貫之筆の色紙といえば、三色紙のひとつ、寸松庵色紙が名高い。ここに取り上げる古筆断簡は、その寸松庵色紙にいささか料紙の様態が似た小色紙である。すなわち、料紙の大きさ、および具引き地に文様を雲母摺りした唐紙であることが類似している。それゆえに伝称筆者を、寸松庵色紙と同じ紀貫之としているのであろう。

料紙は淡茶の具引き地に雲母で合生文《がっしょうもん》唐草が摺られた唐紙、縦一二・〇センチ、横一一・一センチ。この料紙文様に類似する唐紙の古筆に、寸松庵色紙・本阿弥切・粘葉本和漢朗詠集などがある。神田道伴の折紙、大倉好斎の極札「紀貫之朝臣すみよしの（汲水）」が付属する。歌一首を五行に散らし書く。上の句を右に寄せ、中央に余白をとって、下の句を左に寄せて書く。一風変わった散らし方である。この散らし方は三色紙（寸松庵色紙・継色紙・升色紙）にもあり、また伝公任筆大色紙などの平安かな古筆に少なからず見られる。さらに、鎌倉時代の伝京極良経筆小色紙などの散らし方に引き継がれている。また、襷がけ状に料紙に折り目をつけている。これも寸松庵色紙に類例がある。

筆線は細く鋭い。唐紙に『高光集』の歌を書いた、伝紀貫之筆松葉屋色紙というものがある。散らし方などは似ていないが、細く鋭い部分の線質は通うものがある。書写の年代が近いのであろうか。

そして、なによりもこの断簡が注目されるのは、書かれている歌が『新編国歌大観』に見えない未詳歌であることである。

すみよしのなき
さにゆきてつく〳〵と
ひろひわひぬる
わすれかひ
かな

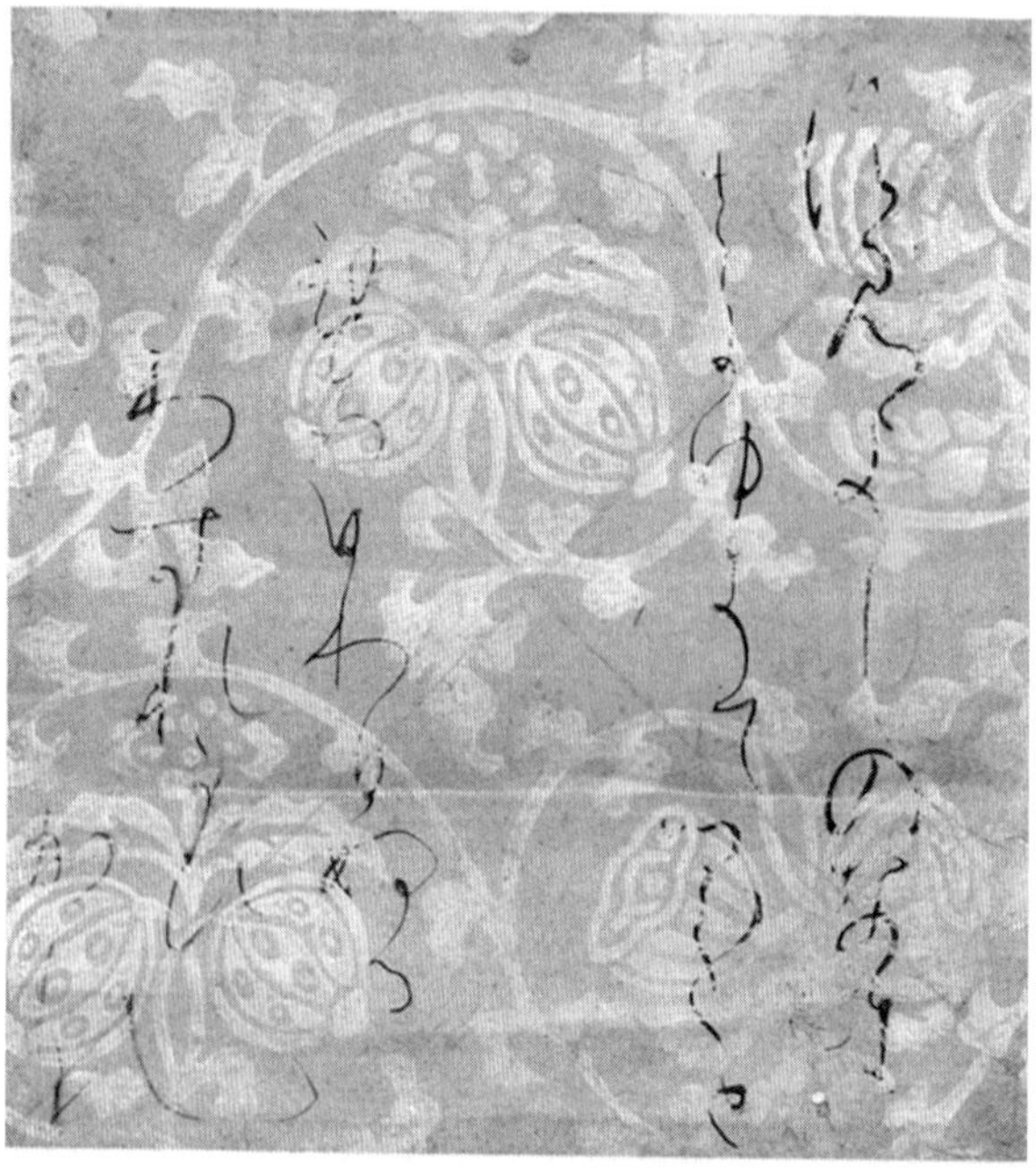

伝紀貫之筆　小色紙①

類似の歌に『斎宮女御集』の、

なにたかきうらのなみまをたづねても　ひろひわびぬるこひわすれがい

あるいは、『清輔集』の、

こひしさのたぐひも浪に袖ぬれて　ひろひわびぬる忘れ貝かな

がある。「拾ひわびぬる（恋）忘れ貝」とは、〈忘れることのできない思い〉を意味する類型的表現であったのだろう。それゆえ、類似の変奏歌を派生させていったのであろう。

とにかく、書かれている歌が未詳歌であることは、この古筆切が後世の作り物ではありえないことを意味している。平安時代風の仮名古筆の偽物を作ることは、江戸時代にはまま見受けられるが、伝存していない歌を書くことは不可能だからである。しかし、作り物ではあり得ないが、平安時代古写本の後代の忠実な写しという可能性を完全に否定することもできない。厳密に云うと、おおくの古筆の書写年代を示す客観的根拠は乏しく、書写年代の推定には不確定要素がともなうことを云っておきたい。

*

この未詳小色紙には、実はもう一葉のツレが存在する（某氏蔵）。『古筆学大成22』（講談社、一九九二年）所載の「伝紀貫之筆　色紙（二）」の一葉である。「この掛物に付属する六代古筆了音〈一六七四～一七二五〉の極札は、この切を紀貫之の筆としているが、むしろ、このような書風のものは、源俊頼〈一〇五五～一一二九〉の筆と伝称することが多い。料紙は日本製唐紙で、大柄な唐草文様を刷り出している。紙の寸法は、たて一二・一センチメートル、よこ一〇・四センチメートル。上の句と下の句を紙面の前後に集約するという、特殊な散らし書きで、『続後撰集』巻第八・冬歌、歌番号472の一首である。これも、手許の歌集か、あるいは、自らが誦んじていた歌を適宜抄写したものであろう」という解説がなされている。

もみちけのおちて
　なかるゝおほ
　　ゐかは
せゝのしからみかに
　　もとめなむ

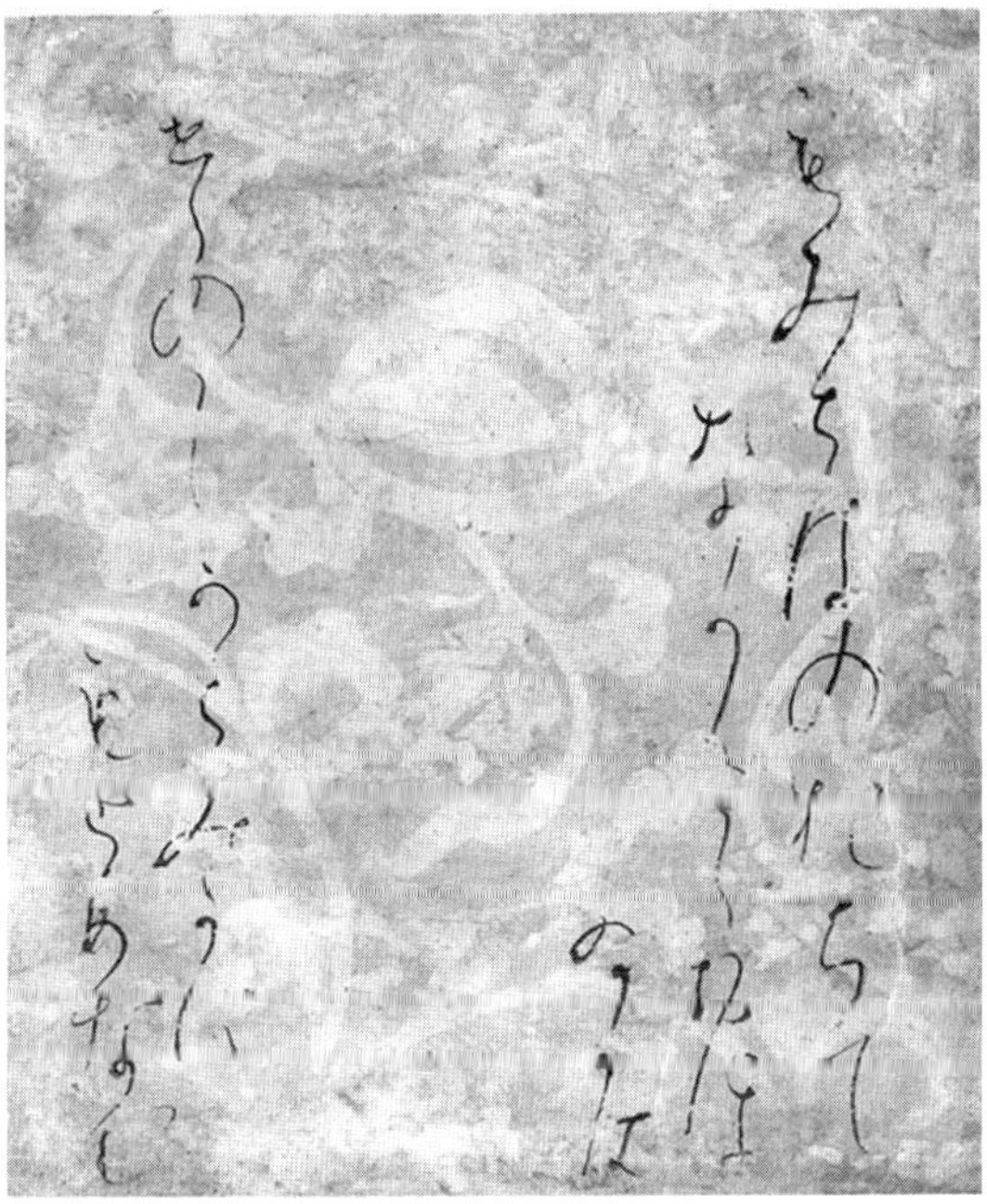

伝紀貫之筆 小色紙②

幸いに現蔵者のご好意により、実物を見ることが出来た。料紙の文様は新出断簡とは異なり、雲母の剝落も進んでいる。本紙の裏に数多のかすがいが施されていて、料紙の古さがうかがえる。筆跡は新出断簡の方がいささかおおようにゆったり書いている。しかし、唐紙の様態、筆跡の線質はまったく同じで、ツレと認められる。

さて、このツレの『続後撰集』所載の坂上是則の歌であるが、

『続後撰集』の詞書に「延喜七年大井川御幸和歌」とあるように、散佚した『大井川御幸和歌』の一首であり、『古今集』成立のわずか二年後の、古い歌である。新出断簡の歌が古い伝承歌ふうの未詳歌であることと合わせ考えるなら、この小色紙の正体は散佚した平安時代私撰集であった可能性が高い。

＊

なお、画像がないので不明の点が多いが、類似の小色紙に次のようなものがある。春名好重『古筆大辞典』（淡交社、一九七九年）の「しきし　色紙（紀貫之）」の項に「料紙は縦一二・四センチ、横一二・四センチ、色紙といわれているが、冊子本の断簡らしい。「かずならぬ我身ひとつのうきからになべてのよをもうらみつるかな」の上の句を料紙の右下に五行の散らし書きにし、下の句を左上に四行の散らし書きにしている。伝紀貫之筆『寸松庵色紙』に似ているが、字形も線も違う。字形は大体整斉にして線は筆力がある。おちついて明快に書いている。『寸松庵色紙』に似ているから、筆者は紀貫之といわれている。しかし藤原時代の初めの筆跡とは認められない」とある。

この歌は『新編国歌大観』にみえないが、初句のみ異なる「おほかたの我身ひとつのうきからになべてのよをもうらみつるかな」の形で、『拾遺抄』『拾遺集』にみえる。読み人は紀貫之である。色紙の歌は、この貫之の歌の異伝であろう。これは、当該伝紀貫之筆小色紙とは別種のものかも知れないが、類似の切の存在を記しておく。

27 伝西行筆　未詳歌集切（二首切）
――時雨亭文庫蔵「五条殿　おくりおきし」との関係――
〔年代測定　一〇二〇～一一五四年〕

一　二首切について

伝西行（一一一八～一一九〇）筆二首切（未詳歌集切）は、書芸美において高い評価をうけながら、伝存きわめて稀なゆえか、古筆切の一大集成である『古筆学大成』(1)全三〇巻にも収載されていない。『古筆大辞典』(2)には、次のような説明がある。

西行の『宮河歌合』の初度の草稿の断簡といわれている。しかし『二首切』の歌は『宮河歌合』には見えない。さらに『二首切』には西行の歌は無い。歌二首を書写している断簡であるから『二首切』という。もとは巻子本らしい。料紙は楮紙で、縦二七・一センチ、横六～六・五センチ、歌一首二行書き、行の長さは二五～二六センチ、行間は狭い。「いかばかりあはれなるらむかへるかりくもぢにいづる、はるのあけぼの」は一行七字に書き、「としごとにあだなるはなをおしみつゝいくたび、かぜをうらみかぬらむ」は一行十字に書いている。第一行は長くて、第二行は短い。字形の簡略な女手ばかりで、忽卒に速く書いている。線は秀潤であるが、渇筆がまじっている。運筆に変化があり、連綿は長い。巧妙にして筆力がある。長点をかけた歌がある。筆者は西行（一一一八～一一九〇）といわれている。伝西行筆『小色紙』と『二首切』とは書風が同じようであり、同筆かと考えられる。

また、『名宝古筆大手鑑』(3)には、次のようにある。

> 本書は従来、西行の二首切と伝えられて来た。古筆集帖の「夏かげ」という複製本に、この二首切の二葉（関戸・岡谷家）が出ている。その解説によれば、伝西行筆の小色紙（俊忠集）と同筆と見ている。平瀬家の同類のものに宮河歌合とあるが宮河歌合の本文と一致しないので後考を俟つとしている。
>
> 近時、その大阪の平瀬家の断簡が世に出るに際し、全文十八首が二つに切られたが、その全容は知ることが出来た。箱には「御裳濯川歌合」とあるが、この断簡によってもやはり宮河歌合でも御裳濯川歌合でもなく、本文の内容は知られない。歌には定家とおぼしき筆蹟で「勅」「集了」「ふるし」「あき」「ふゆ」などと知ら《ママ》され、「―」「　」の加判が行われている。西行が宮河歌合をつくり、定家の加判を求めたのは凡そ文治三年（一一八七）から五年頃、西行七十歳〜七十二歳の頃である。当時俊成は七十三歳、定家は五十五歳頃に当っていたが、西行は俊成を第一とし、次に齢の若い定家を尊敬していた。
>
> この本文の歌は山家集などに出ていないので西行の歌とは確認出来ない。宮河歌合のように歌合形式になっていず、又作者名も記していないので同一人の作詠と見るべきであろう。不審なのは仁平元年（一一五一）に成立したと見られる詞花和歌集巻二夏に、未詳歌集切中の「山びこのこたふる山のほとゝぎすひとこゑなけばふたこゑぞきく」が能因法師の歌として採られており、この未詳歌集切ではその箇所が抹消されている。これをどのように解釈するかは問題であるが、この筆者が他人の歌を誤って混じたのかも知れない。後考を俟つ。
>
> 本文の書風は、伝西行筆小色紙（俊忠集）と同筆と見てよいであろう。又伝西行筆中務集、同山家心中抄など《ママ》とも同筆と見られる。ただ中務集、山家心中抄のほうが若書きであり、この未詳歌集切は禿筆を用い、率意をもって書いているので違いが生じている。使用字母、字体、用筆の特徴などは共通している。又、無造作で達筆であることと、齢の若い定家に加判を求めていることなどによって、少なくとも西行が六十歳前後の書写と考えられる。料紙は白い楮紙、タテ二七・九センチ。

さらに、同書「伝西行筆　橘為仲集切」の項で二首切にふれて、次のように説かれている。

> 伝西行筆の桝形本のなかで、書風的に最も優れているのは、小色紙といわれる俊忠集の断簡である。……また、西行筆と伝える未詳歌集切（二首切ともいう）はこれと同筆であり、更に中務集、山家心中抄はこれに類し、これらの一群は西行の真筆と見てよいものである。

二首切（未詳歌集切）の解説は、平瀬家旧蔵の一八首分の写真図版を掲げての詳細な説明となっており、本文の内容が宮河歌合でも御裳濯川歌合でもないこと、能因法師歌が混入していることなど、あらためて考察を深めねばならない重要な指摘がなされている。しかし、現時点からみると改めねばならぬ誤認も含まれている。宮河歌合の断簡とされていたことに引かれてか、「定家とおぼしき筆蹟で」「加判」がおこなわれているとするが、書き入れは歌合の加判ではないし、定家の筆跡と断定することにも疑問が残る。また、「ふるし」と読まれている書き入れは、そうは読めないように思われる。おそらく「ふるうたに、たり」と読むべきものであろう。さらに、宮河歌合とは関係がないので、それを根拠にした書写年次の推定は無効であり、中務集・山家心中集との同筆説や西行真筆ということもあらためて検討されねばなるまい。

　ともあれ、書芸美として高い評価を与えられている伝西行筆二首切は、平安時代末期の未詳歌集の資料として、国文学においても貴重な意味をもつ古筆切なのである。

二　二首切の新出断簡

これまでに知られている伝西行筆二首切（未詳歌集切）は、『夏かげ帖』(4)所載の二葉（関戸家蔵・岡谷家蔵）、『書道全集』第十八巻(5)所載の一葉（田中家蔵）、春敬記念書道文庫蔵の一葉（平瀬家旧蔵の一八首分）の、都合四葉二四首分である。春敬記念書道文庫蔵の断簡は、平瀬家から出る時に一度は二つに切断されたが、平安書道研究会第六〇〇回記念特別展図録『平安の書の美』(6)を見ると、いまは再び継がれ以前の状態にもどされているようである。

　さて、新たに、五葉目の「二首切（未詳歌集切）」の断簡が現れた。料紙は楮紙、縦二七センチ、横九・五センチ。巻皺がはしり、もとは巻子本と思われる。歌一首二行書き。次の三首の歌が記されている。

　はちすさくいけのみきはにかせふけは心のう
　ちもかほりあふかな
　いにしへのことをしるこそあはれなれまとのほ
　たるはかすかなれとも
　みそきするかはせのかせのすゝしきはむかひの
　きしにあきやきぬらむ

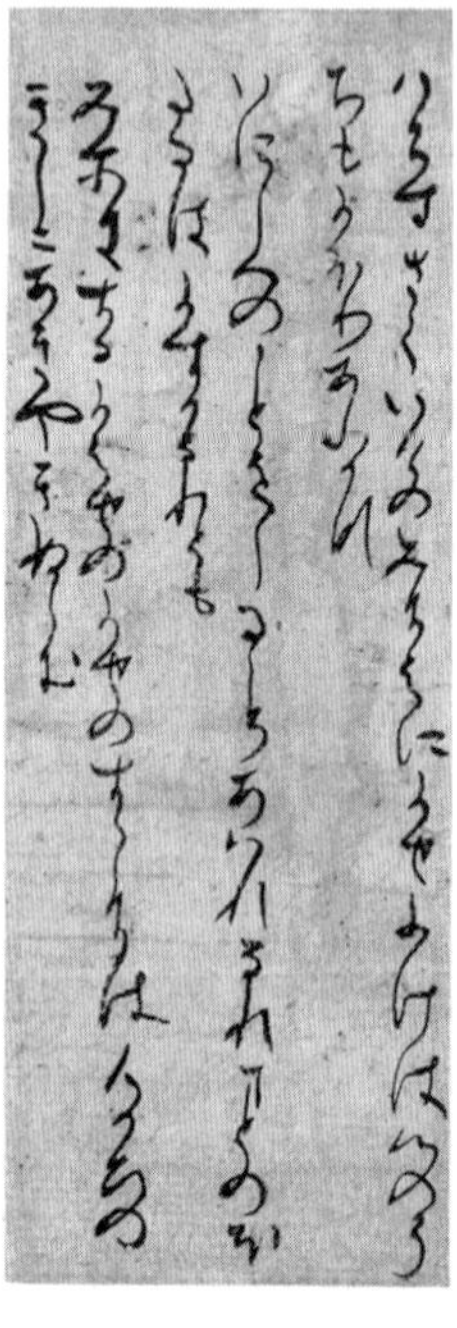
伝西行筆
未詳歌集切①

それぞれ「蓮」「蛍」「禊ぎ（六月祓）」が詠み込まれており、夏の歌の連作と思われる。田中家蔵の一葉、『夏かげ帖』の二葉の歌は、すべて春の歌。春敬記念書道文庫蔵の断簡の歌はほとんどが秋の歌であるが、「ほととぎす」を詠んだ夏の歌、「はつしぐれ」「しも」を詠んだ冬の歌もある。すなわち、伝西行筆二首切（未詳歌集切）は、少なくとも四季の歌をそなえていたと考えられるのである。

　しかし、残念なことに、新出の三首も、これまで知られている「二首切」と同様、出典の判らない歌ばかりである。ただ興味深いのは、同じような表現をもつ類似歌が、それもある傾向をもって存在していることである。一首目の「はちすさくいけのみきはにかせふけは心のうちもかほりあふかな」、この歌と共通する表現をもつものに、次のような歌がある（引用本文は『新編国歌大観』による）。

はちすさく池のゆふ風にほふなりうきはの露はかつこぼれつつ
（俊成『五社百首春日社百首和歌』）

はちすさくみぎはのなみのうちいでてとくらんのりを心にぞきく
（西行『聞書集』）

はちすさくあたりの風もかをりあひて心の水をすますいけかな
（定家『拾遺愚草員外』「建久元年夏十五首」）

はちすさく池の夕かぜ夏はあれどよし一花の秋のなでしこ
（定家『拾遺愚草員外』「建久七年秋三十一字歌」）

定家の「はちすさくあたりの風も」の歌などは、表現（ことば）のみならず、内容（こころ）においても、酷似している。俊成・西行・定家という、同じ時代、同じ文学状況を生きた歌人に似た歌があるということは、二首切の歌の作者を考えるうえで、大きな示唆を与えてくれる。二首切の歌の作者は、俊成・西行・定家と同じ時代の人間である可能性が考えられるのである。

新出断簡二首目の「いにしへのことをしるこそあはれなれまとのほたるはかすかなれとも」は、螢を集めその光で読書した車胤の故事をふまえた歌である。「窓の螢」という表現をもつ歌は、『新編国歌大観』によれば、鎌倉末期から南北朝の頃に、また江戸時代の私家集・類題集にかたよって現れるが、それらは車胤の故事をふまえるものではないようである。「あつめおく窓の螢よ今よりは衣の玉のひかりともなれ」（『続拾遺和歌集』巻十九　釈教歌　天台座主公豪）が、もっとも早い例である。天台座主公豪は、天台座主記（『続群書類従』第四輯下）の「第八十三無品最仁親王」の項、文永元年十月廿六日の記事に、「別当前人僧正公豪」と出ている。文永年間（一二六四～）頃の人物である。そのほかでは、『永仁二年（一二九四）五月内裏五首歌』に出詠された雅有の「草ふかき窓の螢はかげ消えてあくる色ある野べの白露」（『玉葉和歌集』）、『嘉元百首』（一三〇三年）に詠出された有房の「あつめこし窓の螢の光もておもひしよりも身を照らすかな」（『続千載和歌集』）などが、続く。さらに、惟宗光吉の「心あらばまどのほたるも身を照らせあつむる人のかずならずとも」（『風雅和歌集』）、「君が代に心のやみのはれ行くや窓のほたるの光なるらむ」（『新千載和歌集』）、「身にかこつしるべとまでもたのまれずあつむともなき窓のほたるは」（『光吉集』）、また、『延文百首和歌』（一三五六年）に詠出された藤原忠季の「ともすればおこたる道のくらきよにわれをいさむやまどの螢は」などがある。これらは車胤の故事との関わりはなく、むしろ釈教歌的色合いをただよわせている。つまり、「二首切」の歌とは、歌のこころの系譜が異なるようなのである。したがって、「窓の螢」を詠み込んだ他の歌から、「二首切」の「窓の螢」の歌の詠まれた時代を推し量ることはできない。

新出断簡三首目の「みそきするかはせのかせのすゝしきはむかいのきしにあきやきぬらむ」、この歌は六月祓（名越祓・夏祓・荒和祓とも）を題材にしており、「荒和祓」（『堀河院百首』の歌題）あるいは「六月祓」「夏祓」（『千載和歌集』以降の勅撰集の歌題）の歌題を念頭において詠まれた可能性がある。詳しくは後述する（四節）が、二首切の歌々に詠まれている題材は、すべて『堀河院百首』および

『次郎百首』（永久四年百首）の歌題に重なっている。新出の三首についていえば、相当する『堀河院百首』の歌題は「蓮」「螢」「荒和祓」である。すなわち、二首切は『堀河院百首』を範とした百首歌の詠草草稿である可能性があるのであり、もしそうであるなら、この六月祓の歌は夏の歌の最後に位置すべき歌であったことになる。

それはともかく、少なくはない六月祓の歌の中から、新出断簡三首目のことば（表現）とこころ（歌意）に通うものを拾いあげると、次のようなものがある。

みなづきはらへ
みそぎしてぬさとりながす河のせにやがてあきめく風ぞすずしき
（西行『山家集』）

隔秋一夜と云ふ心を読める
みそぎする川瀬の風の身にしむはあくるをまたで秋やきぬらん
（『玄玉和歌集』　源季貞）

みそぎする河せのかぜのすずしきは秋にや神もこころよすらん
（『千五百番歌合』　五百十四番右　丹後）

『玄玉和歌集』は、建久二、三年（一一九一、一一九二）頃の成立で、『久安百首』（久安六年〈一一五〇〉に一次本成立）を上限とする私撰集であるから、源季貞の歌は久安から建久の間に成ったものである。ちなみに、『尊卑分脈』によれば、季貞の祖父重時は「鳥羽院北面四天王／康治元十四卒」、季貞は「雅楽助　左兵尉／従五下／後白河院北面／後院廳預／主典代」などとある。祖父重時が康治元年（一一四二）に亡くなっていること、季貞が後白河院の北面の武士であったことなどからして、季貞の活躍期が一二世紀後半であることは間違いない。また、『千五百番歌合』の詠進は、建仁元年（一二〇一）である。すなわち、この新出断簡三首目も、一首目の「はちすさく」の歌と同様、平安末から鎌倉初期にかけての歌、俊成・西行・定家の時代の歌と通い合うものを有しているのであり、二首切の歌の成立時期に示唆を与えてくれる。

新出断簡三首のみの分析にすぎないが、そこから次のことが推し量れる。二首切は、四季すべてにわたる歌をそなえていること、また詠み込まれている題材が『堀河院百首』の歌題とかさなっていることからみて、百首歌の詠草草稿であった可能性が高いこと。また、歌のことば・こころの類似性から、俊成・西行・定家の時代の詠作ではないかと思われること。

ところで、断簡二首目の肩の部分、および上の句の右傍、三首目の初句から二句にかけての部分に、料紙を削った痕跡がある。おそらく、合点、抹消記号、書き入れなどがあったのであろう。古筆掛け軸として美的体裁を整えるために、それらは削り取られたのであろうが、国文学研究からすれば、貴重な情報を失ったことになる。

それはとにかくとして、新出断簡には三首の歌が書かれており、一八首ある春敬記念書道文庫蔵の断簡とあわせ、やはり二首切という呼称は適当でないようだ。以後、未詳歌集切（二首切）と呼ぶことにする。

三　伝西行筆未詳歌集切の問題

伝西行筆未詳歌集切の正体にいささかなりとも近づくために、従来知られていた四葉についてもあらためてここに釈文を掲げ、問題点を明らかにしてみたい。

Ⅰ『夏かげ帖　下』所載　関戸家蔵

① いかはかりあはれなるらむかへるかりくもちにいつるはるのあけほの

② としことにあたなるはなをおしみつゝいくたひかせをうらみきぬらむ

Ⅱ『夏かげ帖　下』所載　岡谷家蔵

③ いつしかとはつねなくなりうくひすのとしをこめてやたにをいてけむ

④ かきりありてくるゝはいはしいつかたへゆくともはるをおもはましかは

Ⅲ『書道全集』第十八巻所載　田中家蔵

⑤ なこりなくやとのさくらのちるときはうゑけむさへそくやしかりける（頭部に抹消記号）

⑥ さお山のかすみのふもとのゆきのきえゆりはかすみのころもすそやぬるらむ

Ⅳ春敬記念書道文庫蔵　『平安の書の美』所載

⑦ ほとゝきすかてて《ほ□□□》やまめやゝましろのいはたのもりにたむけしつれは

⑧ 山《ふることか》ひこのこたふる山のほとゝきすひとこゑき《な》けは

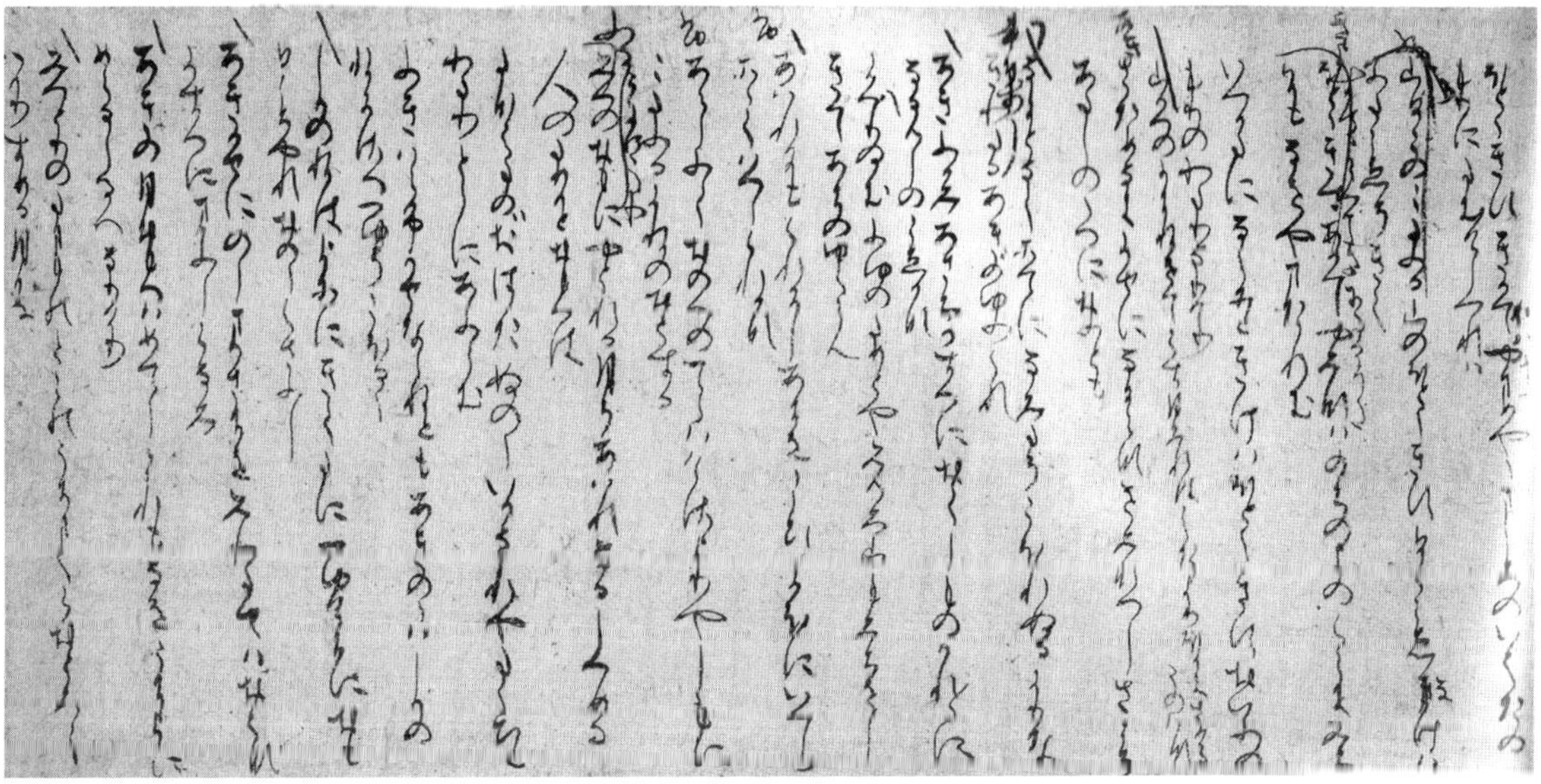

書芸文化院　春敬記念書道文庫蔵　伝西行筆　未詳歌集切②

⑨ ふたこゑそきく　（頭部に抹消記号）
ほとゝきす《きよすけよみ□□にたるうた》あかてやみなはのちのよのくらきみち
にもなをやまたれむ　（頭部に抹消記号）
⑩ いつかたになくそときけはほとゝきすおいその
もりのわたりなりけり
⑪ ＼やまかつのかきねをてらす月みれはしたよりほかにさける
このはな
⑫ さ《あき》ためなきかせになひくなをみなへしさこそ
あたしの、へにおふとも
⑬ ＼なにとなくそてになみたそかほれぬるかりな
き《書集了》わたるあきのゆふくれ　（合点の上部に抹消記号のような鉤形あり）
⑭ ＼あきふかみあさちかすへにおくしものかれ〳〵に
なるむしのこゑかな
⑮ かへ《八》りゐむふゆのためとやみむろ山もみちをし
きてあきのゆくらむ
⑯ あ《ふゆ》はれにもくれにしあきをこひかほにいつしか
そゝくはつしくれかな
⑰ あ《ふゆ》らしふくおのへのてらはけさよりやしもに
こたふるかねのおとする
⑱ みつの《ふるうたに、たり》おもにやとれる月そあはれなるしつめる
人のためかとおもへは　（頭部に抹消記号）
⑲ たなはたの《い》おはたぬの、いかなれやた、ひと
わたりとしにあふらむ
⑳ ふきはらふかせならねともあきの、はしかの
ねにさへつゆそこほる、
㉑ ＼しかのねはよそにきくたにつゆけきにおも
ひこそやれおの、くさふし
㉒ ＼あきかせにのしまかさきをみわたせはおはな
かすへにまかふしらなみ
㉓ ＼あきの月おもへはめてしこれもなをうきよに
めくるしるへなりけり
㉔ ＼みつとりのたまものとこのうきまくらおとろく
はかりすめる月かな

まず、合点、抹消記号、書き入れについて検討する。①②⑥⑪⑬⑭⑮㉑㉒㉓㉔の歌の右肩には合点がかけられている。定家によるものともいわれている[7]が、なんの根拠もなく、断定することはできない。このような合点・書き入れ・集付けなどがあると、根拠もなく定家の所為とする風潮があるが、慎重であるべきであろう。また、合点の意味するところも判らない。歌会に出されたか、なにかの撰集に採られたのであろうか。あるいは、誰か歌の権威に加点をもとめたのであろうか。

⑤⑧⑨⑱には抹消記号がかけられている。のみならず、⑧⑨⑱の右傍には書き入れがある。文字が抹消記号と重なっているところもあるし、もとより写真版によっているので、判然としないところがあるが、⑧に付されているのは「ふることか」だと思われる。⑨のは「きよすけよみ□□《てきカ》にたるうた」、⑱のは「ふるうたに、たり」と読める。こうしてみると、⑧⑨⑱に抹消記号がつけられた理由は、古歌・古歌に似た歌・清輔の歌に似た歌であるがゆえ、と判る。⑤

には書き入れが見えないが、おそらくは削り落とされたのであろう。

ところで、清輔は長治元年（一一〇四）から治承元年（一一七七）の生存であるが、その清輔の歌を「ふるうた」とはいわず、はっきり「きよすけ」の詠んだ歌といっている。ということは、この書き入れをした人物は清輔と同時代の人間なのではないか。ちなみに、清輔は久安六年（一一五〇）四七歳の時に、左大臣藤原頼長の子隆長（久安六年正月命名）を憚り、幼名隆長を清輔に改名したという――久安五年家成家歌合作者付では「隆長」、久安六年御百首における位署は「散位清輔」――（井上宗雄『平安後期歌人伝の研究』笠間書院、一九七八年）。ということは、「きよすけ」とする未詳歌集切の成立は久安六年（一一五〇）以降となる。

また、すでに何度か、この書き入れや合点を定家の手になるものとする説のあることに触れ、それを否定してきたが、私の目には、この書き入れの筆跡（歌頭の「あき」「ふゆ」の書き入れを含めて―ただし「書集了」については同筆かどうか判断できない）は、本文の筆跡と同筆に見える。少なくとも、定家の筆跡には見えないのだが、いかがであろう。もしそうであるならば、この本文を書いた人自身が、書き入れ・抹消記号・合点（これは別人の可能性も残る）をも付したことになる。

この場合、他人の詠歌を別の人が書写し、さらに書き入れ・抹消記号・合点などを付した場合と、自分の歌にたいして詠作者自らがそのような作業をおこなった場合と、二つの場合が想定できる。前者であるなら、詠作者からの依頼によると考えるのが自然であり、かつ依頼された人間のほうが依頼した詠作者よりも歌の道の権威であると考えるのが自然であろう。しかし、そうであるなら、腑に落ちないことがある。自分より権威ある者に、自分の歌の本文まで書写させるであろうか。自分の歌を自ら書写したものに、加点を要請するのが普通である。たとえば、衣笠内大臣家良筆御文庫切（『後鳥羽院・定家・知家入道撰歌』）は、家良自筆になる詠草を定家に送り加点を乞うたものの原本であり、『藻塩草』に押された断簡の「みむろ山」の歌の歌頭には、「似思□仍止」との書き入れがあり抹消記号が付されている。これは、加点を依頼された定家の所為であり、定家は「みむろ山」の歌に似た歌があると判断し削除記号を付したのであろう。抹消記号を付された歌は現存本後鳥羽院・定家・知家入道撰歌のなかには見えず、定家の指示どおりに、清書の段階で削除されたのであろう。このような例を考えあわせると、本文と書き入れが同筆である未詳歌集切の場合は、歌の権威に加点を依頼した家良筆御文庫切の場合とは異なったケース、むしろ伏見院筆広沢切のような自詠の自己添削のケースと思われる。

要するに、書き入れをおこなったのは、本文を書いた人と同一人であり、清輔と同時代人であり（清輔の改名のことから久安六年（一一五〇）以降の書写）、しかもそれは定家ではないと思われる。未詳歌集切は、自詠歌の自己添削の類と思われるのである。

⑬に付された「書集了」の意味するところは、よく判らない。

⑫の歌頭の「あき」の書き入れは、それより前に続いていた夏の歌が、ここから変わって秋の歌になることを示したものであろう。⑯⑰の歌頭の「ふゆ」は、その前後に続いている秋の歌群の中に、冬の歌が紛れ込んでいることを示すものであろう。興味深いのは、これとまったく同じ現象が広沢切に見えることである。西本願寺蔵「広沢切一巻」は、「全体としては「春」の部の歌がおさめられてい

るが、第一紙おわりから六首ぶんの和歌の行頭に「夏」字の書入れがみられる。ほかに、「雑」部に編入する予定だった和歌九首についても同様の書入れがある」[8]という。広沢切は、伏見天皇が自詠を集め家集を編もうとした、その草稿本の断簡と考えられているが、一度おおざっぱに部類し書き集めた歌々を、再度細かに検討しなおしているさまがうかがえる。これから類推すれば、伝西行筆未詳歌集切の「あき」「ふゆ」の書き入れも、自詠歌を検討し部類しなおす作業の痕跡と考えることができる。

⑧「山ひこの」の歌が能因法師の歌として『詞花和歌集』の巻二夏に採られていること、そしてそれゆえにこの歌に削除記号が付されていることは、すでに触れておいた。もしも、未詳歌集切から『詞花集』がこの歌を採ったのだとすると、「未詳歌集切」の歌はすべて能因の歌ということになる。なぜなら、作者名を記さない「未詳歌集切」の体裁からして、「未詳歌集切」の歌はすべて同一人の歌と考えられるからである。しかし、そのように考えることはできない。すべて能因の歌であるならば、一首だけを古歌(能因の歌)として削除することなど、あるはずがないからである。ということは、なんらかの原因で自分の詠歌のなかに『詞花集』の能因歌を混入させてしまったのだと思われる。この能因歌は他撰本系統の『能因家集』(『私家集大成　中古II　能因II』)、『古来風体抄』に見えるだけなので、『詞花集』によって混入させたのなら、『詞花集』の成立した仁平元年(一一五一)以降に、未詳歌集切は成立したことになる。『古来風体抄』による混入なら、その初撰本の成立した建久八年(一一九七)以降に、未詳歌集切は成立したことになる。が、五節の考察によって、後者の可能性は否定されることになる。未詳歌集切の成立の上限は、仁平元年(一一五一)である。なお、他撰本『能因集』は勅撰集などから採歌しているので、ここでは考慮にいれない。

ちなみに、西行は能因の足跡をたどり歌枕をめぐるべく初度の陸奥旅行を試みたと言われているし、[9]「自らの人生及び和歌の先達として、早くから能因に関心を寄せていた」とも言われている。[10]能因の歌を書きとめ、誤って自詠歌の中に混入させる可能性が、西行にはあるということを、言い添えておきたい。

この節の要点をまとめておく。抹消記号の付された歌は、古歌・古歌に似た歌・清輔の歌に似た歌である。書き入れ・抹消記号・合点などは、本文の筆者と同筆である。筆者は清輔と同時代人であり、かつ定家ではない。未詳歌集切(二首切)は、自詠歌を自己添削した草稿である。未詳歌集切の成立は、『詞花集』成立の仁平元年(一一五一)以降である。

四　未詳歌集切歌の題材・類歌

次に、未詳歌集切の内容について検討したい。従来知られていた二四首に新出の三首をくわえ、都合二七首が知られたことになる。これらの中で出典の判っているものは⑧「山ひこの」のみで、すでに触れたように『詞花集』巻第二夏に能因法師の歌として採られている。その他はすべて、誰のいかなる歌か判らない。二七首の内訳(抹消記号はいま無視する)は、春の歌六首、夏の歌八首、秋の歌一一首、冬の歌二首である。

そして、これらの歌に詠まれた題材は、ことごとく『堀河院百首』と『堀河院次郎百首』の組題に重なっている。①の歌の「かへるかり」は、『堀河院百首』の歌題「帰雁」に、「はるのあけほの」は『次郎百首』の歌題「春曙」に重なっている。以下、略記すれば、次のとおり。

②「あたなるはな」—(堀)「桜」、(次)「落花」。
③「うくいす」—(堀)「鶯」。
④「かきりありてくるゝ」—(堀)「三月尽」。
⑤「さくら」—(堀)「桜」。
⑥「かすみ」—(堀)「霞」。
⑦⑧⑨⑩「ほとゝきす」—(堀)「郭公」。
⑪「月」—(堀)「月」、「このはな」—(次)「瞿麦」。
⑫「をみなへし」—(堀)「女郎花」。
⑬「かり」—(堀)「雁」。
⑭「しも」—(堀)「しも」、「むし」—(堀)「虫」。
⑮「もみち」—(堀)「紅葉」。
⑯「はつしくれ」—(堀)「時雨」。
⑰「あらし」—(次)「嵐」、「しも」—(堀)「霜」。
⑱「月」—(堀)「月」。
⑲「たなはた」—(堀)「七夕」。
⑳㉑「しかのね」—(堀)「鹿」。
㉒「あきかせ」—(次)「秋風」、「おはな」—(堀)「薄」。
㉓「あきの月」—(堀)「月」。
㉔「すめる月」—(堀)「月」。

新出断簡

㉕「はちす」—(堀)「蓮」。
㉖「まとのほたる」—(堀)「螢」。
㉗「みそき」—(堀)「荒和祓」。

こうしてみると、やはり未詳歌集切は百首歌の草稿であった可能性が高い。

さらに、表現・歌意において、未詳歌集切の歌と似通り歌を検索してみよう。①「いかはかりあはれなるらむかへるかりくもちにいつるはるのあけほの」と同じ上句をもつ歌に、西行の『聞書集』の「いかばかりあはれなるらんゆふまぐれただひとりゆくたびのなかぞら」がある。上句以外にも、「あけぼの」と「ゆふまぐれ」の対照性、「くもち」と「なかぞら」の類同性があり、発想の共通性をうかがわせる。

⑭「あきふかみ　あさちかすへにおくしもの　かれ〳〵になるむしのこゑかな」に似る歌に、「秋ふかき　浅茅が庭の霜のうへにかれても虫のこゑぞのこれる」(『文保百首』藤原道平)がある。表現・歌意ともによく似ている。しかし、『文保百首』の詠進は文保三年(一三一九)から元応二年(一三二〇)の頃であり、理由は次節に述べるが、伝西行筆未詳歌集切よりかなり後の歌である。関係があるとすれば、未詳歌集切の歌が『文保百首』の歌に影響を与えたということになる。

⑱「みつのおもにやとれる月そあはれなるしつめる人のためかとおもへは」の歌の、「みつのおもにやとれる月」という表現をもつ歌は、古くからある。『大斎院前の御集』の「かくばかりすみがたきよの水のおもにやどれる月のかげぞはかなき」、『公任集』の「水の面にやどれる月のかげみれば波さへよると思ふなるべし」、源順の「水のおもにやどれる月ののどけきはなみゐて人のねぬよなれば

か」（『拾遺集』）、『紫式部集』の「くもりなくちとせにすめる水の面にやどれる月の影ものどけし」、『重家集』の「水のおもにやどれる月をながむればくもるはにごる心地こそすれ」などがある。歌意においても通じ合うのは、『大斎院前の御集』の歌と『重家集』の歌くらいであろう。次節で検証するが、未詳歌集切は一二世紀後半頃の詠草草稿と考えられるので、あるとすれば重家（大治三年　一一二八～治承四年　一一八〇）の歌との関わりが考えられよう。

⑲「たなはたのいおはたぬの、いかなれやた、ひとわたりとしにあふらむ」、これと類似する上句・歌意をもつ歌に、「たなばたのいほはた衣いかなればひとたびきつつ夜をばかさねぬ」（『宗良親王千首』）がある。この千首の成立は、天授三年（一三七七）春頃といわれている。もし、関わりがあるとすれば、未詳歌集切から『宗良親王千首』への影響ということになる。

⑳「ふきはらふかせならねともあきの、はしかのねにさへつゆそこほる、」について。「ふきはらふ」ではじまる歌はあまたあるが、このはじまりの語調が好まれた時代があったようだ。この歌い出しをもつ初期のものには、次の歌々がある。「ふきはらふあらしにわびて浅ぢふの露残らじと君につたへよ」（『夜の寝覚』）、「ふきはらふ風にみだるる白露も物思ふ袖に似たるけふかな」（『玉藻に遊ぶ権大納言』）、「吹き払ふ四方の木枯心あらばうき名を隠す雲もあらせよ」（『狭衣物語』）。物語歌ばかりだというのも面白い。『玉藻に遊ぶ権大納言』は、『天喜三年六条斎院歌合』（一〇五五）に見えるのでそのころの成立。作者の禖子内親王家宣旨、源頼国女は、『狭衣物語』の作者と同一人という説もある。『夜の寝覚』をふくめたこれら平安後期物語の中から、「ふきはらふ」ではじまる語調の歌は生まれたのである。

そして、物語的情調をたたえながら、次の展開をむかえる。すなわち、俊頼の「吹きはらふ嵐とともに旅ねする涙の床に木葉ちるなり」を経て、平安末期から鎌倉初期にかけて、好んで詠出されるようになるのである。俊成の顕広時代の歌「吹きはらふあなしの風に雲はれてなごのとわたる有明の月」（『為忠家後度百首』）、頼政の「ふきはらふかへしのかぜにかねてきし月のあまがさぬぎすててけり」（『為忠家後度百首』）、伊行の「吹きはらふ月のあたりの雲みれば春はいとひし風ぞうれしき」（『太皇太后亮平経盛朝臣家歌合』）。『為忠家後度百首』は長承三年（一一三四）～保延二年（一一三六）の成立、『経盛朝臣家歌合』は永万二年（一一六一）の成立である。

このあとに定家の歌が続く。「吹きはらふ床の山風さむしろに衣手うすし秋の月影」（『拾遺愚草』　建仁元年の詠　一二〇一）、「引きはらふ風だにつらし梅花このごろつもれ木のもとの塵」（『拾遺愚草員外』　健保五年の詠　一二一七）、「吹きはらふもみぢの上の霧晴れて峰たしかなる嵐山かな」（『拾遺愚草』　貞永元年の詠　一二三二）。この定家の時代には、他に、宜秋門院丹後の「ふき払ふあらしののちのたかねより木のはくもらで月や出ずらむ」（『正治二年初度百首』　一二〇〇）、実氏の「吹きはらふ野はらの風の夕ぐれも袖にぞとまる秋の白露」（『承久元年内裏百番歌合』　一二一九）、慈円の定家への返歌「吹きはらふ山の嵐をまてしばししばしぞ月は雲がくるとも」（『拾遺愚草』　承久二年の詠　一二二〇）、信実の「吹きはらふ風につけてかとまるらん月のかつらの露の光は」（『洞院摂政家百首』　貞永元年　一二三二）などがあり、この時代―新古今時代―に好まれた歌い出しといえよう。

「ふきはらふ」を歌い出しにする歌は、平安末から鎌倉初期の時代の好尚であったのであり、未詳歌集切の成立に示唆を与えてくれる。

㉔「みつとりのたまものとこのうきまくらおとろくはかりすめる月かな」と同じ上句をもつ歌に、匡房の「水とりの玉もの床のうきまくら深きおもひは誰かまされる」（『堀河院百首』）がある。しかし、歌意における共通性はない。表現のみを、「未詳歌集切」が『堀河院百首』から採った可能性がある。

　こうしてみると、未詳歌集切の歌の表現に似たものは、やはり俊成・西行・定家の時代に多いといってよく、未詳歌集切（二首切）の成立時期に示唆を与えてくれる。

五　もうひとつのツレ
——冷泉家時雨亭文庫蔵「五条殿　おくりおきし」——

　実は、伝西行筆未詳歌集切には、もうひとつのツレが存在している、それもすでに公表されあまねく知られている資料のなかに。冷泉家時雨亭文庫蔵「五条殿　おくりおきし」[11]がそれである。久保田淳氏の解題によれば、この掛幅には「詠草　俊―卿」と記した題簽が貼付されてい、料紙は楮紙、縦二七・一センチ、横四四・五センチ。また、桐箱の蓋の表に「五条殿筆詠草」と、裏に「五条殿御詠草也筆跡無疑自寂初西行筆と注之不審　延享元年夏修覆」とあるという。カタカナで書き入れられた一首を含め、計一四首の歌がしるされているが、はじめの五首とそれより後の九首の部分では、あきらかに筆跡・墨色が異なっている。後の九首は俊成の筆跡であり、はじめの五首は、同じく冷泉家時雨亭文庫蔵の「小色紙三筆」のうちの、伝西行筆『帥中納言俊忠集』の断簡と同筆とされる。このことについて久保田氏は、

> 墨色の薄い部分の筆跡は、後に解題する「小色紙三筆」のうち、伝西行筆「しのはれん」（影印四九二頁）の筆跡と酷似することが注目される。特に、「み」「ひ」「れ」「ん」などの仮名には共通の筆癖のごときものが認められる。おそらく、そのようなことから、箱の蓋の裏に記すように「自寂初西行筆と注之」ということがあったのであろう。ともかく、この部分が「小色紙三筆」の「しのはれん」の色紙と同一人物の筆跡である可能性は極めて高く、「五条殿　おくりおきし」は藤原俊成ともう一人の人物と、二筆の墨蹟であると考えられる。

と述べている[12]。そして実は、この伝西行筆のはじめの五首の部分が、これまで考察してきた伝西行筆未詳歌集切（二首切）のツレなのである。写真版をつき合わせれば一目瞭然なのであるが、料紙の質（楮紙）、大きさ（縦約一七センチ）、なによりも筆跡の同一、そして書写の形態（一首二行書き、部類の書き込み）などからして、間違いない。

　これからの考察に必要なので、釈文を掲げておく。

かみ
おくりおきしあめのおすめのみことよりいすゝの
かはゝたえぬなりけり
あめのしたゝのみをかくるみかさ山たれかはかけに
かくれさるへき

むかしよりいくよをへてかみかさ山いそのかみ
ふるのやしろといはひきぬらん

ほとけ
ときときいたりきくへき人もと、のひてやとせに
ときしのりのはなかも
いにしへもきさをはてらにたてさりきのりを
きくよのやはなからめや

郭公

なそやかく、もゐになきてほと、きす
人のこ、ろをそらになすらん
出 わかこ、ろいかにせよとてほと、きすくもまの
月のかけになくらん

五月雨

出 さみたれはあしのやへふき〳〵そへてそらのけ
しきもひまなかりけり
ワヒ、トノコ、ロノウチニ、タルカナ
クモマモミエヌサミタレノソラ
さみたれはしつのあさきぬくちにけり
たかためならぬさ、めかるとて　仲正哥似也　（歌頭に削除記号）
さ《み》たれのひをふるころそあすか、はきのふ
のふちもかはらさりける
さみたれはうちのかはなみたちそひて
ふねよふこゑはとほさかるなり
さみたれはこはたのおもにみつこえてこまもか
よはすひつかはのはし

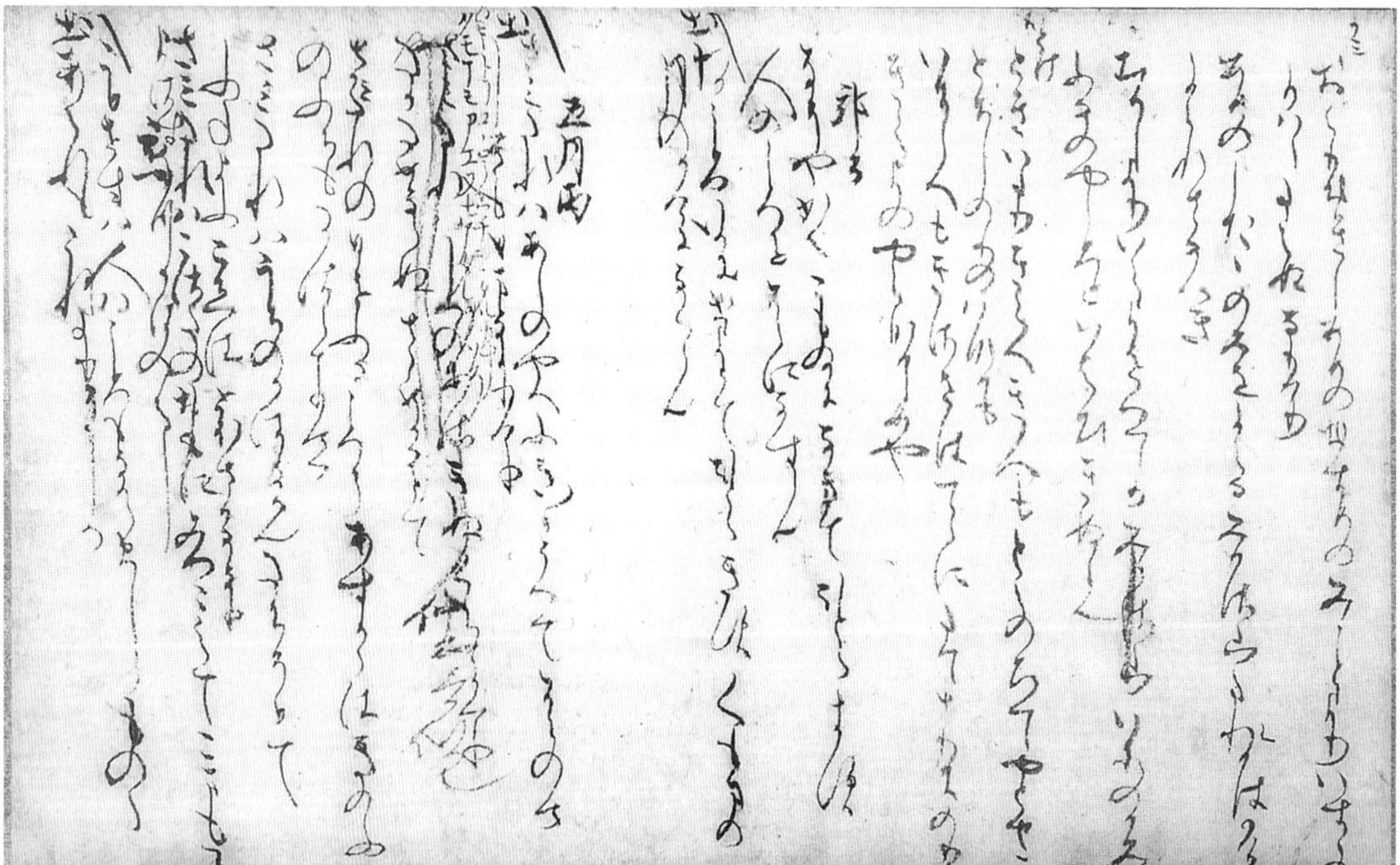

冷泉家時雨亭文庫蔵「五条殿　おくりおきし」

恋

出　こひせすは人はこゝろもなからましもの、
　　あはれもこれよりそしる

まず、未詳歌集切（二首切）のツレであるはじめの五首について見ると、これらも未詳歌集切同様、誰のいかなる歌なのかまったく判らない。「かみ」「ほとけ」という部類をしめす書き入れがあり、従来知られていた「あき」「ふゆ」という四季の部類に、あらたに神祇・釈教が加わったことになる。すでに述べたように、未詳歌集切の歌に詠まれた題材は、すべて『堀河院百首』『堀河院次郎百首』の歌題と重なるものであった。「かみ」「ほとけ」に類するものとして、『次郎百首』に「社」「寺」がある。また、『為忠家初度百首』には「神社」「山寺」が、『久安百首』になると「神祇」「釈教」が現れる。「かみ」「ほとけ」が加わったことで、未詳歌集切が百首歌の草稿であろうという可能性はより高まったといえる。また、「神祇」「釈教」のある『久安百首』（一一五〇年成立）より後と考えるのが、穏当であろう。すでに述べた、『詞花和歌集』の能因の歌を混入させていることから、その成立年である仁平元年（一一五一）が未詳歌集切成立の上限であるということとも、符号する。

次に、「郭公」以下の俊成の筆跡になる部分について見てみよう。そこには、合点が付されかつ歌頭に「出」の書き入れのある歌が三首ある。これら三首はいずれも俊成の家集『長秋詠藻』にあり、『長秋詠藻』の詞書きから三首とも後徳大寺実定家の三首歌会に出詠されたものと知れる。このことから久保田淳氏は、「「郭公」以下の俊成の筆蹟と見られる部分は、後徳大寺実定家三首歌会の折の詠歌草稿と考えてよいのではないか」とされた。[13] また、この三首歌会の開催年次については、不明としながらも治承元年（一一七七）乃至はそれ以前の某年の夏頃と推定されている。[14]『長秋詠藻』の成立した治承二年（一一七八）を、後徳大寺実定家三首歌会開催年次の下限を考えるうえでの、唯一確実な根拠と判断されたのであろう。

他方、松野陽一氏は、やはりその成立時期は不明としながら、実定家三首歌会を実定家十首歌会と類同のものと見なされた。[15] そして、実定家十首歌会の成立については、詳細な考証によって「……実定家十首、俊成家十首の順になると思われ、前記の如く、俊成家十首が任皇后大夫の祝意の会とすれば、実定十首は嘉応二年七月二十六日以前ということになる。厳密な資料的根拠に拠る場合は、俊成の暁天千鳥歌が歌仙落書に入っているからその成立の、承安二年（二月〜十二月二十七日）以前となるが、実定家十首と歌林苑十首が同一の歌会ということになれば、前述のように範兼没の長寛三年四月以前ということになるわけである」とされた。[10] つまり、実定家十首歌会成立のもっとも早い可能性が長寛三年（一一六五）四月以前、もっとも遅い可能性が資料的根拠のある承安二年（一一七二）二月〜十二月二十七日以前ということになり、それゆえこれと類縁関係にある実定家三首歌会も、同じ頃の成立と考えるのである。

久保田氏の〈治承元年（一一七七）乃至それ以前の某年の夏頃〉は、確実にいえる成立の下限であり、松野氏の〈長寛三年（一一六五）四月以前から承安二年（一一七二）二月〜十二月二十七日以前〉は、実定家三首歌会を実定家十首歌会と同じ頃の成立と仮定したうえでの仮説ということになる。

実定家三首歌会の成立時期がとりもなさず「五条殿　おくりおき

し」の俊成筆実定家三首歌会の詠歌草稿の部分の成立時期ということになるわけだが、はたしてそれは長寛三年、承安二年、治承元年のいずれの頃なのであろうか。これ以上絞り込むことはできないのだろうか。

＊

俊成の筆跡の面からの考察が、絞り込みに役立つように思われる。田村悦子氏に俊成の筆跡に関する重要な論考がある。[17] 俊成筆として確実な書状・仮名消息を検証し、その成果によって俊成筆跡の整理を試みたものである。このなかで、いわゆる「水鳥の歌入消息」がはじめて詳細に紹介され、考証の結果、保元三年（一一五八）春より永暦元年（一一六〇）の春までの間のもの、すなわち俊成（顕広時代）四五歳から四七歳の間の筆跡であることが明らかにされた。それまでに認められていた俊成のもっとも若書きの筆跡は、顕広の署名を有する「法勝寺三十講書状」（陽明文庫蔵）であったが、これは仁安二年（一一六七）四月二九日にしたためられたもので、俊成（顕広時代）五四歳の筆跡であった。「水鳥の歌入消息」によって、「法勝寺三十講書状」以前の、俊成（顕広時代）四〇歳代の仮名筆跡の姿が明らかにされたのである。

また、書状・消息の類ではないが、俊成筆跡の根本資料となる『広田社歌合』（前田尊経閣文庫蔵）がある。これは承安二年（一一七二）一二月一七日加判の奥書と俊成の署名があり、俊成五九歳の筆跡である。

これらに続く、俊成筆跡として確実かつ著名なものには、文治二年（一一八六）三月六日付、左少弁藤原定長宛、釈阿署名の「あしたづの歌入書状」（七三歳）、文治四年（一一八八）一月二六日付、丹後守藤原長経宛、釈阿署名の「春日詣書状」（七五歳）などがあるが、ことごとく俊成七〇歳代以降のものばかりである。

さて、これらの四〇歳代から七〇歳代までの、俊成筆跡として確実なものに比較して、「五条殿　おくりおきし」の俊成の筆跡は、いつ頃のものといえるだろうか。四五歳から四七歳頃の「水鳥の歌入消息」は、「晩年の棘げ棘げしさは薄いとはいっても、既に仮名に所謂俊成風が表われ、而も且、もの柔らかな所があり……」[18]といわれるように、いまだ七〇歳代のような鋭く走る直線的な筆線、激しく露わな圭角は、現れていない。これにたいして五九歳時の『広田社歌合』は、もの柔らかさが消え圭角が強くなり雄勁さが露わになっている。すでに七〇歳代のものに通じる調子をそなえ、昭和切や日野切に近い筆線である。「五条殿　おくりおきし」の俊成筆跡には、『広田社歌合』の雄勁さはなく、いま少し柔らかくたおやかである。「水鳥の歌入消息」の方により近い。

筆跡の近さ遠さとか、同筆か否かということになると、どうしても感覚的物言いになりがちであるが、ひとつ具体的な証左を挙げるなら、「須」を字母とする仮名表記のことがある。田村悦子氏は、俊成筆跡として確実な根本資料を基準にして、伝俊成筆の古筆切にも言及しているが、久安百首切は筆勢が若く四〇歳頃の若書き、了佐切は真筆や否やの熟考を要すとの条件付きながら、久安百首切と「水鳥の歌入消息」の間とし、顕広切と御家切については再検討すべきとして真筆に組み入れていない。[19] そして、この「水鳥の歌入消息」（四五歳から四七歳）よりも少しく前とされた久安百首切と了佐切（ただし、私見では、久安百首切も了佐切も「水鳥の歌入消息」より少し後、俊成五〇歳前後とすべきかと考える）には、「須」を字母とする「す」が目立って用いられているのだが、「五条殿　おくりおきし」の俊成筆の部分にも、「須」を字母とする「す」が二カ所に使われている。無論、その字形は特徴的で酷似している。ところが、『広田社歌合』（五九歳）では、三巻に渉る長巻のなかにわずか五カ所ほどしか出てこない。ほとんど目立たず、使用頻度ははなはだ低い。「春」「寸」を字母とする「す」がほとんどでなのである。この傾向は「昭和切」（七五歳頃）でも変わらない。試みに切断分割される前の写真複製の一冊（巻五から巻十まで）を閲すれば、「めつらしきこゑならなくにほと丶き須」の一例のみである。『ほと丶きす』の語を含む歌は数首あるが、「ほと丶き春」の表記がほとんどである。「五条殿　おくりおきし」の俊成筆の部分では、二カ所の「ほと丶きす」がすべて「ほと丶き須」であるのと対照的である。「須」を字母とする「す」は、年齢によって使用頻度がおおきく変化したのである。「水鳥の歌入消息」（一一五八年から一一六〇年）前後の久安百首切や了佐切の頃に、すなわち俊成四〇代後半から五〇代の頃に好んで用いられた表記と思われるのである。ということは、同じように「須」を用いる「五条殿　おくりおきし」の俊成筆実定家三首歌会詠草草稿も、「水鳥の歌入消息」により近い頃に書かれたのであり、用字法に隔たりのある『広田社歌合』（一一七二年）の頃からはより遠い、ということになろう。

　以上のような俊成の筆跡に関する考察を、実定家三首歌会の成立年代の絞り込みに活かせばどうなるか。すでに述べたように、長寛三年（一一六五）以前、実定家三首歌会の成立時期の可能性として、

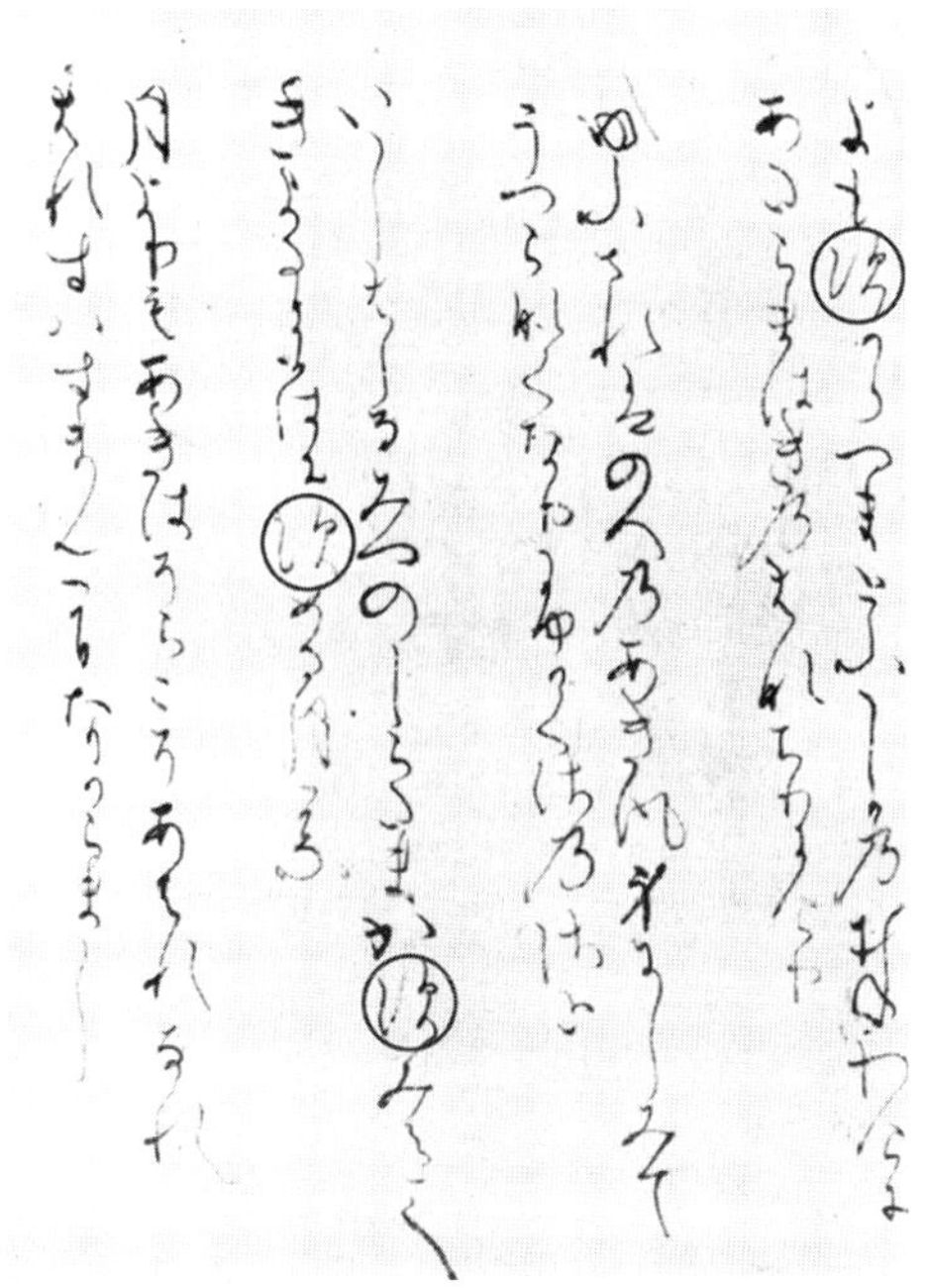

久安百首

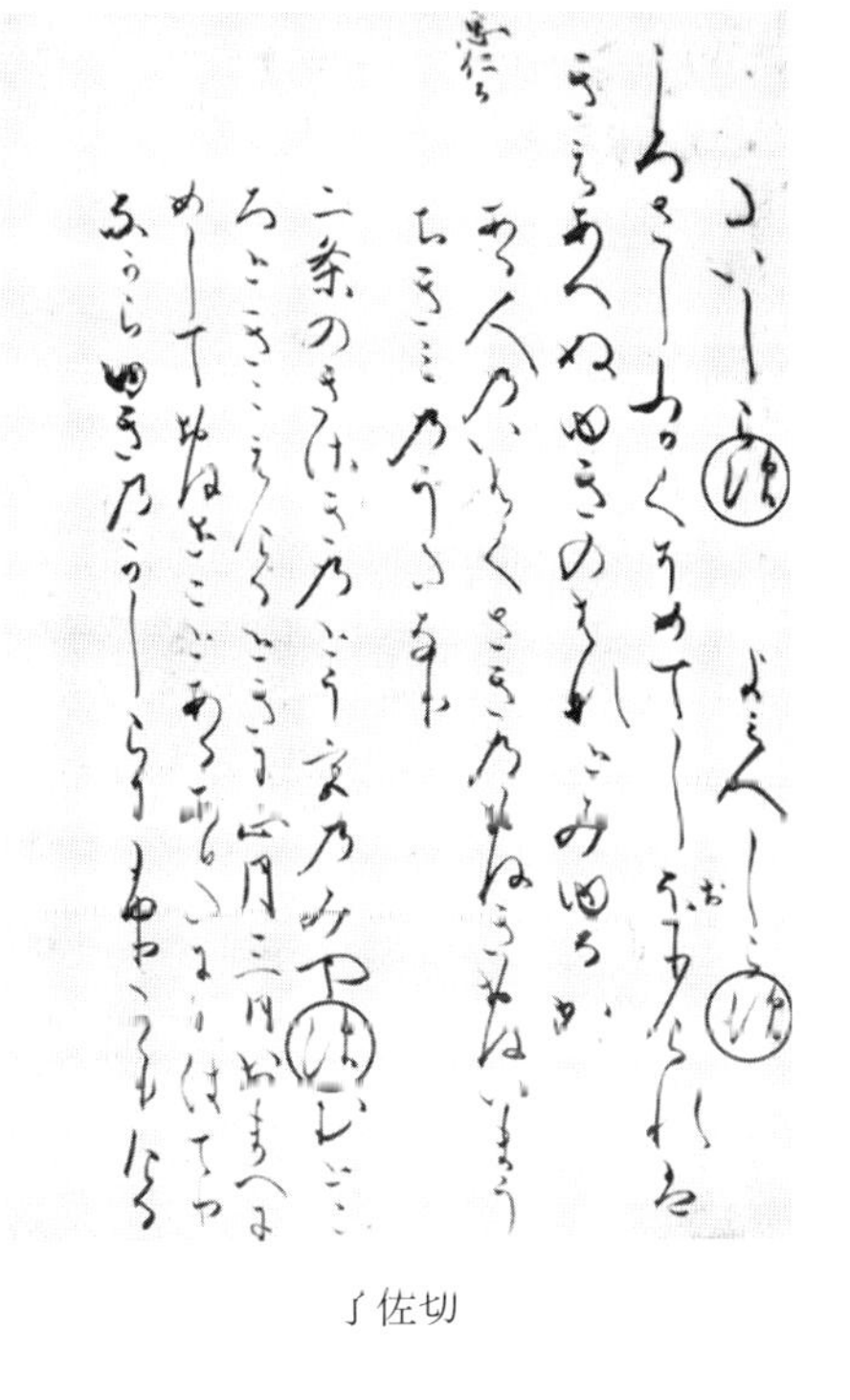

了佐切

承安二年（一一七二）以前、治承元年（一一七七）以前という考えが出されているのだが、俊成の筆跡・仮名表記のあり方からみて、治承元年の頃ということは考えにくくなる。治承元年（一一七七）は、「五条殿　おくりおきし」の俊成の筆跡から遠い『広田社歌合』（一一七二）が書かれた時よりも、さらに後だからである。筆跡・仮名表記からみるなら、「水鳥の歌入消息」（一一五八年から一一六〇年）にもっとも近い長寛三年（一一六五）が最有力ということになろう。

「五条殿　おくりおきし」の俊成筆の部分が長寛三年（一一六五）頃の成立とすると、その前に書かれている伝西行筆の部分も、同じか少し前の成立ということになろう。なぜなら、伝西行筆の部分とそれに続く俊成筆の部分のあいだに、料紙を継いだ痕跡がないからである。おそらく、伝西行筆の部分が書かれた残りの余白に、俊成は後徳大寺実定家三首歌会の草稿をしたためたのであろう。とにかく、伝西行筆未詳歌集切の成立の下限は、長寛三年（一一六五）頃である。すでに述べたように、成立の上限は仁平元年（一一五一）であるから、理屈の上からは、伝西行筆未詳歌集切は仁平元年から長寛三年までの、約一五年程のあいだに成立したことになる。ただし、ひき続いて俊成筆後徳大寺実定家三首歌会の草稿が書き継がれていることから見て、やはりその成立の直前、長寛三年頃に書かれたものと考えるのが穏当なところであろう。

ところで、「さみたれはしつのあさきぬ」の歌の頭には削除記号があり、下方に「仲正哥似也」との書き入れがある。さらに、この歌と前の歌の間に、小字のカタカナで「ワヒ、トノ」の歌が書き加えられている。仲正の歌に似ているのに気付いて削除し、別の歌を詠み加えたのであり、「仲正哥似也」の書き入れもカタカナ書きの歌も、俊成の筆跡のように思われる。他人の歌に似ているが故に、その旨の注記をして削除記号を付すというありかたは、すでに見た伝西行筆未詳歌集切（二首切）の場合と同じである。逆の言い方をすれば、未詳歌集切の削除記号を付された歌に加えられた書き入れも、やはり古歌に似ているとか、清輔の歌に似ているとかいう、削除の理由を記したものであったことが、これによって証明されるといってよい。それはともあれ、俊成筆の部分が後徳大寺実定家三首歌会の草稿であるなら、これと同じような書き入れや削除記号の付された伝西行筆の部分も、やはり何かの草稿なのであろう。

ちなみに、源仲正は、生没年未詳。俊忠・顕輔らの主催した歌合に出席しているが、若き日の俊成（顕広時代）とともに、『為忠家初度百首』（長承三年〈一一三四〉頃）『同後度百首』（保延元年〈一一三五〉頃）に出詠している。『源仲正集』[20]を検索するに、五月雨の歌は、「さみたれはとまのしつくに袖ぬれてあなしほとけの波のかきねや」、「さみたれはいとかの山のひきまゆも絶んとすれやさらすひもなき」などがあるが、当該歌に似ているとは思われない。俊成が仲正のいずれの歌をもって「似也」としたのか、未詳とするほかない。

とにかく、冷泉家時雨亭文庫蔵「五条殿　おくりおきし」のうちの、伝西行筆のはじめの五首の部分は、未詳歌集切（二首切）のツレであった。そして、それにひきつづく俊成筆の九首の部分は、後徳大寺実定家三首歌会（長寛三年〈一一六五〉頃）の詠草草稿であるから、その前に書かれている伝西行筆「未詳歌集切」のツレの部分の成立も、やはり長寛三年頃と考えられるのである。むろん、「五条殿　おくりおきし」のはじめの五首だけのことではなく、そのツレであるすべての伝西行筆未詳歌集切の成立が、長寛三年頃ということになる。

六　未詳歌集切の詠作者

さて、最後の問題は、伝西行筆未詳歌集切（「五条殿　おくりおきし」の最初の五首も含めた）の歌は誰の歌なのか、また誰の筆跡なのか、ということである。すでに述べたように、未詳歌集切は自詠自筆の草稿と見るのが穏当なところなので、詠作者がすなわち筆者であるということになるのだが、とりあえず筆者・筆跡のことは措いて、まずは誰の歌なのかという方向から考えてゆきたい。

ついては、「五条殿　おくりおきし」の後半部分、すなわち俊成筆後徳大寺実定家三首歌会の草稿部分から考えられる可能性を検討してみる。伝西行筆未詳歌集切のツレの後に、ひき続いて俊成自詠自筆の後徳大寺実定家三首歌会の草稿が記されているのだから、素直に考えれば、その前の部分も俊成の詠草草稿である可能性が想定できよう。そしてこの場合、俊成の詠草草稿であるのに、なぜ俊成の筆跡で書かれていないのかということが、問題になろう。

このことに関わって興味深い事実がある。それは、冷泉家時雨亭文庫蔵「小色紙三筆」のうちの、俊成筆「山ふかみ」の断簡と伝西行筆「しのはれん」の断簡とが、ともに帥中納言俊忠集の断簡であるということ、くわえて、やはり冷泉家時雨亭文庫蔵「古筆断簡」一巻の第四葉に「五条殿　ことの、御しふ」という断簡（料紙中央に「ことの、／御しふ」と書かれている）があり、同じく第五葉に「藤谷殿　二条帥殿御集也」という断簡があり、この二葉も『俊忠集』にかかわる断簡であるということである。[21]つまり、さきの「小色紙三筆」の二葉と合わせた計四葉が、料紙の縦の寸法の近さから、「本来は横本冊子本の『帥中納言俊忠集』（「ことの、御しふ」）の一部だった」[22]と考えられるのである。「古筆断簡」一巻の第四葉「ことの、御しふ」は、『俊忠集』の表紙の外題であり、第五葉は同じ本の識語（藤谷殿、すなわち冷泉為相の筆）なのである。そして、その識語には「二条帥殿／御集也／外題幷／奥二枚ハ／五条殿／御筆也」とあり、これによって、「小色紙三筆」のうちの俊成筆断簡は『俊忠集』の「奥二枚」のうちの一葉であること、同じく「小色紙三筆」のうちの伝西行筆断簡は俊成筆以外の部分の一葉であると知れる。外題と奥二枚のみを俊成が書き、その他の部分は伝西行筆の筆跡の人が書いた、そういう寄合書きの『俊忠集』の表紙・識語・本文の残簡が、これら四葉の断簡なのである。

冷泉家にあった『帥中納言俊忠集』は、俊成筆と伝西行筆の寄合書きの写本であったのであり、この事実は、『帥中納言俊忠集』の伝西行筆の部分を書いた人物が、俊成の監督する写本作業に加わっていたということを意味しよう。それゆえ、この人物が俊成の詠草を書写するということがあっても、いっこうに不思議でないことになる。つまり、一つの可能性として、俊成の周辺にいて写本の書写作業に加わっていた某る人物が、俊成の詠草草稿を書写した、ということが想定されるのである。もしそうであるなら、「五条殿　おくりおきし」の伝西行筆のはじめの五首、および巻間にある伝西行筆未詳歌集切（二首切）の歌々は、俊成の詠草草稿であるということになるわけである。

しかしながら、この想定には大きな問題がある。すでに述べたように、未詳歌集切の本文・書き入れ（部類・削除理由）・削除記号は、すべて同一人物の筆跡と思われるので、俊成の歌を書き写したその人物（「五条殿　おくりおきし」の伝西行筆の部分の筆者）が、俊成の歌を添削したことになってしまう。長寛三年前後の俊成は、清輔の声望にいまだ及ばないとはいえ、六条家に拮抗する歌壇の実力者になりつつあった。長寛二年には俊恵歌林苑歌合の判者（現存する最初の俊成判）を、永万二年には重家家歌合の判者をつとめている。伝西行筆の部分の筆者が西行その人であったとしても、たとえ歌の名手西行であったとしても、歌壇の実力者として認められつつある俊成の歌を、添削するようなことができるのであろうか。あるいは、俊成がそういう要請を西行にしたであろうか。疑問なしとはし得ない。

未詳歌集切は自詠自筆歌の自己添削の可能性が高く、かつ俊成筆ではないのだから、残る可能性は、俊成ならざる人物が自分の詠草草稿に添削を加え整理せんとした、というケースである。そうであるなら、未詳歌集切の詠者にして書写者でもある人物は、俊成の監督する写本の書写作業の協力者であると同時に、自詠の草稿を俊成に送るかして見せ、それをそのまま俊成の手元に残し置くような人物である、ということになる。すでに述べたように、未詳歌集切はおそらく百首歌の草稿かと思われるのだが、長寛三年（一一六五）の頃にこのような行為が可能な俊成周辺の人間には、誰がいたであろうか。俊成には子女も多く、養子の寂蓮などもいたし、和歌の弟子たちも数多いた。俊成の歌友西行でなくとも、可能性のある人間はいくらでもいそうに思われる。

しかしながら、長寛三年頃ということになると、おのずと可能性の範囲はしぼられる。そして、俊成との親密な交友、百首歌の詠作ということを勘案すると、西行という存在がやはり無視できなくなってくる。西行の『御裳濯河歌合』に加判した俊成は、「今上人円位壮年の昔より互ひにおのれを知れるによりて二世の契をむすび終りにき」（一番判詞）と記している。西行と俊成の交流は、「壮年の昔より」の永い結びつきであったのである。西行は若くして徳大寺家の随身をつとめているし（『山家集』の記載など）、俊成も徳大寺家の姻戚筋であり、徳大寺家を介した二人の交友は、西行出家以前の早い時期からであった可能性もある。[23] しかし、確かな資料的裏付けがあるのは、俊成五四歳より少し前の頃の交流である。『長秋詠藻』に「西行、西住などいふ上人どもまうできて、対花思西といふ心をよみしに」とある。同じ折のことと思われるが、西行の『聞書集』にも「五条の三位入道、そのかみおほ宮のいへにすまれけるをり、寂然、西住なんどまかりあひて、後世のものがたり申しけるついでに、向花念浄土と申すことをよみけるに」とある。『聞書集』には西行と俊成の連歌が記されているが、そこでの俊成は「家主顕広」となっている。五四歳で俊成に改名するより前、すなわち仁安二年（一一六七）一二月二四日より前に、俊成邸に西行・寂然・西住の集うことがあったのである。ちなみに、この仁安二年以前の俊成と西行の交流は、前節に縷々述べた「五条殿　おくりおきし」が書かれたと考えられる長寛三年（一一六五）前後と、時間的にぴたりと重なる。長寛三年頃には確かに俊成と西行の親密な交流があったのであり、「五条殿　おくりおきし」の前半部分を西行が俊成のもとに残し置くこともあり得ることなのである。

くわえて、西行は百首歌をかなり詠んでもいる。[24] 未詳歌集切

（「五条殿　おくりおきし」のはじめの五首を含めた）の作者として、西行という可能性を無下に否定することはできない。

歌の作者として西行の可能性が浮かびあがったということは、すなわち、歌の筆者としても西行の可能性が残されているということである。

七　未詳歌集切の筆跡

そもそも、伝西行筆未詳歌集切は、その呼称が示すように西行筆といわれてきたものである。そして、それは本文や書き入れや削除記号が同一人の筆になるもので、自詠自筆自己添削の草稿本の可能性が高い。ということは、これが伝承どおり西行の筆跡であるならば、詠作者も西行ということになる。そこで、最後に未詳歌集切の筆跡についていささかの検討をくわえておきたい。

まず、これまでに述べた未詳歌集切の筆跡にかかわることを、まとめておく。

①巻間にある伝西行筆未詳歌集切（二首切）は、巻間にある伝西行筆小色紙（『俊忠集』の断簡）と同筆と考えられている。(25)

②巻間にある伝西行筆未詳歌集切（二首切）は、冷泉家時雨亭文庫蔵「五条殿　おくりおきし」の伝西行筆とされるはじめの五首と同筆であり、ツレである（五節）。

③冷泉家時雨亭文庫蔵「五条殿　おくりおきし」の伝西行筆とされるはじめの五首は、やはり冷泉家時雨亭文庫蔵「小色紙三筆」のうちの伝西行筆の色紙と同筆とみなされている。(26)

④冷泉家時雨亭文庫蔵「小色紙三筆」のうちの伝西行筆の色紙は、実は『俊忠集』の断簡であり、巻間にある伝西行筆小色紙（『俊忠集』の断簡）と同筆であり、そのツレである。

以上の事柄をまとめると、次のようになる。巻間にある伝西行筆未詳歌集（二首切）は、冷泉家時雨亭文庫蔵「五条殿　おくりおきし」のはじめの五首と同筆にしてツレである。そしてさらに、巻間にある伝西行筆小色紙（『俊忠集』の断簡）、およびそのツレである冷泉家時雨亭文庫蔵「小色紙三筆」のうちの伝西行筆色紙（『俊忠集』の断簡）、これらとも伝西行筆未詳歌集切は同筆である。

ところで、未詳歌集切と小色紙（『俊忠集』の断簡）とを同筆とみる説は多いが、(27)さらにそれらを西行真跡とみる向きもある。たとえば、「（未詳歌集切の）書風は前述の小色紙と同筆で山家心中集・中務集とも共通する。しかも一品経和歌懐紙にも酷似するものであるいは西行の筆跡かとも考えられるものである」といわれている。(28)むろん、この筆跡を西行真跡とみない説もある。(29)はたして、未詳歌集切と他の古筆とを同筆と見なしてよいものか、また、未詳歌集切西行真跡の可能性はどの程度あるのだろうか。

西行筆と伝えられる筆跡は多いが、確実に西行真跡といえるものは、「一品経和歌懐紙断簡」「高野山金剛峰寺宝簡集所収円位書状」「御物円位書状」の三点のみである（「仏頂抄紙背書状」「経典紙背仮名書状」など存疑説のあるものは含めない）。さらに、冷泉家時雨亭文庫蔵『残集』の冒頭部の仮名消息も、西行真跡に加えてよいという見解もある。(30)また、『明月記』紙背であったらしい、冷泉家時雨亭文庫蔵「定家書状幷円勘返状」の「円」の筆跡は、「円位」の筆跡とみてよいかもしれない。いずれにせよ、真跡と認められるものはごくわずかである。そして、これら西行真跡と認められているものを眺めわたすだに、同筆か否かの判断の困難さを痛感させられる。たとえば、「一品経和歌懐紙」と「御物円位書状」を虚心に見くらべてほしい。予備知識なくして、これらが同一人の筆だと、本当に感じられるだろうか。とても同一人の字には見えまい。書写時の年齢差、書写の対象、書写にあたっての意識（晴か褻か）、筆や料紙の違い、これらによって、同じ人間の筆跡でも異なった姿をみせるのが、むしろあたりまえだと考えるべきであろう。軽々に同筆か否か、真跡か否かを断ずることは、慎まねばならない。

しかし、だからといって、ただ判断停止に陥っているわけにもいかない。伝西行筆筆跡のなかにおける未詳歌集切の位置を測っておきたいので、伝西行筆の筆跡に対する従来の説を検討しておく。数多ある伝西行筆のなかでもっとも真筆に近いとされるものは、飯島春敬氏によれば[31]、未詳歌集切・小色紙（『俊忠集』断簡）・『中務集』・『山家心中集』（三種ある手のうちの第一の手、なお端作り「山家心中集　花月集ともいふべし／花　三十六首」のみ俊成筆）である。すなわち、未詳歌集切と小色紙（『俊忠集』断簡）とだけではなく、『中務集』・『山家心中集』（第一の手）も同筆と見るのである。また、渡部清氏は、真筆に非常に近くかつ同筆であるものとして、上記のものにさらに『小大君集』・中将公衡集切（本体は冷泉家時雨亭文庫に三位中将公衡卿詠として現存）・栄花物語切をくわえている[32]。これらは、未詳歌集切・小色紙の群と、『中務集』・『山家心中集』（第一の手）・『小大君集』・中将公衡集切・栄花物語切の群すべてを、同筆と見るものである。

これに対して片桐洋一氏は、真跡か否かということとは無関係に、『小大君集』と中将公衡集切を同筆、『山家心中集』の第一筆とそれらを酷似しているとする[33]。名児耶明氏も、『山家心中集』（一種・二種）・中将公衡集切・『小大君集』・『中務集』を、「一品経和歌懐紙」によく似た一群の伝西行筆古筆としている[34]。また、高城弘一氏は、冷泉家時雨亭文庫蔵『中御門大納言殿集』も『中務集』・『山家心中集』・『小大君集』・中将公衡集切と同一書風に分類しているが、その類に小色紙・未詳歌集切はいれていない[35]。私見でも、『中御門大納言集』の第二の手（二丁オまでが第一の手、二八丁オ九行までが第二の手、以下の第三の手が俊成の筆）は、『中務集』・『山家心中集』の第一の手・『小大君集』・中将公衡集切と同筆に見える。それはとにかく、これらは、未詳歌集切・小色紙（『俊忠集』断簡）と、『山家心中集』（第一の手）・『中務集』・中将公衡集切・『小大君集』・『中御門大納言殿集』とを別筆と見るものといえる。

ところで実は、もしこれらすべてが同筆であるとすると、これらすべてが西行筆ではあり得ないことになってしまうのである。久保田淳氏は山家心中集の第一の手に関連して、「……その内のいわゆる第一種が西行自筆か否かは、なお慎重な検討を要する問題であると考える。第一種自筆説に立つ飯島春敬氏は、この手が三位中将公衡集の断簡と同手であり、形も同じ楮紙の桝型本であると指摘しておられる。しかし、三位中将公衡集は建久元年（一一九〇）七月以降の百首二篇を以て構成されているものであるから、西行没後の成立で、公衡集切が西行筆でないことは確かである。それ故、これと宮本家本山家心中集の第一種とがもしも同手であるならば、第一種は西行の手蹟ではないということになりかねないのである[36]」とされた。きわめて重要な指摘である。

同筆か否かの判断の難しさは、何度くりかえしても言い過ることはあるまい。確実な西行真跡のなかでさえ、異筆に見えるものもある。年齢、料紙、筆、書写の対象、書写時の意識、これらの相違によって、同一人の筆跡でも相貌を異にするのはあたりまえなのである。逆に、別人の筆跡でも瓜二つであることもある。とくに親子や師弟の場合にはありがちなことで、時代は下るが、伏見天皇と後伏見天皇、後柏原天皇と後奈良天皇、近衛信尹とその養嗣子信尋、これらの人々の書の酷似はよく知られている[37]。それゆえ、右に挙げた一群の伝西行筆の筆跡を、言われているようにすべて同筆と見てよいか、慎重にならざるをえない。すくなくとも使用字母の異同などを精査する必要があろうが、いまその用意はない。

しかし、すでに冷泉家時雨亭文庫蔵「五条殿　おくりおきし」によって明らかにしたように、その前半を占める伝西行筆の部分、すなわち未詳歌集切（二首切）のツレの部分は、後続の俊成筆後徳大寺実定三首歌会の詠草草稿より前の書写でなければならず、長寛三年（一一六五）頃の書写と考えられた。それゆえ、もし未詳歌集切と中将公衡集切が同筆であるならば、公衡集切の書写が建久元年（一一九〇）以降なのだから、両者の間にはすくなくとも二五年の隔たりがあることになる。それも、未詳歌集切のほうが公衡集切よりも若書きということになる。しかしながら、未詳歌集切は禿筆を巧みに駆った練達自在の筆跡であり、渇筆のせいか熟成した手に見え、公衡集切のほうが清新に見える。同一人の手とすると、後先《あとさき》が逆のように思われる。それゆえ、字形は似ているが、別人の手と考えるべきであろう。あるいは、両者は書の師弟であるかも知れない。

とにかく、現状では、未詳歌集切（二首切）・小色紙・『山家心中集』（第一の手）・『中務集』・『小大君集』・中将公衡集切・栄花物語切・『中御門大納言集』（第二の手）をすべて同筆と断ずるよりも、確かに字形は似ているが渇筆で線質が比較的穏やかに見える未詳歌集切と小色紙を、その他のものから区別しておくのが慎重な処置と思われる。また、中将公衡集切と『山家心中集』（一種）を比べると、前者の方が圭角が強いようにも見え、この一群すべてを同筆とすることにも慎重な検討が必要であろう。

ちなみに、伝西行筆古筆のうち、同筆と目される別の一群がある。『桝形曽丹集（切）』の第一の手、『一条摂政集』（二筆と見る場合は第一の手）、『出羽弁集』の第一の手、『橘為仲集（切）』である[38]。このなかの『橘為仲集（切）』は、漢字を中心とする箇所のみが別筆で書かれており、書写者が漢字の不得手な女性である可能性が指摘されている[39]。もしそうであるならば、そしてこれら一群の古筆がすべて同筆であるならば、これらは西行に似た書をよくする某女性の手であり、西行筆ではないことになる[40]。しかし、高城弘一氏はこれらを同筆とは言わず、同類書風として分類している[41]。同類書風ということなら、『橘為仲集（切）』以外にはなお西行筆の可能性が残ることになる。

＊

話しをもとにもどそう。さて、いまひとつ留意しておきたいのは、冷泉家における古い伝承である。冷泉家時雨亭文庫蔵の古筆古写本の筆者についての伝承のなかには、非常に古いものがあるということに注意しておきたい。たとえば、桝型本『曽丹集』の巻末に「のりきよ□ふて」と記された小紙片が貼られているという。田中登氏は、[42]「のりきよ」は佐藤義清《のりきよ》、すなわち西行のことであり、この書き付けの筆者として定家の可能性を示唆しつつ、少なくとも西行と同時代かそれにごく近い頃のもので、鎌倉初期までに記されたものとされた。そして、かかる古い伝えには、江戸時代の古筆家の鑑定などとは比較にならぬ信憑性があること、また真跡である「一品経懐紙」と比べると異質であるが、年齢による変遷を考慮すべきことなどを説かれた。定家筆ということについては、字数がわずかでなんとも言えないが、もし定家であるならば、年長の人間にたいして「のりきよ」と俗名を呼び捨てにはせず、「西行法師」と書いたのではなかろうか。また、かな書きゆえ、女性の手の可能性もあろう。しかし、その他については説得的である。西行の若き日を知る者、「のりきよ」時代を知る者の手になった識語と見てよいのではないか。桝型本『曽丹集』が西行の若い頃の手である可能性を排除することはできない。

つぎに「小色紙三筆」であるが、この掛幅には「色紙形／山　俊成卿／恋　西行／松　定家卿／三筆」と記した題簽が貼付されているという。また、箱の中には「修覆之節已前之分難用」と上書きした、古い絹地断片、紐、金物などを包んだものが納められているという。[43]「小色紙三筆」の三葉それぞれが、俊成、西行、定家の筆跡であるという伝えは、修復時に再利用することができないくらいに表装の絹地が痛むほどの昔からあった、かなり古い時代からあった冷泉家の伝承と推察される。そして、すでに触れたように、三筆のなかの西行筆とされているものは、巻間にある小色紙と呼ばれる『俊忠集』の断簡のツレであり、かつ未詳歌集切とも同筆と考えられている。この筆跡を西行のものとする伝えは、古くから冷泉家にあったものといえよう。

さらに、未詳歌集切のツレをふくむ「五条殿　おくりおきし」の書写者についても、興味深い事実がある。それを納めている桐箱の蓋裏に、「五条殿御詠草也筆跡無疑自冣初西行筆と注之不審　延享元年夏修覆」とあり、そのように記した延享元年（一七四四）の冷泉家の当主は、第一五代為村であるというのである。[44]延享元年に修復されたというが、掛軸の裂が痛むにはそれ相応の時間が必要であり、百年、二百年、あるいは三百年以上の年月を考えてもおかしくはない。つまり、修復以前から伝えられてきたこと、「自冣初西行筆と注之」ということは、冷泉家にあったかなり古くからの伝えと考えてよかろう。

ところで、為村の記した「自冣初西行筆」ということであるが、冷泉家に伝えられていた本来の意味は、「初めからすべて西行筆」ということではなく、「最初の部分は西行の筆」という意味であったと思われる。最初の、俊成筆に非ざる部分の、すなわち未詳歌集切のツレの部分の筆跡を西行のものだとする注が、古くから冷泉家にあったのであろう。それを為村は、「最初からすべて西行の筆」という意味に受け取ったのではないか。それゆえに、「自冣初西行筆と注之」という書き方をし、かつその伝えを否定して、「五条殿　おくりおきし」のすべてを俊成筆である旨注記したのであろう。しかし、どう見ても「五条殿　おくりおきし」は一筆ではなく、二筆である。

ともかく、冷泉家には為村より相当前の時代から、「五条殿　おくりおきし」のはじめの部分を西行筆とする伝えが確かにあったのである。

ちなみに、冷泉家時雨亭文庫蔵ではないが、近年（一九七五年頃）発見された伝西行筆『兼盛集』（末に高光集が付されている）は、内表紙に定家の手で「西行法師筆平兼盛集」と書かれているという(45)。定家筆ということについては、その部分の写真が示されていないのでなんとも判断のしようがないのだが、それが事実であるならば西行と交友のあった同時代人の証言として、軽視できない重みがある。

以上のように、冷泉家時雨亭文庫蔵の古筆古写本およびそれに類するものから察するに、俊成や定家と関わりのある書写本――俊成と寄合書きであったり、俊成の監督下に書写されたと考えられるもの、定家の手沢本であったもの――で西行筆という古い伝えをもつものは、その可能性をむげに否定することはできないのである。確証は得られないが、可能性はあるのであり、たんなる憶測の域を出ないというものではない。俊成・定家の私家集書写作業に、西行がなんらかのかたちで加わっていた可能性も検討されねばなるまい(46)。たしかに、『中将公衡集（切）』や『橘為仲集（切）』、およびこれらと同筆と断じられるものは、すでにふれたごとく西行筆ではありえず、俊成・定家の写本工房にいた西行風のかなの使い手によるものであろう。が、未詳歌集切（二首切）・小色紙（『俊忠集』断簡）などは、それらと同列に論じることはできないのである。

とはいえ、西行筆ということについては、現段階では可能性はあるが立証不可能と言うよりほかはない。確実にいえることは、未詳歌集切（二首切）は俊成の周辺にいた能筆家によって、長寛二年（一一六五）頃に書写された、自詠歌の草稿であろうということである。

付記一

本稿発表の四年後、出光美術館「西行の仮名」展（二〇〇八年二月）に、春敬記念書道文庫蔵・冷泉家時雨亭文庫蔵・架蔵とともに、あらたなる十五首分（秋五首、冬十首）の新出葉が展示された。残念ながら十五首の出現によっても、本稿を補う新たな事実は得られなかった。よって、新たな十五首分については、ここには補足せず、歌数なども旧稿のままとした。新出の十五首については、別府節子氏「伝西行筆の新出葉を中心に」（『出光美術館研究紀要』第十三号、二〇〇八年一月）を参照されたい。

付記二

二〇一〇年八月二九日の西行学会シンポジウム（於新潟大学）において、別府節子氏は伝西行筆の書の筆跡について論じられた。そのなかで、真跡資料として「一品経和歌懐紙薬草喩品」を比較材料にして、未詳歌集切はそれに遠く、出光美術館蔵『中務集』はそれに近いことを論じられた。しかし、西行の仮名の真跡資料である「御物円位書状」を比較材料として取り上げられなかった。同じく和歌を書いたものとして、「一品経和歌懐紙薬草喩品」を未詳歌集切の比較材料とされたのであろうが、草稿体の未詳歌集切を清書体の「一品経和歌懐紙薬草喩品」とのみ比較するのは、方法的に公正さを欠くと思われる。清書ではなく草卒の書という要素からは、むしろ「御物円位書状」、さらには存疑説はあるが「仏頂抄紙背書状」とも比較すべきであり、これらと比較すればこれらは未詳歌集切に近く、『中務集』に遠いといえる。そもそも比較によって真筆か否かを云々することがいかに難しいかは（年齢、料紙、筆、書写の対象、書写時の意識などによって同一人でも同筆に見えないこと）、本稿のなかで私自身強調したことであるが、未詳歌集切を書の性質の異なる（草稿と清書）「一品経和歌懐紙薬草喩品」とのみ比較して事足れりとするのは、方法として公正さに欠けよう。その場で発言する時間がなかったので、ここに指摘しておく。

また、中村文氏は歌の表現の検討から、藤原清輔の六条家の歌風から藤原俊成の御子左家の歌風への転換期の歌であり、俊成周辺の歌人の歌とされた。拙稿の推定した未詳歌集切の成立年代と歌の表現の質は一致した。しかし、既知の西行歌との類似性・非類似性については十分な検討がなされなかった。和歌そのものの精査から西行歌に近づくのか遠ざかるのかの検討は、これからの課題である。

*

架蔵切は表具が掛けられており、年代測定を見送っていた。が、本稿で推測した伝西行筆未詳歌集切の書写年代に科学的に近づかんがため、表具を解き端を切り出し、炭素14年代測定をおこなった。その結果は次のとおりである。

得られた炭素14年代は９６１［ＢＰ］で、その１σの誤差範囲９６１±２１［ＢＰ］を暦年代に較正した値が、１０２５（１０３４）１０４６、１０９２（）１１２０、１１４０（）１１４８［cal ＡＤ］。その２σの誤差範囲９６１±４３［ＢＰ］を暦年代に較正した値が、１０２０（１０３４）１０５８、１０７５（）１１５４［cal ＡＤ］である。

大変興味深い結果である。先に推定した、『詞花和歌集』成立の仁平元年（一一五一）以降、後徳大寺実定家三首歌会開催のもっとも早い可能性である長寛三年（一一六五）五月以前という年代に、奇しくも重なる数値が出ているのである。

これまでの長きにわたる測定からうかがわれる傾向として、平安末期の資料は誤差範囲が古い方に広がるということが分かっている。未詳歌集切もその例にもれず、最も古い年代は一〇二〇年である。しかし、すでに推定したように、未詳歌集切の成立は『詞花和歌集』成立の仁平元年（一一五一）以降、後徳大寺実定家三首歌会開催のもっとも早い可能性である長寛三年（一一六五）五月以前である。そうであるなら、２σの誤差範囲のもっとも遅い数値である一一五四年の近辺に、実年代があると考えるべきであろう。これは料紙の年代なので、これより何年か後に書写された可能性も考えられる。

とにかく、炭素14の年代測定によって、未詳歌集切の書写年代を一一五四年近辺から一一六五年五月以前に絞り込む、科学的裏付けができたのである。

この一一五四年近辺から長寛三年（一一六五）五月以前に、未詳歌集切や小色紙のような西行風の書を書く人間はどれほどいたであろうか。冷泉家時雨亭文庫蔵の私家集類を見ると、『中将公衡集（切）』や『橘為仲集（切）』のように、これより二、三〇年後、西行の死後まで、俊成の写本工房には西行風の筆跡を書く人間がいたようである。しかし、一一五四年頃から一一六五年頃に西行風の筆跡を書いたのは、西行その人の他にはいなかったのではないか。炭素14年代測定によって、未詳歌集切が西行四〇歳頃の筆跡である可能性の高さが裏付けられたのである。

仮に、炭素14年代測定の誤差範囲の下限である一一五四年をとれば、俊成四〇歳、西行三六歳、定家はまだ生まれていない頃である。また仮に、「後徳大寺実定家三首歌会」開催のもっとも早い可能性である長寛三年（一一六五）をとれば、俊成五一歳、西行四七歳、定家はまだ三歳の頃である。いずれにしても、俊成はまだ顕広を名乗っていた時代である。

あとは、西行研究者・和歌研究者に、和歌そのものの分析から西行自詠の可能性の検証をうながしたい。そして、出現が期待されるツレに、既知の西行の歌が含まれていることを祈りたい。

注

（1）小松茂美　講談社　一九八八年〜一九九三年。
（2）春名好重　淡交社　一九七九年。
（3）飯島春敬　東京堂出版　一九八〇年。
（4）森川勘一郎　敬和会　一九二六年。
（5）平凡社　一九六六年。
（6）書芸文化院　二〇〇〇年。
（7）注（3）に同じ。
（8）『西本願寺展』図録（東京国立博物館　二〇〇三年）。
（9）臼田昭吾「西行の初度陸奥の旅に就いて―その時期と意義―」（『静岡英和女学院短大紀要』第1号、一九六八年二月）。
（10）久保田淳『新古今歌人の研究』（東京大学出版会、一九七三年）。
（11）『冷泉家時雨亭叢書　第九巻　拾遺愚草下　拾遺愚草員外　俊成定家詠草古筆断簡』（朝日新聞社　一九九五年）。
（12）注（11）の解題。
（13）注（12）に同じ。
（14）注（12）に同じ。
（15）松野陽一『藤原俊成の研究』（笠間書院、一九七三年）。
（16）注（15）に同じ。
（17）「藤原俊成の書状及び仮名消息の研究」（『美術研究　第百九十七号』一九五八年五月）。
（18）注（17）に同じ。
（19）注（17）に同じ。
（20）『王朝文学　第十四号』（王朝文学研究会　一九六七年）。
（21）注（11）に同じ。
（22）久保木哲夫「『俊忠集』の伝来」（『都留文科大学国文学論考』第三十号、一九九四年二月）、ならびに注（12）。
（23）注（10）に同じ。
（24）錦仁「西行の恋の歌」（『国文学　解釈と鑑賞』至文堂、二〇〇〇年二月）
（25）注（2）、注（3）に同じ。また、渡部清「西行の「書」を通観して」（『墨73号　特集西行　人と書』芸術新聞社、一九八八年七・八月）など。
（26）注（11）に同じ。
（27）注（2）、注（3）、注（4）、注（5）、など。
（28）渡部清「西行の「書」を通観して」（『墨　特集西行　人と書』芸術新聞社、一九八八年七・八月）。注（3）も西行真跡とみる。
（29）注（5）、注（6）など。
（30）田中登「時雨亭文庫蔵曽丹集と升型本曽丹集切」（『古筆切の国文学的研究』風間書房、一九九七年）。
（31）注（3）に同じ。
（32）注（25）の渡部論文。
（33）『冷泉家時雨亭叢書　第十五巻　平安私家集二』「小大君集」の解題（朝日新聞社　一九九四年）。

(34)『墨164号　特集西行と西行風のかな』（芸術新聞社、二〇〇三年九・一〇月）。
(35)『墨スペシャル27　王朝かな書道史』（芸術新聞社、一九九六年四月）、および「伝西行筆のかな古筆」（『墨164号　特集西行と西行風のかな』芸術新聞社、二〇〇三年、九・一〇月）。
(36) 注（11）に同じ。
(37) 波多野幸彦『書の文化史　書状にみる人と書』（思文閣出版、一九九七年）。
(38) 田中登「冷泉家の古典籍と伝西行筆私家集類」（『墨164号　特集　西行と西行風のかな』芸術新聞社、二〇〇三年九・一〇月）。
(39) 注（38）に同じ。
(40) 注（38）に同じ。
(41) 注（35）に同じ。
(42)『冷泉家時雨亭叢書　第十五巻平安私家集二』「曾丹集」の解題（朝日新聞社、一九九四年）。
(43) 注（11）に同じ。
(44) 注（11）に同じ。
(45) 注（3）に同じ。
(46) 注（42）に同じ。

28　伝西行筆　色紙

＊

古筆の世界で色紙といえば、いわゆる三色紙、継色紙・寸松庵色紙・升色紙が有名である。しかし、これらは後代の「色紙」、すなわち「短冊」に対する「色紙形」とは違う。私家集や私撰集、あるいはいくつかの歌集から歌を抄出した選歌集、これらを書写した冊子本や巻子本の断簡である。平安時代の歌書の書写本は、たんなる文学テキストとしてではなく、美的鑑賞の対象として、書の手本としての意味合いをあわせもっていたため、美しいかな文字で散らし書きに書かれることが少なくなかった。三色紙はそのような写本の断簡なのだが、あたかも一首の歌を「色紙形」に書いたように見えるため、「色紙」と呼び習わされてきたのである。

古筆切の中には、このように「色紙」と呼ばれるものが少なからず存在する。中には、三色紙を真似て捏造された後代作の偽筆も混じっているかもしれない。そして、そういうものはいかにも茶席に掛けるのに好まれそうな名歌を書いたものが多かろうと推察される。しかし、一方、『新編国歌大観』などに見出すことのできない未詳歌を書いた「色紙」もあり、そういうものは偽筆とは考えにくく、古典文学の本文資料として貴重な意味をもつ。

＊

さて、ここに伝西行（一一一八〜一一九〇）筆の色紙と伝称される断簡がある（箱書による）。売立目録『金沢市男爵本多家及某氏御所蔵品入札』（大正二年六月二三日、京都美術倶楽部）に掲載されたものである。料紙は楮紙、縦二〇・二センチ、横一六・六センチ。歌一首を五行に散らし書いている。料紙の古さや筆跡の特徴から見て、西行生存期に相応の時代があると判断される。

右端に綴じ穴の跡かと疑われるものがあるが、虫喰いのようでもあり、冊子本の断簡と断定できない。

では、巻子本の断簡か。寂蓮様の書風から一二世紀後半とみなされている、勅撰集の賀の歌を抄写した伝寂蓮筆色紙（一）という古筆切がある。『古筆学大成22』（小松茂美、講談社、一九九二年）の解説によれば、現在二軸に分割されている「きみかよはちよにひとたひゐるちりのしらくもかゝるやまとなるまて」（『後拾遺集』巻第七賀歌）と「ひとふしにちよをこめたるたけなれはつくともつきしきみかよまては」（『拾遺集』巻第五賀歌）の二葉は、もと巻子本の一部であり連続して書写されていたものだという。和歌を一首づつ散らしに書きにした巻子本が、一二世紀後半に確かに存在していたわけである。それゆえ、当該断簡もそれと同じような、和歌を一首づつ散らしに書きにした巻子本であった可能性が残るのである。が、巻子本の断簡と断定する証拠もない。

では、藤原定家筆と伝わる小倉色紙のように、襖障子に貼る色紙形として書かれたものなのであろうか。その可能性も否定することはできない。

しかし、ツレの存在が確認できないし、書かれている歌も出典未詳歌なので、冊子本の断簡なのか、巻子本の断簡なのか、はたまた

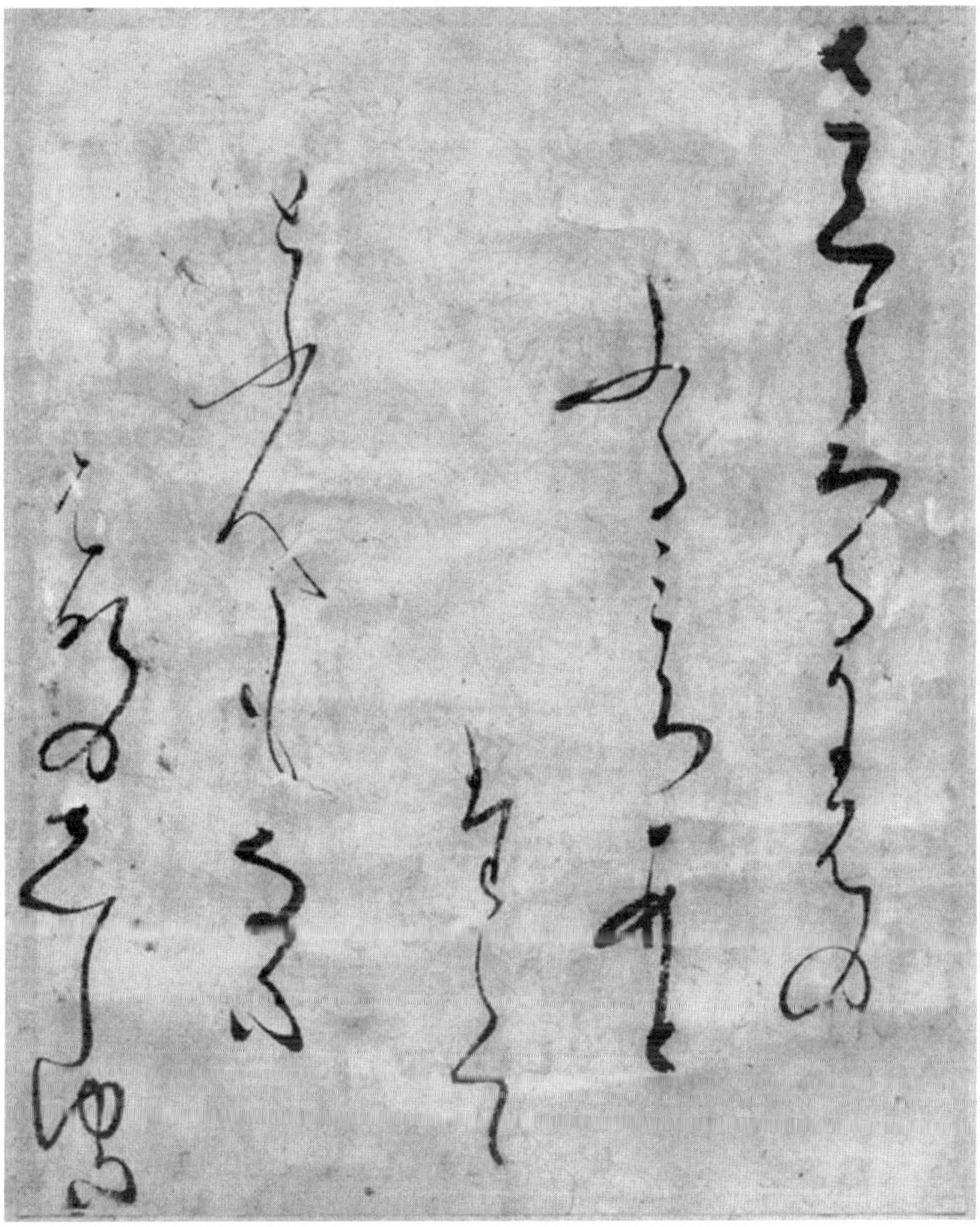

伝西行筆 色紙

屏風や襖障子の色紙形なのか、確定することができない。

さくらちるにはの
　ふるみちあと
　　たえて
とふ人もなき
　はなのしらゆき

＊

『新編国歌大観』には見えない未詳歌である。同じ表現、あるいは類同表現をもった歌を探索することで、この歌の成立時期を推定してみたい。

まず、「あとたえてとふ人もなき」の表現をもつ歌であるが、『後拾遺集』の藤原通宗朝臣（一〇四〇年ごろ～一〇八四年）の歌がある。

あとたえてとふひともなき山ざとにわれのみみよとさけるうのはな　（一七一）

「あとたえてとふ人もなき」の表現はまったく同じだが、この歌に詠まれているのは「卯の花」で「桜」ではない。しかし、影響関係があるとするなら、当該断簡の歌は西行時代のものと推察されるので、当該断簡の歌が通宗の歌から影響を受けていると想定される。

「にはのふるみちあとたえて」と酷似する表現をもつ歌には、『楢葉和歌集』（一二三七年成立）の延実法師の歌がある。

かよひこしにはのふるみちあとたえぬ　つもるや雪のふか草のさと

ふたつの歌には、「あとたえて」と「あとたえぬ」の表現上の小異と、「落花」を「白雪」とする見立てと「雪」の実景との異なりがあるが、趣向は共通している。この歌の成立年代からみて、関係があるとすればこの延実法師の歌が断簡の歌に影響されたものと思われる。

「はなのしらゆき」は桜の落花を雪に見立てた美しい表現であるが、この表現をもつ歌は少なくなく、西行と同時代からそれ以降に流行したようだ。中でも『千載集』（『林葉集』にも）の俊恵法師（一一一三～一一九一年頃）の歌が、早い例である。

みよしのの山した風やはらふらむ　こずゑにかへる花のしら雪　（九三）

以下、「はなのしらゆき」の表現をもつ歌を、詠作者別に掲げてみる。

藤原良経（一一六九～一二〇六）

さそはれぬ人のためとやのこりけむ　あすよりさきの花のしらゆき　（『新古今集』一三六、『篠月青集』一〇一八など）

ふくかぜやそらにしらするよしの山　くもにあまぎる花のしらゆき　（『秋篠月青集』三八）

おいらくのけふこむみちはのこさなむ　ちりかひくもるはなのしらゆき　（『秋篠月青集』一三七九）

慈円（一一五五～一二二五）

吉野山はるの梢をながむれば　風にぞきゆる花のしら雪
（『拾玉集』五一四）
みちもせに花のしら雪ふりとぢて　冬にぞかへるしがの山こえ
（『拾玉集』一六二七）
故郷の花の白雪見にゆかん　いざこまなめて志賀の山こえ
（『拾玉集』三四八八、『千五百番歌合』二百四十三番左）
風わたるみねの梢はきえはてて　谷にぞつもるはなのしら雪
（『拾玉集』四二三八）

藤原家隆（一一五八～一二三七）
かづらきやたかまのあらし吹きぬらし　天にしらるる花の白雪
（『壬二集』一二五八）

藤原定家（一一六二～一二四一）
ふりにける庭の苔路に春暮れて　行へもしらぬ花のしら雪
（『拾遺愚草』二一四）
みよし野に春の日かずやつもるらん　枝もとををの花の白雪
（『拾遺愚草』一八三七）
にはもせの花の白雪風ふけば　いけのかがみぞくもりはてぬる
（『拾遺愚草員外』五五一）

藤原長方（一一三九～一一九一　定家の従兄　母は俊成の妹）
春風のやや吹くままに高砂の　尾上にきゆる花の白雪
（『長方集』二八）

沙弥静空（三条実房一一四七～一二二五）
よしの山たかねをこむる明ぼのの　霞につもる花のしら雪
（『正治初度百首』一八一七）

藤原範光（一一五四～一二一三）
かへるべきいづらは見えぬ山路かな　花のしら雪ちるとまがふに
（『正治後度百首』一七一）

小侍従（一一二一頃～一二〇二頃）
かぜふけばはれぬる雪と見るほどに　ふもとにつもる花のしらゆき
（『千五百番歌合』一八九番左）

藤原雅経（一一七〇～一二二一）
よしのやまささわくるあさのした露に　ぬれてこそおもれ花のしらゆき
（『飛鳥井集』一二四三）

後鳥羽院（一一八〇～一二三九）
みよし野に春の嵐やわたるらん　道もさりあへず花のしら雪
（『後鳥羽院御集』一四八六）

「はなのしらゆき」を詠んだこれらの人々を生年順にならべると、俊恵（一一一三～一一九一年頃）にはじまり、小侍従（一一二一頃～一二〇二頃）、藤原長方（一一三九～一一九一）、沙弥静空（三条実房一一四七～一二二五）、藤原家隆（一一五八～一二三七）、藤原範光（一一五四～一二一三）、慈円（一一五五～一二二五）、藤原定家（一一六二～一二四一）、藤原良経（一一六九～一二〇六）、藤原雅経（一一七〇～一二二一）、後鳥羽院（一一八〇～一二三九）となる。つまり、「はなのしらゆき」という美しい見立ての表現は、俊恵や小侍従のころ、すなわち西行と同時代に成立し、慈円・家隆・定家・良経・雅経・後鳥羽院の新古今時代に花開いたといえよう。

また、これらの人々は一二世紀半ば頃から一三世紀はじめにかけて作歌活動をした人々であり、かつ、俊恵と藤原長方以外は後鳥羽院歌壇に関わる人々でもある。当該断簡の未詳歌も、これらの人々が活躍した一二世紀半ばから一三世紀はじめ頃に詠まれた歌であり、後鳥羽院歌壇と関わりのある歌人が詠んだ可能性が考えられる。そして、西行（一一一八〜一一九〇）もこの時代を生きた歌人であり、後鳥羽院歌壇の人々と関わりの深い歌人である。後鳥羽院自身は生前の西行を知らぬであろうが、『後鳥羽院御口伝』に「……生得の歌人とおぼゆ。これによりて、おぼろげの人のまねびなどすべき歌にあらず。不可説の上手なり」という有名な西行評を残している。西行が一二世紀半ばから一三世紀はじめの歌人に与えた影響はすこぶる大きい。

それのみならず、この未詳歌は桜の歌人西行に相応しく、落花降り敷く訪う人もない古庭の寂寥を詠んでいる。仏教的無常観の浸透した寂びた落花の美は、いかにも西行風である。

筆跡も西行真跡消息「みもすそのうたあはせのこと」の字形に似通っている。終画を左上にはねる癖のある「にはの」や「はなの」の「の」、上部が小さく下部が大きい特徴のある「あとたえて」の「あ」、一画目から二画目にかけて「へ」の字のように右下に下がる癖のある「とふ人」の「人」、三画目の縦線が二画目の横線から上にはねずにそのまま下に下がってしまう癖をもつ「しらゆき」の「き」など、真跡消息「みもすそのうたあはせのこと」の中に同じ字形を拾い出すことができる。

こうしてみると、西行がこの未詳歌を詠んで書いたとしてもなんの不思議もないのだが、無論確たる根拠もない。西行風の歌を西行風の筆跡で書いた、西行時代の未詳の断簡としておく他ない。ともあれ、平安末期書写にかかる埋もれた桜の名歌が一首、ここに掘り起こされたのである。

29 伝慈円筆　夏十首詠草切（伝俊成書入）

一　断簡の概観

鎌倉時代初中期の百首歌の草稿と思われる断簡が現われた。その内容を紹介し、いささか考察をくわえてみたい。埋もれていた鎌倉期の和歌十首が、ここによみがえることになる。

この断簡は、縦二九センチ、横四七・五センチ、料紙は楮紙。紙面は荒れ、茶色く焼けている。始めに「夏十首」とあり、以下一首二行書きで十首の歌が並ぶが、八首目と九首目との間に紙継ぎがある。紙継ぎのあとにある最後の二首は、歌の内容からみて春の歌であり、この二首は本来「夏十首」よりも前の位置にあったと思われる。

詳しくは後述するが、二首目、三首目、五首目、九首目の語句には鉤がかけられており、書き入れがみられる。八首目にも鉤がかけられているが、書き入れはみられない。本来はなんらかの書き入れがあったと思われるが、春の二首が継がれるときに裁ち落とされた部分に記されていたようだ。ちなみに、この断簡には三種の添え状・極めのたぐいが付属しており、それらは本文を慈円筆、書き入れを藤原俊成筆としている。しかし、そのいずれも確証はなく、伝称の域を出ない。

断簡には、以下の一〇首と書き入れが記されている。書き入れについては、墨のかすれなどで読み難い文字が少なくない。暫定的な読みであることをことわりおく。

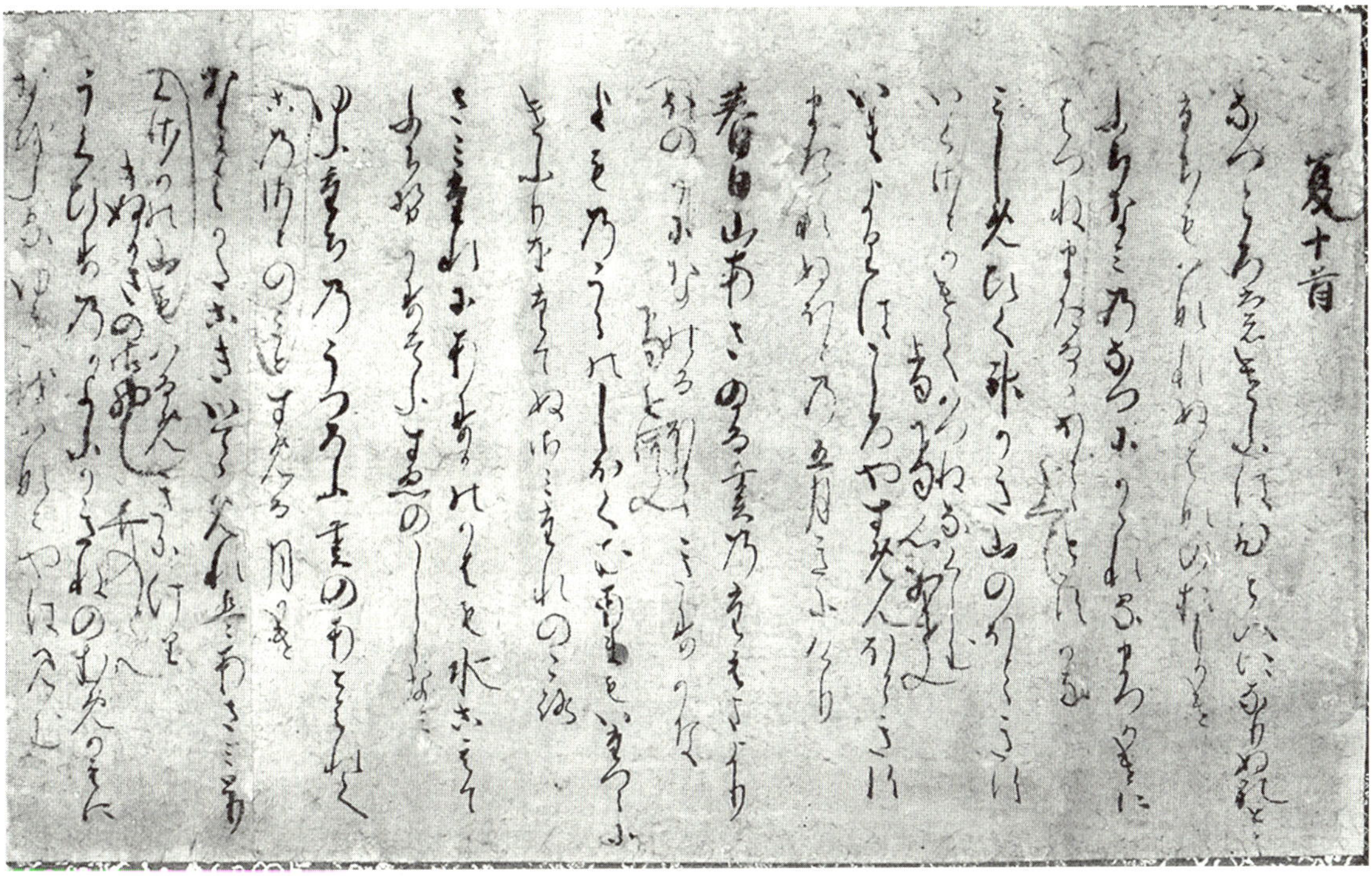

伝慈円筆 不明詠草切

夏十首

なつころもけふはひとへになりぬれと
たちもはなれぬはなのおもかけ

ふちなみのなつにかゝれるまつかけに
はつねまたるゝほとゝきすかな①

みしめひく神かき山のほとゝきす
いくさとかけてはつねなくらむ②

いまよりはこゝろやすめんほとゝきす
またれぬほとの五月きにけり

春日山あさゐる雲のたえまより
ほのかになのるほとときすかな③

よものうらのしほくむあまもいたつらに
けふりをたてぬさみたれのころ

さみたれにあすかのかけも水こえて
ふちせかすそふすゑのしらなみ

ゆふたちのうつろふ雲のあとはれて
このさとのみとすめる月かけ④

なにはかたこきいてゝ見れはあさみとり
くさかの山もはるめきにけり⑤

うくひすのかよふかきねのむめかえに
なをふるゆきをはなとやは見む

①「はつねまたるゝ」に鉤、「近志（し）と也」と書き入れ。
②次の歌との行間に「上句下句心萬遺歟」と書き入れ。
③「ほのかに」に鉤、「下句近聞歟」と書き入れ。
④「このさとのみと」に鉤、書き入れは無し。
⑤「くさかの山も」に鉤、「きぬかさの御物也　并入とか」と書き入れ。

これらを『新編国歌大観』で検索するに、一首も見いだす事ができない。すなわち、この断簡の十首はすべて散佚歌であり、誰の歌か、いかなる歌集の歌かわからないのである。

とはいえ、『久安百首』（一一五〇年詠進）や『健保内裏名所百首』（一二一五年成立）は、「春二十首」「夏十首」などから構成されており、そしてこの断簡も「夏十首」とあり、また春の歌もあることからして、百首歌の一部の可能性が高い。ちなみに、百首歌の濫觴とされる曽祢好忠「百ちの歌」（『曽丹集』所収、九六〇年頃詠進）では、春・夏・秋・冬・恋は各十首で構成されており、源順や恵慶の百首歌にも踏襲されている。多人数百首歌の盛行をもたらした『堀河院百首』（一一〇五～六年頃詠進）は百題百首であるが、本断簡には一首ごとの題はない。

『寿永百首家集』（一一八二年）は、賀茂重保が『月詣和歌集』撰集のために三六人の歌人に勧進した、百首歌形式の私家集である。本断簡も、たんに百首歌ということだけではなく、百首歌のかたちをとった私家集の草稿である可能性も捨てられない。

本断簡のツレに、『白鶴美術館蔵手鑑』「伝慈鎮大僧正筆　歌集切」（恋十首の初めの七首分）がある。[1] 本断簡同様所々に鉤点、合点が付されている。「恋十首／ひとすちにわれのみたとる恋のやま／人はちかひのみちもしりけり／ちきりきやゆめかとはかりみしまえの／いりえのまこもかりそめにとは／しつかもるとを山をたのひたすらに／うちぬるひまもなくなみたかな／ゆめをたにくるゝよことにたのめとも／ねられぬものをまちしならひに／かつらきのくめのいはゝしあはれなと／つらきためしにわたしそめけむ／あらすなるひとのこゝろのことはりも／なさけにかへてなをつらきかな／あふことにかへむとたのむいのちたに／つれなきほとをえやはまつへき」であるが、やはり同じ歌を他文献に見いだすことができない。

また、「あしからのやへ山こえてなかむれと／いさよふ月はなをまたれけり／かせさむきふきあけのはまのあきの夜に／くもらぬゆきのつもる月かけ／いつまてのかきりはそらにしりぬらむ／おいのなみたにやとる月かけ／きのふけふしくるとみれはやましなの／いはたのはゝそいろつきにけり」の四首一葉が報告された。[2] しかし、やはり同じ歌を他文献に見いだすことはできない。これらは恋と秋の歌なので、やはり百首歌もしくは百首歌のかたちをとった私家集の草稿である可能性が高かろう。

その他の類似の遺品としては、徳川美術館蔵の伝寂蓮筆「逸名歌集」をあげることができる。これは秋・冬・恋の各三首と雑一一首の都合二〇首からなる私家集の残欠で、もとは三〇首程度から成る小規模の私家集であったと考えられている。[3]「河霧」「深夜聞鹿」「老後見月と云ことを」「氷の哥」「初傳出恋」などの題詞が一首一首に付されおり、『堀河院百首』の百首百題にならう形態をもった、小私家集であったとおぼしい。

　ところで、添え状・極めでは、本断簡の本文の筆者が慈円ということになっているが、自筆の懐紙など慈円の真筆類のなかに、この断簡とまったく同筆といえるものはない。しかし、字形や行の姿がかもし出す全体的雰囲気は、慈円真筆に近いものがある。慈円と同時代か、それに少し遅れる頃の筆跡ではあろう。本断簡の字形で特徴的な点は、「あ（安）」の二画目の縦線を極端に長く引くこと、「見」の二画目から三画目へかけて急角度で切れ上がることなどがある。前者の特徴は、藤原定家の「あ（安）」（たとえば、『源氏物語奥入』など）あたりから鎌倉中期頃の筆跡に見受けられるが、本断簡ほど極端なものはない。後者の特徴は、伝西行筆の白河切や巻子本曽丹集切などに目立ち、鎌倉初期頃の筆跡と推定されるものにまま見られる字形である。

　伝慈円とされる古筆切の多くは、いわゆる後京極流の書風で、縦長で筆力を表に出したものであるが、本断簡もまさに後京極流の書風である。しかし、そのような特徴をもった筆跡は、伝慈円の筆跡にかぎらない。この書風の創始者である後京極良経をはじめ、藤原家隆、藤原為家、藤原為氏などを伝称筆者とする古筆切の書風も、大同小異である。つまり、鎌倉時代初期から中期にかけて流行した書風であり、そのなかでさらに年代を絞ったり筆者を特定したりすることは、はなはだ困難なのである。あえて現存古筆のなかで似通うものを挙げるなら、春日懐紙、なかでも中臣祐定の筆跡に全体的雰囲気も特定の文字（「安」「遣」など）の字形も良く似ている。軽々に同筆と断ずることはできないが、書風の類同から同時代性が強く感じられる。

一　各首の考察

　詠者も筆者もつまびらかにし得ないが、せめて歌の内容および書き入れから詠進の時代を探ってみたい。一首づつ類歌、鍵語を同じうする歌を検討していく。ただし、いま述べたように、断簡の筆跡は鎌倉期のものと思われるので、南北朝期までの歌に限り、室町時代以降の歌は、特別の理由がないかぎり掲げない。

1　なつころもけふはひとへになりぬれと　たちもはなれぬはなのおもかけ

イ　なつごろもいそぎかへつるかひもなく　たちかさねたる花のおもかげ
（『千五百番歌合』六〇七〈新編国歌大観の歌番号　以下同〉嘉陽門院越前）

　断簡の1の歌とイの歌は、「なつころも」「たち」「はなのおもかけ」の表現が重なっているだけではなく、「夏衣に衣替えしても桜の面影が忘れられない」という一首全体の歌意がほぼ同じである。類想の歌であり、どちらかがどちらかを踏まえているのであろう。『千五百番歌合』の越前の歌の詠進は、建仁元年（一二〇一）である。「夏十首」断簡の歌が越前の歌を踏まえているなら、断簡の歌は建仁元年以降に詠まれたことになる。

　逆の場合、越前の歌の方が「夏十首」断簡の歌を踏まえたのだとしても、断簡の筆跡から見て、建仁元年をおきくさかのぼることはできない。さかのぼれるとしてもほんのわずか、ほぼ同時代の歌と見るべきであろう。
　ところで、名高い古歌を踏まえる本歌取りとは別に、同時代の歌を踏まえて詠む傾向が、後鳥羽院に顕著であったという。(4) 同時代歌を踏まえる詠法は、後鳥羽院以降にはあり得る方法なのである。

ロ　夏衣たつことやすきこのもとに　身をもはなれぬ花のおもかげ
（『権中納言実材卿母集』五一六）

　この歌も「なつころも」「たつ」「花のおもかけ」の表現が重なっている。この歌の作者である実材母は、永仁（一二九三〜一二九九）の初期頃の没という。(5) 鎌倉中期の人物である。断簡の1の歌とロの歌に直接的関係を想定する根拠はなにも見あたらない。ロの歌はイの歌の表現を摂取したのかも知れない。しかし、断簡の1の歌ともども、これら三首には表現の同時代性が感じられる。

2　ふちなみのなつにかゝれるまつかけに　はつねまたるゝほとゝきすかな

イ　ほとゝぎすはつねまたるゝときにこそ　みじかき夜半も明かしかねけれ
（『宝治百首』八七七　少将内侍）

「はつねまたるゝ」と「ほとゝきす」の表現が同じ。『宝治百首』は『続後撰集』の撰歌資料として宝治二年（一二四八）に詠進された。2の歌の「はつねまたるゝ」には鉤がかけられ、読み難いが「近志と也」すなわち「近しと也」かと思われる書き入れがある。「ほとぎすの初音が近いという意味だ」ということなのか、「はつねまたるゝ」という表現が「最近詠まれている」ということなのか、判断しかねる。が、いずれにせよ、鉤を「はつねまたるゝ」にかけたということは、「はつねまたるゝ」という表現が目新しいものであったからに違いない。2とイは、成立が近いのではないか。

ロ　さきそめし春の末葉のふじなみの　心ながくぞ夏にかかれる
（『百首歌合建長八年』七九三　三位中将）

　建長八年（一二五六）九月十三夜の歌合の歌。「ふちなみの」「なつにかゝれる」が同じ。しかし、歌意のうえでは重なっていない。

3　みしめひく神かき山のほとゝきす　いくさとかけてはつねなくらむ

「いくさとかけて」に鉤がかけられ、読み難いが「上句下句心萬遺歟」という書き入れがある。鎌倉時代以前の歌で、「いくさとかけて」の表現をふくむ歌は、次のとおり。

イ　みねつづきいくさとかけてかよふらん　やどとふかぜのとほざかりゆく
（『明日香井集』六三一）

ロ　夕立の雲は一村すぎぬれど　いく里かけてつゆのおくらん
（『宝治百首』一一三六　有教）

ハ　葦曳きの山を木だかみいづる月　いく里かけて物思ふらん
（『宝治百首』一五八六　経朝）

ニ　さきにほふみやこのきたのやまざくら　いくさとかけて人さそふらん

（『現存和歌六帖』六二三　権大納言実雄）

ホ　ゆふ立のかげろふ空のうき雲は　いくさとかけてすずしかるらん

（『続現葉集』二一七　尋観法師）

へ　めぐりゆく雲にしたがふむらしぐれ　いくさとかけて冬をつぐらん

（『伏見院御集』一四五三）

イは「百日歌合建保二年七月二十五日始之」のうちの一首で、建保二年（一二一四）の詠。ロとハは宝治二年（一二四八）の詠進。ニの詠者実雄は健保五年（一二一七）から文永一〇年（一二七三）の生存であるが、『現存和歌六帖』は第一次成立が建長元年（一二四九）なので、ニはそれ以前の詠歌。『続現葉集』は元亨三年（一三二〇）の成立であり、当時現存の人々の歌を集めているので、ホは元亨三年以前、それとほど遠からぬ頃の歌。へは伏見院の嘉元二年（一三〇四）詠のうちの一首。3の歌のように、「いくさとかけて」が「ほと、きす」「はつねなくらむ」と結ばれている例は見あたらない。

「みしめひく」の表現をもつ歌は、為家に目立つ。

イ　注付三輪社寛喜元年

みしめひくみわの杉むらふりにけり　これや神よのしるしなるらん

（『為家集』一七一一、続後撰集 五六二）

ロ　文応元年七社百首　民部卿為家

みしめ引くみとしろをだの苗代に　まづせきかくる賀茂の川水

（『夫木和歌抄』一八八三）

ハ　嘉禄元年十禅師社にたてまつる百首　民部卿為家

いまはまた五月きぬらしみしめひく　神のみたやもさなへとるなり

（『夫木和歌抄』二六〇三）

ニ　としふとも色はかはらでみしめひく　一よのまつの千代の行末

（『続現葉集』七一四　法眼慶宗）

南北朝以前の該当する歌四首のうち、三首が為家の詠である。イは寛喜元年（一二二九）、ロは文応元年（一二六〇）、ハは嘉禄元年（一二二五）の詠歌。

「はつねなくらむ」「ほととぎす」「いくさと」の語句をあわせ持つ歌に、次のようなものがある。

イ　いく里をかたらひすててほととぎす　今わがやどのはつねなくらむ

（『千五百番歌合』七一四、『拾玉集』三四九四、『万代集』三九七、『閑月和歌集』一二五　慈円）

ロ　ほととぎすまつとも人のつげなくに　いく里おなじはつねなくらむ

（『人家集』一〇三　法院良覚）

イの慈円の歌は、『千五百番歌合』のものであるから、建仁元年（一二〇一）の詠進。ロを載せる『人家和歌集』は、文永八年（一二七一）から一二年（一二七五）頃の成立。良覚は嘉元年間（一三〇三～一三〇六）まで生存し、九〇歳を越える高齢であったという。(6) 鎌倉時代中期に壮年を過ごした人物である。断簡の3の歌の下句とロの下句は同想である。「みしめひく」の語を持つ歌が為家に多いこととあわせ、3の歌の成立時期を暗示している。

4　いまよりはこゝろやすめんほとゝきす　またれぬほとの五月きにけり

「こゝろやすめんほとゝきす」あるいは「ほとゝきすまたれぬほとの」の句を持つ歌は次のとおり。

イ　まつかたも心やすめむほとときすいづべき山の雲路さだめよ
（『洞院摂政家百首』三一七　大納言家四条坊門）

ロ　いかになほおどろかれましほとときすまたれぬほどのはつ音なりせば
（『新後撰和歌集』一八一　平行氏）

イの『洞院摂政家百首』は、貞永元年（一二三二）成立。ロの歌は断簡4の歌の発想を逆転している。平行氏の母は為家の女で、行氏は鎌倉後期の人。『新後撰集』は嘉元元年（一三〇三）の成立。

5　春日山あさゐる雲のたえまより　ほのかになのるほとゝきすかな

「春日山あさゐる雲の」の句をもつ歌は次のとおりであるが、5の歌のように「たえまより」につづくものはない。他が恋の歌であるのに対して、家隆の詠のみが四季の歌である。5の歌も四季の歌であり、年代的にも近い。

イ　かすがやまあさゐるくものおほほしく　しらぬひとにもこふるものかも
（『万葉集』六八〇、『新勅撰集』三六〇、『五代集歌枕』九九　中臣女郎）

ロ　春日山あさゐる雲のしらしらに　わが恋ひまさる月に日ごとに
（『古今和歌六帖』五二四）

ハ　春日山あさゐる雲の風をいたみ　たゆたふこころわれはもたらし
（『仁和御集』一五、『奈良帝御集』一一）

ニ　春が山あさゐる雲の跡もなく　くるればすめる秋のよの月
（『壬二集』二五〇七、『雲葉集』五〇〇、『新和歌集』一九八）

「ほのかになのるほとゝきすかな」の句をもつ歌は、次ぎのとおり。

イ　まちかねてくらぶの山のたそがれに　ほのかになのるほととぎすかな　（『内蔵頭長実家歌合保安二年閏五月廿六日』一〇　安芸守、夫木抄　二七八六）

ロ　夕月夜入さの山の木がくれにほのかになのるほととぎすかな
（『歌枕名寄』七八一五）

『歌枕名寄』はロの歌を、「千載集巻三　宗家」とする。『千載集』の該当歌は、「夕づくよいるさの山のこがくれにほのかにもなくほととぎすかな」（一六三　権大納言宗家）と思われる。『歌枕名寄』の「ほのかになのるほととぎすかな」は、『千載集』の「ほのかにもなくほととぎすかな」の誤伝であろう。とすると、「ほのかになのるほととぎすかな」の句をもつ歌は、イのみということになる。確かに、5の歌はイの「たそがれ」を意識し、それを「あさ」に変奏した、とも考えられる。しかし、イは保安二年（一一二一）の詠である。そして、5の歌の「ほのかになのる」の部分には鉤がかけられ、「下句近聞歟」という書き入れがある。保安二年の詠歌を「近聞」といっているのであろうか。もしそうであるなら、5の歌は、否この断簡自体が、保安二年にほど遠からぬ頃のものということになる。が、断簡の筆跡からみてそうは考え難い。

ちなみに、類似の句「ほととぎすほのかになのる」をもつ歌は、『正治初度百首』三〇（一二〇〇年）後鳥羽院の「さみだれはなほはれやらでほととぎすほのかに名のるあけがたの声」、『正治後度百首』一一九（一二〇〇年）藤原範光の「ほととぎすほのかになのる暁を八こゑの鳥とおもはましかば」、『建仁元年十首和歌』六四（一二〇一年）藤原隆衡の「いづかたと聞きぞさだめぬほととぎすほのかに名のるさよの一こゑ」、『実材母集』四四二（実材母は一二九三年頃没）の「いづかたと聞きぞわかれぬほととぎすほのかに名のるたそがれのこゑ」、『文保百首』二一四（一三一八年）忠房の「ゆふづくよをぐらの山のほととぎすほのかに名のる雲のをちかた」、『風情集』（『公重家集』）二〇四（藤原公重は一一一八年〜一一七八年）の「ほととぎすまだきえやらぬともし火のほのかになのるこゑきこゆなり」など、一三世紀初めから一四世紀初めにかけてよく見受けられる。5の歌の書き入れ「下句近聞歟」は、これらのなかのいずれかを指したものかも知れない。後鳥羽院「あけがた」、範光「暁」などは、5の歌同様に朝の景を詠んでいる。

6　よものうらのしほくむあまもいたつらに　けふりをたてぬさみ
たれのころ

「よものうらの」の句をもつ歌。

かづくべきほどすぎぬれば　よものうらのあまりものにやなら
むとすらむ
（『人斎院前の御集』二一一）

「しほくむあまの」の句をもつ歌。

うらやましながき日影の春にあひてしほくむあまも袖やほすら
む
（『増鏡』二八　後鳥羽院）

これらは歌の内容に共通するものがない。また、「いたつらにけふりをたてぬ」の句をもつ歌は見いだせない。「さみたれのころ」の句をもつ歌は、一〇〇〇近くある。すなわち、6の歌の類歌は見いだせない。

7　さみたれにあすかのかはも水こえて　ふちせかすそふするのし
らなみ

「さみたれ」「するのしらなみ」の句をもつ歌。

いそのかみふるのさみだれたきにそふ　いかでみかさのするの
しらなみ
（『明日香井集』三二〇　詠百首和歌建仁二年八月廿五日）

この歌と7の歌に共通する内容はない。影響関係は考えられず、類歌とはいえない。

8　ゆふたちのうつろふ雲のあとはれて　このさとのみとすめる月

かけ

「うつろふ雲の」の句をもつ歌。

イ　さくら色にうつろふ雲のかたみまで　猶あともなき春風ぞふく
（『続拾遺集』五二〇　祝部忠成）

ロ　さくら花空さへ匂ふ夜風に　うつろふ雲の跡もさだめず
（『新千載集』一三一　従二位成実）

ハ　秋の日のくれなゐにほふ山のはに　うつろふ雲のなほしぐれ行く
（『順徳院紫禁和歌集』五七三）

ニ　紅葉する秋のは山の夕づくひ　うつろふくものなほしぐるらむ
（『道助法親王家五十首』六四七）

四首とも春と秋の歌であり、8のように「ゆふたち」「すめる月かけ」と重なる内容ではない。しかし、これらの歌はおおむね鎌倉前期のものである。イの祝部忠成は『新勅撰集』（一二三四年）初出の歌人。ロの成実は建久二年（一一九一）生まれ、没年未詳。ハは建保三年（一二一五）頃の詠。ニは承久二年（一二二〇）頃の詠進。8の歌の成立時を暗示するものである。

「あとはれて」の句をもち、かつ「月」や「ゆふたち」を詠み込んでいる歌。

イ　　貞永元年八月十五夜家に歌合し侍りけるに名所月
光明峰寺入道前摂政左大臣
すまのうらやあまとぶ雲のあとはれて　波よりいづる秋の月かげ
（『玉葉和歌集』六五五）

ロ　くもりつるただひとむらのあとはれて又なごりなき夕立の空
（『宝治百首』一一四六　為継）

この二首はそれぞれ8の歌に似通うところがある。イは貞永元年（一二三二）の道家の詠。ロは宝治二年（一二四八）頃の詠進。ともに鎌倉前期の歌である。やはり、8の歌の成立時を暗示するものである。

「このさとのみと」の句をもつ歌は、『南朝五百番歌合』四五六源成直の「おしなべておなじ夜さむの秋風をこのさとのみとうつ衣かな」の一首のみ。「すめる月かけ」の句をもつ歌は、『千載和歌集』の俊成・清輔・俊恵の歌をはじめとして、それ以降三六四の事例がある。鎌倉期におおいに流行した表現といえる。

9　なにはかたこきいてゝみれはあさみとり　くさかの山もはるめきにけり

すでにふれたように、この歌と次の歌は春の歌であり、本来は夏の歌の前に位置していたと思われる。そして、この9の歌の「くさかの山も」の右肩には鉤がかけられており、読み難い文字もあるが「きぬかさの御物也　幷入と歟」という書き入れがある。「きぬがさ」は、衣笠内大臣家良（建久三年〈一一九二〉〜文永元年〈一二六四〉）のことと思われる。衣笠内大臣家良の歌で、「くさかの山」を詠んだものは、次の歌しか検索できない。

あさみどりよもの木のめももえいづる　くさかの山に春雨ぞふ

る

（『新撰和歌六帖』三八六）

「くさかのやま」だけでなく、「あさみどり」もふたつの歌に共通している。「はるめきにけり」と「春雨ぞふる」も似通う。書き入れのいうところがこの歌をさしているのならば、9の歌はこの衣笠内大臣家良の歌より少し後に詠まれたことになる。『新撰和歌六帖』の詠作時期は寛元元年（一二四三）から二年（一二四四）にかけてと考えられているので、(7) 9の歌はそれより少し後の詠ということになる。これまでに検索してきたそれぞれの歌の類歌・語句の共通する歌、それらから想定された鎌倉初中期という当該断簡歌の詠作時期にぴたりとかさなる。散佚歌「夏十首」は一三世紀の中頃のものと考えて、大過ないであろう。

ただ、よくわからないのは、書き入れの「并入と歟」である。家良の歌と9歌がともに入集したというのであろうが、この二首が並んで入集している歌集は、『新撰和歌六帖』はもとより、探し出すことができない。

ちなみに、付属する極め・書き付けに本文が慈円筆、書き入れが俊成筆とされていることはすでに述べて置いた。しかし、これまでの考察の結果、俊成や慈円よりも後のものと判定される。

10 うくひすのかよふかきねのむめかえに　なほふるゆきのはなとやは見む

「うくひすのかよふかきねの」が共通する歌に、『万葉集』一九九二「うぐひすのかよふかきねのうのはなのうきことあれやきみがきまさね」がある。が、歌意に通うものはない。

「なほふるゆきの」と「うくひす」を合わせもつ歌は、『金槐集』五の「かさくらし猶ふる雪のさむければ春ともしらぬ谷のうぐひす」のみ。

「はなとやは見む」の句をもつ歌は、南北朝以前では『躬恒集』七一の「あきはぎのなかにたちいでてまじりなむわれをもひとははなとやはみむ」のみ。

明らかな影響関係を認め得るものはない。

三　結語

新出断簡「夏十首」は、散佚百首歌、あるいは百首歌の形態をとった散佚私家集の一部分と思われる。各首の類歌、語句を同じうする歌、それらの検索と詠作時期の考察から「夏十首」の断簡の成立はほぼ鎌倉初中期と想定される。特に、9の歌への書き入れ「きぬかさの御物也」から、家良の『新撰和歌六帖』の歌とのなんらかの関わりが想定される。このことから、断簡「夏十首」の成立は、一三世紀の中頃とほぼ断定してよかろうと思われる。この年代は、断簡「夏十首」の典型的な俊京極流の筆跡とも矛盾がない。慈円筆、俊成書き入れという伝承よりは数十年遅れるが、一三世紀中頃の散佚歌十首があらたに発掘されたことになる。

注

（1）『古筆手鑑大成』第二巻（角川書店、一九八四年）。

（2）『西行の仮名』（出光美術館、二〇〇八年二月）。
（3）『書の美　徳川美術館名品集　3』（徳川美術館、一九九九年）。
（4）吉野朋美「建暦二年の後鳥羽院」（『国語と国文学』、二〇〇一年一〇月）。
（5）樋口芳麻呂の『新編国歌大観』解題。
（6）『和歌大辞典』（明治書院、一九八六年）。
（7）『新編国歌大観』解題。

30　伝亀山天皇筆　金剛院類切

（年代測定一二八二～一三九〇年）

亀山院（一二四九～一三〇五）、後宇多院、後醍醐天皇などを伝称筆者とする、華麗な装飾料紙に歌一首を三行にほぼ行末を揃えて散らし書きにする未詳歌集切が、数種伝存している。なかでも伝亀山院筆のものが多く、該当するであろう切として『増補新撰古筆名葉集』には、「金剛院切　奉書帋金銀下画砂子哥三行或ハチラシ御自詠歟未詳」と「巻物切　鳥ノ子雲帋金銀砂子小艸ノ下画甚結構ナリ哥チラシ書御自詠歟未詳」とが掲げられている。雲紙以外のものをすべて金剛院切とみなしているのか、そのあたりはさだかではないが、同様の特徴をもつ古筆切は少なくとも数種あるようだ。

　そして近年、別府節子氏により、金剛院切の考察をとおして、同様の特徴をもつ古筆切の正体が明らかにされた（1）。すなわち、金剛院切のような華麗な装飾下絵料紙、歌一首を三行に散らし書きし行末を揃える書式、歌題・詠者名を書かない書式などの特徴が、「女は懐紙に名を書かぬ事なり。又歌をも艶書のように書くなり……上方には四季に四色の紙を用ひ……」（『竹園抄』）や「かさなりたる薄様などに散らし書きに書くべし。題を書かず。又詠何首の和歌ともかかぬなるべし」（『愚秘抄』）という女房懐紙の書式に一致していること。歌会の懐紙をまとめる際天皇の次ぎに女房の懐紙が続けられるならいがあり、百首歌などの定数歌の場合も本来無記名である天皇の懐紙とやはり無記名の女房の懐紙が混同された可能性のあること。伝称筆者である亀山、後宇多、後醍醐はみな、一三世紀後半から一四世紀前半にかけて勅撰集の撰集を企てた大覚寺統の天皇であること。すなわち、金剛院切およびそれに類似する古筆切は、鎌倉末期から南北朝頃の勅撰集（『新後撰集』『続千載集』『続後拾遺集』など）の撰集資料として、かなり身分のある女性によって詠進された応製百首かそれに類する歌群であり、『嘉元百首』『文保百首』『正中百首』などに関わる古筆資料と見なされるようになったのである。

右の論考では、同じ下絵をもつ九葉のみを金剛院切として扱っており、金剛院切以外の装飾料紙に散らし書きの古筆切が「数葉ずつ、つれが確認でき、現在七種類ほどに分類できる(2)」という。あらたに現れた断簡は、その九葉の金剛院切とは下絵が異なり、おそらく他の七種類のうちの一つと思われる。もと巻子本。金銀泥で霞・流水・岩の下絵をほどこす。三井文庫蔵手鑑『高棨帖』所収の「7 歌集断簡（金剛院切） 伝亀山天皇筆（鎌倉時代）(3)」というものと、料紙の下絵（上方の銀泥による帯状の霞・下方の流水が、まったく同じ）および筆跡が一致している。明らかにツレと認められる。伝称筆者は亀山院（一二四九～一三〇五）、了佐の極札が付属する。寸法は、縦二七・七センチ、横六・一センチ。料紙は、斐楮交ぜ漉き紙、金銀泥下絵砂子。書写年代は、鎌倉時代末期頃。

たかためのたかあとならし
　ゆきかよふひとはあまたの
　　野路のしらゆき

ちなみに、「野路」は近江国の歌枕であり、東海道の宿であった。平清宗が斬首された地でもある。「あすも来む野路の玉川萩こえて色なる浪に月やどりけり」（千載集・秋上・源俊頼）が歌枕として詠み込まれた早い例とされる。

炭素14年代測定の結果を示しておく。測定値は６５５［ＢＰ］。その１σの誤差範囲６５５±２２［ＢＰ］を暦年代に較正した値が、１２８８（１２９６）１３０５、１３６４（）１３８４［ｃａｌ ＡＤ］。その２σの誤差範囲６５５±４４［ＢＰ］を暦年代に較正

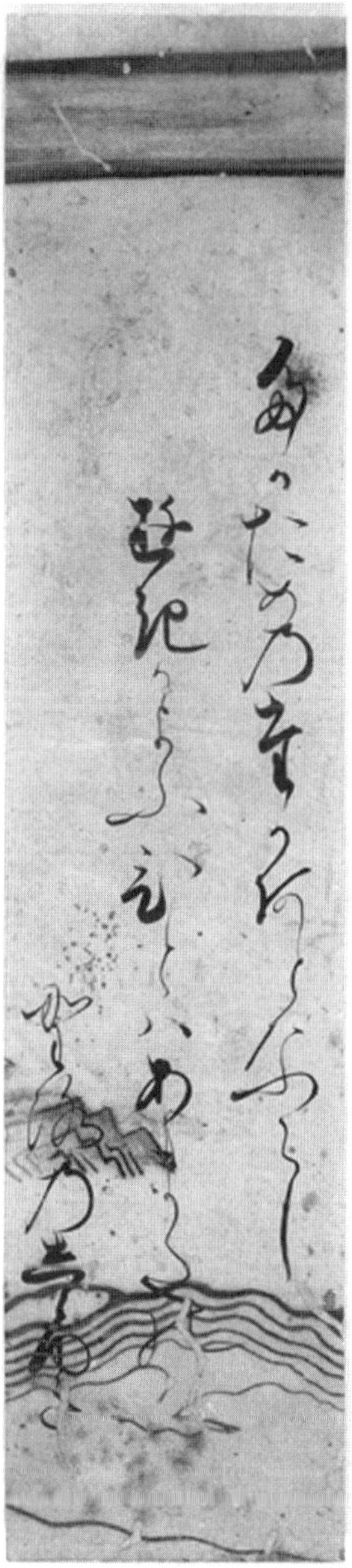

伝亀山天皇筆
金剛院類切

した値が、1282(1296)1318、1352(　)1390[cal AD]。もっとも確率の高い655[BP]を暦年代に較正した値が一二九六年である。亀山天皇の生存期と重なる測定結果である。また、〈鎌倉末から南北朝の頃の勅撰集(『新後撰集』『続千載集』『続後拾遺集』など)の撰集資料として、かなり身分のある女性によって詠進された応製百首かそれに類する歌群〉ということにも齟齬しない結果である。

付記

なお、別府節子氏の最新論考「『金剛院切・類切』等に関する考察―装飾料紙に和歌散らし書きの古筆切群再考(1)」(『出光美術館研究紀要』第十五号、二〇一〇年一月、『和歌と仮名のかたち』笠間書院、二〇一四年、所収)は、金剛院切十一葉、本稿紹介の断簡を含め類切五葉、巻物切(装飾料紙ではあるが、伝称筆者が亀山天皇ではないもの)七葉を紹介、再論している。

注

(1) 別府節子「金剛院切に関する一考察―十四世紀の女性歌人による百首歌の懐紙の可能性―」(『出光美術館研究紀要』第一号、一九九五年七月、『和歌と仮名のかたち』笠間書院、二〇一四年、所収)。

(2) 注(1)に同じ。なお、久保木秀夫「散佚歌集切集成　本文篇」(国文学研究資料館文献資料部『調査研究報告』第二三号、二〇〇二年一一月)も、別府論文の九葉のみを金剛院切としてあげている。

(3) 久保田淳監修『三井文庫蔵　高粲帖　解説』(貴重本刊行会、一九九〇年)。

31 伝後二条天皇筆 不明歌集切

伝後二条天皇(一二八五~一三〇八)筆(「後二条院いと、しく」の小札有り)の不明歌集切である。歌を詞書きより高く書いていること、および詞書きの内容から、私家集かと思われる。が、『新編国歌大観』『私家集大成』に、断簡の歌を検索できない。断簡の料紙は斐紙、縦一九・四センチ、横一〇・二センチ。

いと、しくつ、ましきかなまろはしの
ふみみつとたにいはぬかきりは
　はしめたる女とあれたるやとに侍て
　月のくまなくみえしかは
つきみれはうはのそらなるやとなれと
こよひはすめるこ、ちこそすれ

とある。『一条摂政御集』のような歌物語風私家集であろうか。一首目の歌と似通った表現をもつ歌がある。藤原基俊(一〇六〇~一一四二)の家集の歌、

し

　まだあはぬ女にひさしうおともせざりしかば、かくいひおこせたり

わたらぬにたえまひさしきまろはしの
ふみみることもつつましきかな

[1]である。恋の状況に共通性があろう。断簡の歌と何らかの影響関係があるやも知れない。丸木の橋を踏んでわたるとは、男女の逢瀬の成立を意味する。さらに、文を見るの意が掛けられている。断簡の歌は、女がわたしの恋文を読んだと云わぬうちは、いっそう気が引ける、という男のうぶな恋情。基俊集の歌は、逢瀬をもたぬうちに男からの恋文が絶えてしまったので、文を見ることも恥ずかしい、という女の心情。

二首目の詞書と歌は、『源氏物語』夕顔巻を想い起こさせる。光る君は夕顔を連れて荒廃したなにがしの院に行く。そこで夕顔の詠んだ歌が、「山の端のこころもしらでゆく月はうはの空にて影やたえなむ」。

注

(1) 『新編国歌大観』第三巻「基俊集」による。

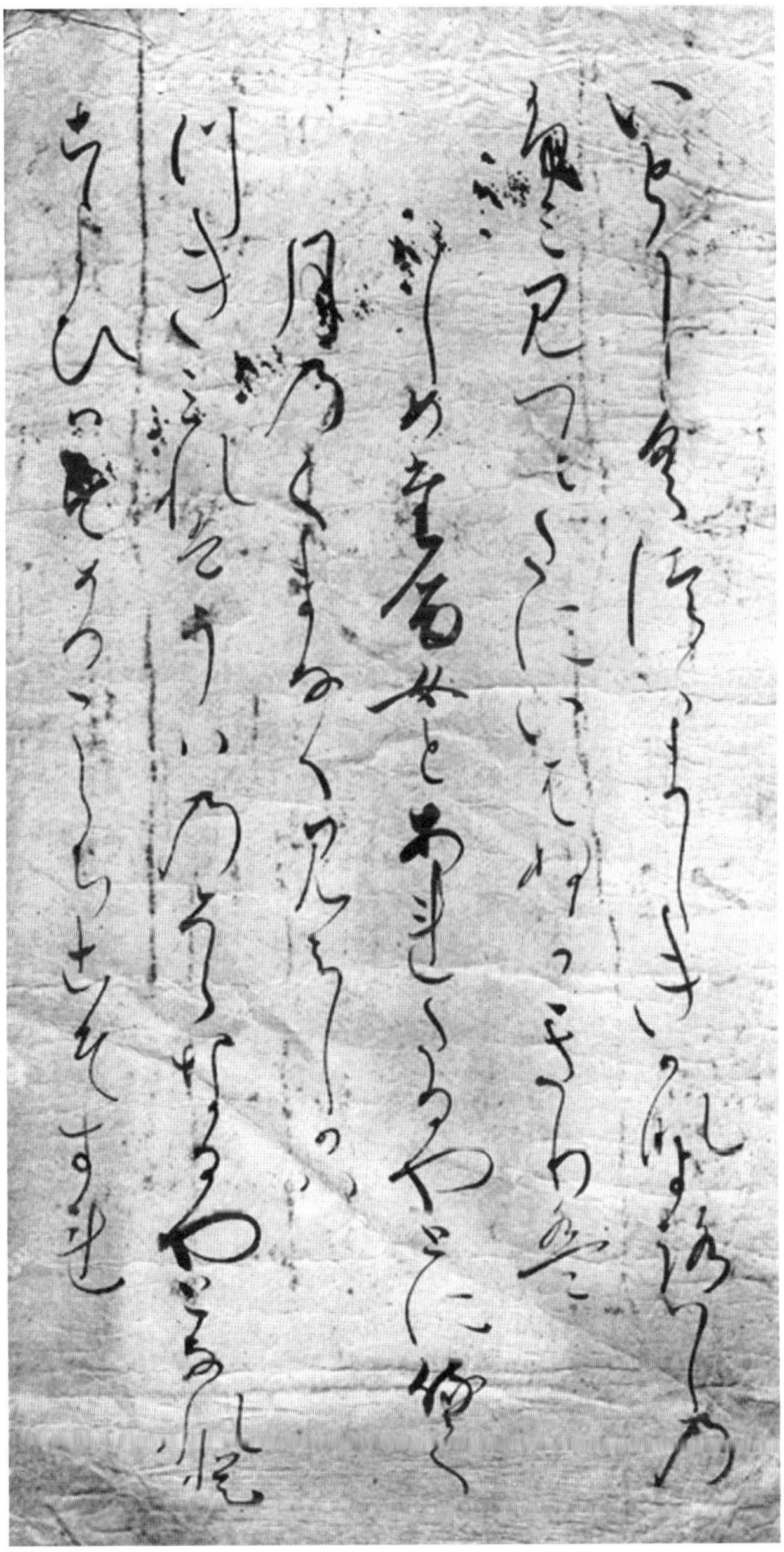

伝後二条天皇筆 不明歌集切

32　伝後醍醐天皇筆　吉野切

吉野切は『増補新撰古筆名葉集』の「後醍醐天皇」の項の筆頭に、「中四半形哥恋述懐御自詠古歌交リ一首チラシ書」とある。一面に歌一首を、上句を下段に下句を上段にそれぞれ五行ほどに散らし書きするという特徴的な書写形態をもっている。

久保木秀夫「散佚歌集切集成　本文篇」(1)には、四七葉四七首が集成されている。そのほとんどが出典未詳歌であるが、八首は『堀河院百首』の歌と一致している。このことから、堀河院の応制百首として成立する前段階の、源俊頼を中心に成り立った百首歌である初撰本『堀河院百首』、その恋部から秀歌を抄出した散佚歌書の断簡が吉野切であるとの見方がある(2)。また、吉野切のほぼすべての歌が恋歌であることから、『和歌現在書目録』などに記されている散佚歌書『恋部集』の残簡とする見方もある(3)。しかし、「よしのやまわかすむかたはきりこめよふもとのはなははるにあふとも」（久保木秀夫前掲書の21番歌）の一首は、恋歌とは認めにくく、『恋部集』と断ずるのは早計であろう。さらに、『健保二年内裏歌合』の順徳院の歌と一致するものがあり、『増補新撰古筆名葉集』が「御自詠古歌交リ」というように、順徳院の「御自詠」と『堀河院百首』の「古歌」をあわせた歌集と見るものもある(4)。しかし、順徳院の歌が一首のみという現状では、なんともいい難い。現時点では、集未詳の散佚秀歌撰とするのに従いたい(5)。

新出の吉野切は、縦二三・九センチ、横一五・二センチ。料紙、斐楮交ぜ漉き紙。焼けがあり、茶色がかっている。

畠山牛庵の極札「後醍醐天皇たまさかに（牛庵）」が付属している。

たまさかに
よしや　あふうれし
うらみ　さ
し　の
うき　時の
も　ま
つらき　を
も

この歌も他の吉野切と同じ様に、出典未詳の恋歌である。内容的に「うしつらした、我からよ身のほかにまたうらむへきことの葉もなし」（久保木秀夫前掲書の31番歌）につながるものがある。内容（主題）によって配列されていたのなら、この歌の近辺に位置してのかもしれない。

注

（1）国文学研究資料館文献資料部『調査研究報告』第二十三号（二〇〇二年一一月）。
（2）伊井春樹「伝後醍醐天皇筆吉野切考—『堀河百首』初撰本としての性格—」（『語文』第四七輯、大阪大学、一九八六年四月）。
（3）小松茂美『古筆学大成　16　新撰朗詠・私撰集』（講談社、一九九〇年）。

（4）田中登「『古筆名葉集』記事内容考」（『国文学』第七八号、関西大学、一九九九年三月）。
（5）注（1）に同じ。

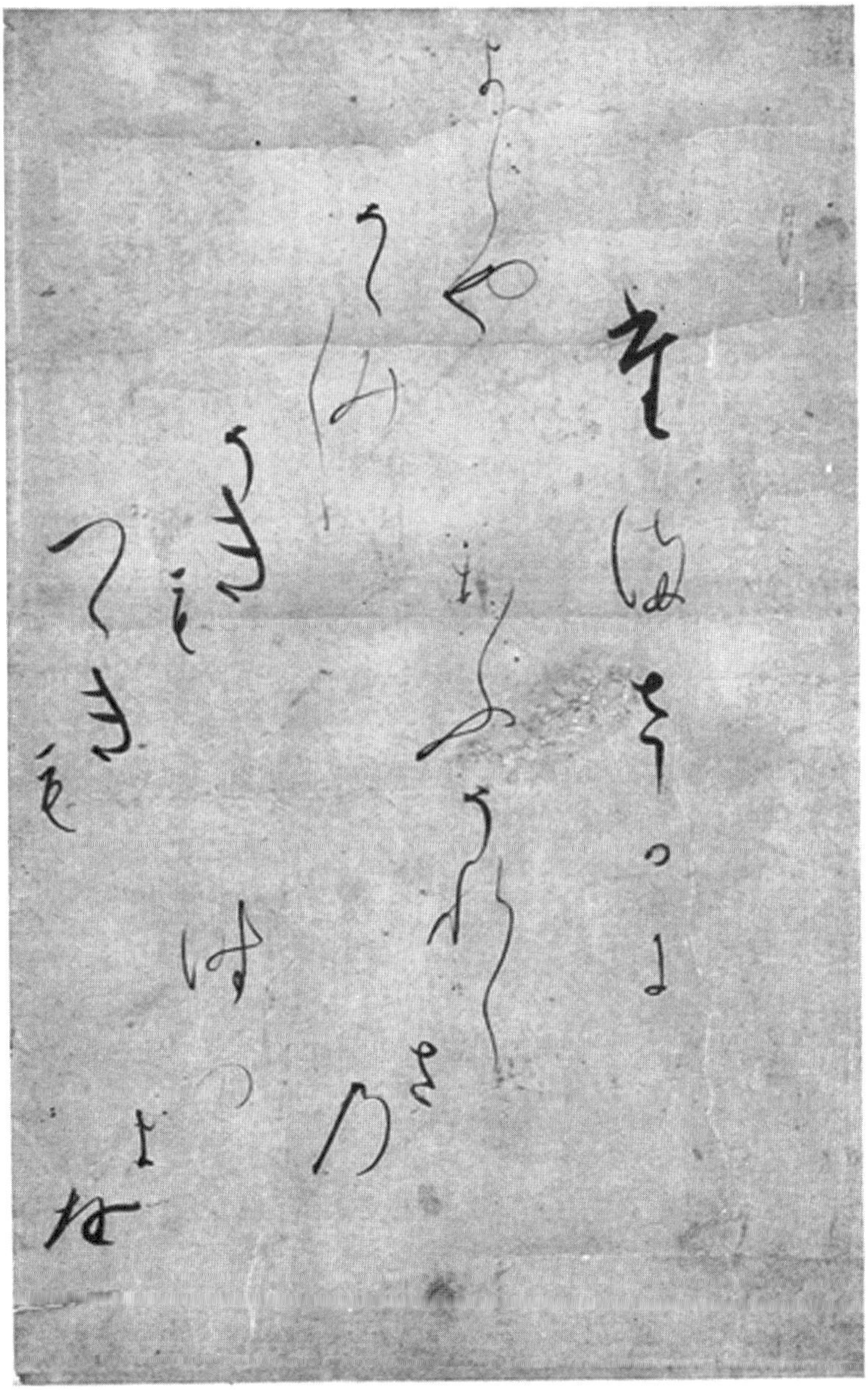

伝後醍醐天皇筆　吉野切

33 伝二条為定筆 不明歌集切

伝二条為定（一二九三〜一三六〇）筆の歌切がある。料紙は斐紙、縦一一・五センチ、横一一・五センチ。小型の升形本の断簡。朝倉茂入の極札が付属する。寡聞にしてツレを知らない。『新編国歌大観』『私家集大成』に、歌を検索できない。不明歌集切とする所以である。一首三行書きで次のように記されている。

うきみをは山のあなたへ
さそふとも心すますはま
たいかゝせむ
ふかゝらぬ心の色はすみ
そめのころもたつたの山も
たつねす
うきゆめはさめてもつ
らきなこりにてうつゝ
もおなしねこそなか
ぬれ

「山のあなたに」という表現は少なくないが、一首目の「山のあなたへ」という表現は、『新編国歌大観』に一首しかない。『続古今集』の「月をまつこころを　従三位頼政　いでぬまのやまのあなたへおもひこすこころやさきの月をみるらん」(1)である。

また、二首目の「心の色」は慈円の『拾玉集』に一七首、西行に九首、藤原定家に六首など、『新古今集』時代に好まれた歌語という(2)。

三首めの「うきゆめ」「なごり」を共有する歌に、『千載集』の「述懐百首歌の中に、夢のうたとてよめる　皇太后宮大夫俊成(3)　うき夢はなごりまでこそかなしけれ此世ののちもなほやなげかん」がある。この影響を受けている可能性がある。断簡は述懐の歌ばかりが並んでいるので、俊成の述懐百首と同じ形態であった可能性もあ

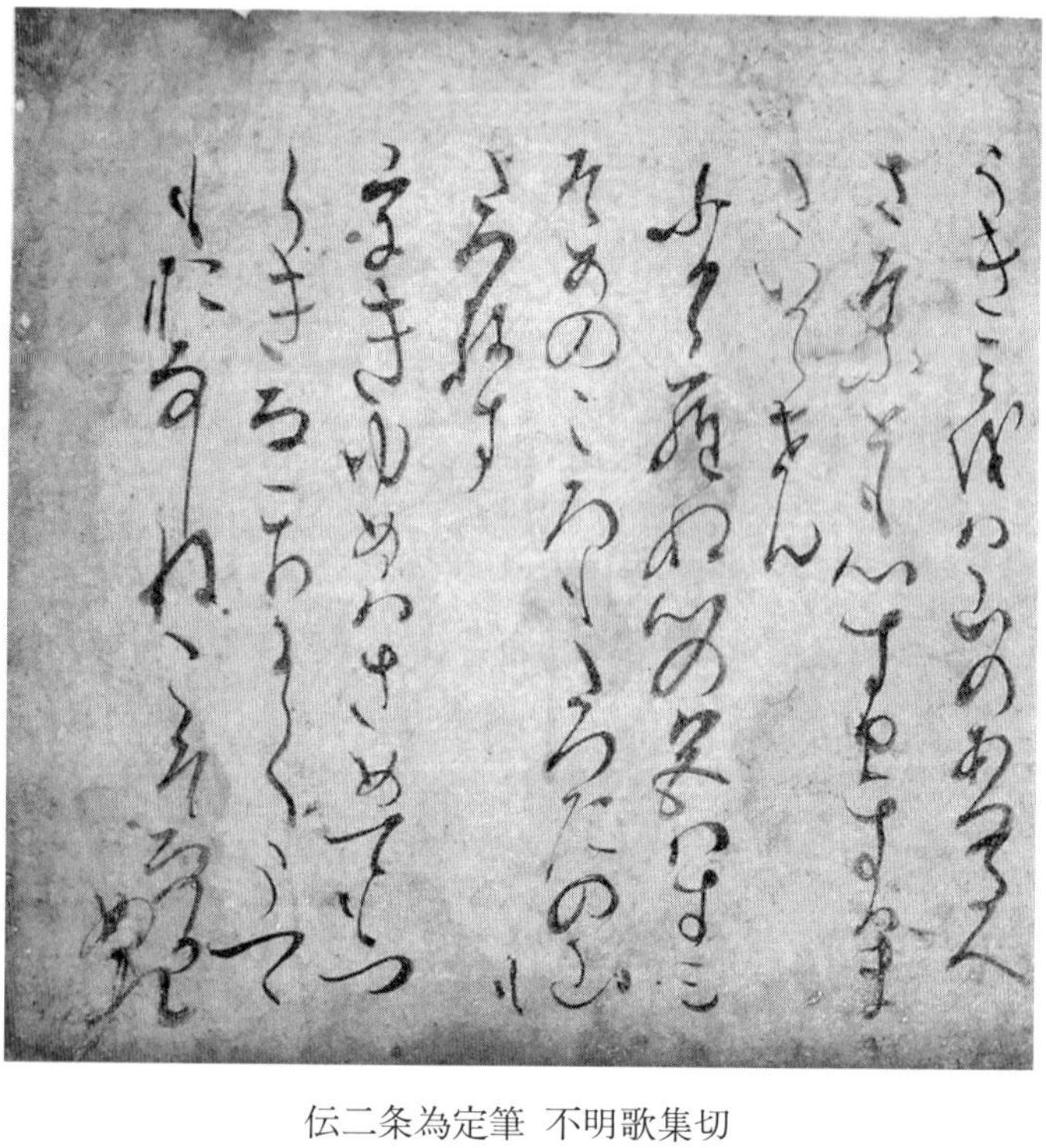

伝二条為定筆 不明歌集切

る。

源頼政や藤原俊成の歌の影響下にある、鎌倉期成立の散佚私家集の写本の断片であろう。

注

（1）『新編国歌大観』による。
（2）『歌ことば歌枕大辞典』（角川書店、一九九九年）。
（3）注（1）に同じ。

第六節　懐紙・短冊・詠草

34　慈円筆　詠草切（懐紙断簡）

慈円（一一五五～一二二五）筆と伝わる詠草切がある。箱には「慈鎮和尚 経裏詠草 自詠」とある。料紙は楮紙、縦二八・三センチ、横五・五センチ。短冊のように見えるが、慈円の時代に短冊が存在したかは微妙である。詠草が切断されたのであろう。一首二行書きで、次のように記されている。

あたにちる木〳〵のもみちの色ことに
こゝろをそむるわれそはかなき

慈円筆　詠草切

この歌は慈円の家集『拾玉集』には見えない。『新編国歌大観』にも見いだすことができない。どこにも伝わっていない散佚歌である。しかし、『春敬コレクション名品図録』[1]の「慈鎮懐紙」、「雪埋古渓／たにふかみ□□としふるまつかえの／こすゑを道とうつむしらゆき」とまったく同筆であるし、他の真跡慈円懐紙の筆跡とも特徴が一致する。癖のある「越」の字形など酷似している。筆跡から見て慈円筆としてよかろう。自筆詠草の断簡と思われるが、慈円には一首を二行書きにした二首懐紙および三首懐紙が遺されており、懐紙を切断した可能性も残る。

「あだにちる」という表現は、たとえば「あだにちる花につけてぞおもほゆるはるはうきよのほかにくれなむ」（『大弐高遠集』）のように、多くは「さくら」「花」とともに用いられている。「もみぢ」

とともに詠まれているのは、「あだにちることのはばかりいろづかばまゆみのもみぢおもはずならむ」（『大弐高遠集』）があるが、この歌で「あだにちる」のは「ことのは」である。また、「ことのは」ならぬ「このは」が「あだにちる」ものに、西行の「あだにちるこのはにつけておもふかなかぜさそふめる露の命を」（『山家集』）がある。それはともかく、当該断簡歌は「あだにらるさくら」という定型的発想を「あだにちるもみぢ」に変奏し、新味を出そうとした歌とおぼしい。

また、慈円は「心」＋「染む」という表現を好んだものらしく、『拾玉集』に四五首を数える。たとえば「村しぐれ庭の木のはにおとはしてひとの心をそめてすぐなり」（拾玉集・第一・時雨・一四四七）。

注

（1）　飯島春敬監修（書芸文化新社、一九九二年）。

35

後鳥羽天皇筆　熊野類懐紙〈双鉤塡墨〉

――後鳥羽院若き日の歌　付　古筆資料写し二巻――

一　美的叛骨のめざめ

見わたせば　山もと霞む　水無瀬川　夕べは秋となに思ひけむ(1)

（新古今和歌集　春歌上）

格調たかく清新な美感きらめくこの歌は、後鳥羽院の代表作といってよい。

「秋は夕暮」という『枕草子』以来の伝統的美意識を革新し、春の夕べの美しさを言挙げしてみせたものである。青年上皇の覇気をすらかんじさせる。

あるいは、いわゆる「三夕の歌」が後鳥羽院の念頭にあったのかもしれない。『新古今和歌集』巻第四秋歌上に、

題しらず　　寂蓮法師

さびしさは　その色としも　なかりけり　真木立つ山の　秋の夕暮

西行法師

心なき　身にもあはれは　しられけり　しぎ立つ沢の　秋の夕暮

西行法師すすめて百首歌よませ侍りけるに　藤原定家朝臣

見わたせば　花ももみぢも　なかりけり　浦のとま屋の　秋の夕暮

と三首がならんでいる。寂蓮の歌は建久一年（一一九〇）閏一二月

の十題百首に、西行のは文治三年（一一八七）秋の『御裳濯川歌合』に、定家のは文治二年（一一八六）の「二見浦百首」に、それぞれ見えるものである。すなわち、これらは元久二年（一二〇五）三月二六日の『新古今和歌集』竟宴よりも前の歌であり、竟宴の時点ですでに入集していたと思われる。そうであるならば、そして、後鳥羽院が撰集過程で入集歌をことごとくそらんじてしまったという『源家長日記』(2)を信ずれば、上皇はこの三首もそらんじていたはずである。

　これにたいして「見わたせば山もと霞む」の歌は、元久二年（一二〇五）六月一五日の『元久詩歌合』に見えるもので、元久二年三月二六日の『新古今和歌集』竟宴ののちに、切り入れられたと考えられる。当代を代表する三歌人の「秋の夕暮」を充分に意識して、後鳥羽院は「夕べは秋となに思ひけむ」と言い放ったのであろう。時に上皇は二五歳、やはり青年上皇の覇気がひしと伝わってくる。

　しかし、実は、この伝統的美意識をこえた新しい美の発見は、後鳥羽院にとって「見わたせば」の歌が最初なのではなかった。「見わたせば」の歌に結実する新しい美意識のめざめは、もっとはやくに用意されていたのである。それを証する後鳥羽院のごく初期の詠作と思われる懐紙の写しが、春の夕闇を愛惜する歌が、新たに出現した。

二　新出写し三巻古筆資料

　ここに、古筆切を忠実に写したとおぼしい粗末な巻子が三巻ある。それぞれ、「勅筆写」「家隆卿之写絵賛二ツアリ」「道風佐理伊経経朝行忠」と、薄藍色の表紙に打付け書きされている。

「勅筆写」の一巻は、表紙が縦二八・五センチ、横二三・四センチ、奥に横四センチの余白があり、五点の写しが継がれている。五点の写しにはそれぞれ端裏書きがあり、「後鳥羽院」（横四七・三センチ）、「後宇多院」（横四七センチ）、「伏見院」（横七一・五センチ）、「後醍醐院」（横五〇・五センチ）、「光厳院」（横四〇センチ）と記されている。「後鳥羽院」とあるものについてはあとで詳述するとして、まず他の四点について概観し、ひいては他の二巻にふれることで、この写し三巻が原本を忠実に写したものであることを述べたい。

「後宇多院」とあるのは、「なけゝとて月や／はものをおもは／する／かこちかほなる／我なみたか／な」「よしさらはあふと／見つるになくさま／む／そこはかとなく／かすみあ／ひたる」と、『千載和歌集』の西行と実家の歌が散らし書きされている。ただし、実家の歌の下句は「さむるうつつも夢ならぬかは」が正しく、「そこはかとなくかすみあひたる」では、一首の体をなさぬようである。

「伏見院」とあるのは、端裏書きに「前廉之宸翰」と付記されてい、伏見院の若書きであるという。原本に付されていた極札にでも、そう記されていたのであろう。書かれている本文は、「邊城之牧馬連嘶　平砂（沙）眇々／行（江）路之征帆／盡去　遠岸／蒼々／みなかみのさた／めてければ／きみか世／に／ふたゝひすめる／ほりかはの／みつ」であり、『和漢朗詠集』の「水付漁父」からの抄出である。伏見天皇を伝称筆者とする現存の古筆切のなかでは、篠村切に該当する可能性がある。

「後醍醐院」とあるのは、「江従巴峡／初成字／猿過巫陽／始斷腸／わひしらに／ましらなゝ／きそあし引の／山の／かひある／け

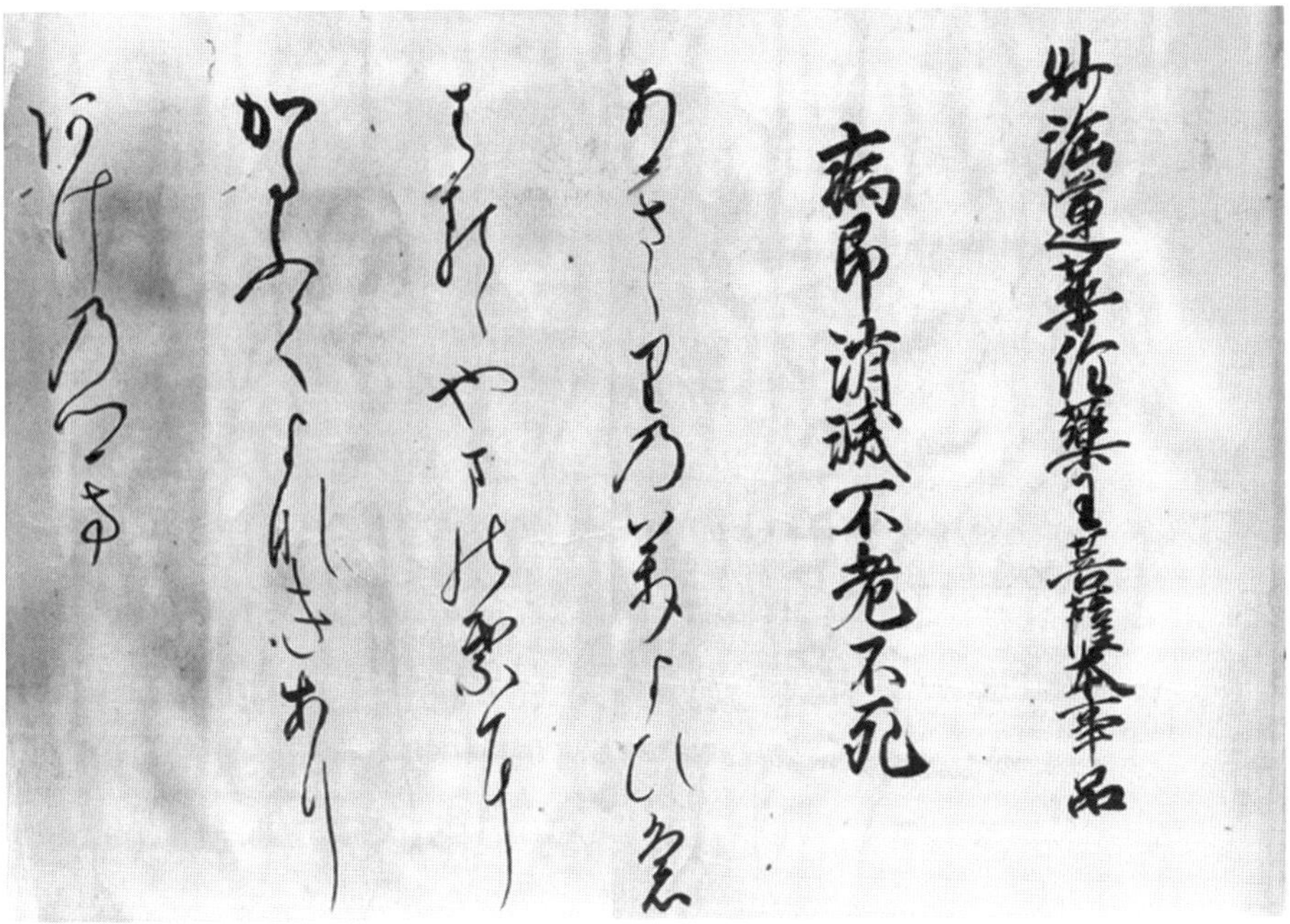

光厳院写し

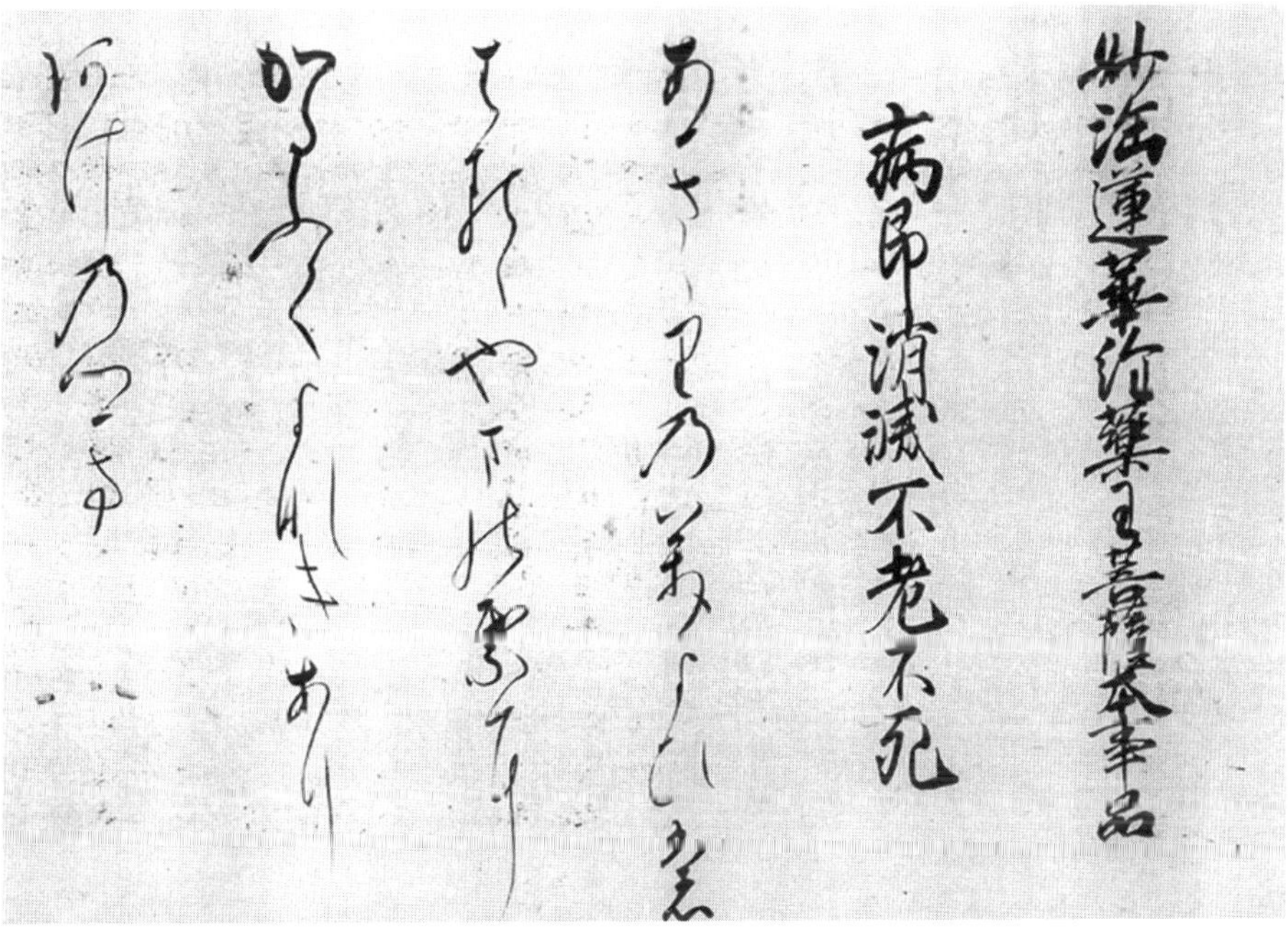

妙満寺蔵原本

ふに／しやは／あらぬ」と、やはり『和漢朗詠集』の「猿」からの抄出である。

「光厳院」とあるものは、「妙法蓮華経薬王菩薩本事品／病即消滅不老不死／あきヽりのまよひも／はるヽやまの葉に／かたふくよなきあり／あけのつき」という懐紙の写しである。この懐紙の原本は、京都妙満寺に現存している。その原本に比するに、書式、字母、字形のすべてにわたって、原本をきわめて忠実に再現した写しであることがわかる。このことから推して、他の四点（「後鳥羽院」「後宇多院」「伏見院」「後醍醐院」）も原本の忠実な写しであろうと察せられる。

*

ちなみに、「家隆卿之写」一巻のなかにおさめられているものも、ほとんどが現存する遺品か、かつてたしかに存在した遺品の写しである。この一巻には画賛（歌絵）二点、『時代不同歌合』一点、和歌懐紙一点の、都合四点がおさめられているが、第一の画賛（画は山に月・土坡に樹木、賛の歌は「みかヽねとき／よきこヽろ／の／かヽみ／山／くもヽあらし／の／さへわたり／つヽ」）は、現在根津美術館に所蔵されている「賛伝藤原家隆筆鏡山図」の忠実な写しである。原本は歌絵の巻物の断簡と思われる。伝家隆筆となっているが、家隆の家集『壬二集』にこの歌は見えない。第二の画賛（画は土坡に秋草、賛の歌は「ふみヽぬとおもひ／しかとものり／の／道／なを行さきに／まよひぬる／かな」）は第一の画賛と絵柄が連続してい、もともと一連のものと思われるが、これの原本も東京国立博物館本館に平成一三年一一月から一二月にかけて展示されており(3)、現存していることがわかっている。この歌も『壬二集』には見えない。

この二点の画賛でさらに興味深いのは、「鏡山図」写しの端裏に「家隆卿水野石見守殿ヨリ為見ニ来寛文四甲辰廿八日写之」とあり、いま一点の表の右下端に「水野石見殿ヨリ来ル／角倉与一所持／家隆卿之写／寛文四甲辰正月廿日」とあることである。これによって、これら画賛の原本がかつては角倉与一、すなわち角倉素庵（寛永九年〈一六三二〉没）の所持するところであったこと、寛文四年（一六六四）には水野石見守の所持であったことが知られる。

『時代不同歌合』の写しは、「百廿一番／左／わかやとのそとをにたてるならのはの／しけみにすゝむ夏はきにけり／右／なつのよのつきまつほとのてすさひに／いはもるしみついくむすひしつ／百廿二番／左／やへむくらしけれるやとのさひしきに／人こそみえねあきはきにけり／右／たかまとの野ちのしのはらすゑさはき／そヽやこからしけふヽきぬなり」とあるが、この後半部分にあたる百廿二番左右の原本が、三井文庫蔵の古筆手鑑『高窠帖』に押されており(4)、比較するに当該写しはそれのまったく忠実な写しと断ずることができる。ところで、この写しの右下端に「家隆卿写了雪所持」とあり、原本は延宝三年（一六七五）に没した了雪の所持にかかることがわかる。「鏡山図」の写しが寛文四年（一六六四）になされていることと考えあわせると、この写しも了雪生存中の寛文四年頃に写された可能性が高い。つまり、寛文四年頃には百廿一番と百廿二番はいまだ切断されてはいなかったのであり、いいかえれば二点に切断されてその一方が押された三井文庫蔵の古筆手鑑『高窠帖』は、寛文四年にはまだ成立していなかったということになる。

和歌懐紙の写しは、「詠中品下生和哥／正三位藤原家隆／すてやらてこを、もふしかの／しるへよりかりのやまちは／いとひいてにき」というもので、文字の輪郭だけを写しなかに墨を塗り終わっていない状態である。このような写しの技術は、見て写す「臨」、透き写す「摸」に対して、「搨」とか「籠字」とか「双鉤塡墨」とかよばれるもので、原本を忠実に写すもっとも丁寧な方法といわれている。[5] そして、子細にみると、この和歌懐紙のみならず、また「家隆卿之写」一巻のみでもなく、写しの巻子三巻のすべてが、この双鉤塡墨の方法で書式・字形・字母にわたって原本を忠実に写したものであると知れる。

それはとにかくとして、この懐紙は、元仁元年（一二二四）に、四天王寺別当であった慈円が、四天王寺聖霊院の絵堂に九品往生の人々の絵をえがかせ、歌を当代の歌人たちにもとめたもののうちの、ひとつである。下品上生を詠んだ藤原定家の懐紙の原本は現存しているが、家隆の懐紙の原本は残っていない。ただし、『玩貨名物記』（相阿弥著、大永三年成）には定家の懐紙とともに家隆懐紙も見えているという。[6] また、小松茂美氏『日本書流全史下図録』[7] には原本と思われる写真が掲載されてい、現存しているようである。が、所蔵者を記した巻末の「図版・細目」には何の記載もない。それはさて措き、その写真版と比するに、写しは原本に忠実なものであると知れる。

以上のように、「家隆卿之写」巻におさめられているものも、かつて実在したもの、あるいは現存しているものの、忠実な写しであることがわかる。

「勅筆写」巻の光厳院の懐紙が、京都妙満寺に現存する遺品の忠実な写しであることとあわせて、この三巻におさめられている写しはいずれも、かつてはたしかに存した原本の忠実な写し、それも「搨」すなわち「双鉤塡墨」による書式・字形・字母を忠実に写しとったものと考えてよいであろう。ということはつまり、後鳥羽院の懐紙の写しも、かつてたしかに存在した原本の双鉤塡墨による忠実な写しと信じられるのである。

＊

ついでに、「道風佐理　伊経／経朝　行忠」の一巻についてもふれておく。この一巻にも、やはり双鉤塡墨による六点の写しがおさめられている。

1　道風「中務地居盤石……」。これの原本は陽明文庫蔵国宝『大手鑑』に押されている「伝藤原行成筆親王位記草案」であり、これと比較するに双鉤塡墨による忠実きわまりない写しであることがわかる。

2　佐理「除夜哥懐兼贈張常／侍／三百六旬今夜過六／十四年明日修不用／……」の詩九行。あるいは綾地切の模写か。

3　伊経「落葉／三秋而宮漏正長空階雨滴万里／而郷園何在落葉窓深／秋庭不掃携藤杖閑（「踏」脱か）悟桐（「黄」脱か）葉行／城柳宮槐雛揺落秋悲不到／貴人心白／あすか、はもみちはなかる／かつらきの山のあきかせふき／そしくらし／かみなつきしくれと、もに／かみなひのもりのこのはし（「、」の誤か）ふ／りに（「こ」脱か）そふれ／みるひともなくてちりぬるお／くやまのもみちはよるのにし／きなりけり」、この原本はその字形および書写形態からして、伝藤原行成筆大字和漢朗詠集切と思われる。が、この「落葉」の部分の原本は現存していないようであり、写しではあっても資料的価値は小さくない。なお、この写しは御物伝藤原行成筆粘葉本和漢朗詠集にくらべて、『新編国歌大観』の番号でいうと、308番（城柳宮槐……）と309番（秋庭不掃……）の季節の順が逆になっている。しかし、これは系統の違いによるもので、御物雲紙本・久松切・山城切などは写しと同じ順になっている。また、310・311・312・313番の詩文秀句が存在していない。この状態は、写しの忠実さからみて、原本がすでにそうなっていたと考えられる。ということは、大字和漢朗詠集の原本そのものが、抄出本であった可能性が高い。くわえて、脱字などが少なくなく、本文の内容よりも書の美しさを第一に書かれた、調度手本であったと思われる。

4　伊経「之聲寂々対口……以楽吾道之再昌嗟乎人丸既」、これは『古今和歌集』真名序の一部であるが、原本は現存していないようだ。

5　経朝「蘭蕨月冷／聲弥亮／蕙帳雲空／怨幾残／秋雲帰洞／千季駕／白日昇天／一挙情／あしたつのたてる／河辺にふく風／を／よせてかへらぬ／なみかとそ／みる」、これは『新撰朗詠集』の「鶴」からの抄出である。現存する古筆切で書写形態などよく似たものに、伝行尹筆安土切があるが、安土切が原本かどうか断定できない。

6　行忠「聖徳太子上／正直非當時之依怙遂蒙曰月之恵／謀計（一字脱か）一旦之利潤當終神明之罸／国主栖可恐民口／文志猶可随賤教／貞治五年二月廿日書」、原本不明。

三　新出懐紙写しが後鳥羽院のものであること

新出の後鳥羽院和歌懐紙の写しは、つぎのようなものである。「勅筆写」の巻頭に、

詠三月和歌
おもふより春のなこり
のをしき哉やよひの
そらも夕やみのころ

とある。料紙の寸法は、縦が二八・五センチ、横が四七・三センチ。端裏に「後鳥羽院　伏見殿御所持　表具取合一文字萌黄金砂／中紺地頚砂／上下　印地金織段子」とある。『新編国歌大観』等に見いだせない歌である。

原本の所持者である「伏見殿」とは、誰のことであろうか。写し三巻のうちの「家隆卿之写」巻におさめられている歌絵に、寛文四年（一六六四）に写したとの裏書き・端書きのあることは、さきにふれておいた。この家隆筆歌絵写しの裏書き・端書きの筆跡は、後鳥羽院類懐紙写しの裏書きの筆跡と同筆と認められる。くわえて、写し三巻がまったく同じ装丁であることからみて、三巻におさめられたそれぞれの写しは、それほど時を隔てずに写されたものと思われる。ということは、寛文四年当時に「伏見殿」とよばれた人物こそが、原本を所持していたその人ということになる。

伏見殿とは洛南伏見山にあった後院で、光厳院のあと、崇光天皇

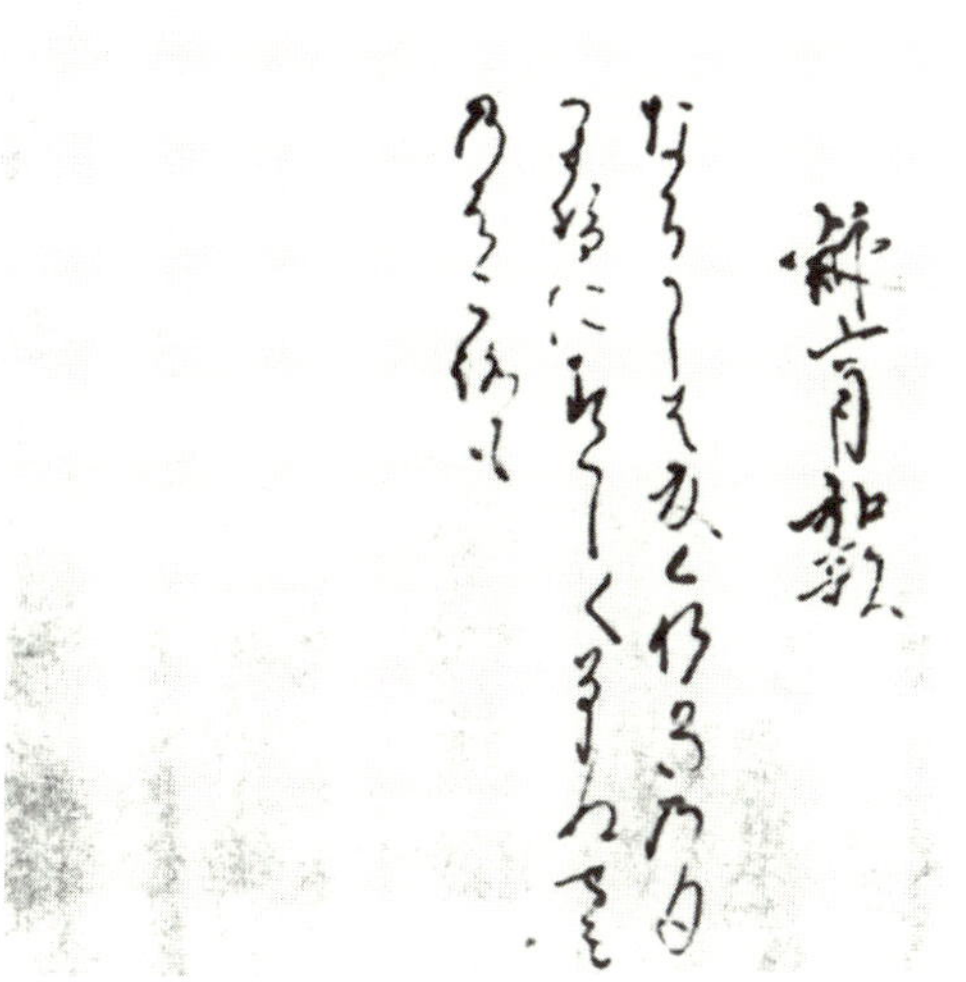

陽明文庫蔵　和歌懐紙　詠六月和歌

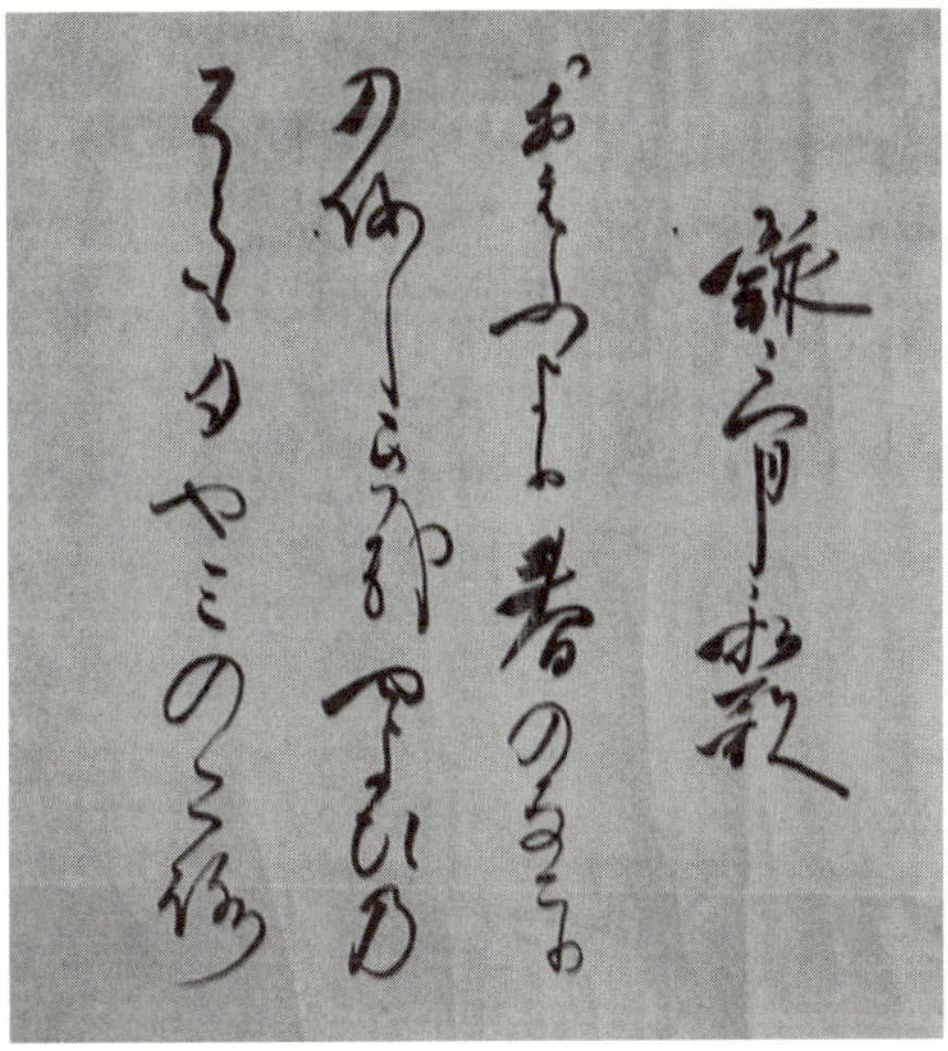

後鳥羽天皇筆　熊野類懐紙写し

の第一皇子栄仁親王にうけつがれた。栄仁親王の王子貞成親王が、みずからを伏見宮と号しはじめた。秀吉の伏見城築城によって伏見御殿はなくなったが、それ以降も伏見宮家の人々は伏見殿とよばれた。寛文四年ころの伏見宮家当主は、一三代貞致親王である。写し裏書きにある伏見殿は、この貞致親王であろう。新出後鳥羽院類懐紙の原本は、寛文四年ころ伏見宮貞致親王から借り出され、なに人かによって忠実な写しが作られたのである。

ちなみに、伏見宮家第三代貞成親王の日記『看聞御記』には、古筆に関する記事がはなはだ多い。また、三条西実隆の『実隆公記』には、実隆が伏見宮家第五代の邦高親王からおびただしい量の古筆を借覧していることが見える。この伏見宮家は累代にわたって古筆名跡を蒐集していたのであろう。そして、その中に後鳥羽院懐紙もふくまれていたのであろう。

さてつぎに、この懐紙写しが後鳥羽院自詠自筆のものの写しと認めてよいかどうかについて考えたい。

位署はないが、『禁秘抄』の「御書事」に「太子御書。惣不㆑書㆓御名㆒」[8]とあるように、天皇上皇は懐紙に名を書かない。位署のないことが天皇の懐紙であることを証している。では、端裏にある「後鳥羽院」をそのまま鵜呑みにしてよいかどうか。すでにみたように、「勅筆写」巻の「光厳院法華経要文和歌懐紙」、「家隆卿之写」巻の「鏡山画讃」「時代不同歌合百廿二番」「詠中品下生和歌懐紙」、「道風佐埋　伊経/経朝　行忠」巻の「親王位記草案」などが、現存する原本あるいはかつて存在した原本の忠実な写しであることからして、後鳥羽院懐紙もかつては存在した原本の忠実な写しと思われる。また、裏書きに所持者と表具についての記載があり、由緒ある筋に古くから後鳥羽院懐紙として伝来していることも軽視できない。

さらに決定的なのは、陽明文庫蔵の後鳥羽院懐紙「詠六月和歌」との字形・字母・書式の酷似である。この懐紙は「詠六月和歌／ならかしは夏くれかたの夕／かせにす、しくなりぬせみ／のはころも」というものであるが、そもそも端作の「詠六月和歌」が、新出写しの端作「詠三月和歌」と密接なかかわりのあることを思わせる。のみならず、それぞれの懐紙の「詠三月和歌」と「詠六月和歌」の「詠」の字形、「夕やみ」と「夕かせ」の「夕」の字形、「夕やみのころ（路）」と「はころ（路）も」の「路」の草仮名ふうの字形が、うりふたつである。とくに、字母「路」はあまり使用されない字母であり、それがそれぞれに使用されていることも注意される。以上の点から、新出の懐紙写し「詠三月和歌」は、この「詠六月和歌」と同筆と認められる。すなわち、新出懐紙写しは、端裏書きどおり後鳥羽院の懐紙と認めてよいと思われる。

なお、当該後鳥羽院懐紙に関する古記録が存在している。鹿苑寺和尚、鳳林承章の日記『隔蓂記』[9]の承応四年（一六五五）二月三日のくだりに、次の如くある。

三日、午時、一條殿（昭良）下前関白入道公恵観尊公被召寄、御茶給也。龍寶山之玉舟（宗璠）翁・什（宗什）首座・嘉首座也。於御構之御座敷、而御振舞也。御掛物後鳥羽院宸翰御詠也。詠三月和歌、如此、御端書也。御歌ニ、思フナリ春ノ名残リノヲシキ［惜］哉、ヤヨヒ［弥生］ノ空ノ夕暮ノ比。此御歌也。及黄昏、而令帰山也。……

一條昭良（一六〇五～一六七二）が承章らを西賀茂山荘に招き饗応した。その折に用いられた掛物が、「後鳥羽院宸翰御詠」で、端作は「詠三月和歌」、歌は「思フナリ春ノ名残リノヲシキ哉、ヤヨヒノ空ノ夕暮ノ比」であったという。これはまさしく、小稿でとりあげた懐紙写しの原物に違いない。やはり、「詠三月和歌」の後鳥羽院懐紙は実在していたのである。この記事によって、新出の懐紙写しは根拠のある信ずるに足るものであり、記録に残る懐紙の原形を今に示してくれるものであることが証された、といってよい。裏返せば、『隔蓂記』の記事だけでは懐紙の具体的な形状等が分からず、その信憑性は乏しいといわざるをえないが、懐紙写しの出現によって、その記載内容は信じ得るものとなったのである。さらに、『隔蓂記』の「思フナリ」は「おもふより」の誤伝であることも、新出懐紙写しによって明らかになった。

先にふれたように、この懐紙は寛文四年（一六六四）頃には、「伏見殿所持」であったとされている。『隔蓂記』の伝えるように承応四年（一六五五）に一條昭良が所持していたのなら、この間に所持者が変わったことになる。あるいは、一條昭良が伏見殿から借用したという可能性も考えられる。

四　熊野類懐紙とその成立時期

ところで、この懐紙はどのような性格のもので、いつ頃詠まれたものなのであろうか。

古来、熊野懐紙とよびならわされ珍重されている懐紙がある。後鳥羽院の熊野御幸の際の和歌会の懐紙である。しかし、熊野懐紙はほとんど二首懐紙であり、例外的に三首懐紙があるだけであり、一首懐紙である新出の写しは熊野懐紙とは思われない。くわえて、「六月」の歌題も熊野懐紙にはみられない。

別に、この前後の懐紙で披講場所などの不明なものが、一括して熊野類懐紙とよばれている(10)。この類懐紙には、信綱の「正月」、後鳥羽院の「六月」、雅経の「十月」、藤原清範の「十一月」、寂蓮の「十二月」が伝存しており(11)、「三月」の新出懐紙写しはこれらと一連のもので、類懐紙の写しと認められる。

熊野類懐紙を網羅し基礎的問題を考究した、田村柳壹氏「正治・建仁・元久期の歌壇―後鳥羽院歌壇前史「熊野類懐紙」の総合的検討と和歌史における意義をめぐって(12)―」は、十二ヶ月の各月を題にした懐紙（『隔蓂記』の記事によって当該懐紙写しの歌も含めている）を一括して「詠月次和歌」と呼び、後鳥羽院を含めた六人の詠者が二首（二ヶ月分）ずつ詠んだと推察している。そして、「荻風増恋」「花有歓色」「草花」「関路暁月」「暁紅葉」「霧隔遠山」「雨後草花」「海辺霧」「餞遊女」の類懐紙同様、後鳥羽院主催の当座歌会の折りの懐紙であろうと位置づけている。

さらに、源家長の「荻風増恋」懐紙の端裏書に「正治二年六月廿八日当座」とあることから、熊野類懐紙によって確認できる後鳥羽院主催の当座歌会開催の上限を、正治二年（一二〇〇）六月二八日とする。そして、『源家長日記』が伝えるように、寂蓮が後鳥羽院によって俗塵を離れた出家生活から練達の歌人として召しだされたのは、正治二年であるが、一方寂蓮は「荻風増恋」などの他の類懐紙を遺していないので、寂蓮が後鳥羽院歌壇に参加したのは正治二年も後半であること。すなわち、寂蓮の懐紙の遺る「詠月次和歌」は正治二年後半の成立であるとする。従うべき考察である。

この正治二年の度重なる後鳥羽院主催の当座歌会開催は、後鳥羽院歌壇の始発とされる「北面歌合」（正治二年七月三日）と時期的に重なっている。類懐紙の歌は後鳥羽院の初期詠作なのである。当該熊野類懐紙写しの歌も、かかる歌人として出発しはじめた後鳥羽院の、気負いに満ちた歌なのであった。時に後鳥羽院は、数え年二一歳である。かの名歌「見わたせば山もと霞む水無瀬川夕べは秋となに思ひけむ」に結実する新しい美意識のめざめは、和歌を詠みはじめて間もない二〇歳そこそこの若き上皇の胸中に、すでに兆していたのであった。

ちなみに、新出熊野類懐紙の歌「おもふより春のなごりのをしき哉やよひのそらも夕やみのころ」に発想の近似した歌が、やはり後鳥羽院の歌にある。『正治二年初度百首』の「なにとなく過ぎゆく夏のをしきかな花を見すてし春ならねども」である。同じ時期の後鳥羽院の発想類型とも思われる。

付記

初出稿では、田村柳壹氏「正治・建仁・元久期の歌壇―後鳥羽院歌壇前史「熊野類懐紙」の総合的検討と和歌史における意義をめぐって―」を見落としていたため、それを踏まえて大幅に改稿した。

また、『思文閣古書資料目録』（二〇〇二年三月）に、雅経の熊野類懐紙「詠霧隔遠山和哥／雅経／はるけさにいそかぬ／ものをやまちへはな／にとあきゝりたち／へたつらむ」があることを言い添えておく。

注

（1）新古今和歌集の引用は新潮日本古典集成本（久保田淳校注）による。
（2）「すへて二千首におよへるを、そこら御覧しあさかへさせ給へれは、みな此歌ともを御心の内にうかへさせ給へるそ、さも有かたきまておほえさ給へる」（石田吉貞『源家長日記全註解』有精堂、一九六八年）。
（3）根津美術館学芸部よりの御教示。
（4）『高嵜帖』（貴重本刊行会、一九九〇年）。
（5）小松茂美『古筆』（講談社、一九七二年）。
（6）春名好重『古筆大辞典』の「藤原定家懐紙」（淡交社、一九七九年）。
（7）小松茂美『日本書流全史　下　図録』（講談社、一九七〇年）。
（8）群書類従本による。
（9）『隔蓂記第三』（思文閣出版、一九九七年）による。
（10）久曽神昇『仮名古筆の内容的研究』「第六節　水無瀬懐紙」（ひたく書房、一九八〇年）。
（11）注（10）および春名好重『古筆大辞典』（淡交社、一九七九年）。
（12）『新古今集とその時代』（風間書房、一九九一年）。

36 伝平重盛筆　懐紙断片（奈良懐紙）

（年代測定　一二七六～一三八三年）

「重盛公　あらねは（琴山）」の極札をもつ、和歌一首分にもみたない端切がある。料紙は楮紙、縦二六センチ、横五・四センチ。二行にわたり、

あらねはゆめもまれなるひ
ねのとこ

と書かれている。下端は切断されており、一行目の終わりにはさらに二文字書かれていたと思われる。二行目の「ねのとこ」とのつながりから見て、「とり」とあったと推定される。すなわち、一行目と二行目を続けると「あらねはゆめもまれなるひとりねのとこ」と書かれていたと推される。これでも一首の体をなさないので、前にもう一行（一三字分）あって、一首三行書きであったと思われる。

このような和歌一首分にもみたない端切に何故こだわるのかといえば、いくつかの点から見てこの断簡が奈良懐紙の一部と考えられるからである。まず、典型的な後京極流の、それも自然な墨継ぎの筆跡からして、鎌倉中期頃の当座の詠草と推察されること。そして、下端の切断部分を含むと縦が約三〇センチほどになり、和歌一首を三行書きにしているが、それを二首あるいは三首並べると、ちょうど懐紙の大きさになること。これらのことから、この端切は鎌倉中期頃の和歌懐紙の一部と思われる。[1]

鎌倉期の懐紙といえば熊野懐紙・熊野類懐紙・春日懐紙が有名であるが、後京極流の筆跡で書かれた懐紙は春日懐紙である。春日懐紙は春日神社神官を中心に、興福寺・東大寺の僧侶らが詠進した歌会の懐紙である。そのうち中臣祐定（一一九八～一二六九年）書写の『万葉集』を紙背にもつものが名高く、巻六の奥書のある一葉に「寛元元年八月八日書写之　祐定」と、巻二十の奥書のある一葉に「寛元二年三月九日書写之　祐定」とある。つまり、紙背に『万葉集』が書写された春日懐紙は、寛元年間以前の成立ということになる。泰俊法師の懐紙には、題の中に「仁治第二暦仲秋」と記されており、年次の判明するものとしてはこの仁治二年（一二四一）が春日懐紙の上限である。(2)

春日懐紙の類に、『万葉集』ではなく経疏を紙背にもつものがある。建治頃（一二七五～一二七八年）に東大寺大勧進職にあった新禅院聖什上人の懐紙の紙背は、良貞述「仁王護国般若波羅蜜多経疏」である。紙背に『万葉集』を書写し袋綴じ本になっていたものが、綴じ穴・折り目を有するのにたいして、経疏を紙背にもつものには綴じ穴・折り目がない。聖什のほか、明真・亮承・実印・礼経の、あわせて五葉（実は六葉という(3)）がこの類である。(4)この類は奈良懐紙と呼ばれている。そして、いま取り上げている断簡の紙背にも、以下の経疏が記されている。

相會遇時分无別故言一時機感應化時无別故初
就刹那相續无断説聴究竟假名一時此有二義一道
理時説者聴者雖唯現在五蘊諸行刹那生滅即此現

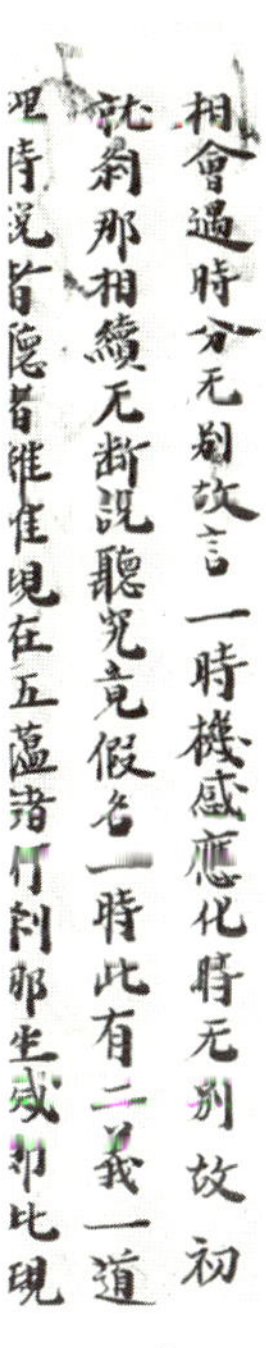
紙背

これは「妙法蓮華経玄賛」巻第一の文言にほぼ一致する（『大正新脩大蔵経』巻三四、六四四頁）。そしてなによりも注目されるのは、その筆跡が同筆であることである。「一」を鋭く長く引く癖、「故」の終画を太く長く引く癖など、ぴたりと一致している。

以上のような事柄を総合するに、わずかな端切に過ぎないが、この断簡は紙背に経疏をもつ奈良懐紙と推察される。なお、本断簡は紙背に経疏をもつ聖什・明真・亮承・実印・礼経の筆跡の中では、

伝平重盛筆
奈良懐紙断片

実印の筆跡にもっとも近いようである。また、聖什の懐紙がいわゆる春日懐紙の類の下限であり、その成立は文永末年（一二七五）ごろと推定されているが、[5] 本断簡もその頃の書写ということになる。

ちなみに、本断簡の「ひとりねのとこ」という表現であるが、『新編国歌大観』を検索するにこの表現をもつ歌は一二首見いだせる。本懐紙の成立（文永末年頃）以降の歌（頓阿『草庵集』より江戸期まで）が八首ある。残る四首は、『楢葉集』の三首と『宝治百首』の一首である。『楢葉集』は素俊法師撰、嘉禎三年（一二三七）成立。集名が示すように、奈良興福寺・東大寺の僧侶を中心に春日社神官や奈良にゆかりのある人々の歌が集められており、鎌倉初頭の奈良歌壇の活動を伝える貴重な資料となっている。撰者素俊は定家・為家父子と親交篤く、和歌の指導を仰いでいた。また中臣祐定とも親交があり、春日懐紙が遺された歌会の主要歌人であった。こうしてみると、この『楢葉集』に集中して詠まれている「ひとりねのとこ」という表現が、奈良懐紙の端切である本断簡に詠み込まれているのは、いたって自然な現象と考えられる。『楢葉集』の三首は以下の如くである。

円家法師
よをさむみのこるともなきうづみ火の　あたりをたのむひとりねのとこ

権大僧都重信
ふるさとはわきてさびしきよはもなし　いつもならひのひとりねのとこ

禅定院寿王

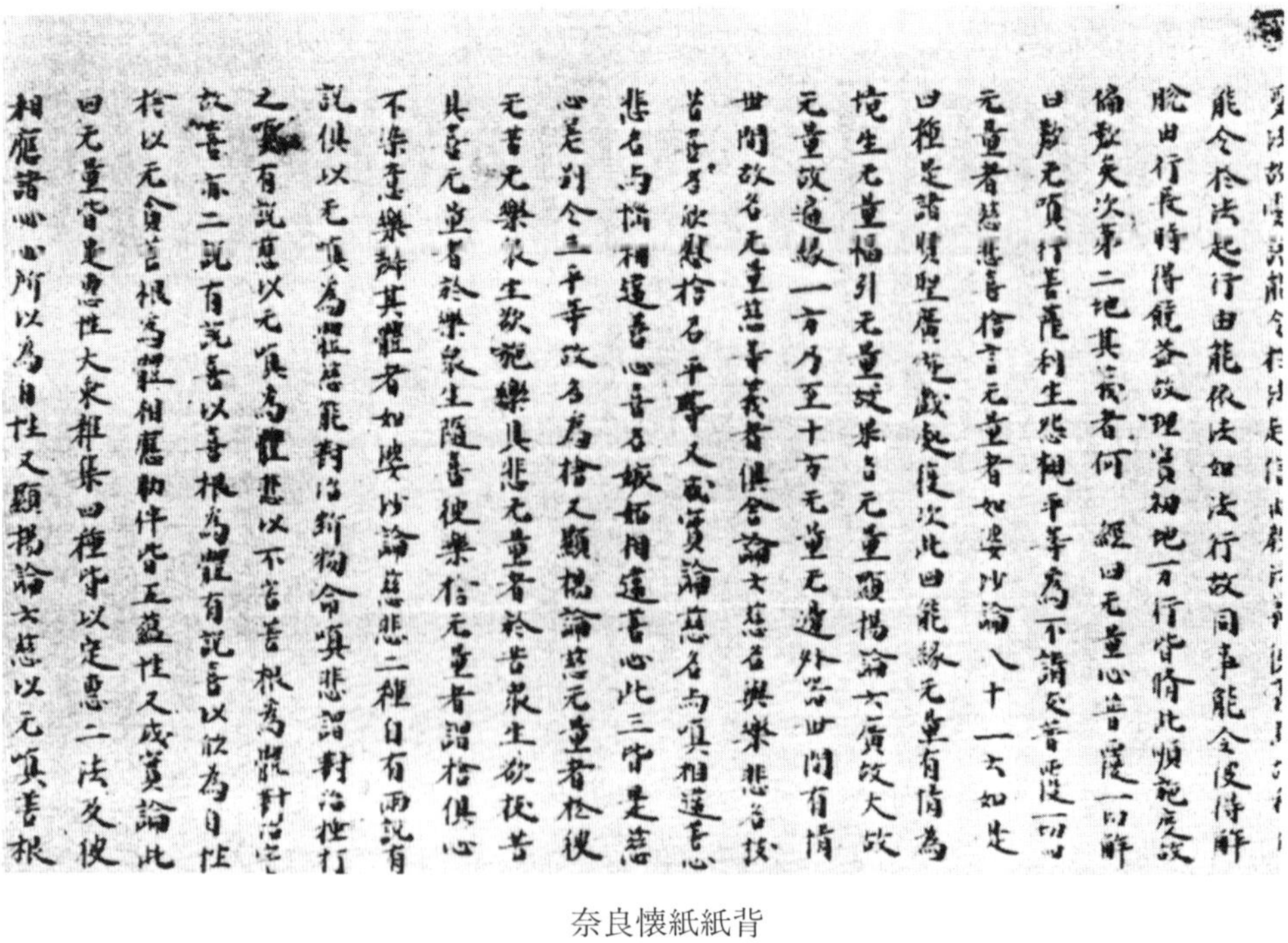

奈良懐紙紙背

36　伝平重盛筆 懐紙断片

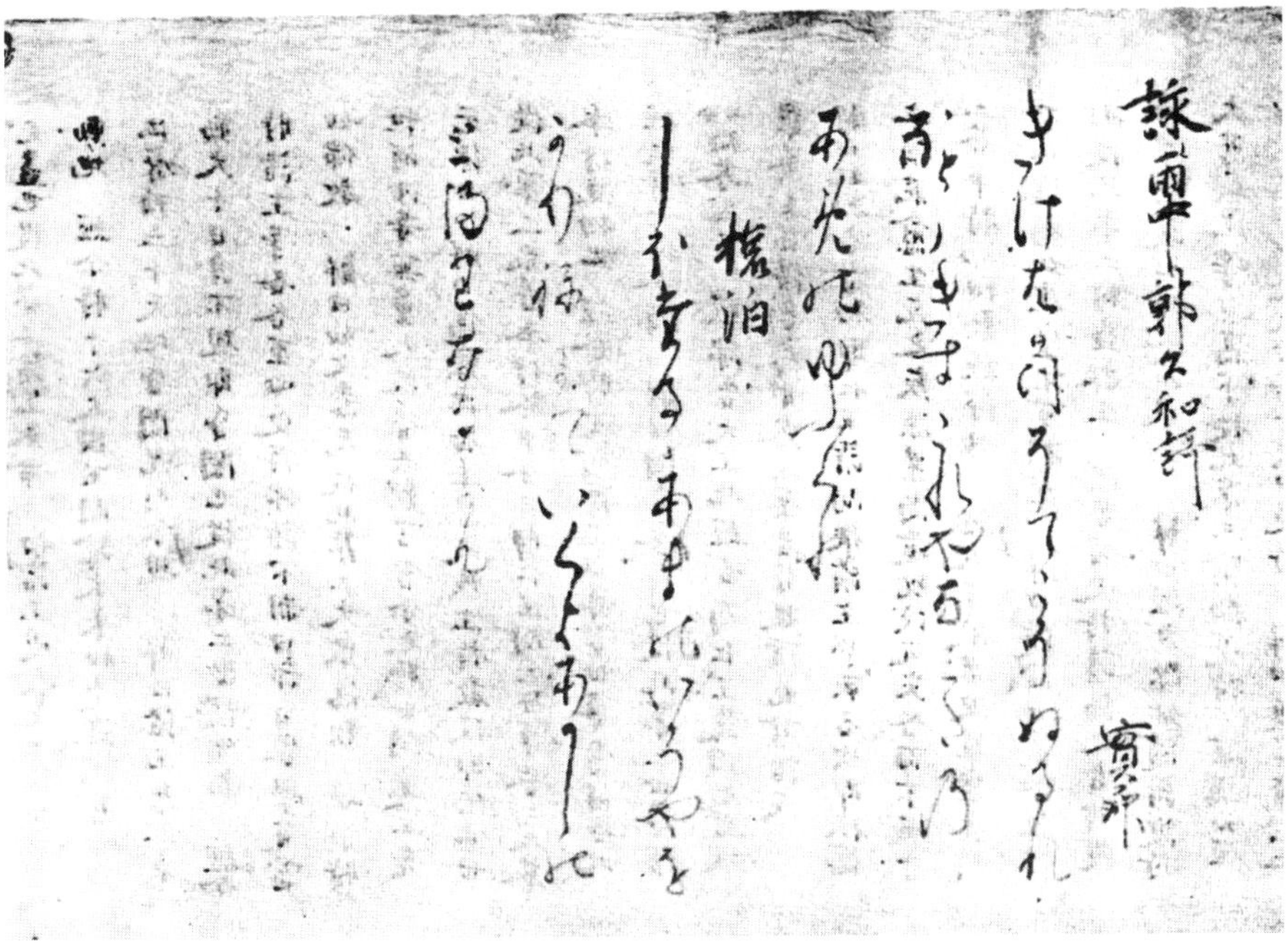

奈良懐紙

まどろまばいくたびゆめをのこさまし　あけがたきよのひとりね
のとこ

ちなみに、宝治二年（一二四八）成立の『宝治百首』の一首は、

禅信

しきたへの枕のちりをはらひつつ　ただあらましのひとりねの床

である。

炭素14による年代測定を行ったので、結果を示しておく。
炭素14年代は683［BP］で、この1σの誤差範囲683±21［BP］を暦年代に較正した値が1281（1287）1295［cal AD］、2σの誤差範囲683±42［BP］を暦年代に較正した値が1276（1287）1303、1366（）1383［cal AD］である。この上限1276年は文永末年（一二七五）頃に重なっている。ただし、誤差範囲は後方に広がっており、紙背に経疏をもつ春日懐紙（奈良懐紙）の書写年代はいわれている文永末年よりもう少し下る可能性もある。

注

（1）紙背に万葉集があるものをのみ春日懐紙と呼び、紙背に経疏のあるものは奈良懐紙と呼び分けるむきがある（春名好重『古筆大辞典』淡交社、一九七九年、田中大士「春日懐紙祐定日録の解析」『汲古』第四七号、汲古書院、二〇〇五年六月など　ので、それに従った。

（2）永島福太郎「春日懐紙」（『墨美』第一九七号、墨美社、一九七〇年一月）。
（3）注（1）の田中論文。
（4）田山方南「春日懐紙の位置」（『墨美』第一九七号、墨美社、一九七〇年一月）。
（5）注（2）に同じ。

37 伝春日社家祐春筆 不明懐紙

箱書に「春日社家祐春筆　春日懐紙」、極札に「春日社家祐春かひなしや（守村）」とある断簡がある。料紙は楮紙。縦二八・〇センチ、横二〇・三センチ。上下左右に裁ち落としがある。紙背の文字の墨痕が裏映りしているが、なにが書かれていたかまでは分からない。作者名と和歌がつらなっているようであり、なにかの歌集が書かれていたと思われる。表には九行にわたって、歌題と三首の和歌が以下のごとく記されている。二首目の歌頭には合点がかけられている。

　　惜花
かひなしや身にかふはかりおしめとも
はなにしられぬ心つくしは
　　落花
＼をしなへてふりつむ冬の庭よりも
あとおしまる丶はなのしら雪
　　暮春款冬
いまはともいはぬ物からゆくはるの
ひかすしらするやまふきの花

箱書に「春日懐紙」とあるのは、本断簡が三首懐紙の形態をもっていること、文字が大振りで懐紙あるいは詠草切の風があること、紙背の文字の裏映りのあること、伝称筆者が春日社中臣祐春（一二四五～一三三四年）であることなどによる鑑識なのであろう。しかしながら、本断簡は春日懐紙とは思われない。裏写りの文字は『万葉集』とは見えないし、紙背に『万葉集』をもつ狭義の春日懐紙の遺墨の中に本断簡と同筆と見なし得るものはないからである。また、春日懐紙とともに一括して伝来した、紙背に歌集切をもつ祐春懐紙があるが、これは位署が「若宮神主祐春」とあることから、祐春が若宮神主に補せられた弘安五年（一二八二）以降のものとされ、紙背に『万葉集』のある春日懐紙や紙背に経疏のある奈良懐紙とは別の類とされている[1]。そもそも祐春懐紙は春日懐紙・奈良懐紙より成立の遅れる、別の類なのである。それゆえ、本断簡が祐春の懐紙と認められたとしても、春日懐紙とは呼べないわけなのである。

ところで、本断簡の筆跡を祐春のものと認めてよいであろうか。春日懐紙とともに伝来した祐春懐紙[2]や『古筆大辞典』所載の「中臣祐春詠草」[3]と比較するも、同筆とすることはできない。

それにもかかわらず、この断簡をここにあげつらうのは、この三首が『新編国歌大観』などに見えない散佚歌であり、さらに鎌倉期の、それも祐春の子祐臣の歌と関わる点があるからである。断簡の一首目に似た歌が『秋風抄』と『自葉和歌集』に見える。私撰集『秋風抄』は反御子左派の真観（葉室光俊）撰とする説が有力で[4]、建長二年（一二五〇）の成立。藤原定家没後の寛元年間（一二四三～一二四七）以降の詠歌を集めている。『自葉和歌集』は春日社祐臣（生年未詳～一三四二）の私家集で、正応末（一二九三）から嘉元末（一三〇六）の詠作を中心にしている[5]。祐臣は父祐春の歌会に参加しており、祐春の歌の影響を少なからず受けていたと思われる。

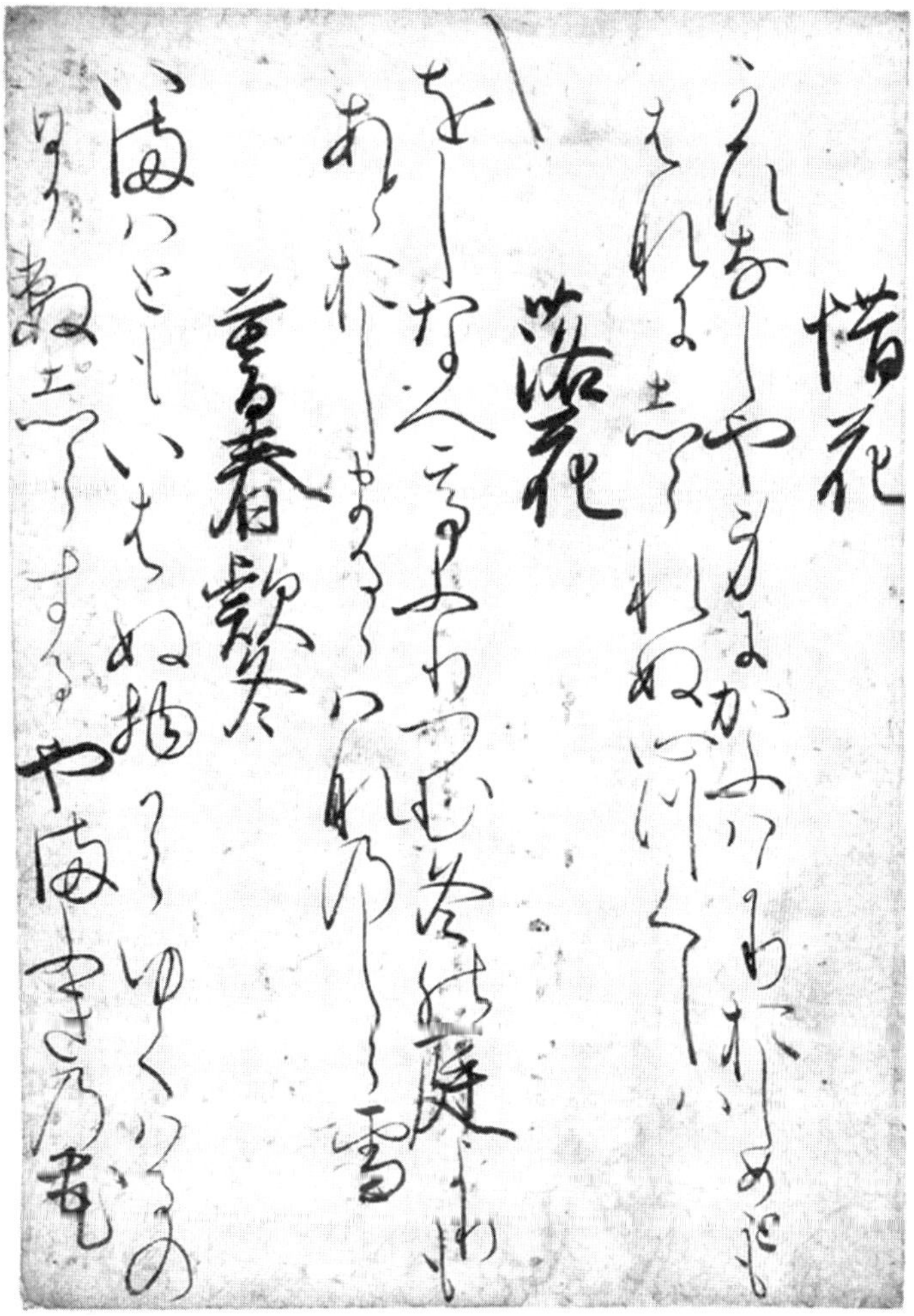

伝春日社家祐春筆 不明懐紙

かなしや身にかふはかりおしめともはなにしられぬ心つくしは
（断簡　伝祐春歌）

いかにせむ身にかふばかりをしむともかたしや春のけふの別れは
（『秋風抄』侍従伊成）

かなしやうつろふ色をしたひてもはなにしられぬ心づくしは
（『自葉和歌集』祐臣）

断簡の伝祐春の歌と『秋風抄』の伊成の歌と『自葉和歌集』の祐臣の歌の先後は、祐春（一二四五～一三二四年）祐臣（生年未詳～一三四二年）の生存期間から見て、『秋風抄』（一二五〇年成立）の歌が先であろう。ということは、まず、『秋風抄』の歌の「身にかふばかりをしむとも」（b′）の句を「身にかふはかりおしめとも」（b）と踏まえ、初句・四句・五句を詠み変える（aおよびc）ことによって、伝祐春の歌が成立したとしか考えられない。なぜなら、『秋風抄』の歌と祐臣の歌では、重なる部分が存在しないからである。そして、さらにその後、伝祐春の歌の初句・四句・五句を踏まえ（a＝a′およびc＝c′）、二句・三句の「身にかふはかりおしめとも」（b）を「うつろふ色をしたひても」と詠み変え換骨奪胎したのが、『自葉和歌集』の祐臣の歌ということになる。

こうしてみると、断簡の伝祐春の歌は『秋風抄』の歌と『自葉和歌集』の祐臣の歌を仲介し結ぶ位置にあり、祐春と祐臣の父子関係を考えると、やはり祐春の歌の可能性があると思われる。

もう一つの可能性は、『秋風抄』の歌と『自葉和歌集』の祐臣の歌とをつなぎ合わせたのが、伝祐春の歌という場合である（b′＋a′＋c′＝a＋b＋c）。この場合だと、断簡の歌はすべてすでに存在する歌の歌句をもちいた歌ということになる。しかし、これでは本歌取り・表現の変奏の新味が皆無となり、こういう場合は想定しにくい。

ちなみに、三首目の「いまはともいはぬ物からゆくはるのひかすしらするやまふきの花」と、内容・表現の上で相通じるものに、藤原実前の歌（『文保百首』春二十首）がある。

くれぬとはいはぬものから山吹の花にぞをしむ春の名残を

『文保百首』は文保二年（一三一八）に『続千載和歌集』の撰歌資料とすべく召された百首歌である。祐春の生存期間と重なっており、同時代性をうかがわせる。

かくの如く、祐春自筆かどうかは判断しかねるが、祐春詠の可能性の高い散佚歌といえる。

この断簡のツレと思われるものがある。徳川黎明会蔵古筆手鑑『藻叢』の伝春日若宮社人祐春筆「歌集切」である。(6)縦の寸法が二七・九センチと当該断簡とほぼ等しく、なによりもその筆跡が同じい（特に「ま」〈間〉の字形など）。紙面が荒れていて読み難いところもあるが、次のような六行である。

夕顔
やまかつのかきねはみえすゆふかほの
はなこそやとのへたてなりけれ
しのひてかよひ侍りけるを人のあ□

はれたるよしき、侍しによみてつかはし侍し
ふくかせになひくよりこそ夏草に

当該断簡がこれとツレであるとすれば、これには詞書きがあるので、当該断簡は懐紙ではなく、何人かの家集と考えられる。

注

（1）永島福太郎「春日懐紙」（『墨美』第一九七号、墨美社、一九七〇年一月）。
（2）注（1）の写真版による。
（3）春名好重『古筆大辞典』（淡交社、一九七九年）。
（4）有吉保『和歌文学辞典』（桜楓社、一九七七年）。
（5）注（4）に同じ。
（6）徳川黎明会叢書『古筆手鑑篇三』（思文閣出版、一九八六年）。

38　兼好筆 白短冊（自詠和歌）

一　短冊

古くは短籍・短尺・短策などと書く。奈良・平安時代では、付箋・メモ用紙の意味。短冊が懐紙のように詠歌用の料紙になったのがいつころからかは不明。慈円『拾玉集』青蓮院本に、「短冊」として立春以下の歌が見える。探題用短冊から和歌の料紙として用いられるようになったらしい。頓阿が二条為世のすすめで短冊の大きさを定めたという伝えもある（尭憲『和歌深秘抄』）。上四分の一に題、下四分の三に歌、左下に署名をする。

遺品として最古のものは二条為世（一二五〇～一三三八）とか冷泉為相（一二六三～一三二八）のものとされる。康永三年（一三四四）『宝積経要品紙背短冊』（尊経閣文庫蔵）に、足利尊氏・兼好・浄弁ら二八人の短冊が残る。

鎌倉末期から南北朝（文和年間―一三五二～一三五六）ころまでの古短冊は素紙であり、白短冊と呼ばれる。元中年間（一三八四～一三九二）には雁斐紙質で上下内曇りのものが現われた。

二　新出短冊

兼好法師、俗名卜部兼好《うらべのかねよし》（一二八三頃～一三五二頃）。二条為世の弟子、頓阿・浄弁・慶運とともに和歌四天王と称される。兼好筆の新出短冊は初期のいわゆる白短冊で、『兼好家集』に見えない歌が記

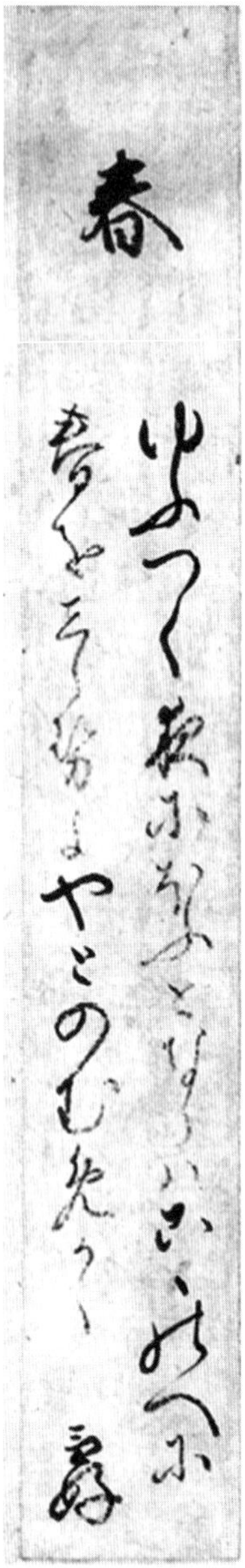

兼好筆　白短冊

されている。料紙は楮紙、縦三一・六センチ、横四・六センチ。

春　ゆふつく夜にほふとならはこ、のへに
　　春をしらせよやとのむめか、　　兼好

この歌の本歌とおぼしい歌が、『新後撰集』（為世撰　第一三番目の勅撰集　一三〇一年成立）にみえる。

　高倉院位におはしましける時、家の梅をめされけるにたてまつるとて、むすびつけ侍りける
　　　　皇太后大夫俊成
[a]ここのへに[b]匂ふとならば[c]むめの花
[d]やどの梢に[e]春をしらせよ

兼好の歌は、この俊成の歌の表現にほとんど依拠している。a「ここのへに」とb「匂ふとならば」とe「春をしらせよ」の順を入れ替えると、「にほふとならはこ、のへに春をしらせよ」が構成される。c「むめの花」の「花」を「香」に替え、d「やどの」と順を逆にすると、「やとのむめか、」が構成される。そして、「ゆふつく夜」という独自な趣向をあらたに加える。さらに、全体として、「宮中に咲く梅に我が家にも春をしらせよ」と呼びかけるのを、「我が家に咲く梅に宮中にも春をしらせよ」と呼びかけ、発想を逆転させている。発想の逆転といえば聞こえはよいが、あまりに付きすぎていることも否めない。習作的な臭いがしてならない。

兼好は二条為世門の和歌四天王の一人として名高い。俊成の歌を載せる『新後撰集』の撰者は、二条為世である。『新後撰集』が奏上されたのは、嘉元元年（一三〇三）。兼好は正安三年（一三〇一）、一九歳頃、六位蔵人として後二条天皇に仕える。二条為世の門に入るのは元亨（一三二一～一三二四）の初年頃であるが、宮廷文化に接することで兼好の和歌への傾倒ははじまっていたのではないか。そして、為世撰の『新後撰集』にも没頭したのではなかったか。若き日の兼好が『新後撰集』の俊成の歌をもとに習作する姿が彷彿とする。

付けたり

ちなみに、兼好の歌の本歌である俊成の歌は、初句の表現を変え

て、『俊成家集』と『三百六十番歌合』（机上歌合　一二〇一年三月以降の成立）に収められている。

俊成家集（『冷泉家時雨亭叢書』「中世私歌集三」）
　高倉院御時、少男定家昇殿申ける比、五条家のさかりなるを内裏よりとておりてまいらせよとおほせことありけれは、むすひつけてたてまつらせける
雲井まで　匂ふとならば　梅の花　宿の梢に　春をしらせよ
　返し、頭中将通親朝臣、くれなゐのうすやうにてかんやかみにたてふみ（ママ）てそありし
九重に　匂はばなどか　むめの花　梢に春をしらせざるべき

三百六十番歌合・第一・三十番
　左　釈阿
くもゐまで　にほふとならば　むめのはな　やどのこずゑに　はるをしらせよ

『俊成家集』の「高倉院御時」の詞書から、この歌は高倉院在位（一一六八〜一一八〇）中の詠歌である。また、『俊成家集』では頭中将源通親が返歌しているが、通親は治承三年（一一七九）に蔵人頭、翌四年（一一八〇）に参議・左近衛権中将に叙せられている。すなわち、通親が頭中将であったのは、治承四年以降である。両者を勘案すれば、この俊成の歌は治承四年の詠作と考えられる。

39　伝後醍醐天皇筆　懐紙断簡

ここにとりあげるのは、懐紙を切断したとおぼしい、未詳歌を記した断簡である。料紙は楮紙、縦三二・八センチ、横八・一センチ。字高三二・〇センチ。現状では上下の余白がほとんど無いが、本来はあったはずで、上下一、二センチの余白を想定すると、三五センチを越える縦寸であった。大ぶりの懐紙であったか。春日懐紙の五首懐紙は歌一首二行で書いているので、本断簡も五首懐紙の可能性がある。伝称筆者を後醍醐天皇とする極札が附属している。

　　秋夕
雲のいろかせのをとまて身にしむは
いかなる時そ秋のゆふくれ

「秋の夕」が歌題とされたのは『六百番歌合』が初め。「秋の夕暮れ」は人の世の寂寥の美的象徴となり、『新古今集』以下に多く詠まれるようになった。「秋の夕暮れ」を結句に置いた、西行・寂蓮・定家のいわゆる三夕の歌はすこぶる有名。断簡の歌の成立にかかわりそうな歌として、次のものがあげられる。「雲のいろかせのをとまて」に似た表現をもつ歌に、

露のいろかぜのおとまで秋はただゆふべにまさるさびしさぞなき　（『雅有集』）
つゆの色風のおとまで月をまつおなじなさけのゆふぐれの庭

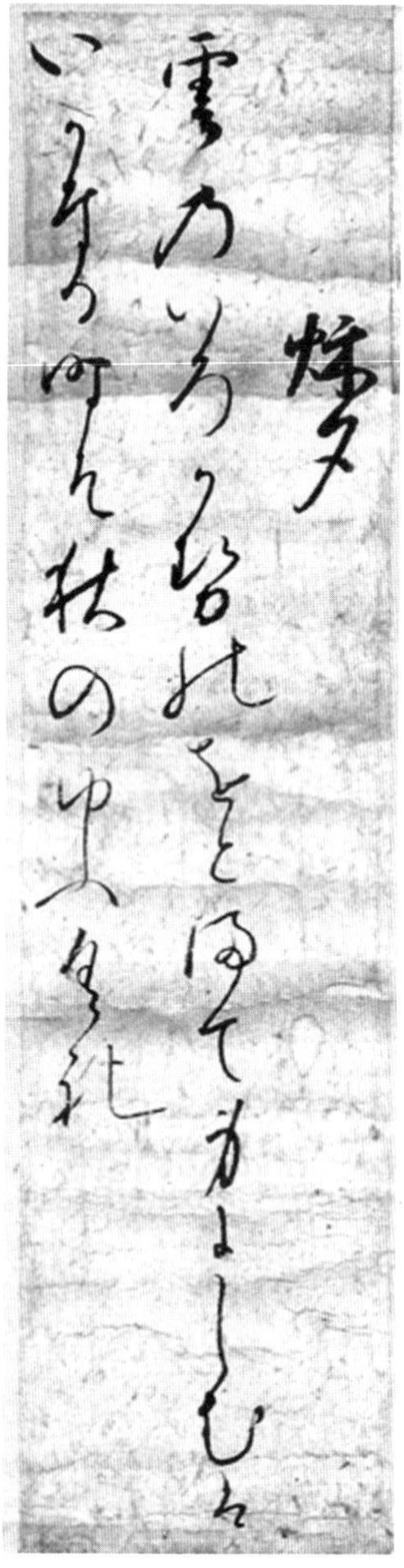

伝後醍醐天皇筆
懐紙断簡

（『俊光集』）

がある。飛鳥井雅有（一二四一〜一三〇一）、日野俊光（一二六〇〜一三二六）、ともに鎌倉後期の人。

また、下句「いかなるときそあきのゆふくれ」がまったく同じ歌に、

ながむればすずろにおつるなみだかないかなる時ぞ秋のゆふぐれ

（『続古今集』西園寺実氏）

がある。西園寺実氏（一一九四〜一二六九）は後嵯峨院の外戚として太政大臣にまで昇った。藤原為家を後援した御子左家のパトロンであり、歌合に出詠し歌会を主催した。

以上から、断簡の歌は鎌倉中期から後期にかけての歌かと推量される。

40　冷泉政為筆　懐紙

〔年代測定　一四六四～一六四〇年〕

冷泉政為（一四四五～一五二三）は、明応・文亀・永正期の堂上歌人で、冷泉為広・三条西実隆とならぶ和歌指導者であった。政為の当該懐紙は、料紙は楮紙、縦三四・五センチ、横四七・〇センチ。一首二行七字（音）書きで、三首記されている。すべて『新編国歌大観』『私家集大成』に見えない、散佚歌である。

詠三首和歌
沙弥暁覚
山紅葉
さそふかとおもふもくるし
秋たかきもみちをわけて
おつるやま水
惜秋
うらみしよしたふによらぬ
ならはしはくれゆく秋の
なこりのみかは
被厭恋
あきかせにみるもはかなき
さ、かにのいとふをさへや
かけてたのまむ

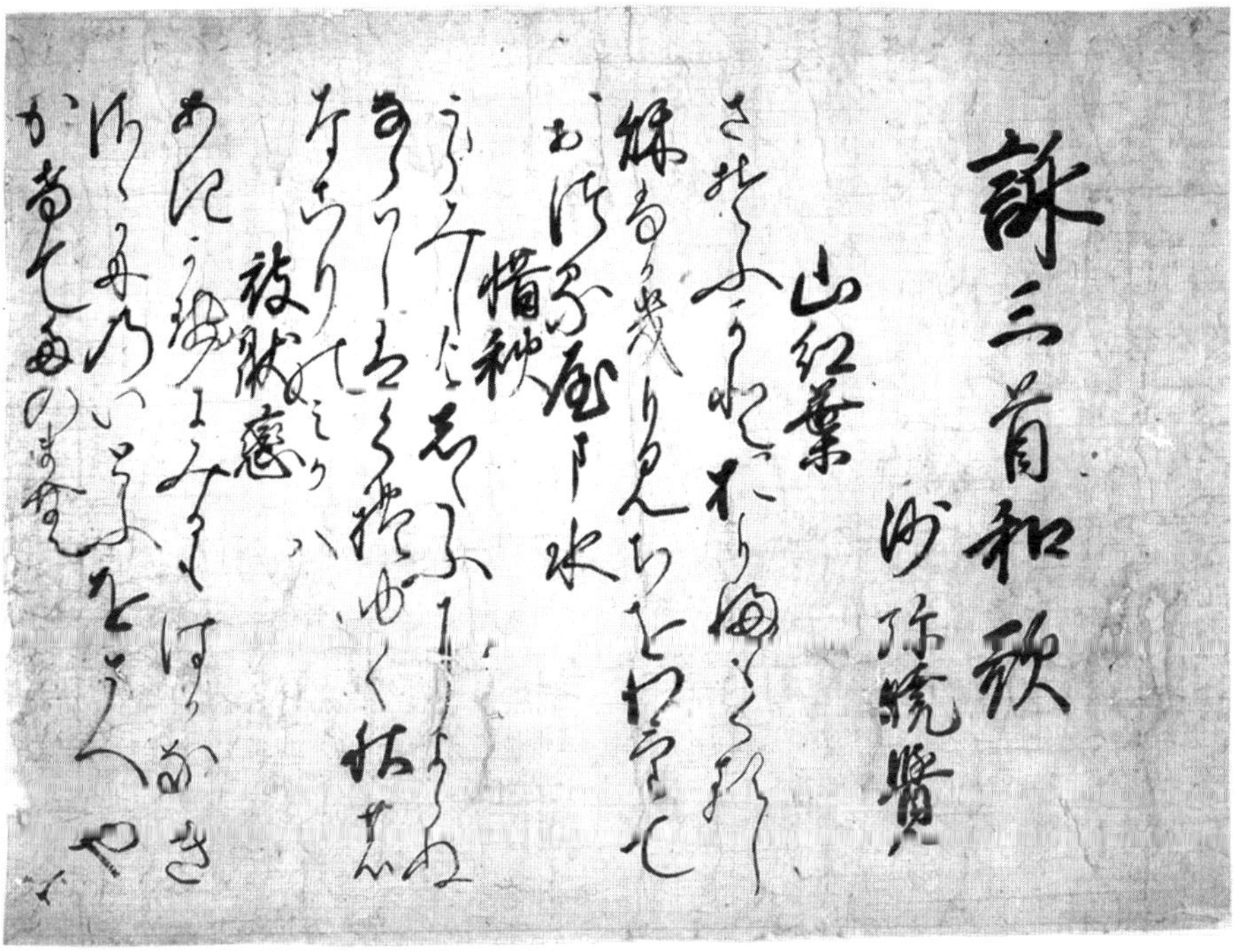

冷泉政為筆 懐紙

炭素14年代測定の結果を記しておく。測定結果の平均値は344［BP］で、その1σの誤差範囲344±21［BP］を暦年代に較正した値が、1486（1516）1525、1557（1596）1604、1606（1618）1631［cal AD］。2σの誤差範囲344±42［BP］を暦年代に較正した値が、1464（1516、1596、1618）1640［cal AD］である。政為は永正一〇年（一五一三）に六九歳で出家、暁覚を名乗り、大永三年（一五二三）に薨じた。本懐紙の署名は「暁覚」なので、これが書かれたのは永正一〇年（一五一三）から大永三年（一五二三）までの十年間のうちである。測定結果の誤差範囲の中でもっとも確率の高い344［BP］の較正暦年代は、1516、1596、1618年であるので、その中の一五一六年あたりが実際に書写された年代と考えられる。

41

後奈良天皇筆　詠草切（三条西実隆加点）

〔年代測定　一四七七～一六四三年〕

後奈良天皇（一四九六～一五五七）の自筆詠草切である。料紙は楮紙、縦三一・〇センチ、横二九・七センチ。歌一首二行書きで、四首記されている。一首目と三首目には合点がかけられている。奥の「大永七年十一月廿九日 月次」は継がれている。裏書きに「後奈良天皇宸翰詠草／三条西実隆点」とある。真跡の短冊の筆跡などと比して、真筆と見てよい。四首とも『新編国歌大観』『私家集大成』に見えない、散佚歌である。

＼しけるともよしやこゝろのしのふ草
ふるき軒はの霜のみたれ《かこと歟》を
をく霜にあへすかれなむとはかりも
しのふあまりの草の名もけし
＼往事如夢
こし方のまた程なさもかなしきは
みしもは《を歟》しめの夏のおもかけ
忘るへき物《ならひ》にしありともいつか又
うつゝの夢を思ひさまさむ
大永七年十一月廿九日 月次

炭素14年代測定の結果を示しておく。本断簡奥に「大永七年十一月廿九日／月次」とあるので、大永七年（一五二七）を含み込む測定結

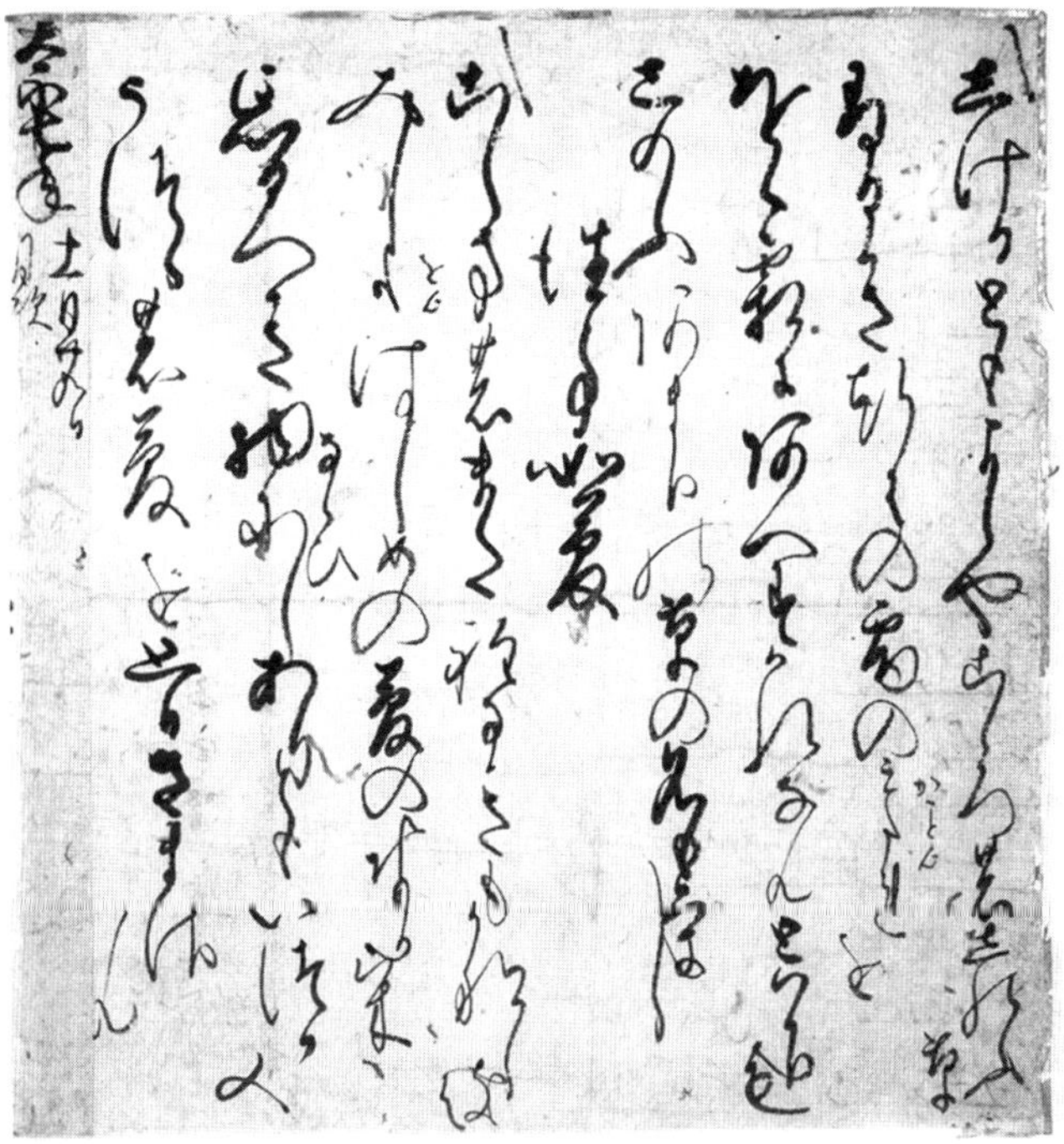

後奈良天皇筆 詠草切

果でなければならないが、測定結果の平均値は３２８［ＢＰ］である。この１σの誤差範囲３２８±２１［ＢＰ］を暦年代に較正した値が、１４９９（）１５０１、１５１２（１５２３）１５３１、１５３７（１５６０、１５６１、１５７２）１６０１、１６１６（１６３０）１６３５（）［ｃａｌ ＡＤ］である。２σの誤差範囲３２８±４２［ＢＰ］を暦年代に較正した値が、１４７７（１５２３、１５６０、１５６１、１５７２、１６３０）１６４３［ｃａｌ ＡＤ］である。本詠草切に記された年紀、大永七年（一五二七）を含みこんでいる。また、もっとも確率の高い３２８［ＢＰ］の較正暦年代は、１５２３、１５６０、１５６１、１５７２、１６３０［ｃａｌ ＡＤ］であるが、その中の一五二三年が大永七年（一五二七）にきわめて近い値になっている。

第七節　撰歌草稿

42　藤原定家筆　撰歌草稿

＊

藤原定家筆の勅撰集撰歌のための草稿と思われる新出断簡がある。この断簡の料紙は、横方向に走る簀目《すのめ》が認められる楮紙。国文学研究資料館蔵の「藤原定家筆　新古今和歌集撰歌草稿」の料紙にも、また『日本書道大系6』[1]所載の藤原定家筆「新勅撰草稿切」にも、酷似する横方向の簀目が認められる。料紙寸法、縦二七・七センチ、横二〇・五センチ。紙継ぎの箇所に錯簡を防ぐべく墨印（印文不明）が押されている。この墨印は、天理図書館蔵定家筆明月記一巻（治承四・五年）の紙継ぎ箇所、かの有名な治承四年九月の記事「世上乱逆追討雖満耳不注之紅旗征戎非吾事」、これが記された三行後の紙継ぎ箇所に押されているものに似ている。

『新勅撰和歌集』一一七番歌の下の句（残画からの想定）と一二五番歌が記されている。一一七番歌の詠者は権大納言公実で、堀河院近臣の一人、後拾遺集初出。公実集あるも、散佚。

歌頭に、左斜め上にむかって引かれた、位置の移動を示すような、意味不明の墨痕が認められる。

（山さくらはるのかたみにたつぬれは）

みる人なしに花そちりける

亭子院哥合に　　つらゆき

ちりぬともありとたのまむ｜さくらはな

春はゝてぬとわれにしらすな

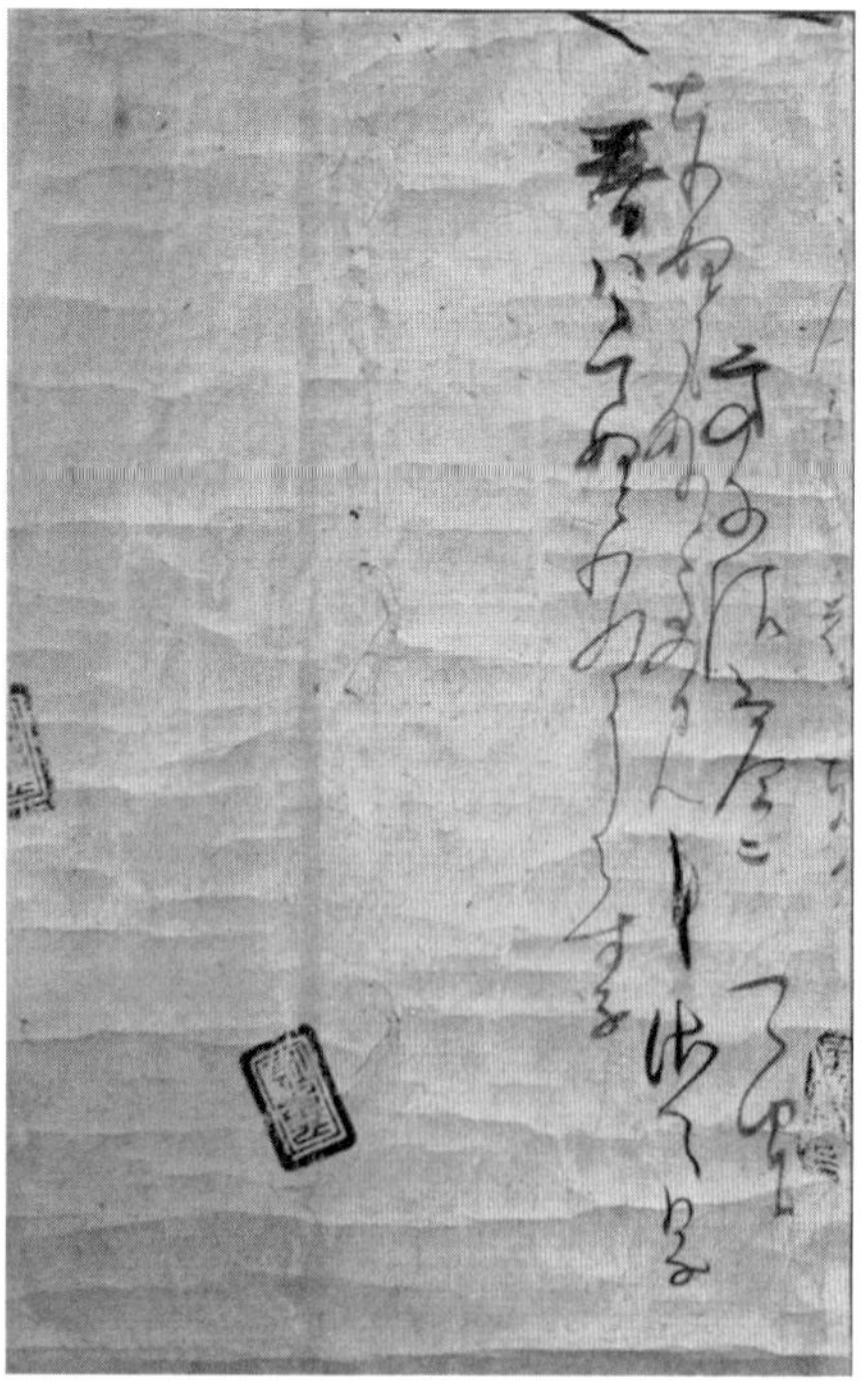

藤原定家筆 撰歌草稿

藤原定家筆の勅撰集の撰歌のための草稿と考えられている古筆切には、二種類が知られている。先に、料紙の簀目に関連してその名をあげた、「新古今和歌集撰歌草稿」と「新勅撰草稿切」である。

*

まず定家筆新古今和歌集撰歌草稿であるが、これにはすでに三葉のツレの存在が知られている。一は国文学研究資料館蔵（渋柿庵蔵品入札目録所載「定家歌切」）の断簡、二は思文閣墨蹟資料目録所載「藤原定家七首和歌抄写断簡」、三は井上子爵家並某家所蔵品入札目録所載「定家和歌五首」である。

これら三葉を総合的に検討した佐藤恒雄氏『藤原定家研究』(2)によって、三葉についての要約をしておく。断簡一と二は春の部、断簡三は雑の部であること。これら三葉は、和歌一首の上下句を二行分かち書きする書式、歌の二行目を一字下げて、詞書は三、四字下げて書く書式などが共通すること。

また、三点とも定家壮年期の自筆と推定される筆跡であること。これらに酷似する定家の筆跡には、永青文庫蔵「俊成定家一紙両筆懐紙」、静嘉堂文庫蔵「三首自歌切」、東京国立博物館他蔵「通具俊成卿女五十番歌合」、五島美術館蔵「反古懐紙」などがあり、すべて正治二年（一二〇〇）八月から一〇月の間の書写にかかり、新古今和歌集撰歌草稿もこれに近い時期の筆写と想定されること。『明月記』の記事から、定家は建仁三年三月二〇日ころから同年四月中旬に集中的に新古今集の撰歌作業をおこない、四月一八日から清書に移ったことがわかり、新古今和歌集撰歌草稿の筆跡は、建仁三年（一二〇三）三月二〇日ころから同年四月中旬の筆跡と考えられること。

断簡一は、一三首のうち一一首が「落花」の歌であること。断簡二は、「暮春」四首、「藤花」二首、「暮春」（あるいは「三月尽」）が一首で、春の部の最末尾に相当すること。断簡三は、雑の歌五首であること。

つぎに新勅撰草稿切(3)であるが、これは縦一八センチ、横五〇センチ強の一紙で、一一首が書かれている。うち五首が『新勅撰集』に、一首が『金葉集』に、二首が『続後撰集』に、一首が『風雅集』に入集している。他の一首は出典不明。そして、書かれている歌は、すべてが「落花」と「惜花」の歌である。

そして、この新勅撰草稿切の歌の主題が「落花」「惜花」であるということは、いささか気になる点である。なぜなら、新古今和歌集撰歌草稿の断簡一（一三首のうち一一首が「落花」の歌）、ならびに新出撰歌草稿断簡の歌（「落花」）の主題と重なるからである。それだけではない。新古今和歌集撰歌草稿の断簡三には、『新古今集』には採歌されなかったが、定家が後に『新勅撰集』に入集させた歌が含まれている。『新勅撰集』の歌が書かれているからといって『新勅撰集』の草稿とはかぎらず、『新古今集』の草稿であってもおかしくはないのである。それゆえ、新勅撰草稿切も新古今和歌集撰歌草稿のツレかという疑問が生ずるのである。

しかし、『日本書道大系』所載の新勅撰草稿切の写真版と国文学研究資料館蔵の新古今和歌集撰歌草稿の写真版(4)で子細にその筆跡を比較すると、やはり、時を隔てた別種の筆跡と判断される。新古今和歌集撰歌草稿と新出撰歌草稿の筆跡は、平安末期の能筆藤原定信のそれに似て、細く鋭い筆線で連綿が長く草卒の書の感じがより強い。しかし、新勅撰草稿切の筆跡は、より丸味を帯びたいわゆる定家様の筆跡になっている。やはり、新古今和歌集撰歌草稿と新出撰歌草稿は、別の撰歌草稿と考えるべきであろう。

＊

では、新出の撰歌草稿断簡はいずれのツレなのか、はたまたいずれのツレでもないのか。すでに触れたように、筆跡からみると新古今和歌集撰歌草稿と酷似しているが、あらためて総括してみたい。

すでに触れたように、新古今和歌集撰歌草稿の成立は新古今集第一期の撰歌段階のもので、建仁三年（一二〇三）三月二十日ころから同年四月中旬の筆跡と考えられている。そして、その書風は平安末期の能筆である藤原定信の筆跡を彷彿とさせる、連綿が長く流麗で、かつ筆線が細く勁い。定家の壮年の筆跡であるから、平安風のなごりを濃厚に残しているのである。新出撰歌草稿断簡の筆跡も同様に平安末期の定信風である。それに対して新勅撰草稿切の筆跡は、丸味を帯びたいわゆる定家様の趣が顕著である。

新出断簡に書かれている歌が『新勅撰集』の歌であることを以て、『新勅撰集』撰集の折の歌稿だとする可能性も残ろう。しかし、もしそうであるならば、『新勅撰集』は後堀河天皇の下命が貞永元年（一二三二年）六月十三日なので、定家の七十一歳の筆跡でなければならなくなる。しかし、この断簡の筆跡は晩年の筆跡とは似ても似つかない。それゆえ、新出断簡は新古今和歌集撰歌草稿のツレと推定したい。

ところで、新古今和歌集撰歌草稿の断簡三には、後鳥羽院によって『新古今集』には採歌されなかったが、定家が後に『新勅撰集』に入集させた歌が含まれている。新出断簡の歌が『新古今集』には無く『新勅撰集』の歌であることと同じ現象である。すなわち、新出断簡の歌が『新勅撰集』に入集している歌であっても、新古今和歌集撰歌草稿のツレと推定してなんの問題もないのである。

さらに、新古今和歌集撰歌草稿の断簡一には「落花」の歌群が書かれているが、新出断簡の歌も「落花」の歌であり、断簡一に近い部分に位置していたと推定される。

ちなみに、定家の書についての私見を述べておきたい。定家の壮年期の書は、「通具俊成卿女五十番歌合」などにみられるように、平安末期の能筆である藤原定信の筆跡に似た、連綿が長く流麗で、かつ筆線が細く勁い書である。そして、それが五〇代以降、連綿の短い、丸味を帯びた、肥痩のある、いわゆる定家様の書に変わってゆくと、考えられている。おおきな傾向はそのとおりなのだろうが、しかし、いわゆる定家様の書というのは、写本をとる際の表向きの書き方、貴顕からの依頼などで写本を作る際に、誤りなく読みやすく書くために意識的に選び取られた書体であったように思う。つまり、手控えや草稿など草卒の書を記す折りには、壮年期のような連綿が長く流麗で筆線が細く勁い書を書き続けていたのではないかと思うのである。こう考えるに至ったのは、この拙稿を書くにあたって、新古今和歌集撰歌草稿と新勅撰草稿切とをじっくり見くらべることができたからなのである。新古今和歌集撰歌草稿から新勅撰草稿切まで、約二〇年の隔たりがあるのだが、この二つの書はそれほどおおきな違和感を感じさせない。それは、新勅撰草稿切もまた他人の目を意識した清書ではなく、自分のための草稿だったからなのであろう。定家は壮年から老年にかけて、いわゆる定家様という写本をとるのに適した書風を確立した。しかし、自分のために書く日常体の書は、壮年期の書風からおおきくは変わらない書体で書き続けていたのであろう。

*

参考までに、国文学研究資料館蔵の「藤原定家筆　新古今和歌集撰歌草稿」の画像と翻刻を示しておく。

　　水上落花といふことを人〳〵よみ侍りけるに
かすみゆくやよひのそらの山のはをほの〳〵いつるいさよひの
月
金葉集　　　　　　中納言雅兼
　はなさそふあらしやみのにふきつらむ
　さくらなみよるたにかはの水
よしの山くもにうつろふ花のいろをみとりのいろにはる風そ吹
　　花十首哥よみ侍けるに
ちらはちれよしやよしのゝ山さくらふきまかふ風はいふかひも
なし
　　　　　　　左京大夫顕輔

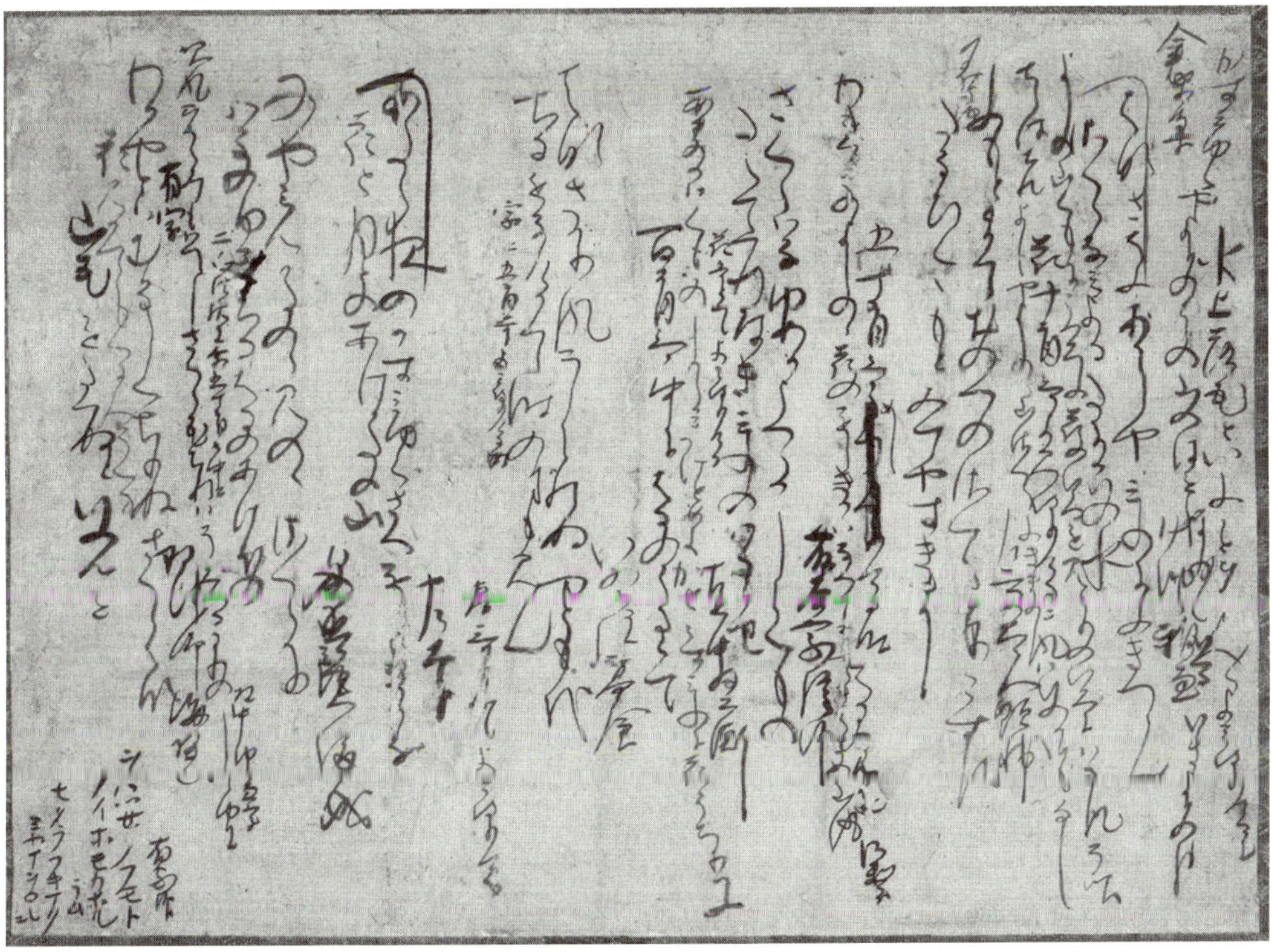

藤原定家筆　新古今和歌集撰歌草稿（国文学研究資料館蔵）

ふもとまてをのへのさくらちりこすは
　たなひくゝもとみてやすきまし
　　五十首哥~~たてまつ~~《めし》ける時
わきてこのよしのゝ花のをしきかはなへてそつらきはるの山風
　　藤原家隆朝臣
さくらはなゆめかうつゝかしらくもの
　たえてつれなきみねのはるかせ
　　花哥とてよみ侍りける　　左中将公衡—
あまのかはくものしからみかけとめよかせこすみねに花そちり
かふ
　　　　百首哥中にはるのうたとて
　　　　　　　　□□□□□
はなさかり風にしられぬやとも哉
　ちるをなけかて時のまもみむ
　　家に五首哥よみ侍ける時　　春哥とてよみ侍りける
　　　　　　　　左大臣
あたら夜のかすみゆくさへをしきかな
　花と月とのあけかたの山
　　　　　　　　入道
　　　　　　~~皇太后宮大夫~~俊成
又やみむかたのゝみのゝさくらかり
　はなのゆきふるはるのあけほの
　　二品法親王五十首か中に
　　　　　　　　　　頭中納言兼宗
吹風をうらみもはてしさくら花ちれはそみへるにわのしらゆき

　　有家　　　　　□□□□□
わかやとはむなしくちりぬさくらはな
　花見かてらにくる人はくる
　　山花をたつぬといふ心を

　　有家朝臣
ヲハツセノフモト
ノイホモカホル
　　ラム
サクラフクマフ
ミヤマヲロシ
ニ

注

（1）『日本書道大系』（講談社、一九七四年）の写真版による。
（2）佐藤恒雄『藤原定家研究』（風間書房、二〇〇一年）。
（3）『旧越前福井城主松平侯爵家御蔵品入札目録』（東美、一九二九年二月）によって存在が知られた。この断簡についての分析検討は、注（1）の「第三節　新勅撰和歌集の成立」に詳しい。また、断簡の書誌等は、久曽神昇『仮名古筆の内容的研究』（ひたく書房、一九八〇年）によった。
（4）『古筆のたのしみ』（国文学研究資料館、二〇一二年一二月）。

第二章　異本歌書の新出資料

43　伝源頼政筆　片仮名本古今和歌集切

伝源頼政（一一〇四～一一八〇）を伝称筆者とする片仮名本古今集の断簡。料紙は斐楮交ぜ漉き、巻十二恋歌二の方は縦一四・六センチ、横一四・四センチ、藤本了因の極札「源三位頼政公（了因印）」を付属する。巻十三恋歌三の方は縦一四・六センチ、横一四・六センチ、藤本了因の極札「従三位頼政公」を付属する。墨・朱による合点、校合異文、注記などの書き入れがある（翻刻省略）。

ワレハセキアヘスタキツセナレハ
　寛平御時后宮哥合哥
　　藤原敏行
コヒワヒテウチヌルナカニユキカヨフ
ユメノタ、チハウツ、ナラナム　リケリ交
　此哥件哥合ニナシ
スミヨシノキシニヨルナミヨルサヘヤ
ユメノカヨヒチ人メヨクラム
八本　小野美材
菅家　ワカコヒハミ山カクレノクサナレヤ
万葉　シケサマサレトシル人モナキ
集　トフ人モナキ

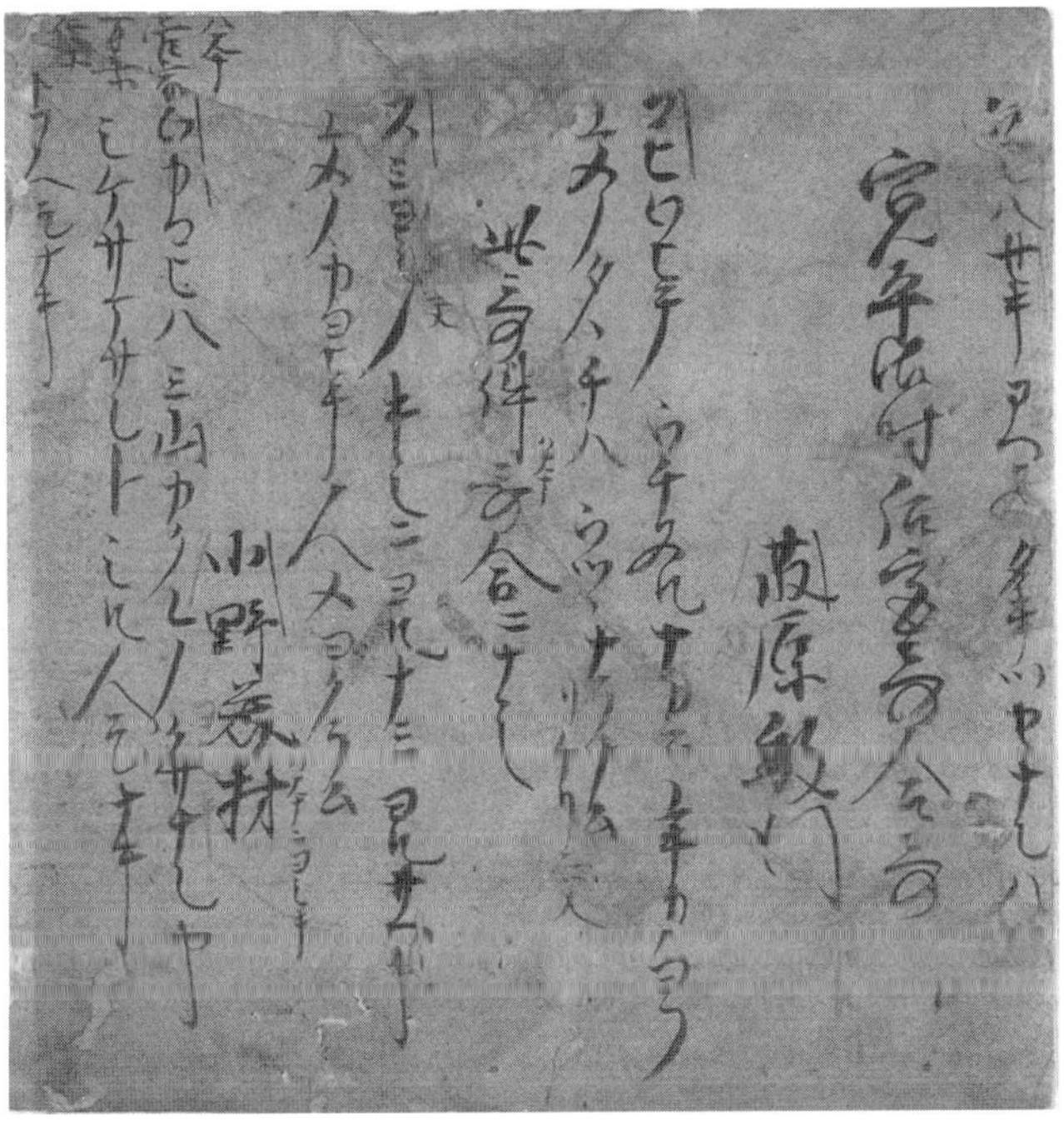

伝源頼政筆　片仮名本古今和歌集切①

ケサハシモヲキケムカタモシラサリツ
オモヒイツルソキエテカナシキ
人ニアヒテノアシタニヨミテツカハ
シケル
在原業平朝臣
ネヌルヨノユメヲハカナミマトロメハ
イヤハカナニモナリマサルカナ
伊勢物語云昔男アリケリ
ソノヲトコイトマコ、ロニテアタ
ナル心ナカリケリフカクサノミカト
ニナムツカウマツリケルサノコトク
シテツカウマツリタマヒケルコロホ
ヒアヤマリヤシタリケムミコタ

一葉目の「此哥件哥合ニナシ」、二葉目の「伊勢物語云昔男アリケリ／ソノヲトコイトマコ、ロニテアタ／ナル心ナカリケリフカクサノミカト／ニナムツカウマツリケルサノコトク／シテツカウマツリタマヒケルコロホ／ヒアヤマリヤシタリケムミコタ」は、本文（左注や詞書き）のように見えるが、注記・勘物である。二葉目の勘物（『伊勢物語』百三段）は、清輔本古今集諸本の上下余白部分に書かれている勘物に同じい。すなわち、この伝源頼政筆片仮名本古今和歌集切は、清輔本系統の一本ということになる。清輔本の古筆切といえば、伝清輔筆内裏切が名高いが、本断簡のように他にも清輔本の古筆切が存在することに注意したい。

ちなみに、清輔本は定家本以前の原撰本に近い本文を伝える貴重な伝本である。『古今集』伝本で重要なものは、貫之自筆あるいは貫之妻（妹）筆などと伝えられるいわゆる三証本、陽明門院御本・花園左府本・小野皇太后宮御本である。この三証本は湮滅して伝存しない。が、藤原通宗は貫之自筆の小野皇太后宮御本を書写し、さらに陽明門院御本などで校合し異同を注記した。その本を藤原清輔が書写し、上下余白部分に勘物・注記を書き入れ、諸本を校合し異同を記したのが、先の二葉目の勘物、清輔本古今集なのである。

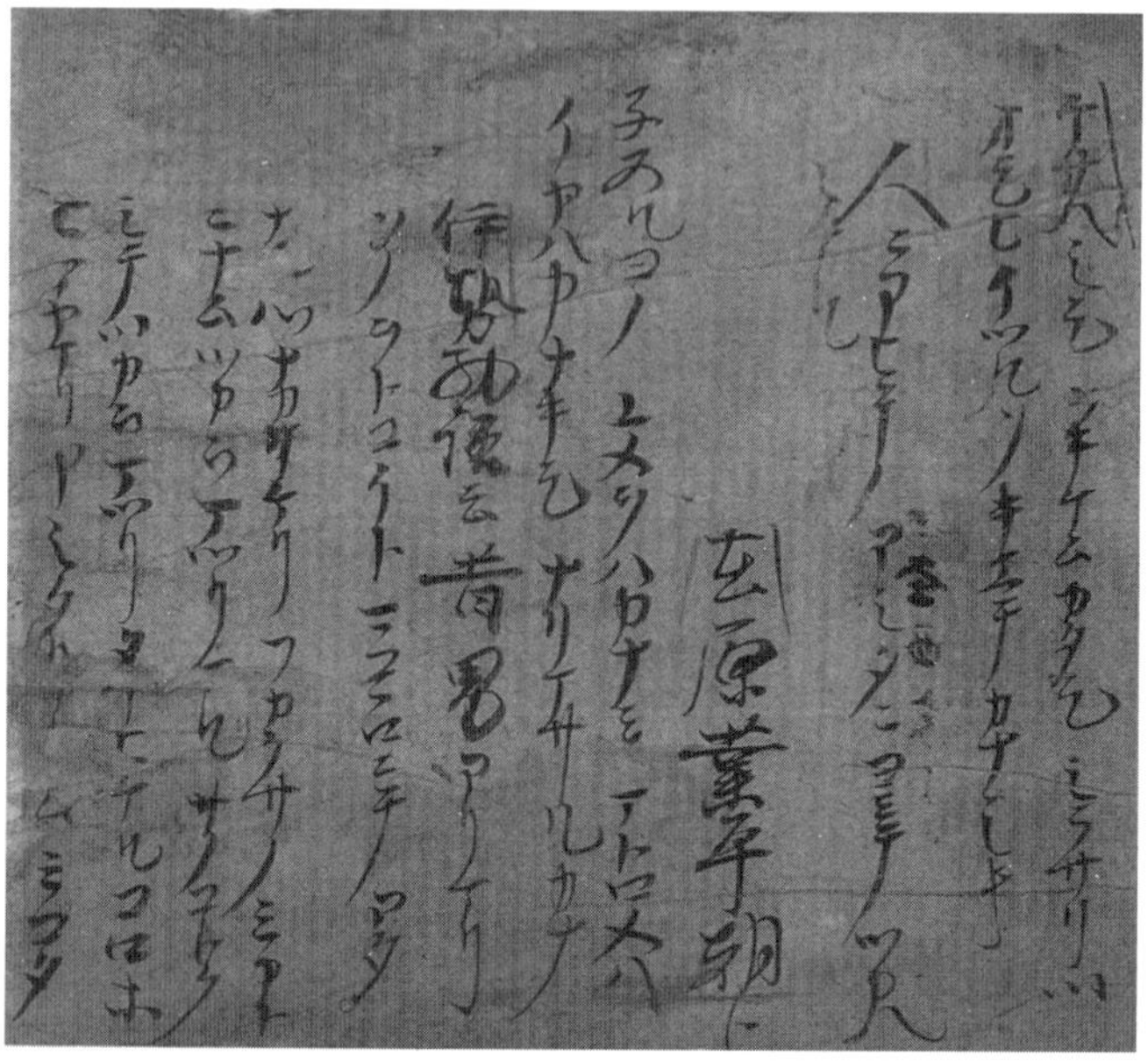
伝源頼政筆　片仮名本古今和歌集切②

ところで、先の二葉目の勘物、『伊勢物語』百三段の本文「イトマコ、ロニテ」は、定家本その他では「いとまめにじちようにて」である。清輔の見た『伊勢物語』は天福本や塗籠本ではなく、皇太后宮越後本や小式部内侍本であったされている。(1)が、「イトマコ、ロニテ」の本文は、池田亀鑑氏『伊勢物語に就きての研究校本篇』(2)、山田清市氏『伊勢物語校本と研究』(3)などに見えない。また、一葉目の校合本文「ウツ、ナリケリ」は珍しい異文であり、久曽神昇『古今和歌集成立論　資料編一―三』(4)などに見えない。

伝称筆者を源頼政とする片仮名本古今集切は『古筆学大成』には見えない。伝藤原清輔筆の片仮名本切は二種あげられているが、本断簡とは別物である。しかし、『古筆切影印解説Ⅰ古今集編』(5)の「鎌倉・吉野時代」第一二図「伝源頼政筆片仮名切」(巻十一恋歌一の四七六・四七七番歌)は、筆跡・形態からみてツレと判断される。極札も同じく藤本了因である。また、『古筆切の国文学的研究』(6)および『平成新修古筆資料集　第一集』(7)の「伝鴨長明筆六半切古今集」(巻十六哀傷歌の八四〇・八四一番歌)もツレである。さらに、『思文閣古書資料目録』(二〇〇二年三月)の154「九条教家古今集切」(巻十六哀傷歌の八三六・八三七番歌)もツレである。伝称筆者が区々なので注意が必要である。

注

(1)『清輔本　古今和歌集』(日本古典文学会編、一九七四年)の「解題」。
(2)池田亀鑑『伊勢物語に就きての研究　校本篇』(大岡山書店、一九三三年)。
(3)山田清市『伊勢物語校本と研究』(桜楓社、一九七七年)。
(4)久曽神昇『古今和歌集成立論　資料編一―三』(風間書房、一九六〇年)。
(5)久曽神昇『古筆切影印解説Ⅰ古今集編』(風間書房、一九九五年)。
(6)田中登『古筆切の国文学的研究』(風間書房、一九九七年)。
(7)田中登『平成新修古筆資料集　第一集』(思文閣出版、二〇〇〇年)。

44

伝二条為世筆 異本拾遺集巻五および巻七・巻八断簡
——蓬莱切・伝寂蓮筆大色紙・伝慈円筆拾遺集切におよぶ——

〔年代測定 一二七五～一三八〇年〕

はじめに

藤原定家の古典書写が、後世にほどこした恩沢の大なること、言を俟たない。もし定家が書写していなかったら、それが書き継がれてゆくことなく本文が今に伝わらなかったかも知れぬもの、あるいは定家自筆本が今に伝存し、現存諸本総ての祖本として貴重な本文価値を有するものなど、少なくはない。

しかし、一方、紀貫之自筆の『土左日記』を書写するにあたって、定家が恣意的に本文を改変していることも、定家の子為家が同じ貫之自筆本を「一字不違」書写した伝本との比較によって、また周知の事実となっている。定家の手に成った書写本が、はたして定家以前の故態をどれほど保存しているか、不審なしとはしない。むろん、青表紙本『源氏物語』、定家本『伊勢物語』、定家本『拾遺集』などについて、定家は恣意的校訂はしていず、定家本に近い伝本が定家以前に存在していたとする説もある。定家本をもそれと対立する異本群のひとつに入れて、定家本以前の伝本状況を考えようとする姿勢であり、尊重される。しかし、それはそれとして、平安時代の文学作品の本文研究にあっては、定家本以前の本文の姿をできる限り掘りおこし、古本の実態を究明することが、困難ではあるが必ず踏まねばならぬ道である。

『拾遺和歌集』にあっても、優に百をこえる現存諸本は、そのほとんどが定家本系統であり、同じ定家本系統の中でも天福本系統が伝本全体の九割以上を占めるという(1)。それゆえ、定家本系統を流布本と呼び、定家本系統に非ざるものを異本と呼びならわしているのだが、定家本系統の中でも、異本本文と一致するところの少なくない貞応本から、より整理された天福本へと、定家の主観によって校訂が加えられているという(2)。また、歌の出入り・詞書・作者名表記などから、定家本系統に対する異本系の先行が実証されているし(3)、順徳院『八雲御抄』に引かれている『拾遺集』が、その本文と形態から見て異本系であることが確実で、定家天福本が成立する以前は、異本系の方が広く流布していたという(4)。『拾遺集』の伝本研究にあっても、定家本に非ざる異本系統の伝本は、定家以前の、すなわち鎌倉初期以前の本文の実態究明に貴重な意味をもっているのである。

しかし、『拾遺集』の異本は伝存稀れであり、これまで知られている主なものは、次の六本にすぎない(5)。

①宮内庁書陵部蔵堀河本（伝堀河宰相具世筆　十五冊本八代集の内　室町中期写）
②多久市郷土資料館本（巻十までの上巻　室町初期写）歓喜光寺本（巻十一以下の下巻）
③天理図書館甲本（九箇所の落丁、巻五から巻十に定家本に近い本文による補充あり　鎌倉後期写）
④天理図書館乙本（異本系統本文は巻十まで　室町後期写）
⑤伝二条為忠筆本（巻十四のみの零巻　鎌倉末期写）
⑥北野天満宮本（室町中期写）

そして、これら六本は、①から⑤の異本第一系統と⑥の異本第二系統に分けられ、さらに第一系統は①のA類と②から⑤のB類に分けられている。(6) ただし、②の多久市本（上巻）のツレである歓喜光寺本（下巻）の発見によって、多久市本は異本系統のなかでも独自かつ古態をとどめたもので、第一系統にも第二系統にも属さない、と修正された。(7) 異本第三系統とでもすべきかと思われるが、いまは混乱をさけるべく、旧のまま異本第一系統として取り扱っておく。

ちなみに、古筆切にあっても、異本系本文をもつものはきわめて少ない。『古筆学大成8』（小松茂美　講談社　一九八九年）があげる三七種（目次・写真版では三八種であるが、伝九条兼実筆は伝俊頼筆（一）のツレである由、解説にあるので、実際は三七種になる）のうち、異本系本文をもつと思われるものは、後述する伝慈円筆切と伝行尹筆（二）くらいである。

一　新出本が異本たること

さて新たに、巻五のみの零巻ながら、異本系と思われる伝本が現われたので、ここに紹介し本文の特徴などについて考察を加えたい。また、相次いでこの新出本と同筆のツレの一葉（巻七物名）も現れたので、あわせ触れておく。

まず、簡略な書誌を記す。巻子装、表紙裂地、見返し金箔散らし、題簽は無い。料紙は斐楮交漉紙。紙高二一・五センチ、長さ二メートル一一センチ。歌一首二行書き、全一五九行。長さ四二・五センチの料紙を四紙と、同じく三八・四センチの料紙一紙、計五紙を継いでいる。が、仔細に見ると、一紙のうちに約一四センチ間隔一一行毎に折り目のような跡があり、巧妙に紙継ぎがなされている。すなわち、もとは縦二一・五センチ、横一四センチほどの、一面一一行書きの冊子本であったと思われる。初代古筆了佐の「二條家為世卿（琴山）」の極札が付属する。

断簡の方は、料紙斐楮交漉紙、縦二二・二センチ、横一二・八センチ、一〇行である。巻子本に比するに、一行分の断ち落しがあろう。なお、この断簡には裏うつりの文字跡が確認でき、明らかにもとは冊子本であったことがわかる。古筆家極札「二條為世卿かすみわけ（琴山）」が付随する。

伝二条為世筆の『拾遺集』の古筆切は、安政五年版『新撰古筆名葉集』では、「四半　拾遺哥一行書哥頭ニ書入アリ下画アル(ママ)跡書ナリ」という一種類のみである。田中塊堂氏『昭和古筆名葉集』（京都鳩居堂、一九四七年）もほぼ同様で、説明の末に「八寸一分」と寸法が加えられているだけである。小松茂美氏『古筆学大成8』（講談社、一九八九年）には、伝二条為世筆拾遺集切として二種類が、久曾神昇氏『古筆切影印解説Ⅱ六勅撰集編』（風間書房、一九九六年）には、同じく四種類が載せられているが、いずれも先の『新撰古筆名葉集』の説明に一致した歌一首一行書き（歌の行末の裾に二、三字添え書きする所謂下草書きを含める）で、新出本とは異なるものである。『古筆手鑑大成』全十六巻（角川書店、一九八三年～一九九五年）にも、伊井春樹氏『古筆切資料集成　巻一　勅撰集上』『同　巻八　補遺・索引』（思文閣出版、一九八九年、一九九二年）にも、藤井隆氏・田中登氏『国文学古筆切入門』『同　続』『同　続々』（和泉書院、一九八五年、一九八九年、一九九二年）にも、伝為世筆で一首二行書きの拾遺集切は無い。

しかし、その他の古筆手鑑の複製等を通覧するに、『徳川黎明會叢書　鳳凰台・水茎・集古帖　古筆手鑑篇四』（思文閣出版、一九八九年）の『集古帖』に、「二条家為世卿　拾遺集切」（巻三　秋、一七六番歌下句から一七九番詞書まで。同書解説には、「二一、四×一三、四斐紙　鎌倉」とある）が見え、筆跡および形状からして新出本のツレと思われる。おそらくは、いまだ公開されていない手鑑などに、必ずや他にもツレは押されているであろうが、いまのところこの一葉が管見に入ったツレである。

書写年代は、書風から推して鎌倉末期はあろう。二条為世の真筆か否かは、為世の真蹟が限られ書風の年代的変化もわかっていないので、何ともいえない。が、為世の時代相応ではあろう。

つぎに、なぜ新出本が、伝存の少ない異本系伝本といえるのかについて述べたい。系統の異なりの根拠としてまず挙げられるのは、歌の出入りや歌数の違いという形態上の相違であるが、それについて巻五においては定家本系統と異本系統の間に異なりはなく、これによって系統を判断することはできない。

しかし、次のことが注目される。天福本二六六番歌（新編国家大観番号。以下、新出本をはじめとして拾遺集本文を引くときは、それに該当する天福本の歌の新編国家大観番号を示す）に該当する歌が、新出本では次のようになっている。

あさまたきち《きイ》りふのやま《をかイ》にたつきしは
ちよのはしめのおものなりけり《ひつきのはしめなりけりイ》

定家本系諸本はすべて、「あさまたきゝりふのをかにたつきしは千世の日つきの始なりけり」であり、[8] 新出本が「イ」（異文）としてあげる校異本文と全く同じである。すなわち、定家本系本文を「イ」（異文）としてあげる新出本の本文は非定家本であり、現在の本文研究でいわれる異本系統ということになる。ただし、新出本の下句「ちよのはしめのおものなりけり」は、異本第一系統（堀河本・天理甲本・天理乙本・多久市本）のすべてが「ちよのひつきのおものなりけり」であり、また異本第二系統は「ちよのはしめのひつきなりけり」である。つまり、新出本は、上句は異本第一系統に全く同じだが、下句は異本第一系統にも異本第二系統にも一致しない独自異文なのである。これはこれとして、この天福本二六六番歌にあたる新出本本文が、定家本系の本文を「イ」（異文）として校異にあげていることからして、新出本が異本系であることは確実であろう。

また、二九〇番歌の詞書であるが、天福本をはじめとする定家本系諸本は「小野宮太政大臣家にて子日し侍りけるに下らうに侍ける時よみ侍ける」、異本第一系統は「清慎公家にて子日し侍けるに下臈に侍し時よみ侍ける」（ただし第一系統の中でも天理甲本のみが「小野宮太政大臣家」で定家本に同じ）、異本第二系統は「清慎公後院家にて子日し侍けるにけらうに侍けるときよみて侍ける」とそれぞれ異なるが、新出本は「清慎公家にて子日し侍けるに下臈に侍し時よみはへりける」で、異本第一系統に同じい。

以上のことから、新出本は定家本に非ざる異本であり、しかも多少の独自異文をもつものの、第一系統に属するように思われる。

次に、新出本断簡の影印と翻刻を掲載する。

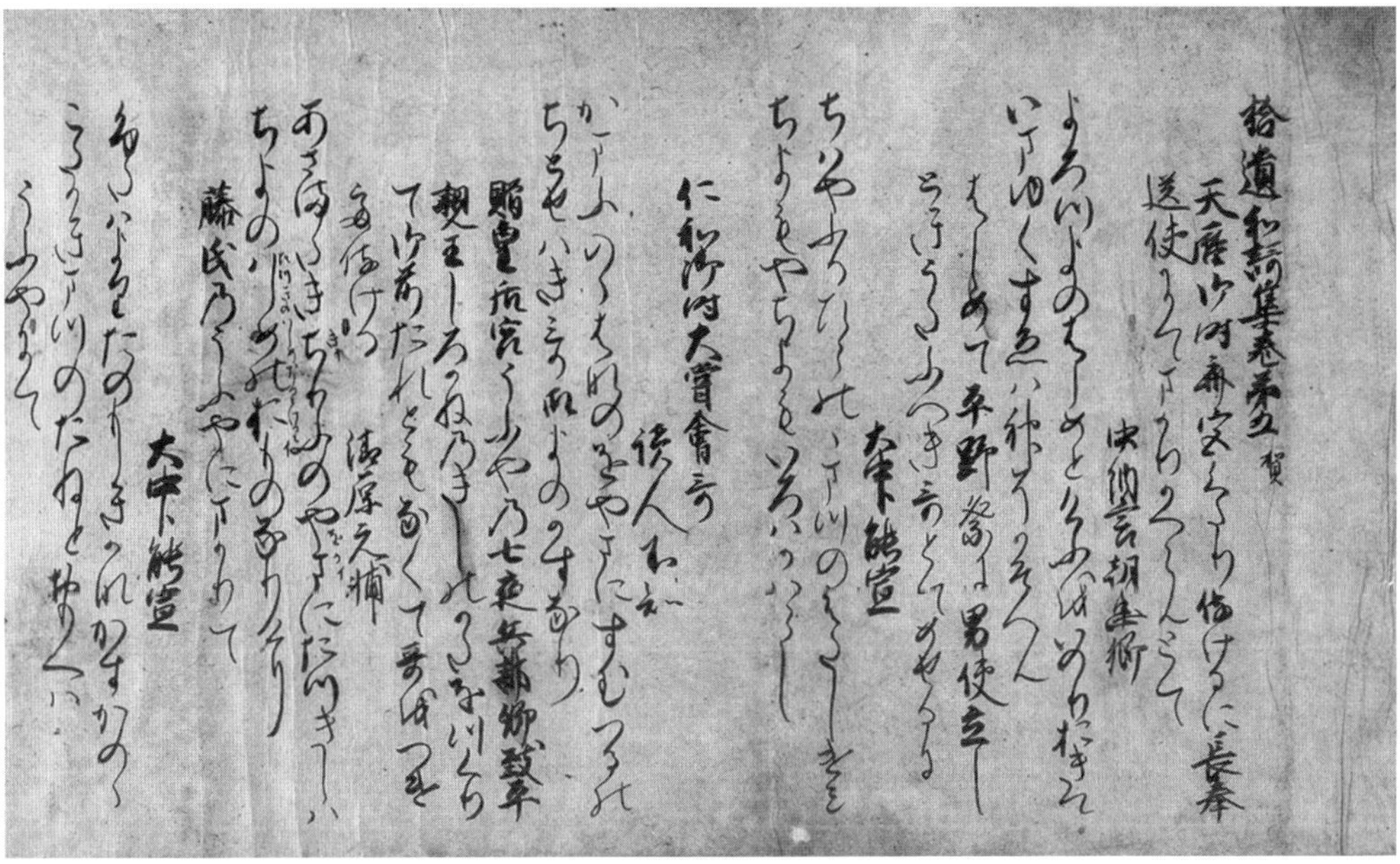

伝二条為世筆　異本拾遺集巻五

拾遺和謌集巻第五 賀
天暦御時斎宮くたり侍けるに長奉
送使にてまかりかへらむとて
中納言朝忠卿
263 よろつよのはしめとけふをいのりおきて
いまゆくするゑは神そかそへむ
はしめて平野祭に男使立し
ときうたふへき哥とてめせるに
大中臣能宣
264 ちはやふるひらの、まつのえたしけみ
ちよもやちよもいろはかはらし
仁和御時大嘗會哥
読人不知
265 かまふの、はなのをやまにすむつるの
ちとせはきみか御よのかすなり
贈皇后宮うふやの七夜兵部卿致平
親王しろかねのきしのかたをつくり
て御前たれともなくて哥をつけ
て侍ける　清原元輔
266 あさまたきち《きイ》りふのやま《むかイ》にたつきしは
ちよのはしめのおものなりけり《ひつきのはしめなりけりイ》
藤氏のうふやにまかりて
大中臣能宣
267 ふたはよりたのもしきかなかすかの、
こたかきまつのたねとおもへは

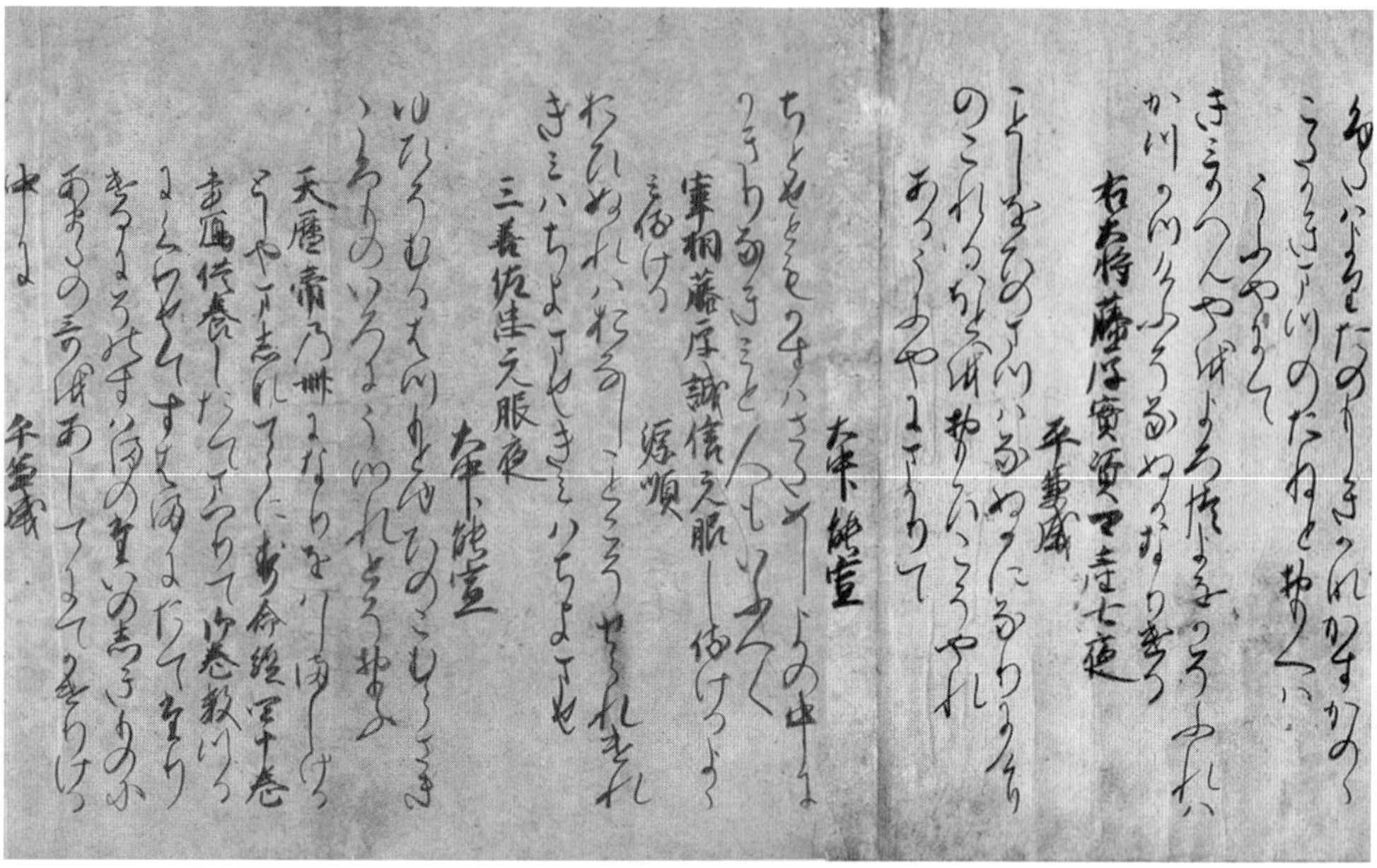

伝二条為世筆　異本拾遺集巻五

うふやにて

268 きみかへむやをよろつよをかそふれは
かつかつけふそなぬかなりける

右大将藤原實資卿産七夜

平兼盛

269 ことしをひのまつはなぬかになりにけり
のこれるほとをおもひこそやれ

あるうふやにまかりて

大中臣能宣

270 ちとせともかすはさためしよの中に
かきりなきみと人もいふへく

宰相藤原誠信元服し侍けるよ、
み侍ける　源順

271 おひぬれはおなしことこそせられけれ
きみはちよませきみはちよませ

三善佐忠元服夜

大中臣能宣

272 ゆひそむるはつもとゆひのこむらさき
ころものいろにうつれとそおもふ

天暦帝の卌になりをはしましける
としやましなてらに寿命経四十巻
書写供養したてまつりて御巻数つる
にくわせてすはまにたてたり
けるにそのすはまのたいのしきものに
あまたの哥をあしてにてかけりける

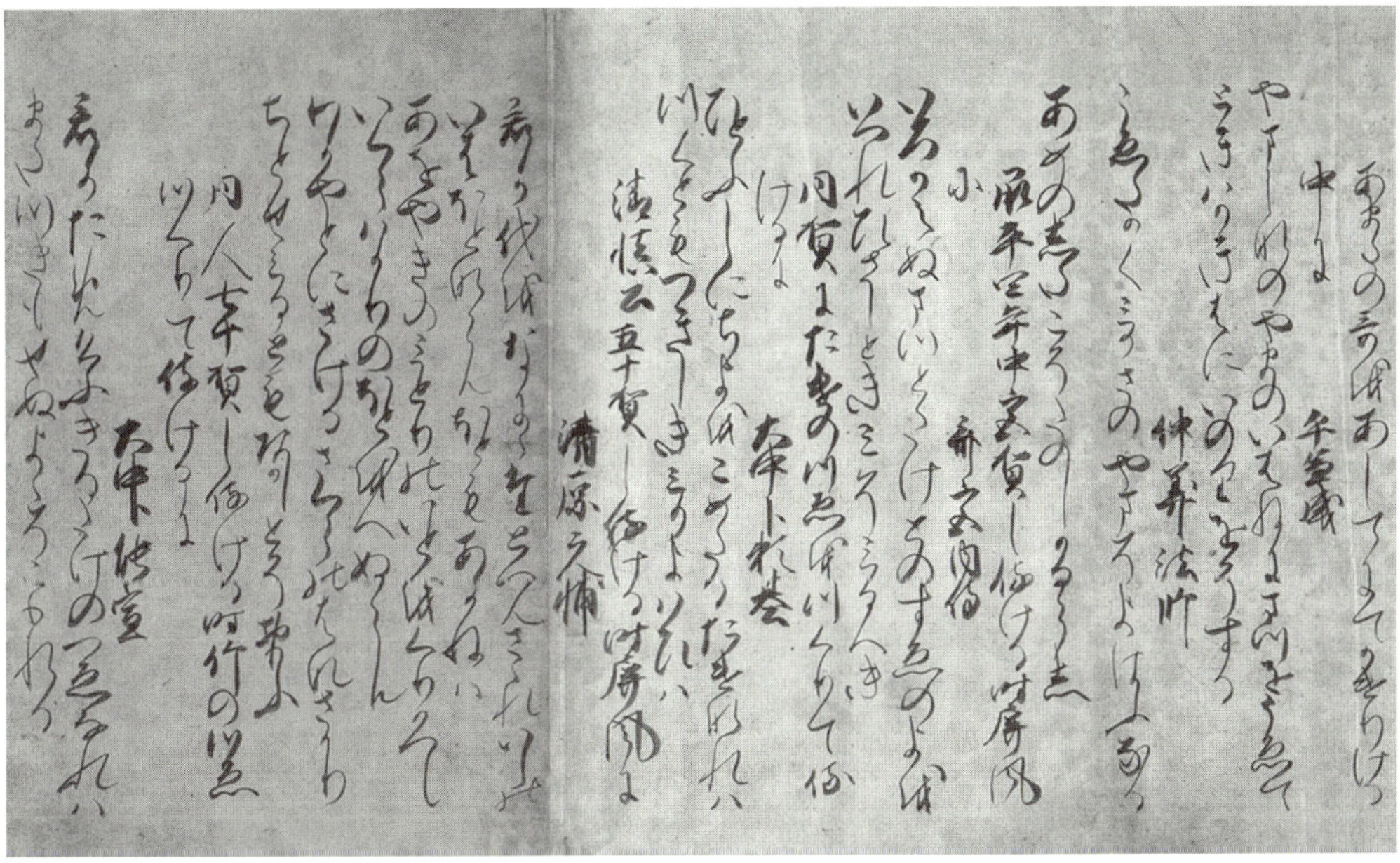

伝二条為世筆　異本拾遺集巻五

中に　　平兼盛
273 やましなのやまのいはねにまつをうゑて
ときはかきはにいのりをそする
仲筭法師
274 こゑたかくみかさのやまそよはふなる
あめのしたこそたのしかるらし
承平四年中宮賀し侍ける時屏風
に　　斎宮内侍
275 いろかえぬまつとたけとのすゑのよを
いつれひさしときみそみるへき
同賀にたけのつゑをつくりて侍
けるに　　大中臣頼基
276 ひとふしにちよをこめたるたけなれは
つくともつきしきみかよはひは
清慎公五十賀し侍ける時屏風に
清原元輔
277 君か代をなにゝたとへむさゝれいしの
いはほとならむほともあかねは
278 あをやきのみとりのいとをくりかへし
いくらはかりのほとをへぬらむ
279 わかやとにさけるさくらのはなさかり
たとせみるともあかしとそおもふ
同人七十賀し侍ける時竹のつゑ
つくりて侍けるに
大中臣能宣

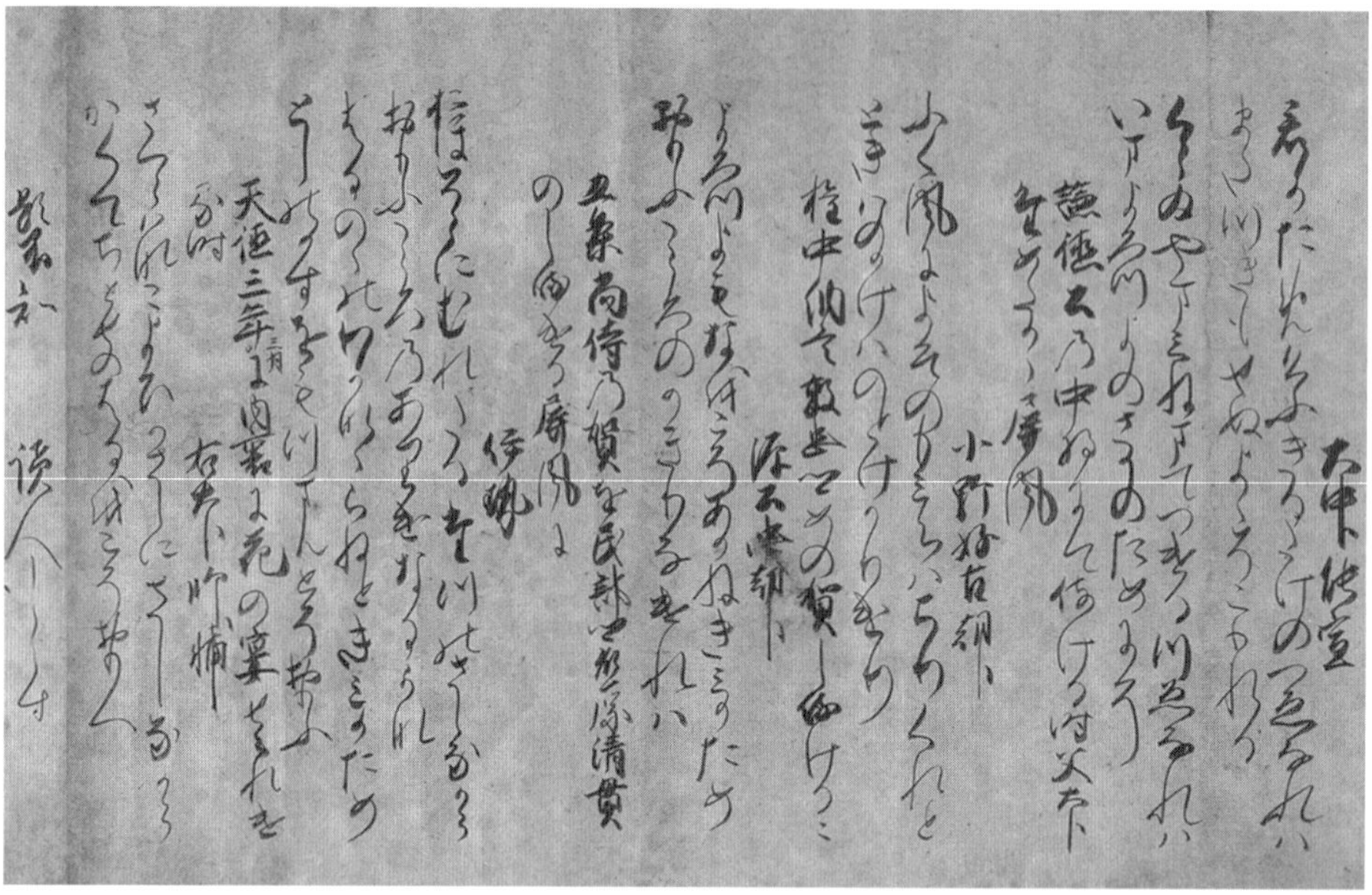

伝二条為世筆 異本拾遺集巻五

280 君かためけふきるたけのつゑなれは
またつきもせぬよゝそこもれる

281 くらゐやまみねまてつけるつゑなれは
いまよろつよのさかのためにそ

謙徳公の中将にて侍ける時父大臣
ためたかゝ屏風
小野好古朝臣

282 ふく風によそのもみちはちりくれと
ときはのかけはのとけかりけり

権中納言敦忠卿めの賀し侍けるに
源公忠朝臣

283 よろつよもなをこそあかねきみかため
おもふこゝろのかきりなけれは

五条尚侍の賀を民部卿藤原清貫
のし侍ける屏風に
伊勢

284 おほそらにむれたるたつのさしなから
おもふこゝろのありけなるかな

285 はるのゝのわかなゝらねときみかため
としのかすをもつまむとそおもふ

天徳三年○（三月）に内裏に花の宴せられけ
る時　右大臣師輔

286 さくらはなこよひかさしにさしなから
かくてちとせのはるをこそおもへ

題不知　読人しらす

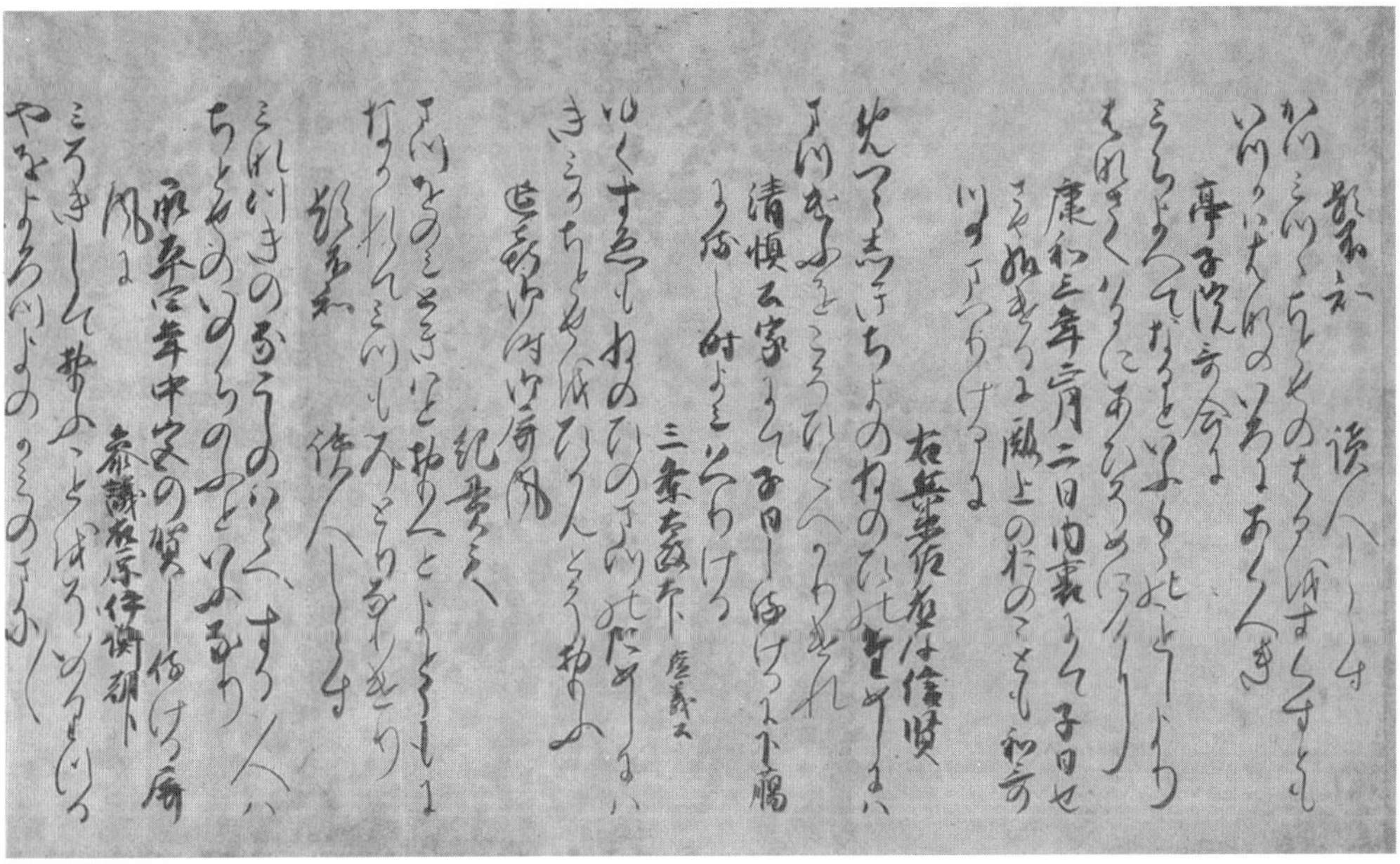

伝二条為世筆　異本拾遺集巻五

287 かつみつゝちとせのけるをすくすとも
いつかははなのいろにあくへき
亭子院哥合に
288 みちよへてなるといふもゝのことしより
はなさくはるにあひそめにけり
康和三年正月二日内裏にて子日せ
させ給けるに殿上のおのこども和哥
つかまつりけるに
右兵衛佐藤原信賢
289 めつらしきちよのねのひのためしには
まつけふをこそひくへかりけれ
清慎公家にて子日し侍けるに下臈
に侍し時よみはへりける
三条太政大臣廉義公
290 ゆくすゑもねのひのまつのためしには
きみかちとせをひかむとそおもふ
延喜御時御屛風
紀貫之
291 まつをのみときはとおもへとよとゝもに
なかれてみつもみとりなりけり
題不知　読人しらす
292 みなつきのなこしのはらへする人は
ちとせのいのちのふといふなり
承平四年中宮の賀し侍ける屛
風に　参議藤原伊衡朝臣

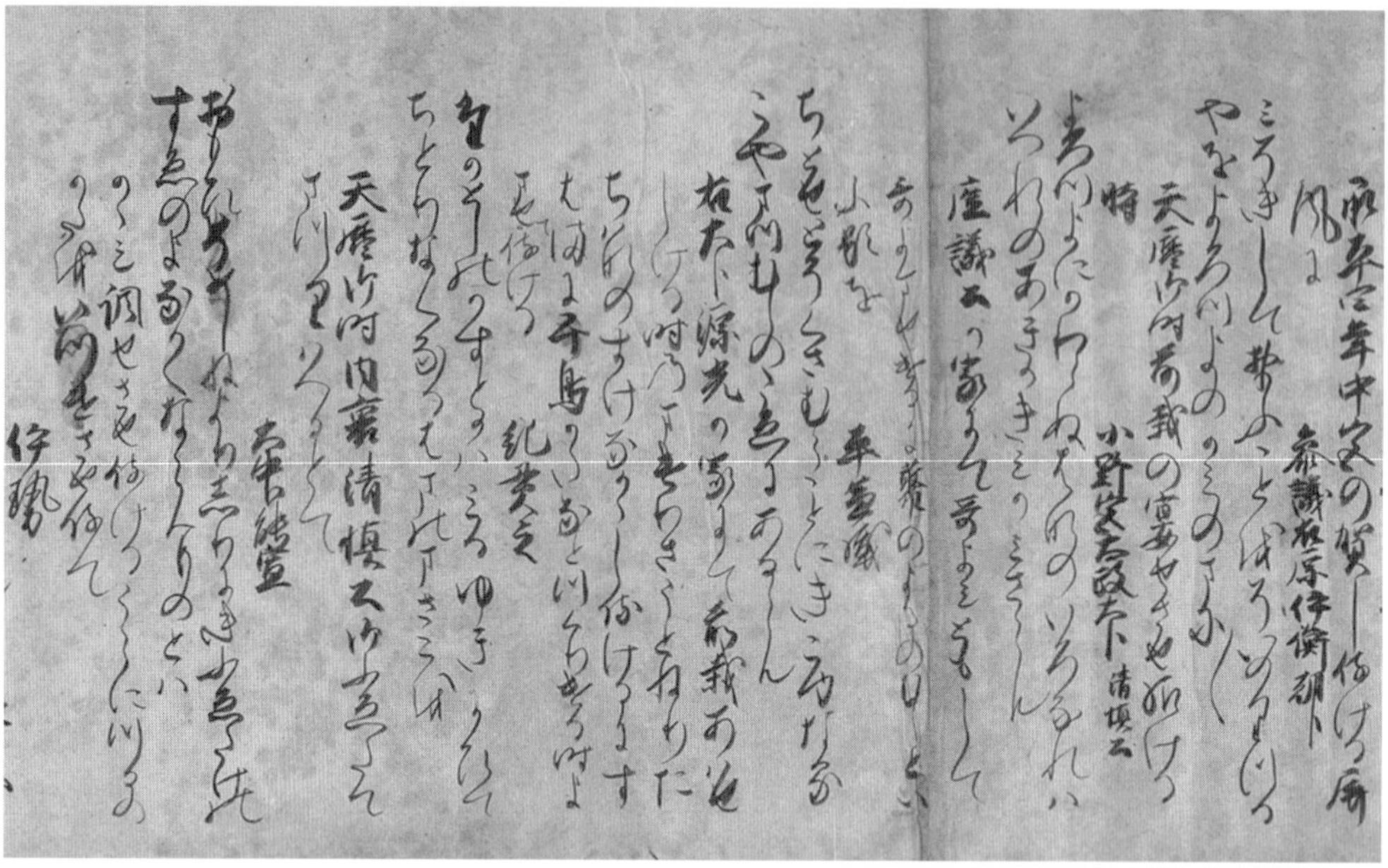

伝二条為世筆　異本拾遺集巻五

293 みそきしておもふことをそいのりつる
やをよろつよのかみのまに〳〵
天暦御時前栽の宴せさせ給ける
時　　小野宮太政大臣清慎公

294 よろつよにかわらぬはなのいろなれは
いつれのあきかきみかみさらむ
廉議公か家にて哥よみともして
哥よませけるに叢のよるのむしとい
ふ題を　　平兼盛

295 ちとせとそくさむらことにきこゆなる
こやまつむしのこゑにあるらむ
右大臣源光の家にて前栽あはせ
しける時のまけわさうとねりた
ちはなのすけなかゝし侍けるにす
はまに千鳥かたなとつくりける時よ
ませ○て侍りける　紀貫之

296 たかとしのかすとかはみるゆきかひて
ちとりなくなるはまのまさこを
天暦御時内裏清慎公御ふゑたて
まつりはへるとて
大中臣能宣

297 おもひそめしねよりしりにきふゑたけの
すゑのよなかくならむものとは
かゝみ調せさせ侍けるうらにつるの
かたをいつけさせ侍て

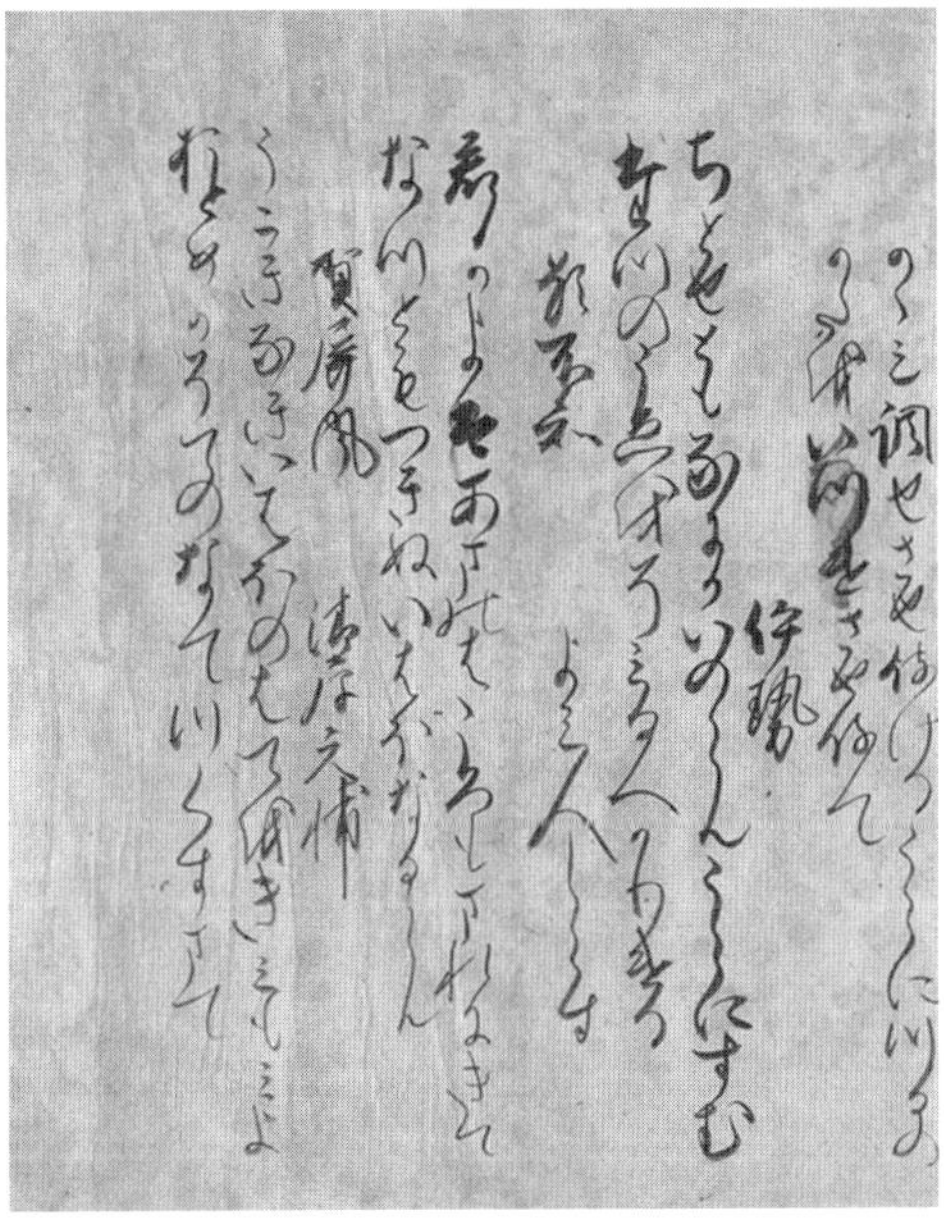

伝二条為世筆　異本拾遺集巻五

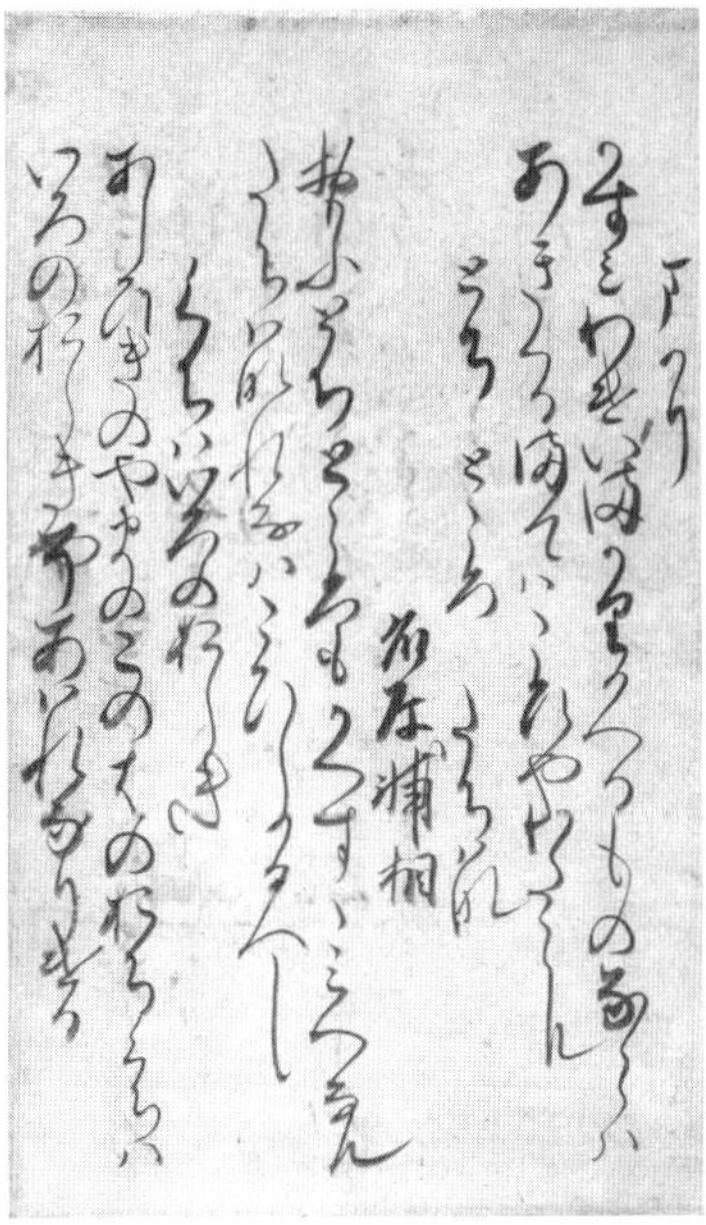

伝二条為世筆　異本拾遺集巻七

伊勢

298 ちとせともなにかいのらむうらにすむ
たつのうゑをそみるへかりける

題不知　　よみ人しらす

299 君かよはあまのはころもまれにきて
なつともつきぬいはほなるらむ

賀屏風　　清原元輔

300 うこきなきいはほのはてをきみもみよ
おとめかそてのなてつくすまて

まかり

415 かすみわけいまかりかへるものならは
あきくるまてはこひやわたらむ

とち　ところ　たちはな

藤原輔相

416 おもふとちところもかへすすみへなむ
たちはなれなはこひしかるへし

くちはいろのおしき

417 あしひきのやまのこのはのおちくちは
いろのおしきそあはれなりける

便宜のため、歌頭に該当する新編国歌人観番号（天福本）を付した。

二　新出本が異本第一系統たること

はたして総体的にみても、異本系第一系統といえるかどうか、さらに検討を加えたい。

異本第一系統のみが、たとえば「右衛門督公任卿」の如く、先行の勅撰集の作者名表記では「―朝臣」とするところを「―卿」とすることが、明らかにされている(9)。新出本にあっても、天福本二六三番に当たる歌の作者を「中納言朝忠卿」としている。ただし、異本第一系統の中でも、新出本と同じく「中納言朝忠卿」とするのは、天理乙本・多久市本の二本で、堀河本は「中納言朝忠朝臣」、天理甲本は「中納言朝忠」と分かれている。が、それはともあれ、「―卿」という作者名表記は、新出本の異本第一系統たることの一証である。

作者名表記に関連して、もうひとつ。異本第一系統は、二六四・二七〇・二九五番歌のそれを「平兼盛」、二七七・三〇〇番歌のそれを「清原元輔」（二七七番歌は、天理甲本・天理乙本・多久市本による。堀河本のみは作者名無し）、二九一・二九三番歌を「紀貫之」（ただし天理甲本のみは「貫之」）という具合いに、姓と名をもって表記する。それに対して、第二系統は右のそれぞれを、「能宣」「順」「兼盛」「元輔」「もとすけ」「貫之」と、名のみをもって表記する。新出本は、これらの歌の作者名すべてを姓と名をもって記し、第一系統の特徴を有している。

つぎに、詞書の表現の異同からみてみよう。二六六番歌の詞書が、第一系統は「贈皇后宮うふやの七夜兵部卿致平親王しろかねのきしのかたをつくりて御前にたれともなくて哥をつけて侍りける」で、第二系統は「贈皇后宮うふやの七夜に兵部卿致平親王しろかねのきしをたてまつるとてよませたまひける」であるが、新出本は「贈皇后宮うふやの七夜兵部卿致平親王しろかねのきしのかたをつくりて御前たれともなくて哥をつけて侍ける」で、第一系統に同じである。二六九番歌詞書が、第一系統は「右大将藤原実資（卿）……」、第二系統は「右大将藤原さねくに……」、新出本は「右大将藤原実資……」で、第一系統に同じ。二七二番歌詞書が、第一系統は「三善佐忠元服夜」、第二系統は「三善すけた、かうふりしはへりけるに」、新出本本は「三善佐忠元服夜」で、第一系統に同じ。二八三番歌詞書が、第一系統は「権中納言敦忠卿……」、第二系統は「右大将あつた、……」、新出本は「権中納言敦忠卿……」で、第一系統に同じ。二八六番歌詞書が、第一系統は「天徳三年三月に……」、第二系統は「康保四年……」、新出本は「天徳三年三月に……」で、第一系統に同じ。二九三番歌詞書が、第一系統は「承平四年中宮の賀し侍ける屏風に」、第二系統は「承平四年中宮の賀し侍けるときの屏風に」、新出本は「承平四年中宮の賀し侍ける屏風に」で、第一系統に同じ。二九四番歌詞書が、第一系統は「天暦御時前栽の宴……」、第二系統は「天暦御時前栽合せ……」、新出本は「天暦御時前栽の宴……」で、第一系統に同じである。

さらに、和歌本文の異同から。二七八番歌、第一系統は「あをやきのみとりのいとをくり返しいくらはかりのほとをへぬらむ」、第二系統は「あおやきのはなたのいとをくりかへしいくらはかりのはるをへぬらむ」、新出本は「あをやきのみとりのいとをくり返しいくらはかりのほとをへぬらむ」で、第一系統に同じ。二九〇番歌第四句が、第一系統は「君が千とせを」、第二系統は「きみかよはひを」、新出本は「きみかちとせを」で、第一系統に同じ。二九八番歌第二句が、第一系統は「なにかいのらむ」、第二系統は「なにかおもはむ」、新出本は「なにかいのらむ」で、第一系統に同じ。三〇〇番歌第二句が、第一系統は「いわほのはてを」、第二系統は「いはをかなかも」、新出本は「いはほのはてを」で、第一系統に同じ。

以上四つの面からみて、新出本は、同じ異本系の中でも第一系統に属する伝本と判断される。

ではさらに、異本第一系統には堀河本・天理甲本・天理乙本・多久市本の四本があるが、それらとの距離関係はどのようであろうか。[10]煩瑣になるのでいちいちの異同はあげないが、片桐氏の校本を頼りとして校合した結果だけを示しておく。なお、「む」と「ん」（无）の表記の違い、「う」と「ふ」・「え」と「へ」・「え」と「ゑ」・「お」と「を」・「は」と「わ」・「ひ」と「い」・「い」と「ゐ」・「ほ」と「を」の仮名遣いの違い、「よ」と「代」等の仮名書きと漢字書きの違い、「侍りける」と「侍ける」等の送り仮名の違い、「〱」等のおどり字を使っているか否かの違い、以上の点は異文として数えなかった。作者名表記の「読人不知」「読人しらす」「よみ人しらす」の違いは、表記様式の違いと見なし異文として数えた。

全部で一二四箇所の異同があり、新出本と堀河本・天理甲本・天理乙本・多久市本それぞれとの異同数は、次の如くである。新出本と同文箇所の数が、堀河本八一、天理甲本四七、天理乙本六八、多久市本七三。新出本と異文箇所の数が、堀河本四三、天理甲本六八、天理乙本五六、多久市本五一。ただし、天理甲本は二九七番歌の作者名から落丁してい、比較不可能な箇所が九箇所ある。また、新出本の独自異文は一八箇所である。この結果からみて、あくまでも数量的処理による相対的遠近関係にすぎないが、新出本が近いのは、堀河本、多久市本、天理乙本、天理甲本の順になる。ただし、作者名表記においては、多久市本にもっとも近い。

ついで、巻七物名断簡の本文異同を示す。巻五の　巻と同様に、片桐氏の校本に全面的に依拠させていただく。

異同箇所として、①四　五番歌の作者名（断簡は作者名ナシ）、②四一六番歌の作者名（断簡は「藤原輔相」）、③四一七番歌の本文（断簡は「おちくちは」）、以上三箇所がある。なお、表の斜線は断簡と異同無きことを示す。

表一

	①	②	③
堀河本	読人不知	／	おちこ《く》ち
天理甲	／	／	／
天理乙	／	／	／
多久市本	／	／	／
北野天満宮	よみ人しらす	すけみ	／
定家大福本	／	すけみ	／

異同箇所三箇所中、異本第一系統では、堀河本と二箇所異なるが、他の天理甲本・天理乙本・多久市本とは異同は無い。異本第二系統北野天満宮本とは、二箇所の異なり。定家天福本とは、一箇所の異なりである。天理甲本・天理乙本・多久市本と全く一致しているので、やはりこの断簡も異本第一系統と見るべきであろう。

なお、徳川黎明會『集古帖』に押されているツレ一葉は次の如くである。

一七六　あかぬは人のこゝろなりけり
　　　　　　　　　　平兼盛
一七七　よもすからみつゝあかさむあきの月
　　　こよひはそらにくもなからなむ
　　廉義公家にてくさむらのよるの
　　むしといへることをよませ侍ける
　　に　　　　　　　　藤原為頼
一七八　おほつかないつこなるらむむしのねは
　　　たつねはくさのつゆやみたれむ
　　前栽にすゝむしはなち侍て

この断簡の一七七番には詞書が無いが、定家本系には「題しらす」、異本第一系統の堀河本には「題不知」（天理甲本・天理乙本・多久市本は断簡同様に詞書ナシ）、異本第二系統にも「題不知」とある。断簡の一七七番作者名「平兼盛」は、異本第一系統諸本とは異同はないが、定家本系統は「かねもり」、異本第二系統は「兼盛」である。一七七番歌第二句「みつゝ」は、異本第一系統諸本と異同はないが、定家本系統は「見てを」、異本第二系統も「見てを」である。同じく第四句「こよひは」が、定家本系は「こよひの」である。一七八番詞書の「よるのむしといへることを」が、定家本系は「よるの虫といふ題を」、異本第一系統の天理乙本が「夜のむしといへる心を」である。同じく「よませ侍けるに」が、定家本系は「よみ侍ける」、異本第一系統の堀河本が「よませ侍ける」である。一七八番歌第三句「むしのねは」が、定家本系は「虫のねを」、異本第一系統の天理甲本も「むしのねを」、異本第二系統も「むしのねを」。同じく第五句「みたれむ」が、異本第一系統天理本（片桐氏校本に「天」とのみあり、甲本か乙本か判断できない）は「こほれむ」。一七九番詞書の「すゝむし」が、定家本系は「すゝむしを」、異本第一系統の天理乙本は「むしを」、異本第二系統も「すゝむしを」。同じく「はなち侍て」が、異本第一系統では堀河本のみが「はなちて侍りて」、異本第二系統は「はなちて」である。

異本第一系統のなかの一本とのあいだにも、あるいは異本第二系統とのあいだにも異同は見られるが、その異同箇所の多くは定家本とも異同のある箇所であり、やはりこの断簡も定家本と異本関係にある本文であると判断できる。さらに、一七七番の詞書・作者名表記の異同からみて、異本第一系統に属すると見なせよう。

三　伝慈円筆拾遺集切との関係

新出本の独自異文の中には、他の古筆切と照らし合わせることによって浮かび上がる、いくつかの興味深い点がある。

まず、新出本巻頭部について。

拾遺和詞集巻五[a]賀
　天暦御時斎宮くたり侍けるに長奉
送使にてまかり[b]かへらむとて
　　　　　　　　中納言朝忠[c]卿

よろつよのはしめとけふをいのりおきて
いまゆくするゑは神そかそへむ
　はしめて平野祭に男使立し
　ときうたふへき哥とてめせるに
　　　　　　大中臣能宣

a・c・dには、異本第一系統内部においても、aについて「賀部」（堀河本）、cについて「朝忠朝臣」（堀河本）「朝忠」（天理甲本）、dについて「よめる」（天理甲本）「せめけるに」（多久市本）、という異同がある。それに対してbは、他の異本第一系統諸本すべてが「まかりて」であり、新出本の「まかり」は孤立している。新出本の単純な誤写のようにも見えるが、しかしことはそれほど簡単ではない。『拾遺集』の古筆切の中でも伝俊頼筆に次いで古く、書風が新古今集円山切に酷似しているためそれと同じ鎌倉初期のものと見なされている[11]、伝慈円筆の六半本の古筆切がある。そして、そのちょうど巻五巻頭に当たる一葉が、『古筆学大成8』（講談社、一九八九年）に載っている。

拾遺和謌集巻五
　賀
　天暦《テンリヤク》御時斎宮《サイクウ》くたり侍けるに長《チヤウ》
　奉送使にてまかりかへらむとて
　　　　　中納言朝忠《トモタヽ》卿
抄よろつよのはしめとけふをいのりをきて
いまゆくするゑは神そかそへ《しるらんイ》む
　はしめて平野祭《ヒラノマツリ》に男《ヲト》使《ツカヒ》立《タテ》し時
　うたふへき哥とてめせるに
　　　　　大中臣能宣

かかる一〇行の断簡である。朱筆で、歌頭に「抄」および合点が、また漢字に片仮名の振仮名が、そして作者名の下に勘物（これは右の翻刻には省略した）が、さらに「イ」として異文の傍書がある。歌の五句目「かそへむ」の右傍の「しるらむ」の異文は、定家本系の本文に一致している。ちなみに、久曽神昇氏『古筆切影印解説II六勅撰集編』（風間書房、一九九六年）の「第一　拾遺和歌集（丙拾遺和歌集）」に、伝慈円筆六半本切が四葉（第二図から第五図まで）あげられているが、その第五図にやはり朱筆で「イ」として異文が傍書されている。すなわち、一〇五五番歌の四句目「このはなはかり」の「な」の左に「るイ」とあり、一〇五六番歌の六句目「いろにぬれめや」の右に「ヌレシトソオモフイ」とあるのだが、やはりこれらはいずれも定家本系の本文に一致している。定家本系の本文を異文としてあげる伝慈円筆拾遺集切は、異本系伝本ということになる。断簡ながら鎌倉初期の異本として、貴重な古筆切である。

話しをもとに戻そう。異本系と判断される伝慈円筆切の巻五巻頭の一葉は、新出本の独自異文bのみならず、異本第一系統内部で異同のあるa・b・dを含め、すべての部分が新出本本文に合致しているのである（「む」と「ん」（无）、「お」と「を」の仮名遣いの違いは考慮にいれない）。異本第一系統内部で孤立している新出本の独自異文は、かくして鎌倉初期の書写本の姿を保存していることになるのである。

ちなみに、小松茂美氏は、この伝慈円筆拾遺集切と定家天福本・異本第一系統・異本第二系統を比較して（一七六から一七八番歌の部分）、伝慈円筆切が異本第二系統の一本であるとしている[12]。本文を並記するのみで、比較分析の論述がないので、その根拠は明らかでないが、並記された本文を見るかぎり、伝慈円筆切は異本第二系統ではなく、異本第一系統としか考えられない。異文箇所として、①一七七番歌の詞書、②同歌の作者名表記、③一七八番歌の詞書、④一七八番歌の本文、以上の四箇所があるが、その異同をまとめれば、表IIのとおりである。

表II

	伝慈円筆本	異本第一系統	異本第二系統
①		題不知	題不知
②	平兼盛	平兼盛	兼盛
③	よませ侍ける	よませ侍ける	よませ侍けるに
④	むしのねは	虫の音は	むしのねを

この四箇所のうち、伝慈円筆切が異本第二系統と一致するところは一箇所もない。それに対して、異本第一系統とは三箇所が一致している。伝慈円筆切は異本第一系統とすべきである。

先に、新出本を異本第一系統と判断したが、巻五巻頭部分においてこの新出本と全く同一の本文をもつ伝慈円筆切は、やはり異本第一系統の伝本なのである。

四　蓬萊切・伝寂連筆大色紙などとの関係

二九九番歌にも、新出本の独自異文がある。

君がよはあまのはころもまれにきて
なつともつきぬいはほなるらむ

五句目の「なるらむ」は、異本系・定家本系すべて「ならなむ」であり、新出本の不用意な誤写と考えたくなる。が、やはりことは単純ではない。

古筆切の名品に、蓬萊切とよばれるものがある。いまは一首づつに切られているが、もとは雲紙料紙を二紙継ぎ合わせたところに、高野切第三種と同じ筆跡で五首（『拾遺和歌集』―あるいは『拾遺抄』かも知れない―の賀の歌四首と『後撰和歌集』の慶賀からの一首）を書いたものである。この中の一首が二九九番歌なのだが、それには、「きみかよはあまのはころもまれにきてなつともつきぬいはほなるらむ」とある。新出本の独自異文に一致する本文を有しているのである。高野切第三種と同筆であるから、およその書写年代は十一世紀中頃と推定される。新出本の独自異文は、鎌倉末期書写本の単なる誤写ではすまされず、すでに平安時代の書写本に存在した本文の形を伝えていることになるのである。

ちなみに、藤原清輔の『奥義抄』（保延元年〈一一三五〉〜天養元年〈一一四四〉頃成立）所引の本文も、「君が代はあまのはごろもまれにきてなづともつきぬいはほなるらむ」（『新編国歌大観』による）であるし、上覚の『和歌色葉』（建久九年〈一一九八〉頃成立）の引く所の本文も、「君が代はあまの羽衣まれにきてなづともつきぬいはほなるらむ」（『新編国歌大観』による）である。

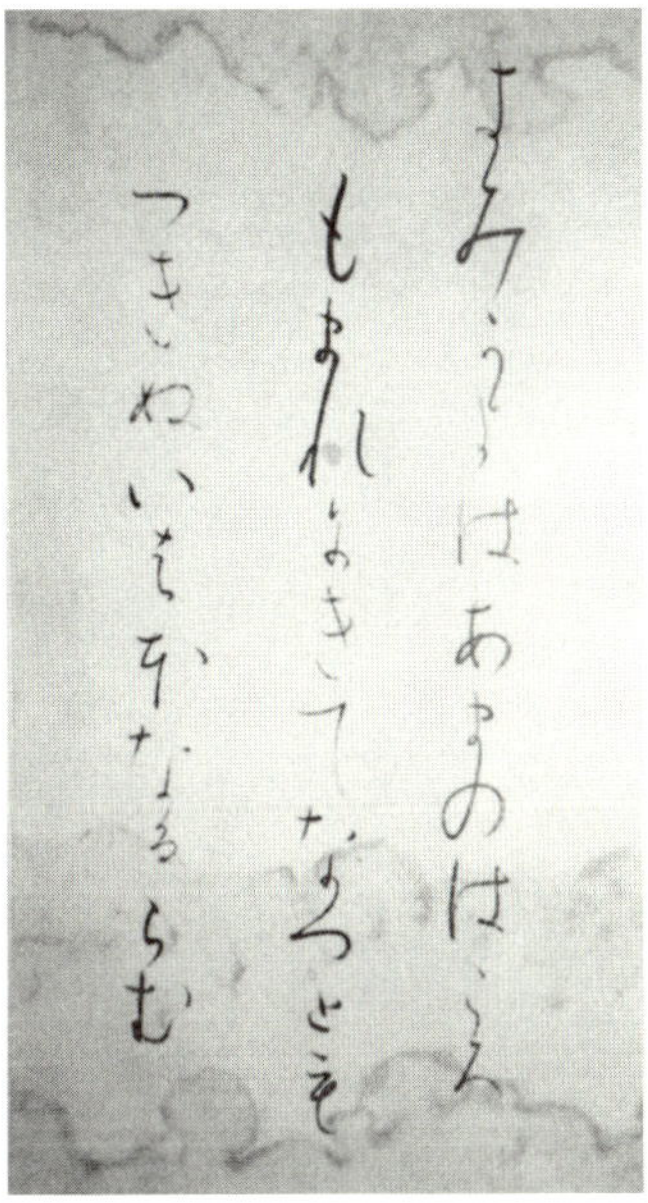

蓬萊切

二七六番歌にも、新出本は独自異文をもっている。

ひとふしにちよをこめたるたけなれは
つくともつきしきみかよはひは

傍線部「たけ」は、異本系・定家本系すべて「つゑ」で一致している。してみると、新出本の「たけ」という独自異文は、詞書中の「たけのつゑを……」に引かれた単なる誤写と考えたくなる。が、やはりそう簡単にはゆかない。

勅撰集の賀の歌を抄写した巻物の断簡で、伝寂蓮筆大色紙とよばれる古筆切がある。『過眼墨宝撰集2』（古筆学研究所編、旺文社、一九八八年）では、ツレ四葉とするが、『古筆学大成22』（小松茂美、講談社、一九九二年）では、それを二種に分け、ツレ二葉としている。この二葉はもと一連のもので、一葉は「きみかよはちよにひとたひゐるちりのしらくもかゝるやまとなるまて」（『後拾遺集』巻第七賀歌）、もう一葉が「ひとふしにちよをこめたるたけなれはつくともつきしきみかよまては」（『拾遺集』巻第五賀歌）である。この一葉の本文の、三句目の「たけ」と五句目の「よまては」は、異本系にも定家本系にも見えない独自なものだが、三句目の「たけ」は、新出本の独自異文と一致している。

この伝寂蓮筆大色紙の書写年代は、寂蓮様の書風から十二世紀後半とみなされている(13)。平安末から鎌倉初期にかけて「たけ」の本文をもつ伝本も存在していたのである。新出本の独自異文を、単純に誤写とはなし得ぬ所以である。

二八八番歌における独自異文。

みちよへてなるといふもゝのことしより
はなさくはるにあひそめにけり

この「といふ」も、他の異本系諸本のみならず定家本系も、すべて「てふ」であり、新出本の本文は孤立している。しかし、やはり上覚の和歌色葉の引く所の本文が、「みちよへてなるといふ桃の今年より花さく春にあひぞしにける」（『新編国歌大観』による）で、新出本に一致している。

以上のように、一見、鎌倉末期の末流本文、不注意による誤写と考えたくなる新出本のみの独自異文も、古筆切や歌学書の引用歌の中に一致する本文を見いだすことができ、決して孤立した本文なのではない。新出本は、平安後期から鎌倉初期に通用していた本文の一様態を、確かに伝えているのである。

古典の本文研究にあって、唯一の作者の原本を求めるのは、幻想である場合がむしろ多い。『枕草子』や『源氏物語』においてうかがわれるように、作者自身の書写本がすでにひとつではないことが少なくないからである。のみならず、中古中世における書写態度は、近代的学問の厳密さとはほど遠く、書写者による本文の改変・改作がめずらしくない。写本本文は、いわば創造的享受のなかに、その姿を変容させてゆくのである。本文研究は、その本文の生きて変容する動態をとりおさえるものでなければならない。

五　付けたりと年代測定

新たに伝慈円筆切と伝二条為世筆切のツレを見いだしたので、報告しておく。

伝慈円筆は巻第三秋（坂田穏好氏蔵）と巻第十神祇の断簡。巻三の断簡は、斐紙、縦一七・三センチ、横一四・三センチ。

　　東山にもみちみにまかりてまたの
　　ひのつとめてかへらむとてよみ
　　侍ける　　　　　　　恵慶法師
昨日より今日はまされるもみちはの
あすのいろをはみてやかへらむ
　　天暦御時殿上の人〳〵もみちみに
　　おほゐにまかりて侍ける時に
　　　　　　　　　　　源延光
紅葉○《は》をてことにおりてかへりなむ

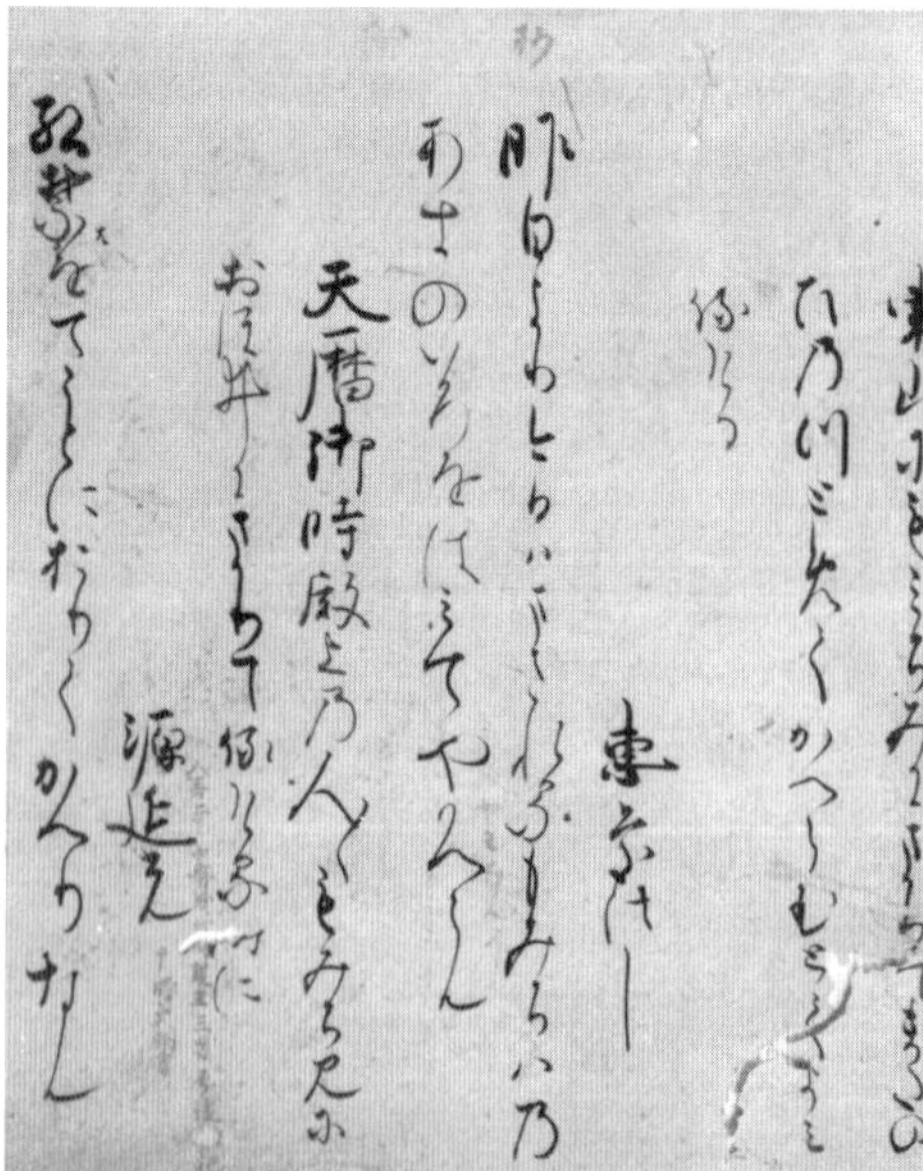
伝慈円筆　拾遺集巻三

と一〇行書き。朱の異文表記や書き入れあるが、異文表記以外についてはここでは触れない。一首目詞書き「かへらむ」が天福本は「まかりかへる」、歌の「みてやかへらむ」の右傍に朱で「やみなむイ」とあるが、天福本は異文と同じ「みてや、みなむ」。二首目詞書きの「人〳〵」が天福本は「をのことも」。三首目詞書きの「まかりて侍ける時に」が「まかりけるに」。

巻十の断簡は、斐紙、縦一六・九センチ、横一二・二センチ。右端余白が断ち落とされているらしい。極札は付属していない。

拾遺和謌集巻第十
神祇　神楽哥イ　（道春）
さかきはにゆふとりして、たかよにか
神のみむろをいはひそめけむ
さかきはのかをかう《くイ》はしと、めくれは
やそうち人そまとひせりける
みてくらにならましものをすへかみの
みてにもた《トライ》れてなつさはるへく

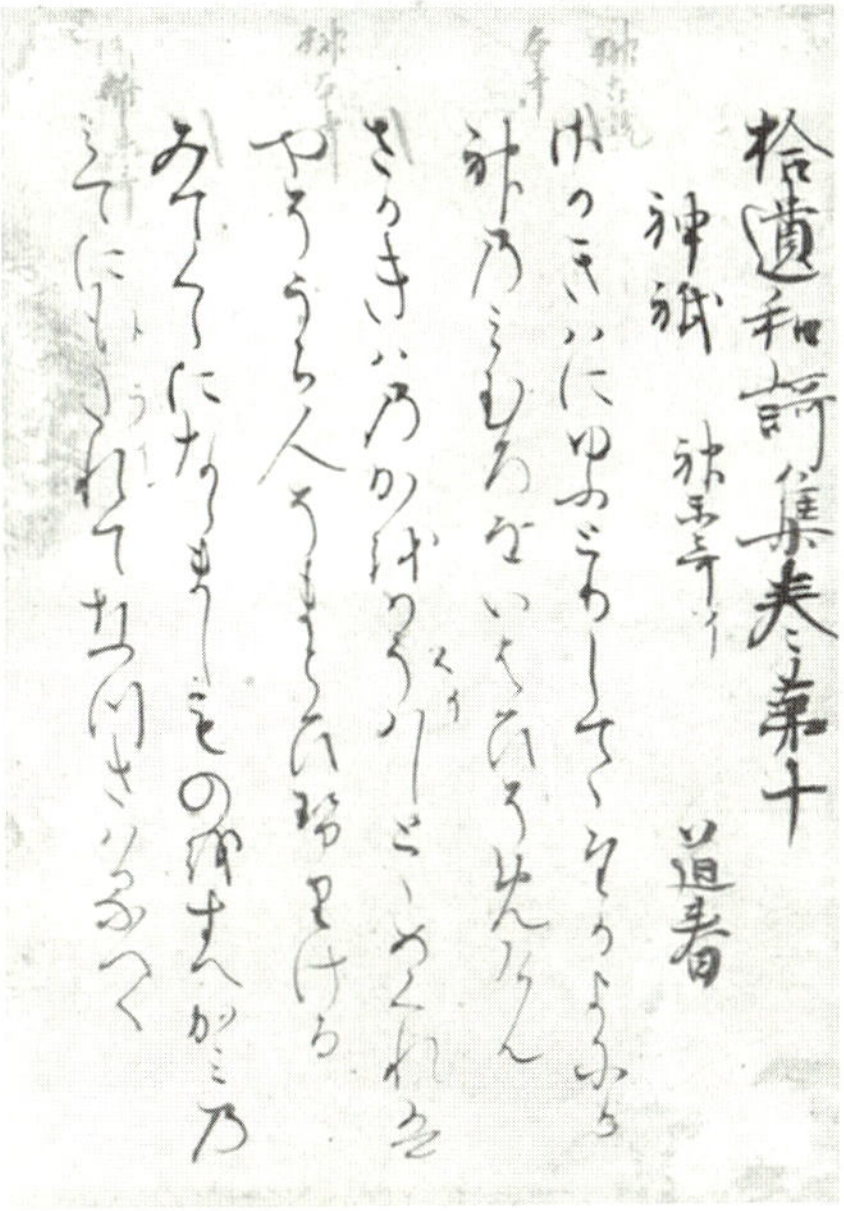

伝慈円筆　拾遺集巻十

の八行。朱の書き入れがあるが、それには触れない。黒色の異なる書き入れで「道春」とあるが、これは林道春、すなわち林羅山の署名であり、羅山の所蔵であったのではないか。林羅山と古筆の関係はわからないが、儒学・神学の信奉者羅山が「神祇」「神楽歌」の古筆を所持していたとしてもおかしくはない。「神祇」に対して「神楽哥イ」という異文表記があるが、それは天福本の本文である。二首目の「かうはしと」は断簡の独自異文で、天福本は「かくはしと」。三首目の「もたれて」も断簡の独自異文で、天福本は「とられて」である。その他、一首目「ゆふとりして、」に対して天福本は「ゆふしてかけて」、「みむろを」に対して天福本は「みまへに」、三首目「なつさはるへく」に対して天福本は「なつさはましを」。伝慈円筆拾遺集切は定家本以前の本文を伝える異本である。

ちなみに、巻三の断簡を炭素14の年代測定にかけた結果を示しておく。炭素14年代は837［BP］で、この1σの誤差範囲837±19［BP］を暦年代に較正した値が、1191（　）1196、1207（1216）1221［cal AD］。2σの誤差範囲837±37［BP］を暦年代に較正した値が、1164（1216）1257［cal AD］。最も確率の高い値は1216年で、慈円の生存期（一一五五〜一二二五年）と重なる鎌倉初期の書写と考えられる。

＊

伝二条為世筆断簡は、巻八雑上の九行で、二行の断ち落としがあろう。極札は無い。縦二一・七センチ、横一一・五センチ。

　　そくまかりてよみはへりける
　　　　　文章生藤原後生
むかしわかおりてしかつら《の》かひもなし
月のはやしのなか《めし》にいらねは
　　菅原みちまさ元服し侍ける夜
　　は、かよみはへりける
ひさかたの月のかつらもおるはかり
いへのかせをもふ《下》かせてしかな
　　　　　柿本人丸
（四行目、「な」の左肩に左向きの合点あり）

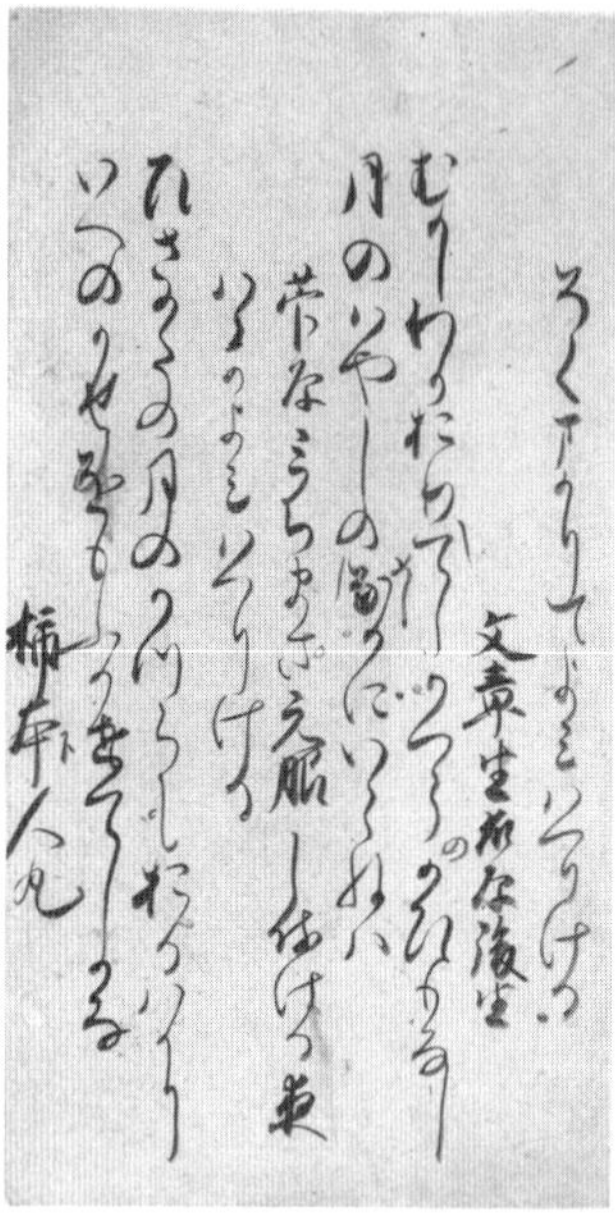

伝二条為世筆　拾遺集巻八

一首目の詞書き「（を）そくまかりて」は、定家天福本では「をくれまうてきて」。作者名の「文章生」は、天福本には無い。歌の「て」を削除して、「かつらの」と「の」を補い、「なかに」を「めしに」にすると、天福本の本文になる。二首目の詞書きも天福本とは異なっていて、「菅原みちまさ」は天福本では「菅原の大臣」、すなわち道真になる。異本系では、「すかはらのみちまさ」（異本第二系統北野天満宮本）、「菅原道雅」（異本第一系統天理乙本）、「藤原道雅」（異本第一系統多久市本）などとある。二首目詞書き「は、か」は断簡の独自本文。天福本には「題しらす」とあるが、断簡には無い。異本第一系統堀河本なども無い。作者名「柿本人丸」、天福本には「柿本」が無い。断簡はやはり定家本ではなく、異本である。

　この断簡を炭素14の年代測定にかけた結果を示しておく。炭素14年代は６９１［ＢＰ］で、この１σの誤差範囲６９１±１９［ＢＰ］を暦年代に較正した値が、１２８０（１２８５）１２９２［ｃａｌ ＡＤ］。２σの誤差範囲６９１±３９［ＢＰ］を暦年代に較正した値が、１２７５（１２８５）１２９９、１３６９（）１３８０［ｃａｌ ＡＤ］。最も確率の高い値は１２８５年で、鎌倉末期の書写と考えられる。

注

（1）片桐洋一『拾遺和歌集の研究　校本篇　伝本研究篇』（大学堂書店、一九七〇年）。
（2）平田喜信「拾遺和歌集考(上)―拾遺和歌集の伝本をめぐって―」（『言語と文芸』、一九六四年七月）。
（3）注（1）に同じ。
（4）注（2）に同じ。
（5）注（1）に同じ。
（6）注（1）に同じ。

（7）片桐洋一「歓喜光寺蔵伝伏見院筆拾遺和歌集をめぐって」（『語文』大阪大学国文学研究室、一九八一年四月）。
（8）以下、注（1）の片桐氏校本によって、定家本系は天福本の本文、異本第一系統は堀河本の本文、異本第二系統は北野天満宮本の本文を示す。また、異本第一系統内の校異本文も、片桐氏校本による。
（9）注（1）に同じ。
（10）注（1）に同じ。
（11）藤井隆・田中登『続国文学古筆切入門』（和泉書院、一九八九年）。
（12）『古筆学大成8』（講談社、一九八九年）。
（13）『古筆学大成22』（講談社、一九九二年）。

第二節　私家集

45　伝寂然筆　仁和御集切（光孝天皇集）

光孝天皇（八三〇～八八七）の家集には、宮内庁書陵部蔵の二本、『奈良後集仁和御集寛平御集』『代々御集』と、古筆切二種が、久曽神昇氏により紹介されている（1）。

それによれば、『奈良後集仁和御集寛平御集』は、その外題が霊元天皇筆と推される江戸初期写本で四丁分に一五首を載せ、『代々御集』は、それに少し後れるやはり江戸初期写本で三丁半分に一七首を載せているという。また、『光孝天皇集』の成立を考える上での物証ともなりうる古筆切の方には、「益田男爵家に伝公任筆古筆切（七行）」と「名古屋の岡谷家所蔵の伝顕輔（又は公任）筆古筆切一葉（縦五寸五分、横四寸五分、一二行）」があるという。この二種の古筆切は全く別の伝本の断簡であり、ともに真の筆者は不明であるが、筆跡からみて平安時代末期のものと思われる。なお、後者は手鑑『鳳凰台』に押されているものであるが、昭和四〇年（一九六五）に岡谷家より徳川美術館に寄贈されている。そして、『書の美　徳川美術館名品集3』（一九九九年）や『古筆学大成17　私家集一』（小松茂美　講談社　一九九一年）などの解説によれば、当該断簡の伝称筆者は「伝寂然筆」となっている。それゆえ、本稿でも以下「伝寂然筆」の呼称を用いることにする。

伝公任筆切は『光孝天皇集』の巻頭で、「またみこにおはしま／しけるときひとに／若菜たまふとて／古　きみかため／はるの丶に／いて丶／わかなつむ／我ころもてに／ゆきはふりつ丶」とあり、伝寂然筆切は『光孝天皇集』の末尾で、「くさ許おくらむつゆはたのまれ／すなみたのかはのたきつせなれは／また御／あとたえてこひしき時のつれ〳〵は／思かけにこそはなれさりけれ／延喜（2）よそにのみまつそはかなきすみの／えに住てのみこそ見まくほしけれ／ひさしくもなりにける哉／秋はきのふるえの花はちりすきにけり／あふみのかうい／勅つきのうちのかつらのえたを思ふとや／なみたのしくれふる心地する」とある（斜線は改行をあらわす）。

『鳳凰台』の伝寂然筆切の「よそにのみ」の歌は、作者名の注記があるとおり、延喜帝すなわち醍醐天皇御製として『後撰和歌集』恋二にみえるものである。そしてこの歌は、『奈良後集仁和御集寛平御集』『代々御集』のいずれにも収載されているので、光孝天皇集の原本に、はじめから確かに存在していたものと思われる。このことから、光孝天皇集原本の成立を、久曽神氏は「醍醐天皇御製を混入してゐることから、その崩御（延喜八、九、廿九）以後であらうと思はれ、又後撰集に『延喜御製』とあるのを見ていないとすれば、それ以前と推測すべきである」とされた(3)。

　さて、新たに伝寂然筆の古筆切一葉が見出された（波多野幸彦氏旧蔵）。料紙は斐紙、縦一六・三センチ、横一三・一センチ、一面八行、一首二行書き、三首分である。付属する極札には「西行法師たけにしく」とあるが、この断簡の書き出しとはちがうので、本来この断簡に付されていた極札ではないと思われる。

勅　山かはのはやくもいまもおもへとも
　　なかれてうきはわかみなりけり
延喜　なみたかみこきてしあまのつりさ
新　ほのなかきよな〳〵こひつゝそぬる
　　ひさしうまいらぬに御
　　ふみつかはしたりけるにかうい
新　君かせぬわかたまくらはくさな
延喜　れやなみたのつゆのよな〳〵におく
　　御返し

とあるが、諸本との異同が少なくない。一首目「はやくも」は、『仁和御集』では「はやくは」。同じく「わかみ」は、『代々御集』では「ちきり」。二首目「なみたかみ」は、『新古今和歌集』では「なみたのみ」。同じく「こきてし」は、『仁和御集』では「こき出ぬ」、『代々御集』では「こきいぬ」、『新古今和歌集』では「うきいつる」。同じく「よな〳〵」は、『新古今和歌集』では「よすから」。一首目「よな〳〵に」は、『新古今和歌集』では「よなよなそ」である。

　この新出断簡は、筆跡、体裁からして、久曽神氏の紹介された伝顕輔筆切、すなわち『鳳凰台』に押された伝寂然筆切のツレであり、しかもそれに連続した直前の半丁分である。『光孝天皇集』は小部

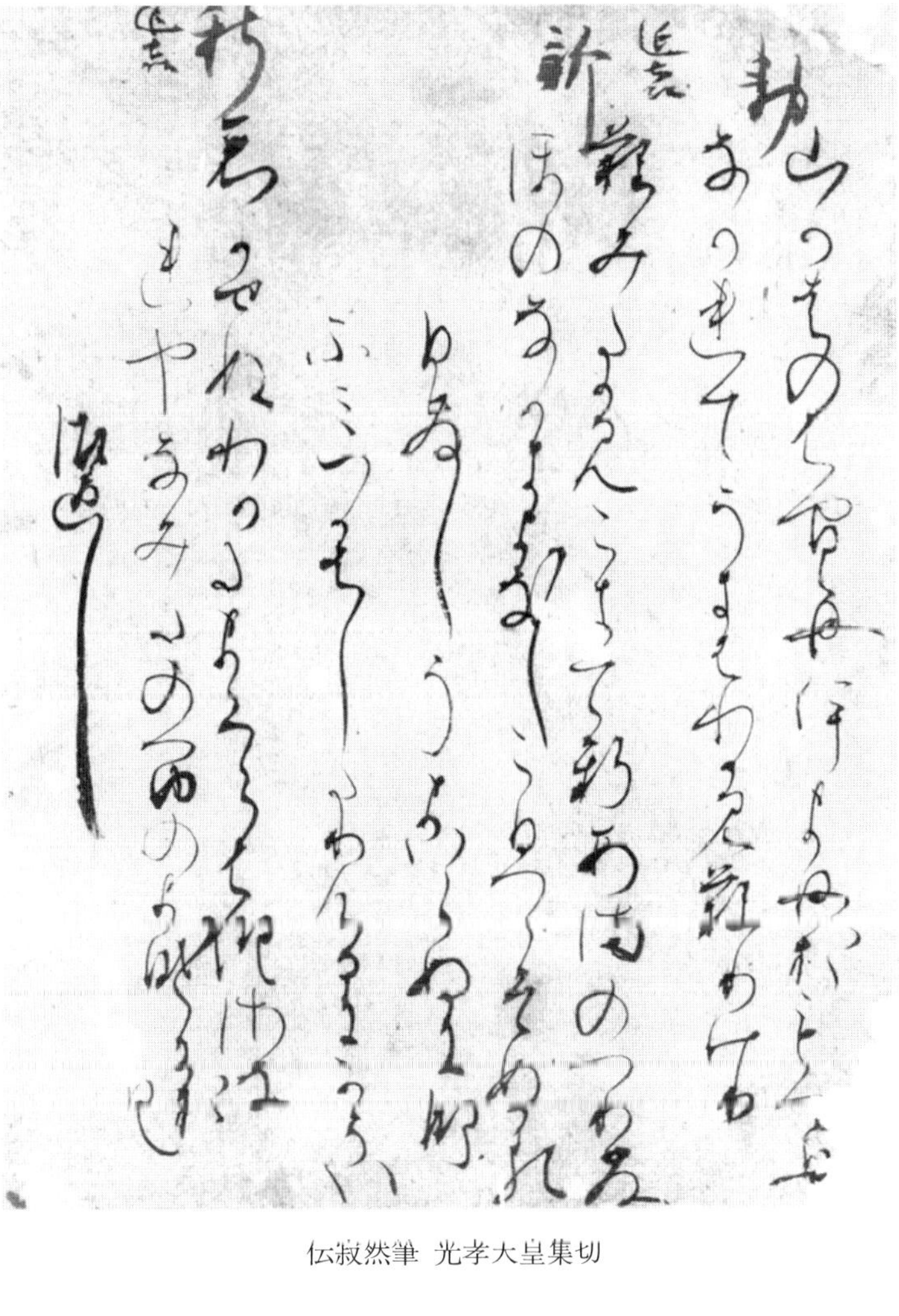

伝寂然筆 光孝天皇集切

のものゆえ、新出断簡の前の、あと一丁分が出現すれば、平安時代書写の『光孝天皇集』の一本が旧に復することになる。

久曽神氏の紹介された断簡は、「顕輔又は公任と伝称されてをり、何れかといへば伝顕輔筆鶉切に近い」[4]という。しかし、鶉切は実は鎌倉末期のものであり、むしろ伝西行筆とされる古筆切などに近く、一二世紀後半の、平安末期のものであることは確実であろう。

本文内容における特異性は、「君かせぬ」の歌が、題詞に「ひさしうまいらぬに御ふみつかはしたりけるにかうい」とあることから、「更衣」の歌になることである。これに対して、『奈良後集仁和御集寛平御集』『代々御集』ともに、題詞は「更衣ひさしくまゐらぬに御ふみ給はせけるに」であり、『新古今集』も「久しくまゐらぬに人に」とある。すなわち「君かせぬ」の歌は、光孝天皇が更衣に贈った歌ということになる。しかるに、この伝寂然筆新出断簡のみが、「君かせぬ」の歌を更衣作、その返歌を光孝天皇作にしていることになる。歌の内容からみれば、「君がせぬわが手枕」は、女が男に手枕をすると考えるのが自然であろうから、これを男の歌とすべきであろう。また、返歌の「つゆ（『鳳凰台』伝寂然筆切は〈くさ〉に作る）ばかりおくらむ袖（『鳳凰台』伝寂然筆切は〈つゆ〉に作る）はたのまれずなみだの河の滝つせなれば」の、相手を「たのまれず」といったり、自らを「なみだの河の滝つせなれば」というところからみて、こちらを女の歌とすべきであろう。とすれば、この新出断簡の特異本文は、他の本文にくらべて良質とはいえないようである。

また、考えねばならぬことは、「延喜」「新」「勅」などの作者名や集付の書き入れである。久曽神氏はともに藤原定家の書き入れとみなしておられるが、疑問の余地がある。名高い升色紙（『清原深養父集』の断簡）や小堀切（『藤原朝忠集』の断簡）にも、集付などの書き入れがあり、一般に定家の為す所とされている。しかし、小堀切の書き入れについては、「……書き入れの書風は定家風で、定家の書き入れといわれている。しかし『続古今集』の撰進は文永二年（一二六五）であり、定家の没後十四年であるから「続古」は定家の書き入れではない。ほかの書き入れもすべて定家の書き入れかどうか疑問である」[5]との説があり、傾聴に値する。すなわち、これまで簡単に定家の所為とみなしてきたものについても慎重でなければならないということである。

この新出断簡の書き入れも、「延喜」の作者名と「新」「勅」の集付では、墨色が異なっている。前者が濃く後者が淡い。字形からも同手の筆跡と断ずるのはためらわれる。「新」「勅」の集付の書き入れがもし定家の手になるものなら、「勅」とあるゆえ『新勅撰和歌集』より後でなければならない。『新勅撰和歌集』は文暦二年（一二三五）、定家七四歳の時の成立であり、その年に有名な『土左日記』を書写している。あの老筆と「新」「勅」の集付を同手とみなせるであろうか。とうてい無理であろう。字形・筆勢からみて、定家筆の可能性があるのは、「延喜」の書き入れのみであろう。

ところで、新出断簡は一首目「山かはの」の歌と二首目の「君かせぬ」の歌を「延喜」、つまり醍醐天皇の作とする異伝を伝えているわけであるが、『奈良後集仁和御集寛平御集』にも『代々御集』にもこの二首を「延喜」とする書き入れは見られない。この異伝を伝えるのは伝寂然筆本のみということになるのだが、もしこの「延喜」の書き入れが定家の筆跡であるなら、断簡一首目と三首目の詠者を「延喜」、つまり醍醐天皇とする異伝のあることを、定家は知っていたことになる。にもかかわらず、一首目は『新勅撰和歌集』に、二首目は『新古今和歌集』に、ともに光孝天皇の歌として入集している（ちなみに二首目も『新古今和歌集』に光孝天皇の歌として入集している）。ということはつまり、『新古今和歌集』および『新勅撰和歌集』の撰歌にあたって定家は、断簡一首および三首の詠者を醍醐天皇とする異伝を知っていながらその説を採らなかったということになろう。定家は異伝を異伝として記しとどめただけということになろう。もっとも、定家が異伝を知り書き入れをおこなったのが、撰集作業の後だったという可能性もあるが。

それにしても、確かに作者の異伝が存在したことは新出断簡によって明らかで、現存する光孝天皇集に、今までにわかっているものにくわえさらに二首の醍醐天皇歌が混入している可能性が残されることになろう。

ちなみに、冷泉家時雨亭文庫蔵藤原定家筆『集目録』には、九七点の歌集の書目が書きとどめられているが、その筆頭に「光孝天皇」とある。[6] 定家が所持し、『新古今和歌集』と『新勅撰和歌集』の撰歌資料とした『光孝天皇集』は、この伝寂然筆光孝天皇集であった可能性があるのである。むろん、伝存するもう一種類の古筆切、伝公任筆切の方にも定家の手とされる「古」という集付があるので、こちらの『光孝天皇集』が撰歌資料として使われた可能性も残るのであるが。

注

（1）『八代列聖御集』（文明社、一九四〇年）。なお、霊元天皇外題の『奈良後集 仁和御集 寛平御集』の親本が冷泉家時雨亭文庫に蔵されており、冷泉家時雨亭叢書『平安私家集 九』（朝日新聞社、二〇〇二年）として刊行された。

（2）この「延喜」の書き込みは、写真版を見ると、次の「ひさしくも」の歌の右肩にあり、久曽神氏も「ひさしくも」の歌の頭に「延喜」の書き込みを翻刻しておられる。が、新出断簡の書き入れを見ると、作者名の書き込みは、その前に位置する歌にかかるものと思われる。

（3）注（1）に同じ。

（4）注（1）に同じ。

（5）春名好重『古筆大辞典』（淡交社、一九七九年）。

（6）冷泉家時雨亭叢書『平安私家集 一』（朝日新聞社、一九九三年）。

46 伝藤原行能筆　斎宮女御集切

（年代測定　一二八五～一三九〇年）

斎宮女御徽子（九二九～九八五）、父は醍醐天皇第四皇子重明親王、母は太政大臣藤原忠平の二女寛子。承平六年（九三六）八歳にして伊勢神宮の斎宮に卜定され、天慶八年（九四五）、母の薨去により退下。天暦二年（九四八）、二〇歳にして村上天皇に入内。

その家集『斎宮女御集』の本文は、歌数および歌の配列順序の相違によって、Ｉ正保四年版歌仙家集本系統（一〇二首）、II宮内庁書陵部蔵本系統（一六三首）、III伝小野道風書小島切系統（一一八首）、IV西本願寺本三十六人集本系統（二六五首）の、四系統にわかれる。『村上御集』との緊密な関係が推測されるが、その成立過程の仮説として次のように説かれている。徽子没後に手もとに残された歌反故が側近女房によってまとめられたのが第一次本（正保四年版歌仙家集本系統）で、村上天皇没後に天皇と女御の贈答歌をとり入れて成ったのが第二次本ａ（宮内庁書陵部蔵本系統）、一方、第一次本に人々と女御の贈答歌を増補したのが第二次本Ｂ（小島切系統）、さらに以上を集成したものが第三次本（西本願寺本三十六人集系統）である、という。(1)

『古筆学大成18』(2)には、小島切のほかに、伝紀貫之筆本、伝源俊頼筆本、伝西行筆本が収載せられている。前二者は、唐紙料紙に古様の字体で書写されていて、一見すると平安時代書写かと思わせるが、料紙や筆勢の詳細な考証によって、近世初期の転写本とみなされる。(3)系統は正保四年版歌仙家集本の系統。伝西行筆渋紙表紙本は「十二世紀半ば」の書写と推され、やはり歌仙家集本系統であり、その系統の最古の写本とされる。(4)また、『国文学古筆切入門』(5)には、南北朝期書写伝後光厳天皇筆の六半切が紹介されているが、やはり、歌仙家集本系統である。出光美術館蔵品目録『書』(6)には、伝藤原定家筆切が掲げられている。

一品の宮よりかみをつかせて
これにものかゝせてときこえたま
へりけれはことかみをつきて
かゝせたまて宮
くものゐのかく〳〵へくもあらねとも
つゆのかたみにけたぬなるへし
御返し
かくよりもわりなくみゆるくものゐも
つゆのかたみに見るそかなしき

とあるが、一首目の詞書を四系統の本文と比較してみると、正保四年版歌仙家集本が「一品の宮よりかみをつかせて、これに物かゝせ給てときこえたまへりければ、ことかみをつきてかゝせ給て、宮」、宮内庁書陵部蔵本が「一品宮より、かみをつきて、これにものかゝせ給てときこえ給へれは、ことかみをつきてかゝせ給て、宮」、小島切が「一品宮より、とほくなりたまふかたみに、これにものかゝせたまてときこえさせたまへりけれは、ことかみをつきて、それにかゝせたまて、くものすある所に」、そして西本願寺本が「とほくなり給なむのちのかたみとて、内よりには」(7)である。最も近いのは、これまた正保四年版歌仙家集本系統である。

右のように、古写本・古筆切にあっては、第三次本たる西本願寺本三十六人集と第二次本Bたる小島切以外は、不思議なことにことごとく第一次本たる正保四年版歌仙家集本系統ということになる。

さて、新たに、これまで知られている四つの系統のいずれにも属さない、『斎宮女御集』と思われる断簡一葉を見いだした。『斎宮女御集』と思われると、もってまわった言い方をしたのは、『斎宮女御集』と密接な関係をもつとされる『村上天皇御集』である可能性も一応考慮せねばならぬゆえにであるが、これについては後にいささか触れることにする。新出の断簡は、縦一五・五センチ、横一三・九センチの楮質の素紙に、

　　ひさしうまいはさり《給は》けれは
ぬきをあらみまとをなれともあまこ
　　　　　　　　　　　　　　　ろも
いくそたひかは袖そぬれける
　　御返し
もしほやくけふりにある、あまこ
　　　　　　　　　　　　　　ろも
うきめをつ、む袖にやかあら《る覧》ぬ
　正月になとかまいらぬとあり
けれは
とふ程のはるかなるにもうくひ
　　　　　　　　　　　　　すの
ふるすをた、むことそものうき

とある、歌一首二行書き、一〇行一葉の断簡である。九行目と一〇行目の間に、紙を継いだあとのような縦線があるが、折れによる汚

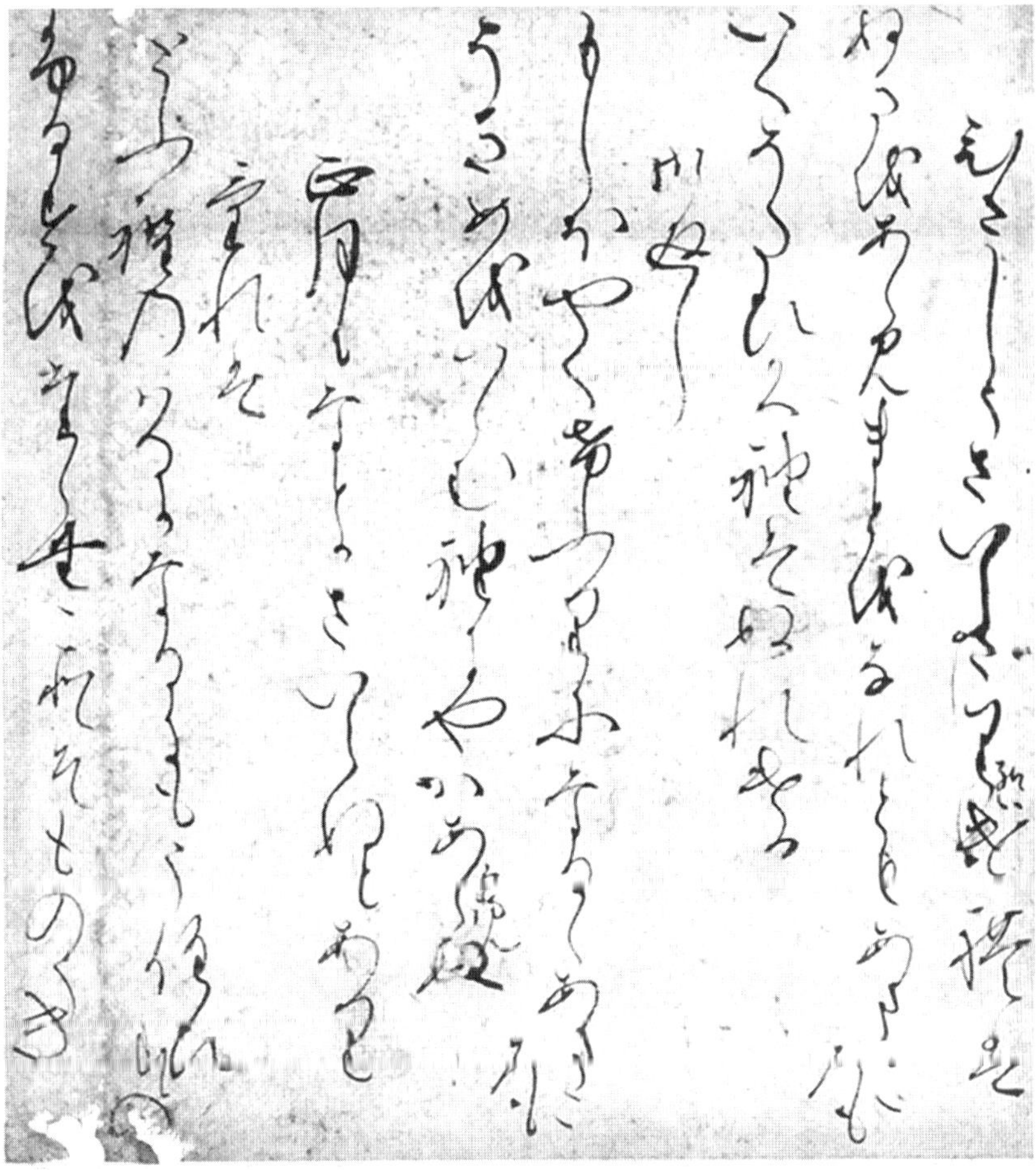

伝藤原行能筆 斎宮女御集切

れらしく紙継ぎのあとではない。

古筆了任の極札と、それとは別の手になるところの、「伏見院正應之比／文化三寅歳・凡八百三拾六年」と二行に記した紙片（萌葱色、縦一三・五センチ、横四・五センチ）が付属する。正応元年（一二八八）は、たしかに伏見院の没した年である。しかしながら、その正応元年より文化三年（一八〇六）までは、差しひき五一八年であり、「八百三拾六年」では計算があわない。ところが、文化三年を基点にすると、「八百三拾六年」前は西暦九七〇年であり、村上天皇の没年である西暦九六七年に近く、また斎宮女御の生存期（九二九～九八五）にも重なる。「伏見院正應之比」が伏見院の没年であったことからみて、「八百三拾六年」もどうやら文化三年から村上天皇の没年までのおよその歳月をさすとみた方がよさそうである。

それにしても、なぜ村上天皇の没年の頃を伏見院の没年の頃と誤まったのであろうか。推測の域を出ないが、この紙片を記した人物は、この断簡を『村上御集』とみなしていたのではあるまいか。そしてなに故に村上天皇ではなく伏見院と記したかといえば、この断簡の書写年代は、極札のように世尊寺行能の頃とすれば、鎌倉初期ということになるが、伝行能筆とされる古筆切の中の代表と見なせる藤井切や宇治切と比較するなら、上代様の趣をただよわせているところ通うものはあるが、筆線の質は遠い。この断簡の書の特徴は、三首目「はるかなるにもうくひ」あたりの息の長い連綿や、長い穂先をきかせた流麗であるが強い筆線、あるいは、「飛」（ひ）「倶」（く）「春」（す）などのくずし方に、平安末期の雰囲気をただよわせていることである。このような書風は、鎌倉中期以降南北朝の頃の間によく見られる、いわゆる宸翰流とよばれるものであるが、この書風の創始者は、『秋萩帖』や『桂宮本万葉集』などを所蔵し、平安古筆をまなび、上代様の仮名の名手であった伏見院である。この書風は、後伏見院、後光厳院とうけ継がれるのであるが、伝後光厳院筆とされるいく種類かある物語切にも、この断簡に類似の書風を見い出すことができる。が、より近いと思われるのは、やはり長い穂先をきかせた、伝伏見院筆の筑後切などの筆線である。むろん断定はできないが、行能の鎌倉初期とみるより、伏見院流の鎌倉中期以降とみるべきであろう。かくして、先の紙片にある「伏見院正應之比」と「文化三寅歳・凡八百三拾六年」の矛盾の理由が推測できるのである。すなわち、この断簡は文化年間頃の何人かによって、伏見院筆『村上天皇御集』と考えられていたのであろう。

伏見院筆ということについては、既に触れたように、およその頃の宸翰様と見なしてよいと思うが、『村上御集』であるということについてはいかがであろうか。『村上天皇御集』は、宮内庁書陵部蔵『代々御集』所収本が現存唯一の写本であるが、「通憲入道蔵書目録」にその名が見えることから、平安末期には確実に成立していたこと、また、六番歌から八五番歌までの斎宮女御徽子との贈答歌は、ほぼ『斎宮女御集』にも収められていて、両者の密接な関わりがうかがわれることなどがいわれている。[8] そこで、『代々御集』所収の村上天皇御集（略号・村）をも含めて、正保四年版歌仙家集本（一次本）（略号・正）、宮内庁書陵部蔵本（二次本A）（略号・宮）、小島切（二次本B）（略号・小）、西本願寺本三十六人集（三次本）（略号・西）と、本断簡の校合を次に示してみる。[9]

(村)　まかて給てれいの久しく里におはしましける此内の御
(正)　――く――り給はさりけれは
(宮)　御××××××××
(小)　――り給はさりけれは
(西)　――り給はさりけれは
ひさしうまいらさりけれは

(村)　――――
(正)　――――さ――
(宮)　――――
(小)　――ほ――
(西)　――ほ――
ぬきをあらみまとをなれともあまころも
(村)　かけておもへは袖もかはかす
(正)　――の――ん
(宮)　――――
(小)　――の―る覧×
(西)　かけておもはぬときのまそなき
いくそたひかは袖はぬれける

(村)　―かへし
(正)　――女御
(宮)　又××
(小)　女御×
(西)　――
御返し

(村)　――ひく――
(正)　――さ――
(宮)　――
(小)　――
(西)　――
もしほやくけふりになるゝあまころも
(村)　――にや有あるらん
(正)　――有らん×
(宮)　――あるらん
(小)　――身――あるらん
(西)　――あるらん
うきめをつゝむ袖にやかあらぬ

(村)　又御返し××××××
(正)　××××××××××
(宮)　うちよりひさしくまいらせ給はぬ事とある御返に
(小)　ひさしうまいりたまはぬことゝある御返にさとより
(西)　内よりひさしうまいり給はぬことゝある御かへり ことに
止月になとかまいらぬとありけれは

(村)　――――

（正）××××××××××××××××
（宮）――こと――――は――――
（小）――こと――――は――――
（西）――こと――――は――――
　　とふ程のはるかなるにもうくひすの
（村）――す――ら――――
（正）×××××××××××××
（宮）――――す――――
（小）――――――――
（西）――――す――――
　　ふるすをた、むことそものうき

右の校合結果をまとめると、次のようになろう。

イ　断簡の一首目の歌の詞書――『代々御集』本村上御集と宮内庁書陵部蔵本とは遠く、他の三本に近い。また、本断簡の「まいらさりけれは」の所に補入記号とともに「給は」の傍書があり、その表現を有する正保四年版歌仙家集本、小島切、西本願寺本三十六人集のうちの、いずれかの系統の本文を見ていると思われる。

ロ　断簡一番目の歌――『代々御集』本村上御集と西本願寺本とは下句が異なり、宮内庁書陵部蔵本、正保四年版歌仙家集本、小島切に近いが、五句目の「袖はぬれける」に最も近いのは宮内庁書陵部蔵本である。

ハ　イとロの結果、すなわち一番歌詞書は宮内庁書陵部蔵本に遠く、一番歌はそれに最も近いということは、矛盾する現象である。

ニ　断簡二番歌の詞書――『代々御集』本村上御集と西本願寺本に近い。

ホ　断簡二番目の歌――五句目「袖にやかあらぬ」は独自異文で、いずれの本文とも異なる。ただし、「あらぬ」の右傍に「る覧」の傍書があり、他本と比校しているようである。

ヘ　断簡三番歌の詞書――正保四年版歌仙家集本には、この詞書とこれに続く歌は存在しない。また、他のいずれの本文とも異なっている。

ト　断簡三番目の歌――正保四年版歌仙家集本には存在しない。上句は、『代々御集』本村上御集にまったく同じ。下句は、小島切にまったく同じ。

　右の事実から、次の結果が考えられる。断簡三番歌は、正保四年版歌仙家集本に存在しないゆえ、第一次本ではない。また、一番歌の詞書が『代々御集』本村上御集と宮内庁書陵部蔵本に大きく異なる点、および、一番歌の下句が『代々御集』本村上御集と西本願寺本に遠い点から、『代々御集』本村上御集、第二次本Aの宮内庁書陵部蔵本、三次本の西本願寺本に遠いこと。つまり、相対的に二次本Bの小島切に、本断簡の本文は最も近いといえる。

　ところで、歌の配列順序の面からは、どのようなことがいえるであろうか。諸本における歌の位置を『私家集大成』の番号によって示そう。

（断簡）1→2→3
（村）51→52→57
（正）90→91→×

（宮）83→84→80
（小）44→45→1
（西）135→136→11

断簡の一番歌と二番歌の順序は、『代々御集』本村上御集および斎宮女御集の四つの系統のいずれにおいても、連続して存在していて、違いはない。しかし、三番目の歌の位置は、いずれとも異なっている。つまり、『村上御集』であろうと、『斎宮女御集』であろうと、これまで知られている諸伝本とは、まったく歌序の異なった系統の伝本が、鎌倉期に存在していたことになる。

また、第一番目および第三番目の歌の詞書が、「ひさしうまいらさりければ」「なとかまいらぬとありければ」というように、村上天皇の側からではなく、斎宮の側の視点で叙述されていることから、『村上御集』とするよりは『斎宮女御集』の断簡と見なす方が妥当と思われる。

断簡一葉のみからの分析ゆえ、断定的なことはいえないが、一次本を増補した二次本以降の段階の写本であり、これまで知られている諸本とは歌の配列順序を異にする、また、本文的にも異文を有する、別系統の『斎宮女御集』の断簡であると思われる。一次本から二次本への増補過程は、それほど単純ではなく、いく種類もの系統を生んだものと想像される。

＊

炭素14年代測定の結果を示しておく。炭素14年代は６４９［ＢＰ］で、その１σの誤差範囲６４９±１８［ＢＰ］を暦年代に較正した値が、１２９１（１２９８）１３０７、１３６３（１３７１、１３７８）１３８５［ｃａｌ ＡＤ］。２σの誤差範囲６４９±３６［ＢＰ］を暦年代に較正した値が、１２８５（１２９８）１３１８、１３５２（１３７１、１３７８）１３９０［ｃａｌ ＡＤ］である。鎌倉末期から南北朝期の書写と考えられる。

注

（1）『日本古典文学大辞典　第三巻』（岩波書店、一九八四年）。
（2）小松茂美（講談社、一九九一年）。
（3）注（2）に同じ。
（4）注（2）に同じ。
（5）藤井隆・田中登（和泉書院、一九八五年）。
（6）出光美術館（平凡社、一九九二年）。
（7）引用本文は『私家集大成　中古Ｉ』（明治書院、一九七三年）による。
（8）『私家集大成　中古Ｉ』「村上御集」の解説。
（9）引用本文は注（7）に同じ。

第三節　私撰集

47　伝源俊頼筆（推定藤原定実筆）下絵拾遺抄切

下絵拾遺抄切は縦二六センチほどのもと巻子本の断簡で、書写されているのは『拾遺抄』である。藤原公任撰の散佚私撰集である『如意宝集』は、残された伝宗尊親王筆の古筆断簡からみると、三代集に入集する歌と密接な関係があり、とくに『拾遺抄』の歌と一致するものが多く、歌の配列順序まで一致しているものもある。それゆえ、『如意宝集』→十巻本『拾遺抄』→二十巻本『拾遺集』へと増補整理されていったものと考えられている。藤原行成の日記『権記』の長保元年（九九九）一二月一四日のくだりに、「東院に詣る。先日、借給う所の拾遺抄を返し奉る」とあるところから、長保元年以前に藤原公任は『拾遺抄』を撰集し、その頃すでに流布がはじまっていたことが判明する。

料紙は白の鳥の子紙。銀泥で折枝、蝶、尾長鳥の下絵を大きく描いている。

下絵拾遺抄切と同筆の遺品には、国宝伝源俊頼筆元永本古今集、国宝伝源俊頼筆巻子本古今集仮名序、伝藤原佐理筆筋切・通切、伝源俊頼筆巻子本古今集切、伝源俊頼筆後撰集切、伝藤原公任筆経裏切古今集、西本願寺本三十六人集中の『人麿集』（室町切）『貫之集上』、伝源俊頼筆銀切箔唐紙切（『如意宝集』らしい）などがある。この筆者は当時随一の能筆であったと思われ、行成四代の子孫である定実（～一一一九～）とする説が有力。

現在までに確認されているものは、巻第一春の五葉と、巻第三秋の三葉、あわせてわずか八葉のみである。[1]

(1)　　　素性法師
あらたまのとしたらかへるあしたよりまたるゝものはうくひ《す》のこゑ

(2)　恒佐右大臣の家屏風に
定文之家哥合に
紀貫之
のへみれはわかなつみけりむへしこそかきねのくさもはるめきにけれ

(3)　不知題　　中納言安倍広庭
いにしとしねこしてうゑしわかやとのわかきのむめは花さきにけり
延木の御時御屏風に

(4)
天暦御時のみ屏風に
藤原清正
ちりぬへきはなみるときはすかのねのな
かきはる日もみしかゝりけり
屏風に　能宣
ちりそむる花をみすてゝかへらめ
や不審と妹は云鞆
(5)
慧慶法師あれはてゝ人も侍らさ
りける家にさくらのはなさきて
侍りけるに
あさちはらぬしなきやとのさくら花こゝろ
やすくやかせにちるらん
(6)
権中納言よしちかゝ家に桜花
をしむ心の哥よみはへりける時に
日くらしにみれともあかすをみなへ
しのへにやこよひやとりしなまし
(7)
あふさかのせきのいはかとふみならし
山たちいつるきりはらのこま
(8)
延喜御時月次の御屏風に駒迎の
像かける所に
貫之
あふさかのせきのしみつにかけみえて
いまやひくらむもち月のこま

新たに見出された下絵拾遺抄切の九葉目の断簡は、縦二六・三センチ、横一四・六センチで、

読人しらす
さきさかすよそにてもみむやまさくらみねのし
らくもたちなかくしそ
不知題
よしの山きえせぬゆきとみえつるはみねつゝ
きさくさくらなりけり

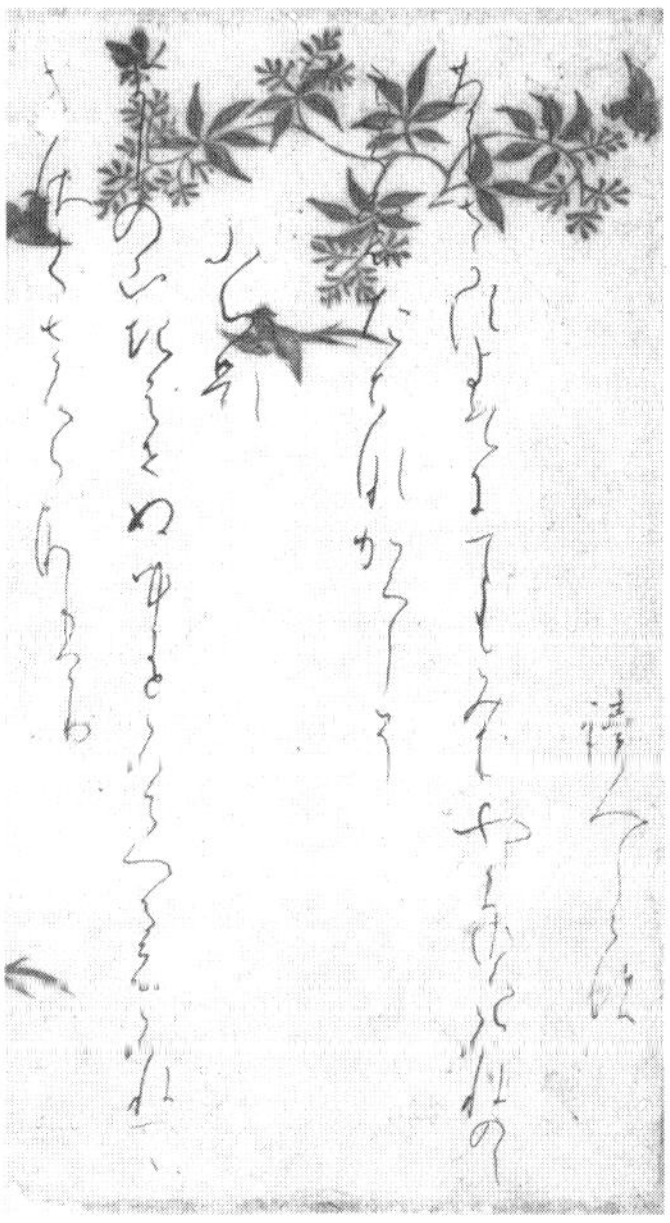
伝源俊頼筆 下絵拾遺抄切

とある六行分である。『拾遺抄』巻第一春の二三番の歌と二四番の歌である。ちなみに、『拾遺集』では、巻第一春の三八番と四一番の歌にあたる。右二首に関するかぎり、とりたてた本文異同などはみられない。

この下絵拾遺抄切についての評言、解説はあまたみうけられるが、そのいくつかを紹介しておく。まず、植村和堂氏は、「紙が大きいせいもあって、字形ものびのびとしており、また晩年の最も調子の

高い頃の、会心の作品とみえて線質も冴えて澄み切っており、この人の作品としても格別に優れた出来栄えです」[2]と、書道史的に高く評価されている。また、飯島春敬氏は、

下絵拾遺抄と書風を同じくするものに、西本願寺三十六人集の人麿集、貫之集上冊、筋切、通切、元永本古今集、俊頼古今集巻子本、後撰集切、銀切箔唐紙切等があり、その資料は相当の量にのぼる。即ち古今、後撰、拾遺に私撰集などがあるが、万葉と朗詠が見られないのは遺憾である。

この下絵拾遺抄切はそれらの中でも最も円熟した傑作である。料紙は白の鳥の子、銀泥にて蝶鳥花草等が大きく描かれ、その下絵の堂々と美しいことは桂万葉に次ぐあでやかさである。下絵の大きさは堺色紙とほぼ同様であるが、その描き方はずっと精緻を極めている。もとは巻子本であったが、今は断簡となり、その数も至って少ない。

紙丈の高く、鳥の子白紙銀下絵に、悠々として気品高く、この筆者としては極めて内輪に静かに慎しみ深く書いている様は、白綾の衣裳をつけた姫君の如き風情である。[3]

と、平安かな書道として、高く評価している。さらに、同書の「元永本」(「下絵拾遺抄切」と同一筆者)の項で、

平安時代の仮名の名筆は数多くあるなかに、この書風は、十指のうちに入る技であって、ことに散らしの巧妙さと、漢字と仮名との調和のうまさとに、特に優れている。書風の基礎的なものは、行成、伊房をうけつぎ、それに自己の工夫を加えた一家の個性を形づくっている。[4]

と論じ、その筆者について、

この書風は、佐理、行成、俊頼と伝えられているが、時代においては元永本が証となり、最も俊頼に近いのである。しかし俊頼とする証というものは全く見当らないのである。もとより当時の歌人であるから能書の記録資料がなくても、書は相当に優れていたであろうことは常識的にも考えられる。しかし、歌学者としては歌首の書写に対して余りに重点的ではなく、この書は歌人の書とはいいがたい。その書道技倆から断ずると専門家中の専門家とすべき程傑出している。私は左のような諸種の理由によりこの筆者を行成から四世の定実と推定する。[5]

として、①この書風が、俊頼(一〇五七~一一二九)の父経信の書風——琵琶譜、伝宗尊親王筆十巻本歌合中の補写部分——とつながりがみられないこと、また、俊頼の子俊恵の書風——真跡懐紙——ともつながりがみられないことから、俊頼筆とは考えられない。②この書風は、高野切第一種の行成風が基調となっている。そして、定実の父である伊房筆と推定される、やはり『拾遺抄』を書写した尼子切と下絵拾遺抄切をくらべると、その書風の様式が同一である。すなわち、行成の孫である伊房、その伊房の子である定実こそが、これら筆跡の筆者である。③西本願寺本三十六人集の巻頭『人麿集』(室町切)、第二の『貫之集上』を書写していることは、この筆

者が元永時代における最高の位置にあった名人である。元永時代の最高の書家は、行成四世の定実である。西本願寺本三十六人集の『貫之集下』と『中務集』を行成五世の定信が書いているが、定信は第二の席次であり、第一の席につくべき人は、その父である定実以外にはあり得ない。④前田家蔵伊房筆本『北山抄』の奥書によると、伊房は同書を息子定実に校合させている。その校合の文字は、優しくほっそりしていて元永本に通ずるものがある。⑤藤原宗忠の日記『中右記』元永二年（一一一九）正月二十二日のくだりに、「……又聞、右京大夫定実朝臣依病一日出家、定実故伊房師卿男也、院御時為殿上人、近衛少将叙四位後不還昇避少将、依故通俊卿譲任右京大夫也、已為能書人、是依行成卿後胤歟。……」とあり、元永二年正月の頃、定実が病により出家したことがわかる。その部分に定実の略歴が記してあることから、その頃に定実は死去したと考える説もあり、そうであるなら、元永三年の書写奥書をもつ元永本は定実筆ではあり得ないことになる。しかし、頼長の日記『台記』には、西行の訪問を受けた際に西行の略伝を記していて、人物の略歴は死去にかぎらず、何か事のあったおりに記すのであり、つまり、定実は元永二年に出家はしたが、すぐに死去したとは限らない。元永本は出家後の定実の筆写にかかるものである。要約するに、以上五つの点から、筆者を行成四世定実と論証している(6)。

小松茂美氏もほぼ同様の論点ながら、歴史資料を博捜した、より詳細な論証によって、下絵拾遺抄切の筆者を定実とし(7)、「この『②伝源俊頼筆下絵拾遺抄切』は、撰者藤原公任〈九六六～一〇四一〉の没後、わずか八十年後の書写本ということになる。しかも、奇しくも藤原伊房・同定実父子によって、この『拾遺抄』の書写が遂げられている点に、不思議な因縁を想うのである(8)」とする。伊房筆の拾遺抄切とは、伝藤原伊経筆尼子切と呼ばれる古筆切で、わずか六葉しか伝わらず(9)、下絵拾遺抄切とともに最も古い平安時代書写の『拾遺抄』である。

また、下絵拾遺抄切の本文について、これまで確認された断簡からみて、独自な点のあることが指摘されている。一つは、尼子切をふくむ他の伝本が、40番の歌の作者を「恵（慧）慶法師」と独立して記すのに対して、下絵拾遺抄切は作者名を「慧慶法師あれはて、人も侍らさりける家に……」と詞書の中にくみ込んでいること。もう一つは、『拾遺抄』の伝本中、異本の一本とされている「静嘉堂文庫蔵本」のみが巻第一春の最末尾に、

屏風に　　　　能宣
此哥并詞作者イ無（朱）
ちりそむるはなをみすてゝかへらめやお
ほつかなしといまはまつとも

と挙げる歌を、下絵拾遺抄切が39番の歌の次に有していることである(10)。下絵拾遺抄切は、他の伝本とは全く異なった特異な本文をもった異本と思われる。下絵拾遺抄切の本文価値は大きい。

表記上の特徴として、「女手に草をまぜて書いている(11)」ということがあり、「農」「和」「倶」「者」「佐」「古」「見」「盈」「末」「耶」「飛」「毛」「千」の草仮名を意図的に使用している。女手＝平仮名の前段階である古い書体、草仮名を、美的見地から意図的に用いているのである。また「不審と妹は云輌」（おぼつかなしといもはいふと

も）と、『万葉集』にみえる戯訓の表記法をまねてもいる。同一書写者による元永本古今集にも同様の表記法がみられ、草仮名の使用とあわせて、定実がいかに意識的に書写活動を行ったかが推しはかられる。

銀泥で描かれた折枝、蝶、尾長鳥の下絵についても高い評価があたえられてい、「同時代の古筆に比べると、下絵が大柄で、さらに入念である。ことに、小鳥をさまざまな姿態でとらえた細緻な描写は見るべきものがあり、当時の絵画遺品としても貴重な資料(12)」とされている。折枝は一三センチ余りもあるものもあり、鳥も三センチ以上ある。そして、ただ大柄であるというだけでなく繊細、細密な描法がとられている。平安時代の古筆切で、花鳥草木を同じように大きく金銀泥で描くものに、桂本万葉集・尼子切・堺色紙がある。尼子切は一一世紀末、堺色紙は一二世紀初頭で、下絵拾遺抄切に近いが、特に鳥の描き方の繊細さは下絵拾遺抄の方がまさっている。一一世紀中頃の桂本万葉集の描法は繊細優美であり、水流など図柄も豊富で、下絵拾遺抄切をさらにしのぐ。ちなみに、平安時代中期にさかのぼるとされる『白氏文集』を書写した綾地切の一種である双鬟帖、竹生島経および下絵万葉抄切(13)にもより大柄な下絵がほどこされている。同じ花、鳥、蝶であっても院政期以後の尼子切・堺色紙・下絵拾遺抄切とはいささか趣を異にするが、Ⅰの1の「佚名本朝佳句切」でふれた飛雲文様と同じく、料紙下絵も時代が古いほど大柄で、だんだん小さな背景的装飾と化してゆくようである。双鬟帖などは、鳥と草花は八・五センチ、蝶は三～四センチもある。

また、「銀泥で描かれた、これらの装飾下絵は、もと荘重清浄な銀色を放っていたもの。しかし、永い伝世の間に、すっかり酸化が進んで、いまは黒ずんで見える(14)」とされる通り、八葉の断簡の下絵は黒く焼けているものが多い。しかし、新出断簡はかろうじていまだに銀の輝きを保っている。

注

（1） 小松茂美『古筆学大成7』（講談社、一九八九年）。
（2） 植村和堂『日本名筆鑑賞《かな》』（秋山書店、一九七七年）。
（3） 飯島春敬『名宝古筆大手鑑』（東京堂出版、一九八〇年）。
（4） 注（3）に同じ。
（5） 注（3）に同じ。
（6） 注（3）に同じ。
（7） 小松茂美『元永本古今和歌集の研究』（講談社、一九八〇年）、『古筆学大成30　論文二』（講談社、一九九三年）。
（8） 注（1）に同じ。
（9） 注（1）に同じ。
（10） 片桐洋一『拾遺抄―校本と研究―』（大学堂書店、一九七七年）、および注（1）の解説。
（11） 春名好重『古筆大辞典』（淡交社、一九七九年）。
（12） 松原茂『日本名跡叢刊96　平安―古筆名品抄（二）』（二玄社、一九八五年）。
（13） 「竹生島経」については院政期、「下絵万葉抄切」については平安後期あるいは鎌倉期の臨写とする説もある。
（14） 注（1）に同じ。

第四節　歌合

48　伝宗尊親王筆　十巻本歌合切

（天禄三年八月二十八日規子内親王前栽歌合）

〔年代測定　一〇二四～一一六〇年〕

十巻本歌合とは、後冷泉天皇在位中の一〇五八年から一〇六八年頃に、時の関白左大臣藤原頼通によって編纂された歌合の証本で、治暦四年四月一九日の天皇崩御によって編集作業は中断され、草稿本のまま残されたものとされている(1)。筆跡は十余種にわたるが、高野切第一種、二種に近い筆跡が含まれており、書写年代も高野切にきわめて近く、高野切に匹敵する優秀なかな書跡とされている。

『天禄三年八月二十八日規子内親王前栽歌合』は『女四宮歌合』とも呼ばれ、源順判・源為憲の仮名日記や女房の消息文をふくんだ日記体記録であるところが特徴。廿巻本にも伝存し異本関係にあるが、そちらの仮名日記は為憲の原手記に考証的意図をもって改訂を加えた本文であり、十巻本の方が原態に近いとされる(2)。例証を挙げて判を下した源順の判詞の、後世の歌合や歌学に与えた影響が大きいとされる。

本断簡はすでに『古筆学大成21』(3)に画像があるが、不鮮明ゆえここにとりあげた。仮名日記の部分六行で、料紙は楮紙、縦二七・八センチ、横一〇・五センチ。本断簡の筆跡は萩谷朴氏の分類の甲種筆跡であるが、小松茂美氏は、中務卿具平親王のむすこにして十巻本歌合の編纂主体関白頼道の猶子、藤原師房と推定している(4)。

仮名日記の部分であることに、とくに留意したい。わたくしたちは平安時代中期の書写にかかる物語の写本や断簡を伝えていない。物語がどのような書記形態で存在したか知り得ないのである。そういう状況にあって、高野切古今集の詞書きの部分や十巻本歌合の仮名日記の部分は、一一世紀半ば頃の散文の書写形態を知り、それ以前のありようを推察する重要な資料となる　仮名文の書写様式は、句読点などによって、語・文節・句・文・段落を区分けしない。和歌なら五音節・七音節で切って読めばよいが、散文はそうはいかない。語・文節・句を把握するのが難しければ、意味が取りにくい。連綿は、かかる書写様式のなかで、語・句を一繋がりにまとめて読みやすくするために要請されたものである(5)。美的要請によったものではない。この仮名日記の部分も、ほぼ語・文節単位で連綿がなされている。連綿の切れ目に空白を置いて翻刻してみる。

と　そのよは　ことはに　かち　まくとのみ　さ

ため　し　たかふ　の　あそむの　まうす　やう　こ
よひ　はよ《た》へ　ゑひて　いと、　もの　おほ　えはへ
らねは　ひか　ことも　まう　して　はへらむ　のとか
に［か］き　し　るして　まいらせ　む　とて　まかりい
て　ぬれ　は　いつしか　と　たれ〳〵も　おもふに　いと、

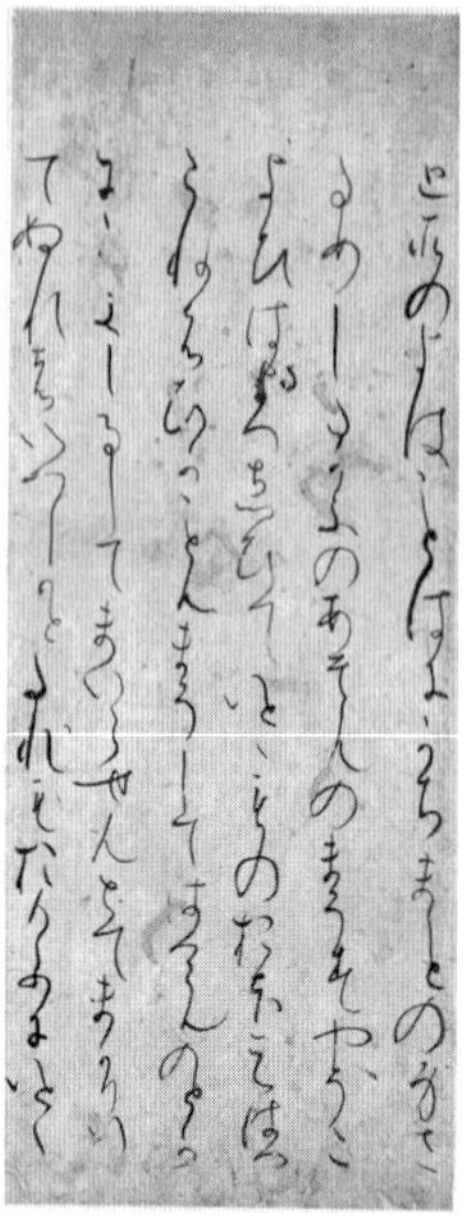

伝宗尊親王筆
十巻本歌合切

一語を分かつことはあっても、二語を意味がわかりにくくなるように連綿することはほとんどない。「こよひ　はたへ　ゑひて」のところだけは、「こよひは（今宵は）　たへ（食べ）　ゑひて（酔ひて）」と連綿しないと意味がわからない。しかし、この部分は朱で見せ消ちされ書き直されているように、はじめは書写者自身が意味を理解できないまま誤写したため、このような意味不明な連綿になってしまったのである。ともあれ、平安時代書写の古筆切は、表記史の資料としても有意義なものが少なくない。

炭素14年代測定の結果をしめして置く。測定結果の平均値は941［BP］である。この1σの誤差範囲941±23［BP］を暦年代に較正した値が、1032（1044）1054、1077（1099、1119、1142、1147）1154［cal AD］である。2σの誤差範囲941±45［BP］を暦年代に較正した値が、1024（1044、1099、1119、1142、1147）1160［cal AD］である。較正年代は一一世紀初めから一二世紀半ば頃と誤差範囲が大きいが、十巻本歌合の書写された治暦四年（一〇六八）以前一〇年程の間という実年代を含みこんでいる。実年代と測定結果は一致する結果となっている。

ちなみに、十巻本歌合の書写された後冷泉朝は、『更級日記』『浜松中納言物語』『狭衣物語』『夜の寝覚』などが成立した時代であった。これらの作品は十巻本歌合のような筆跡で書かれていたことになる。十巻本歌合の筆跡から、『更級日記』や後期物語の原本の字姿を思い浮かべることは、根拠のない夢想ではないのである。

注

（1）萩谷朴『平安朝歌合大成増補新訂五』（同朋舎出版、一九九六年）。
（2）注（1）に同じ。
（3）小松茂美『古筆学大成21』（講談社、一九九二年）。
（4）注（3）に同じ。
（5）小松英雄『日本語書記史原論』（笠間書院、一九九八年）。

第五節　歌論書

49　伝二条為氏筆　俊頼髄脳切

『俊頼髄脳』は、源俊頼（一〇五五～一一二九）が関白藤原忠実の依頼により、そのむすめ高陽院泰子のために作った歌論書、作歌手引き書である。本文系統は定家本と顕昭本に大別されている。現存伝本は近世の書写本ばかりであったが、近時定家監督下本が現われた[1]。巻頭と奥書が定家の筆になる、現存最古本である。その書写年代には及ばぬが、鎌倉中後期書写と目される古筆切があり、定家本や顕昭本とは異なる異本本文をもっていることが注目される。それが伝二条為氏筆の断簡である。『古筆学大成』[2]や『平成新修古筆資料集第一集』[3]などにツレがある。

新出断簡は、料紙斐楮交ぜ漉き、縦二二・九センチ、横一四・五センチ。「連歌」についてのくだり八行である。

たとへは夏の夜をみしかきものといひそめ
しといひては人はものをやおもはさりけむとす
えにいはする《せむは》わろしこの哥を連哥にせむに
は夏のよをみしかきものとおもふかなとそいふ
へきなりさてそかなふへき
　あまか作　家持
さをかはのみつをせきあけてうへしたを
かるわせいひはひとりなるへし

「すえにいはする」に傍記されている校合異文「すゑにいはせむは」は、定家本の本文であり、たとえば冷泉家時雨亭文庫蔵本は「すゑにいはせむは」である。その他、定家本との違いは次のとおり。「いひそめしといひては」（断簡）↔「いひそめしといひて」（冷泉家時雨亭文庫蔵本）、「連哥にせむには」（断簡）↔「れんかせむときには」（冷泉家時雨亭文庫蔵本）、「あまか作　家持」（断簡）↔なし（冷泉家時雨亭文庫蔵本）。定家本とは異同が少なくない。

注

（1）『冷泉家時雨亭叢書第79巻』（朝日新聞社、二〇〇八年）。
（2）小松茂美『古筆学大成24』（講談社、一九九二年）。
（3）田中登（思文閣出版、二〇〇〇年）。

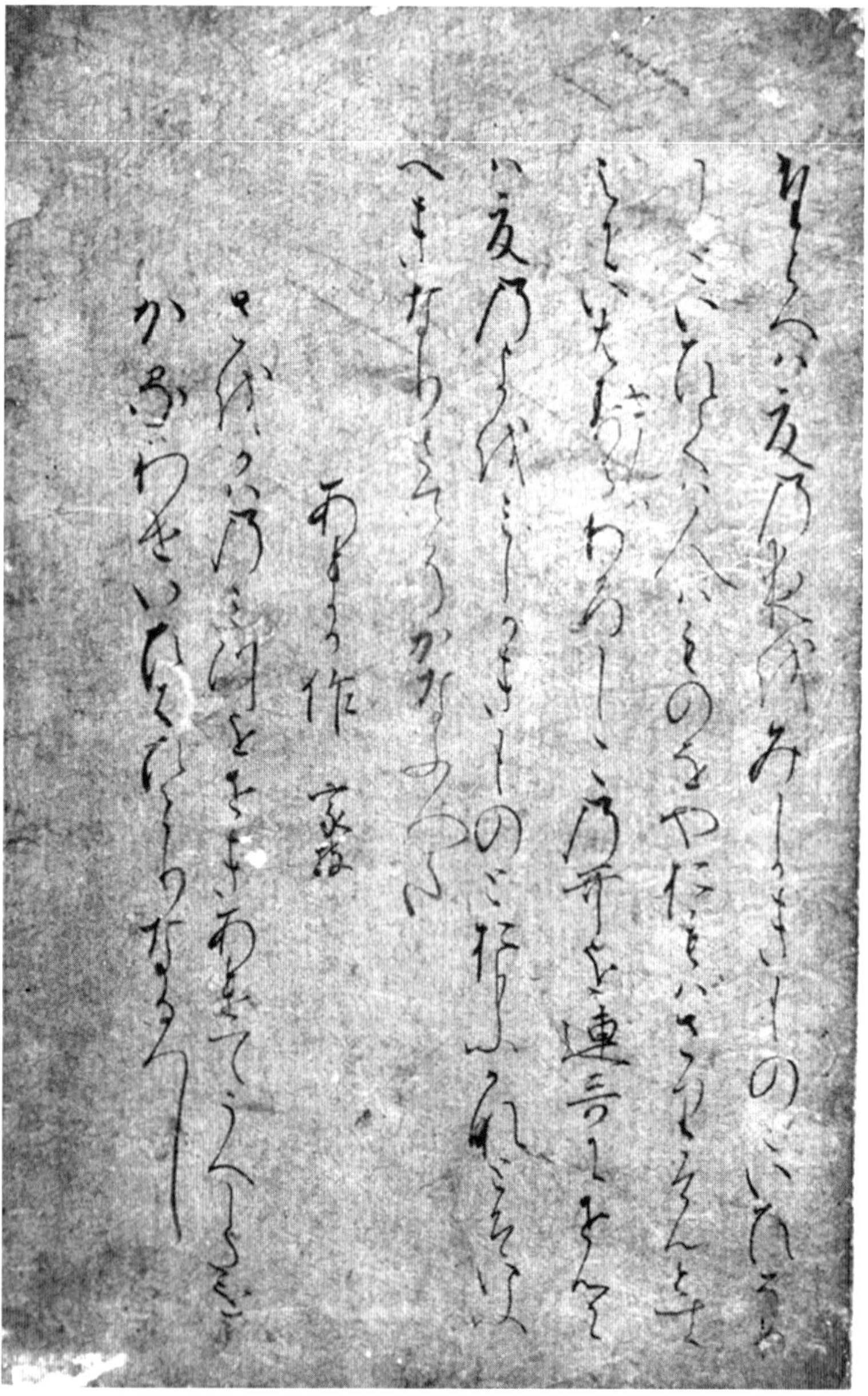

伝二条為氏筆 俊頼髄脳切

第六節　詠草

50　後奈良天皇筆　詠草切（重要美術品）

後奈良天皇宸筆詠草切は、料紙楮紙、縦三二・六センチ、横八九・〇センチ。下部に損傷があり、行末の数文字が失われている。後奈良天皇の家集は、『私家集大成7（中世Ⅴ上）』（明治書院、一九七六年）に四本が掲げられ、またその解説には『宸翰英華』から宸筆断簡九種が翻刻されている。本断簡の歌は、四本の内のⅡ書陵部蔵（五〇九・八二）「後奈良院詠草書留」の一部分に重複している。それゆえ、Ⅱ書陵部蔵（五〇九・八二）「後奈良院詠草書留」についての解説を引用すると、「第一紙から第三紙までは天文三年、ただし首尾を欠く。第四紙は天文四年の断簡一紙。第五・六紙は天文五年、但し尾を欠く。本書は各種の歌会・連歌・和漢等の擬作、または兼題・当座等の定数歌のうちから、自ら抄出したものを、月次に従って書きとめたものと思われる。……」とある。本断簡の歌は、この天文五年の部分に重なっている。ただし、八七から九七の連続する歌群の中の、八九・九一・九二の三首が本断簡には無い。

このⅡ書陵部蔵（五〇九・八二）「後奈良院詠草書留」の本文を参考に、本断簡の失われた行末を補って翻刻すると、後の如くである。

後奈良天皇は天文五年二月に即位礼を挙げているので、本詠草はその三ヶ月後のもの。第一首の「ことしわか世の春やきぬ覧」には、その即位の喜悦の情がにじみ出ている。奥の書き付けから、点者は前内大臣三条西実隆と知れる。この年、実隆は八十二歳

Ⅱ書陵部蔵（五〇九・八二）「後奈良院詠草書留」とは小異があるので、それを示す。ちなみに、本断簡第一首は『私家集大成7』のⅠ書陵部蔵（五〇一・六五三）「後奈良院御製」とも重複しているので、それとの異同も示す。なお、五首の歌頭に付された合点は、Ⅱ書陵部蔵（五〇九・八二）「後奈良院詠草書留」の合点と異同はない。

・第一首の題「元日立春」→Ⅱ後奈良院詠草書留「元日立春」の前に「五月廿四日月次短冊百首　合点入道前内大臣」とある。
・第一首の「春やきぬ覧」→Ⅰ後奈良院御製「春やたつらむ」。
・第四首の「雲よりたかき」→Ⅱ後奈良院詠草書留「雲より上の」。
・第五首の「よるへをそ」→Ⅱ後奈良院詠草書留「よるへとそ」。
・第七首の題「暁見漁舟」→Ⅱ後奈良院詠草書留「暁看経舟」。
・第七首の「雲に」→Ⅱ後奈良院詠草書留「空に」。
・第八首の「奥津白波」→Ⅱ後奈良院詠草書留「おつき（ママ）つしら浪」。

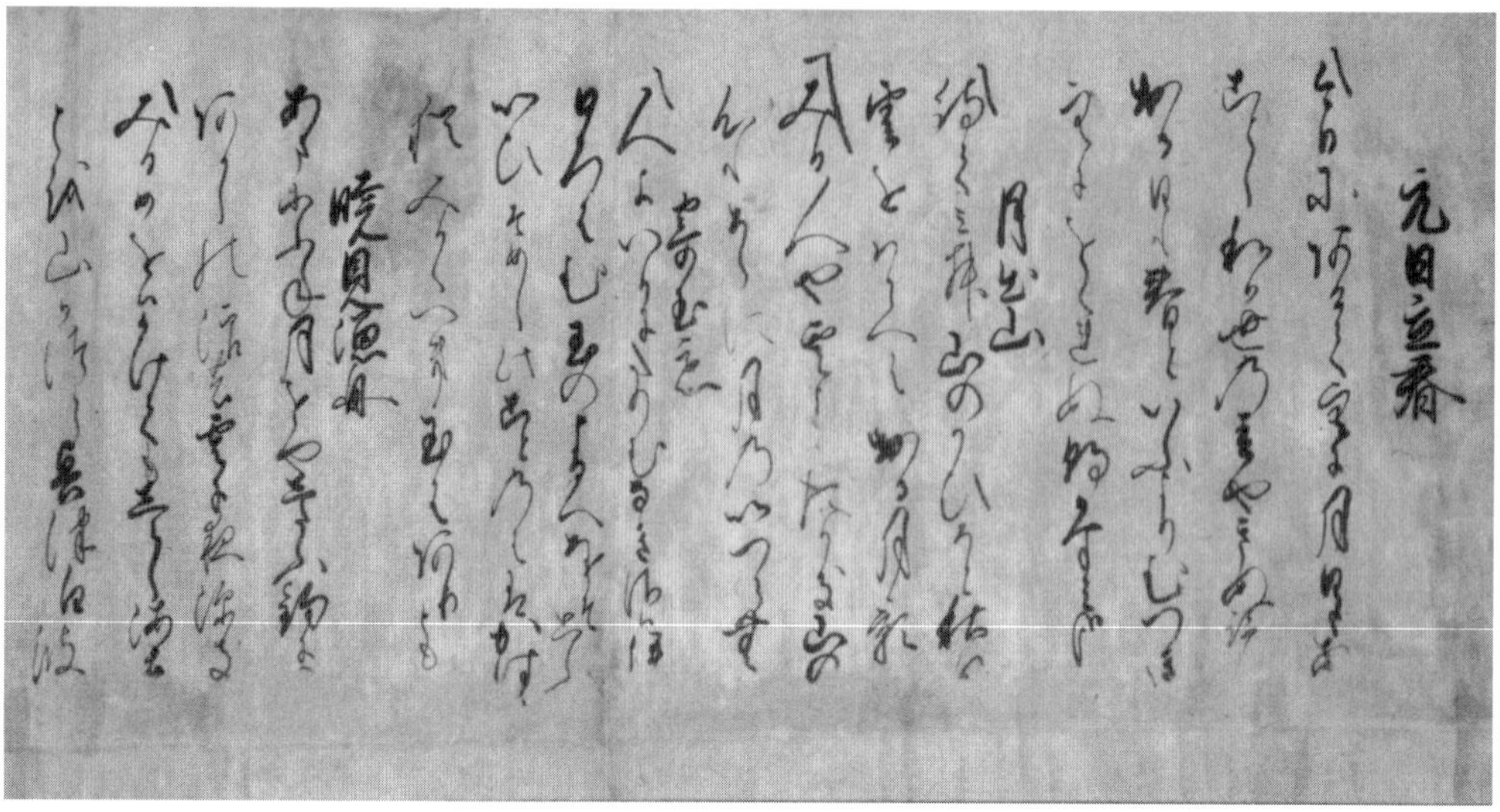

後奈良天皇筆 詠草切

元日立春

今日にあけて空に月日もあら玉の

ことしわか世の春やきぬ覧

出る日も春といふよりむつきつ

空にをくれぬ朝かすみ哉

月出山

待てみむ山のかひそと秋風の

雲をはらへは出る月影

みる人や雲よりたかき山のはの

心もそらに月のいつらむ

寄玉恋

人よいかにたのむなきさは伊勢の海や

ひろはむ玉のよるへをそ思ふ

いひそめし此ことのははかはるなよ

猶みかくへき玉はありとも

暁見漁舟

あま小ふね月をやしたふ釣にともす

あかしの浪の雲に夜深き

みるめをはかけてもしらし海士小舟

とを山かつら奥津白波

（余白の奥に）

天文五 五月廿四日月次 今點入送前内大臣

第三章　その他の歌書の新出資料

第一節　勅撰集

51　伝藤原雅経筆（推定藤原教長筆）今城切（古今和歌集）

〔年代測定　一〇二八～一一六五年〕

藤原教長は（一一〇九～一一八〇年頃）、権大納言藤原忠教の子。幼名、文殊君。永治元年（一一四一）、参議。崇徳院の寵臣。『台記』（左大臣藤原頼長の日記）の久安四年（一一四八）一〇月二七日の記事に、教長を崇徳院の「近臣」と記している。保元元年（一一五六）、皇位継承問題をめぐって崇徳院・藤原頼長と後白河天皇・藤原忠通とが対立、保元の乱がおこる。平清盛・源義朝らの活躍によって、後白河天皇方の勝利。崇徳院は讃岐国に配流。教長は出家し（法名観蓮、号貧道）、常陸国に配流された。時に四八歳。六年後、応保二年（一一六二）召還。高野山に隠棲した。教長の書道論『才葉抄』は、巻頭と巻末の記述から、安元三年（一一七七）七月二日、高野山の庵で教長が藤原伊経に話し伝えたことを、伊経が筆録したものと知れる。これから数年のうちに、教長は没したらしい。

教長は歌人としても能書としても名高かった。その和歌は『詞花和歌集』以下の勅撰集に三七首入集、家集に『貧道集』がある。『台記』の久安元年（一一四五）一月四日の記事に教長を「能書人」と記している。『今鏡』の「藤波の中、第九、みづぐき」に、教長の書について「佐理の兵部卿の真のやう（佐理の楷書）をぞ好みて書き給ふと聞こゆ。かつは法性寺のおとど（忠通）の御筋なるべし」と、あるいは、「教長の御手もさまざま京ゐなか伝わり侍なり」と見えている。『古事談』には、入宋した重源（一一二一～一二〇六）が教長筆の『和漢朗詠集』を宋人に見せたところ、感歎したという逸話が見える。当時随一の能書であった。真跡には崇徳院院宣（右近権中将の位署より二一歳から三一歳の筆、陽明文庫『大手鑑』所載）、般若理趣教（奥書より三四歳筆、大東急記念文庫蔵）がある。

不思議と仮名古筆（歌切・物語切）には、教長を伝称筆者とするものはない。しかし、藤原（飛鳥井）雅経（一一七〇～一二二一）筆と伝えられている古筆切のなかに、教長筆のあることが明らかになっている。

今城切も伝藤原雅経筆とされる『古今和歌集』の断簡。糊代痕の見える断簡があり、もと粘葉装の冊子本。料紙には枠界が引かれている。奥書部分が伝存しており（三井文庫蔵手鑑『高桒帖』）、それが京都大学蔵飛鳥井雅縁筆『諸雑記』の中に転写されている藤原教長自筆奥書の後半部分に当たることから、今城切古今集は藤原教長が守覚法親王への古今集講釈に用いた自筆写本であることが明らかになった。[1]

その奥書によれば、教長が書写の底本とした親本は源有仁（一一〇三〜一一四七）相伝秘蔵の紀貫之妻手蹟の本で、貫之自筆の書き込みがあったという。また、教長がこの本を転写したのは、治承元年（一一七七）八月一九日であったという。時に教長六九歳の筆跡ということになる。

なお、今城切と同筆とされるものに、二荒山本後撰集、長谷切和漢朗詠集、金銀切箔和漢朗詠集切、伴大納言絵詞、隆能源氏物語絵巻詞書（Ⅳ類 竹河・橋姫）などがある。これらの伝称筆者はすべて飛鳥井雅経であるが、真の筆者は雅経の大叔父教長であると考えられるようになった。しかし、なお奥書部分（三井文庫蔵手鑑『高嶺帖』）を写しと見る説もあるので、科学的根拠を得るべく、炭素14年代測定にかけてみた。測定結果は後に記す。

新出断簡は巻十七雑歌上で、料紙は楮の素紙、縦二五・七センチ、横一五・八センチ。

藤原興風

たれをかもしるひとにせんたかさこの
まつもむかしのともならなくに

よみひとしらす

わたつみのおきつしほあひにうかふあは
のきえぬものからよるかたもなく

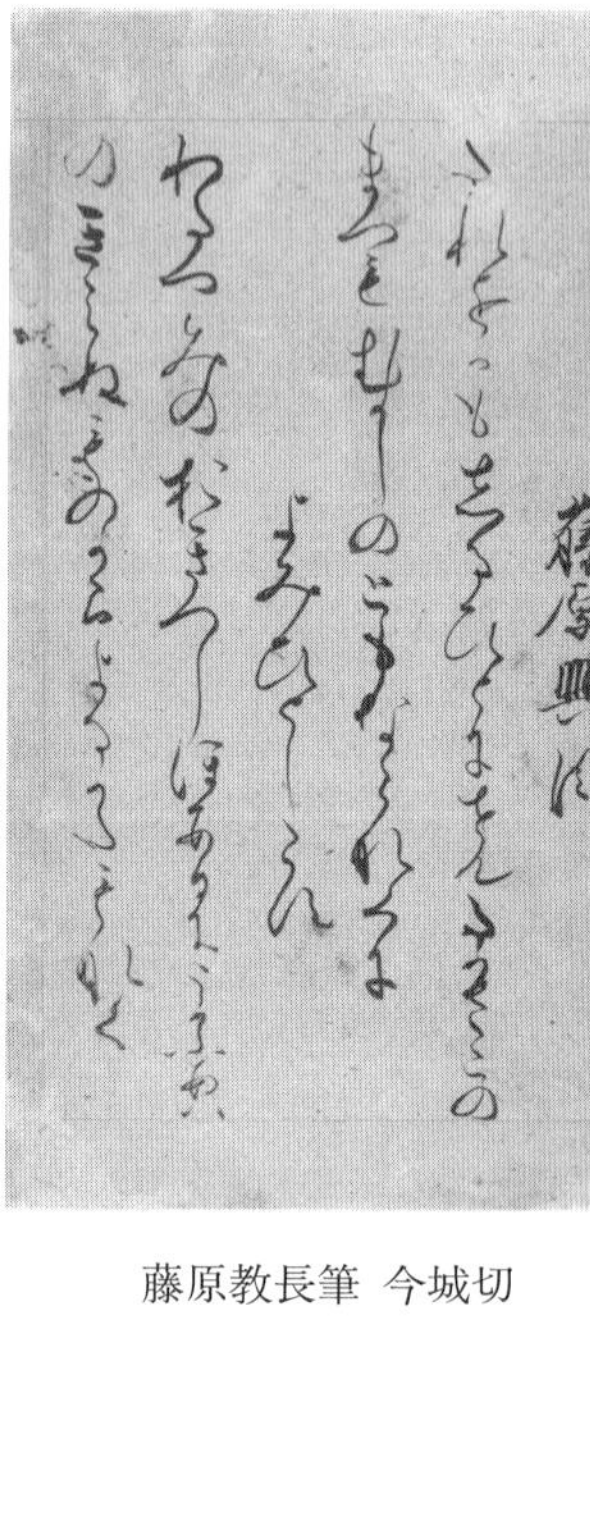

藤原教長筆 今城切

年代測定の結果を示しておく。測定結果の平均値は９２８［ＢＰ］で、この１σの誤差範囲９２８±２２［ＢＰ］を歴年代に較正した値が、１０３８（１０４９、１０８４、１１２４、１１３７、１１５１）１１５７である。２σの誤差範囲９２８±４４［ＢＰ］を歴年代に較正した値が、１０２８（１０４９、１０８４、１１２４、１１３７、１１５１）１１６５である。今城切の書写年代治承元年（一一七七）より一〇年ほど早い値であるが、少し古い紙を用いたとすれば、矛盾のない値である。誤差範囲の下限の一一六五年頃には、雅経はまだ生まれていない。今城切は奥書にあるとおり、教長晩年の筆跡と認められる。

注

（1）伊藤寿一「藤原教長の筆跡について」（『画説』第32号、一九三九年八月）。

52

伝藤原俊成筆　顕広切（古今和歌集）

〔年代測定 一三二〇～一四二四年
あるいは一三〇九～一四一五年〕

伝藤原俊成筆　御家切（古今和歌集）

〔年代測定 一〇五二～一二一九年〕

藤原俊成筆　了佐切（古今和歌集）

〔年代測定 一〇二九～一一七四年〕

――藤原俊成の筆跡史を正す――

一　通説

江戸時代末、古筆切を網羅的かつ体系的に分類整理した本に、『新撰古筆名葉集』（安政五年刊）がある。その「五条三位俊成卿」の項には、住吉切・久安切・補任切・御家切・日野切・了佐切・顕広切など一二種の古筆切が挙げられている。俊成の筆跡は力強く鋭く、枯れ枝がぽきぽき折れたような特徴をもっているが、その一二種の中で書風の異なるものが二つある。御家切と顕広切である。

顕広切には「顕広ト名入ノ切ナリ」という、注目すべき注記が加えられている。また、『写本名葉集』には「永暦年中顕広と奥書有」と注記されている。[1] 俊成（一一一四～一二〇四）が俊成と名乗るようになったのは五四歳の時、仁安元年（一一六八）一二月二四日。それ以前は顕広と名乗っていた。注記にある永暦年間とは、一一六〇年から一一六一年までで、まさに俊成が顕広と名乗っていた時代に当たる。永暦という年号と顕広の自署が奥書に書かれていたことが本当なら、顕広切は俊成四五から四六歳の筆跡ということになる。自署奥書についての伝承を信認し、顕広切を俊成の若書きとする考えも根強い。[2]

御家切は顕広切より鋭さがあるので、それより少し後と考えられている。『古筆学大成』[3]は「俊成の四十代半ばすぎ、五十歳頃の筆と見るのが至当」とするが、顕広切が永暦年中、すなわち俊成四五から四六歳の筆跡ということを前提にすれば、理屈の上からは五〇代の筆跡と見るべきであろう。また、『古筆学大成』には定家自筆の校合のある断簡（図版311）が掲載されており、定家の手沢本であったことがうかがえる。ちなみに、冷泉家時雨亭文庫にも一〇丁二〇面（重要文化財）が伝存。定家による傍書・訂正があり、その本文は俊成永禄二年本や昭和切本と同じで、余白部の書き入れは清輔本古今集、特に前田家保元二年（一一五七）本に酷似しているという。[4] 御家切は俊成本古今集（永暦二年本や昭和切本）の本文を伝える、定家手沢本の断簡である。

了佐切は「俊成の真跡であり、俊成風の特色をよく示している。すなわち字形及び用筆に独特の奇癖偏習があり、線は勁健にして強い張りがあり、鋭鋒を露出し、圭角が多い」[5]とされ、おおかた俊成筆と認められている。『古筆学大成』[6]は、俊成が四八歳で書写校合した永暦二年本と本文・表記・校合・勘物が一致することから、了佐切は永暦二年本をさらに「五十代半ば前後」に転写したものとしている。

すなわち、顕広切→御家切→了佐切というように俊成の書風が展開したと考えるのが、書道史および国文学の通説になっているのである。

しかし、顕広切と御家切は若書きとは言え、その線質に後の俊成の筆跡との連続性があまり感じられない。特に顕広切の奥書のことについては、そもそも奥書というものは原本が転写される時に、原本そのままに転写されることがあり、奥書があるからといって、そのことが原本であることの証拠にはならない。存在したと伝わる顕広切の奥書も、顕広の書いた原本の奥書を、後代にそのまま転写した可能性を否定できない。御家切もそれが俊成の筆跡である客観的な根拠はなにもない。わたくしはかねてより、顕広切と御家切が俊成の筆跡であることに疑いをもっていた。ここに、顕広切・御家切・了佐切の新出断簡を紹介し、かつ顕広切・御家切・了佐切の書写年代に科学的根拠を得るべくおこなった年代測定の結果を提示したい。

二　顕広切

顕広切については、自署奥書の伝承など問題をはらんでいるため、慎重を期して二葉の新出資料をとりあげる。一葉は縦一三・六センチ、横三・二センチ。料紙は斐紙。『古今集』巻第十六・哀傷歌・八五九番歌（大江千里）の詞書「病にわづらひ侍りける秋、心の頼もしげなく覚えければよみて人のもとに遣はしける」の一部。

のたのみしけなくおほしけれはよみて
人のもとにつかはしける

年代測定の結果は次のとおり。炭素14年代は553［BP］。その1σの誤差範囲553±21［BP］を暦年代に較正した値が、1332（　）1337、1398（1407）1414［cal AD］。2σの誤差範囲553±43［BP］を暦年代に較正した値が、1320（　）1350、1391（1407）1424［cal AD］。俊成の生存期にはまったく重なっていない。鎌倉末から室町初期の年代であり、俊成筆ということはまったくあり得ない結果である。

二葉目（坂田穏好氏蔵）は、料紙斐紙、縦二三・〇センチ、横一二・八センチ。巻第ー一・恋歌一の五二〇番歌から五二三番歌。

こむよにもはやなりなゝむめのまへに
つれなき人をむかしとおもはむ
つれもなき人をこふとてやまひこの
こたへするまてなけきつるかな
ゆくみつにかすかくよりもはかなきは
つれなき人をこふるなりけり
人こふるこゝろはわれにあらねはや
みのまとふたにしられさるらむ

「ゆくみつに」の歌、本断簡のように「つれなき人をこふるなりけり」の本文をもつのは御家切のみ。[7] 他本は「おもはぬひとをおもふなりけり」。[8]「人こふる」の歌、「人こふる」の本文をもつのはやはり御家切のみ。他本は「ひとをおもふ」である。

年代測定の結果は次のとおり。測定値は574［BP］。この

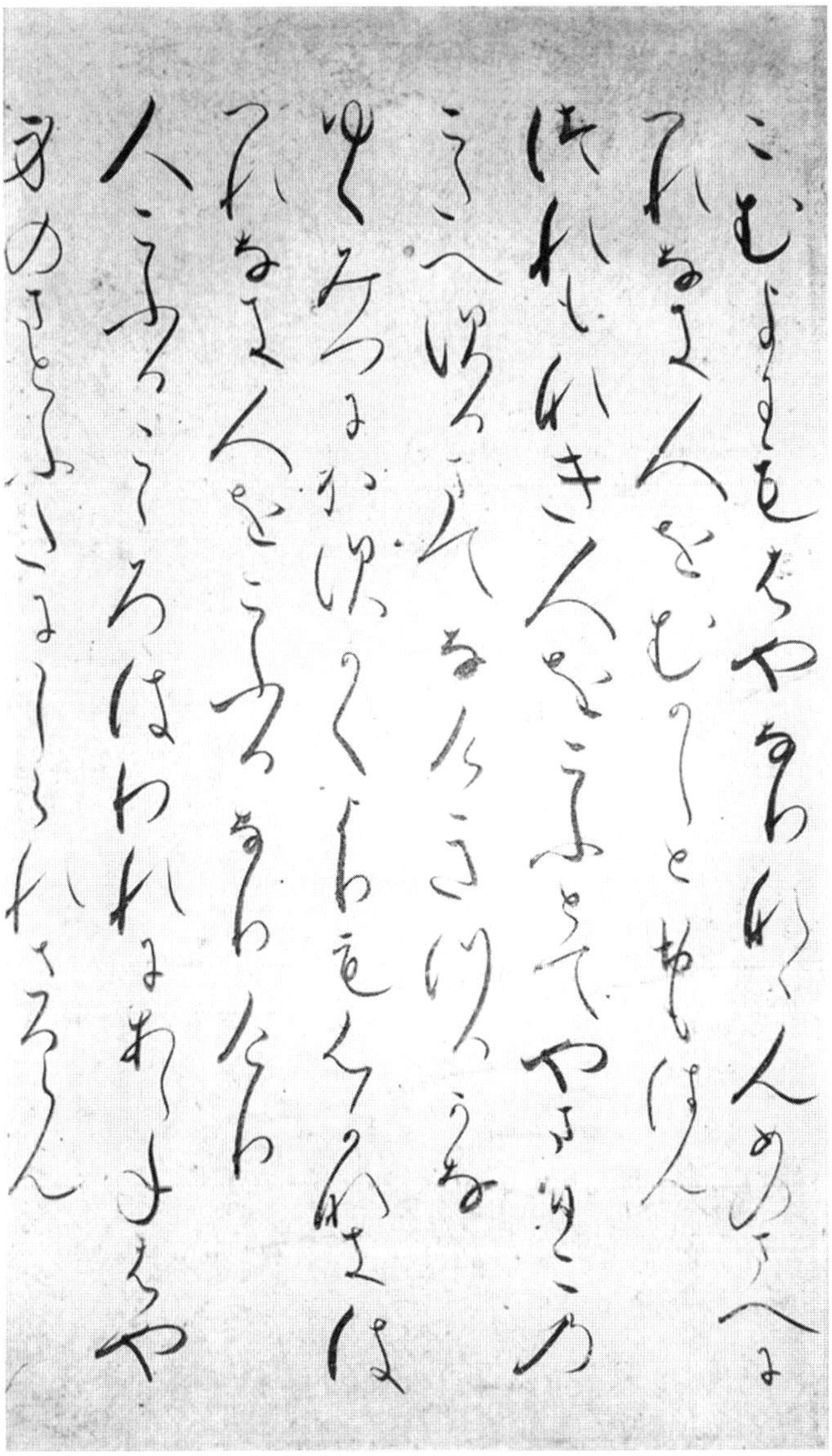

顕広切②

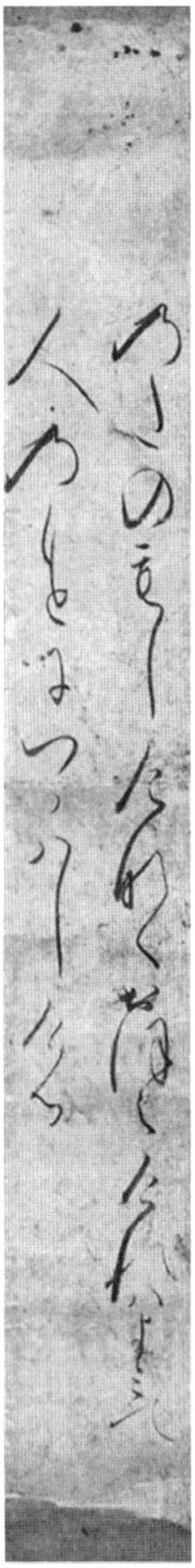

顕広切①

1σの誤差範囲574±22［BP］を暦年代に較正した値が、1321（　）1349、1391（1399）1408［cal AD］である。2σの誤差範囲574±43［BP］を暦年代に較正した値が、1309（　）1361、1386（1399）1415［cal AD］である。一葉目の結果とほぼ同じ値が得られた。やはり、顕広切は鎌倉末から室町初期の筆跡であった。むろん俊成の若書きではあり得ない。数世紀下った別人の手になる筆跡と結論づけられる。俊成と関係があるとすれば、顕広切本は俊成筆原本の後代の転写本であったのであろう。

三　御家切

新出の御家切は縦二五・九センチ、横一六・〇センチ。料紙は斐紙。『古今集』巻第十九・雑躰・一〇六六番歌の詞書作者名から一〇六八番歌の詞書作者名まで。なお、上部に加えられている勘物は翻刻を省略した。

たいしらす　読人しらす
むめのはなさきての、ちの身なれはや
すきものとのみ人のいふらむ
法皇にしかはにおはしましたりける
日さる山のかひにさけふといふこと
おたいにてよませたまうける
みつね
わひしらにましらな、きそあしひきの
やまのかひあるけふにやはあらぬ
たいしらす　よみ人しらす

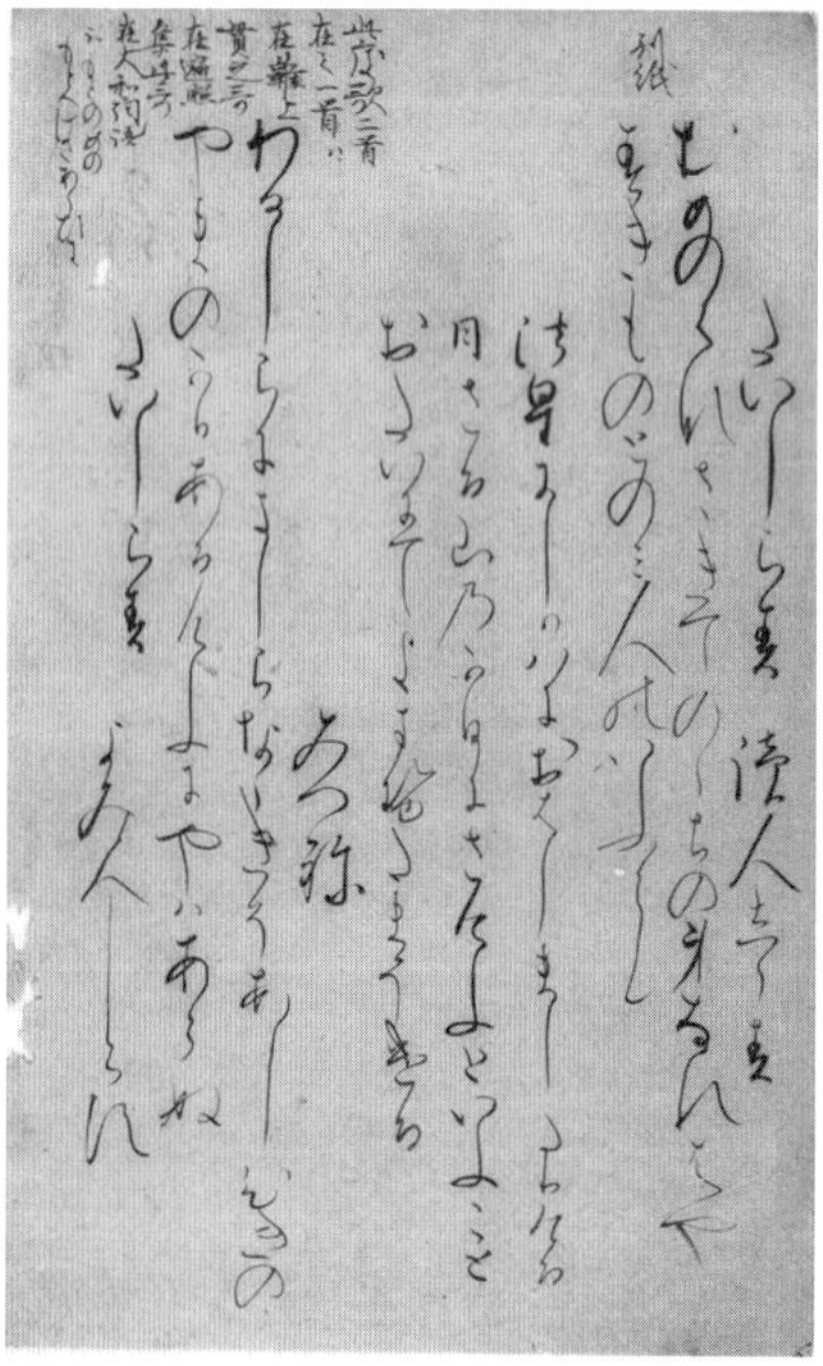

御家切

御家切の年代測定の結果は次のとおり。測定値は872［BP］。この1σの誤差範囲872±22［BP］を暦年代に較正した値が、1159（1171）1212［cal AD］である。2σの誤差範囲872±44［BP］を暦年代に較正した値が、1052（　）1081、1128（　）1133、1152（1171）1219［cal AD］である。平安後期から鎌倉初期という結果であるが、平安末期の試料は誤差範囲が古い方に広がる傾向があるので、実年代は1128～1219年の中にあると考えるのが穏当である。これは俊成の生存期に重なる年代であるが、俊成の没後の年代をも含んでいる。炭素14年代測定からは、御家切を俊成の筆跡か否か判定すること難しい。

しかし、筆跡の面からは次のように考えられる。俊成筆とされる久安切という古筆がある。それは、俊成が四〇歳の時に部類し清書した『久安百首』の証本の断簡であると考えられている。(9) とすれば、久安切は俊成四〇歳の筆跡と考えられる。「す」の字母に「須」を頻用する傾向が了佐切と同じで、わたくしも久安切は俊成四〇歳の筆跡と考えてよいと判断している。そして、この久安切の筆跡は了佐切に近く、俊成風の奇癖がすでに現れている。四〇歳頃から、俊成はいわゆる俊成風の筆跡をすでに書いていたのである。このことを前提として、なお御家切を俊成筆とするなら、御家切は俊成風の現れないもっともっと早い頃、二〇代から三〇代前半くらいを想定しなければならなくなる。しかし、次に述べる了佐切の測定結果（一〇二九～一一七四年）に比べて、御家切のそれはやや新しい確率分布を示しており、俊成の没後の年代を含んでいる。それゆえ、俊成の二〇代から三〇代前半の筆跡を想定するより、俊成の晩年から没後すぐにかけての、別人の筆跡と考えた方が合理的であろう。先にふれたように、御家切には定家の書き入れのある断簡が存在し、定家の所持本であったとおぼしい。このことを勘案すると、御家切はやはり、俊成晩年に俊成・定家の周辺で、俊成ならざる誰かが俊成本を書写したものの断簡、とすべきであろう。

ただし、科学的には、一〇五二年から一二一九年の誤差範囲の中のどこにでも実年代はあり得るわけで、俊成の二〇代から三〇代前半の若書きの可能性は残るということも、明記しておきたい。

四　了佐切

了佐切は縦二二・七センチ、横六・五センチ。料紙は斐紙。『古今集』真名序の一部。すでに『古筆学大成』(10)に写真版がある。

着鮮衣宇治山僧撰喜《ママ》其詞甚華麗而首
尾停滞如望秋月遇暁雲小野小町之哥
古衣通姫之流也然艶而無気力如病婦之

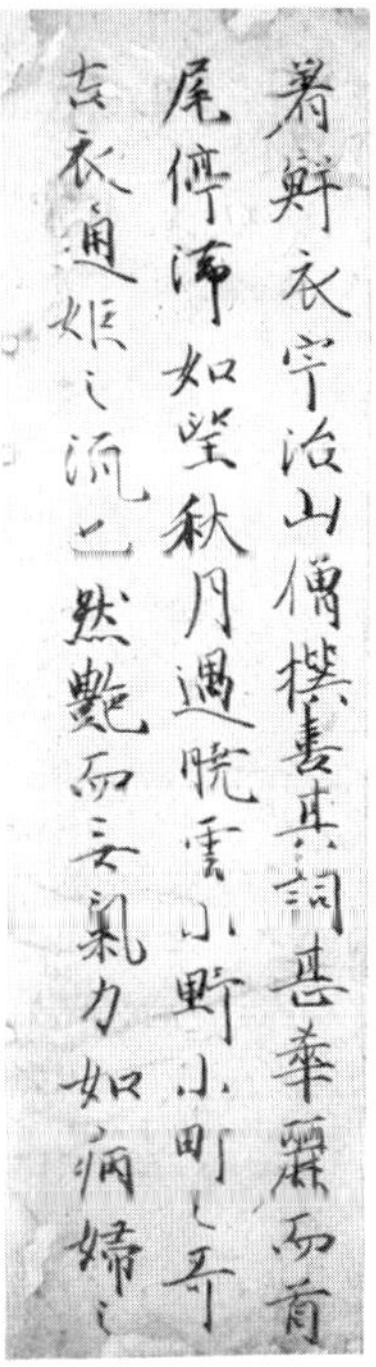

了佐切

了佐切の測定値は９２２［ＢＰ］。この１σの誤差範囲９２２±２３［ＢＰ］を暦年代に較正した値が、１０４１（１０５２、１０８１）１１０９、１１１６（１１２７、１１３４、１１５２）１１５９［ｃａｌ ＡＤ］である。２σの誤差範囲９２２±４７［ＢＰ］を暦年代に較正した値が、１０２９（１０５２、１０８１、１１２７、１１３４、１１５２）１１７４［ｃａｌ ＡＤ］である。誤差が大きく、東大寺切（１０３０～１１７６年）(11)・二十巻本類聚歌合（１０２３～１１５８年）(12)と同程度の較正年代を示しているが、これは当該時期の較正曲線が横ばいになっているために誤差範囲が古い方に広がるためであり、了佐切を俊成筆とすることと矛盾はしない。

２σの較正値の誤差範囲の下限は、一一七四年で、俊成の没年を越えていない。これに加えて、先に触れた説　俊成が四八歳で書写校合した永暦二年本と本文・表記・校合・勘物が一致することから、了佐切は永暦二年本をさらに「五十代半ば前後」に転写したものという説を想い起こしたい[13]。永暦二年（一一六一）に俊成は四八歳である。そして、四〇歳の筆跡である久安切にはすでに俊成風が現れていた。さらに、俊成五九歳の奥書のある広田社歌合は、すでに俊成七〇代以降の日野切・昭和切などと同一の筆跡になっているという事実がある。これらのことを勘案すると、了佐切は俊成四八歳の永暦二年本の原本そのものであった可能性が出てくる。

五　まとめ

顕広切は俊成筆ではなく、鎌倉末から室町初期のものであった。俊成書写本の転写本であったのであろう。御家切は俊成の晩年に、俊成・定家の周辺で、俊成ならざる誰かによって書写された公算が高い。ただし、科学的には俊成二〇代から三〇代前半の若書きの可能性が残る。了佐切は永暦二年本の原本、俊成四八歳の筆跡の可能性がある。

注

（1）田中登『古筆切の国文学的研究』の「古筆切と奥書」（風間書房、一九九七年）。
（2）注（1）に同じ。
（3）小松茂美『古筆学大成2古今和歌集二』（講談社、一九八九年）。
（4）『冷泉家時雨亭叢書　古筆切　拾遺（二）』（朝日新聞社、二〇〇九年）。
（5）春名好重『古筆大辞典』（淡交社、一九七九年）。
（6）小松茂美『古筆学大成3古今和歌集三』（講談社、一九八九年）。
（7）久曽神昇『古今和歌集綜覧』（七條書房、一九三七年）、同『古今集古筆資料集』（風間書房、一九九〇年）による。
（8）注（7）による。
（9）小松茂美『古筆学大成　22　歌合一・定数歌・色紙』（講談社、一九九二年）。
（10）注（6）に同じ。
（11）池田和臣・小田寛貴「古筆切の年代測定―加速器質量分析法による炭素14年代測定―」（『中央大学文学部紀要』第一〇三号、二〇〇九年三月）。
（12）注（11）に同じ。
（13）注（6）に同じ。

53

伝藤原顕輔筆　鶉切（古今和歌集）

〔年代測定　一二七二～一三八一年〕

鶉切は、料紙が鶉・秋草・唐子・芭蕉などの雲英文様がある唐紙で名高い。伝称筆者を藤原顕輔（一〇九〇～一一五五）とする『古今和歌集』の断簡。しかし、その書体から平安時代のものではなく、鎌倉期の筆跡とするのが通説である。まったく同じ唐紙に書写された『続後撰和歌集』が伝存している。『続後撰和歌集』は建長三年（一二五一）に撰進されたので、同じ唐紙に書写された『続後撰和歌集』は、建長三年以降の書写でなければならない。ということは、鶉切も同様に同じ頃の書写ということになる。

新出の断簡は、唐人を雲英刷りした唐紙、縦二四・六センチ、横八・〇センチ。巻十七雑歌上の三首である。

江戸の古筆家の鑑識では平安時代のものとされてきた鶉切の本当の書写年代はいつ頃なのであろうか。年代測定の結果を示しておく。

測定結果の平均値は６９５［ＢＰ］である。この１σの誤差範囲６９５±２３［ＢＰ］を暦年代に較正した値が、１２７８（１２８４）１２９２［ｃａｌ ＡＤ］である。２σの誤差範囲６９５±４６を暦年代に較正した値が、１２７２（１２８４）１２９９、１３６９（）１３８１［ｃａｌ ＡＤ］である。鎌倉末期から南北朝にかけての年代であるが、同じ唐紙を使用した『続後撰和歌集』の筆跡などを勘案すると、鶉切の書写の実年代は１２７２（１２８４）１２９９の範囲にあると考えられる。

おいらくのこむとしりせはかとさしてなしとこたへて
　あはさらましを
　このみつの哥は昔有けるみたりのおきなの
　よめるとなむ
さかさまにとしもゆかなむとりもあへすすくるよはひやともに
　かへると
とりとむる物にしあらねは年月をあはれあなうとすくしつる
　哉

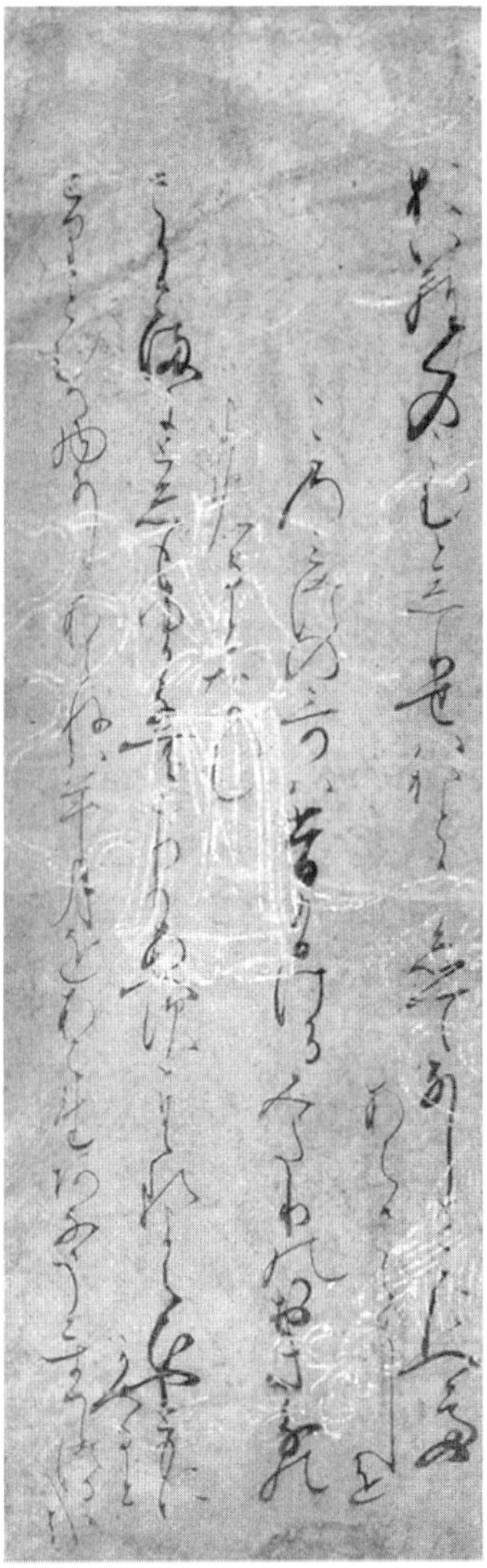

伝藤原顕輔筆　鶉切

54 伏見天皇筆　筑後切（拾遺和歌集）

〔年代測定　一二六三～一二九三年〕

筑後切は伏見天皇（一二六五～一三一七）筆の『古今集』『後撰集』『拾遺集』の断簡。もと巻子本、和歌一首三行書き。料紙は上下に藍や紫の打雲がある。大阪誉田八幡宮蔵の『後撰集』巻二十の奥に、「永仁二年十一月五日書訖」という伏見天皇の書写奥書がある。『後撰集』のみならず『古今集』も『拾遺集』も、筑後切は永仁二年（一二九四）に近い頃の書写、すなわち天皇三〇歳頃の筆跡と考えてよかろう。

筆者の伏見天皇は、京極為兼に『玉葉和歌集』を撰進させた京極派歌人でもあり、鎌倉期随一の仮名の達人でもあった。その王朝風の仮名は、「昔の行成大納言にもまさり給へる」（『増鏡』）といわれ、伏見院流として広まった。

新出断簡は、料紙は斐紙、上下に紫の打雲、縦二五・七センチ、横二八・〇センチ。『拾遺集』巻一春の歌。[1] 筑後切拾遺集の底本は藤原定家貞応元年（一二二二）九月本である。

屏風に

大中臣能宣

ちかくてそいろもまされる
あをやきのいとはよりてそ
みるへかりける

題しらす

凡河内躬恒

あをやきのはなたのいとを
よりあはせてたえすもぬくか
うくひすの聲

＊

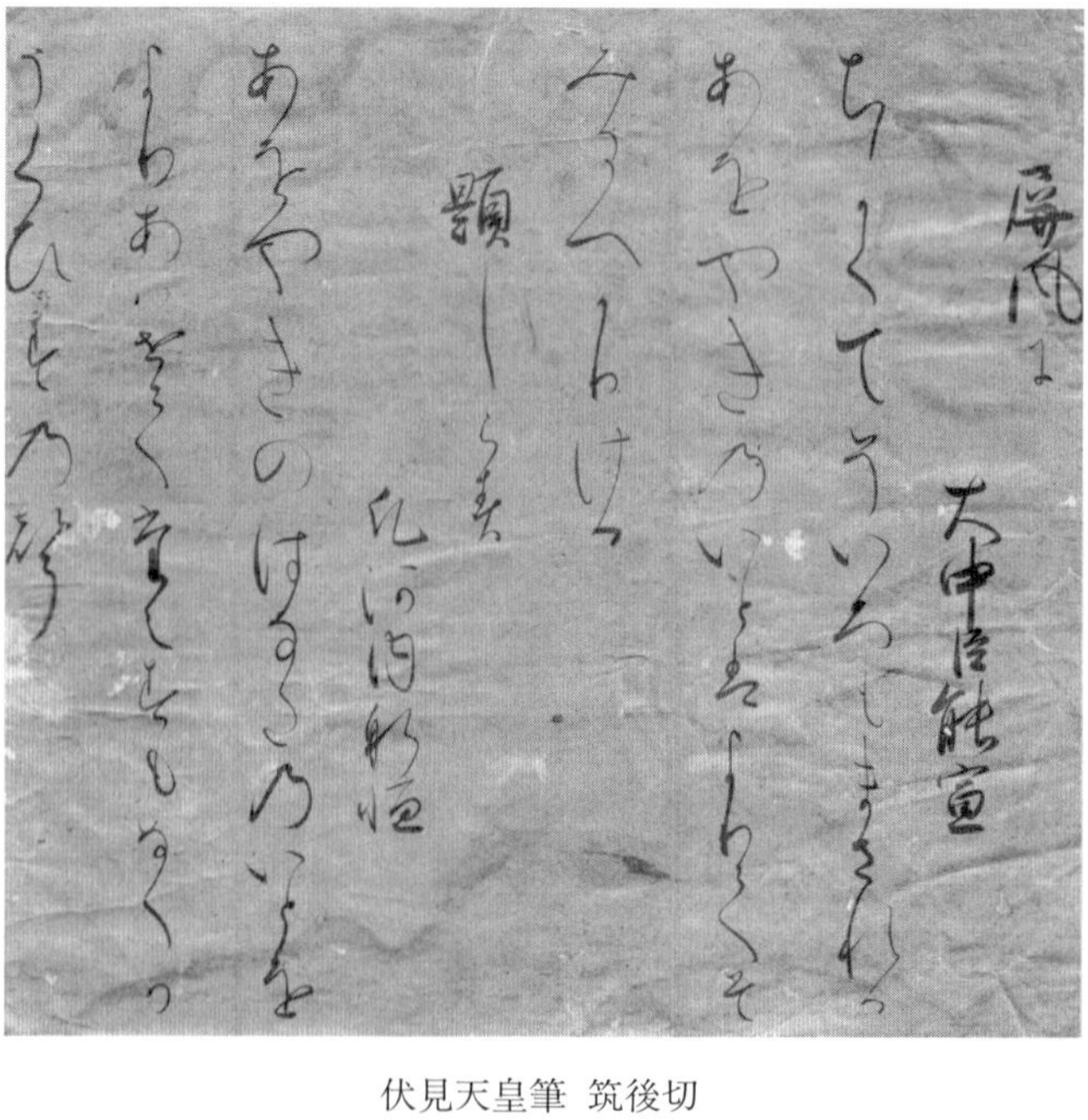

伏見天皇筆 筑後切

年代測定の結果は次のとおり。炭素14年代は719［BP］で、この1σの誤差範囲719±24［BP］を暦年代に較正した値が、1272（1279）1285［cal AD］である。2σの誤差範囲719±47［BP］を暦年代に較正した値が、1263（1279）1293［cal AD］である。2σの誤差範囲の最後の数値が、筑後切後撰集の書写奥書の年代、永仁二年（一二九四）の一年前で、実年代と測定結果は一致すると云ってよい結果である。

注

（1）『日本古典籍書誌学辞典』（岩波書店、一九九九年）。

55 伝藤原家隆筆 升底切（金葉和歌集）

〔年代測定 一二一三～一二七二年〕

升底切は五合升の大きさゆえの呼称で、藤原家隆（一一五八～一二三七）を伝称筆者とする『金葉集』の断簡。『金葉集』の古筆切としては最も古く、その本文資料として貴重である。伝家隆筆の古筆切として古来名高いが、家隆の真筆である熊野懐紙と比較して、同筆とはいえない。和歌は一首三行書き。ツレは『古筆学大成 9』[1]の一五葉をはじめ、比較的多く伝存している。また、『手鑑鴻池家旧蔵』[2]所載切のように、まま伝称筆者が藤原為家になっているものもある。

新出断簡は、料紙斐紙、縦一五・五センチ、横一四・九センチ。巻第二、夏部の歌。

おひにけるかな
　五月雨をよめる
　　参議師頼
さみたれにぬまのいはかき
みつこえてまこもかるへき
かたもしられす
　　藤原定通
さみたれはひかすへにけり
あつまやのかやかのきはの

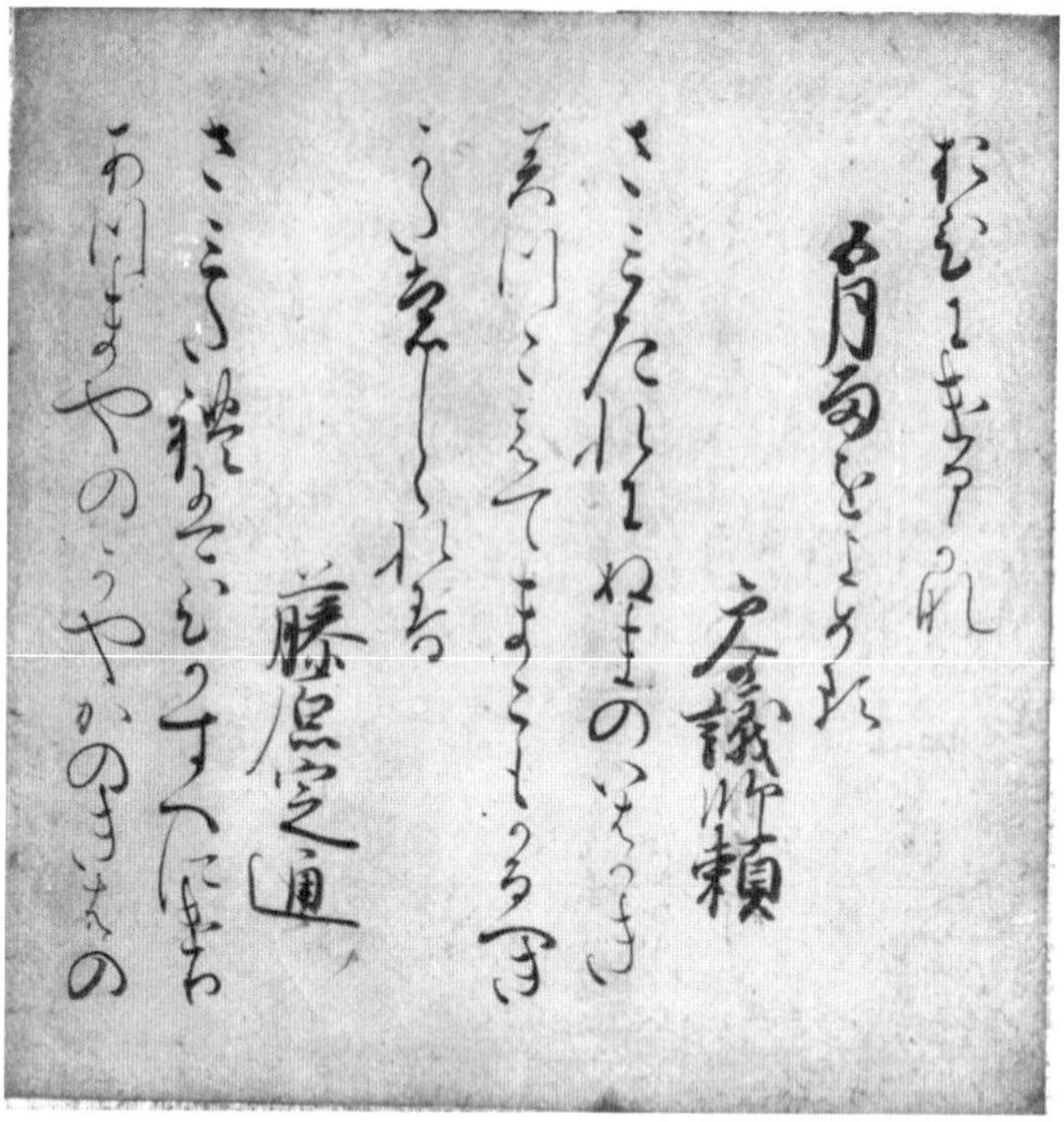

伝藤原家隆筆　升底切

年代測定の結果は次のとおり。炭素14年代は７９７［ＢＰ］で、その１σの誤差範囲７９７±２１を暦年代に較正した値が、１２１９（１２５５）１２６３［ｃａｌ ＡＤ］。２σの誤差範囲７９７±４３を暦年代に較正した値が、１２１３（１２５５）１２７２［ｃａｌ ＡＤ］である。家隆の生存時期と年代測定の結果は重なっている。が、家隆没後にも重なっている。家隆の老年時代を含む、鎌倉初期から中期にかけての筆跡である。

注

（１）小松茂美（講談社、一九八九年）。

（２）『大東急記念文庫善本叢刊　中古中世篇　別巻三』（汲古書院、二〇〇四年）。

56　伝西園寺公藤筆　詞花和歌集切

西園寺公藤（一四五五～一五一二）筆という『詞花和歌集』の断簡。『詞花集』の古筆切としては、伝藤原俊成筆詞花集切、伝寂蓮筆右衛門類切などをはじめとして、鎌倉期のものが散見する。そういう伝存状況にあって、室町時代書写の断簡をとりあげるのは、これが二度本（精撰本）系の本文を伝える古筆切だからである。

『詞花和歌集』は崇徳院の勅命によって、藤原顕輔が撰進した。仁平元年（一一五一）に初度本が完成したが、崇徳院の命により八首が除かれ、二度本（精撰本）が成った。この精撰本系統の現存最善本は、陽明文庫蔵伝冷泉為広（一四五〇～一五二六）筆本である。(1) そして、その伝為広筆本とともに、精撰本として「最古のものの一つ」(2)とされるのが、この伝西園寺公藤筆切なのである。伏見宮家旧蔵『短冊手鑑』所収の真跡短冊などと比較して、西園寺公藤筆と認められるという。(3) ツレには『三井文庫蔵　重要文化財　高桑帖』所収の断簡、(4)『古筆切影印解説II六勅撰集編』所収の三葉、(5)『平成新修古筆資料集第四集』所収の断簡(6)などがある。

新出断簡は二葉。一葉は巻第三秋の断簡、もう一葉は巻第九雑上の断簡。料紙は楮紙。巻三の断簡は縦二四・〇センチ、横一六・三センチ。巻九の断簡は縦二三・九センチ、横一六・四センチ。

1
詞華和歌集巻第三
秋
題不知　曽祢好忠
やましろのとはたのおもをみわたせは
ほのかにけさそあきかせはふく
津のくに、すみ侍けるころ大江為基
任はて、のほりはへりけれはいひ
つかはしける
僧都清胤

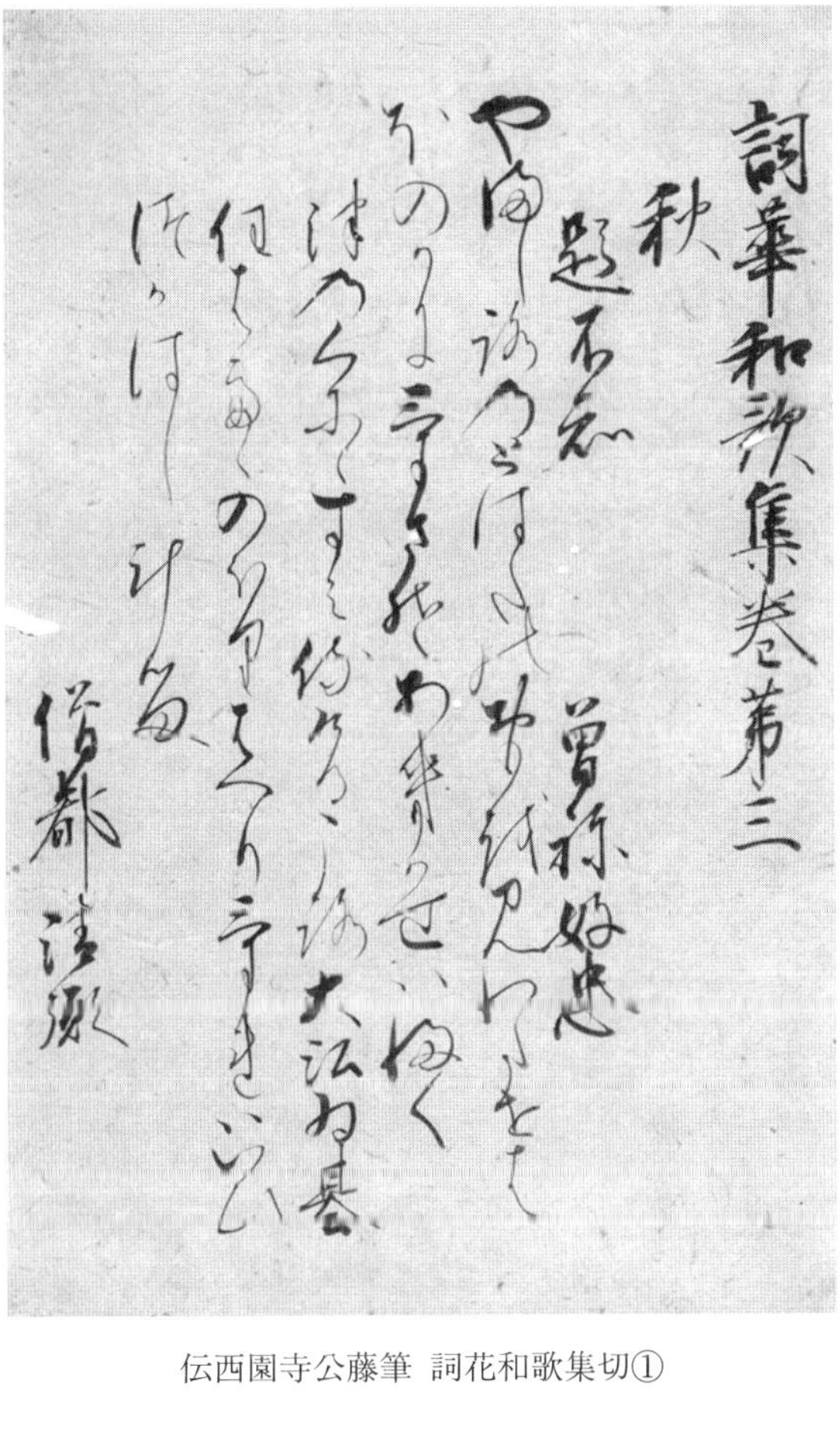

伝西園寺公藤筆　詞花和歌集切①

2

御前にめして歌よませさせ給ける
によめる
源俊頼朝臣
すまの浦やくしほかまの煙こそ
はるにしられぬ霞なりけれ
おなし御時百首歌たてまつり
けるによめる
なみたてるまつのしつえをくもて
にて
かすみわたれるあまのはしたて

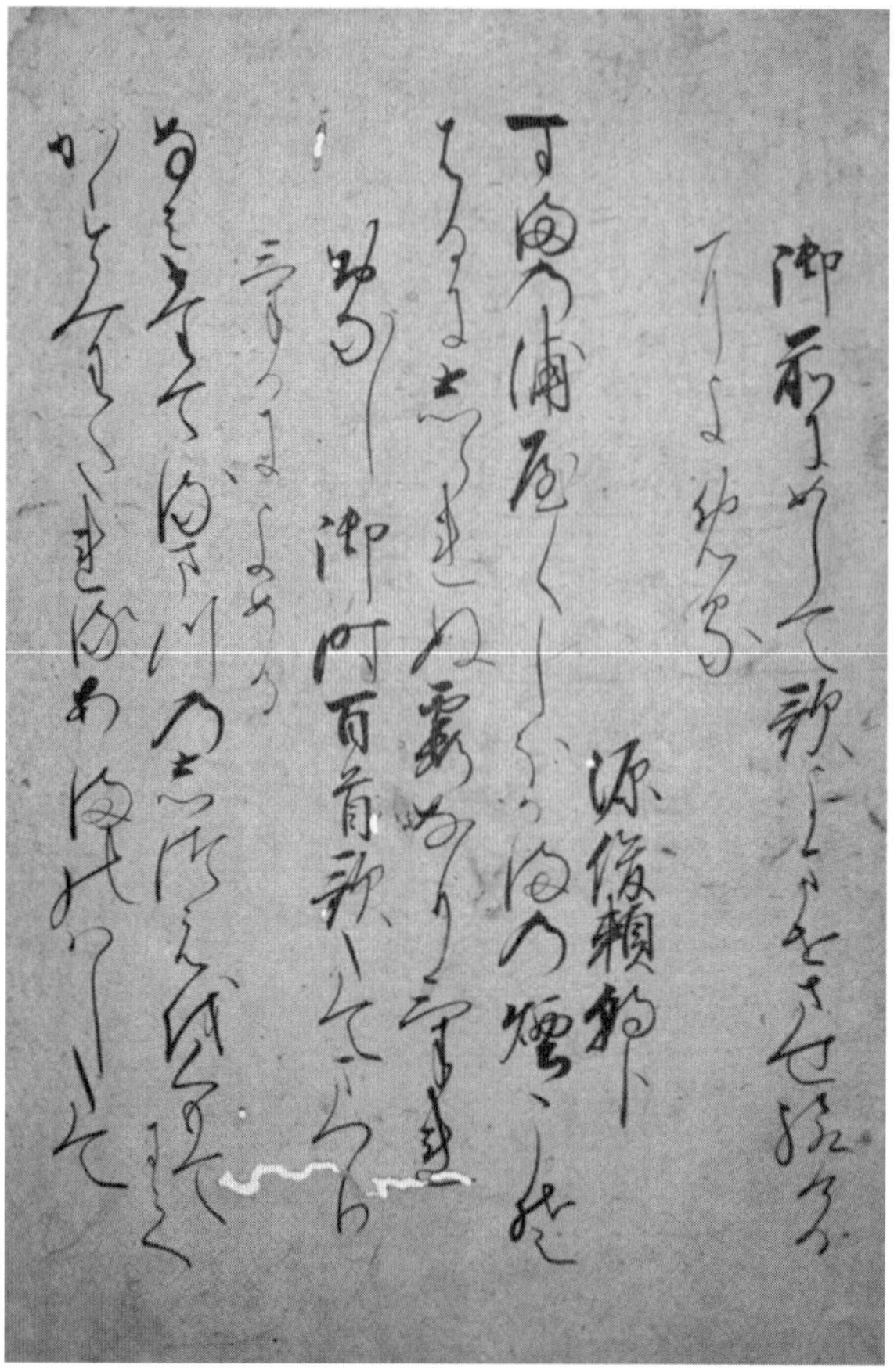

伝西園寺公藤筆　詞花和歌集切②

注

（1）『日本古典籍書誌学辞典』（岩波書店、一九九九年）。
（2）『三井文庫蔵　重要文化財　高案帖』解説の「56　詞花和歌集断簡」（貴重本刊行会、一九九〇年）。
（3）注（2）に同じ。
（4）注（2）に同じ。
（5）久曽神昇『古筆切影印解説Ⅱ六勅撰集編』（風間書房、一九九六年）。
（6）田中登『平成新修古筆資料集第四集』（思文閣出版、二〇〇八年）。

57　藤原俊成筆　日野切（千載和歌集）

日野切は『千載和歌集』の撰者藤原俊成（一一一四〜一二〇四）自筆の断簡で、『千載集』の根幹本文として貴重な資料である。撰者自筆の古筆切というと、めぼしいものとしては他に藤原基俊筆新撰朗詠集切があるくらい。『千載集』は文治四年（一一八八）四月に奏覧されたので、日野切はその頃の、すなわち俊成七五歳頃の筆跡である。昭和切（『古今集』の断簡）とともに、俊成晩年の典型的な筆跡であり、鋭くとがった雄勁な書である。もとは四半形の冊子本と推され、奏覧本は巻子本であった（『明月記』文治四年二一日の記事による）から、撰者手控え本、あるいは貴顕への献上本の断簡と考えられる。

掲出の断簡は田村悦子氏「藤原俊成自筆千載和歌集断簡日野切の考察とその集成」[1]に翻刻はあるが、『古筆学大成　9』[2]に図版がないので、ここに掲げておく。料紙は斐紙、縦二三・〇センチ、横六・五センチ。巻十四、恋四の歌。

うてつかはしける

花山院　　御製

よそにてはなか〳〵さてもありにしを

うたてものおもふきのふけふかな

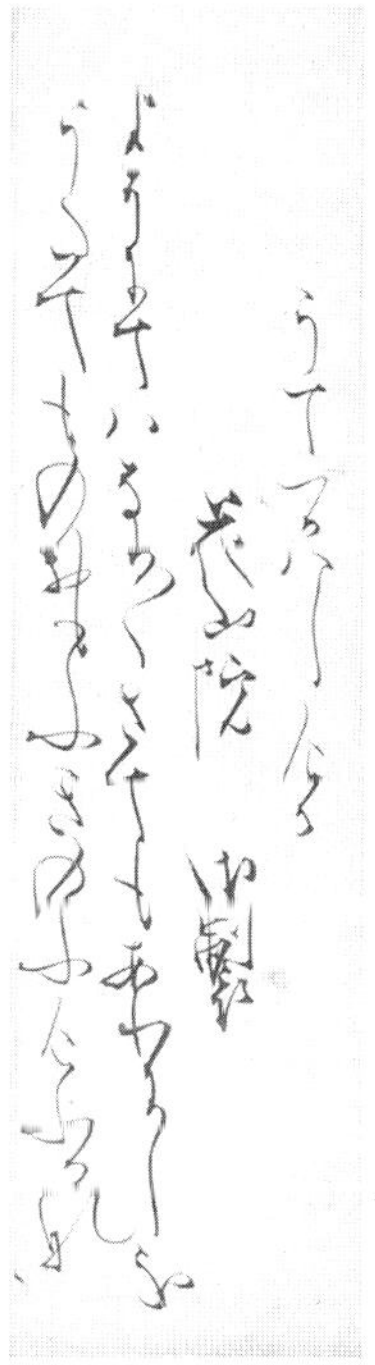

日野切

注

（1）『美術研究』233号（一九六四年三月）。

（2）小松茂美（講談社、一九八九年）。

58 伝寂蓮筆 新古今和歌集切

〔年代測定 一〇四六〜一二一三年〕

一 寂蓮と新古今集

寂蓮は俗名藤原定長、藤原俊成の弟俊海の子だが、俊成の養子となった。和歌に優れ理論家であったが、俊成に定家が生まれたので、家督を譲るため出家した。確実な真跡は一品経和歌懐紙・熊野懐紙のみであるが、伝寂蓮筆と伝称されている古筆切は数多い。上代様（平安風）の流麗さを残しつつ、豊潤で肥痩があり力強く単独体が目立つ筆跡、これを寂蓮様といい、寂蓮の筆跡と伝称されている。たとえば、名高いものとして、胡粉《ごふん》地切・右衛門《えもん》切・田歌切・梁塵秘抄切・賀茂社歌合切・夜の寝覚絵巻詞書・大鏡切・餓鬼草紙絵巻詞書・地獄草紙絵巻詞書・病草紙詞書などがある。

『新古今集』は後鳥羽院の勅命により、藤原定家・藤原家隆・源通具・藤原有家・藤原雅経を撰者として編纂された八番目の勅撰集。撰集がはじまったのは建仁元年（一二〇一）七月で、当初は寂蓮も撰者であったが、完成前を待たずに没した。寂蓮には『新古今集』を書写することはできない。

一応の撰集終功の宴が元久二年（一二〇五）三月二六日に催されたが、この時点では仮名序は未完で真名序のみであった。撰集作業はその後も続き、承元四年（一二一〇）九月頃まで切継が行われた。建保四年（一二一六）一二月二六日、源家長によって最終稿が清書された。しかし、承久の乱によって隠岐に流された後鳥羽院は、隠岐において精撰作業を続け、嘉元元年（一二三五）頃、三八〇首余りを除去した隠岐本を完成させた。伝本には、元久二年三月二六日の竟宴の時点の第一類本（竟宴本）、切継時代の本文をもつ第二類本、建保四年（一二一六）一二月の家長清書本の系統の第三類本、隠岐で精撰された第四類本（隠岐本）があるが、現存伝本の多くは第二類本に属するとされる。

二 円山切と水無瀬切

古筆歌切の中でも、『古今集』と並んで圧倒的に多いのが『新古今集』の古筆切であるが、そのあまたある新古今集切の中でもっとも書写年代の上がるもの、原典に近いものはどの切なのであろうか。それを明らかにすべく、これまでに、鎌倉初期筆写の呼び声の高い伝慈円筆円山切と伝後鳥羽院筆水無瀬切の料紙の年代測定をすませている。円山切は慈円真筆とみる説もあり、そうでないとしても慈円の時代の筆跡と考えられてきたもので、『新古今集』の古筆切としては最古級とされる。水無瀬切は江戸時代には後鳥羽院の宸翰と考えられていたが、今は真筆懐紙などとの比較から、後鳥羽院熊野懐紙などによく似ているが別筆とされるようになった。が、後鳥羽院と同時代の、鎌倉初期の帝王ぶりの名筆とされてきた。

結果は、円山切の炭素14年代が１２５７年で、九五パーセントの確率で実際の年代が含まれる２σの誤差範囲は１２１５年から１２７４年。水無瀬切の炭素14年代は１２８４年で、九五パーセントの確率で実際の年代が含まれる２σの誤差範囲は１２７１年から１３７９年であった（詳細は*59*・*60*を参照）。円山切は鎌倉初期から中期のもの、水無瀬切は鎌倉末期から南北朝期のものであった。円山切の誤差範囲は鎌倉初期を含むが、もっとも確率の高いのが1257年なので鎌倉中期の可能性が高い。水無瀬切は早くて鎌倉末、遅ければ南北朝で、とても『新古今集』の最古級の古筆とは言い難いものであった。

三　伝寂蓮筆新古今和歌集切の新出断簡

さて、ここにとりあげるものは、『古筆学大成』云うところの「伝寂蓮筆新古今和歌集切（二）」の新出断簡。『新古今集』の古筆切としては珍しい巻子本の断簡で、現存するものは巻第十一・恋歌一の五葉のみという。書風はいわゆる寂蓮様式で、やはり伝寂蓮筆とされている一一七〇から八〇年代の成立と推定される「餓鬼草紙」「地獄草紙」「病草紙」の詞書、「建久三年孟秋上旬染筆了」（一一九二年七月）との奥書のある巻子本大鏡切の書風と共通性がある。特に巻子本大鏡切奥書の建久二年（一一九二）は、『新古今集』竟宴の元久二年（一二〇五）にきわめて近いので、この大鏡切の書風に共通する「伝寂蓮筆新古今和歌集切（二）」は、『新古今集』竟宴本成立直後の書写本の可能性があるという。そうであるならば、「伝寂蓮筆新古今和歌集切（二）」は第一類本（竟宴本）の貴重な本文資料ということになる。

新出断簡は、料紙斐紙、縦二七・四センチ、横八・九センチ。巻第十一・恋歌一の一〇二六番歌が記されている。この「伝寂蓮筆新古今和歌集切（二）」の断簡も炭素14年代にかけてみた。測定の結果は、次のとおり。炭素14年代は891［BP］で、この1σの誤差範囲891±20［BP］を暦年代に較正した値が、1055（）1076、1154（1160）1176［cal AD］である。2σの誤差範囲891±40［BP］を暦年代に較正した値が、1046（）1092、1120（）1140、1148（1160）1213［cal AD］である。一〇四六年から一二一三年といういささか広い誤差範囲にわたっている。

これまでに行った百点近い古筆切の測定の結果から、一〇五〇年

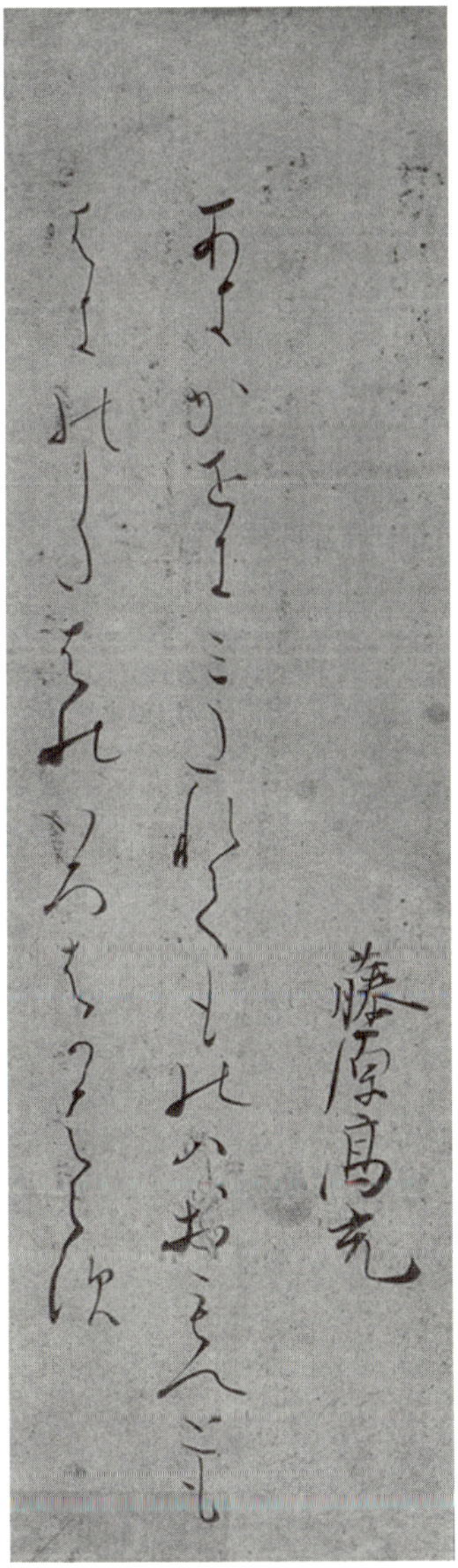

伝寂蓮筆新古今和歌集切

頃から一一八〇年頃の間に書写された古筆切はほぼ同じ誤差範囲になり、誤差範囲のどこに実年代があるかは資料によって区々であることが判明している。「伝寂蓮筆新古今和歌集切（二）」の場合は、『新古今集』の成立年代（一二〇五年～一二三五年）からみて、1148（1160）1213の範囲に実年代があると考えられる。

驚いてよい値である。『新古今和歌集』竟宴本成立の元久二年（一二〇五）を誤差範囲の下限近くに含み込んでいるからである。「伝寂蓮筆新古今和歌集切（二）」は、『古筆学大成』が推測したように、竟宴本成立直後の書写本と考えられる。あまたある『新古今和歌集』の古筆切の中でも、最古級のものといっても過言ではない。それも、縦三〇センチに近い大型の巻子本ということを考え合わせるなら、特別な清書本であったことが推測される。注目すべき、貴重な古筆切である。

ただし、すでに触れたように寂蓮は『新古今和歌集』完成の竟宴より前に没してしまったので、寂蓮には『新古今和歌集』を書写することはできない。よってこの最古の新古今集切は、寂蓮の真筆ではなく、寂蓮様の筆跡ということになろう。

藤原高光

あきかせにみたれてものはおもへとも
はきのしたはのいろはかはらす

四　転換期のかなと寂蓮様

徒然草に面白い話がある。ある人が小野道風筆の『和漢朗詠集』というものを持ってきた。別の人が、藤原公任が編纂した『和漢朗詠集』を、公任の生まれた年に死んだ小野道風が書写することなどあり得ないと言った。すると、はじめの人は、それだからこそ世にも珍しいものなのだと言って、ますます秘蔵したという。たしかに、公任の編纂した『和漢朗詠集』を、小野道風が書写することは不可能である。しかし、小野道風筆と極められた『和漢朗詠集』の古筆切が、実は現存している。大内切がそれである。古筆切の伝称筆者には、あり得ない人物が当てられていることもあるのである。しかし、あり得ない鑑定だからといって、まったく意味のない滅茶苦茶な鑑定だというわけではない。道風筆と鑑定されたことは、筆跡の優秀さと書写年代の古さを意味していると思われる。

寂蓮筆とされる『新古今和歌集』の古筆切も、その小野道風筆『和漢朗詠集』と同じ事になる。が、寂蓮様のかなは寂蓮がはじめたわけではなく、寂蓮より前から存在しているし、寂蓮より後にも存在している。寂蓮様のかなで書かれた『新古今和歌集』はあり得るのである。

平安風（上代様ともいう）のかなは、西本願寺本三十六人集（石山切）と二十巻本類聚歌合（柏木切・二条切）あたりが最後の輝きといってよい。そしてまた、この両者の中にすでに、新風（鎌倉風）の萌芽もある。西本願寺本三十六人集は、天永三年（一一一二）もしくは永久五年（一一一七）頃の成立とされている。二十巻本類聚歌合は、堀河朝（一〇八七年～一一〇七年）の後半から大治元（一一二六）年頃にかけての成立とされている。つまり、一二世紀のはじめ頃に、平安風のかなから鎌倉風のかなへの胎動がはじまった。

そして、この両者の後から平氏の時代を経て鎌倉初期にかけて、かなは大きく変化する。それを如実に体現しているのが、国宝源氏物語絵巻詞書である。成立は、絵画史と書道史の説ではズレがあるが、およそ西本願寺本三十六人集（一一一二年か一一一七年）から平家納経（一一六四年奉納）の間と考えられている。この国宝源氏物語絵巻詞書の五種類の筆跡のうち、Ⅰ類が純粋に平安風の書風の下限で、ⅡⅢⅣⅤ類はすでに鎌倉風を帯びている。

平氏の時代から鎌倉初期にかけての転換期のかなにはいく種類かあるが、次の四つの様式が代表的なものである。息の長い連綿、柔らかでありつつ内に秘めた強さのある、平安風を残した西行様。圭角が鋭く力強い、新風の俊成様。単独体が多く、強さを表に出した鎌倉風の、教長様あるいは寂蓮様。

伝西行（一一一八〜一一九〇）筆とされる西行様の筆跡は、藤原定信（一〇八八〜一一五六）の鋭く連綿の長い筆跡につらなる様式であり、藤原定家（一一六二〜一二四一）の若い頃の筆跡もこの様式である。藤原俊成（一一一四〜一二〇四）の個性的な筆跡は、和歌の師匠である藤原基俊（一〇六〇〜一一四二）の書風の影響とされている。

教長様の書は、伝藤原雅経（一一七〇〜一二二一）筆と伝称されるものが多いが、実はその大叔父である藤原教長（一一〇九〜一一八〇頃）の筆跡である。雅経は大叔父である教長の筆跡を学んだのであり、雅経の祖父頼輔（一一一二〜一一八二）も教長様の書であった。萌芽はすでに西本願寺本三十六人集の兼盛集にある。それに遅れる国宝源氏物語絵巻詞書のⅣ類も教長様である。雅経風の筆跡は雅経より前から流行していたとわかる。

これと同じ様に、いわゆる寂蓮様も寂蓮（一一三九〜一二〇二）より前から流行していた。寂蓮様の萌芽は西本願寺本三十六人集の朝忠集や公忠集にある。それより後の国宝源氏物語絵巻詞書のⅤ類にもうかがえる。

【転換期のかな】

西本願寺本三十六人集の兼盛集→隆能源氏Ⅳ類＝藤原教長→藤原雅経

西本願寺本三十六人集の朝忠集・公忠集→隆能源氏Ⅴ類→寂蓮

藤原基俊→藤原俊成

藤原定信→西行→藤原定家

59 伝慈円筆 円山切（新古今和歌集）

〔年代測定 一二一五～一二七四年〕

伝慈円（一一五五～一二二五）筆の『新古今集』の断簡。縦一九・一センチ、横一七・六センチ。料紙は白斐紙。『新古今集』巻第十六雑歌上の断簡。朱にて撰者名と異文の注記がある。

近衛つかさにてとしひさしくなりて
のちうへのをのことも大内のはな
みにまかれりけるによめる（三字分欠損）
藤原定家朝臣
牙 としを《はるイ》へてみゆきになるゝはなのかけ
ふりゆく身をもあはれとやおもふ
最勝寺のさくらはまりのかゝりにて
ひさしくなりにしをその木としふ
りて風にたふれたるよしきゝ侍り
しかはをのこともにおほせてこと木を
そのあとにうつしうへさせしとき

『後鳥羽院御口伝』には「としを経てみゆきになるる花のかけふりぬる身をもあはれとや思ふ」のかたちで載る。別の『新古今』写本・『拾遺愚草』・『定家十体』では「はるをへて……」のかたちで載る。

慈円筆か否かについては両説あるが、その後京極流の鋭い筆跡から、水無瀬切新古今などとともに、『新古今集』の古筆切としては最も古いもので鎌倉初中期の書写と考えられている。

伝慈円筆 円山切

年代測定の結果は次のとおり。炭素14年代の平均値は791［BP］で、その1σの誤差範囲791±22［BP］を歴年代に較正した値が、1222（1257）1265。2σの誤差範囲791±43［BP］を歴年代に較正した値が1215（1257）1274である。慈円の生存期にかさなっているが、誤差範囲の下限は慈円没後にまで及んでいる。慈円の筆跡とすることは難しいが、鎌倉初中期の筆跡であることには間違いない。

60

伝後鳥羽天皇筆　水無瀬切（新古今和歌集切）

〔年代測定　一二七一～一三七九年〕

水無瀬切は、後鳥羽院（一一八〇～一二三九）を伝称筆者とする、『新古今和歌集』の断簡。伝後鳥羽院筆の古筆切として名高く、『翰墨城』『藻塩草』『見ぬ世の友』『大手鑑』などの国宝手鑑にはもれなく押されている。「筆には勢いがあり、いかにも帝王振りの堂々とした文字で、書写年代は鎌倉初期とみてよかろう(1)」というのが、一般的評価である。真に最古級の『新古今集』の古筆といえるのだろうか。

新出断簡は、料紙斐紙、縦二一・二センチ、横一五・一センチ。巻第十八雑歌下の歌。

れいならてうつまさにこもりて侍
にけり
かくいひためれはたゝさすなり
あめのしたにはたれかすむへき
おほそらにてるひのいろをいさめても
　女蔵人内匠
さむとしけれはいひつかはしける
いたしたりけるを検非違使のたゝ

*

年代測定の結果は次のとおり。炭素14年代は698［BP］で、その1σの誤差範囲698±22［BP］を暦年代に較正した値が、1278（1284）1290［cal AD］。2σの誤差範囲698+44［BP］を暦年代に較正した値が、1271（1284）1298、1370（）1379［cal AD］である。後鳥羽院の生存期とは重なっていない。それよりも下り、鎌倉末期から南北朝にかけての値である。後鳥羽院筆ということはもとより、鎌倉初期の筆跡でもないことが明らかになった。このような堂々とした筆跡は鎌倉初期の筆跡ではないことになる。書跡史を展望する際、留意せねばならない。

注

（1）『日本古典籍書誌学辞典』（岩波書店、一九九九年）。

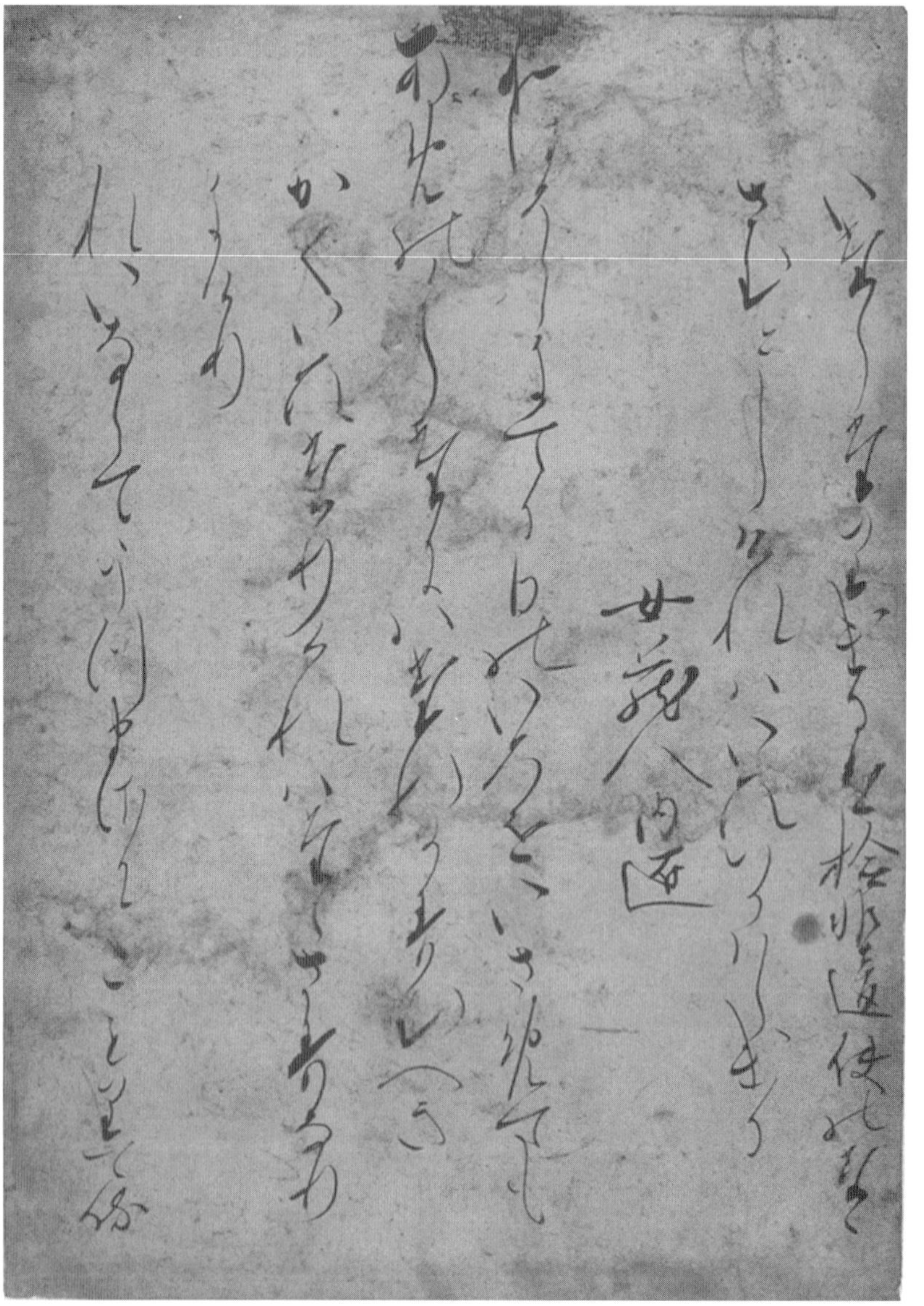

伝後鳥羽天皇筆 水無瀬切

61
伝藤原秀能筆 三宅切（新勅撰和歌集）
（年代測定 一一六五～一二六二年）

三宅切は、藤原定家撰による第九番目の勅撰集、『新勅撰集』の断簡である。『新撰古筆名葉集』（安政五年〈一八五八〉刊）に、「三宅切　新勅撰　歌二行書　老筆ナリ」とみえる。

伝称筆者である藤原秀能は、寿永三年（一一八四）生まれ、延応二年（一二四〇）に五七歳で没している。正治元年（一一九九）に後鳥羽院北面の武士となり、院の讃岐配流後まで歌の交流はつづいた。建仁元年（一二〇一）に和歌所寄人に任ぜられ、『千五百番歌合』『最勝四天王院障子和歌』『道助法親王家五十首和歌』などに参加、配流後の後鳥羽院の遠島御歌合にも歌を奉じている。

『新勅撰和歌集』は、草案本を経て、文暦二年（一二三五）に、藤原行能による清書本の提出によって、撰集作業を終了している。「藻塩草、翰墨城の複製の解説では秀能真筆の懐紙（熊野類懐紙）と比べて同筆とはいえないとしている。しかし懐紙は秀能の十八歳の筆であり、三宅切は老筆なのであるから、藤原俊成の例を見ても、全く相違する筆蹟となる場合もあるわけで、懐紙との比較では秀能でないとはいえない。……年代としては秀能の晩年としても差つかえのないものと考える。新勅撰集の成立に近いものとして注目すべきものである」(1)と説かれているように、秀能筆であれば、その没年からして『新勅撰集』成立直後の書写にかかる貴重な写本断簡ということになろう。また、たとえ秀能でないにしろ、「その書風の趣は、藤原定家と同時代、もしくはあまり時代を隔てないころのものと認識される。したがって定家による『新勅撰集』撰集完了とされる文暦二年三月からさほど隔らないころの、定家と同じぐらいの高齢者の書写と推定される」(2)とされ、最も古い『新勅撰集』の写本断簡とみなされている。

『古筆学大成 11』(3)に集成されている七葉と『国文学古筆切入門』(4)の一葉、あわせて八葉が知られているが、ここに紹介するのは、縦二一・五センチ、横八・八センチの白斐紙に、

賀茂重政
まきもくのひはらのやまも雪ちりて
まさきのかつらくる人もなく
高野に侍けるころ寂然法師大原
にすみ侍けるにつかはしける

と、巻第六冬歌の四一四番歌と四一五番歌詞書を記した、五行分の断簡である。三宅切は一面八行が原態ゆえ、三行分の切断があると思われる。

三宅切の本文については、「本文は穂久邇文庫本に完全に一致する」(5)とされるが、本断簡によってそれは訂正される。すなわち、穂久邇文庫蔵為家筆定家自筆識語本と本断簡を比べると、三句目、断簡が「雪ちりて」であるのに対して、穂久邇文庫本は「ゆきとちて」であり、三宅切は穂久邇文庫本に完全には一致していない。

＊

年代測定の結果は次のとおり。炭素14年代は829［BP］で、その1σの誤差範囲829±22［BP］を暦年代に較正した値が、1210（1217）1255［cal AD］。2σの誤差範囲829±45を暦年代に較正した値が、1165（1217）1262［cal AD］である。秀能の生存時期は年代測定の誤差範囲に完全に含み込まれている。秀能筆の可能性を否定できない結果である。また、『新勅撰和歌集』の成立した貞永元年（一二三二）も誤差範囲の終わりの方に含んでおり、三宅切は『新勅撰和歌集』成立の直後の写本の断簡であることが明らかである。

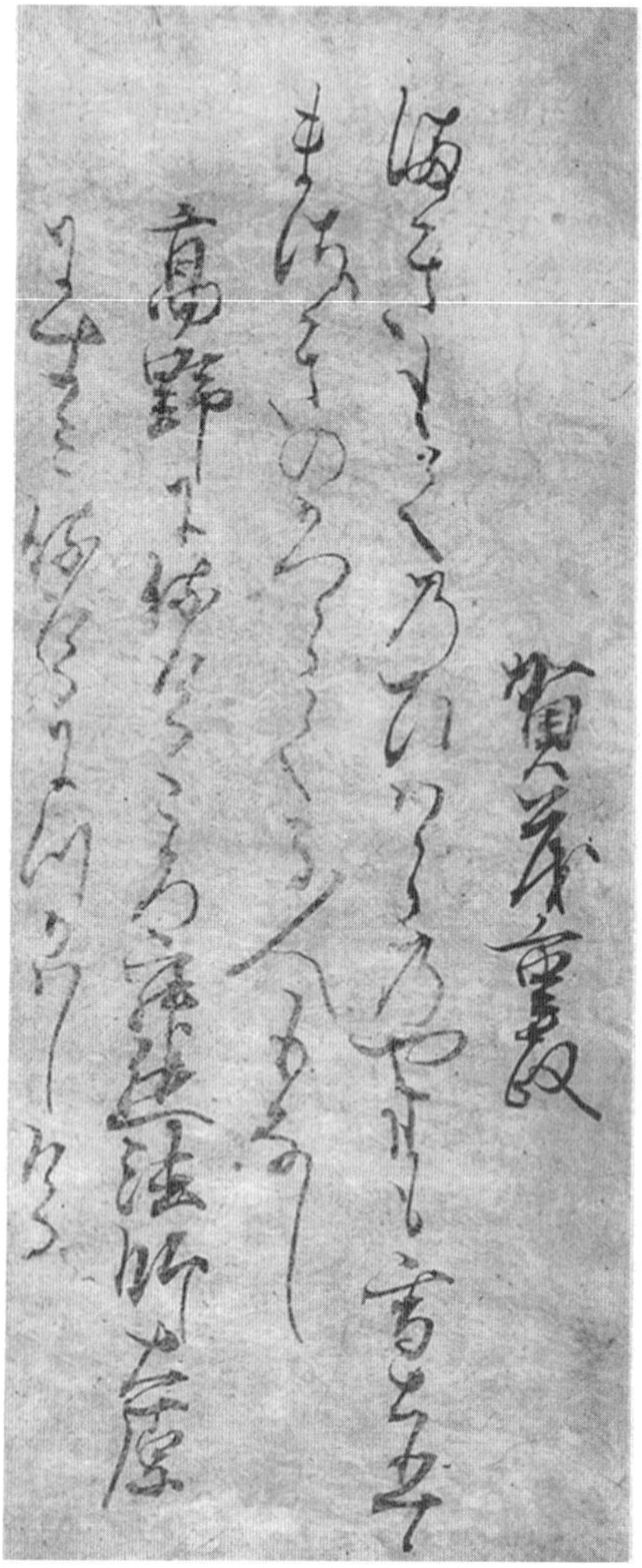
伝藤原秀能筆 三宅切

注

（1）藤井隆・田中登『国文学古筆切入門』（和泉書院、一九八五年）。
（2）小松茂美『古筆学大成 11』（講談社、一九九一年）。
（3）注（2）に同じ。
（4）注（1）に同じ。
（5）注（2）に同じ。

62 伝冷泉為成筆 玉葉和歌集切

伝冷泉為成（～一三三〇）筆の『玉葉和歌集』の断簡。『玉葉集』は伏見天皇勅命、撰者は京極為兼、正和元年（一三一二）成立。冷泉為成は為相の子で、為兼のいとこに当たる。『玉葉集』にも入集している。為成筆であるなら『玉葉集』成立直後の写本断簡ということになる。伝為兼筆長柄切と並ぶもっとも古い玉葉集切ということになる。国宝手鑑『翰墨城』に押されているツレは、伝称筆者を二条為成としているが、二条家に為成はいない[1]。

新出は断簡は、料紙楮紙、縦二二・五センチ、横一六・三センチ。左端に綴じ穴が残る。巻第十三恋歌五の歌。

　　　　　　実方朝臣
ふたつある心をわれももたりけり
うしとおもふにさてもわすれぬ
　　いとうらめしき人につかはしける
　　　　　　従三位頼政
きゝもせす吾もきかれしいまはたゝ
ひとり〳〵か世になくもかな
　　遍照寺哥合に恋の心を
　　　　　　正三位季経

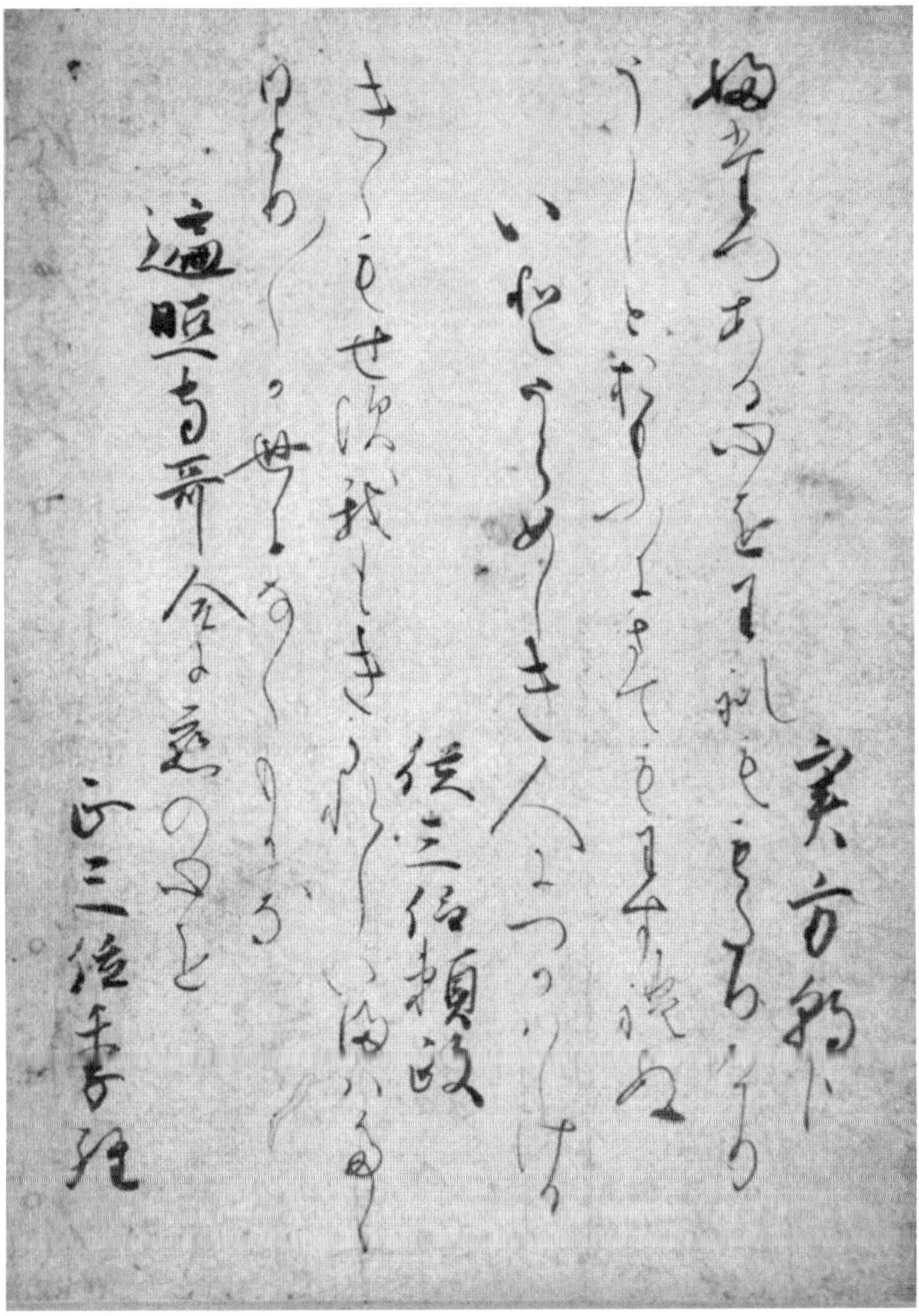

伝冷泉為成筆 玉葉和歌集切

注

（1）春名好重『古筆大辞典』（淡交社、一九七九年）。

63 堯光筆 仏光寺切（新続古今和歌集）

堯光（一三九一～一四五五）筆、『新続古今和歌集』の断簡。『新続古今集』は永享一一年（一四三九）成立、勅撰二十一代集の最後の集である。『古今和歌集』に始まった勅撰和歌集の伝統は、ついにここに絶えた。応仁の乱が間近に迫っていたのである。後花園天皇勅命、飛鳥井雅世撰。堯光は和歌所開闔であった。

仏光寺切はもと巻子本。伝存している堯光の真跡懐紙や短冊と比較して、仏光寺切の筆跡は堯光筆と認められている。(1)『新続古今和歌集』の和歌所開闔であった堯光の書写で、かつ巻子本であったこと、さらにその悠揚迫らぬ筆跡から、仏光寺切は奏覧本の可能性がある。(2)ツレは小林強「仏光寺切及び五条切本文集成稿」(3)を参照されたい。『平成新修古筆資料集 第一集・第二集・第五集』(4)などにも見える。

新出断簡は、料紙は斐楮交ぜ漉き、縦二五・八センチ、横七・六センチ。巻第十三恋歌三の歌。

前中納言為相
たまさかに契し夜半も又ふけぬ
またれぬかねをとつれにして

注

（1）『日本古典籍書誌学辞典』（岩波書店、一九九九年）。
（2）注（1）に同じ。
（3）『自讃歌注研究会会誌第六号』（一九九八年）。
（4）田中登（思文閣出版、二〇〇〇年、二〇〇三年、二〇一〇年）。

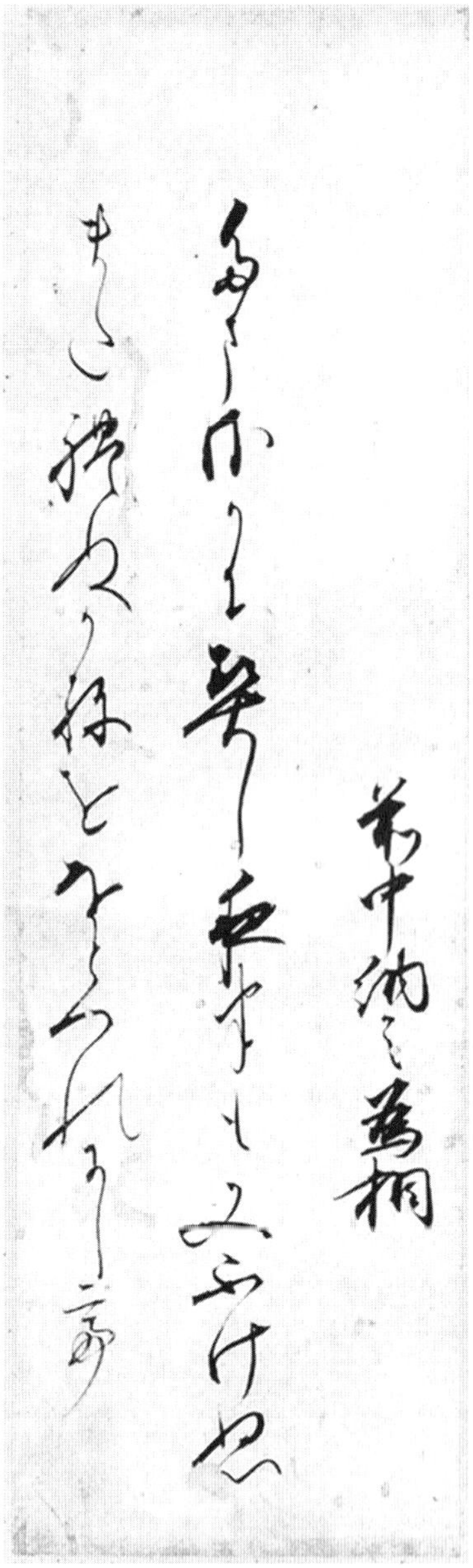

堯光筆 仏光寺切

第二節　私家集

64　伝藤原佐理筆　敦忠集切

〔年代測定　一〇一六～一一四七年〕

一　敦忠と時平と佐理

藤原敦忠（九〇六～九四三）は左大臣時平の三男、三十六歌仙の一人。百人一首の「逢ひ見ての後の心にくらぶればむかしはものを思はざりけり」は有名。容貌美麗にして和歌管弦に長じ、多くの逸話を残す。

敦忠をとりまく出来事は、「時平をぢ国経の北の方を奪ひて敦忠を儲く」（『十訓抄』）、「時平の子道真の怒りに依りて早世す」（『宝物集』）などの説話、また谷崎潤一郎の『少将滋幹の母』であまねく知られている。

父時平は、宇多天皇の寵臣菅原道真を太宰府に左遷したため、その怨霊の祟りによって三九歳で若死にした。また、希代の色好みでもあり、伯父藤原国経の北の方、それは在原業平の孫娘であり類い稀なる美貌の持ち主であったが、この伯父の妻を姦計をめぐらして略奪した。この女性と時平の間に生まれたのが敦忠であった。敦忠も三七歳で若死にするが、これも菅原道真の祟りであったという。そして、この敦忠の子が三蹟のひとりである佐理（九四四～九九八）なのである。これから述べる新出敦忠集切には、「参議佐理卿」の筆とする極札が付いている。父の家集を息子が筆写したことになるが、とうてい佐理の時代の筆跡とは認められない。あるいは、敦忠と佐理の父子関係を知っていた古筆見の仕業であろうか。

二　敦忠集の古筆切

その家集である敦忠集は、古筆の一大集成である『古筆学大成17』に、①「伝藤原行成筆敦忠集切」、②「伝藤原公任筆敦忠集切（一）」、③「伝藤原公任筆敦忠集切（二）」、④「伝藤原公任筆敦忠集切（三）」の四種が掲げられている。(1) その解説を要約すると、

①は冷泉家時雨亭文庫蔵の一帖と、そこから切り出された数葉の断簡。雲母砂子に飛雲の料紙。藤原定家による集付がある。本文は第一類本、西本願寺本三十六人集と同じ十二世紀初頭の書写という。

②は藍の上下打雲に銀の揉箔料紙、伝存五葉。原装が崩れた後、大和綴じに改装された際のかがり穴が上下二箇所に一つずつある。縦二四・三センチ、横一二・八センチが一面の原寸に近い。十二世

紀初頭の書写。第一類本とも第二類本とも異なる歌の配列で、第一類本に先行する系統という。

③は料紙鳥の子素紙、一面原寸縦二三・六センチ、横一五・一センチ。現存するもの一葉のみ。本文は第一類本におおむね一致。一二世紀初頭の書写という。

④は料紙鳥の子素紙。現存二葉。一葉は鈴木董編『手かゝみ』（『三十回手鑑』）第一五六号所収、もう一葉は前田育徳会蔵古筆手鑑『野辺のみどり』所収の伝藤原俊忠筆切。書風は「『伝宗尊親王筆十巻本歌合』の巻第二『天徳四年内裏歌合』（尊経閣文庫蔵）に似通うものがある」とし、十巻本歌合と同じ一一世紀の半ば過ぎの書写で、現存最古の敦忠集の断簡という。本文系統は第一類本に属するという。ただし、十巻本『天徳四年内裏歌合』は萩谷朴氏いうところの乙種と源公経の筆跡で書かれているのだが、私見ではこのどちらの筆跡とも異なると判断される。

三　新出断簡

宮よりまた

としをへてはなのいろたにうつらすと人
のこゝろをたのむへしやは

かへし

もとはいかにさきたる花のいろなれはさ
かりなるをもうつるといふらむ

みやより

おもふことありてこそなけうくひすの《ハ》

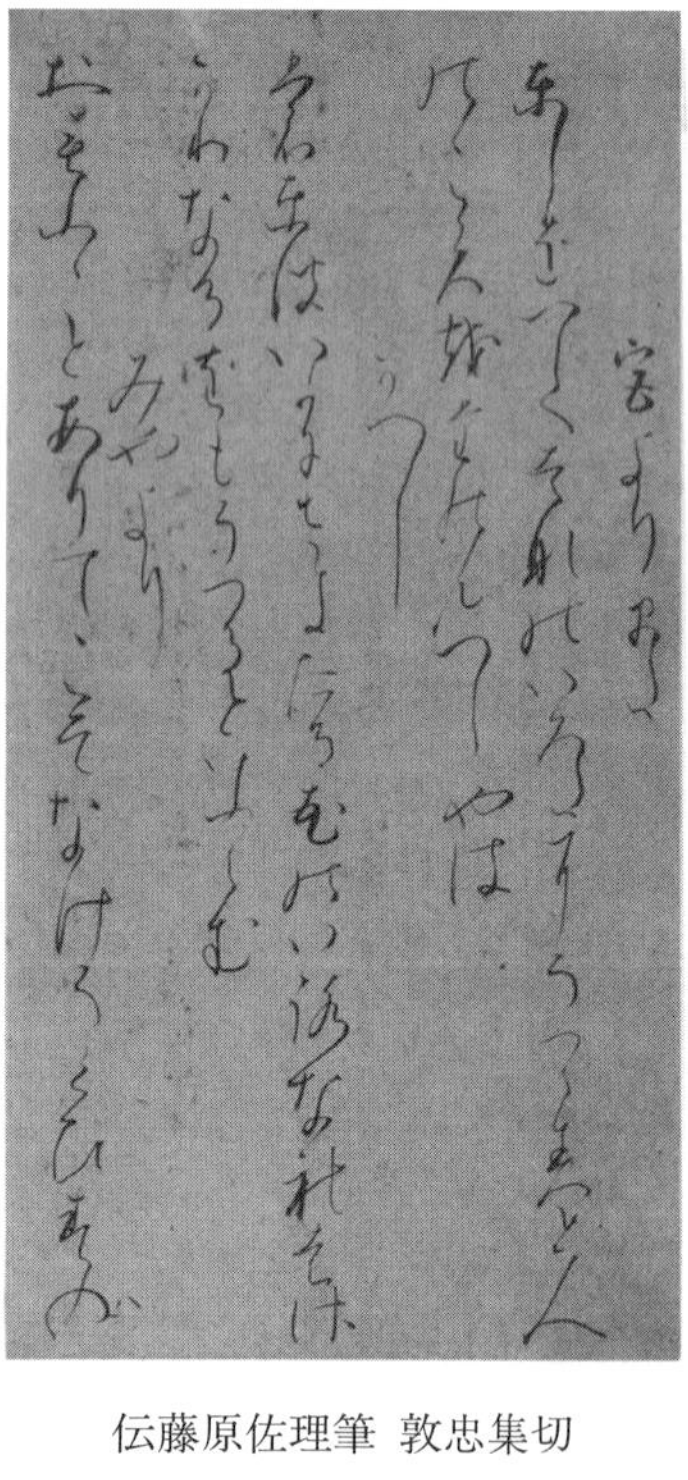

伝藤原佐理筆　敦忠集切

さて、④「伝藤原公任筆敦忠集切（三）」のツレと認めらる新出断簡がある。料紙は斐紙、縦二四・三センチ、横一二・七センチ。一面八行、歌一首二行書き。左端の上下に、二つずつの大和綴じのかがり穴がある。極札は「参議佐理卿」とするが、一面八行書きであること、本文右傍にカタカナで訂正本文を記すこと、字形の同一ということから、鈴木董編『手かゝみ』（『三十回手鑑』）第一五六号所収の一葉のツレと認められる。鈴木董編『手かゝみ』（『三十回手鑑』）第一五六号所収の一葉の寸法は不明であるが、それと比べて新出断簡は横の寸法がいささか短いように思われ、余白の断ち落としがあるかも知れない。『野辺のみどり』所収の一葉は一面六行、縦二四・一センチ、横一〇・九センチなので、二行分の断ち落としが想定されるが、やはり字形の同一からツレと認められる。

書かれている歌は、西本願寺本三十六人集の敦忠集の七六番の詞書と歌・七七番の詞書と歌・七八番の詞書と上の句である。七六番の詞書・七七番歌の第二句・七八番の詞書と歌の第三句に若干の本文の異同があるが、歌の配列に異同はない。第一類本系統と思われる。

字体表1　（）内の○数字は各断簡の行数

新出伝藤原佐理筆敦忠集切の炭素14年代測定の結果を示しておく。炭素14年代は９８８［ＢＰ］で、この１σの誤差範囲９８８±２１［ＢＰ］を暦年代に較正した値が、１０２０（１０２５）１０３３［ｃａｌ ＡＤ］である。２σの誤差範囲９８８±４２［ＢＰ］を暦年代に較正した値が、１０１６（１０２５）１０４４、１０９８（）１１１９、１１４２（）１１４７［ｃａｌ ＡＤ］である。１０５０年頃から１１８０年頃の間に書写された古筆切はほぼ同じ誤差範囲になること、また誤差範囲のどこに実年代があるかは資料によって区々であることがわかっている。たとえば、後冷泉天皇在位中（一〇五八〜一〇六八）の編集書写と考えられている十巻本歌合の２σの誤差範囲が、１０２４〜１１６０年、嘉保二年（一〇九六）から大治元年（一一二六）頃の書写である二十巻本歌合の２σの誤差範囲が、１０２３〜１１５８年である。伝藤原佐理筆敦忠集切（伝藤原公任筆敦忠集切（三））の書風は一二世紀半ばまでは下らないので、早ければ十巻本歌合の頃、遅くとも二十巻本歌合の頃と推察される。また、１σの誤差範囲（真の年代が入る確率は六八％）が１０２０〜１０３３年であり、もしもこの範囲に実年代があるなら、一一世紀前半の書写の可能性もある。

四　伝藤原公任筆敦忠集切（一）（二）（三）に対する新見

ところで、『古筆学大成』の掲げる「伝藤原公任筆敦忠集切（一）（二）（三）」についてであるが、これらは料紙や一面行数などの違いから別種のものとされている。たしかに、（一）は装飾料紙で、（二）（三）は素紙である。また、断ち落としの無い一面の原形に近いと思われるそれぞれの断簡をみると、（一）が七行（『古筆学大成』図版276）・九行（同図版279）・五行の散らし書き（同図版277）、（二）が九行

字体表2　(　)内の数字は『古筆学大成』の図版番号
(　)内の○数字は各断簡の行数

(同図版280)、(三)が八行(同図版281)と区々である。

しかし、原形に近いと思われるそれぞれの断簡の寸法をみると、(一)が縦二四・三センチ、横一三・八センチ(『古筆学大成』図版279)、(二)が縦二三・六センチ、横一五・一センチ(『古筆学大成』図版280)、(三)が縦二四・三センチ、横一二・八センチで、横寸は余白の断ち落としが考えられるので措くとして、それぞれの縦寸は似通っている。また、(一)の『古筆学大成』図版276・278、(三)の新出断簡には、右端または左端に大和綴じに改装された際の綴じ穴が同じように残っている。さらに、それぞれの断簡の字形を、線の肥瘦などに惑わされずに子細に比較すると、酷似していることが解る。伝藤原公任筆敦忠集切(一)(二)(三)は、装飾料紙と素紙を交用した、一面行数が七から九行の、同一冊子のツレであった可能性が捨てきれない。注意を喚起しておきたい。

もっとも歌の配列については、いささか問題がある。第一類本の西本願寺本三十六人集の敦忠集と伝藤原公任筆敦忠集切（一）（二）（三）を比較すると、（一）はまったく配列が異なっているが、（二）の一葉と（三）の新出断簡は西本願寺本三十六人集の敦忠集と配列が同じである。（二）の一葉と（三）の新出断簡は第一類本かという想定が生ずるのである。しかし、（三）の『野辺のみどり』の一葉は、西本願寺本敦忠集の54・56と続き、55番歌が無い。厳密にいえば西本願寺本敦忠集とは配列が違うことになる。また、西本願寺本敦忠集と配列が同じ伝藤原公任筆敦忠集切（二）の一葉と（三）の二葉も、本文の異同が少なくなく、簡単に西本願寺本と同系統とは言い難い。（二）の一葉と（三）の新出断簡が西本願寺本三十六人集の敦忠集と配列が同じなのは、その部分における偶然の一致とも考えられる。

とにかく、筆跡の側面から、伝藤原公任筆敦忠集切（一）（二）（三）が、装飾料紙と素紙を交用した、一面行数が七から九行の、同一冊子から切断されたツレであった可能性を喚起しておく。そして、そうであるなら、伝藤原公任筆敦忠集切（一）（二）（三）は第一類本ではなく、それに先行する異本であることになる。

付記

『古筆学大成17私家集一』に掲げられた伝公任筆「敦忠集切（一）」の図版は四葉であるが、『古筆学大成27釈文二』には、伝公任筆「敦忠集切（一）」の釈文1として、鈴木董編『手かゞみ』（別称「三十回手鑑」二八四号、一九三一年刊）所収の一葉の翻刻がある。『古筆学大成』伝公任筆「敦忠集切（一）」は五葉を集成していることになる。

陽明文庫蔵『近衛家熙写手鑑』に、伝公任筆敦忠集切の臨書断簡が押されているが[2]、これと『古筆学大成27釈文二』の伝公任筆「敦忠集切（一）」の釈文1はまったく同一である。『近衛家熙写手鑑の研究［仮名古筆篇］』によって、図版のない『古筆学大成』伝公任筆「敦忠集切（一）」の釈文1の画像が確認できる。

注

（1）小松茂美『古筆学大成17私家集一』（講談社、一九九一年）。

（2）村上翠亭・高城竹苞『近衛家熙写手鑑の研究［仮名古筆篇］』（思文閣出版、一九九八年）。

65 伝寂然筆　村雲切（貫之集）

〔年代測定　一〇四五～一二一四年〕

村雲切は紀貫之の家集の断簡。冷泉家時雨亭文庫に、一五葉を一巻に改装したものが伝存している。料紙は斐紙、金銀の切箔が一面に置かれている。筆跡は丸みをおびた癖の強い書風で、平安末から鎌倉初期頃の、交代期の趣が著しい。一品経和歌懐紙の寂念筆の筆跡にかようところがある。藤原定家（一一六二～一二四一）による集付や書き入れがある。すなわち、定家の手沢本であり、定家以前の写本断簡である。なお、村雲切は歌仙家集本系『貫之集』諸本の祖本に位置するものとされている。[1]

伝称筆者である寂然（藤原頼業の法名）は西行時代の人で、永久から保安年間（一一一七～一一二三）の生まれ、寿永元年（一一八二）までの生存が分かっている。兄弟である寂念（藤原為業）、寂超（藤原為経）とともに「大原の三寂」と呼ばれた。

新出断簡は、縦一七・〇センチ、横一四・五センチ。三首目に藤原定家による本文訂正の書き入れがある。

みやまにはときもさためぬも丶ちとり
めつらしけなくなきわたるかな
ちるときはうしといへともわすれつ丶
はなに心のなをとまるかな
うちなま《われ》てよは丶むこゐにやまひこ
のこたへぬそらはあらしとそおもふ
ねられぬをしひてねてみるはるの
よのゆめのかきりはこよひなりけり

伝寂然筆　村雲切

書風や定家の書き入れのあることから、平安末から鎌倉初期の書写と推定されるが、炭素14年代測定の結果は次のとおりであった。

測定結果の平均値は890［BP］で、この1σの誤差範囲890±22［BP］を暦年代に較正した値が、1055（　）1077、1154（1160）1180［cal AD］である。2σの誤差範囲890±43［BP］を暦年代に較正した値が、1045（　）1095、1120（　）1141、1147（1160）1214［cal AD］である。もっとも確率の高い値は1160年周辺であり、実年代は一一四七年から一二一四年の範囲にある可能性が高い。まさに平安末から鎌倉初期の測定結果である。定家は寂然の遠縁にあたり、寂然筆の『貫之集』写本を手沢していた可能性は高い。村雲切の筆者が寂然である可能性が高いのである。

注

（1）杉谷寿郎「歌仙家集本系貫之集の本文の成立―村雲切・定家筆貫之集切との関係から―」（上村悦子編『論叢王朝文学』笠間書院、一九七八年）。

66　伝小大君筆 御蔵切（元真集）

御蔵切とは、伝小大君（小大君は三条院女蔵人左近とも呼ばれる、三条天皇〈九七六～一〇一七〉の東宮時代に仕えていた女房）筆の『小大君集』の断簡をもっぱら指すものであったが、同筆同料紙の遺品に『元真集』『元輔集』『重之集』の断簡があることがわかった。御蔵切本小大君集の断簡の中に、三葉つづきの一幅があり、その最後のところに鎌倉時代の筆跡で識語が加えられている。そこには、「不慮感得十一帖内」という文言があり、鎌倉時代には一一帖がまとまって伝存していたらしく、もとはおそらく三十六人集の形態であったと思われる。

断簡の中には糊代跡が残るものもあり、もとは粘葉装の冊子本であったと知れる。

『小大君集』の切であったため、江戸時代の古筆家をはじめとする鑑定家たちは、書写者を小大君としたのだろうが、御蔵切本の書風は、九四〇年頃から一〇〇五年頃に生存した小大君の筆跡とは考えられない。御蔵切本の料紙は北宋製の唐紙で、胡粉を刷いた上に雲母で鳳凰丸二重蔓唐草文様を押している。かかる唐紙が舶載されたのは一一世紀から一二世紀初めに限られるとされており、この点からみても御蔵切本の書写年代は、小大君生存の頃とすることはできない。小松茂美氏は、「その書風も、きわめて個性的である。面相筆のような穂先の長い筆を巧みに操りながら、円転の妙をつくした筆致。息の長い運筆によって醸し出される連綿の美しさが、言いがたい風情をたたえている。ほかに同筆、いや、同書風のものさえ思い浮かばない。伝称筆者たる三条院女蔵人小大君かどうかは別として、まさしく女性の手を思わせる繊細な筆致である。平安時代、十一世紀後半のころの筆と推定して大過あるまい」[1]とする。また、飯島春敬氏は「書風は曲線的であるが、直筆で線質は強い。比較的字間が狭く、積み重ねたような表現である。豊艶であるが、緊張しており優れた作品である。恐らく白河天皇の御世頃の書写であろう」[2]とする。すなわち御蔵切本元真集は、西本願寺本三十六人集の元真集よりもさらに遡るものであり、『元真集』としては最も古い写本ということになる。歌ひとくだりといえど、その本文価値は貴重である。

御蔵切本の伝存状況は、小大君集が一九葉、元真集が五葉、元輔集が二葉、重之集が二葉である。[3]『元真集』の五葉は、

(1)　いと丶もの思やとにうへつる
　　ときぐかよふ人の本にをみな
　　へしうゑてほとへて返て
　　をみなへしうゑてのちよりいかなれは
　　露のこ丶ろのおきけなるらむ
　　　山さとのをみなへし
(2)　あらし吹みやまさとなるをみなへし
　　うしろめたくて返けふかな
　　　ものいふ人にこと人かよふとき丶て
　　いきたるにをみなへしをりて
　　　いたしたる
　　をみなへしなへてくさはにおく露の
　　あはてたひく心へるかな
(3)　君をたにうかへてしかな丶みた川
　　しつむなかにもふちせありやと
(4)　くれぬさきにそてそつゆけき
　　かひなき山にか丶あましやは
(5)　秋のよのくさはをみれはおしなへてう
　　きみのほとにおける白露
　　わすれかひよせもや~~せまし~~《すると》とすみよしのきし

であるが、ここに一首分二行にすぎないが、新たに六葉目の断簡が見出された。縦一九・六センチ、横三・三センチ、具引き雲母摺文様の唐紙に、

　　なつくさのしけみ《(き)》にあともみえぬかな
　　のなかふる《(か)》道いつれともなく

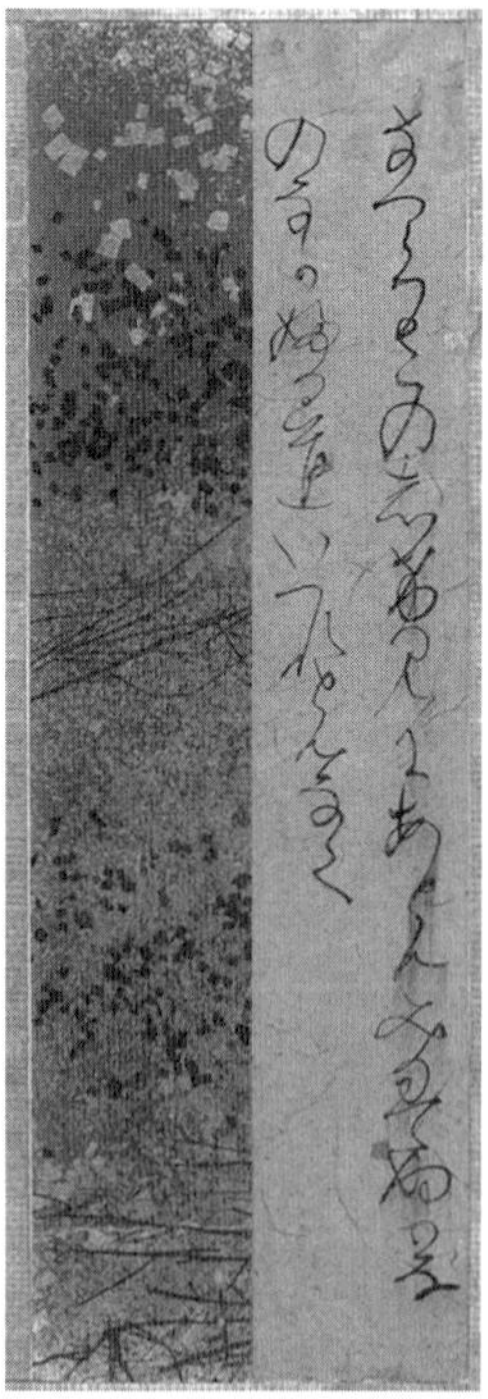
伝小大君筆　御蔵切

とある。西本願寺本三十六人集の93番の歌である。括弧内は、西本願寺本三十六人集による校異である。

注

（1）小松茂美『古筆学大成18』（講談社、一九九一年）。
（2）飯島春敬『名宝古筆大手鑑』（東京堂出版、一九八〇年）。
（3）注（1）に同じ。

67　伝藤原公任筆　砂子切（中務集）

一　中務

中務は父敦慶親王、母伊勢。敦慶親王が中務卿であったところから、中務と呼ばれる。平安時代女流歌人第一の母伊勢とともに、三十六歌仙の一人に数えられる。延喜年間（九一〇年頃）の出生、一条朝の永祚年間（九八九〜九九〇年）以後に没したらしい。源信明との関係が最も長く多くの贈答歌を残すが、元良親王・常明親王・致平親王、藤原実頼・藤原師輔などの皇族・貴顕とも交渉があり、恋多き女流歌人であった。また、紀貫之・清原元輔・恵慶ら一流歌人とも歌を交している。村上天皇周辺の屏風歌、歌合歌を多く詠んでいて、晴れの場での活躍も華やかであった。

二　『中務集』の伝本

『中務集』の伝本は、二類四系統に分類されている。

一類　第一系統　「西本願寺本三十六人家集」本
　　　第二系統　「正保四年歌仙家集」本
　　　第三系統　伝西行筆中務集
二類　宮内庁書陵部蔵「御所本三十六人集」本

詞書の回想記述的表現から二類が自撰本の系統で、一類は他撰本と考えられている。また、『和歌大辞典』(1)は砂子切中務集の本文系統を、一類第二系統としている。砂子切中務集と「正保四年歌仙家集」本の歌の配列順序が一致しているという。

三　伝公任筆　砂子切中務集

もとは列帖装の冊子本、料紙は斐紙、雲紙、染紙、飛雲紙、素紙に金銀揉み箔を撒いている。一面六行から七行書き。歌一首二行書き。現存するのは十葉。

その筆跡は、次のように評されている。「女手を主とし、草を少しまぜて書いている。自由に速く書いているが、字形は大体整っている。線は初めは太く、濃く書いているが、やがて細く、薄くなり、絹糸のように細くなって繚繞しているが、筆力は充実していて、強い」「…線の肥痩、墨色の濃淡の変化が顕著である[2]」。「中務集は当時としての新様式である。われわれから見ると必ずしも芸術的に成功しているといえないが、線は険しく、細太を極端に行使しており、その字形も藤原的ではない。こうした書風は、伝俊頼筆の高光集切や、また温雅ではあるが基俊の多賀切などにも通じている。時代は、このような典雅に非らざる書風が、とって替わるように要求しはじめていたのである[3]」。

ところで、この砂子切中務集は、同じく伝公任筆と伝称される業平集切・兼輔集切と、料紙の装飾および寸法が同じであり、もと一揃えの三十六人集であったと考えられている。そして、「……業平集についていえば、この集と同手のものは西本願寺本の伊勢集、斎宮集である。西本願寺本におけるこの筆写は、業平集よりつつましく、典雅に書いており、業平集の方には、墨量の濃淡、線の細太、連綿の華やかさがあって、ずっと技巧的に円熟している。西本願寺本と本書との書風上の特徴よりしても本書の方が後に書写されたと見られる」、「本書の兼輔集は、西本願寺本の貫之集下冊、順集、中務集と同筆である。そして、西本願寺本は本書より、より清新で若々しい。本書には枯淡という程ではないにしても大成した練度を多く有しているから、両者の間には少なくとも十数年の差があったようである。西本願寺本の製作年代を天仁頃（一一〇八）にもとめるのを妥当とすれば、本書は大治頃（一一二六）の作としてよいと思われる。即ち定信の四十歳前後に当たる[4]」と説かれている。

四　新出断簡

砂子切中務集の新出断簡と思われるものが現われた。料紙は斐紙で紫の染紙、縦一八・五センチ、横一三・七センチ。他の断簡（たとえば書芸文化院春敬記念書道文庫蔵断簡二葉は、それぞれ縦一九・〇センチ　横一二・一センチ、縦一九・四センチ　横一二・一センチ）に比べると、横寸がいささか大きい。それは本断簡が離れた部分の一行と六行を巧妙に継いでいるからである。上下は余白が無く、断ち落としがあろう。一面七行（一行と六行を継いでいる）、和歌二行書き。

故いせの哥かきて人につか

（継ぎ目）

　法しふかき山にゐたる
あとたえていりにしひよりよし
の山たきのおとにも人のきこえぬ
　人の家のまへよりかはなかれ

たり馬ひきと、な《（ママ）》たるをと
も《（ママ）》あり

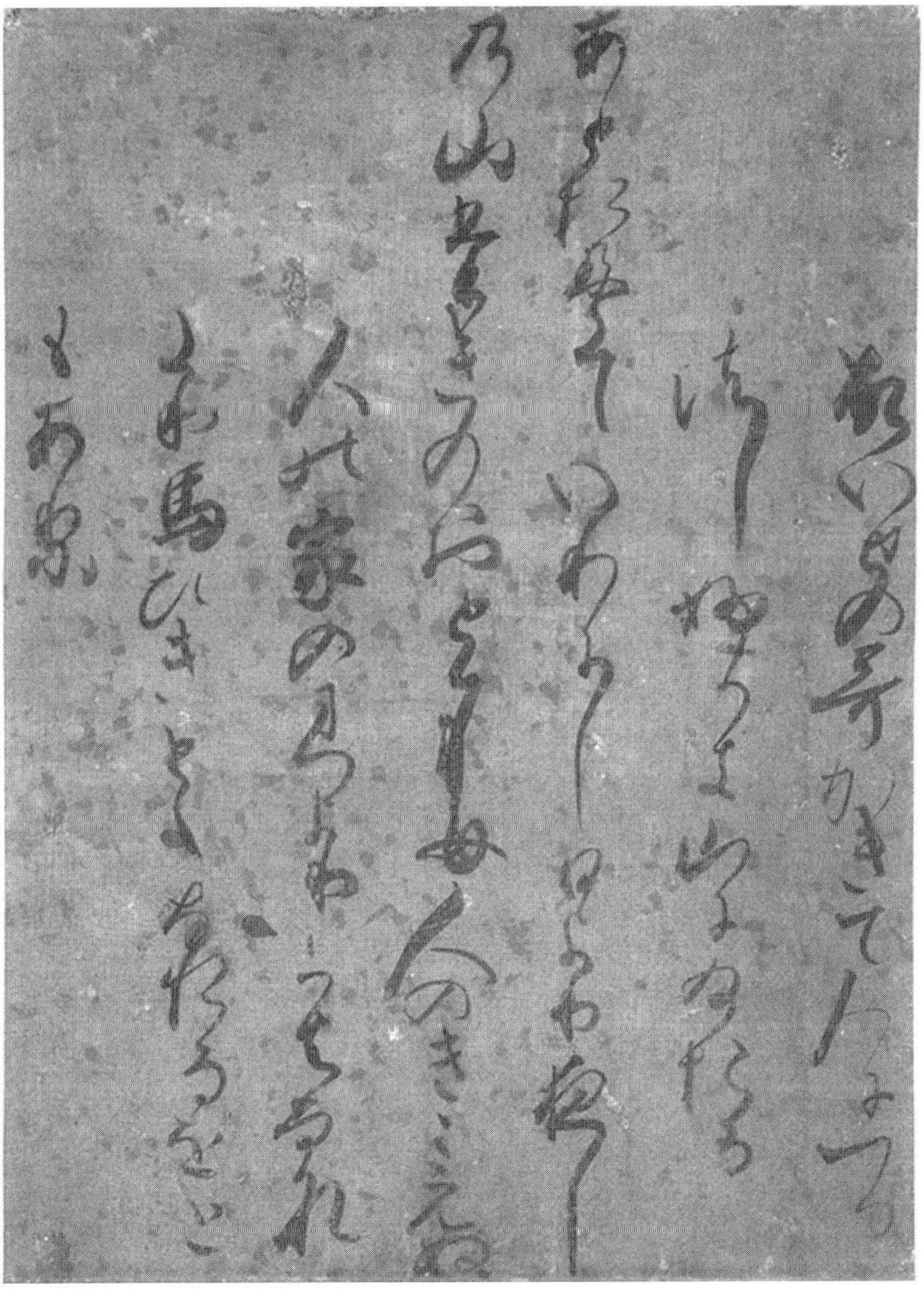

伝藤原公任筆　砂子切

この断簡には、いくつかの問題がある。

ひとつは重ね書きのことである。これがこの断簡の書を台無しにしている。砂子切中務集の書の特徴は、〈線の肥痩、墨色の濃淡の変化〉〈極端な細太〉にあるのだが、この断簡の筆線は全体に太く停滞感がある。子細に観察すると一行目のみ、本来の砂子切中務集の書の特徴がうかがえる。「かきて」の「か（加）」の三画目は非常に細い線である。「人に」の「人」の二画目も非常に細く、線の〈極端な細太〉が表現されている。

ところが、二行目以下は細い線がまったく無い。墨がとどこおっているところがあるので、補筆が、重ね書きがなされているようだ。この料紙は紫の染紙なので、背景が暗く墨色がよく見えない。極端に細い線は特に見えにくい。それゆえに、後人が線を太く補筆してしまったのであろう。その証拠に、極細の筆線の跡を見誤って、違う文字に書き損じた箇所がある。六行目「馬ひきと、なたる」とあるが、よく見ると「な」の下に「め」の残画らしい線があり、極細の筆線で書かれていた「め」を「な」に誤って補筆したようだ。「た」もその筆順がおかしい。本来は二行目の「山にゐたる」の「た」のように、一画目は横線で二画目が縦線になる。が、六行目の「た」は一画目が前の「な」からの連綿線をそのまま続けた縦線になっている。そして、二画目が横線になっているので、「れ」にも見えるおかしな字形になっている。また、七行目「も」も、極細の筆線で書かれていた「こ」の字を「も」に見誤って補筆したようだ。

このように、極端に細く書かれた線が見えにくい紫色の料紙ゆえに、この断簡は補筆がなされ、本来の極細の線を失い、筆線の肥痩の魅力を失ったのである。無惨としか云いようがない。

もうひとつは先に触れた紙継ぎのこと。一行目と二行目は文意がつながっていない。二行目以下は、二類の宮内庁書陵部蔵「御所本三十六人集」本の九九番歌の詞書と歌、および一〇〇番歌の詞書に当たる。

法師、ふかきやまにゐたるところ
あとたえていりにし日よりよしの山
たきのおとにも人のきこえぬ
　人のいへのまへより川ながれたり、
　馬引きとどめたるをとこあり

しかし、一行目は該当するものが宮内庁書陵部蔵「御所本三十六人集」本には見あたらない。類似するものに、一七二番歌の詞書がある。

おやのいせが歌めしありて、うら（ママ）
にたてまつりしおくに
しぐれつつふりにしあとのことのはは
かきあつむれどとまらざりけり

これは「村上天皇から母伊勢の家集を召されて中務が献上した」という詞書である。『拾遺集』一一四一番歌詞書にも「天暦御時伊勢が家の集めしたりけ／れば、まゐらすとて」とあって、同じ歌が収載されている。しかし、『中務集』の諸伝本の中では、この歌は宮内庁書陵部蔵「御所本三十六人集」本以外の『中務集』には収載されていない。この新出断簡の一行目に通ずる詞書は、宮内庁書陵部蔵「御所本三十六人集」本の一七二番歌の詞書くらいしかないのである。新出断簡の一行目は宮内庁書陵部蔵「御所本三十六人集」本の一七二番歌の詞書の異文の可能性が高い。何らかの理由で離れた箇所の断簡を継いだのであろう。

さらに、本文系統のこと。本文異同においても、新出断簡と二類の宮内庁書陵部蔵「御所本三十六人集」本とは近い関係にある。新出断簡「よしの山」は、宮内庁書陵部蔵「御所本三十六人集」本も「よしの山」、ところが一類の「西本願寺本三十六人家集」本は「にし山の」と異なる。新出断簡「かはなかれたり」は、宮内庁書陵部蔵「御所本三十六人集」本も「川ながれたり」、しかし「西本願寺本三十六人家集」本は「水ながれたる」。新出断簡「馬ひきと、め（「な」とあるが実は「め」）たるをとこ（「も」とあるが実は「こ」）あり」は、宮内庁書陵部蔵「御所本三十六人集」本も「馬引きとどめたるをとこあり」、しかし「西本願寺本三十六人家集」本は「男ありけり」と大きく異なる。

ただし、宮内庁書陵部蔵「御所本三十六人集」本と「西本願寺本三十六人家集」本が一致し、新出断簡が異なる本文異同もある。新出断簡「ゐたる」に対して、書陵部蔵本と西本願寺本は「ゐたるところ」。

しかし、総じて新出断簡の本文は二類の宮内庁書陵部蔵「御所本三十六人集」本に近い。従来、歌の並び順から砂子切中務集は一類の第二系統「正保四年歌仙家集」本と同じ系統といわれているが、不審である。

砂子切中務集の伝存数は少ない。さらなる断簡の出現によって、その本文系統が明らかになることを期待したい。

注

（1）犬養廉他編（明治書院、一九八六年）。
（2）春名好重『古筆大辞典』（淡交社、一九七九年）。
（3）飯島春敬『名宝古筆大手鑑』（東京堂出版、一九八〇年）。
（4）注（3）に同じ。

68 伝藤原定家筆 大弐高遠集切

〔年代測定 一一八三〜一二六五年〕

太宰の大弐藤原高遠（九四九〜一〇一三）は小野宮実頼の孫、佐理・公任は従兄弟。伝藤原定家筆『高遠集』の断簡は、『古筆学大成18』[1]に八葉（図版七葉）が収集されている。国宝手鑑『藻塩草』（三首切）、大東急記念文庫蔵重要文化財『手鑑』所収のものは、ともに一〇行書きで、これらが本来の一面の大きさであろう。なお、大東急記念文庫蔵重要文化財『手鑑』の解説は、「筆跡は定家風ではあるが、真筆とは認められず、おそらく側近が定家の書風を模して書いたものであろう。定家は側近に書かしても、必ず後に自ら本文を点検するので、その意味で、本文的には定家書写本と同等の価値を持つといってよい[2]」とする。かつては、定家真筆と見なせないものは、定家筆本を室町時代あたりに臨模した本の断簡とされることが多かった。たとえば、当該大弐高遠集切についても、「……真筆ではない。しかし、書風・字体ともに定家流であることから、定家筆本を模写した臨模本と知る。定家の自筆本を模写する風習は、定家の筆跡に憧れを抱く人々が増した室町時代末期に盛行した[3]」というように見なされていた。が、冷泉家時雨亭文庫の公開で、定家監督本の実態――定家は冒頭などの数丁しか書かない場合が少なないこと――が明らかになり、定家真筆とは見なせないものでも、定家監督本の一部と推定されるようになった。

新出断簡は、斐楮交ぜ漉き料紙、縦一五・七センチ、横一一・四センチ。右端の余白部分は本紙が欠損しており、裏打ち紙のみである。もと六半升形本、二行程の断ち落としがあろう。『私家集大成』本（底本は「桂宮本」）の三一、三二番の詞書きと和歌。仮名遣いの違いだけで、本文の異同はない。

はまつらにたてるまつのしたに
をちつもれるまつはかきとる
人あり
かきつむるはまのまつはゝとしをへて
こたかくはらふかせにこそまて
しまのほとりに舟さしいつ
いくゝもゐすきてゆくらむふくかせに
をちのしまねをつたふうきふね

なお、本断簡は炭素14年代測定にかけてあるので、その結果を示しておく。炭素14年代は815［BP］で、この1σの誤差範囲815±21［BP］を暦年代に較正した値が、1215（1221）1257［cal AD］。2σの誤差範囲815±43［BP］を暦年代に較正した値が、1183（1221）1265［cal AD］。1183年から1265年という誤差範囲である。室町時代などではなく、定家の生存期（一一六二〜一二四一）にぴたりと重なっている。伝定家筆大弐高遠集切は定家監督本の断簡であり、定家の筆跡を模した定家側近の筆跡であろうことが明らかになった。まさに、本文的には定家書写本と同等の価値を持つものである。

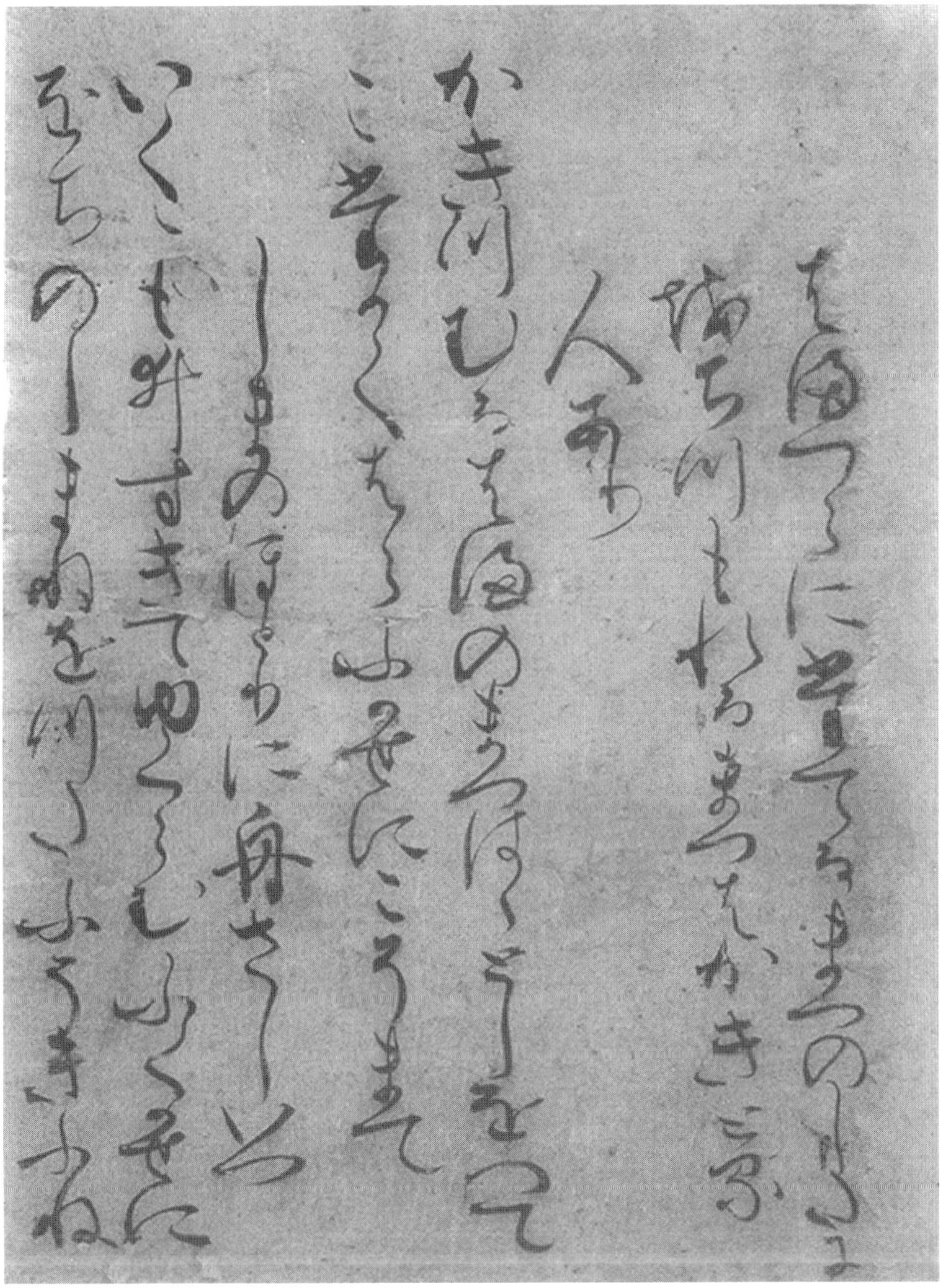

伝藤原定家筆　大弐高遠集切

ところで、さらに注意すべきことがある。仁平道明氏の資料提供によって判明したことであるが、伝定家筆大弐高遠集切には、当該断簡とは別種のよく似た断簡が存在するのである。この断簡は一面八行、『私家集大成』本の一三一、一三二番の詞書と和歌で、古筆了仲によって「箱金粉三字烏丸光廣卿」と極められた由緒あるもの。料紙は当該断簡と同じ斐楮混ぜ漉きであるが、寸法が一七・〇センチ、横一三・一センチとひとまわり大きく、歌の字高も、当該断簡が約一四・〇センチであるのに対して、約一五・六センチある。臨書すると、文字が原本より少しく大きくなる。子細に観察すると、文字や連綿線に弱くふらふらしたところがある。おそらく仁平氏蔵断簡は、当該断簡を含む写本すなわち定家監督本を後代に写したもの、烏丸光広の箱書きということを信ずれば室町から江戸時代あたりの写しと思われる。定家筆とされる古筆には、このようにややこしい事情が潜んでいる。重々心してかからねばならない。

また、定家真筆の高遠集切の存在が報告されてもいる(4)。それは家集末尾の一葉で、「花かむし/きみこすはなかむしるしもあらませは/そのひま〳〵なくや、らまし」の三行で、あとは余白になっている。国宝『藻塩草』所収のものなどは臨写で、この一葉こそが唯一の真筆切であり、定家の若い頃の筆跡であると説かれている。しかし、これらはみな近似した料紙寸法であり、別の可能性も考えられる。すなわち、これらすべてが、冒頭と末尾のみを定家が書いた定家監督本高遠集から切断されたツレである可能性である。定家が関わった別個のふたつの高遠集写本を想定するよりも、現実的な想定だと思うのであるが。それはとにかくとして、現存する伝西行筆『和泉式部続集』の表紙に、誤って定家の筆跡で「高遠大弐集」と書かれた題簽が付けられているので、定家の関わった高遠集が存在したことは間違いないのである。

注

(1) 小松茂美『古筆学大成19』(講談社、一九九二年)。
(2) 大東急記念文庫善本叢刊中古中世篇別巻三『手鑑 鴻池家旧蔵』(汲古書院、二〇〇四年)の田中登氏解説。
(3) 注(1)に同じ。
(4) 藤井隆・田中登『続国文学古筆切入門』(和泉書院、一九八九年)。

第三節　私撰集

69　伝紀貫之筆　有栖川切（元暦校本万葉集　巻十一）

〔年代測定　一〇二六～一一六八年〕

一　万葉集の訓

平仮名が生まれたのは平安時代初期の九世紀であり、奈良時代に成った万葉集は漢字ばかりの字面で書かれている。字音による一字一音表記、いわゆる万葉仮名で表記されている歌はまだしも、漢文的に表記された訓字主体表記の歌は、訓読することが容易ではなく、平安時代中期には読み解き難いものになっていた。ために、梨壺の五人（中臣能宣・清原元輔・源順・紀時文・坂上望城）に、村上天皇の『万葉集』訓読の勅命がくだされた。『源順集』に云う、「天暦五年（九五一）宣旨ありて、やまと歌はえらぶところ、梨壺におかせ給ふ。古万葉集よみときえらばしめ給ふなり」。この時の訓みが〈古点〉である。これより後、一一世紀から一二世紀はじめの訓みを〈次点〉、さらにくだって鎌倉時代の仙覚（一二〇三～一二七二）による訓みを〈新点〉と云う。

古点本の古筆切には伝貫之等筆の桂本万葉集（栂尾切）・伝行成筆の金砂子切があり、次点本には伝公任筆の藍紙本万葉集切・伝行成等筆の元暦校本（有栖川切・難波切）・伝公任等筆の金沢切・伝忠家等筆の天治本（仁和寺切）・伝俊頼筆尼崎切などがある。また、新点本には寛元本（神宮文庫本）・文永三年本（西本願寺本）などがある。

ちなみに、書写様式において、詞書を高く歌を低く書くものは古体であると云われている。

二　五大万葉集

万葉集の古筆切は少なく、平安時代の書写にかかる代表的なものを総称して五大万葉集と云う。

・桂本万葉集（栂尾切）　伝紀貫之、源順、宗尊親王筆…天喜元年（一〇五三）頃の書写にかかる現存最古写本。金銀泥の鳥、蝶、折り枝の下絵のある料紙。高野切第二種と同筆。推定源兼行筆。巻子本。詞高。

・藍紙本万葉集切　伝藤原公任筆　推定藤原伊房（一〇三〇～一〇九六、藤原行成の孫）筆。…藍の漉き染め、銀の揉み箔散らし。上下に薄墨で罫界。巻子本。歌高。

・元暦校本万葉集（有栖川切…巻四・巻十一、難波切…巻十四）　伝藤

原行成、藤原定頼、藤原公任、源俊頼、藤原伊経、宗尊親王筆…最古の冊子本万葉集。飛雲紙。高野切第三種系を含む寄り合い書き。歌高。

・金沢本万葉集切　伝源俊頼、藤原公任、藤原定家筆　推定藤原定信（一〇八八～、藤原行成の玄孫）筆。…唐紙。冊子本。歌高。

・天治本万葉集（仁和寺切）　伝藤原基俊・藤原忠家・藤原俊忠筆。…天治元年（一一二四）と大治四年（一一二九）の奥書有り。巻子本。歌高。素紙。

この他にも平安時代書写の万葉集切はある。伝藤原佐理筆下絵万葉集切（絹本・巻子本・銀泥などによる下絵あり）、伝藤原行成筆金砂子万葉集切・伝源俊頼筆尼崎切などである。

三　元暦校本万葉集

ここにとりあげる新出断簡は、元暦校本万葉集巻十一（寄物陳思）の断簡、すなわち有栖川切であるので、元暦校本万葉集についていま少し説明する。

・料紙は斐紙。表裏に藍と紫の飛雲。同様の料紙は他に中院切（『後拾遺集』の断簡）のみ。四周に薄墨の枠罫がある。同様の枠罫を持つ古筆は、他に藤原教長筆今城切古今集（治承元年一一七七書写）・伝寂蓮筆右衛門切古今集・同右衛門類切（詞花集・千載集の断簡、それゆえ千載集の成立（文治四年一一八八）より後の書写）。

・奥書……巻二十の巻末に、「元暦元年六月九日以或人校合了／右近権少将（花押）」とある。元暦元年（一一八四）は校合の年で、実際の書写年代は百年ほどさかのぼる。右近権少将は誰なのか。佐佐木信綱説では藤原親能と云う。しかし、親能は元暦元年には十六歳に過ぎず、歌人でもない。辻彦三郎説では六条家歌人藤原重家の二男顕家（一一五三～一二一五年頃）、元暦元年には三二歳。金剛峯寺蔵『宝簡集』所収の文書の顕家の花押と一致すると云う。

・伝来……伊勢松坂の富豪中川浄宇が所蔵（一五冊）。浄宇の和歌の師清水谷実業によって元禄から宝永の頃、霊元院に進覧。この時、高松宮家本（巻一・四・六・十・十二・十九の六冊）が分割され、霊元の皇子有栖川職仁《よりひと》親王に伝わり、以来有栖川家に伝来。大正二年有栖川家断絶により、高松宮宣仁親王に相伝。残り一四冊（巻一・二・四・六・七・九・十・十二・十三・十四・十七・十八・十九・二十）は、転々として古河虎之助に。（古河本附属　の折紙による）

高松宮家蔵の六冊（一一一枚）と古河家所蔵の一四冊（七七六枚）の零本二〇冊が合わせられ、現在国所有の国宝。

現存の二〇冊に巻十一は含まれていないが、古河家本に附属する折紙「万葉集墨付之紙数」（江戸中期写）に「十一巻　百拾枚」とあり、江戸中期までは冊子として伝存していた。高松宮本と古川家本に分かたれる以前に別の運命をたどったらしい。

・現在の伝存状況……巻一・巻二・巻四・巻六（飛雲無く鎌倉初期の補写説が有力、異説もあり）・巻七・巻九・巻十・巻十一（断簡七葉のみ。巻四と同筆）・巻十二・巻十三・巻十四・巻十七・巻十八（巻十七と同筆）・巻十九・巻二十の十五巻が残存。

補写の巻六を除き、一二種類の筆跡書風がある。一二世紀初めの多様な筆跡を知ることの出来る二十巻本歌合よりも前の、一一世紀後期、堀河朝（白河院政期）頃の多様性な筆跡書風を知ることが出来る貴重な資料。

・書写年代……巻十九の筆跡と西本願寺本三十六人集の『家持集』・『能宣集上下』と同筆説（飯島春敬説「元暦校本万葉集の研究」）。西本願寺本三十六人集の成立は天仁（一一〇八）頃で、元暦校本万葉集は『家持集』・『能宣集上下』より若い筆跡ゆえ、寛治年間（一〇八七～一〇九三）の筆写と推定。堀河朝（一〇八七～一一〇七）の初期に当たる。

巻二十の巻末、枠罫の外に「巳年十一月三十日校合訖」の注記がある。十一月が三十日（陰暦の大の月）あった巳年はいつか。長久二年（一〇四一）は高野切が書写された頃なので不適合。天喜元年（一〇五三）・寛治三年（一〇八九）・永久元年（一一一三）・天治二年（一一二五）のうち、永久元年（一一一三）・天治二年（一一二五）は　西本願寺本三十六人集より後なので不適合。寛治三年がもっとも可能性が高い（久曽神昇説）。これに対して、この注記を鎌倉の筆跡とするもの（小松茂美説）もあるし、また、平安の筆跡とするもの（飯島春敬説）もあり、賛否両論である。

この時期の世尊寺家の能書、藤原伊房・定実の筆跡は含まれていない。伝存しない巻三・五・六・八・十　五・十六に伊房と定実の筆跡があった可能性は残る。

・書風……巻一の書風は、高野切第三種系統で優美典雅。巻十九・二十の書風は男性的な伊房様式。その他は、右ふたつの中間的書風。総じて、完成された優雅な仮名である。高野切以後の転換期の様相を示す貴重な資料である。

巻一……高野切第三種に較べて、やや硬い。別筆説もある。同筆説は、高野切第三種が晩年になって萎縮したとみる。後冷泉・後三条・白河・堀河朝の能筆、藤原公経筆とみる説がある（飯島春敬説・小松茂美説）。

巻二……巻一に酷似しているが、別筆。公経の子、辛綱筆とする説がある（小松茂美説）。

巻四……軽快にして速い運筆、鋭く強い筆線。

巻六……鎌倉期の補写、寂蓮様。

巻七……扁平で整った字形。

巻九……軽快で速い運筆。細い線と側筆の太い線が交じる。

巻十……整斉な字形。右に傾いた字が多い。

巻十一……巻四と同筆。巻十七・巻十八によく似ている。

巻十二……運筆速く、整斉字形、筆力のある線。

巻十三……円満整斉な字形。

巻十四……筆勢筆力のある線。伝公任筆大内切和漢朗詠集に似る。

巻十七……筆力あり、変化が多く、鋭い線。

巻十八……巻十七と同筆。かつ巻四・巻十一によく似ている。

巻十九……重厚で、流麗さに乏しい。西本願寺本三十六人集の『家持集』・『能宣集上下』と同筆。

巻二十……巻十四に似るが別筆。

巻六を含め一三の筆跡がある。欠巻部を考慮すると　五筆程度の寄り合い書きと推定される。

四　新出断簡

新出断簡の料紙は斐紙、藍と紫の小さな飛雲がある。縦二三・〇センチ、横一四・五センチ。一面七行書き。巻十　の断簡としては八葉目。書芸文化院春敬記念書道文庫蔵の断簡の直前の部分で、新出断簡の最後の行は春敬記念書道文庫蔵の断簡の最初の行につながっている。普通、有栖川切の伝称筆者は宗尊親王であるが、本断簡の極札（朝倉茂入）は珍しく紀貫之になっている。

住吉之濱尓縁云打背貝實无言以余将戀
八方
すみよしのはまによるてふうつせかひ
みなきこともてわれこひむやも
伊勢乃白水郎之朝兼《魚》夕菜尓潜云鰒
貝之獨念荷指天
いせのあまのあさなゆふなにかつくてふ
（あはひのかひのかたおもひにして）

ついで、新出断簡の炭素14年代測定の結果を示しておく。炭素14年代は９１５［ＢＰ］で、この１σの誤差範囲９１５±１７［ＢＰ］を暦年代に較正した値が、１０４６（１０５４、１０７７）１０９１、１１２１（）１１４０、１１４８（１１５１）１１５９［ｃａｌ ＡＤ］である。２σの誤差範囲９１５±３４［ＢＰ］を暦年代に較正した値が、１０３６（１０５４、１０７７、１１５４）１１６８［ｃａｌ ＡＤ］である。１０３６年から１１６８年の誤差範囲であり、想定されている書写年代である一一世紀後期の堀河朝（白河院政期）を含んでいる。一〇五〇年頃から一一八〇年頃の間に書写された古筆切はほぼ同じ誤差範囲になること、また誤差範囲のどこに実年代があるかは資料によって区々であることがわかっている。たとえば、後冷泉天皇在位中（一〇五八〜一〇六八）の編集書写と考えられている十巻本歌合の２σの誤差範囲が、１０２４〜１１６０年、嘉保三年（一〇九六）から大治元年（一一二六）頃の書写である二十巻本歌合の２σの誤差範囲が、１０２３〜１１５８年である。伝紀貫之筆有栖川切もこれらとほぼ同じ誤差範囲であるが、この書風は一二世紀半ばまでは下らないので、十巻本歌合の頃から二十巻本歌合の頃の間の書写とみて間違いはない。

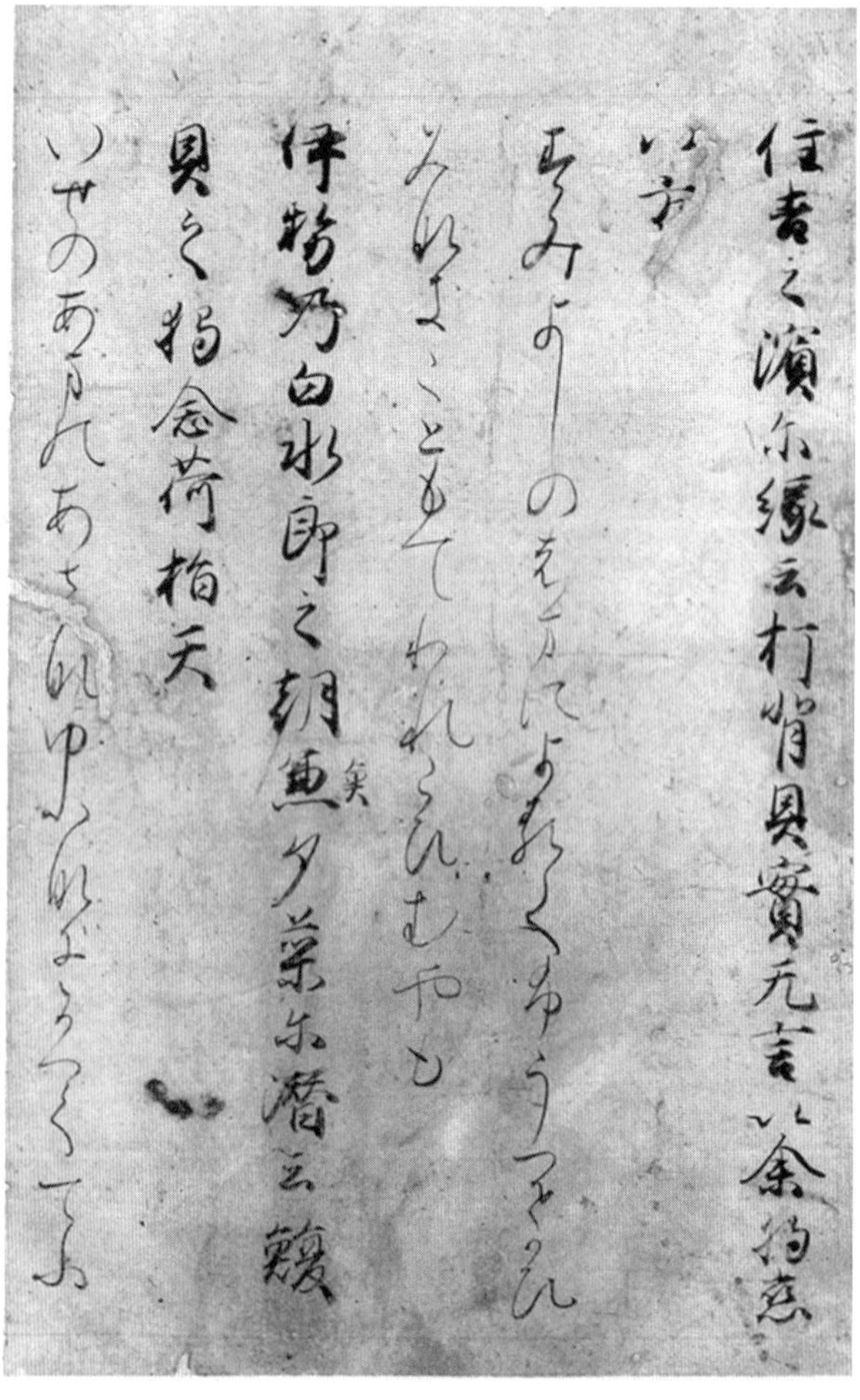

伝紀貫之筆 有栖川切

70 伝藤原家隆筆・伝承筆者不明　栢枝切（万葉集）

〔年代測定　一二七一〜一二九六年〕

『万葉集』の古筆切としては、平安時代の書写にかかるいわゆる五大万葉集（桂宮本＝栂尾切、元暦校本＝有栖川切、藍紙本、金沢本、天治本＝仁和寺切）が名高いが、鎌倉期のものにも春日懐紙紙背に記された春日本万葉集切など、注意すべきものが少なくない。また、平安時代書写の『万葉集』は、真名書きの和歌の次に、ひら仮名書きでその訓みを並記する体裁であるが、鎌倉期にはいると、真名書きの右傍（まま左傍にも）にカタカナ書きの訓を付す体裁に変わる。ここにとりあげる断簡は、古筆切の一大集成である『古筆学大成』や、『古筆大辞典』に見いだせないものであるが、ツレの出現を期待して紹介しておく。

料紙は楮紙で、縦三一・五センチ、横九・八センチ。右端の上下に、糸のかがり穴と思われる穴があり、もと大和綴の冊子本と推定される。「家隆卿」と記された古札が付いている。巻第一九の、新編国歌大観番号四二七九番の短歌と、四二八〇番の詞書と短歌が、

為寿左大臣橘卿預作歌一首

秋時花種尓有《アキノーキハナクサニアレト》《アキノハナクサ〳〵ニ 等》○色別《イロコト》尓《ニ》見《ミ》之《シ》明良《アキラ》牟《ム》流《ル》今《ノ》日《フ》之貴左《ノタフトサ》

古昔《イーシヘ》尓《ニ》君《キミ》之《カ》三《ミ》代《ヨ》経仕《マテツカヘ》家利《ケリ》吾《ワカ》大主《オホヌシ》波《ハ》七《キミイ》世《ナ、ヨ》申祢《マウサネ》

と、二行に書かれている。詞書は歌より低く書かれていて古い様式ではない。短歌一首一行書き。真名書きの本文にカタカナの傍訓が付されているが、右傍訓は墨で、左傍訓は朱で記されている。

周知のとおり、『万葉集』の訓には、村上天皇の時に梨壺の五人によって付けられた古点、それより後仙覚の新点までの間に付けられた次点、そして鎌倉時代の仙覚による新点の、三段階がある。古点は、短歌のほぼすべてと旋頭歌の半数、都合約四一〇〇首に付さ

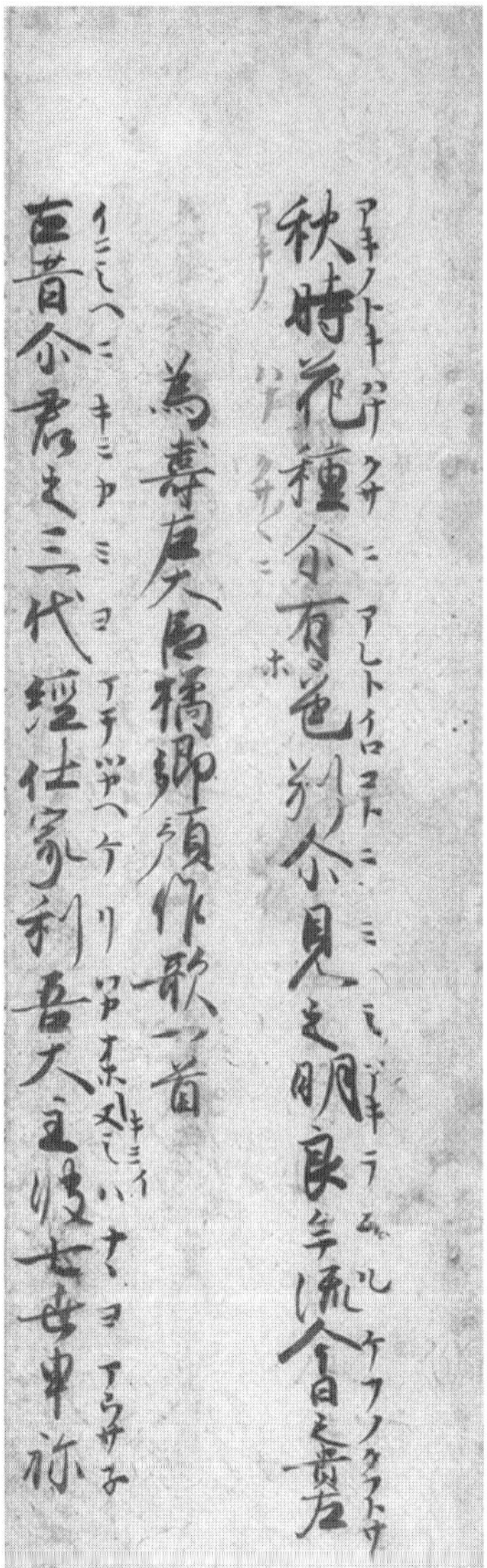

伝藤原家隆筆　栢枝切①

れ、新点本の中で訓を墨・朱・青に色分けして記しているもののうち、墨書きされ合点の付されていないものが古訓点に当たるとされる。同様に、訓を色分けした新点本のうちの、墨書きされ朱の合点の付されているものが次点、朱書きされているものが新点である。また、新点本のうち最も早い校訂本である寛元本――寛元四年（一二四六）加点――は、古点、次点を本文の右傍に、新点を左傍に付し、それに対して文永本は、古点・次点・新点の中で正しい訓みであると仙覚が判断した訓が右傍に付されている。なお、青書きは、古点・次点ではあるが、仙覚によって改訓されたものという。(1)

本断簡の本文および訓の校合を、次にしめす。校合諸本は、次点本とされているものとしては、元暦校本（元）、類聚古集（類）、古葉略類聚抄（古）を、新点本では、寛元本系統の最古写本である神宮文庫本（神）、文永本系統の最古の写本西本願寺本（西）、同系統の金沢文庫本（金）、文永十年本系統の大矢本（大）である。本文の校合は、諸本と異同のある四二八〇番の歌についてのみ示す。

古昔尒君之三代経仕家利吾大主波七世申祢

（古）昔古　里　彼
（元）左　王

次点本中の元暦校本や古葉略類聚抄の本文とはいささか異なりがある。訓の校合は次のとおり。

（大）――ハナクサ〱ニ（青）――
（神）――ハナクサ〱ニ――
（金）――ハナクサ〱ニ（青）――
（西・左）――トキハナクサニアリ――
（西・右）――ハナクサ〱ニ（青）――
（類）――ときはなくさに――
（元）――ときはなくさに――
墨・右　アキノトキハナクサニアレトイロコトニミシアキラムルケフノタフトサ
朱・左　アキノハナクサ〱ニ

墨書の右傍訓は、次点本とされている元暦本と類聚古集（ともに訓はひら仮名書き）に一致している。西本願寺本の左傍訓は近いが、「アキノトキハナクサニアリ」と、次点本とも異なっているので、古点と見なし得る。そして、西本願寺本右傍訓以下の新点本は、本断簡の朱左傍訓に一致している。ちなみに、西本願寺本、金沢文庫本、大矢本の青書きは、仙覚による古点・次点の改訓を意味するので、本断簡の朱書き左傍訓は、仙覚の新点であると思われる。つまり、本断簡の墨書き右傍訓は次点であり、また、朱書きの左傍訓が仙覚の新点に一致することから、少なくとも仙覚新点成立後の書写本であろうと推定される。

次に、四二八〇番歌の校異を示す。

（大）――ヘテ――
（神）――ヘテ――キミ――
（金）――ヘテ――
（西・左）――ナ
（西・右）――ヘテ――

（古・左）――――――――ケム――

（古・右）――――――――――ヲ――

（類）――まて――けむ――――

（元）――まて――けむ――――

イニシヘニキミカミヨマテツカヘケリワカオホヌシ《キミィ》ハナ、ヨマウサネ

「ワカオホヌシ」と「ワカヲホヌシ」との仮名遣いのちがいはあるが、本断簡と一致するのは、古葉略類聚抄のみである。断簡は「ヌシ」に合点を付し、「キミィ」と異本に「キミ」の訓みのあることを示しているが、この「キミ」の訓をもつものは、新点本の中でも右にあげた神宮文庫の他に、細井本、陽明文庫本などに限られる。「キミカミヨマテ」と「ワカオホヌシ」については、元暦校本、類聚古集、古葉略類聚抄の次点本と一致し、西本願寺本以下の新点本が「キミカミヨヘテ」とするのと対立している。ただし、元暦校本には、「きみかみよまて」の「ま」の傍らに、合点の付された楮書きで「へ」とあり、「ヘテ」の訓が古点の訓みであった可能性がある。以上のことから、四二七九番歌と同様、本断簡は次点本であると思われるのだが、簡単に断ぜられぬ点が残る。それは、「ツカヘケリ」であり、元暦校本、類聚古集、さらに古葉略類聚抄の左傍訓が「けむ」「ケム」であるのに対して、西本願寺本以下の新点本はすべて「ケリ」である。すなわち「ツカヘケリ」に関しては、この断簡は新点本の訓をとっているのである。しかしながら、次点本といわれる古葉略類聚抄の右傍訓は「ケリ」なので、本断簡は次点本の中でも特に、古葉略類聚抄と同じ系統の書写本と考えるのが妥当であろう。

さて、二首の短歌の訓の校異をまとめると、次のようになろう。本断簡の右傍墨書きの訓は、次点本、特に古葉略類聚抄と一致するものであり、左傍の朱書きの訓は新点本の訓である。このような訓表記の形態は、新点本の中でも、「古・次・新のいずれの点でも、正訓とみなしたものを本文の右に書いている」(2)とこの文永本系とは異なり、「古点・次点を本文の右、新点を左に」(3)書くところの寛元本の形態であると思われる。しかし、一点のみ問題になるのは、寛元本系の訓を伝える最古の写本といわれる神宮文庫本が、四二八〇番歌の第四句を「ワカオホキミ」とするのに対し、本断簡は右傍訓「ワカオホヌシ」に合点を付し異本の訓として「キミ」をあげている、という点である。つまり、寛元本「キミ」の訓を、本断簡は次点のなかの異本の訓としてあげているのである。このような疑問は残るが、右傍に墨書きの次点本の訓を、左傍に朱書きの新点を付す本断簡は、仙覚寛元本系統の写本とみなすのが妥当であろう。

書写年代は、右のことより、仙覚の寛元本成立（一二四六）以降ということになるが、用いられているカタカナの字体から、さらに時期をしぼることができる。本断簡で注意すべきものは、「ウ」「ツ」「チ」「ワ」であり、鎌倉初期から南北朝期にかけての資料、『歴抄』（建久八年〈一一九七〉点、石山寺蔵）、『方丈記』（鎌倉初期写、大福光寺本）、『般若理趣釈』（弘安二年〈一二七九〉点、東寺蔵）、『古今訓点抄』（嘉元三年〈一三〇五〉書写）、『加句霊験仏頂尊勝陀羅尼記』（康永四年〈一三四五〉点、東寺蔵）のカタカナ字体と比較すると、

「ウ」　「行歴抄」「方丈記」＝「ウ」←―「般若理趣釈」「古今訓点抄」「加句霊験」＝「ウ」

「ッ」「行歴抄」「方丈記」＝「ッ」⟷「般若理趣釈」「古今訓点抄」「加句霊験」＝「ツ」

「チ」「行歴抄」「方丈記」「般若理趣釈」「チ」「チ」⟷「古今訓点抄」「加句霊験」＝「テ」

「ワ」「行歴抄」「方丈記」＝「[illegible]」⟷「古今訓点抄」「加句霊験」＝「ワ」

という異同をしめす。本断簡の「ッ」や「チ」は比較的古い字形の方であり、「ウ」や「ワ」は逆に比較的新しい字形である。つまり、比較資料の中で中間的年代の点である『般若理趣釈』に最も近く、ほぼ一三世紀後半のカタカナ字体と思われる。すでにみたように、本断簡は寛元本系と推定されるが、それが寛元四年（一二四六）の成立であるから、それからさ程時を経ない、寛元本成立時に非常に近い、寛元本の断簡ということになろうか。

炭素14年代測定の結果を以下に示しておく。測定された炭素14年代は、701［BP］で、その1σの誤差範囲701±20［BP］を暦年代に較正した値が、1278（1283）1289［cal AD］。2σの誤差範囲701±40［BP］を暦年代に較正した値が、1271（1283）1296［cal AD］である。この試料のもっとも確率の高い701［BP］の較正暦年代は1283［cal AD］である。カタカナ字体がもっとも近いと考察した、東寺蔵『般若理趣釈』の加点年次である弘安二年（一二七九）に極近い結果となっている。

付記

当該断簡は、田中大士氏の詳細な検討によって、いわゆる柘枝切のツレであることが判明した(4)。従来知られていた巻三の断簡三葉の他、巻十九の当該断簡、さらに巻四の一葉と、都合五葉の柘枝切が確認されたのである。

ところで、さらに一葉、柘枝切と同じくらい大きな料紙の万葉集切が架蔵に加わったので、ここに紹介しておく。料紙は楮紙、縦三二・五センチ、横二五・三センチ。字高二五・七センチから二五・九センチ。一面八行書き。巻十八の四〇四三番歌の左注から、四〇四四番歌の詞書と歌、四〇四五番歌、四〇四六番歌の詞書までが記されている。詞書は歌より二字半ほど低く書き出し、左注は歌より四字ほど低く書き出している。歌の右傍に墨で訓が付されている。しかし、この部分は一字一音の万葉仮名表記の部分なので、左傍にあるべき仙覚の朱の訂正訓は無い。筆跡は巻三の三葉の柘枝切（お茶の水図書館蔵・早稲田大学図書館蔵・天理図書館蔵）によく似ている。左端に閉じ穴跡のようなものがある。極札などの附属物は無い。

注

（1）『日本古典文学大辞典　第五巻』（岩波書店、一九八四年）。

（2）注（1）に同じ。

（3）注（1）に同じ。

（4）田中大士「柘枝切万葉集の性格」（『早稲田大学日本古典籍研究所年報　第5号』二〇一二年三月）。

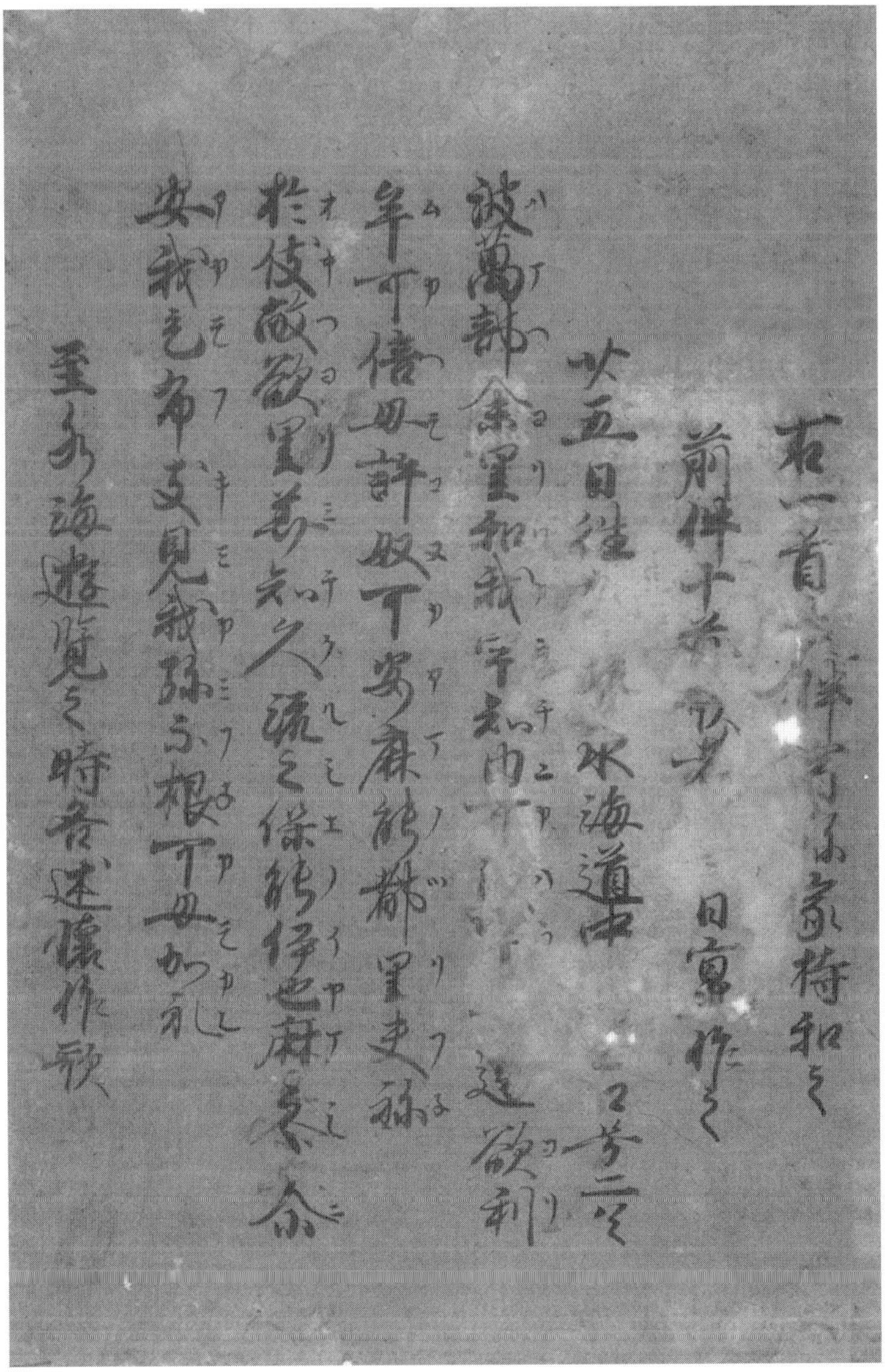

伝藤原家隆筆　柘枝切②

右一首大伴宿祢家持和之
前件十首歌者□日宴作之
廿五日往布勢水海道中□口号二首
波《ハ》萬《マ》部《ヘ》余《ヨ》里《リ》和《ワ》我《カ》宇《ウ》知《チ》由《ユ》可《カ》波《ハ》宇《ウ》□遍《ヘ》欲《ヨ》利《リ》
牟《ム》可《カ》倍《ヘ》母《モ》許《ロ》奴《ヌ》可《カ》安《ア》麻《マ》能《ノ》都《ツ》里《リ》夫《フ》祢《子》
於《オ》伎《キ》敝《ヘ》欲《ヨ》里《リ》美《ミ》知《チ》久《ク》流《ル》之《シ》保《ホ》能《ノ》伊《イ》也《ヤ》麻《マ》之《シ》尓《ニ》
安《ア》我《カ》毛《モ》布《フ》支《キ》見《ミ》我《カ》弥《ミ》不《フ》根《子》可《カ》母《モ》加《カ》礼《レ》
至水海遊覧之時各述懐作歌

71 伝兼好筆 続詞花和歌集切

『続詞花和歌集』は、藤原清輔撰の私撰集。集名から、父顕輔撰の『詞花和歌集』の後を継ぐ勅撰集たらんとする意図が明らかであるが、二条天皇の崩御によって果たせなかった。

料紙は斐楮交ぜ漉き、縦二二・一センチ、横一二・五センチ。巻第十三恋下の歌二首が記されている。一面八行書きであるが、ツレが見いだせないので、本来の行数か、何行かの断ち落としがあるのか、判断できない。

やまよりもふかきところをたつぬれは
わか心にそ人はいるへき
　　おとこにわすられてなけき侍ける比
　　しものふれるあしたに人の許へ
　　つかはしける
　　　　　　　　　和泉式部
けさはしもおもはむ人はとひてまし
つまなきねやのうへはいかにと

『続詞花和歌集』の現存伝本は、ほとんどが近世の写本であるが、唯一の例外が南北朝時代書写とされる歴博本であり、現存諸本すべての源流に位置づけられるという[1]。本断簡も伝兼好とされるように、筆跡から見て歴博本に勝るとも劣らぬ、鎌倉末から南北朝のものと思われる。この部分の本文は、歴博本と異同はない。

不思議なことに、『続詞花和歌集』の古筆切は『古筆学大成』をはじめとして見いだすことができない。一葉でも多くのツレの出現を、『続詞花和歌集』の最も古い書写本の断簡の出現を期待したい。

注

(1)『国立歴史民俗博物館蔵貴重典籍叢書　文学篇　第六巻　私撰集』(臨川書店、一九九九年)。

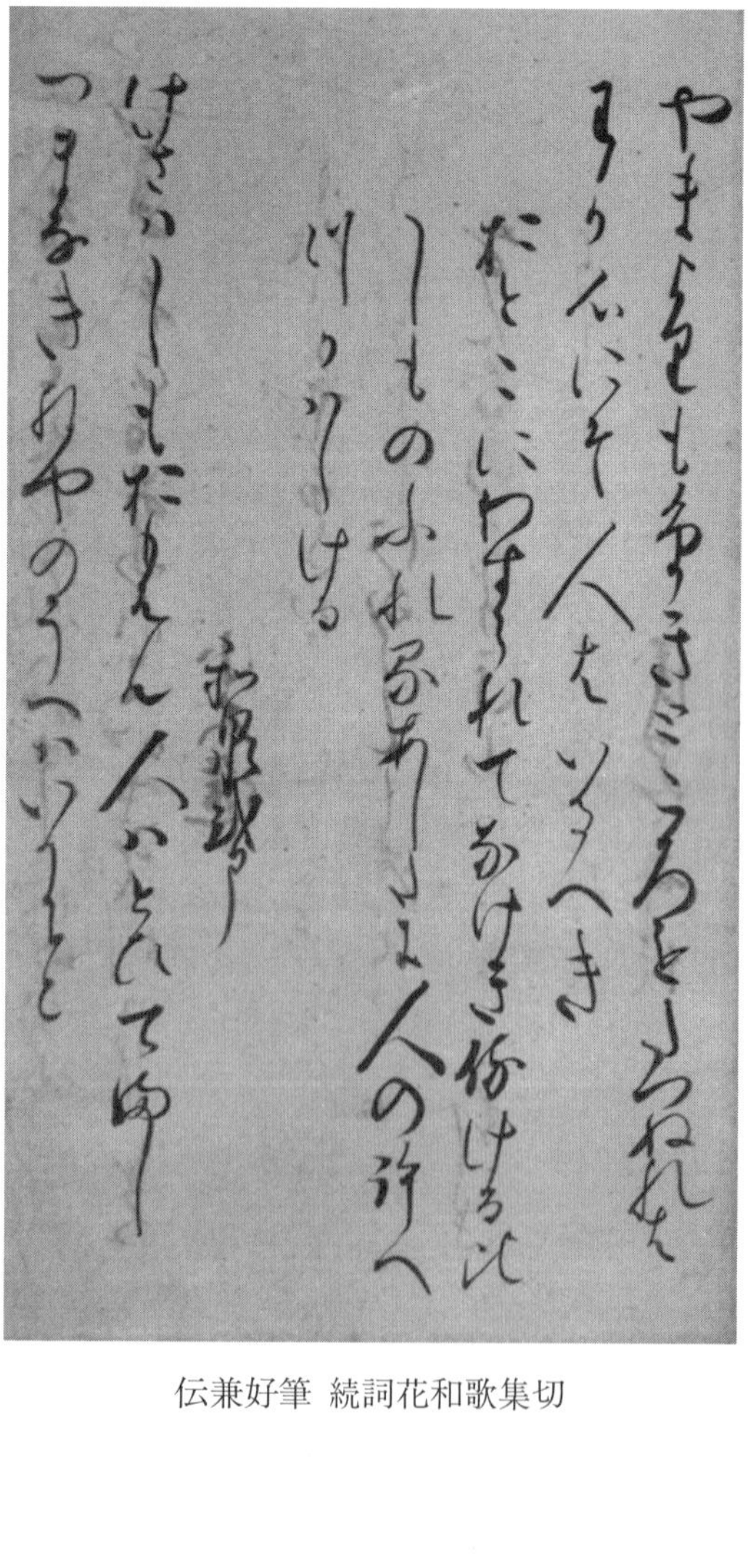

伝兼好筆 続詞花和歌集切

第四節　歌合

72
伝寂蓮筆　治承三十六人歌合切

壇ノ浦の合戦で討ち死にした平経盛（一一二四～一一八五）は、平家歌人の中心的存在で、藤原俊成とも親交があった。その経盛の歌一首を書いた断簡がある。料紙は斐紙、縦二七・〇センチ、横四・三センチ。紙面に横皺が走り、もと巻子本であったと考えられる。巻止めに「寂連法師　端冊《ママ》　秋桐《ママ》の」とある。歌は、

　あきゝりのたえまにみゆるもみちはや
　たちのこしたるにしきなるらむ

である。この歌は、『経盛集』には見えないが、『続後撰和歌集』、

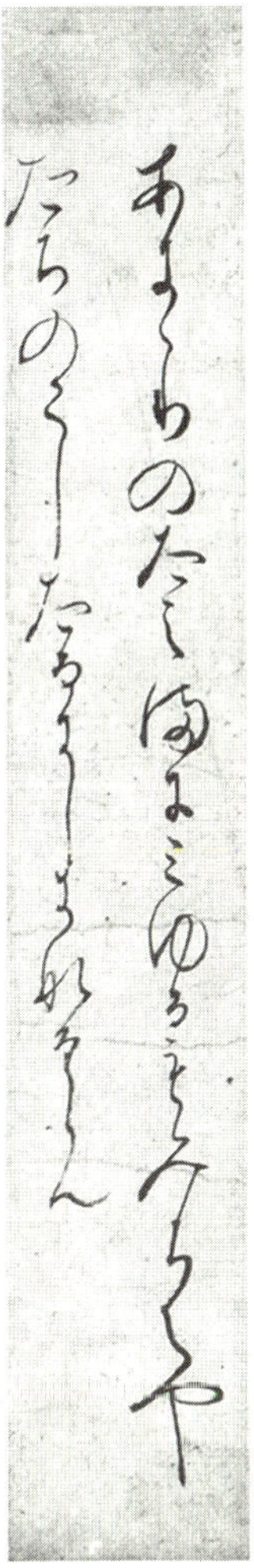

伝寂蓮筆
治承三十六人歌合切

『太皇太后宮亮平経盛朝臣家歌合』、『治承三十六人歌合』に見える。この断簡を治承三十六人歌合の一部と判断したのは、同筆かつ同形態のツレと思われる藤原頼輔の歌を書いた断簡の存在による。

金沢市立中村記念美術館蔵古筆手鑑[1]に伝寂蓮法師筆頼輔集切（二七・二センチ×一〇・四センチ）というものがある。

　よのはかなきことをおもひつゝ、
　けて
　ねさめしてをもひとくこそかなしけれ
　うきよのゆめもいつまてかみむ

解説には次のようにある。

　『頼輔集』は、刑部卿藤原頼輔の家集。現存伝本はいずれも同一系統で、全一三一首。巻末に寿永元年（一一八二）の自跋を持ち、いわゆる寿永百首家集の一と見られている。ただし、本断簡の所載歌は通行の本文とは詞書が全く異なっている。現存本では「十座百首の中、すくわいを」とあるのに、本断

簡では「よのはかなきことをおもひつゝけて」である。（中略）また同じ歌は『続古今集』巻一八・雑上（一七一八）にも採られていて、そこでは「懐旧を」とある。詞書のあり方や作者名無表記の点から考えてやはり家集断簡以外には考えにくいと思われるが、異本系統の本文が別にあったのだろうか。

確かにこの歌は『続古今集』に採られているが、『続詞花集』『今撰和歌集』『治承三十六人歌合』にも見える。そして、『治承三十六人歌合』では詞書が「世のはかなき事をおもひつづけて」（『新編国歌大観』による）で、この断簡と同一である。つまり、この断簡は『頼輔集』の切ではなく、『治承三十六人歌合』の切としなければならないのである。

また、徳川黎明会蔵手鑑『玉海』(2)に、伝寂蓮法師筆歌切（二七・八センチ×七・〇センチ）というものがある。

　霞
春くれはしるしのすきもみえぬかなか
すみそたてるみはのやまもと

この歌は、『頼輔集』『治承三十六人歌合』に見えるが、『頼輔集』の詞書は「前播磨守隆親歌合に、かすみをよみてつかはしける」（『新編国歌大観』による）であり、治承三十六人歌合の詞書は「霞」、歌は「春くれば杉のしるしもみえぬかな霞ぞたてる三輪の山本」（『新編国歌大観』による）である。歌の本文には傍線部のような小異はあるが、詞書は断簡と同一である。

つまり、金沢市立中村記念美術館蔵古筆手鑑の伝寂蓮法師筆頼輔集切も、徳川黎明会蔵手鑑『玉海』の伝寂蓮法師筆歌切も、『頼輔集』の断簡ではなく、『治承三十六人歌合』の断簡なのである。

そして、これらと経盛歌を書いた新出断簡とを比べると、縦の寸法がほぼ等しく、また、「き」に「支」を用いること、「た」（太）の第三画がうねる特徴、「も」（毛）の特徴ある字形などが共通している。同じ書写者が同じ体裁で書写していることから、これらはすべてツレと認められる。かくして、経盛歌を記した新出断簡は『治承三十六人歌合』の断簡と判断されるのである。『治承三十六人歌合』では、当該歌は「紅葉」の詞書をもっているが、本断簡の切断された前の部分に書かれていたはずである。

ちなみに、伝寂蓮筆と極められるだけあり、これら断簡の筆跡は筆力のある堂々としたものであり、また、『玉海』所収切のように上の句と下の句で行替えしない古体の書写様式から、鎌倉初期の書写と推される。『治承三十六人歌合』は、平安末期の三十六人の歌人の歌を、十首ずつ歌合の形に編んだものであるが、近世初期の写本しか伝存していない。書風や体裁からみて、本断簡は治承三年（一一七九）の成立に極めて近い書写であり、格段に古い貴重な資料である。

注

（1）『古筆手鑑大成』第十六巻（角川書店、一九九五年）。
（2）『徳川黎明会叢書　古筆手鑑篇一　玉海・尾陽』（思文閣出版、一九九〇年）。

第五節　秀歌撰・類題集

73　伝二条為氏筆　定家八代抄切

和歌の精華である勅撰集、そのまた精髄を抜き出した秀歌撰や類題集は、和歌にたずさわる者にとって必携の書であった。『定家八代抄』（『二四代集』『八代知顕抄』ともいう）は、藤原定家（一一六二～一二四一）が八代集から秀歌一八〇〇余首を抄出し、部類したもの。『定家八代抄』の鎌倉時代の写本は、徳川黎明会蔵『八代抄』巻十八の零本のみ。あとは南北朝以降のものばかり。しかし、古筆切には鎌倉時代書写本の断簡が数種類伝存している。その中でも、伝二条為氏（一二二二～一二八六）筆とされる定家八代抄切は、久曽神昇氏『私撰集残簡集成』[1]（伝称筆者は為家になっている）・田中登氏『平成新修古筆資料集』[2]などに見えるものと、『古筆学大成16』[3]に二葉掲載されているものとの、二種類がある。新出断簡は、後者のツレである。

『古筆学大成16』に掲載されているものは「伝後京極良経筆 八代知顕抄切」として立項されているが、二葉掲出されているうちの個人蔵手鑑の伝称筆者を採って伝後京極良経（一一六九～一二〇六）筆としたという。もう一葉は陽明文庫蔵『大手鑑』所収の断簡で、それには近衛家熙（一六六七～一七三六）の手で「大納言為氏筆」と極められているという。新出断簡にも為氏筆とする朝倉茂入の極札が付属している。となれば、現存三葉のうち二葉が伝為氏筆なので、本書では伝二条為氏筆として掲げた。

新出断簡は料紙は斐楮交ぜ漉き、縦二二・五センチ、横一四・九センチ。陽明文庫蔵『大手鑑』の断簡と同じく、巻第十一恋歌一の部分である。堂々とした典型的な後京極流の筆跡で、その書風から小松茂美氏は「定家の撰述直後」であろうとしている[4]。

かせそたよりのしるへなりける
源重之
つくはやまはやましけ山しけゝれと
おもひいるにはさはらさりけり
よみ人不知
をとにきくひとに心をつくはねの
みねとこひしきゝみにもあるかな
貫之
よのなかはかくこそありけれ吹風の

注

（1）久曽神昇『私撰集残簡集成』（汲古書院、一九九九年）。
（2）田中登『平成新修古筆資料集 第三集』（思文閣出版、二〇〇六年）。
（3）小松茂美『古筆学大成16』（講談社、一九九〇年）。
（4）注（3）に同じ。

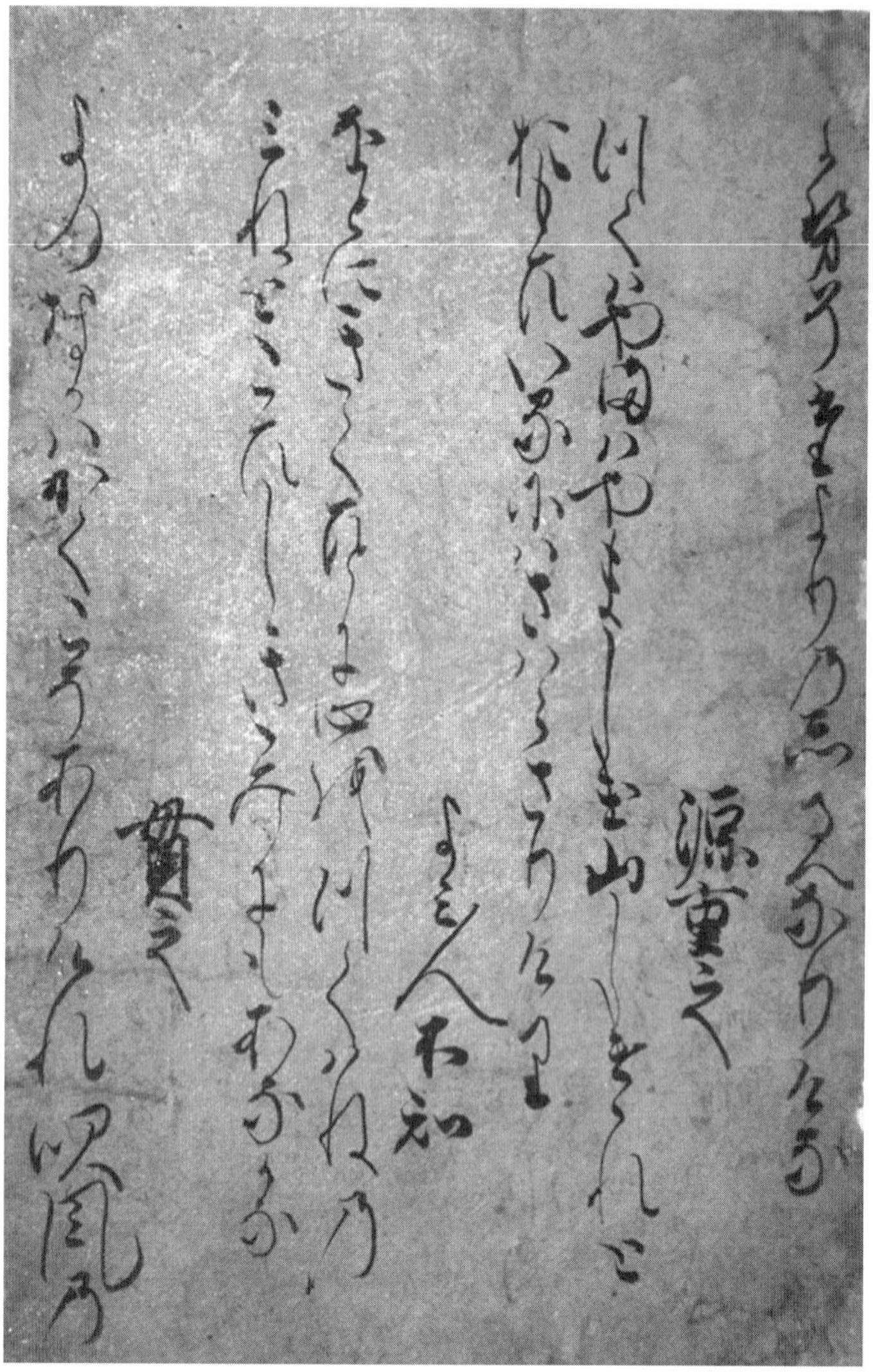

伝二条為氏筆 定家八代抄切

74 伝二条為右筆 二八明題和歌集切

『二八明題集』は、『古今和歌集』から『続後拾遺和歌集』までの勅撰一六代集から和歌を抄出し分類した、類題集である。その成立は、この伝二条為右筆の断簡によって、『続後拾遺和歌集』と『風雅和歌集』の間、鎌倉末から南北朝初期と確定された(1)。すなわち、『続後拾遺集』までから採歌し『風雅集』から採歌してないので、両集の間の鎌倉末から南北朝初期頃とは考えられていたものの、それ以上の資料がなく、現存最古の写本である穂久邇文庫本の奥書の年次、長享二年（一四八八）が確実な成立の下限とされてきた。しかし、伝二条為右筆の断簡の出現によって、『続後拾遺和歌集』と『風雅和歌集』の間、鎌倉末から南北朝初期と確定できたのである。伝二条為右筆の断簡は、『二八明題集』の成立に近い書写本断簡なのである。田中登氏は八葉を集成している(2)。また、小林強氏は一九葉をリストアップしている(3)。

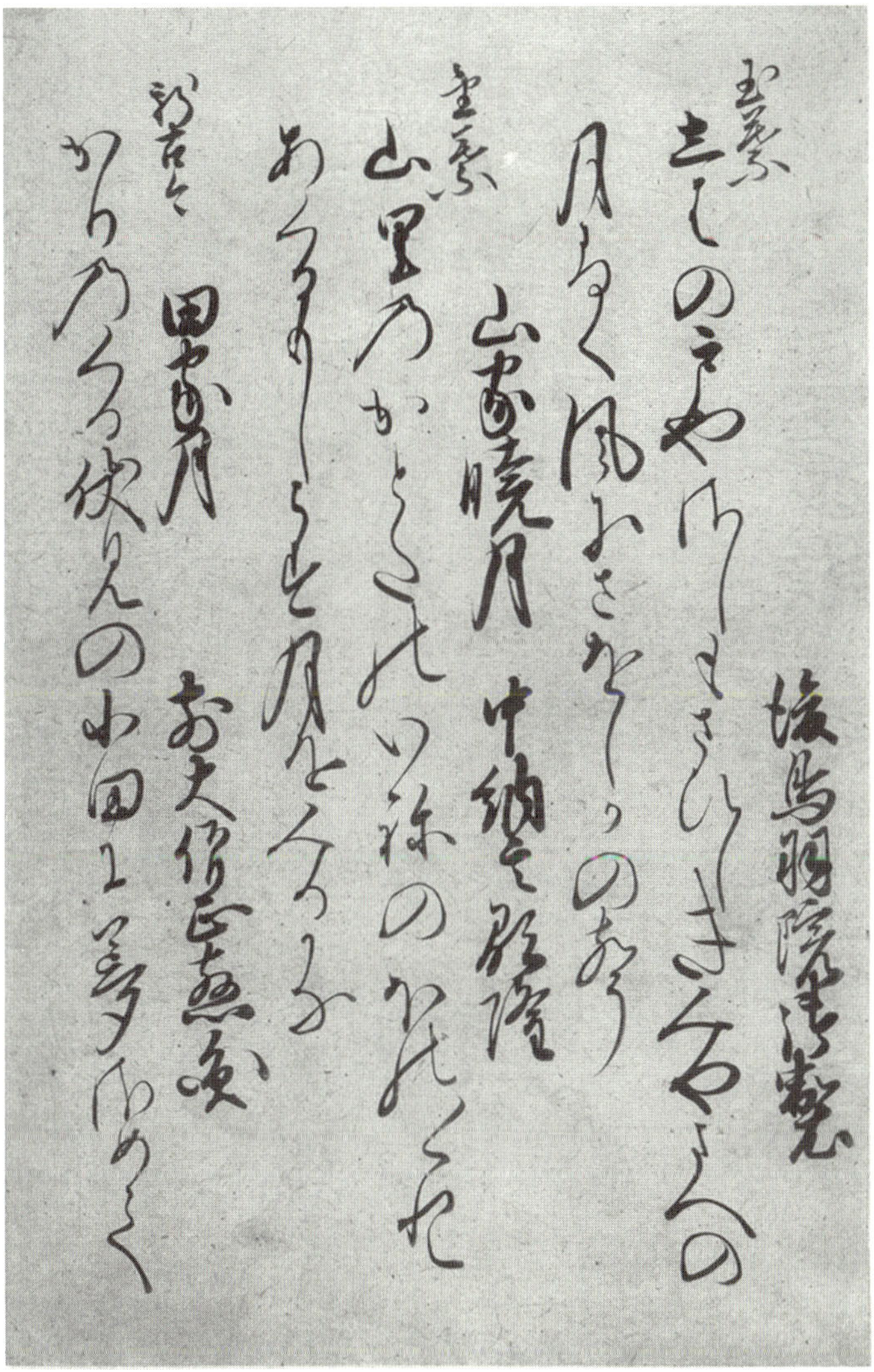

伝二条為右筆 二八明題集切

玉葉
しはの戸やさしもさひしきみやまへの　　後鳥羽院御製
月ふく風にさをしかの聲
金葉
山家暁月　　中納言顕隆
山里のかとたのいねのほの〳〵と
あくるもしらす月をみるかな
新古今
田家月　　前大僧正慈円
かりのくる伏見の小田に夢さめて

本断簡はその伝二条為右筆二八明題集切のツレである。料紙は斐楮交ぜ漉き、縦二六・六センチ、横一七・二センチ。ちなみに、この伝二条為右筆二八明題集切のような、大四半本に大振りの堂々とした文字で書写するものが、鎌倉末から南北朝初期に少なからず見られる。時代の好尚を示すものかと思われる。

注

（1）田中登『古筆切の国文学的研究』「第三章類題集篇　第一節八代集部類抄から二八明題集へ」（風間書房、一九九七年）。
（2）注（1）に同じ。
（3）小林強・高城弘一『古筆切研究　第1集』（思文閣出版、二〇〇〇年）。

第六節　朗詠（歌謡）

75　伝飛鳥井雅経筆（推定藤原教長筆）金銀切箔和漢朗詠集切

〔年代測定　一〇三二～一一七七年〕

伝藤原雅経（一一七〇～一二二一）筆金銀切箔和漢朗詠集切は、『古筆学大成』(1)にも九葉（図版は七葉）しか掲載されていない、伝存稀な古筆である。すでに触れた今城切、さらには二荒山本後撰集、長谷切和漢朗詠集、伴大納言絵詞、隆能源氏物語絵巻詞書（Ⅳ類　竹河・橋姫）などと同筆とされている。これらはすべて雅経筆と伝称されているが、今城切と同筆であるならば、すべて藤原教長（一一〇九～一一八〇頃）筆ということになる。また、今城切と比べて、素直であり瑞々しく、より若い頃の筆跡と考えられている。たとえば飯島春敬氏は「この書風の特徴は、漢字の安定感に対して、仮名も扁平で落着を有し、決して藤原的な流動美を発揮しないのである。こうしなければ豊富な漢字を採入れた仮名交り文は安定性を失うのである。つまり仮名本来の美として考えられた連綿遊糸を捨てて漢字表現の方に、仮名が身を寄せたのである。いわゆる藤末鎌初の時にこの様式が完成したというのは、それだけ仮名を男性のものにしたことである。銀切箔朗詠集は、今城切、長谷切と違い、この筆者としては若書きに属していると見え、清新の気が認められる(2)」と説いている。

雅経の筆跡は熊野懐紙をはじめ真筆が伝存しており、その書風は確かに教長の筆跡に似ている。実は教長は雅経の大叔父であり、雅経の書に教長の書の影響があっても不思議ではないのである。とすると逆に、教長の若書きとされるものに、雅経の若書きが混じっている可能性も考えておく必要がある。この教長若書きと雅経若書きの筆跡を考える上で興味深いのは、雅経筆崇徳天皇御本『古今和歌集』である。この写本は、教長筆本を雅経の父頼経が書写した本を、さらに雅経が祖父頼輔のもとにあった反古紙を使って模写した本である（下巻の紙背文書による(3)）。つまり、崇徳天皇御本『古今和歌集』は雅経の一六、七歳の模写本であり、その書はたどたどしいが、今城切風、教長風の筆跡になっている。頼経も単に教長本を転写したのではなく、教長の筆跡を模写していて、さらにそれを雅経が模写したように思われる。あるいは、教長の筆跡は「さまざま京ゐなかつたはり侍なり」（『今鏡』）というように、広く浸透していたので、教長の甥である頼経がそっくりな書を書いた可能性も考えられ、それを雅経が模写したのでおのずと教長風の筆跡になったとも考えられる。いずれにせよ、雅経は十代から、大叔父教長の完成した筆跡を模写し習得していたと考えて良い。だから、雅経は若年であっても、金銀切箔和漢朗詠集切のような清新な教長風の筆跡は書いていないと考えられる。それゆえ、金銀切箔和漢朗詠集切は、やはり教長の若書きとすべきである。

新出断簡は、縦二六・五センチ、横九・四センチ。天地にそれぞれ一条の銀界あり、界の高さは二三・四センチ。料紙は斐楮交漉紙、淡香色、一面に金銀切箔砂子を散らしている。もと巻子本。和漢朗詠集巻上・秋・十五夜付月の部分である。

金膏一滴秋風露玉匣三更冷漢雲 菅三品
楊貴妃帰唐帝思李夫人去漢皇情 對雨戀月 順
みつのおもにてるつきなみをかうふれは
こよひそあきのもなかなりける 順

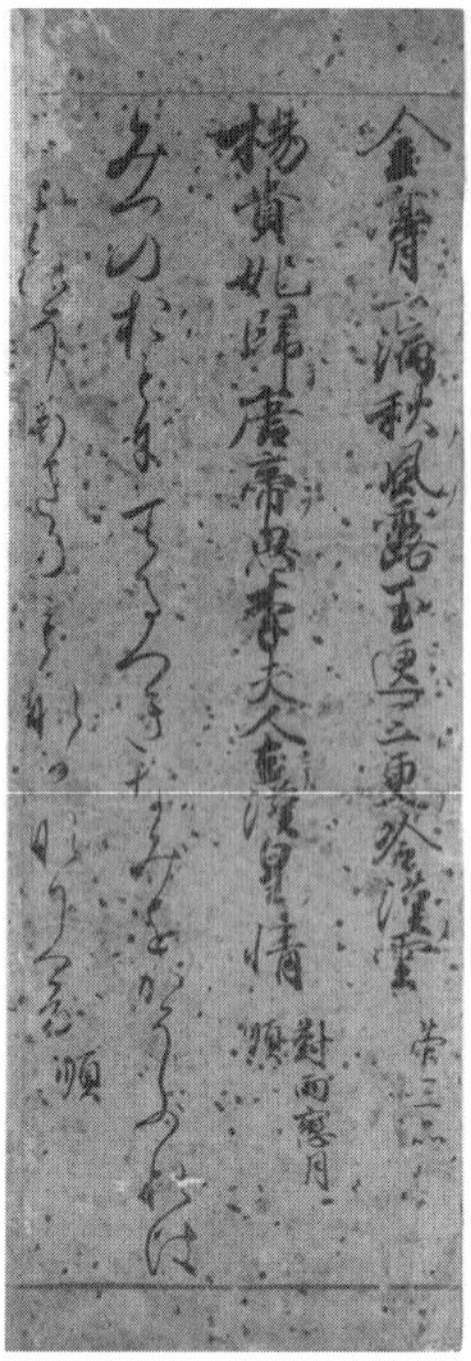
金銀切箔和漢朗詠集切

書写年代の科学的根拠を得るべくおこなった炭素14年代測定の結果を示しておく。測定値は９１６［ＢＰ］。その１σの誤差範囲９１６±２１［ＢＰ］を暦年代に較正した値が、１０４４（１０５４、１０７８）１０９９、１１１９（）１１４２、１１４７（１１５３）１１６０［ｃａｌ ＡＤ］である。２σの誤差範囲９１６±４２［ＢＰ］を暦年代に較正した値が、１０３２（１０５４、１０７８、１１５３）１１７７［ｃａｌ ＡＤ］。今城切とほぼ同じ測定値である。誤差範囲の下限の一一七七年頃に実年代があると仮定しても、雅経はまだ一〇歳頃で、雅経一六、七歳の崇徳天皇御本『古今和歌集』と比較して、雅経の若書きとするのはいささか無理であろう。やはり教長の若書きということになろう。

注

（１）小松茂美『古筆学大成15』（講談社、一九九〇年）。
（２）飯島春敬『名宝古筆大手鑑』（東京堂出版、一九八〇年）。
（３）小松茂美『古筆学大成３』の「42飛鳥井雅経筆 崇徳天皇御本古今和歌集」解説（講談社、一九八九〇年）。

第四章　散佚物語・不明物語

76
伝後光厳天皇筆　夜の寝覚末尾欠巻部
――寝覚上は二度死に返る――

一　伝後光厳天皇筆不明物語切と『夜の寝覚』末尾欠巻部

『夜の寝覚』は菅原孝標女作とされる後期物語の代表作であるが、現存諸本はすべて中間と末尾に欠巻がある。欠巻部分の復元資料としては、これまで『寝覚物語絵巻残欠』『無名草子』『拾遺百番歌合』『風葉和歌集』が知られていたが、近時『寝覚物語絵巻』のあらたな詞書断簡・伝慈円筆寝覚物語切・伝後光厳院筆『寝覚物語抜書』が見いだされ、新知見によって従来の復元に修正がくわえられた[1]。

さらに最近、伝後光厳天皇筆の『夜の寝覚』末尾欠巻部とされる古筆切が紹介されたが[2]、『寝覚』ではないとする反論も強い[3]。すなわち、仁平道明氏は伝後光厳天皇筆仁平氏蔵断簡をいわゆる寝覚上偽死事件にかかわるものとし、〈冷泉院は死んだようになった女君を白河院に連れて行き、大願を立て加持祈祷によって蘇生させた、その経緯を冷泉院が寝覚上に語っている場面〉とされた。これに対して田中登氏は、「寝覚蘇生後において、冷泉院と寝覚が相対している場面であるとすれば、冷泉院は、他のいかなる人よりも先に、寝覚が蘇生した事実を知っていたことになるわけだが、果たしていかがなものであろうか」とされた。後に、冷泉院による真砂（寝覚上の息子）勘当事件が起きた際、死んだはずの寝覚上が息子の許しを乞う手紙を冷泉院に送るのだが、その手紙を読んだ冷泉院の様子は「御心のうちさわぎ、むねつぶ〳〵となりて、おもひもかけず、ゆめの心ちせさせたまふ」（『寝覚物語絵巻残欠』）と描かれており、冷泉院はそれまで寝覚上の生存をまったく知らなかったとすべきで、このことと新出断簡は矛盾するとされるのだ。これは強固な反証と言わざるを得ない。

他にも、ツレの断簡（細川家手鑑『墨叢』所収の切）で、仁平氏が真砂と見なす人物が「いといはけなきに」と表現されている点について、田中氏は真砂が「いはけたるところなく」（現存巻三）、「いはけなからず」（現存巻四）と、正反対の大人びた人物造型がされていることを指摘し、この人物を真砂に擬することに疑問を投げかけている[4]。しかし、『源氏物語』でもそうであるように、古代物語の人物造型は状況によって、あるいは感じる主体の違いによって変動することがあるので、これについては、真砂ではないとする決定的根拠とはなり得まい。かといって、真砂であるとする決定的根拠も、またないのであるが。仁平氏説に対する批判は他にも何点か提起されているが、それらも同様で、肯定する決定的根拠も否定する決定的根拠もないように思われる。

伝後光厳天皇筆不明物語切を『夜の寝覚』末尾欠巻部とする説、これに対する強固な反証は、『寝覚物語絵巻残欠』が示す〈真砂勘当事件後、冷泉院が寝覚上の生存をまったく知らなかったこと〉のみといってよい。この矛盾点、伝後光厳天皇筆不明物語切の〈冷泉院が寝覚上を蘇生させたとすること〉と『寝覚物語絵巻残欠』の〈冷泉院が寝覚上の生存をまったく知らないとすること〉との矛盾は、解決不可能な絶対的矛盾なのだろうか。伝後光厳天皇筆不明物語切の新出断簡の分析と、既存の末尾欠巻部資料の読み直しによって、この矛盾点に考察をくわえたい。

二　伝後光厳天皇筆不明物語切の新出資料

さて、この『夜の寝覚』末尾欠巻部か議論のある伝後光厳天皇筆不明物語切の、あらたなツレの断簡が出現した。料紙は斐紙、縦一七・〇センチ、横一六・五センチ。一面一一行書き。朝倉茂入の極札「後光厳院しめすにも（朝倉茂入印）」が附属している。ちなみに、筆跡は、同じく後光厳天皇を伝称筆者とする東京国立博物館蔵『松浦宮物語』に酷似しており、同筆としてよいかも知れない。

しめすにも御むねいたく心やましき
をおほしつめて御ものかたりこまやかに
せさせ給におと、もあはれむかしの人に御
心さしふかくおほししめたりしものを
あはれにありかたくなとおほしいつるにも
いとしのひかたきをせめてもてまきらはい
たまふけしきさなめりと御らんするにも
御かほの色うつろふ心ちしてかはかりの御身
をもしらせ給はすひたふるにたえこもりお
ほしめさる、いかはかりの人ならんとゆかし
きに中宮の御ことなとによろこはせたまひて

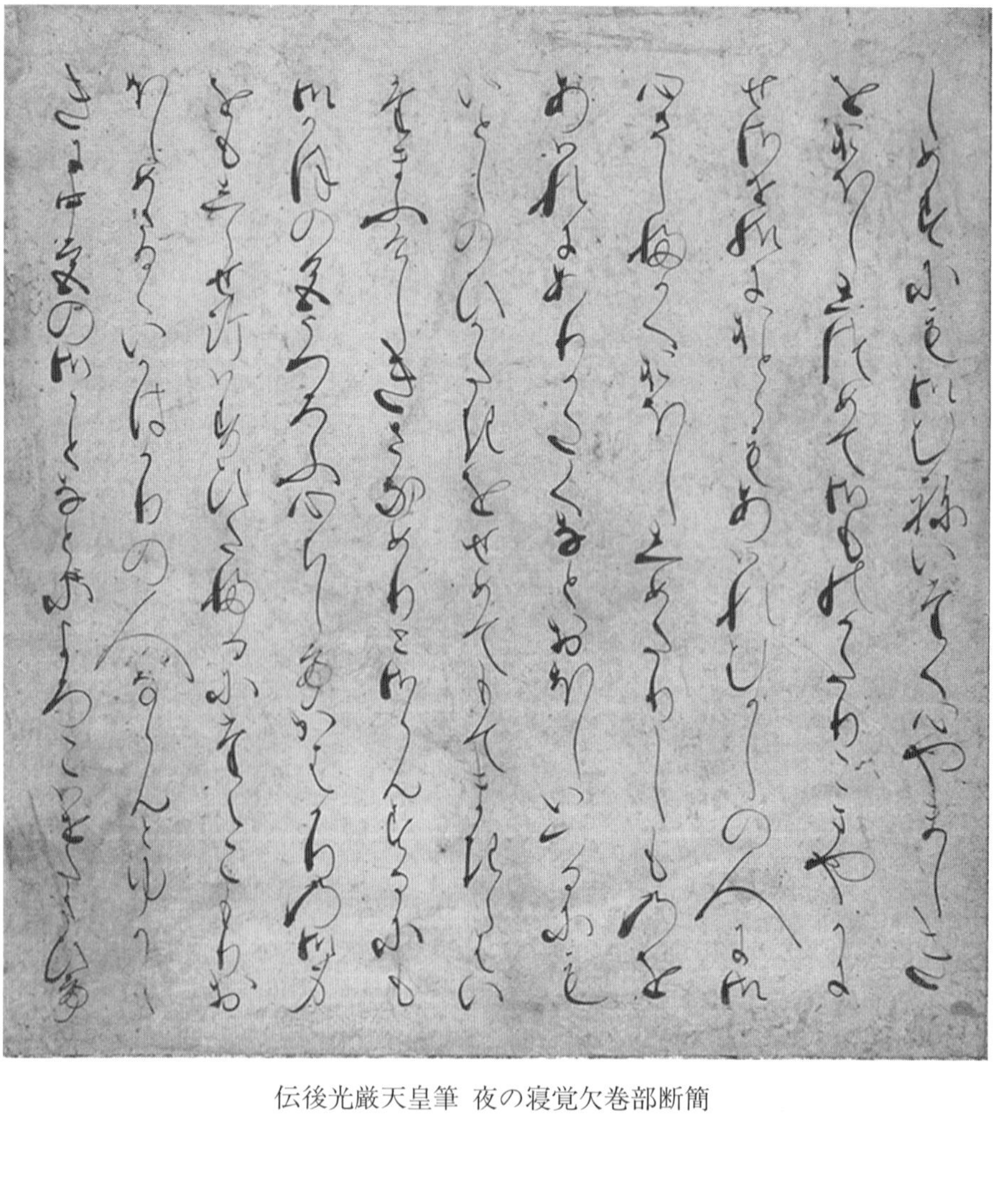

伝後光厳天皇筆　夜の寝覚欠巻部断簡

「むかしの人」――この人物は「御心さしふかくおほししめたりし」と過去形で語られ、「おほしいつるにもいとしのひかたきを」と涙がちに思い出されているので、亡くなった女性と考えられる――、この人物へのそれぞれの思いをいだきながら、「おとど」ともう一人の人物――最高敬語「おぼしめす」が使用されているので相対的に「おとど」より高貴な人で、天皇または院と思われる――が、相対している場面である。また、「かばかりの御身をもしらせ給はずひたぶるにたえこもりおぼしめさるるいかばかりの人ならんとゆかしきに」とあるので、二人の内のどちらかが、高貴な身分もわきまえずどこかに閉じこもって、世間にはどこの誰とも知らせずに、ある女性を寵愛しているような状況があるらしい。次に釈文とおおよその解釈を示す。主語のとらえ方の違いによる、二通りの可能性を示してみる。大臣と対面しているより高貴な人物を、仮に「院」としておく。

①しめすにも、(院は)御胸いたく心やましきをおぼししづめて、御物語こまやかにせさせ給に、大臣《おとど》も「あはれ、むかしの人に御心ざし深くおぼししめたりしものを、あはれにありがたく」などおぼしいづるにも、いとしのび難きをせめてもてまぎらはいたまふ気色、(院は)「さなめり」と御覧ずるにも、(大臣は)御顔の色うつろふ心地して、「かばかりの御身をも知らせ給はず、ひたぶるにたえこもりおぼしめさるる、いかばかりの人ならん」とゆかしきに、(院は)中宮の御ことなどに喜ばせ給ひて

院はそう思し召すと、胸がしめつけられいやな思いになるが心を落ち着かせて、ねんごろにお話をなさる。大臣も「ああ、亡くなった女君に院は深い思いを抱いていらっしゃったものだったなあ、しみじみ尊いこと」などと思い出すにつけても、感に堪えず涙がこぼれそうになるのを懸命にごまかしていらっしゃる様子を、院は「大臣はきっと女君を思い出して耐えられないのだろう」とご覧になるにつけても、大臣は心の内を見透かされたようでお顔の色さえ変わる心地がして、「それにしても院は高貴なご身分をお考えにならず、ひたすら引き籠もって誰か女性を寵愛していらっしゃる、その女性はどれほどすばらしい人なのだろうか」と女性の素性を知りたいと思うが、院は中宮の慶事などをお喜びになって……

②しめすにも、(院は)御胸いたく心やましきをおぼししづめて、御物語こまやかにせさせ給に、大臣《おとど》も「あはれ、むかしの人に御心ざし深くおぼししめたりしものを、あはれにありがたく」などおぼしいづるにも、いとしのび難きをせめてもてまぎらはいたまふ気色、(院は)「さなめり」と御覧ずるにも御顔の色うつろふ心地して、「かばかりの御身をも知らせ給はず、ひたぶるにたえこもりおぼしめさるる、いかばかりの人ならん」とゆかしきに、中宮の御ことなどに喜ばせ給ひて

院はそう思し召すと、胸がしめつけられいやな思いになるが心を落ち着かせて、ねんごろにお話をなさる。大臣も「ああ、亡くなった女君に院は深い思いを抱いていらっしゃったものだったなあ、しみじみ尊いこと」などと思い出すにつけても、感に堪えず涙がこぼれそうになるのを懸命にごまかしていらっしゃる様子を、院は「きっと大臣は女君を思い出して耐えられないのだろう」とご覧になるにつけても嫉妬でお顔の色さえ変わる心地がして、「それにしても大

臣は高貴なご身分をお考えにならず、ひたすら引き籠もって誰か女性を寵愛していらっしゃる、その女性はどれほどすばらしい人なのだろうか」と女性の素性を知りたいと思うが、中宮の慶事などをお喜びになって……

②のように、「御顔の色うつろふ心地して」の主語を「院」とすると、続く心中思惟の中で「院」が「大臣」に対して、「かばかりの御身をも知らせ給はず」と最高敬語を使うことになってしまう。したがって、敬語のありようからすると、①の解釈が穏当であろう。

さて、これを『夜の寝覚』末尾欠巻部と仮定した場合、内容的に齟齬は生じないであろうか。末尾欠巻部で男主人公は内大臣になるので、「おとど」と呼称されていておかしくない。「おとど」と相対している貴人は冷泉院と考えることが可能であろう。また、男主人公の姫君（石山の姫君）が帝の中宮になっているので、「中宮」が登場したり、中宮にたとえば懐妊などの慶事が出来《しゅったい》することにも矛盾はない。

断簡末部の「かばかりの御身をもしらせ給はずひたぶるにたえこもりおぼしめさるるいかばかりの人ならんとゆかしきに」から、院が身分もかえりみず、どこかに閉じこもってある女性を寵愛しているような状況が想定できる。これはいわゆる〈寝覚上の偽死事件〉と関係づけることが可能と思われる。以下に、このことを検証してみたい。

三　『夜の寝覚』末尾欠巻部の通説

伝後光厳天皇筆新出断簡と『寝覚』の偽死事件との関わりを検討すべく、末尾欠巻部の復元を示してみる。なお、近年の新出資料（『寝覚物語絵巻』詞書・『夜寝覚抜書』・伝慈円筆寝覚物語切）により、〈寝覚上の偽死事件が先で、真砂君の勘当事件が後であること〉、〈蘇生後、寝覚上は叔母斎宮のもとで出家生活をしていたこと〉、〈出家姿の寝覚上が、真砂君によって発見されたこと〉という重要な事実が明らかにされた。(5)この新事実を踏まえた田中登氏による最新の復元を掲げさせていただく。

退位後も冷泉院は、中君に対する執心が絶えることなく、白河の院に彼女を呼び寄せたのだが、事件はそこで起きた。おそらく冷泉院が強引に中君に言い寄るようなことがあったのであろう。中君は突然息絶えてしまったのである。しかし、その後、彼女は奇跡的に蘇った。そして、誰に知られることもなく、中君はそのまま世間から身を隠し、念願の出家を果たして、叔母の斎宮のもとに身を寄せていた。母親に先立たれた衝撃で、一時北山に籠ったりした真砂であったが、その彼に幸運な出来事が見舞った。とある邸の一室で几帳の隙間からかすかに覗き見た尼の横顔は、どこか昔の母の面影に通じるところがあった。あまりの懐かしさに溢れ出る涙をこらえかねている真砂の目の前で、几帳の端が風に舞い上がり、ついに真砂は死んだとばかり思われていた母を発見するに至ったのである。真砂の報により、今は中宮となっている石山姫も、母の生存を知ったが、なぜか中君は、夫である権中納言に自分の無事を知らせることを、子供たちに固く禁じていた。母が死んだといわれた日から、かなりの時が経過した今でも、その死を嘆き悲しんでいる父の姿を見るにつけ、母の無事を知らせようかと思い悩んだりした真砂であったが、そんな時、またまた、大事件がおきた。

　ことの発端はこうである。とある忍び所からの帰途、真砂が箏の琴の音に魅かれて故左大臣殿の女御の邸に立ち寄ってみると、そこに見出したのは、日頃真砂とは相思相愛の関係にある冷泉院の女三宮の姉、女二宮であった。かねがね美人であるとは聞いていたが、これがあの女三宮と血のつながりのある女性かと思うと、真砂は彼女に対する好奇心を到底押さえることができないのであった。だが、やがて真砂の女二宮に対する恋心は、父冷泉院の知るところとなり、当然のことながら、真砂は冷泉院の激しい怒りを買うことになる。かくして真砂は冷泉院への出入りを禁止され、女三宮との仲も強引に引き裂かれることになってしまったのである。わが子真砂の不幸な境遇に思い余った中君は、ついに自分の存在が世間に知られることを覚悟で、真砂の勘当を解いてもらうべく、冷泉院に宛てて手紙を書くことにした。この手紙によって真砂を許そうと決意をした冷泉院は、久しぶりに真砂に対面し、その変わらぬ美しさに感銘するとともに、蘇生後の中君の動静をも真砂に親しく尋ねて、涙するのであった。

　この復元を、より詳細に末尾欠巻部資料と対応させ、時系列に沿って示すと、次のようになる。なお、［］内に関連する末尾欠巻部資料を示したが、その資料番号は田中登他編著『寝覚物語欠巻部資料集成』[6]による。また、（）内はこの復元案にそって私に補足した推測である。

・石山の姫君（寝覚上の娘）東宮妃となり、冷泉院退位東宮即位後、立后。督の君（寝覚上の継子）の生んだ皇子が東宮になる。一族の栄達に、寝覚上喜悦す。［無名草子五・八、拾遺百番歌合一］

・寝覚上、冷泉院によって、白河の院に幽閉される。［風葉和歌集一、拾遺百番歌合四］

・寝覚上が一度は息絶えながらよみがえる、という出来事が起きる。いわゆる偽死事件である。（男主人公関白の第四子を懐妊中の寝覚上に、院が強引に迫ったゆえの出来事であろう。『源氏物語』の薫と中君のように、腹帯を見あらわすかして、院は寝覚上が懐妊している事を知り、実事に至らなかった可能性もある。いずれにせよ、懐妊中の切迫した状況によって、寝覚上は息絶えたのであろう。）［無名草子八・九・一〇］

・このいわゆる偽死事件によって、寝覚上は白河の院から逃れ出る。（『源氏物語』の夕顔の頓死事件のように、内密に荼毘にふすため、息絶えた寝覚上は人知れず運び出され、その後蘇生したのであろう。）［拾遺百番歌合七］

・蘇生した寝覚上は、つくづくとおのが姿に見入る。［夜寝覚抜書一］

・寝覚上はそのまま世間から身を隠し出家し、叔母斎宮のもとに身を寄せる。［伝慈円筆　寝覚物語切一］

・寝覚上は死んだと思われ、人々その死を悼む。［無名草子一］

・息子真砂君は北山に籠もる。［風葉和歌集二・八、拾遺百番歌合三・九、夜寝覚抜書二］

・冷泉院は寝覚上を失った衝撃から、出家する。［拾遺百番歌合一〇］
・かつて寝覚上を思慕した右衛門督も出家する。［無名草子二・七］
・叔母斎宮のもとで出家生活をする寝覚上、真砂君の後姿を目撃し、悩む。［伝慈円筆　寝覚物語切一］
・やがて真砂君によって、尼姿の寝覚上が見つけられ、その生存は継子の中宮にも知らされる。［拾遺百番歌合七・八、伝慈円筆　寝覚物語切二］
・真砂君は冷泉院の女三宮と相思相愛であったが、その姉女二宮にも恋心を燃やす。それが冷泉院の知るところとなり、勘当される。［風葉和歌集一〇、拾遺百番歌合二一・五、寝覚物語絵巻詞書一］
・真砂君は母の生存を父にも知らせるべきか悩みつつ、勘当の悲しみを訴えに女三宮の女房中納言の君を訪れたりする。［無名草子三、風葉和歌集六、拾遺百番歌合六、寝覚物語絵巻詞書二、伝慈円筆　寝覚物語切三］
・寝覚上は自分の生存を知られることを覚悟で、冷泉院に手紙を送り、真砂の許しを願う。冷泉院、寝覚上の生存を知り驚愕す。［寝覚物語絵巻詞書三］
・冷泉院、真砂の勘当を解く。［無名草子四、風葉和歌集七］
・冷泉院からの返事に、寝覚上歌を返す。［拾遺百番歌合一〇］
・勘当の解けた真砂君、院に参上し母の近況を語る。院、涙す。［寝覚物語絵巻詞書四］
・やがて寝覚上は亡くなり、真砂君や中宮は哀悼の歌を詠む。［風葉和歌集三一・四］

なお、末尾欠巻部資料［無名草子八］に、「かへす〳〵このものがたりのおほきなるなんは、しにかへるべきほうのあらむは、さきのよのことなればいかがはせむ、そのゝち、とのにきゝつけられたるを、いとあさましなどもおもひたらで、こともなのめに、なべてしくうちおもひて、子どもむかへてみなどするを、いみじきことにして、さばかりなりし身のはて、さち、さいはいもなげにてかくれゐたる、いみじくまが〳〵しきことなり。そのゝち、まさごのことにおもひあまりて、院に御文たてまつりたるほどこそ、さすがあはれに侍れ。」という記述がある。すなわち、偽死事件の後に、寝覚上は男君に生存を知られ子供たちとも対面し、さらにその後に、その幸いを棄てて再び身を隠し、そのまた後に、真砂の勘当を解いてもらうべく冷泉院に手紙を送った、と云うのである。『無名草子』のこの叙述が、『夜の寝覚』の物語展開の順序通りだとすれば、家族との再会とその後の失踪は、真砂が母を発見し母の生存を父に知らせるか思い悩んでいる部分の後に位置させる他ない。そして、家族と再会した後に、また寝覚上は自ら失踪したことになり、物語展開はより複雑なものとなる。しかし、『無名草子』が事柄の前後関係を厳密に記述しているかどうかは、保証のかぎりでない。それゆえ、今は『無名草子』のこの記事を物語展開の中に位置づけず、ここに別記しておく。

四　通説の問題点ともうひとつの復元案

右にみた復元には、いささか問題があるように思われる。白河院における冷泉院の関係強要→寝覚上の絶息→白河の院から運び出された後、寝覚上は蘇生し、世間から身を隠したまま出家→世間の人々は寝覚上は死んだと思い込み悲しんだ、という展開が想定されているのだが、末尾欠巻部資料に虚心に向き合うと、このような展開にはならないと思われる。寝覚上は、冷泉院によって白河の院に幽閉されていた時からすでに、世間からは死んだものと思い込まれている状況にあったとすべきである。

末尾欠巻部資料［風葉和歌集一］（＝同［拾遺百番歌合四］）に、

　しのびてしらかはの院に侍りけるに、「物おもふ秋はあまたありしかど、いとかうはあらざりかし」とながめわびて
　　　　　　　　ねざめのひろさはの准后
しをれわびわがふるさとのをぎの葉にみだるとつげよ秋のはつかぜ

とあり、寝覚上が「しのびて」白河の院に居たことが分かる。しかし、寝覚上がどのような事情で白河の院に居り、どのような状況下にあったのかは分からない。ところが、末尾欠巻部資料［夜寝覚抜書二］に、

　あはれ我を思いづる人もあらむかし。三位中将山ふかくあとをたちたえこもりたるらむ心ざしのほどよ。いかでゆめのうちにも、かくてあるぞとしらせてしがな。おさなき人のさま〳〵恋しさなど、身をせむるやうに、いとたへがたきにも、ものおもふ秋はあまたへにしかど、いとかくしもは、おぼえざりきかし。
　しほれわびわがふるさとのおぎの葉にみだるとつげよあきのゆふかぜ
　しらざりし山ぢの月をひとりみて世になき身とやおもひいづらむ

とある。これによって、『しほ（を）れわび』の歌は、母が死んだと思い込み北山に籠もった息子真砂、それを思いやる寝覚上の歌と分かる。つまり、寝覚上が「しのびて」白河の院に居たのは、たんに冷泉院によってそこに隠し据えられていたというのではなく、この時すでに世間からは死んだものと思い込まれている状況にあったと分かる。

　世人が自分の死を悼んでいることに対して寝覚の上が感慨をもよおすのは、白河の院から逃れ出た後なのではなく、白河の院に幽閉されているさ中のことなのである。人々が寝覚上の死を悲しんでいるのは、寝覚上が白河の院に幽閉されているさ中のことなのである。

　この事実は、伝後光厳天皇筆新出断簡を寝覚上偽死事件と関係づける重要な証左、『夜の寝覚』の末尾欠巻部と推定する重要な証左となる。右の事実と伝後光厳天皇筆新出断簡を付き合わせてみると、〈冷泉院が寝覚上を死んだことにして、白河の院に隠し据えている。世人はそれが誰か知らず、院が密かに寵愛する人と思っている。真実を隠して、院が男君と寝覚上の死を悲しんでいる〉ということを示しているのが、伝後光厳天皇筆新出断簡であると考えられるのである。新出断簡は、『夜の寝覚』の現存末尾欠巻部資料と齟齬することなく、末尾欠巻部に位置づけることが可能なのである。

＊

さらにもうひとつ、『夜寝覚抜書』によって、重要な問題点が浮かび上がる。『抜書』は中間欠巻部の三場面と末尾欠巻部の二場面からなる一巻で、散らし書きゆえ前後の場面が上下に重なっている部分もあるが、おおむね物語展開の順にしたがっている。すなわち、「寝覚上が父の住む広沢の邸に身を寄せ、昔を懐かしむ場面」→「寝覚上が老関白との結婚を強いられた時、広沢で男君と一夜の逢瀬をもつ場面」→「老関白没後、寝覚上と男君が久しぶりに会う場面」(以上中間欠巻部)→「寝覚上が生き返り、おのが姿を鏡に映して見る場面」→「母が死んだと思い込み北山に籠もった真砂を、寝覚上が思いやる場面」(以上末尾欠巻部)の順になっているが、中間欠巻部から末尾欠巻部へと順に並んでいるし、中間欠巻部は物語の展開の順に沿っている。ということは、末尾欠巻部の二場面も物語展開のとおりの順になっていると考えられる。つまり、「母が死んだと思い込み北山に籠もった真砂を、寝覚上が思いやる場面」、これはすなわち寝覚上が白河の院に幽閉されている時のことであるが、これより前に「寝覚上が生き返り、おのが姿を鏡に映して見る場面」が書かれていたことになるのである。寝覚上の絶息と蘇生は、死んだことにされて白河の院に幽閉されるよりも前に起こっていなければならず、白河の院から脱出した後のことではないことになる。絶息と蘇生の事件は、白河の院幽閉のきっかけであり、そこから脱出した後のことではないのである。

この事実を踏まえて考えると、〈冷泉院が死んだようになった女君を白河院に連れて行き、大願を立て加持祈祷によって蘇生させた、その経緯を冷泉院が寝覚上に語っている場面〉である伝後光厳天皇筆仁平氏断簡は、寝覚上の絶息と蘇生と白河の院への幽閉の経緯を示す、『夜の寝覚』末尾欠巻部として位置づけることが可能になる。

ではどのようにして寝覚上は白河院を脱出したのか。そして、その後、冷泉院はなぜ寝覚上を死んだと思い込んだのかということが、問題として残ろう。現段階では根拠のない想像に過ぎないのだが、推定は出来る。協力者によって寝覚上が急死したことにし、『源氏物語』の浮舟の偽りの葬儀のように、死体を密かに処理してしまったように装ったのではないか。死んだふりをした死体を冷泉院が見る機会が設定されていたかも知れない。しかし、冷泉院が空死《そらじ》にの死体を見なくとも、死んだことにする方法はあり得たであろう。なにしろすでに一度死に返っているのだから、冷泉院が寝覚上の死を疑えない下地は出来ていたのである。あるいは、再び寝覚上が本当に絶息するような状況になったことも考えられる。詳細は不明とでも言いようがないが、とにかく寝覚上は二度「死に返り」をくり返したことになる。

五　結語

伝後光厳天皇筆切(仁平氏断簡と新出架蔵断簡)を踏まえた復元案を、時系列に沿って示すと、次のようになる。

・石山の姫君(寝覚上の娘)東宮妃となり、冷泉院退位東宮即位後、立后。督の君(寝覚上の継子)の生んだ皇子が東宮になる。一族の栄達に、寝覚上喜悦す。　[無名草子五・六、拾遺百番歌合一]
・冷泉院、寝覚上を宮中に誘い出し、関係を迫る。
・寝覚上、息絶える。(男主人公関白の第四子を懐妊中の寝覚上に、院が強引に迫ったゆえの出来事であろう。『源氏物語』の薫と中君のように、腹帯を見あらわすかして、院は寝覚上が懐妊している事を知り、実事に至らなかった可能性もある。いずれにせよ、懐妊中の切迫した状況によって、寝覚上は息絶えたのであろう。）　［無名草子八・九・一〇］

・冷泉院、寝覚上を白河の院に運び蘇生させる。　［仁平氏断簡「…これをみすて、いなはよにいき返なからへ給とも我にはなけのことの葉もかけたまはしか、るをりたにひたふるにかきいたきてこの院にいてたてまつりていひしらぬ心をつくして大願をたて佛を念したてまつりしさまなと世のつねなる心さしなりや……」＝冷泉院に迫られ息絶えた寝覚上は、白河院に移され加持祈祷によって生き返った。］

・蘇生した寝覚上、つくづくとおのが姿に見入る。
［夜寝覚抜書一「からうじて御ぐしかきいでたれば、ありしながらなり。またかほいかならんとおもひて、きやうだいのかゞみにうつしてみむと思に、いとおそろしげにやあらむと、我ながらなまおそろしくてみたまへば、いみじうやせおとろへかはりたれど、みし世のかげにもかはらざりけりとばかりみるに、我ながらいとたへずかし。ますかゞみうつれるかげはかはらねどやよこはいかになれるわが身ぞ」］

・生き返った寝覚上、冷泉院によって白河院に隠し据えられる。
［風葉和歌集一、拾遺百番歌合四］

・冷泉院は寝覚上が死んだことにして、男君と対面する。
［新出架蔵断簡］

・寝覚上は死んだと信じられ、人々その死を悼む。　［無名草子一］

・息子真砂君は北山に籠もる。
［風葉和歌集二一・八、拾遺百番歌合三・九、夜寝覚抜書二］

・かつて寝覚上を思慕した右衛門督も出家する。　［無名草子二・七］

・二度目の偽死事件によって、寝覚上は白河の院から逃れ出る。
（本当に息絶えて死んだようになったのか、あるいは白河の院を脱出するために死んだふりを装ったのか、いずれであるのかは分からない。いずれにしても、『源氏物語』の夕顔の頓死や浮舟の偽りの葬儀のように、内密に荼毘にふすため、あるいは内密に荼毘にふすことを口実にして、寝覚上の死体、あるいは偽装死体は、人知れず運び出されたのであろう。）
［拾遺百番歌合七］

・生き返った寝覚上は、そのまま世間から身を隠し出家し、叔母斎宮のもとに身を寄せる。　［伝慈円筆 寝覚物語切一］

・冷泉院は寝覚上を失った衝撃から、出家する。　［拾遺百番歌合一〇］

これから後の、真砂君による尼姿の寝覚上発見、真砂の勘当事件、自分の生存を知られることを覚悟で冷泉院に真砂の許しを願う等々の展開は、通説と変わらないので省略にしたがう。

現存する末尾欠巻部資料についても、読み落とされている点があるように思われた。それを精査し直した結果、どういう推定が可能かということを考察してみた。その結果、伝後光厳天皇筆不明物語切は『夜の寝覚』の末尾欠巻部分に位置づけ得ると推定された。

しかし、この見解はあくまで現存欠巻部資料による現段階の推定に過ぎない。やがてあらたな資料の出現によって、この推定が否定され、妄想に終わることも大いにあろう。しかし、推定が結果として当たるか外れるかはどうでもよいことである。いま問題にしているのは、現段階の末尾欠巻部残存資料に虚心に向かい合った結果の、論理的帰結としてなにが言えるかということなのだから。やがて新出資料によって推定が否定されても一向に構わない。新資料の出現を心から期待したい。

六　付説

大槻福子氏に『夜の寝覚』散佚部分復元についての数々の詳細な論説がある。(7) そのなかに、仁平氏蔵断簡とそのツレ専修大学図書館蔵断簡にも言及がある。専修大学図書館蔵断簡については具体的な分析がなされ、『寝覚』とは認めない立場をとられている。しかし、専修大学図書館蔵断簡はいかなる場面か推定することが難しく、この断簡のみによって一連のツレが『寝覚』か否か判断すべきではなかろうと思う。

それはとにかく、専修大学図書館蔵断簡が『夜の寝覚』でないなら、おのずとそのツレである仁平氏蔵断簡も『寝覚』ではないということになるのだが、仁平氏蔵断簡については具体的分析・記述がなされていない。しかし、本稿は仁平氏断簡に密接にかかわる考察であり、仁平氏説に疑義を出された田中氏の説を比較の対象として論述するのが、本稿を平明にするためのもっとも良い方途であった。ために、仁平氏蔵断簡に具体的な言及のない大槻氏の復元説には、本稿の論述が複雑煩瑣になることを虞れ、あえて触れてこなかった。それゆえ、ここに本稿にかかわる範囲で大槻氏の論に触れておく。

いわゆる〈寝覚上偽死事件〉は、従来〈冷泉院から逃れるため、秘薬秘法を用いて一旦死んだ後に蘇生した事件〉とされてきた。それに対して大槻氏は、『無名草子』の「死に返る報」「そら死に」の読み直しによって、以下の見解を提示された。

・『無名草子』の「しにかへるべきほう」は「死に返るべき報」であり、「死に返る」は〈死んで生き返る〉のではなく〈死んだようになる、仮死状態になる〉こと。すなわち、『無名草子』の記事は「一旦は仮死状態になるべき報が寝覚上にあるのは、前世の因縁によるものだから仕方がないとしても」の意であり、偽死について批判したものではなく、蘇生後の寝覚上の「さちさいはいもなげにてかくれゐたる」描き方に対する批判である。すなわち、いわゆる偽死事件は秘薬秘法には関係なく、寝覚上が意識的に死をよそおった事件でもなく、冷泉院に懐妊していることを見顕わされる程に迫られ仮死状態に陥ったが、通常の加持祈祷で蘇った出来事である。
・冷泉院は蘇生した寝覚上を、世間には死亡と信じさせて、秋から春にかけての数ヶ月間、白河院に幽閉した。『無名草子』の「うちしき（そらじに―空死―の誤写とされる）」は、この、蘇生後世間には死んだことにされ幽閉されていたことを指す。
・懐妊中の寝覚上は、出産前に何らかの方法で白河院から脱出した。真砂が母を偶然に発見するのが脱出の前か後か決定する根拠はないが、前であるなら脱出に真砂が手助けした可能性がある。
・冷泉院は脱出後の寝覚上の生存を知っていた。
・冷泉院は寝覚上に逃げられた恨みから出家した。この恨みは真砂勘当事件の一因ともなった。
・寝覚上は白河院脱出後に出産した。

「死に返る」の語義は、用例からみて〈一度息絶えること〉で、云われるとおり〈まるで死んだような状態になること・仮死状態〉

であり、〈死んで生き返る〉という意味ではない。しかし、〈死に返る〉という表現は、仮死状態から死に至らず生き返った場合に、今生きている人に対して使われるものである。なぜなら、死に至ってしまったら、それは〈死〉であり〈死に返る＝仮死〉ではないからである。つまり、〈死に返る〉という表現は、結果として〈死に返った〉状態から生き返った場合にだけ使われるのである。それゆえ、〈死に返る＝仮死〉は実質的には〈生き返る〉と大差がないと云ってよい。古代における生死の境は曖昧であった。『源氏物語』の紫上も若菜下巻で危篤状態、仮死状態になっているが、そのままの状態が続けば死が確定する一大事であった。秘法秘薬というおどろおどろしい道具だてはなかったにしろ、寝覚上の陥った状況も尋常ではなかったと思われる。

「そら死に」については、別の考え方もあり得よう。『無名草子』は「海人の刈藻」の男主人公が「法師になり」「即身成仏」することの非現実性を、「ねざめのなかのきみのそらじに」と並べて「くちおし」きこととしているのだが、それのみならずその直前には「中宮の御産の御祈りの仏の多さこそ、まことしからね」とあり、「まことしからぬ」の文脈上に「そら死に」は位置している。寝覚上の「そら死に」にも「まことしからぬ」要素があったのではないか。とすれば、「そら死に」事件は、冷泉院に迫られ仮死状態に陥った〈死に返り〉の出来事とは別の出来事であった可能性も残る。もっとも、世間に対して長い間寝覚上を死んだことにしていた、そのこと自体が「まことしからぬ」ことだとも云えようが。

また、どのようにして寝覚上は白河院から逃れ出たのかということと、さらに、冷泉院が脱出後の寝覚上の生存を知っていたということと、これらの点にも疑問が残る。私はここに二度目の〈死に返り〉を想定したい。出産が近づく状況を利用して、〈死に返り〉すなわち仮死状態をよそおい脱出した（末尾欠巻部資料［拾遺百番歌合七―十五番右―］の「しらかわの院より、あながちにのがれいでたまへるを」）、あるいは出産が近づく状況で本当に仮死状態になった。それゆえ院は寝覚上が死んだと思いこんだのではないか。この点が大槻説との大きな違いである。

そもそも寝覚上に脱出されたことで、なぜ冷泉院は出家するのか。深い執念をもっていた院なのに、なぜどこまでも探さないのか。それは、寝覚上は死んだと院が思いこむ何かがあったからではないか。それは、出産にかかわる〈死に返り〉ではなかったか。末尾欠巻部資料［寝覚物語絵巻詞書三］に、真砂から寝覚上の手紙を見せられた院の様子が、

……とばかりうちかたぶきおぼしいづるに、御心のうちさわぎ、むねつぶ〳〵となりて、おもひもかけず、ゆめの心ちせさせたまふに、とばかりものもおほせられずまもらせたまふに、「うくあさましくいとひすて〻、よにめづらかに、このよならずうらめし」と、「あたりの木草さへねたくうとまし」とおぼしめして身をなきになしはてたまひてしなれど、……楊貴妃かむざしのえだ許を、ほうらいのやまよりはるかにへだゝりてまちとりたまへりけむ御心の中、かくぞありけむとおぼえて、人わろく、ほろ〳〵とこぼれさせたまひぬるを……

とえがかれている。院の「ゆめの心ち」は、〈死〉に関わった表現

のように思われる。寝覚上が死んだと思いこんだ右衛門督は真砂を弔問して、「さめがたきつねにつねなきよなれどもまだいとかゝるゆめをこそみね」と詠み、真砂は「かけてだにおもはざりきやほどもなくかゝるゆめぢにまどふべしとは」と返している（『無名草子』）。「ゆめ」は〈死〉と密接な表現なのである。院は寝覚上が死んだと思い込んでいたのであろう。

また、「このよならず」という死後の世界を意味する表現が続くこと、さらに、死んだ楊貴妃から簪の枝を贈られた玄宗皇帝の心情に院の心情がたとえられる文脈が続くこと、これらは寝覚上は死んだと院が思いこんでいたことを示している証ではないのか。

寝覚上は出産にかかわって〈死に返り〉すなわち仮死状態をよそおった、あるいは本当に仮死状態になった。しかし、寝覚上はすでに死んだことになっていたので、表立って葬儀を出すこともできず、『源氏物語』の夕顔の場合のように、密かに荼毘にふすべくとりはからわれた。しかし、寝覚上は息を吹き返した。

伝後光厳院筆不明物語切新出断簡から想定した、〈冷泉院に迫られ仮死状態に陥った寝覚上は、白河院に移され加持祈祷により生き返ったが、死んだことにされ白河院に幽閉された〉という復元案は、結果として、大槻氏の復元案とほぼ一致することになった。しかし、私は寝覚上の〈死に返り〉から生き返る出来事は一度ではなかった可能性も考えた。

大槻氏説のように、冷泉院が寝覚上の生存を知っていたとするなら、二度目の〈死に返り〉を想定する必要はなくなるのだが、それでもなお右に述べた理由で、冷泉院が寝覚上の死を信じていたという可能性を払拭することができない。

それはとにかくとして、伝後光厳院筆不明物語切は、〈寝覚上は冷泉院に迫られ一度は「死に返る」が、加持祈祷により蘇生し、白河院に幽閉される〉という、『夜の寝覚』末尾欠巻部分の展開に位置づけることが出来るのである。

付記一

石澤一志・久保木秀夫・佐々木孝浩・中村健太郎編『日本の書と紙古筆手鑑『かたばみ帖』の世界』（三弥井書店、二〇一二年）に、伝後光厳院筆不明物語切の新たな断簡が紹介された。「うかりけるちきりをさらはおもはしと／おもふさへこそかなしかりけれ」という歌を含み、「こゝのしなのねかひのかなはんうれしさ」「みなれし世を思はるかにへたつるかなしさ」「この世はなれかたくかなしきよ」「いつしかといとひはなれてすゝしき道にもいるやうもや」など、出家にかかわる表現が多くみられる。

付記二

本書を校正中に、伝後光厳院筆不明物語切の新たな断簡が発見された。それには、末尾欠巻部資料『夜寝覚抜書』などにあるのと同じ歌が記されており、この断簡が『夜の寝覚』の末尾欠巻部分であることが判明した（横井孝「『夜の寝覚』末尾欠巻部断簡の出現―伝後光厳院筆物語切の正体―」『王朝文学の古筆切を考える―残欠の映発―』武蔵野書院、二〇一四年五月）。これによって同じ体裁の一連のツレが『夜の寝覚』の末尾欠巻部分である可能性がきわめて高くなった。

注

（1）田中登他編著『寝覚物語欠巻部資料集成』（風間書房、二〇〇二年）。
（2）仁平道明「『夜の寝覚』末尾欠巻部断簡考―架蔵伝後光厳院筆切を中心に―」（久下裕利編『狭衣物語の新研究―頼通の時代を考える―』新典社、二〇〇三年）。
（3）田中登「伝後光厳院筆六半切は『寝覚』の断簡か」（『国文学』関西大学、二〇〇四年二月）。
（4）注（3）に同じ。
（5）注（1）の「解説　三『寝覚物語』の梗概　第四部」。
（6）注（1）に同じ。
（7）『『夜の寝覚』の構造と方法』（笠間書院、二〇一一年）。

77
伝二条為氏筆 不明物語切
〔年代測定　一二三〇～一二八〇年〕

ここに紹介する資料は不明物語の断簡で、一丁を表裏に剥いだ連続する二葉として伝存している。料紙は斐楮交ぜ漉き紙、表面は縦一五・四センチ、横一五・一センチ、裏面は縦一五・三センチ、横一五・一センチ。一面一二行書き。「二條家為氏卿」と記した札が付いている。

男君が女君に溺れて、朝が来ても帰ろうとしない。このまま二人が恋死にしても離ればなれになれないと思う。供人たちは困惑するが、物慣れて牛車を目立たぬところに隠す。翌日も男君は、ひねもす愛を契り、恨み言を言い続ける。光のもとで見あらわした女君は絶世の美女で、男君は狐が化かしているのかと思う。狐云々に加え、女房らしい「中将の君」が男君のことを「鬼か神か知らないが」と言っていることから、男君も女君もお互いの素性を知らずに逢瀬を結んだのだと思われる。このような場面は、『源氏物語』の光君と夕顔の逢瀬、『夜の寝覚』の発端部分の逢瀬などの影響によっていよう。

また、男君が女君に溺れて翌日も情痴に耽る状況設定は、『源氏物語』の匂宮と浮舟の逢瀬とよく似ている。匂宮は薫を装って浮舟と契り、おぼほれて翌日も宇治に逗留することを決意する。困惑した女房右近は、匂宮の供人大内記に訴える。「夜はただ明けに明く。御供の人来て声づくる。……右近出でて、このおとなふ人に、『か

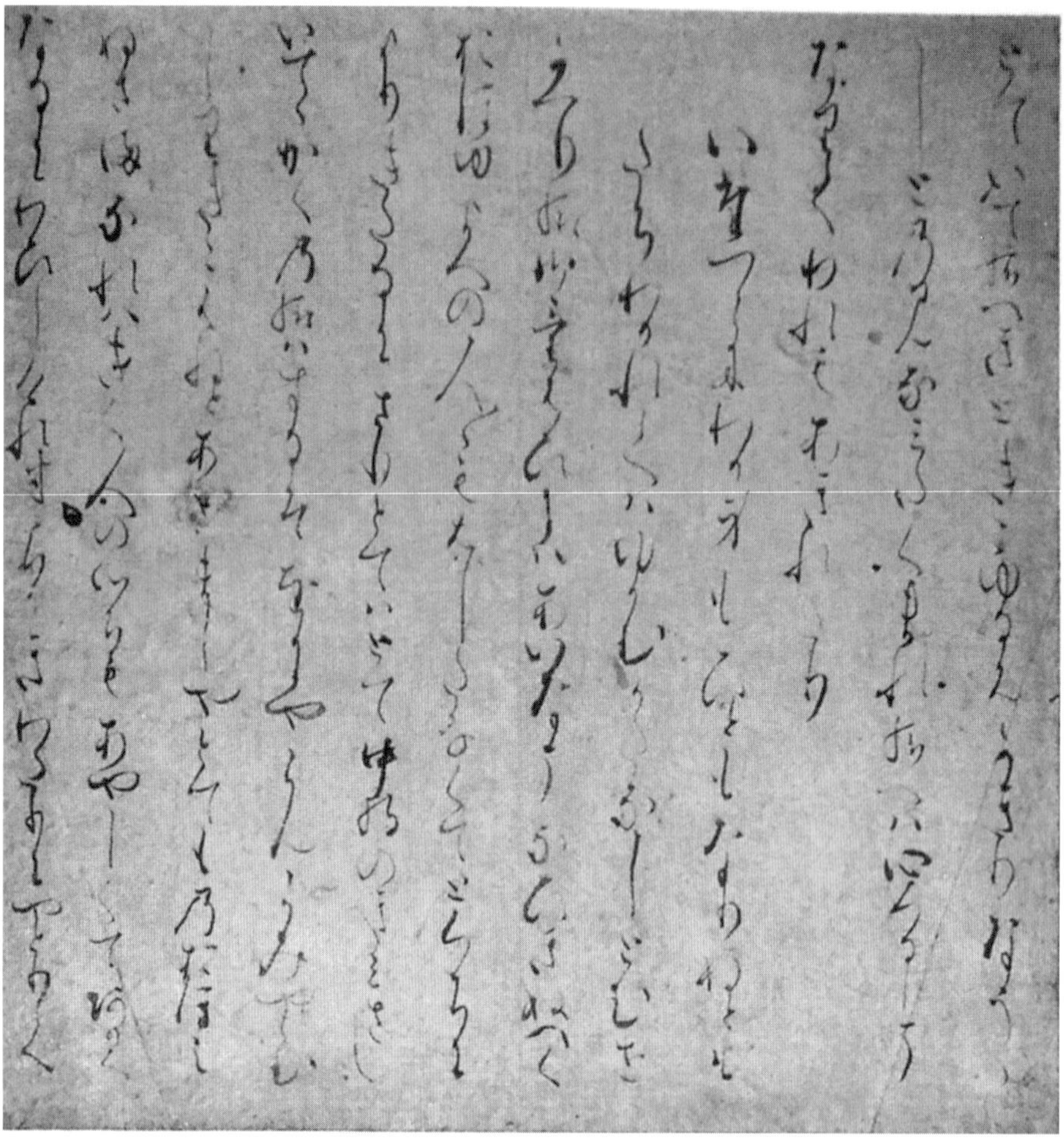

伝二条為氏筆 不明物語切①

〈表〉

とていて給へきときこゆるはかきりなう、
しとのみなみたくまれ給へは心くるしう
なりてわれもあきれたり
　いたつらにわか身もひともなりぬとも
たちわかれてはゆかむかたなしとむせ
かへり給御けはひにはあいなうなひきぬへく
おほゆよへの人〳〵もはしたなくてとくちに
よりきたるにさりとてはとて中将のきみさし
いて、かくの給はするそをにやらむかみやらむ
しりきこえねとあさましやとてものおほえ
ぬさまなれはきく人の心ちもあやしくてあかく
なるにわひしけれはちかきわたりにやとりて

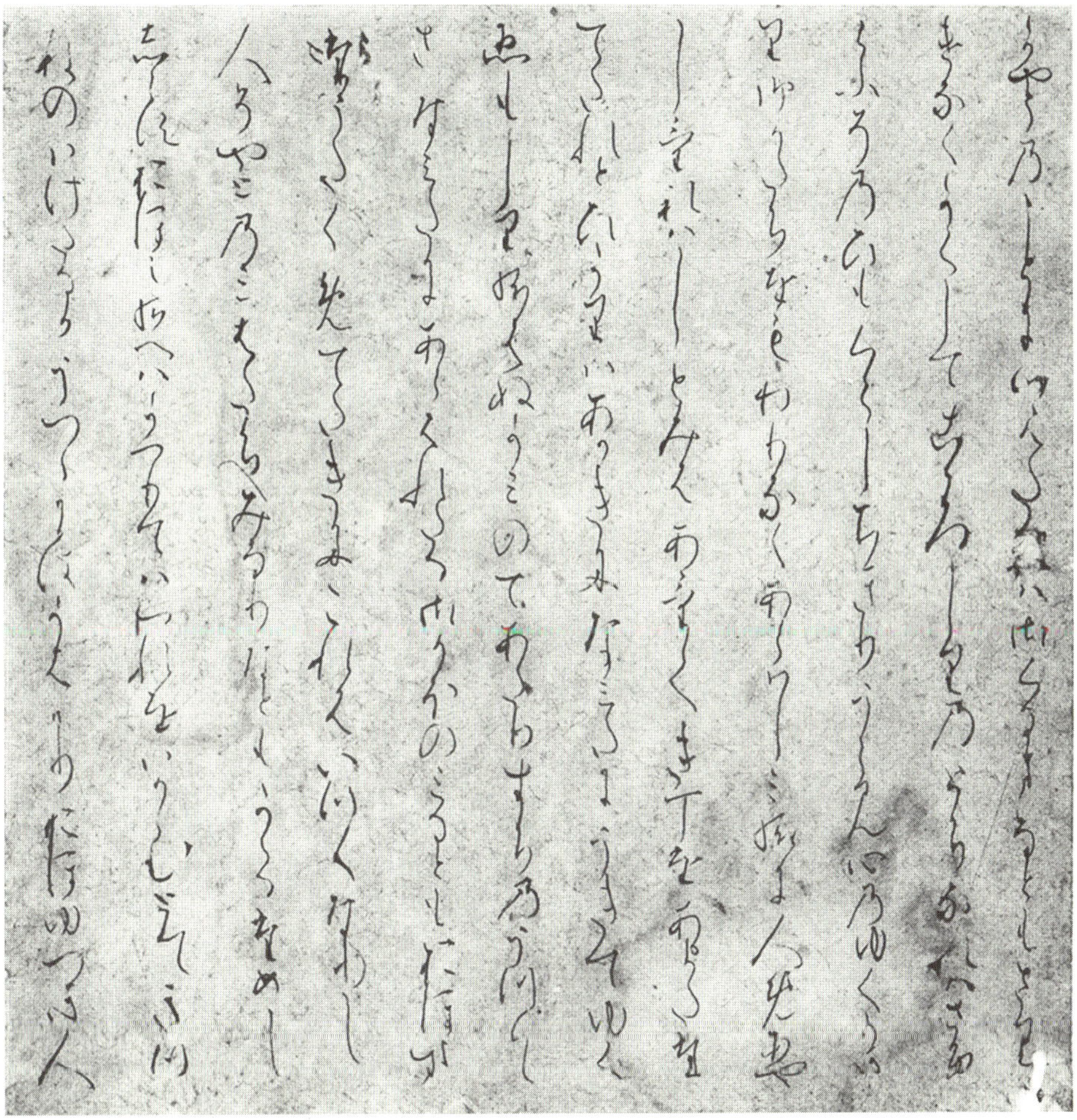

伝二条為氏筆　不明物語切②

〈裏〉

かやうのことに心えたれは御くるまなともさり
けなくかくしてこゝろしりのとちなれはさふ
らふそのひもくらしちきりうらみ心のゆくかき
り御かたちをもわりなくあらはしみ給に人めあや
しけれはしとみはあけてき丁をあまたた
てたれとひかりはあかきになみたにうきてゆく
ゑもしり給はぬかみのてあたりすちのうつくし
さなみたにあらはれたる御かほのゐるともおほ
えす
た《ら》うたくめてたきにこれはいつくなりし
人そやとのみはたちみなりなとかゝるためし
しらすおほえ給へはかへりてはわれをはからむ
とてきつ
ねのはけたるかうつゝにはかはかりおほゆへき人

くなむのたまはするを、なほ、いとかたはならむ、とを申させたまへ。……』」（浮舟巻　一一八～一一九頁、日本古典文学全集本による）。

これは断簡の「中将のきみさしいて、かくの給はするそをにやらむかみやらむしりきこえねとあさましやとてものおほえぬさまなれは……」（中将の君さし出でて、「かくの給はするぞ。鬼やらむ、神やらむ、知り聞こえねど、あさましや」とて、ものおぼえぬさまなれば……）と類似している。匂宮の狂恋ぶり、「あやにくにのたまふ人、はた、八重たつ山に籠るとも必ずたづねて、我も人もいたづらになりぬべし、なほ、心やすく隠れなむことを思へ、と今日ものたまへるを、……」（浮舟　一五六頁）。これも断簡の「いたつらにわか身もひともなりぬともたちわかれてはゆかむかたなし」（わたしもあなたも身を滅ぼす事になってしまっても、その骸を焼く煙さえ、別れ別れに空に立ちのぼって行くことはない）に通じている。

さらに、「てあたり」（手あたり）という語は、『竹取物語』『宇津保物語』『落窪物語』『伊勢物語』『大和物語』『平中物語』『堤中納言物語』には見えない。『源氏物語』（たとえば、篝火巻「御髪の手ぁたりなど、いと、ひややかに」など）以降、『浜松中納言物語』『夜の寝覚』『狭衣物語』などに用例がある。「きつね」が化けるという発想・表現も、『竹取物語』『宇津保物語』『落窪物語』『伊勢物語』『大和物語』『平中物語』『篁物語』『浜松中納言物語』『狭衣物語』『堤中納言物語』には見えない。『源氏物語』『夜の寝覚』などに用例がある。すなわち、この断簡の物語は、『源氏物語』の影響下にある、『源氏物語』以降の物語と思われる。ちなみに、裏面第一〇行「はたち」は「肌地」か「かたち」の誤写か、はっきりしない。

歌が含まれているので、『新編国歌大観』を検索したが、該当する歌は見あたらない。現存平安時代物語には該当するものがないようだが、鎌倉時代擬古物語の可能性もある。現段階では鎌倉時代物語の調査を完了していないので、断言することはできないが、現在に伝わらず滅び去ってしまった散佚物語の可能性もある。そうだとしても、たった二葉の断簡からでは、まったく研究の糸口がつけられない。せめて、この断簡の書写された年代がわかれば、いつ頃には成立していた作品なのかが判明する。そこで炭素14年代測定にかけてみた。

測定結果の平均値は７６６［ＢＰ］。その１σの誤差範囲７６６±２３［ＢＰ］を暦年代に較正した値が、１２５７（１２６５）１２７４［ｃａｌ ＡＤ］。２σの誤差範囲７６６±４５［ＢＰ］を暦年代に較正した値が、１２２０（１２６５）１２８０［ｃａｌ ＡＤ］である。鎌倉時代初期から中期の年代であり、かなり古い時代の写本の断簡であると判明した。物語の写本の断簡としては驚くべき年代といってよい。ちなみに、かの有名な『竹取物語』でも、残っている写本の中の最も古い物は、室町末から近世初期にかけてのものにすぎず、数葉しか残っておらず貴重視されている古筆切の断簡も、南北朝頃のものと考えられており、鎌倉期に書写された物語の本文は、それだけで貴重といえる。鎌倉時代初期から中期にさかのぼる本断簡は、高い本文価値を有するものであり、ツレが一葉でも多く出現することを期待したい。

第五章　物語・散文

78 伝西行筆　伊勢物語切

＊

古筆切といえば、その多くが歌切であり、物語などの散文作品の断簡ははなはだ少ない。また、古筆とはもともとは鎌倉初期までの筆跡を指し、優美な仮名古筆の名品といえば、平安時代の書写にかかる歌切を指すといっても過言ではなく、平安時代書写の物語の古筆ということになると、源氏物語絵巻や寝覚物語絵巻の詞書をふくめても、指折り数えるほどしか伝存していない。

なぜ、平安時代の書写にかかる物語の古筆切が希少なのか。よく引かれるのは、藤原伊行がむすめ建礼門院右京大夫に授けた『夜鶴庭訓抄』「さうし書様」の一節、「ものがたりは手書かゝぬ事也。人あつらふともとかくすべりてかくべからず」という文言である。確かに、行成に始まる入木道の家にはかかる教えがあったのかも知れない。しかし、ことの本質はそのような入木道の伝統というよりも、必要性であっただろう。結婚という人生の一大事にいたる過程で必要なものは、恋文を書くこと、すなわち和歌の贈答であった。和歌を美しく書くために姫君や若公達は仮名の手習いをした。それゆえ、手本とするものは和歌であった。和歌の調度手本がおおく書写された所以であろう。

それはとにかくとして、平安時代の書写にかかる物語の古筆はきわめて珍しく、源氏物語絵巻や寝覚物語絵巻の詞書を除けば、『伊勢物語』に一葉と『大和物語』に二葉あるのみである（小松茂美『古筆学大成23』講談社　一九九二年）。『伊勢物語』は伝藤原公任筆の一葉（百十段・百十一段）であるが、近年そのツレとおぼしい一葉の画像（ヤフーネットオークションに出現）を目睹した。また、伝藤原俊頼筆切（四段）が『北摂岸上家某家蔵品入札会展観』（大坂美術倶楽部、一九三六年二月）に、伝藤原俊成筆切（七十一段・七十二段）が『旧笠間藩主牧野子爵家蔵品観樹将軍遺愛品入札』（東京美術倶楽部、一九二九年一〇月）にあるよしであるが（伊井春樹『古筆切資料集成　巻四』思文閣出版、一九九〇年）、画像を確認できていない。『大和物語』は伝紀貫之筆の二葉（六十四段、百二十段）である。そして、これら『伊勢物語』や『大和物語』の断簡は、金銀砂子を撒いた装飾料紙なので、冊子本であったとしても、巻子本であったとしても、絵を伴っていた調度本の可能性が高い。

＊

さて、ここに伝西行筆と伝称される『伊勢物語』の冊子本の断簡がある。その筆跡は伝西行筆白河切に似た連綿の長い力のある書風で、平安最末期から鎌倉初期にかけての交代期のものと思われる。この想定が正しければ、巻物に散らし書いたりした調度本ではない、冊子本形態の写本（文学的テキスト）の断簡として、最古級の古筆切になる。

料紙は楮紙、縦一六・二センチ、横一四・五センチ。一面八行書き。『伊勢物語』の末尾の半丁で、最後の歌は四行に散らし書きにされている。

定家本との本文異同はない。「つひに」とあるべきところが「ついに」となっていて、仮名遣いを誤っている。また、定家本の最終段である百二十五段の歌を散らし書きにし、その後が余白になっていることから、この写本は定家本と同じ体裁、すなわち初冠の段に始まり「つひにゆく」の段で終わる形態であったと思われる。その書風からして一二〇〇年前後の書写と推定されるが、定家本の形態をもった『伊勢物語』の写本として、最古級の資料といえる。

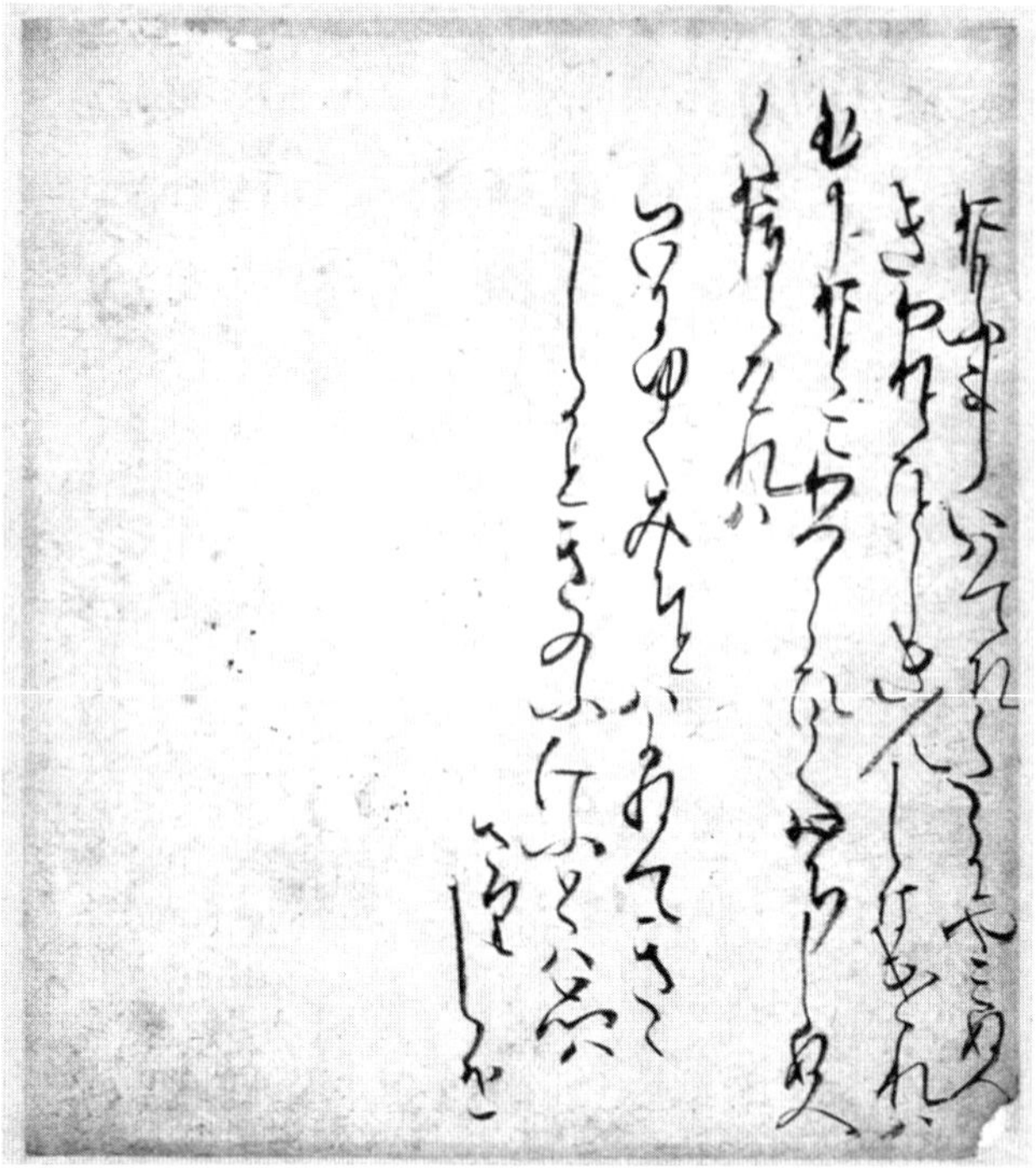

伝西行筆　伊勢物語切

おもふ事いはてそたゝにやみぬへ
きわれとひとしき人しなけれは
むかしおとこわつらひて心ちしぬへ
くおほえけれは
ついにゆくみちとはかねてきゝ
しかときのふけふとは思は
さり
しを

79　伝世尊寺経朝筆　玉津切（蜻蛉日記絵巻詞書）

〔年代測定　一二二五～一二八二年〕

はじめに

『蜻蛉日記』の写本は、近世期より前にさかのぼるものがなく、本文の乱れが多い。その中にあって絵巻物の詞書きの断簡ではあるが、唯一鎌倉時代初期にさかのぼるとされる玉津切が、貴重な資料となっている。本文資料としてのみならず、美麗な装飾料紙とおおぶりで堂々とした温雅豊潤な仮名は、書道史・美術史の資料としても貴重である。しかし、玉津切はこれまで、国宝手鑑『見ぬ世の友』（出光美術館蔵）と同『藻塩草』（京都国立博物館蔵）に収められている二葉しか知られていない。が、新たに三葉目の玉津切が発見された。鎌倉初期の書の資料としても貴重ゆえ、ここに紹介する。

一　蜻蛉日記

作者は中流貴族藤原倫寧のむすめ、後に摂政太政大臣にまで昇る藤原兼家の妻、一人息子の名によって「道綱の母」と呼ばれる。日本三代美人の一人、和歌の名人とうたわれた女性。

『蜻蛉日記』には、天暦八年（九五四）から天延二年（九七四）までの、二十一年間にわたる兼家との結婚生活がつづられている。「かくありし時過ぎて、世の中いとものはかなく、とにもかくにもつかで、世に経る人ありけり」にはじまる有名な冒頭部分に、一夫一妻多妾制の貴族社会で、身分の高い権力者と結婚した女の身の上がどんなものか知って欲しい、という執筆の意図が記されている。

このようにむなしく人生も過ぎて、夫婦生活もはかなく、頼りなく生きている女がいました。顔かたちとて人並みでもなく、思慮分別もないので、ものの役に立たないのももっともなことだと思い思い、ただなんとなく暮らしているうちに、世間に沢山ある物語をすこしのぞいてみると、あるはずのない空言ばかり、それでも人々にもてはやされるのだから、人並みでないわたしの身の上を洗いざらい日記に書いたら、どんなに珍しがられることか。身分の高い男と結婚した女の生活はどんなものかと知りたい人への、実例にでもしたらいい……。

作者は兼家の正妻にはなれず、ほかの若い愛人への嫉妬に苦しみ、絶望し出家しようとまで思いつめる。「三十日三十夜《みそかみそよ》は我がもとへ」と、夫の愛を独占しようともがき苦しむ。が、やがて夫との仲をあきらめ、ひとり息子道綱の母としての人生に生き甲斐を見つけてゆく。一夫一妻多妾の結婚形態のなかで、凄まじい嫉妬の情念にさいなまれる女の真実があばかれている。

『百人一首』で有名な「嘆きつつひとり寝《ぬ》る夜のあくるまはいかに久しきものとかは知る」（あなたの愛が得られず、嘆きをくり返しながらあかすひとり寝の淋しい夜、それがどれほど長いものか、あなたはおわかりでしょうか、わたしの辛さなどおわかりではありますまい）の歌も、そんな生活の中から生まれた心の叫び。

『蜻蛉日記』は、一夫一妻多妾の貴族社会における女の人生の現実、心の真実をえがいた女流文学の創始。これなくして『源氏物語』は生まれなかった、平安文学史上重要な作品なのである。

二　玉津切

鎌倉時代成立の説話集、『古今著聞集』の巻第十一「画図」の項に、「後堀河院の御時絵づくの貝おほひの事」という話がある。後堀河院と中宮藻壁門院とが絵巻物を賭け物にして貝合わせをおこなうため、天福元年（一二三三）の春の頃、源氏絵巻十巻・狭衣物語絵巻八巻などが作られたというのである。そして、これに対応する記事が、藤原定家の日記、『明月記』の天福元年（一二三三）三月二〇日のくだりに見える。

日来撰出物語月次十二月五所、不入源氏并狭衣……、此所撰夜寝覚御津浜松……、又蜻蛉日記十所許撰出、同送金吾許、紫日記更級日記……

この部分の記述から、より詳しい絵巻物制作の様子がうかがえる。源氏物語絵巻は中宮方が、狭衣物語絵巻は院方がすでに選んでいるので、定家は夜寝覚・御津浜松（『浜松中納言物語』）など一〇の物語から六場面づつ、あわせて六〇場面を選び、これを一ヶ月に五場面づつ当て一二ヶ月に配した物語月次《つきなみ》絵巻を選んだという。また、紫式部日記絵巻と更級日記絵巻は承明門院（後鳥羽院中宮在子）方がすでに選んでいるので、定家は蜻蛉日記絵巻の一〇の場面を選び、清書させるため息子の為家のもとに送ったとある。

この『明月記』にみえる蜻蛉日記絵巻、その残欠断簡が玉津切であると考えられるているのである（田村悦子氏「蜻蛉日記絵の詞書断簡について」『美術研究』二四一号、一九六五年七月）。料紙の装飾技法および筆跡の書風からも、玉津切は鎌倉時代初期のものと推定され、玉津切が『明月記』にみえる蜻蛉日記絵巻の残欠とする説は、広く支持されている（『国宝手鑑藻塩草』淡交社、一九六四年。是沢恭三『見ぬ世の友』平凡社、一九七三年。小松茂美『古筆学大成24』講談社、一九九三年など）。

ちなみに、『見ぬ世の友』の断簡には、古筆了伴（一七九〇～一八五三）による「世尊寺経朝玉津切」という小札が付けられている。伝称筆者は藤原経朝（一二一五～一二七六）であるが、経朝自筆の資料に照らして、同筆とは認められないとされている。また、了伴のころから玉津切と呼ばれていたことがわかるが、この玉津切という名称の由来は、これら断簡の原形である絵巻が和歌山市の玉津神社に伝来したからだろうとも考えられている（小松茂美『古筆学大成24』講談社、一九九三年）。

三　既存の断簡

すでに述べたように、玉津切は国宝手鑑『見ぬ世の友』と同『藻塩草』に収められている二葉しか現存していない。が、この二葉は、文章も、料紙の霞や雲の図様も連続しており、もとはひと続きの一紙であった。それぞれの断簡が七行づつで、一紙十四行であったと考えられる。

これらには日記上巻の康保三年（九六六）四月の賀茂祭り見物の場面が書かれている。賀茂の葵祭りの見物に出かけた作者は、夫の正妻時姫の牛車に出逢い、道の向かいに牛車を停めた。祭りの行列を待つ間、作者は葵祭りの「葵」と持っていた「橘の実」を詠みこんで、「葵祭りの今日は、人と人が逢《あ》う日《ひ》（〈葵《あふひ》〉と掛けた）といわれていますのに、あなたは知らん顔をして立っておいでですね（たちばなの〈たつ〉に〈立つ〉を掛けた）」と詠みかけた。時姫は「あなた（たちばなの〈黄実《きみ》〉に〈君《きみ》〉を掛けた）の薄情さを今日こそはっきり知りました」と返した。あとで兼家にこのことを話すと、時姫は「おまえを（橘の実のように）食い潰してやりたい」とはいわなかったのかいと、冗談をいったという場面。

四月まつりみにいてたれはかの／所にもいてたりさなめりとみて／むかひにたちぬまつ程のさう〳〵／しけれはたちはなのみなと／あるにあふひをかけて／あふひとかきけともよそにたち花の／といひやるや、ひさしうありて（以上『見ぬ世の友』）君かつらさをけふこそはみれと／あるをにくかるへき物にてとしへ／ぬるをなとけふといふ人もあり／かへりてさありしなとかたれは／くひつふしつへき心ちこそすれ／とやいはさりしとていとをかしと／おもひけり（以上『藻塩草』）

現存する『蜻蛉日記』の写本の中で優良本とされるのは、古本系に属する宮内庁書陵部蔵桂宮本と阿波国文庫本である。それらとの本文異同は次のとおり。「いてたり」（玉津切）↓「いてたりけり」（桂宮本・阿波国文庫旧蔵本）、「とあるを」（玉津切）↕とそある」（桂宮本・阿波国文庫旧蔵本）、「物にて」（玉津切）↕「ものにては」（桂宮本・阿波国文庫旧蔵本）、「けふといふ」（玉津切）↕「けにとのみいひたらんといふ」（桂宮本・阿波国文庫旧蔵本）。最後の部分は、玉津切のように「けふ」（今日）でないと、意味が通じない。

また、玉津切の出だしは「四月」だが、桂宮本・阿波国文庫旧蔵本では「このごろは四月」でこの場面が始まっている。玉津切は『見ぬ世の友』と『藻塩草』の二葉で原本の一紙であり、かつ最後の行が余白を残して終わっているので、この二葉一紙で一場面が完結していたものと推察される。現存の一紙の前に、「このごろは」を最終部分とする一紙が存在したとは考えられない。

桂宮本・阿波国文庫旧蔵本の「このごろは」の語句がないことを含め、玉津切の本文は桂宮本の本文に比べ、短く刈り込まれる傾向があるといってよかろう。絵巻物の詞書きゆえと思われる。

四　新出断簡

新たに現れた玉津切は、壊乱状態の手鑑に貼ってあったもの。料紙は斐紙、縦二六・八センチ、横一〇・九センチ。金銀泥や砂子による雲霞、金銀泥による飛雲や草花、金銀切箔砂子散らしの豪華絢爛たる装飾料紙。四行。

三月つこもりかたかりのこのみゆるを
これとをつゝかさぬるわさをいかて
せんとてゝまさくりにすゝしのいとを
なかくむすひて一むすひてはゆひ

『藻塩草』と『見ぬ世の友』の場面から少しあと、康保四年（九六七）三月のくだり。作者は水鳥の卵を糸で一〇づつ重ねて結ぶという至難のわざをこころみて、それを夫兼家の妹（のちの冷泉天皇の

伝世尊寺経朝筆
玉津切

女御）に贈る場面。一〇づつ重ねた水鳥の卵をめぐる二人のなごやかな歌のやりとりがえがかれているが、作者の行為の裏には兼家との愛の絶望が秘かに重ねられているように思われる。「鳥の子を十づつ十はかさぬとも思はぬひとを思ふものかは」（『伊勢物語』五十段）、「鳥の子を十づつ十は重ぬとも人の心をいかがたのまむ」（『古今六帖』第四　紀友則）とあるように、鳥の卵を一〇づつ重ねることは不可能なことのたとえであり、その不可能があり得ても我を思わぬ人を思うことはないというのだから。

桂宮本・阿波国文庫旧蔵本の本文と比べると、わずかに「つこもりかた」（玉津切）↔「つこもりかたに」（桂宮本・阿波国文庫旧蔵本）、「なかく」（玉津切）↔「なかう」（桂宮本・阿波国文庫旧蔵本）の違いのみである。後者は音便の違いにすぎないが、前者については、やはり『藻塩草』と『見ぬ世の友』の断簡と同じように、玉津切の方が絵巻物の詞書きらしく表現を短く刈り込む傾向があるといえよう。

ところで、新出断簡は四行のみなので、前後がどのようになっていたのかはっきりしない。が、『藻塩草』と『見ぬ世の友』の一四行一紙分から、新出断簡の原形を推定することができる。『藻塩草』と『見ぬ世の友』の一紙分は、「四月」という月名の表現に始まり、和歌を含み、一紙一四行で一場面が完結しているという特徴があった。新出断簡も「三月つこもりかた」と始まっている。そして、この場面では作者と兼家の妹との間で和歌の贈答がおこなわれている。さらに、『藻塩草』と『見ぬ世の友』の場面とほぼ同じ分量（活字本で約一頁分）で完結する一場面でもある。つまり、新出断簡は一場面の出だしであり、一紙分の分量で完結していたと推定されるのである。

ちなみに、田村悦子氏は前掲論文で、定家の選んだ物語月次絵巻も蜻蛉日記絵巻も、季節の風物だけではなく和歌をふくむ場面が選ばれていた可能性を述べつつ、「そう決定的にきめることもできない」と慎重であった。しかし、新出の場面も和歌がふくまれている場面であることが明らかで、やはり蜻蛉日記絵巻も季節の風物だけけでなく和歌をふくむ場面が選ばれていたと考えてよいであろう。

五　蜻蛉日記絵巻の原形

玉津切が、『明月記』の天福元年（一二三三）の記事にある、後堀河院と中宮藻壁門院による貝合わせの賭け物であった蜻蛉日記絵巻の断簡であるとするならば、玉津切によってその原形の規模が推定できる。

すでに記したように、『藻塩草』と『見ぬ世の友』の一四行一紙分は、「四月」という月名の表現に始まり、和歌を含み、一紙一四行で一場面が完結しているという特徴があった。そして、新出の断簡もそれと同じ性質・形態をもっていたと推定された。ということは、藤原定家が選んだ一〇場面は、何月という月名から始まり、和歌の贈答を含み、かつ一紙分で完結する、そういう場面ばかりではなかったかと想定される。そういう性質をもった一紙分の詞書きに、やはり一紙分の絵が対になっていた。その対が全部で十あったのである。つまりは、詞書きが十紙、絵が十紙、あわせて二〇紙からなる一巻が、『明月記』にみられる蜻蛉日記絵巻であったと推定されるのである。

*

なお、年代測定の結果は次ぎのとおり。炭素14年代は753［BP］で、この1σの誤差範囲753±21［BP］を暦年代に較正した値が、1262（1270）1277［cal AD］。2σの誤差範囲753±42［BP］を暦年代に較正した値が、1225（1270）1282［cal AD］。1225年から1282年という誤差範囲であり、『明月記』の天福元年（一二三三）を含みこんでいる。玉津切は、『明月記』天福元年（一二三三）三月二十日のくだりに見える蜻蛉日記絵巻の残欠である可能性が高い。

比較資料として、鎌倉初期書写の散佚私家集である春日切をあげてみよう。元久二年（一二〇五）から承元三年（一二〇九）の間の書写と判明している春日切の測定結果は、2σの誤差範囲が1209年から1267年であった。書写の実年代が誤差範囲の前方にある例である。玉津切も同様のケースであるなら、実年代が誤差範囲の前方、『明月記』の天福元年（一二三三）の頃である可能性は十分あるのである。

80
伝源通親筆 狭衣物語切
〔年代測定 一〇四一～一一〇九年〕

『狭衣物語』は、鎌倉時代初めには、『源氏物語』と並び称せられていた平安時代物語の人気作。藤原定家の『僻案抄』「をがたま」の条に、「此物語禖子内親王前斎院宣旨つくりたりときこゆ」とあり、六条斎院禖子内親王家の女房である宣旨の作と考えられている。二十巻本類聚歌合の「天喜三年五月三日庚申六条斎院禖子内親王物語歌合」にも、『玉藻に遊ぶ権大納言』という物語の作者である宣旨が見えている。これと『狭衣物語』作者とされる宣旨とは同一人物であり、源頼国のむすめと考えられている。すなわち、天喜三年（一〇五五）頃から白河朝（一〇七二～一〇八六）頃までに、『狭衣物語』は成立したとおぼしい。

ここに掲げる新出断簡は、伝称筆者を源通親（一一四九～一二〇二）とする『狭衣物語』の断簡である。料紙は斐楮交ぜ漉き、縦一七・七センチ、横八・六センチ。左端は本紙が欠損し、裏打ち紙しか残っていない。むろん、一紙を完存していない。他のツレから見て、もとは一面一一行であったらしい。神田道伴の「久我殿通親公さるへ（道伴印）」の極め札が付属している。巻三の五行である。

ツレは小林強氏によれば、[1]『古筆学大成24』[2]五葉、『古筆学大成28』[3]の一葉（翻刻のみ）、『続国文学古筆切入門』[4]の一葉、『続々国文学古筆切入門』[5]の一葉、『平成新修古筆資料集 第二集』[6]の一葉、小林強「狭衣物語の古筆切点描」[7]の一葉、都合一一葉があるという。すべ

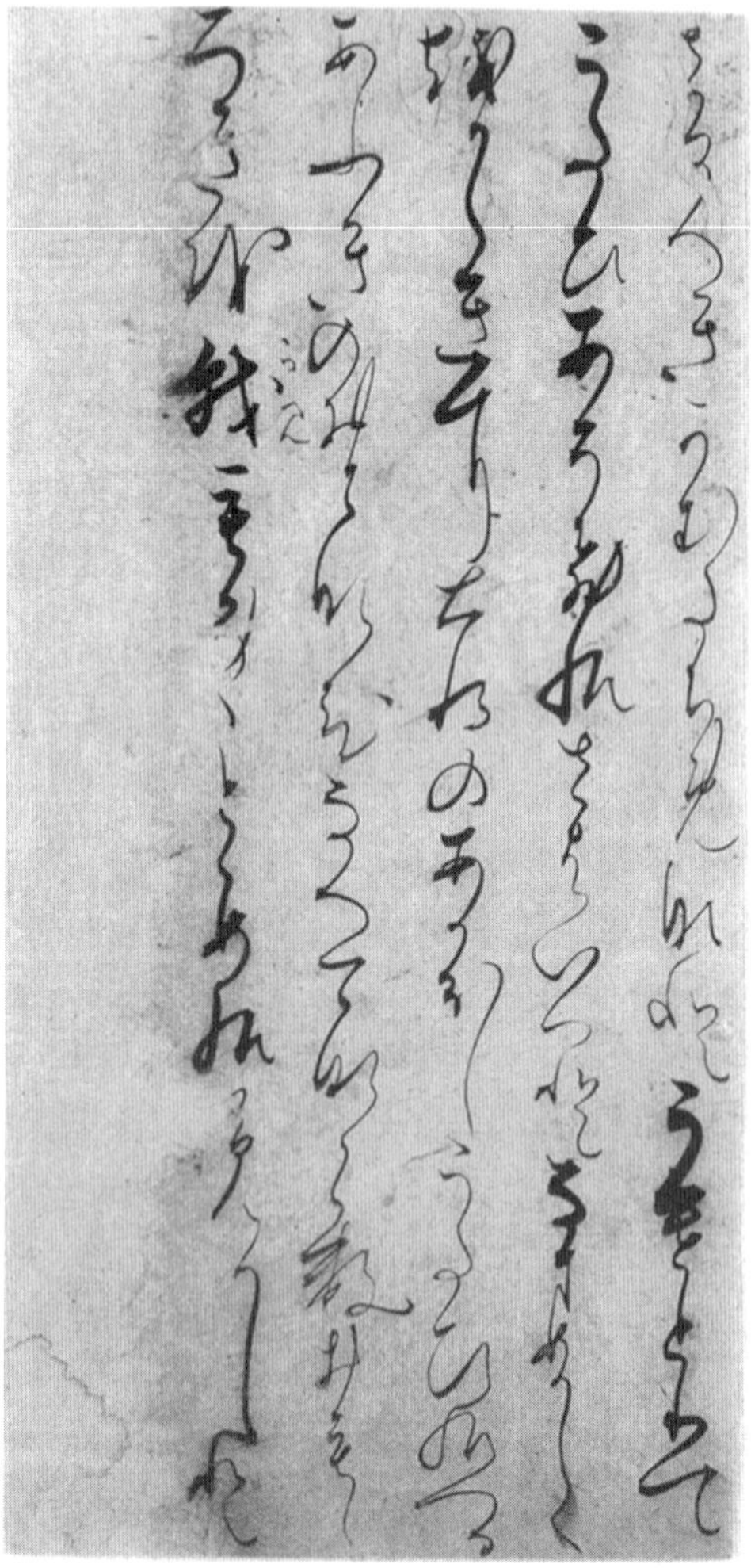

伝源通親筆
狭衣物語六半切

さるへきかむたちめなとうけとりて
うたひあそひ給さはいへとなまめかしく
をかしきに大将のあかほしうたひ給へる
あふきのおとなひなへてならすおもし
ろきを我《かみ》もみゝとゝめ給覧かしと

て巻三の断簡である。ちなみに、千坂英俊氏「伝源通親筆狭衣物語切についての研究(8)」は、本断簡を含む伝源通親筆切の八葉の本文を分析し、中田剛直氏の分類の第一類本第二種系統に近いとしている。

また、藤井隆氏は「名物切らしく筆力雄勁で連綿も長く、数字から八、九字に及ぶものが大部分を占め、渋滞は少しもなく、鎌倉初期は勿論、それも可成早い方に属するのではなかろうか。現存狭衣物語中最古といってよいであろう(9)」とする。私見によれば、「す」に「数」の字母を用いること、「み」に「見」の字母を用いることが目立ち、それらの字形や、ねばりのある筆勢、長い連綿という特徴が、伝西行筆白河切後撰集に酷似している。同筆とは云わないが、同時代の筆跡と思われる。すなわち、平安最末期の平家時代から鎌倉極初期の筆跡と思われる。

炭素14年代測定の結果を示しておく。炭素14年代は９０１［ＢＰ］で、その１σの誤差範囲９０１±２０［ＢＰ］を暦年代に較正した値が、１０５１（　）１０８２、１１２５（　）１１３６、１１５２（　）１１５７）１１６５［ｃａｌ ＡＤ］。２σの誤差範囲９０１±４０［ＢＰ］を暦年代に較正した値が、１０４１（　）１１０

8、1116（1157）1209［ca1 AD］。この試料のもっとも確率の高い901［BP］の較正暦年代は、1157［ca1 AD］である。しかし、伝西行筆白河切との筆跡の酷似などから、誤差範囲のもっとも遅い年代に実年代があると見るのが、穏当なところであろう。それにしても、一二世紀後半から一三世紀極初期であり、平安最末期の平家時代から鎌倉極初期という見立てのとおりであった。伝源通親筆狭衣物語切は現存最古の『狭衣物語』写本の断簡である。

注

（1）小林強「狭衣物語の古筆切点描」（『平安文学の新研究　物語絵と古筆切を考える』（新典社、二〇〇六年）。

（2）小松茂美（講談社、一九九三年）。

（3）小松茂美（講談社、一九九三年）。

（4）藤井隆・田中登（和泉書院、一九八九年）。

（5）藤井隆・田中登（和泉書院、一九九二年）。

（6）田中登（思文閣出版、二〇〇三年）。

（7）注（1）に同じ。

（8）『中央大学国文』第五十一号（二〇〇八年三月）。

（9）注（4）に同じ。

81　伝顕昭筆　狭衣物語六半切

『源氏物語』についで多くの愛読者に恵まれた『狭衣物語』ゆえ、鎌倉期にさかのぼる古筆切が少なくない。(1)ここに取り上げるものも、六条家藤原顕輔（一〇九〇～一一五五）の猶子である顕昭（一一三〇頃～一二〇九頃）筆と伝わる、鎌倉時代書写の断簡である。

　小林強氏によれば、(2)伝顕昭筆の狭衣物語切は二種掲げられている。ひとつは一面一二行のもので、高城弘一氏蔵、『村瀬庸庵愛蔵品売立目録』、『古筆学大成 24』（二四・六センチ×一四・二センチ、一二行）、『平成新修古筆資料集　第一集』（二四・九センチ×一四・〇センチ、一二行、伝称筆者は源頼政）の四葉で、すべて巻四下。いまひとつは一面一四行のもので、小林強氏蔵の一葉（一六・一センチ×一四・三センチ、一四行）。これも巻四下である。この二種とも、和歌集のように二行ごとに行間をあける、特異な書写形式をとっている。このような書写形式は、目移りによる行の飛ばしを防ぐための工夫であろう。ちなみに、伝二条為明筆源氏物語六半切にも同様の書写形式がある。(3)

　話を戻そう。一面一二行と一四行の違いによって、小林氏は慎重に二種に分けられたのであろう。が、特異な書写形式の一致、ともに巻四下の断簡であること、私見によれば同筆跡と思われること、さらに、ここに紹介する断簡が一面一三行と一二行の表裏であると推測できることから見て、この二種の伝顕昭筆狭衣物語六半切はもと一面一二行から一四行の同じ本から切り出された、ツレと思われる。これまで五葉しか知られていない稀覯の切である。

新出断簡は、筆跡・書写形式・料紙の大きさから見て、六葉目のツレである。表裏あるのだが、二枚に切断されており、不思議なことに切断箇所の行が表一行分、裏二行分欠落している。また、表面の末部は二行ではなく三行のまとまりになっている。料紙は斐紙、縦一四・六センチ、横五・七センチ十七・八センチで、切断箇所に約一センチ弱の欠落がある。顕昭や源頼政（一一〇四〜一一八〇）と極められるだけあって、筆力があり勢いもある。鎌倉中期頃の書写と思われる。欠落部分を『日本古典文学大系』本で［ ］内に補って示すと、つぎのとおりである。

〈表〉

はたえはてむありさまをかはらぬ
さまにてみはてむもいますこし
おこかましくわか心の中もいますこし
なくさめ所なる《か》るへしなとおほし
なりてうすゝみそめをはやかてたち《ち》
［かふましうまうけさせ給てわたり］
給へるをり〳〵もすへりかくれつゝ
さらにみたてまつりたまはぬなり
けりすきにしかたはかやうなる
よな〳〵なへて心とまるかたのなか
りしかはよそひめきみふところに
ふせたてまつりてわかき人〳〵
とものかたりなとうちしつゝまき

〈裏〉

らしあかし給しかいまはよろ
つにをほしつゝめとみまくほしさを《さに》
さへいさなはれ給てさのみもえつくろひ
やり給はぬをいとゝあさましとのみ心に
あまれるおりは二三日なともをきあかり
給はすなきしつみ給へりかやうにて
［としもかへりて十五日にもなりにけり大将

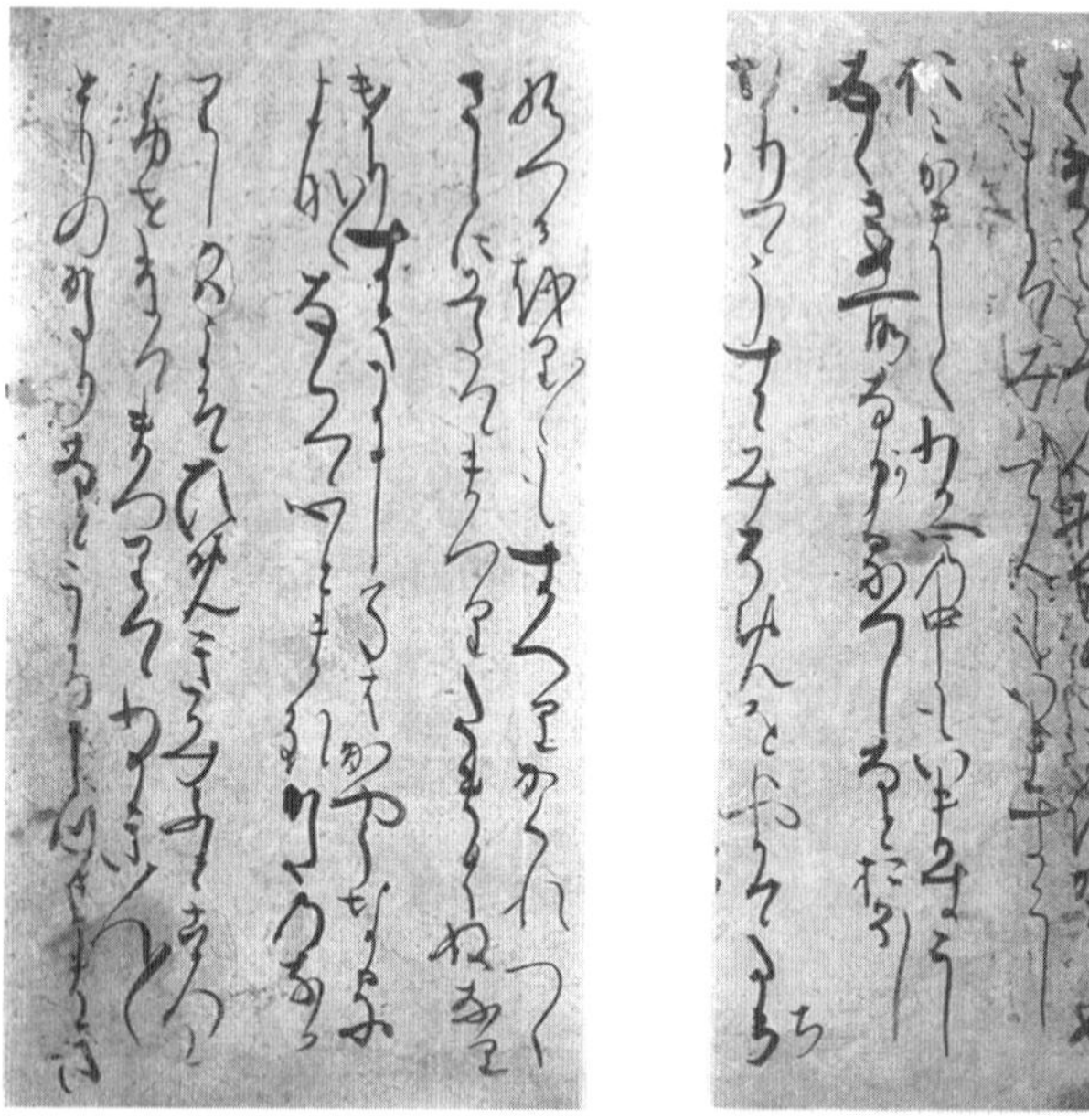

伝顕昭筆 狭衣物語六半切 表

との、御かたは女君の御かたなとこそあらたま」
るしるしとてもはなやかならぬとの、御
方にもとより候し人〳〵はきぬのいろとも
春にしきをたらかさねたりさま〳〵い
はひすこしつ□ての十よひには

伝顕昭筆 狭衣物語六半切　裏

伝顕昭筆狭衣物語六半切の本文は、『日本古典文学大系』本とおおむね一致し、現行の通行本である第一類本とされている(4)。本断簡も同様である。『日本古典文学大系』本との異同はわずかで、以下のとおり。表第一行「（ついに）は」（断簡）↔「ついに」（大系本）、第九行「かやうなる」（断簡）↔「かうやうなる」（大系本）、第一〇行「なへて」（断簡）↔「まして」（大系本）、第一二行「たてまつりて」（断簡）↔「たてまつりたまひまた」（大系本）、第一二行「わかき人〳〵とものかたりなと」（断簡）↔「わかき人々はかなき物がたりなど」（大系本）。裏第二行「みまくほしさを」（断簡）↔「見まほしさに」（大系本）、第四行「心に」（断簡）↔「御心に」（大系本）、第五行「あまれる」（断簡）↔「あまる」（大系本）、第五行「をきあかり」（断簡）↔「おきもあがらせ」（大系本）、第一一行「春にしき」（断簡）↔「春のにしきを」（大系本）、第一一行「たちかさねたり」（断簡）↔「うちかさねたり」（大系本）、第一二行「十よひ」（断簡）↔「十五日」（大系本）。

注

（1）詳細は、小林強「狭衣物語の古筆切点描」（『平安文学の新研究 物語絵と古筆切を考える』新典社、二〇〇六年）参照。
（2）注（1）に同じ。
（3）小林強・高城弘一『古筆切研究 第1集』（思文閣出版、二〇〇〇年）。
（4）小松茂美『古筆学大成 二四巻』（講談社、一九九二年）。

82

伝世尊寺行俊筆　長門切（異本平家物語）

（年代測定　一二七三～一三八〇年）

世尊寺行俊（生年不明～一四〇七）を伝称筆者とする『平家物語』の断簡。もとは巻子本、天地にそれぞれ一条の界線が引かれている。『平家物語』の異本のひとつ『源平盛衰記』に近い本文をもつが、長門本や延慶本に近いところもあり、また現存諸本のいずれにも一致しないところもある。特異な本文をもつ『平家物語』の異本であり、読み本系の本文が現存の『源平盛衰記』の本文に固定化する以前の本文と考えられる[1]。新出断簡は、料紙斐紙、縦三〇・五センチ、横四・五センチ。次の二行が記されている。

親王をは二條皇太后宮とそ申ける鳥羽
院は康和五年正月十六日御誕生同八月十七日

これは『源平盛衰記』巻十六「仁寛流罪事」にまったく一致している。「白川院ノ御子全子内親王ヲバ、二条皇太后宮トゾ申ケル。鳥羽院ハ康和五年正月十六日ニ御誕生、同八月十七日……」[2]。ちなみに、延慶本は「白河院ノ御子ノ全子ノ内親王ヲバ、二条ノ大宮トゾ申ケル。鳥羽院ノ位ニ即セ給ケルニ……」[3]である。

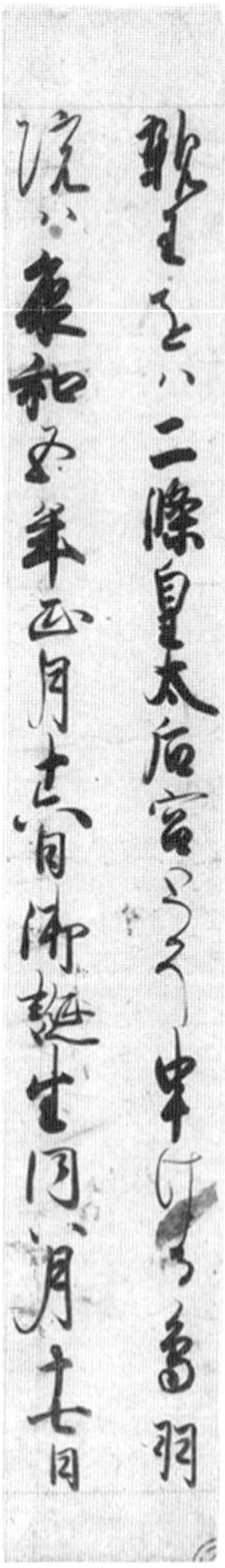

伝世尊寺行俊筆
長門切

炭素14年代測定の結果を示しておく。はたして、世尊寺行俊の時代の書であろうか。炭素14年代は６９４［ＢＰ］で、１σの誤差範囲６９４±２１［ＢＰ］を暦年代に較正した値が、１２７９（１２８４）１２９１［ｃａｌ ＡＤ］。２σの誤差範囲６９４±４２を暦年代に較正した値が、１２７３（１２８４）１２９９、１３７０（）１３８０［ｃａｌ ＡＤ］である。最も確率の高い値が１２８４年であるから、それを含む１２７３年から１２９９年の範囲に実年代のある可能性が高い。世尊寺行俊の生存時期よりむしろ早い、鎌倉末期の可能性が高いのである。一三七〇年から一三八〇年の範囲であっても、南北朝期の筆跡である。鎌倉末期にさかのぼる可能性の高い読み本系の本文として、貴重な古筆切である。

注

（１）松尾葦江『軍記物語論究』（若草書房、一九九六年）。
（２）『源平盛衰記慶長古活字版（一～六）』（汲古書院、一九七七～一九七八年）。
（３）『延慶本平家物語（一～六）』（汲古書院、一九八二～一九八三年）。

83 伝貞敦親王筆 平家物語切

伏見宮貞敦親王（一四八八～一五七二）を伝称筆者とする『平家物語』の断簡。ツレは、『古筆学大成』[1]に巻十の「海道下」から「千手前」にかけての一一行一葉、その他『続々国文学古筆切入門』に巻十「内裏女房」の部分八行一葉、中野荘次氏旧蔵手鑑『古今墨林』に巻十「宗論」の部分九行一葉、尾張徳川家手鑑『集古帖』に巻十「維盛入水」の部分九行一葉がある[2]。さらに、『平成新修古筆資料集 第五集』に巻十「惟盛出家」の後半部一一行一葉が見える[3]。藤井隆氏によれば、本文系統は八坂流の中院本という[4]。

鎌倉中期に結成された琵琶法師たちの座である当道座、そこを基盤に当道系語り本は成立した。当道座は一方流と八坂流に分派し、南北朝時代に覚一の登場によって改新された一方流語り本に対して、八坂流語り本は古態を保持した。この八坂流系統の第一類本のひとつが中院本である。

新出断簡は、料紙楮紙、縦二七・六センチ、横九・五センチ。もと巻了本か。神田道伴の極札「伏見宮貞敦親王但母にて候（道伴印）」が付属する。八坂流系統中院本の巻十「これもり八しまよりしよじやうの事」（覚一本では巻十「内裏女房」）の五行である。

但母《たたしはは》にて候二位禅尼《せんに》はかりそいかにもして今一度みはや
ともおもひ候らむそれによるへしとは存候はねとも院宣《ゐんせむ》を
下され候は、申つかはしこそし候はめと申されけれはさらは
とて院宣《せむ》をそ下されける御使は御壺《つほ》の召次花方《めしつきはなかた》とそき
こえし三位中将の使《つかひ》には平三左衛門重俊《しけとし》也の中への

八坂流系統中院本、すなわち慶長古活字一〇行本[5]の本文とはぼ一致している。異なるのは、断簡「但《たたし》」が中院本（慶長古活字十行本）は「ただ」である。中院本（慶長古活字一〇行本）は、巻十二の奥に「右平家物語者中院前中納言以諸家正本校合之給者也」とある。中院前中納言とは中院通勝のことであり、通勝は慶長五年（一六一

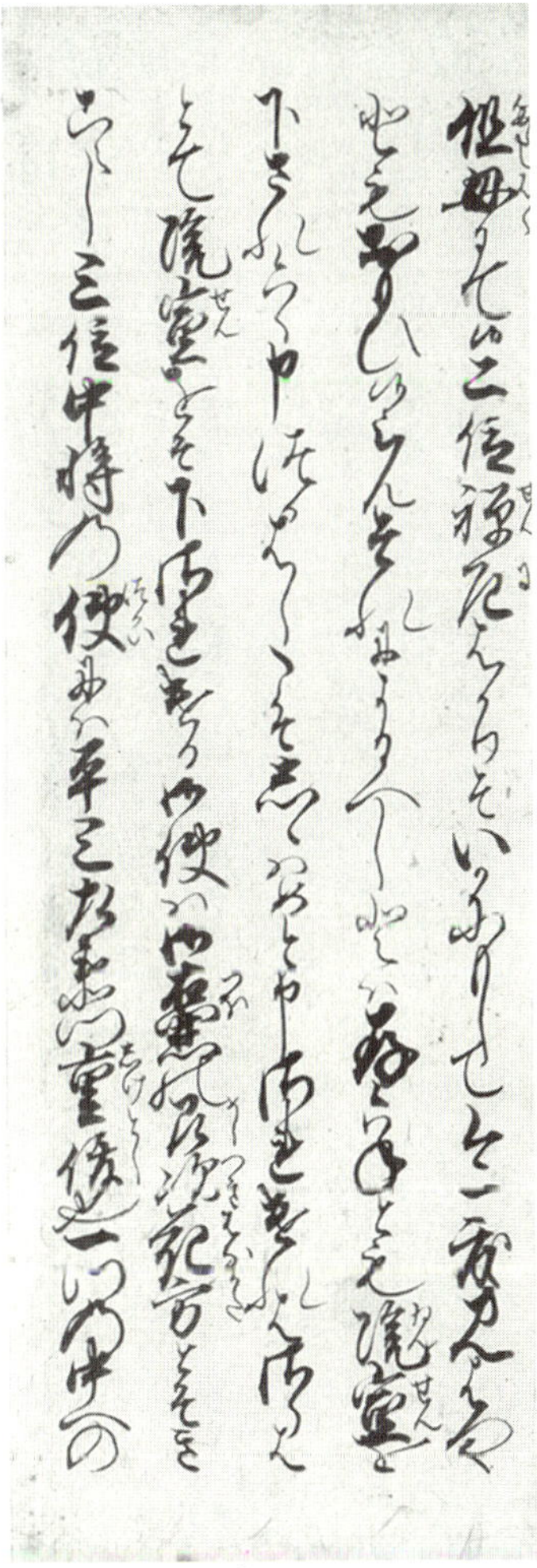

伝貞敦親王筆
平家物語切

〇）三月二五日に薨じた。よって、中院本すなわち慶長古活字一〇行本の本文は、慶長一五年以前に整定されていたであろう。伝伏見宮貞敦親王筆平家物語切は室町時代一六世紀の筆跡とされているが、(6)そうであるなら、これが中院本すなわち慶長古活字一〇行本のもとになったのであろう。

参考のため、日本古典文学大系（龍谷大学図書館蔵・覚一本）の該当箇所の本文を挙げると、「『……母儀の二品なんどやさも申候はんずらん。さは候へども、居ながら院宣をかへしまいらせん事、其おそれも候へば、申おくてこそみ候はめ』とぞ申されける。御使は平三左衛門重国、御坪の召次花方とぞきこえし」であり、かなり異なる本文である。

注

（1）小松茂美『古筆学大成24』（講談社、一九九三年）。

（2）藤井隆・田中登『続々国文学古筆切入門』（和泉書院、一九九二年）による。

（3）田中登『平成新修古筆資料集 第五集』（思文閣出版、二〇一〇年）。

（4）注（2）に同じ。

（5）未刊国文資料『平家物語（中院本）と研究（四）』（一九六二年）。

（6）注（1）に同じ。

初出および関連論文一覧

本書を成すにあたり、初出稿の誤りを正し、時には内容を補い改めた。よって、本書をもって決定稿とする。が、参考のため初出一覧を掲げておく。各論考に関係する初出論文をすべて掲げた。

1 藤原行成筆　佚名本朝佳句切
中央大学文学部『紀要』文学科第七五号（一九九五・三、「国文学古筆切新出資料」）

2 付説　藤原行成筆　佚名本朝佳句切　飛雲料紙の年代測定
―加速器質量分析法による炭素14年代測定の原理―
『墨』第一六一号（芸術新聞社、二〇〇三・三、「飛雲紙の年代測定―藤原行成筆佚名本朝佳句切」の飛雲料紙について」）
『平安文学の新研究』（新典社、二〇〇六・九、「古筆切の年代測定―加速器質量分析法による炭素14年代測定―」）
『聚美vol.1』（清月社、二〇一一・一〇、「藤原行成の書」）

3 伝寂然筆　大富切（具平親王集）〈透き写し〉
書き下ろし

4 伝平業兼筆　春日切（清慎公藤原実頼集）
『汲古』第45号（汲古書院、二〇〇四・六、「伝平業兼筆春日切『清慎公（実頼）集』の新出断簡」）
『平安文学の新研究』（新典社、二〇〇六・九、「古筆切の年代測定―加速器質量分析法による炭素14年代測定―」）

5 伝藤原定家筆　五首切（衣笠内大臣藤原家良集）
『汲古』第50号（汲古書院、二〇〇六・一二、「中世散佚歌書資料二題」）

6 西園寺実兼筆　自筆家集切
中央大学文学部『紀要』言語・文学・文化第一〇五号（二〇一〇・三、「続　古筆切の年代測定」）
『聚美vol.8』（清月社、二〇一三・七、「伏見天皇と西園寺実兼と『とはずがたり』と―広沢切のことなど―」）

7 伝宗尊親王筆　如意宝集切〈透き写し〉
中央大学文学部『紀要』文学科第七六号（一九九六・三、「国文学古筆切資料拾遺」）
中央大学文学部『紀要』言語・文学・文化第一〇七号（二〇一一・三、「古筆切の年代測定Ⅲ」）

8 伝小野道風筆　八幡切（麗花集）
書き下ろし

9 伝小大君筆　香紙切（麗花集）
中央大学文学部『紀要』言語・文学・文化第一〇七号（二〇一一・三、「古筆切の年代測定Ⅲ」）
『聚美vol.6』（清月社、二〇一三・一、「平安かな古筆の名花　香紙切」）

10 伝称筆者不明　未詳歌集切（麗花集か）
書き下ろし

11 伝西行筆　歌苑抄切
中央大学文学部『紀要』言語・文学・文化第九九号（二〇〇七・三、「中古・中世散佚和歌資料」）
中央大学文学部『紀要』言語・文学・文化第一〇九号（二〇一二・三、「古筆切の年代測定Ⅳ」）

12 伝藤原為家筆（伝冷泉為相筆）　雲紙本雲葉和歌集切
中央大学文学部『紀要』文学科第九五号（二〇〇五・三、「散佚歌書の古筆切」）

13 伝覚源筆（伝二条為定筆）　雲葉和歌集切
中央大学文学部『紀要』文学科第七六号（一九九六・三、「国文学古筆切資料拾遺」）

14 伝源承筆　笠間切（浜木綿和歌集）
中央大学文学部『紀要』文学科第九五号（二〇〇五・三、「散佚歌書の古筆切」）

15 伝後醍醐天皇筆　新浜木綿集切
書き下ろし

16 伝花山院師賢筆　佐々木切（二八要抄）
中央大学文学部『紀要』文学科第九五号（二〇〇五・三、「散佚歌書の古筆切」）

17 伝二条為遠筆　松吟和歌集切
中央大学文学部『紀要』文学科第七六号（一九九六・三、「国文学古筆切資料拾遺」）

18 伝藤原俊忠筆　二条切（二十巻本類聚歌合　延喜元年八月十五夜或所歌合）─失われた月の喩と竹取物語─
『汲古』第46号（汲古書院、二〇〇四・一二、「二十巻本類聚歌合の新出資料」）
『文学』（岩波書店、二〇〇八・七「失われた月の喩」）
中央大学文学部『紀要』言語・文学・文化第一〇三号（二〇〇九・三、「古筆切の年代測定」）

19 伝藤原俊忠筆　二条切（二十巻本類聚歌合　天慶二年二月廿八日貫之歌合）
『汲古』第46号（汲古書院、二〇〇四・一二、「二十巻本類聚歌合の新出資料」）

20 藤原定家筆　源通具俊成卿女五十番歌合切
『墨』第一六一号（芸術新聞社、二〇〇八・三、「藤原定家筆源通具俊成卿女五十番歌合切の新出資料─東京国立博物館蔵断簡との関係に及ぶ─」）

21 伝藤原家隆筆　不明歌合切
書き下ろし

22 伝二条為氏筆　因幡類切（古今源氏歌合）
中央大学文学部『紀要』文学科第七五号（一九九五・三、「国文学古筆切新出資料」）

23 伝二条爲氏筆　月卿雲客歌合切
『汲古』第50号（汲古書院、二〇〇六・一二、「中世散佚歌書資料二題」）

24 伝称筆者不明　草がち未詳和歌切
中央大学文学部『紀要』文学科第九五号（二〇〇五・三、「散佚歌書の古筆切」）
中央大学文学部『紀要』言語・文学・文化第一〇三号（二〇〇九・三、「古筆切の年代測定」）
『聚美vol. 3』「（清月社、二〇一二・四、「源氏物語の時代のかな新発見の「草がち歌切」」）

25　伝藤原行成筆　未詳散らし歌切（いわゆる古今集切）
書き下ろし

26　伝紀貫之筆　小色紙
書き下ろし

27　伝西行筆　未詳歌集切（二首切）
『古代中世文学論考』[11]（新典社、二〇〇四・五「伝西行筆未詳歌集切（二首切）考—時雨亭文庫蔵「五条殿おくりおきし」との関係、および新出断簡について—」）
中央大学文学部『紀要』言語・文学・文化第一〇三号（二〇〇九・三、「古筆切の年代測定」）
『西行学　第二号』（笠間書院、二〇一一・八、「伝西行筆「未詳歌集切」の問題点と年代測定—西行自詠自筆の可能性—」）
『聚美vol. 2』（清月社、二〇一二・一、「伝西行筆「未詳歌集切」年代測定と西行自筆自詠の可能性」）

28　伝西行筆　色紙
書き下ろし

29　伝慈円筆　夏十首詠草切（伝俊成書入）
中央大学文学部『紀要』文学科第九七号（二〇〇六・三、「散佚歌書の新出資料—伝慈円筆伝俊成書入「夏十首」断簡」）

30　伝亀山天皇筆　金剛院類切
中央大学文学部『紀要』文学科第九五号（二〇〇五・三、「散佚歌書の古筆切」）
中央大学文学部『紀要』言語・文学・文化第一〇五号（二〇一〇・三、「続　古筆切の年代測定」）

31　伝後二条天皇筆　不明歌集切
書き下ろし

32　伝後醍醐天皇筆　吉野切
中央大学文学部『紀要』文学科第九五号（二〇〇五・三、「散佚歌書の古筆切」）

33　伝一条為定筆　不明歌集切
書き下ろし

34　慈円筆　詠草切（懐紙断簡）
書き下ろし

35　伝後鳥羽天皇筆　能野類懐紙〈双鉤塡墨〉
『文学』（岩波書店、二〇〇三・一「後鳥羽院若き日の歌」）

36　伝平重盛筆　懐紙断片（奈良懐紙）
中央大学文学部『紀要』言語・文学・文化第九九号（二〇〇七・三、「中古・中世散佚和歌資料」）
中央大学文学部『紀要』言語・文学・文化第一〇五号（二〇一〇・三、「続　古筆切の年代測定」）

37　伝春日社祐春筆　不明懐紙
中央大学文学部『紀要』言語・文学・文化第九九号（二〇〇七・三、「中古・中世散佚和歌資料」）

38　兼好筆　白短冊（自詠和歌）
書き下ろし

39　伝後醍醐天皇筆　懐紙断簡
書き下ろし

40　冷泉政為筆　懐紙
中央大学文学部『紀要』言語・文学・文化第一〇五号（二〇一〇・三、「続　古筆切の年代測定」）

41　後奈良天皇筆　詠草切（三条西実隆加点）
中央大学文学部『紀要』言語・文学・文化第一〇五号（二〇一〇・三、「続　古筆切の年代測定」）

42　藤原定家筆　撰歌草稿
書き下ろし

43　伝源頼政筆　片仮名本古今和歌集切
書き下ろし

44　伝二条為世筆　異本拾遺和歌集巻五および巻七・巻八断簡
―蓬萊切・伝寂蓮大色紙・伝慈円筆拾遺和歌集切におよぶ―
『汲古』第36号（汲古書院、一九九九・一二、「新出二条為世筆異本拾遺集巻五をめぐって」）
中央大学文学部『紀要』文学科第八五号（二〇〇〇・三、「伝二条為世筆異本拾遺集巻五をめぐって―蓬萊切・伝寂連筆大色紙・伝慈円筆拾遺集切におよぶ―」）
中央大学文学部『紀要』言語・文学・文化第一〇七号（二〇一一・三、「古筆切の年代測定Ⅲ」）

45　伝寂然筆　仁和御集切（光孝天皇集）
『茨城大学人文学紀要』［21］（一九八八・三「国文学古筆切等資料」）

46　伝藤原行能筆　斎宮女御集切
中央大学文学部『紀要』文学科第七六号（一九九六・三、「国文学古筆切資料拾遺」）
『平安文学の新研究』（新典社、二〇〇六・九、「古筆切の年代測定―加速器質量分析法による炭素14年代測定―」）

47　伝源俊頼筆（推定藤原定実筆）下絵拾遺抄切
中央大学文学部『紀要』文学科第七五号（一九九五・三、「国文学古筆切新出資料」）

48　伝宗尊親王筆　十巻本歌合切（天禄三年八月二十八日規子内親王前栽歌合）
中央大学文学部『紀要』言語・文学・文化第一〇五号（二〇一〇・三、「続　古筆切の年代測定」）

49　伝二条為氏筆　俊頼髄脳切
書き下ろし

50　後奈良天皇筆　詠草切（重要美術品）
書き下ろし

51　伝藤原教長筆　今城切（古今和歌集）
中央大学文学部『紀要』言語・文学・文化第一〇三号（二〇〇九・三、「古筆切の年代測定」）
『聚美vol.7』（清月社、二〇一三・四、「今城切古今集と国宝源氏物語絵詞」）

52　伝藤原俊成筆　顕広切（古今和歌集）伝藤原俊成筆　御家切（古今和歌集）藤原俊成筆　了佐切（古今和歌集）―藤原俊成の筆跡史を正す―
中央大学文学部『紀要』言語・文学・文化第一〇三号（二〇〇九・三、「古筆切の年代測定」）

中央大学文学部『紀要』言語・文学・文化第一〇五号（二〇一〇・三、「続　古筆切の年代測定」）
『聚美vol.5』（清月社、二〇一二・一〇、「藤原俊成の筆跡史を正す」）

53 伝藤原顕輔筆　鶉切（古今和歌集）
中央大学文学部『紀要』言語・文学・文化第一〇五号（二〇一〇・三、「続　古筆切の年代測定」）

54 伏見院筆　筑後切（拾遺和歌集）
中央大学文学部『紀要』言語・文学・文化第一〇五号（二〇一〇・三、「続　古筆切の年代測定」）

55 伝藤原家隆筆　升底切（金葉和歌集）
中央大学文学部『紀要』言語・文学・文化第一〇五号（二〇一〇・三、「続　古筆切の年代測定」）

56 伝西園寺公藤筆　詞花和歌集切
書き下ろし

57 藤原俊成筆　日野切（千載和歌集）
書き下ろし

58 伝寂蓮筆　新古今和歌集切
中央大学文学部『紀要』言語・文学・文化第一〇九号（二〇一二・三、「古筆切の年代測定Ⅳ」）
『聚美vol.9』（聚美社、二〇一三・一〇、「伝寂蓮筆新古今和歌集切—最古の新古今—」）

59 伝慈円筆　円山切（新古今和歌集）
中央大学文学部『紀要』言語・文学・文化第一〇三号（二〇〇九・三、「古筆切の年代測定」）

60 伝後鳥羽天皇筆　水無瀬切（新古今和歌集）
中央大学文学部『紀要』言語・文学・文化第一〇五号（二〇一〇・三、「続　古筆切の年代測定」）

61 伝藤原秀能筆　三宅切（新勅撰和歌集）
中央大学文学部『紀要』文学科第七六号（一九九六・三、「国文学古筆切資料拾遺」）

62 伝冷泉為成筆　玉葉和歌集切
書き下ろし

63 尭光筆　仏光寺切（新続古今和歌集）
書き下ろし

64 伝藤原佐理筆　敦忠集切
中央大学文学部『紀要』言語・文学・文化第一〇九号（二〇一二・三、「古筆切の年代測定Ⅳ」）
『聚美vol.10』（聚美社、二〇一四・一、「伝藤原佐理筆敦忠集切について」）

65 伝寂然筆　村雲切（貫之集）
中央大学文学部『紀要』言語・文学・文化第一〇三号（二〇〇九・三、「古筆切の年代測定」）

66 伝小大君筆　御蔵切（元真集）
中央大学文学部『紀要』文学科第七五号（一九九五・三、「国文学古筆切新出資料」）

67 伝藤原公任筆　砂子切（中務集）
書き下ろし

68 伝藤原定家筆　大弐高遠集切
中央大学文学部『紀要』言語・文学・文化第一〇九号（二〇一二・三、「古筆切の年代測定Ⅳ」）

69 伝紀貫之筆　有栖川切（元暦校本万葉集　巻十一）
中央大学文学部『紀要』言語・文学・文化第一一三号（二〇一四・三、「古筆切の年代測定Ⅴ」）

70 伝藤原家隆筆・伝称筆者不明　柘枝切（万葉集）
中央大学文学部『紀要』文学科第七六号（一九九六・三、「国文学古筆切資料拾遺」）
中央大学文学部『紀要』言語・文学・文化第一〇七号（二〇一一・三、「古筆切の年代測定Ⅲ」）

71 伝兼好筆　続詞花和歌集切
書き下ろし

72 伝寂蓮筆　治承三十六人歌合切
書き下ろし

73 伝二条為氏筆　定家八代抄切
書き下ろし

74 伝二条為右筆　二八明題和歌集切
書き下ろし

75 伝飛鳥井雅経筆（推定藤原教長筆）　金銀切箔和漢朗詠集切
中央大学文学部『紀要』言語・文学・文化第一〇三号（二〇〇九・三、「古筆切の年代測定」）

76 伝後光厳天皇筆　夜の寝覚末尾欠巻部
『文学』（岩波書店、二〇一二・三、「『夜の寝覚』末尾欠巻部と伝後光厳天皇筆不明物語切の新出断簡―寝覚上は二度死に返る―」）

77 伝二条為氏筆　不明物語切
中央大学文学部『紀要』文学科第八九号（二〇〇二・二、「加速器質量分析法による古筆切および古文書の14C年代測定」）
『平安文学の新研究』（新典社、二〇〇六・九、「古筆切の年代測定―加速器質量分析法による炭素14年代測定―」）

78 伝西行筆　伊勢物語切
書き下ろし

79 伝世尊寺経朝筆　玉津切（蜻蛉日記絵巻詞書）
『墨』第一九六（芸術新聞社、二〇〇九・八、「蜻蛉日記の鎌倉時代古写断簡　玉津切」）
中央大学文学部『紀要』言語・文学・文化第一〇九号（二〇一二・三、「古筆切の年代測定Ⅳ」）
『聚美 vol.4』（清月社、二〇一二・七、「伝世尊寺経朝筆「玉津切」（蜻蛉日記絵巻詞書）」）

80 伝源通親筆　狭衣物語切
中央大学文学部『紀要』言語・文学・文化第一〇七号（二〇一一・三、「古筆切の年代測定Ⅲ」）

81 伝顕昭筆　狭衣物語六半切
書き下ろし

82 伝世尊寺行俊筆　長門切（異本平家物語）
中央大学文学部『紀要』言語・文学・文化第一〇五号（二〇一〇・三、「続　古筆切の年代測定」）

83 伝貞敦親王筆　平家物語切
書き下ろし

跋

文献資料の研究は、地味で味気ない、自閉的で狭隘なものという印象がつきまとう。想像力を羽ばたかせ論をたてる面白さの欠如した、文学性や人間の温もりからかけ離れた、非文学的非人間的な営みという印象がぬぐえない。確かに、単なる資料紹介や煩瑣な本文異同の詮索に終始し自足するならば、自閉的で自己完結的な世界にとどまることになろう。

しかし、文献資料というものは、それぞれがさまざまな問題を内在させている原石のようなものだ。それらを多角的に考究することによって、豊穣な可能性が拓かれる。写本しながら読むという文学享受の実態に分け入ることで、古典文学の本文とは何かという本質的な問題に迫ることもできよう。書物の断片の外的内的な考究が、書誌学や文学史や表記史、さらには書道史や美術史の新見解を導くことも少なくない。

本書でも、新出資料を単に国文学の本文研究の材料として提供するにとどまらぬよう心がけ、それぞれの資料から多方面にわたる問題提起をおこなったつもりである。写本の書写のありようや文字遣いについて、かなの成立史について、表記史や書道史における「草がな」「草がち」の概念について、行成・教長・俊成・西行・定家・雅経などの筆跡について、歌語の表現史について、作品の成立年代について、写本の形態について、散佚作品の復元について、などなど思うままに私見を披瀝した。畏るべき後生に、いささかの刺激たらんことを願う。

校正に協力いただいた東京大学教育学部附属中等教育学校図書館司書の菅瑠衣氏に、記して感謝申し上げる。

本書は、中央大学二〇一〇年度特別研究の成果を含み、独立行政法人日本学術振興会平成二六年度科学研究費補助金（研究成果公開促進費）を得て刊行するものである。

二〇一四年九月

池田和臣

池田和臣（いけだ・かずおみ）
一九五〇年、東京都新宿区生まれ。東京大学人文科学研究科国語国文学専攻博士課程中退。博士（文学・東京大学）。
現在、中央大学教授。一般社団法人書芸文化院理事。公益財団法人独立書人団評議員。
著書、『源氏物語　表現構造と水脈』（武蔵野書院）、『飯島本源氏物語（一～十）』（笠間書院）、『逢瀬で読む源氏物語』（アスキー新書）、『あきのの帖　良寛禅師萬葉摘録』（共著、青簡舎）など。

古筆資料の発掘と研究
残簡集録 散りぬるを

二〇一四年九月二〇日　初版第一刷発行

著　者　池田和臣
発行者　大貫祥子
発行所　株式会社青簡舎
〒一〇一-〇〇五一
東京都千代田区神田神保町二-一四
電　話　〇三-五二一三-四八八一
振　替　〇〇一七〇-九-四六五四五二
装　幀　水橋真奈美（ヒロ工房）
印刷・製本　株式会社太平印刷社

ISBN978-4-903996-75-2 C3092